SCIENCE FICTION

Herausgegeben
von Wolfgang Jeschke

Von **Walter Jon Williams** erschien in der Reihe
HEYNE SCIENCE FICTION & FANTASY:

Hardware · 0604524
Die Stimme des Wirbelwinds · 0604578
Engelstation · 0604876
– ein Wendebuch (zusammen mit Roger Zelazny, *Das Friedhofsherz*) · 0605039
Aristoi · 0605346
Tage der Sühne · 0605370

Der DRAKE-MAIJSTAL-ZYKLUS:

Die Kronjuwelen · 0605163
Das Haus der Scherben · 0605164

›*Video Star*‹ in: Second Hand Planet, hrsg. von Wolfgang Jeschke · 0604470
›*Der Zeuge*‹ in: Papa Godzilla, hrsg. von Wolfgang Jeschke · 0604560
›*Dinosaurier*‹ in: SF-Jahresband 1989, hrsg. von Wolfgang Jeschke · 0604570

WALTER JON
WILLIAMS

TAGE DER SÜHNE

Roman

Aus dem Amerikanischen übersetzt
von
BRIGITTE GRUSS

Deutsche Erstausgabe

WILHELM HEYNE VERLAG
MÜNCHEN

HEYNE SCIENCE FICTION & FANTASY
Band 0605370

Titel der amerikanischen Originalausgabe
DAYS OF ATONEMENT
Deutsche Übersetzung von Brigitte Gruss
Das Umschlagbild malte Michael Hasted

Umwelthinweis:
Dieses Buch wurde auf
chlor- und säurefreiem Papier gedruckt

Redaktion: Wolfgang Jeschke

Erstveröffentlichung by TOR Books,
Tom Doherty Associates, Inc., New York
Mit freundlicher Genehmigung des Autors und
Paul und Peter Fritz, Literarische Agentur, Zürich
(# 44895)

Printed in Germany 1996
Umschlaggestaltung: Atelier Ingrid Schütz, München
Technische Betreuung: M. Spinola
Satz: Schaber, Satz- und Datentechnik, Wels
Druck und Bindung: Elsnerdruck, Berlin

ISBN 3-453-0943-4

1. KAPITEL

Die Sekretärin des Bürgermeisters war am Telefon. »Ich wollte dir nur sagen, daß heute die dreihundert letzten Bergleute gekündigt wurden.«

Loren Hawn beobachtete das Spiegelbild des sich langsam drehenden Deckenventilators in den blank polierten, goldenen Boxtrophäen und dachte über das Gesagte nach. Es war still; nur das Telefon machte leise, knackende Geräusche.

»Danke, Eileen«, sagte er schließlich. »Weiß es Ed?«

»Der Bürgermeister weiß es bereits seit drei Tagen.«

Loren war verärgert. »Zum Teufel, Eileen«, sagte er.

»Ich hätte es dir gesagt«, entschuldigte sie sich, »aber er hätte gewußt, daß ich es ausgeplaudert habe.«

»Ist nicht deine Schuld, Eileen.«

Plötzlich hatte Loren Eileens Bild vor Augen: eine Frau mit glattem Gesicht und dunklen Haaren, den Kopf zurückgeworfen, Schweißperlen auf der Oberlippe. Aus ihren halbgeschlossenen Augen sprühte Leidenschaft.

Ein altes Bild. Als Lorens Frau vor Jahren schwanger gewesen war und eine Fehlgeburt gehabt hatte, hatte Loren sie mit Eileen betrogen.

Es war lange her, aber die Erinnerung war immer noch wach. Er fühlte sich schuldig, aber der Gedanke erregte ihn.

Weiche von mir, dachte er.

»Sehen wir uns morgen in der Kirche?« fragte Eileen. »Heute ist Freitag, und die Bars sind bis spät in die

Nacht geöffnet. Ich werde es versuchen, aber verlaß dich nicht darauf.«

»Tut mir leid, Loren!«

Loren starrte finster auf das Schild auf der gegenüberliegenden Wand. KAUF AMERIKANISCHE WAREN stand dort zu lesen. Und etwas kleiner: DER ARBEITSPLATZ, DEN DU RETTEST, KÖNNTE DEIN EIGENER SEIN.

Sehr witzig, dachte er.

»Weiß dieser verdammte Republikaner Edward Trujillo, daß du mich angerufen hast?« fragte er.

Eileen lachte. »Er hat keine Ahnung, Loren.«

»Danke. Hoffentlich sehen wir uns morgen.«

»Auf Wiedersehen.«

Loren hatte das Bedürfnis, das Telefon auf die Gabel zu schmettern, aber es war aus billigem Plastik aus Singapur und wäre vermutlich zerbrochen; er legte es daher vorsichtig, aber mit Nachdruck ab und ließ dafür die Faust mit Wucht auf die Schreibtischplatte niedersausen. Er stand auf, schob die Pistole zurecht und verließ das Büro.

Der Tisch seiner Sekretärin war leer und mit einer leichten Staubschicht und einem wachsenden Berg unbeantworteter Post bedeckt. Sie war im Urlaub, und das Budget der Stadt reichte nicht für einen Ersatz. Loren beantwortete nur die wichtigste Post und ließ sie drüben von Richter Denvers Leuten schreiben.

Ein Plakat mit einer Suchmeldung flatterte im leisen Wind eines anderen Deckenventilators. Das Gesicht eines jungen Mädchens, nicht älter als siebzehn, blickte ihn traurig an. ÖKO-TERRORISTIN GESUCHT stand auf dem Plakat.

Loren schüttelte den Kopf; er haßte das neue Jahrhundert.

Er klopfte an den verzogenen Türrahmen zum Büro seines Vertreters.

»Hallo! Pachuco! Qué paso?«

Cipriano Dominguez' beschuhte Füße lagen auf dem

Tisch. Durch das offene Fenster wehte ein leichter Wind; das leise Summen des nachmittäglichen Verkehrs war zu hören. Er blickte von den verbogenen Seiten seines Western-Romans auf und entblößte lächelnd seine gelben Zähne.

»Bildungslektüre, Jefe. Was brauchen Sie?«

»Die Grube wird geschlossen.«

»Scheiße.« Das Lächeln verschwand blitzartig. Cipriano klappte das Buch zu und nahm die Füße vom Schreibtisch. Er legte das Buch auf das überhäufte Regal hinter sich.

Cipriano war einer jener Menschen, die einfach alles lesen. Kriminalgeschichten, geschichtliche Abhandlungen, Liebesromane, Biographien, Wildwestromane – einfach jedes Buch, das ihm in die Hände kam. Loren hatte ihn einmal bei der Lektüre eines Wirtschaftstextes auf College-Niveau ertappt – Cipriano hatte nichts davon verstanden, aber es mit dem gleichen Genuß gelesen wie einen Agatha Christie.

»Ruf den Sheriff oben an und sag es ihm, damit er seine Leute informiert«, bat Loren. »Dann rufe unsere Leute für die Nachtschicht an und sag ihnen, daß die Schicht heute um sechs beginnt. Ich werde über Funk die Tagschicht informieren, daß sie bis Mitternacht im Einsatz bleiben.«

»Was ist mit den Leuten von der Wechselschicht?«

»Die werden es erfahren, wenn sie um halb fünf kommen.«

»Okay, Chief.« Cipriano griff zum Telefon.

Loren ging hinaus zur Anmeldung, wo das Polizeifunkgerät stand. Früher hatten sie für die Telefon- und Funkzentrale zivile Angestellte gehabt, aber durch die Einsparungsmaßnahmen war der Mann in der Anmeldung für alle Gespräche zuständig.

Loren ließ die beiden Männer auf Streife wissen, daß sie eine Extraschicht einlegen mußten. Danach ging er hinunter zu Ed Ross, dem Gefängniswärter, und informierte ihn, damit er vielleicht zusätzliches Personal anfordern konnte. Loren ging wieder nach oben, war aber so wütend, daß er nicht den Rest des Tages an seinem Schreibtisch verbringen wollte. Er ging durch den Korridor mit den vergilbenden weißen Fliesen und stürmte durch die Glastür ins Freie. Er lief an den kupfernen Déco-Greifvögeln vorüber, die den Eingang bewachten, und überquerte die West Plaza in Richtung alter Stadtplatz.

Früher – er kannte es von Bildern – stand auf der Plaza ein hübscher, kleiner weißer Musikpavillon. An den Freitag- und Samstagabenden gaben hier die Kapellen verschiedener Organisationen Konzerte; es spielten die Kapelle der Columbus-Ritter, die Bergmannkapelle oder die High School Band. Während der Depression hatte der Brauch aufgehört. Die WPA riß den Pavillon nieder und errichtete an seiner Stelle ein Regierungsgebäude aus weißem Granit – Regierungsgranit, wie sie ihn bei allen Gebäuden verwendeten, die sie bauten. Zur gleichen Zeit baute die WPA auch die High School; der landesweit einheitliche Baustil für Schulen war roter Ziegelbau.

Nur wenig von der alten Plaza war noch erhalten: die eingesunkenen gepflasterten Gehsteige, die früher sternförmig vom Musikpavillon wegführten, ein paar Denkmäler in der Art von Stonehenge, die ehemals auf der Plaza verteilt gestanden hatten, später aber alle gegenüber der Central Avenue aufgestellt wurden. Das Gras rundherum war braun, verbrannt von der Dürre des vergangenen Sommers und der drei Sommer davor. Diese Trockenheit hatte die Feuergefahr extrem ansteigen lassen.

Die Oktoberluft war trotz der Dürre rein und kühl und barg den ersten Hauch von Herbst. Loren dachte an die Taubenschwärme auf den Hochebenen südlich der Stadt, stellte sich vor, wie das Gewehr in seiner Hand lag und die Hunde schnüffelnd voraus tollten.

Die stocksauren Bergleute, die in den Bars lungerten, fielen ihm ein. Heute abend würde es spät werden; vielleicht sollte er besser nach Hause gehen und sich hinlegen.

Die Art déco Uhr über ihm schlug eins.

Zu seinen Füßen befand sich die alte Gedenkplakette, die man auf einem rohen Stück Kupfererz angebracht hatte. HIER IN DER NÄHE BEFAND SICH DAS URSPRÜNGLICHE DORF EL PUEBLO DE NUESTRA SENORA DE ATOCHA, DAS 1824 VON WILDEN ROTHÄUTEN ZERSTÖRT WURDE. Darunter standen in kleineren Buchstaben die Worte *Historische Gesellschaft der Frauen, 1924.* Der hundertste Geburtstag des Blutbades.

Loren kannte die Geschichte: Die Apachen hatten ein Buschfeuer gelegt, das die Kupfermine bedrohte. Als die Männer losrannten, um die Holzgebäude der Mine zu retten, kletterten die Indianer über die Mauern der Siedlung; Frauen und Kinder wurden entweder getötet oder als Sklaven verschleppt. Die entmutigten Männer waren über das Ausmaß ihres Verlustes so erschüttert, daß die meisten nach Mexiko heimkehrten. Mit Ausnahme jener, so berichtet die Geschichte, die verrückt wurden und wie Bären in der Wildnis lebten.

Später wehrten sich die Indianer gegen die Bezeichnung ›wilde Rothäute‹. Ihre Einwände bewirkten wenig – die Vergangenheit war hier noch zu jung. Wer sonst als ein Wilder würde Kindern in der Wiege den Hals durchschneiden?

Das war die erste Zerstörung der Stadt, aber nicht die letzte. 1920, lang nach dem Sieg über Apachen, war Atocha wieder zerstört worden. Die Kupfermine hatte damals die Stadt förmlich verschlungen. Atocha war zwanzig Kilometer weiter westlich neu erbaut worden. Die alte Stadt aus dem neunzehnten Jahrhundert, die Loren von Fotografien kannte, die hübschen viktorianischen Gebäude mit Säulen und bunten Glasfenstern, mit Giebeln und Türmchen, die gepflasterten Gehsteige und die kleinen Doppelhäuser, die die polygamen Mormonensiedler für ihre Frauen erbaut hatten – alles war zerstört worden.

Die Stadt Atocha hatte ihr Aussehen immer wieder verändert, und so überlebte sie.

Die neue Stadt wurde 1920 erbaut und sollte ein Wunder, ein Aushängeschild der Moderne werden. Die Fassaden der Gebäude rund um den Hauptplatz waren im Art-déco-Stil, und zeichneten sich durch geflügelte Metallkonstruktionen und knollige Flash Gordon Kuppeln, Bel Geddes stromlinienförmige Elemente und Zeppelingondeln von Raymond Leowy aus. Sogar die katholische Kirche war dem Zeitgeschmack entsprechend modern, und die Kirche der Apostel von Elohim und die der Nazarener unmittelbar daneben waren noch extremer; ihre Glockentürme sahen aus wie startbereite Raketen. Die Designer brachten damit eines zum Ausdruck: Atocha scheut sich nicht vor dem zwanzigsten Jahrhundert und der Welt von morgen. Die Dinge konnten nur besser werden.

Jetzt war alles heruntergekommen, der glänzende Stahl war matt und rostig geworden, die schwarzweißen Fliesen hatten Risse. Aber wie konnte die Stadt ein drittes Mal zum Leben erwachen, fragte sich Loren. Sie hatte die Apachen überlebt, hatte auch die Anaconda überdauert, aber der Große Streik und das einundzwanzigste Jahrhundert waren etwas anderes.

Zorn und Enttäuschung bedrückten Loren. Aber es half niemandem, wenn er hier herumstand, also ging er besser nach Hause und legte sich hin.

Er ging auf die Greifvögel mit den ausgebreiteten Schwingen zu, als ein schokoladefarbener Blazer vor dem Gebäude einparkte. Loren hatte einen bitteren Geschmack im Mund. Das fehlte ihm gerade noch.

Zwei junge Männer in ausgebeulten grauen Anzügen und mit dunklen Strickkrawatten stiegen aus dem Jeep. Beide trugen Ray-Ban-Sonnenbrillen mit Goldrand. Einer steckte eine Münze in den Parkometer, der andere wartete, daß Loren die Straße überquerte.

»Entschuldigen Sie, Sir.« Die blonden Haare des Mannes waren kurz geschnitten. Ein ringförmiger Haarkranz war heller gebleicht und wirkte wie ein Heiligenschein. Er hatte einen breiten Nacken, war muskulös und fast drei Zentimeter größer als Loren, der einsneunzig maß. Er sah aus wie ein Mormonenmissionar, der zum professionellen Mörder geworden war.

So sehen sie alle aus, dachte Loren, die Angehörigen der firmeneigenen Schlägertruppe.

»Ja, bitte?« fragte Loren.

Der Mann warf einen Blick auf ein Stück Papier. »Wissen Sie, wo das Büro von Vize Dominguez ist? Wir sind zu einem informativen Orientierungsgespräch gekommen.«

»Aha.« Loren grinste. Das könnte unterhaltsam werden. »Drinnen, nach der Anmeldung den Korridor rechts und die erste Tür links.«

»Danke, Sir.« Der Mann ging eilte die Treppe hinauf.

»Lassen Sie die Waffen am Anmeldeschalter«, rief ihm Loren nach.

Der Mann zögerte auf der obersten Stufe, ging aber weiter. Sein Partner war mit dem Parkometer fertig, nickte Loren im Vorübergehen zu und sprang die Treppe hinauf.

Die Schuhe des zweiten Mannes fielen Loren auf. Sie waren schwarz und militärisch extrem blank poliert. Der blaue Himmel spiegelte sich in den Absätzen. Der blaue Himmel, der Greifvogel und Lorens finsteres Gesicht.

Loren wartete einen Augenblick lang, dann kehrte er in das Gebäude zurück. Al Sanchez saß in der Anmeldung; vor ihm lagen zwei schwere Automatikwaffen. Beide mit individuell angefertigten Griffen aus Walnußholz.

»Hübsch«, sagte er. »Neun Millimeter.«

»Berettas?«

Sanchez hob eine Automatik auf und besah sie sich genau durch seine dunkel gerahmte Brille. »Tanfoglio, steht hier.«

Loren nahm eine und zielte auf das Bild des Bürgermeisters hinter dem Schreibtisch. Peng, dachte er. »Liegt gut in der Hand.« Er legte die Waffe wieder auf den Tisch. »Verstehe nicht, warum sie nicht amerikanische kaufen.«

Sanchez grinste ihn an. »Wetten wir, daß nichts, was sie tragen, in diesem Land gemacht ist?«

Loren dachte nach. Chinesische Seidenanzüge, Schuhe, Gürtel, Pistolen aus Italien, Unterwäsche aus Indien. »Vielleicht die Krawatten?«

»Könnte sein. Aber ich wette, daß sie aus England kommen.«

Sanchez legte die Waffen in die Lade. Loren ging den Korridor entlang. Ciprianos Tür war leicht angelehnt.

»Ames, Iowa, Sir.« Loren erkannte die Stimme des Mannes mit dem Kurzhaarschnitt.

»Sie kommen aus Iowa.« Das war Cipriano. »Und Ihr Partner kommt von North Carolina. Dort gibt es vermutlich kaum spanische Bevölkerung, was?«

»Nein, Sir.«

»Seit wann sind Sie schon in der Stadt?«

»Seit zwei Tagen.«

Loren grinste. Cipriano betonte seinen spanischen Akzent; normalerweise bemerkte man ihn kaum.

»Also gut«, fuhr Cipriano fort, »daher das Informationsgespräch. Sie sollen lernen, wie man mit der spanischen Bevölkerung umgeht.« Cipriano räusperte sich. »Sie müssen sich nur zwei Dinge merken. Zwei Sätze. Dann haben Sie keine Probleme.«

»Sehr wohl, Sir.«

»Wiederholen Sie: *Raus aus dem Tschevy, Pedro.*«

Einen Augenblick herrschte überraschte Stille.

»Ich sagte, wiederholen!«

»Raus aus dem Chevy, Pedro«, kam es nicht ganz perfekt im Chor.

»Nicht Chevy, sondern Tschevy. Versuchen Sie, den Akzent richtig hinzukriegen.«

»Tschevy.«

»Von vorn!«

»Raus aus dem Tschevy, Pedro.«

Cipriano brüllte wie ein Marine D.I. »Sagen Sie es so, als meinten Sie es auch!«

»RAUS AUS DEM TSCHEVY, PEDRO!« Der Chor war perfekt.

»Das war gut.« Ciprianos Stimme war wieder sanft. »Jetzt wird Ihnen jeder Spanier, mit dem Sie reden müssen, zuhören. Es gibt noch einen anderen Satz. *Comprende Gefängnis, Arschloch.*«

»Comprende Gefängnis, Arschloch!«

»Sie sollen es meinen!«

»COMPRENDE GEFÄNGNIS, ARSCHLOCH!«

Loren gab sich Mühe, nicht lauthals zu lachen und schlenderte wieder zur Anmeldung. Sanchez sah ihn an. »Sind Sie mir nicht böse, Chief«, sagte er, »aber Weiße sind doch wirklich dumm.«

»Aber sie sind *so* gut erzogen.«

»Als ich bei der Luftwaffe war, mußte ich einen ganzen Tag im Lager einen Schraubenschlüssel für Linkshänder für den Sergeant suchen.«

»Und sie sagen, daß *Weiße* dumm sind?«

»Richtig schade, daß uns ATL diese Leute nur für eine Stunde schickt«, sinnierte Sanchez. »Diese Scheißkerle! Sie glauben, die spanische Bevölkerung ist zurückgeblieben oder so und muß besonders behandelt werden. Blödsinn!«

Ciprianos Stimme war aus seinem Büro zu hören. »Wir sind alle *Spanier*, okay? Latinos kommen aus Kuba oder Puerto Rico, oder aus der Gegend. Chicanos kommen aus Kalifornien. Aber wir stammen reinblütig von den kastilianischen Eroberern ab, *vergessen Sie das ja nicht!*«

Cipriano übertrieb heute ein wenig. Loren schnallte den Pistolengurt um. »Ich gehe jetzt. Ich muß mich für heute nacht ausruhen.«

»Sie können sich beruhigt ausruhen, Chief.« Er grinste. »Jetzt sind ja die Leute von ATL hier.«

Loren verließ das Gebäude, stieg in den Fury und fuhr über die West Plaza Richtung Central Avenue. Er bog rechts ab und bei der großen Kirche der Heiligen der Letzten Tage nach links. Sie hatten ihr eigenes Denkmal errichtet: Ein Obelisk aus Granit aus Utah sollte daran erinnern, daß Brigham Young 1870 Mormonen nach Atocha geschickt hatte, um die Stadt neu zu besiedeln. Sie hatten trotz des Apachen-Terrors am Rio Seco eine kleine bäuerliche Gemeinde gegründet, die als Zwischenstation geplant war, für den Fall, daß die schwelenden Unstimmigkeiten der Heiligen mit der Regierung sie zwang, nach Mexiko zu fliehen. Die Bergleute, die durch die Silber- und Goldfunde angelockt wurden, machten den Mormonen bald den Rang streitig, aber die Mormonen blieben dennoch ein mächtiger Bestandteil der Bevölkerung.

Estes Street lag im Schatten alter Japanischer Ulmen, deren frisches Grün sich lebhaft vom staubigen Braun der Hügel New Mexicos abhob. Die Schatten der Bäume zeichneten ein sich ständig änderndes Muster auf den abgenutzten, geflickten Straßenbelag. In den ungepflegten Vorgärten vieler Häuser standen alte Schilder mit der Aufschrift ZU VERKAUFEN. Loren fuhr an der grauweißen Kirche der Church of Christ-Gemeinde vorüber, die früher einmal ein Wohnhaus gewesen war; einen Häuserblock weiter war die Auffahrt zu seinem Haus. Der Autoabstellplatz unter dem rostigen Dach mit den Ranken der verblühenden Purpurwinde war leer. Loren parkte auf der Seite der breiten Auffahrt und ließ Platz für Debras Taurus unter dem Dach. Im Garten gab es fast nur nackte Erde und das im Südwesten heimische Gras; an der Hauswand wuchsen ein paar Yuccas und ein wunderschöner Ocotillo. Loren fühlte sich plötzlich sehr glücklich.

Querencia. Ein spanisches Wort, das so viel bedeutete wie Zuhause für das Herz. Hier fand er Ruhe.

Im Haus roch es noch nach Frühstücksspeck. Loren öffnete ein Fenster, ging ins Schlafzimmer, nahm den Pistolengurt ab und zog die Schuhe aus. Er hängte den Gürtel auf einen Haken am Gewehrständer, neben die Heym-Flinte und das russische Jagdgewehr, und legte sich aufs Bett.

Loren konnte wunderbar auf Kommando einschlafen.

Als er aufwachte, wußte er, daß sich etwas verändert hatte. Debra arbeitete halbtags in der Bibliothek und war nach Hause gekommen. Jetzt, nachdem die Mädchen die Grundschule hinter sich hatten, hätte Debra gern ganztags gearbeitet, aber die Stadt konnte sich keine Ganztagskraft in der Bibliothek leisten. Debra hatte leise mit der Küchenarbeit begonnen. Er stand auf und tappte in den Socken durch das Wohnzimmer. In der Küchentür blieb er stehen.

Debra war kräftig gebaut, 1,80 m groß. Sie hackte gerade Sellerie für die Truthahnfüllung; die strohblonden Stirnfransen hingen ihr über die Augen und behinderten sie ein wenig.

Loren wurde warm ums Herz, als er sie sah. Er war etwa Mitte zwanzig gewesen, als ihm plötzlich die Augen aufgingen und er wußte, daß Debra die Frau für ihn war. Sie war in der High-School zwei Klassen unter ihm gewesen, war hoch gewachsen und ging immer ein wenig gebückt. Als sie als Lehrerin vom College zurückkam, hielt sie sich kerzengerade und Loren wußte, das war der Mensch, mit dem er sein Leben verbringen wollte. Zwei Jahre hatte er sie mehr oder weniger unaufhörlich umworben, dann hatte sie endlich zugestimmt.

Er besaß den schlechten Ruf, besonders wild zu sein; den mußte er erst wiedergutmachen, bevor sie kapitulierte, und um Debras willen tat er es. Nicht daß es keine Rückschläge gab – beim Gedanken daran, wie er sie betrogen hatte, wurden ihm die Knie weich, und wenn er an Eileen dachte, wurde ihm schwindlig – aber seit der Geburt seiner älteren Tochter war Loren treu geblieben, absolut treu; kein Seitensprung mit der Frau eines Kollegen, kein Besuch bei Connie Duvauchelle, der nicht beruflich war.

Vielleicht hatte Katrinas Geburt ihre Ehe gerettet. Sie war spät gekommen. Debra war sechsunddreißig, hatte einige Fehlgeburten hinter sich und erst eine neu entwickelte Operation machte es ihr möglich, ein Kind auszutragen.

Aber jetzt war ihre Ehe in Ordnung. Perfekt. Genau wie ihre Töchter.

Loren hatte einen ausgeprägten Beschützerinstinkt. Es konnte so viel geschehen – in seinem Beruf sah er mehr als andere. Er wollte seine Ehe schützen, seine Töchter, seine Gemeinde. Er wollte dazu beitragen, Atoche zu einem *lebenswerten Ort* zu machen.

Das nahm er sich jeden Tag fest vor.

»Dich hab' ich nicht erwartet.« Debra hatte sich nicht umgedreht, sondern fixierte durch die randlose Schulmeisterbrille ernsthaft den Sellerie.

»Ich ruhe mich für heute abend aus. In der Atocha-Mine wurden alle gekündigt.«

Debra hielt in der Arbeit inne. Sie legte das Messer beiseite und trocknete die Hände an der Schürze. »Ich sollte Linda anrufen.«

Linda war mit Debras Bruder verheiratet; er war ein Bergmann. Debra griff zum Telefon.

»Wenn ich ihn heute abend sehe, schicke ich ihn nach Hause«, meinte Loren.

Debra blickte ihn an, eine Hand am Telefon. »Werde ich *dich* sehen?«

»Wahrscheinlich nicht.«

Sie ging zum Kühlschrank. »Ich mache dir ein Sandwich.«

»Ich kann etwas im Sunshine essen.«

»Nur für alle Fälle.«

An der Tür des Kühlschranks hing ein Poster von der runden blauen Erde aus dem All gesehen. In großen weißen Buchstaben las er den Befehl SCHÜTZE DEN PLANETEN! Eine der Töchter hatte das Plakat angebracht.

Debra nahm ein Hirschsteak vom Vorabend heraus. Loren hatte den Hirsch im vergangenen Herbst erlegt – mit dem Gewehr aus russischen Heeresüberschüssen.

»Mrs. Trujillo hat angerufen. Sie möchte, daß Kelly morgen abend auf die Kinder achtgibt.«

»Nein.«

Sie sah ihn erstaunt an. »*Warum* nicht, Loren?«

»Weil sie nicht kann.«

»Sie geht zu den Kindern von allen anderen.«

Loren biß die Zähne zusammen. »Nicht zum Bürgermeister. Auf keinen Fall.«

»Es würde dir im Rathaus helfen.«

»Ich brauche diese Hilfe nicht.«

Debra beschäftigte sich wieder mit dem Hirschsteak und schnitt es mit präzisen Bewegungen in Scheiben.

»Es hat doch keine politischen Gründe, oder? Wenn du es mir wenigstens erklären würdest! Ich weiß nie, was ich Kelly sagen soll.«

Er seufzte. »Es wäre keine besonders gute Idee.«

Schweigend machte sie zwei Sandwiches, packte sie ein und verstaute sie zusammen mit einer Orange und einer Dose Traubensoda in einer Papiertüte. Loren zog die Schuhe an, schnallte den Revolvergürtel um und ging mit der Tüte zum Fury. Er fuhr im Rückwärtsgang den Fahrweg hinunter, öffnete dabei die Dose und fuhr mit einer Hand weiter, während er trank. Ein blondes Mädchen auf einem Fahrrad – es war eine der Adams Schwestern – warf eine Ausgabe der Wochenzeitschrift

Copper Country Weekly in die Vorgärten. Loren winkte ihr im Vorbeifahren zu; sie starrte ihn an, als wäre er ein Fremder.

Das ärgerte ihn. Er stieg auf das Gaspedal, und der Motor des Fury dröhnte, als er fünfzig Kilometer schneller als erlaubt durch die Straßen brauste.

Er hätte gern die Schlagzeile des *Weekly* gelesen. Wahrscheinlich irgendeine hochgejubelte Geschichte über die wirtschaftliche Entwicklung, vom Büro des Bürgermeisters verfaßt. Der Bürgermeister hatte die einzig wichtige Nachricht vor der Zeitung zweifellos ebenso geheimgehalten wie vor allen anderen Leuten.

Nächste Woche würde die Schlagzeile wieder optimistisch sein. ATOCHAS GLÜCK IM UNGLÜCK so ähnlich wird es heißen. Edward Trujillo wird einen Weg finden, die Schließung der Mine so zu deuten, daß es im Grunde ein Segen war. So etwas konnte er gut.

West Plaza war eine Einbahnstraße, und um zu seinem Parkplatz zu gelangen, blieb Loren auf der Estes Street, als er die Central Avenue überquerte, blinkte dann rechts, fuhr an der Methodistenkirche vorüber in die Railroad Street.

Wie ein silberner Blitz raste der elegante Maglev-Zug an ihm vorüber und war auch schon wieder verschwunden; nur der Eindruck vom rot-grauen ATL-Logo blieb und prägte sich Loren unauslöschlich ein. Der Bahnhof war nur einen halben Kilometer entfernt, aber der Zug fuhr bereits mehr als hundertzwanzig; er bewegte sich vollkommen lautlos auf Gummirädern exakt vier Zentimeter über den Schienen.

Wahrscheinlich war er unbesetzt. Der computergesteuerte Zug hielt sich genau an den Fahrplan, mit Passagieren oder ohne sie.

Die Zukunft hat bereits begonnen, dachte Loren. Ein Zug ohne Passagiere, der eine vierzig Kilometer lange Strecke mit einer Geschwindigkeit von dreihundert Stundenkilometern befährt.

Loren bog ab und fuhr am alten Personenbahnhof der Santa-Fé-Linie vorüber, der noch im spanischen Stil erbaut war. Ein schokoladefarbener Blazer mit zwei jungen Weißen mit Ray-Bans kam ihm entgegen, machte eine ungesetzliche Kehrtwendung und fuhr hinter Loren her.

Sie übten Verfolgungsjagd. Was für Idioten!

Loren beobachtete sie im Rückspiegel und spielte kurz mit dem Gedanken, sie aufzuhalten und ihnen ein Strafmandat zu verpassen, ließ die Idee aber wieder fallen.

Wäre ihnen aber recht geschehen!

Er fuhr an der Baptistenkirche vorüber und bog rechts in die West Plaza ein. Hier stand das Art-Déco-Gebäude der Handelskammer, mit einer fächerförmigen stilisiert geflügelten Metallkonstruktion auf dem Dach, daneben das Gebäude der Stadt- und Bezirksverwaltung, mit dem renovierten Uhrturm und der altmodischen großen Schüssel für den LAWSAT. Loren parkte ein. Der ATL-Jeep fuhr vorüber, und die Insassen vermieden es sorgsam, ihn anzusehen. Loren stieg aus und betrat das Gebäude durch den Polizei-Eingang.

Edward Trujillo, der Bürgermeister, stand auf den gelblich weißen Fliesen im Foyer und redete mit Cipriano Dominguez. Al Sanchez war irgendwo unterwegs; der Schreibtisch in der Anmeldung war unbesetzt. Trujillo war klein gewachsen, sein Rücken länger als die Beine. Sein Haar war sorgfältig frisiert, und er trug immer eine fröhliche Miene zur Schau. Er hatte ein beiges Sakko an und eine schmale Krawatte in Türkis und Silber umgebunden.

In einem Ort wie Atocha stand es nicht dafür, sich besonders formell anzuziehen.

Trujillo lächelte Loren mit dem unschuldigen Lächeln eines Filmschauspielers an und schüttelte ihm die Hand.

»Ich wollte Sie sprechen, Loren. Ich habe Sie gesucht.«

»Ich war zu Hause und habe geschlafen.«

Trujillo zeigte leisen Unwillen. »Ich erwarte, daß die Beamten der Stadt während des Tages in ihren Büros sind.«

»Das bin ich normalerweise auch, aber es wird heute ein langer Abend für mich, wenn ich betrunkene entlassene Bergleute ins Gefängnis schleppen muß. Sie wissen es ja seit Tagen, haben mir aber nichts davon gesagt.«

Trujillo wurde rot. Loren bemerkte, wie Ciprianos Augen amüsiert aufblitzten, ohne daß es zu sehr auffiel.

»Ich wollte es Ihnen heute nachmittag erzählen.«

»Sehr gut. Nachdem sich die Hälfte meiner Männer das Wochenende zum Jagen frei genommen oder um Sonderurlaub für die Sühnetage angesucht hat. Wenn es auf der City Line zu einem Aufruhr kommt, könnte ich nichts dagegen unternehmen.«

Trujillo stellte sich die Auswirkungen eines Aufruhrs auf der Line vor, ließ den Gedanken aber fallen. Für die Line war er nicht mehr zuständig.

»Es war eine vertrauliche Information«, sagte er, »damit ich Vorbereitungen treffen kann.«

»Was sind das für Vorbereitungen? Vielleicht eine Presseaussendung? Wenn ich nicht auch Quellen bei Riga Brothers hätte« – er wollte Eileen nicht verraten –, »wäre es mir unmöglich, heute abend für Ruhe und Ordnung zu sorgen.«

»Ich muß alle möglichen Konsequenzen in Betracht ziehen ...«

»Verdammt noch mal, Ed, ich auch.«

Loren starrte Trujillo wütend an. Trujillo räusperte sich und machte einen halben Schritt zurück.

»Ich sehe, Sie regen sich auf. Vielleicht würde ich genauso reagieren, wenn ich Polizeichef wäre. Aber meine Information war vertraulich, und ich mußte viele Vorbereitungen treffen. Die ganze Stadt wird sich dadurch verändern. Wir müssen Alternativen bereithalten.«

Loren blickte Trujillo erstaunt an. »Alternativen? *Welche* Alternativen? Es gibt keine Alternativen!«

»Es gibt immer Alternativen, Loren. Man muß nur wissen, wie man sie findet.«

Trujillo machte sich in offensichtlich guter Laune davon. Loren sah Cipriano an.

»Dafür, daß die Stadt soeben den größten Steuerzahler eingebüßt hat, ist er kolossal glücklich.«

Cipriano zuckte die Achseln. »Unsinn, Chief. Atocha war immer eine Industriestadt. Meiner Meinung nach wird nur eine Firma die andere ablösen.«

Loren schnaubte verächtlich. »ATL? Ich habe noch nichts davon bemerkt, daß Advanced Technology Laboratories diese Stadt unbedingt *will*.«

Cipriano kaute an diesem Brocken eine Weile. Loren wollte in sein Büro gehen, hielt aber noch einmal inne.

»Pachuco, hast du dir schon einmal überlegt, warum William Patience es zuläßt, daß du seine neuen Männern wie Idioten behandelst?«

Der Vize grinste. »Weil er ein netter Kerl ist, Jefe?«

»In meinen Augen war Patience nie ein netter Kerl.«

»Stimmt, du hast recht. Vielleicht macht er es aus dem gleichen Grund wie der Sergeant, der Sanchez damals um einen Schraubenschlüssel für Linkshänder geschickt hat. Ein Aufnahmeritus vielleicht.«

Loren nickte. »Vielleicht. Aber ich glaube, sie haben ihre eigenen Aufnahmeriten und brauchen unsere Hilfe nicht.«

»Ich gebe auf, Jefe. wie lautet deine Theorie?«

»Es ist ihnen scheißegal, was wir machen«, sagte Loren. »Für sie sind wir kleinstädtische Hinterwäldler, und was wir tun, ist unwichtig. Sie lassen sich von uns zu Narren machen, weil es uns bei Laune hält, aber insgeheim machen sie sich über uns Bauerntölpel lustig.«

Cipriano war zuerst gekränkt, dann meinte er zweifelnd: »Ich weiß nicht, Chief.«

»So stelle ich es mir vor.«

»Ich weiß nicht.«

»So ist es aber.«

Loren ging in sein Büro, setzte sich in den Ledersessel und starrte auf die blaßgrünen Wände. Die verzerrten Spiegelbilder des Deckenventilators kreisten langsam über den goldenen Boxtrophäen. Das gerahmte Dekret für besondere Leistungen, ausgestellt von der Amerikanischen Vereinigung der Polizeikommandanten, müßte man wieder einmal abstauben!

Er erinnerte sich an die Sandwiches, die im heißen Auto liegen geblieben waren.

Sanchez klopfte und trat ein. »Habe eine Nachricht vom DEA über den LAWSAT-Empfänger hereinbekommen«, berichtete er. »Heute oder morgen soll eine Ladung Drogen aus Mexiko hereinkommen.«

»Großartig. Das fehlt uns gerade noch.«

»Weißer Chevrolet-Kleinlaster mit Wohnwagenaufsatz, neues Modell, mit einem geliehenen Anhänger von U-Haul. Zwei Mexikaner. Fahren hauptsächlich Nebenstraßen.«

»Das geht uns an«, seufzte Loren. »Nebenstraßen; das ist doch unsere Spezialität.«

»Bewaffnet und gefährlich.«

»Quatsch! Drei UZIs pro Mexikaner. Was soll im Anhänger sein?«

Sanchez warf einen Blick auf den Ausdruck. »Alles Designerdrogen. Riptide, Black Lightning, Liebesperlen.«

»Was ist mit Potoguaya geschehen?« wunderte sich Loren, dann seufzte er. »Gib es über Funk durch.«

Lorens Magen knurrte. Die Sandwiches fielen ihm ein. Vielleicht sollte er die Orange essen.

Er studierte den Kalender auf dem Schreibtisch. *Jom Kippur,* stand auf dem heutigen Tag. *(Beginnt bei Sonnen-*

untergang). Loren hatte auf jeden der folgenden sieben Tage einen kleinen roten Reiter gesetzt. Die Juden feierten einen Tag der Sühne, aber eine Kirchenkonferenz im Jahr 1831 hatte zur Folge, daß Loren heute sieben Tage dafür zugestehen mußte.

Diese Konferenz fand in Palmyra, New York statt; der siebenunddreißig Jahre alte Samuel Catton aus Pennsylvania war nach Palmyra gekommen, um Joseph Smith predigen zu hören. (Mormonen – Historiker behaupten, daß die Kirche Christi, wie sich die Heiligen der Letzten Tage damals nannten, Catton für kurze Zeit zum Apostel erhoben hatte, aber Cattons Gefolgschaft leugnete das.) Auf dieser Konferenz saß Catton neben einem stillen, adleräugigen Herrn mit glattem Gesicht und grauer Kutte, der ihn von den Lehren des falschen Propheten Smith wegführte und ihn auf eine Reise in den Kosmos mitnahm. Cattons Jünger nannten ihn den Meister in Grau; Joseph Smith identifizierte ihn später als Satan. In Cattons *Offenbarungen* fand sich auch der Befehl, zum jüdischen Sabbat und anderen jüdischen Festtagen zurückzukehren, die er aber mit einigen Verbesserungen ergänzte.

Wer der Ansicht war, daß ein Prophet würdevoll und ernsthaft sein sollte, zog Catton Smith vor. Smith lachte und machte Späße; er zog auch die Jacke aus und scheute nicht vor einem Ringkampf zurück, wenn ihn jemand dazu herausforderte. Er heiratete etwa fünfzig Frauen, auch solche, die bereits mit seinen besten Freunden verheiratet waren, und saß andererseits mit eben jenen Freunden nächtelang bei Bier und Wein. Catton tat nichts dergleichen, und wurde auch nie solcher Taten bezichtigt. Seine Rechtschaffenheit hatte zur Folge, daß das jüdische Fest der Versöhnung mit sieben multipliziert wurde. Die Heilige Kirche der Apostel von Elohim und die Nazarener gedachten ihrer Sünden eine ganze Woche lang.

Wenn es eine Sache wert ist, gemacht zu werden,

dann macht man sie auch ordentlich, das war die Ansicht der Apostel.

Loren betrachtete die Woche mit den roten Reitern und beschloß, sich die Sandwiches aus dem Auto zu holen. Vielleicht war es besser, sich eine Sinnesfreude zu gönnen, so lang es noch möglich war.

2. KAPITEL

DIE 41 KIRCHENGEMEINSCHAFTEN ATOCHAS BEGRÜSSEN SIE. Dieses Schild stand zwischen der eigentlichen Stadtgrenze und dem langen Straßenstück mit Bars und Clubs jenseits der Stadtgrenze. Den besagten einundvierzig Kirchengemeinschaften war es gelungen, die Stadt Atocha seit 1919 alkoholfrei zu halten, aber im umliegenden Bezirk durften alkoholische Getränke im Glas verkauft werden; der Verkauf von geschlossenen Dosen und Flaschen war auch hier illegal. Die hügelige, staubige Straße zwischen Atocha und der Kupfermine war mehrere Kilometer lang und gesäumt von Lokalen, in denen die Bergleute ihren Lohn vertrinken konnten, noch ehe sie damit nach Hause kamen. Stadt und Bezirk hatten sich die Verantwortung für die polizeiliche Überwachung der Line, wie man dieses Straßenstück allgemein nannte, seit Jahr und Tag geteilt – das Aufgebot des Sheriffs reichte bei weitem nicht aus, um hier durchzugreifen.

Loren bog bei einem offenen Gatter von der Straße ab und fuhr einen Kilometer auf einer Sandstraße weiter. Hinter einem drei Meter hohen Schutzzaun stand ein Wohnwagen mit einem großen Schiebefenster. Loren stellte sich hinter einem alten blauen BMC-Kleinlaster an. Auf seiner Stoßstange klebte ein Aufkleber: REDUZIERE DIE AUFWENDUNGEN FÜR NOTSTANDSHILFE. ARBEITE FÜR DEINEN LEBENSUNTERHALT. Die Frau hinter dem Steuer trug ein kariertes Hemd und ein Kopftuch; sie kaufte zwei Sechserpackungen Bier. Dann stand Loren vor dem Fenster.

»Hi, Loren.«

»Hi, Maddy.«

»Was kann ich für dich tun?«

Maddy Dominguez hatte ein rundes Gesicht und weiße Haare; sie war mit einem von Ciprianos Vettern verheiratet und betrieb den größten Alkoholschwarzhandel auf der Line.

»Die Atocha-Mine wird geschlossen«, informierte Loren die Frau.

Maddys Lächeln gefror. »Verdammt«, sagte sie. »Sallie wird wieder bei mir einziehen müssen.« Sallie war ihr jüngerer Sohn.

»Ich möchte, daß du über das Wochenende zusperrst«, erklärte ihr Loren. »Ich habe genug zu tun, wenn ich mich um die Bars kümmern muß.«

Maddy sah ihn zweifelnd an. »Ich weiß nicht, ob ich das wirklich will, Loren. Am Wochenende mache ich das meiste Geschäft.«

»Du mußt schließen, Maddy. Rubén sperrt zu und Kevin auch.«

»Was ist mit Connie Duvauchelle?«

»Die Leute gehen nicht zu Connie, um sich zu betrinken.«

»Rubén und Kevin haben nicht meinen Umsatz. Ich würde dir gern den Gefallen tun, Loren, aber Sallie wird Hilfe brauchen, da muß ich offen halten.«

Loren sah sie eindringlich an. »Das ist keine Bitte, Maddy.«

Ihre Antwort kam zornig und ohne Zögern. »Zum Teufel, Loren! Wozu bezahle ich dich?«

Wie der Blitz sprang Loren aus dem Fury; er packte mit seinen großen Händen den Fensterrahmen und schob Kopf und Schultern durch das Fenster. Maddy riß die Augen ängstlich auf und sprang zurück. Trotz seines Zorns bemerkte Loren, daß sie einen roten Hausmantel und blaue Hausschuhe trug.

»Ich habe gesehen, daß du soeben illegal Getränke

verkauft hast.« Der schwache Aluminiumrahmen verbog sich unter Lorens Gewicht, als er sich hineinlehnte. »Dafür kann ich dich verhaften. Und was ich mit eigenen Augen gesehen habe, ist Grund genug, dir die Tür einzutreten, den Wohnwagen zu durchsuchen und deine Vorräte zu beschlagnahmen.«

Maddy verlor ihre Angst und wurde zornig. »Meine Vorräte sind fünfzehntausend wert!«

»Wenn du sie behalten willst, sperrst du bis Montag zu, in Ordnung? So sehe ich es zumindest.«

Ihre Antwort kam schnell: »Okay. Ich schließe.«

Loren sah sie lange an, dann drehte er sich um. »Wir sehen uns in der Kirche«, verabschiedete er sich, ging zum Auto und fuhr die Sandstraße zurück. Er wartete am Tor, bis Maddy im Hausmantel und mit viel zu großen Cowboystiefeln den staubigen Weg herunterstapfte, um das Tor zu schließen.

Eine Lastwagenkolonne voll besetzt mit Feuerwehrleuten fuhr vorüber; die Männer trugen Helme und waren mit Sägen und Spaten ausgerüstet. Viele von ihnen waren Apachen. Schon wieder ein Waldbrand, dachte Loren. In diesem Jahr der Dürre hatte es schon unzählige gegeben.

Es gab das Gerücht, daß die Holzfirmen die Öko-Terroristen dafür verantwortlich machten. Mehrere Feuer hatten in Waldstücken begonnen, wo das Schlägern gestattet war. Die Firmen behaupteten, daß die Querköpfe so viel Holz wie möglich verbrannten, bevor sie zuließen, daß es geschlägert wurde.

Loren glaubte das im Grunde genommen nicht. Er hatte zu lang in einer Industriestadt gelebt, als daß er glaubte, was eine Firma über ihre Gegner behauptete.

Er fuhr auf den Highway hinaus und weiter Richtung Mine. Am östlichen Horizont türmten sich die Hügel aus ausgebleichtem toten Gestein. Die Tagschicht ging in ungefähr zehn Minuten zu Ende. In frühestens einer Stunde würden die Bergleute vermutlich besoffen genug sein, um zu randalieren. Dann war Loren beschäftigt, bis die Bars um zwei Uhr schlossen.

Er hatte ein Sandwich und die Orange gegessen, aber er war immer noch hungrig.

Er wollte die Mine nicht sehen. Es war zu bedrückend. Er steuerte in die Auffahrt zum UFO-Landeplatz, der 1999 auf der Figueracion-Ranch errichtet worden war, kehrte um und fuhr auf dem Highway nach Westen, zurück in die Stadt. Vielleicht konnte er im *Sunshine* etwas essen.

Unmittelbar hinter dem Schild mit den einundvierzig Kirchengemeinschaften stand eine große Werbetafel der Riga Brothers: ein lachender Mann mit kariertem Flanellhemd und Schutzhelm grüßte auf die Autofahrer herunter. DAS IST KUPFER-LAND! stand auf dem Schild.

Das war einmal, dachte Loren.

Sein Zorn gärte weiter.

Er dachte an den Tag, an dem er zum ersten Mal begriffen hatte, wie der Bezirk Atocha wirklich funktionierte. Er hatte natürlich davon gehört, sein ganzes Leben lang. Er wußte um die angeblichen Zahlungen von Conny Duvauchelle und die sogenannten ›Alkohol-Zinsen‹, wie es die Zeitungen nannten; das Netzwerk komplizierter Verpflichtungen, die Schmiergelder … Polizei und Sheriff-Büro boten sichere Jobs mit guter Gesundheits- und Altersvorsorge. Vielleicht waren sie gerade deshalb auch die letzten Jobs, die im Rahmen des politischen Mäzenatentums vergeben wurden. Es wurden keine Tests und keine besonderen Voraussetzungen verlangt; aber nur Demokraten bewarben sich erfolgreich.

Loren war Demokrat. Sein Vater war ein Funktionär der Gewerkschaft der Bergleute; das zählte. Seine Eltern nahmen immer an den Wahlkreisversammlungen teil; das fiel noch mehr ins Gewicht.

Er war noch keine Woche im Amt, und sein siebenzackiger Polizeistern hatte seinen Glanz noch nicht verloren, als ihn der Polizeikommandant zu Luis Figueracions Büro hinausschickte, um ein Paket abzuholen.

Die Figueracion-Ranch war die größte Ranch im Bezirk; die halbe Ranch wurde später um das Dreifache ihres tatsächlichen Werts an ATL verkauft – so liefen eben die Geschäfte in Bezirk Atocha, jeder wußte das. Seit es den Bezirk gab, war das Oberhaupt des Figueracion-Clans gleichzeitig der oberste Patron im Bezirk gewesen. Er entschied über Begünstigungen und verteilte politische Ämter – wenn ein Geschäft abgewickelt werden mußte, dann war es nicht selten ein Figueracion, der sich darum kümmerte.

Figueracions Büro war ein muffiges, altes Straßenlokal neben einem Obst- und Gemüsestand. An den Blechwänden klebten die vergilbten Wahlplakate aller demokratischen Präsidentschaftskandidaten, von F. D. Roosevelt angefangen. Es gab auch Fotos von Luis als Teenager, wie er Roosevelt die Hand schüttelte. Bei seinem ersten Besuch bekam Loren Figueracion selbst nicht zu Gesicht – ein Angestellter, ebenfalls ein Vetter von Cipriano Dominguez, übergab ihm einen unverschlossenen Umschlag.

Auf dem Rückweg zum Revier sah Loren in den Umschlag: Er enthielt knisternde neue Geldscheine.

Loren wußte noch genau, wie überrascht er war; so regelte man also die Dinge. Daß Geld auf diese Weise von Hand zu Hand ging, versetzte ihn nicht zu sehr in Erstaunen; schließlich hatten ihn Gerüchte zeit seines Lebens darauf vorbereitet. Aber daß ihn der Chef zum Schmiergeldkassier machte, da er noch keine Woche im Job war, überraschte ihn.

Es war Chief Odells Methode, einen jungen Beamten so bald wie möglich mit der Korruption zu konfrontieren und sich damit gleichzeitig Rückendeckung zu verschaffen. Wenn das ganze Revier die Hand aufhielt, waren alle daran interessiert, die Dinge so zu belassen, wie sie waren. Und das war doch letztlich der wichtigste Job der Polizei, oder nicht?

Am selben Tag fand Loren in seinem Spind einen neutralen weißen Umschlag mit einem Zehn-Dollar-Schein; das war sein Anteil.

Er fand heraus, daß die Anteile irgendwann um 1930 festgelegt und nie revidiert worden waren. Sie variierten von zehn Dollar jede Woche für den Streifenpolizisten bis zu fünfundzwanzig Dollar für den Chief. Damals in den dreißiger Jahren war das wahrscheinlich eine Menge Geld gewesen, aber als Loren dazu kam, war es nicht mehr als ein Trinkgeld. Es gab andere Vergünstigungen; trat ein medizinischer Notfall ein, konnte man von Figueracion Geld bekommen, oder es gab ein zinsenfreies Darlehen, das aus den wöchentlichen Zahlungen zurückbezahlt wurde. Als Loren als Wachtmeister heiratete, erhielt er eine wöchentliche Aufbesserung von fünfzehn Dollar. Er kaufte ein Haus und konnte dank dem Demokratischen Vorsitzenden eine nicht unerhebliche Anzahlung leisten; danach wurde er von der Schmiergeldverteilung ausgenommen, bis alles zurückbezahlt war.

Der Hauptzweck des Geldes war jedoch symbolischer Natur. Diejenigen, die das Gesetz brachen, mußten bezahlen, auf die eine oder andere Weise. Die wöchentliche Bargeldtransaktion brachte zum Ausdruck, daß die Gesetzesbrecher wußten, daß sie Unrecht taten und willens waren, zu sühnen.

Loren hielt viel von Sühne.

In Lorens Augen stärkten die Schmiergelder außerdem die Moral und den Kameradschaftsgeist innerhalb der Polizei. Man teilte ein Geheimnis, das wie ein Band wirkte, auch wenn es das Band einer gemeinsamen Sünde war.

Manchmal jedoch vergaßen die Gesetzesbrecher die wahre Bedeutung dieses Geldes und glaubten, daß sie das Gesetz tatsächlich gekauft hätten und nicht nur eine widerwillige Toleranz ihrer Aktivität erwirkt hatten. Loren schätzte Connie Duvauchelle unter anderem auch deshalb, weil sie in den fünfzig Jahren, die sie im Bezirk im Geschäft war, kein einziges Mal zu weit gegangen war. Sie mußte noch nie daran erinnert werden, wer tatsächlich das Sagen hatte. Maddy hatte eine taktlose Bemerkung gemacht, und Loren war verpflichtet gewesen, sie zurechtzuweisen.

Er war nicht wirklich böse gewesen, sondern hatte nur so getan, um ihr zu zeigen, wer der Boss war.

Doch üblicherweise zahlte der Boss die Angestellten. Ein unbequemer Gedanke.

Loren ignorierte ihn entschlossen.

Vor dem Sunshine stand ein 5-Tonnen-Laster vollbeladen mit abgesägten Wapiti-Geweihen. Die Geweihe waren noch vom weichen Bast überzogen und blutbefleckt.

Der Anblick trug nicht dazu bei, Lorens Laune zu verbessern.

Loren öffnete die avocadogrüne Decó-Tür und ging zur Theke. Das Lineoleum war an manchen Stellen so abgetreten, daß der Holzboden darunter zum Vorschein kam. Zwei koreanische Blutsauger in Anzug und Krawatte saßen in einer Loge und unterhielten sich mit Sam Torrey, dem Mann, der die Wapiti-Ranch im Süden der Stadt betrieb. Loren suchte Blutflecke und entdeckte welche auf seinem weißen Kragen. Len Armistead saß an der Theke; er war ein bärtiger Mann mit einer Brust wie ein Faß und betrieb im Westen der Stadt eine Tankstelle. Neben ihm saßen noch zwei redselige alte Käuze, Bob Sandoval und Mark Byrne, beides Bergleute im Ruhestand, die von der Pension lebten, die sie von Riga Brothers bezogen. Sie trugen karierte Hemden und hatten die schmierigen Baseballmützen in den Nacken geschoben, so daß die schütteren weißen Haare hervorschauten; vermutlich tranken sie bereits seit Mittag.

Loren setzte sich neben Armistead. Coover, der Besitzer des Sunshine, schenkte, ohne gebeten zu werden, Loren eine Tasse Kaffee ein. Ein öliger Film schwamm auf dem Kaffee.

Das Grundwasser in der Gegend war grauenhaft; es filterte durch den Bergwerksabraum mehrerer Jahrhunderte. Die meisten Leute benutzten Wasserfilter oder kauften Wasser in der Flasche.

Coover fand nichts dabei, es seinen Kunden zu servieren.

Loren sah auf Armisteads Teller, auf dem noch ein letztes Stück gebackenes Hühnerfleisch mit Sauce lag. So lange sich Loren erinnerte, war das das Freitagsmenü gewesen.

»Wie ist es?« fragte er.

Armistead sah finster auf seinen Teller. »Wie erwartet«, antwortete er.

Loren sah Coover an. »Ich nehme das Menü.« Mit einem Blick auf die Koreaner fügte er noch hinzu: »Und etwas Blut für die Vampire.«

Coover lächelte säuerlich und notierte die Bestellung.

Sam Torreys Wapiti-Farm war eines der wenigen erfolgreichen Unternehmen im Bezirk. Torrey hatte herausgefunden, daß die traditionelle chinesische und koreanische Medizin pulverisiertes Horn der Wapitihirsche zur Potenzsteigerung alternder Männer empfiehlt. Im Herbst, wenn die Geweihe noch mit dem samtigen Bast überzogen waren, besaßen sie den größten Wert, weil sie dann wahrscheinlich besonders reich an Hormonen waren. Manche Chinesen und Koreaner flogen sogar nach New Mexico, um das Blut zu trinken, das nach dem Absägen der Geweihe aus den Schädeln der Hirsche troff – vermutlich war das mit Hormonen angereicherte Blut wirkungsvoller als die pulverisierten Geweihe.

Die Ortsgruppe der Öko-Allianz war empört darüber, daß die Naturbestände des Landes zu Markte getragen wurden, um ein paar exzentrischen, vom Männlichkeitswahn besessenen Asiaten dienlich zu sein. Jäger wie Loren waren auch nicht begeistert davon; auch das zweite Geschäftsziel der Wapiti-Farm verdiente in ihren Augen keine Anerkennung: Für elftausend Dollar pro ausgewachsenes Geweih konnte sich hier jeder dahergelaufene, aber betuchte Jäger eine Jagdtrophäe verschaffen. Er mußte nur den Magen dazu haben, in ein umzäuntes Gehege zu spazieren und ein wehrloses, zahmes Tier zu abzuknallen.

Loren betrachtete erneut die Koreaner. Vielleicht würden sie heute abend ihre neu gefundene Potenz in Connie Duvauchells Etablissement testen.

»Wirst du dieses Jahr einen Hirsch schießen?« fragte er Armistead.

»Eine Lizenz habe ich.« Armistead tupfte gestockte Sauce von seinem Schnurrbart. »Morgen geh' ich mit Pooley auf einen Bären.«

»Jeder in der Stadt hat schon einen Bären, nur er nicht«, fuhr Armistead fort. »Er hält sich schon für einen Außenseiter.« Pooley war sein Neffe.

»Viel Glück«, wünschte ihm Loren.

»Er möchte ihn als Teppich auflegen.«

»Das kostet ihn zweitausend, wenn er den Kopf und alles haben will.«

»Vermutlich wird er sich mit dem Fell zufrieden geben.« Armistead besah sich seinen Kaffee, verzog das Gesicht und stellte die Tasse wieder hin. »Was ist mit dir?«

»Ich habe auch eine Lizenz.«

»Schießt du immer noch mit diesem tollen russischen Gewehr?«

»Du meinst die Dragunov? Klar. Ich mag sie gern. In kleinen Waffen sind die Russen gut.«

Die Dragunov war im Vorjahr Lorens Extravaganz gewesen. Die Russen hatten begonnen, Militärüberschuß im Westen zu verkaufen, und die Dragunov SVD war angeblich das beste kleinkalibrige Automatik-Gewehr der Welt. Loren hatte das russische PSI-1-4x-Militär-Infrarotvisier durch eine bessere Optik von Fujinon ersetzt und vergangenen Herbst einen Wapiti aus sechshundert Metern Entfernung geschossen.

»Es ist ein gutes Gewehr«, bestätigte er.

Armistead stand auf und zog die Mütze über die Augen. »Ich muß wieder geh'n.«

»Dann bis später.«

»Bis später.«

Loren blickte durch das fleckige Spiegelglasfenster. In seinem Bauch rumorte es. Im Sunshine gab es das schlechteste Essen, aber es war auf dem Central Boulevard, gleich bei der Plaza, und Loren konnte von der Bar aus die Vorgänge im Polizeihauptquartier beobachten. Außerdem war Coover ein hohes Tier in der Demokratischen Partei, was nicht ganz unwichtig war.

»Das ist nur deshalb so, weil die Leute in der Gegend zu arm waren und sich keine richtigen Kirchen leisten konnten«, erklärte der alte Byrne, der ein Stück weiter an der Theke saß. Er hielt eine selbstgedrehte Zigarette zwischen den gelben Fingern. »Daher kommen die Apostel und die Mormonen ursprünglich alle von dort.«

»Ganz recht.«

»Dort oben war alles Mögliche losgewesen. Joseph Smiths Großonkel hat eine Religion gegründet, habt ihr das gewußt?«

»Nein.«

Als Loren das hörte, erflehte er sich Geduld von Gott. Byrne hatte eine schrecklich zänkische Frau und verbrachte viel Zeit in der Stadtbibliothek. Er hatte tonnenweise Fakten in sich hineingestopft und war überglücklich, wenn ein Opfer in der Nähe war und er mit seinem Wissen angeben konnte. Dabei argumentierte er mit einer Aggressivität, die er sich eindeutig von seiner Frau angewöhnt hatte.

»Religion lag bei ihnen wahrscheinlich in der Familie. Samuel Catton gründete die Apostel; niemand kannte seinen Vater. Aber sie waren beide gut. Sie hatten sich folgendes überlegt: Wenn man eine neue Religion gründete, mußte man sich an die Armen wenden, an denen die anderen Religionen nicht interessiert waren.«

»Das hat Jesus getan.«

»Das ist es eben!« Byrne strahlte. »Arme Leute wünschen sich genau wie alle anderen Leute auch eine Religion. Und wenn du genügend findest, die ihre Pennies bei der Kollekte spenden, kannst du verdammt gut davon leben. Darum bemühen sich die amerikanischen Kirchen so intensiv um Bekehrungen in Südamerika etc.«

»Und dieser Joseph Smith hatte außerdem eine Menge Frauen.«

»Wenn du den Armen Hoffnung gibst, kannst du mit ihnen machen, was du willst. Nehmen wir Jim Jones, der die Leute in Surinam umgebracht hat.«

»Guinea.«

»Guyana, dort war es.«

»Guinea.«

Loren hatte endgültig genug. Er stellte seine Tasse nieder und sah Byrne an. »Was ist mit Gott?« fragte er.

Byrne schien überrascht. »Was soll mit ihm sein?«

»Was ist, wenn *Gott* beschließt, eine neue Religion zu gründen? Nehmen wir an, Gott findet, daß alle Religionen auf dem falschen Weg sind und den Menschen nichts bringen; er *befiehlt* jemandem, eine neue Lehre zu verkünden.«

Byrne grinste und entblößte dabei die vom Tabak verfärbten Zähne. Er unterhielt sich köstlich. »Also gut, Chief.« Er drehte sich eine neue Zigarette. »Ich denke mir das so. Wenn Gott jemandem befiehlt, eine neue Religion zu gründen, warum befiehlt er nicht einem Haufen anderer Leute, daran zu glauben?«

»Vielleicht ist es so?« wandte Loren ein. »Samuel Catton war der Anführer der Apostel, aber er war nicht allein. Zwölf Diakone wurden gleichzeitig mit ihm erleuchtet.«

»Die Erleuchtung bezog sich auch auf eine Unterstützung der Gegner der Freimaurer und auf die Opposition gegen die Bank der Vereinigten Staaten, nicht wahr?«

Coover erschien mit Lorens Steak. Er warf Byrne und Sandoval einen verärgerten Blick zu. »Müßt ihr unbedingt über Religion streiten?«

»Wir streiten doch nicht, Coov. Ich rede über geschichtliche Tatsachen. Du kannst in die Bibliothek gehen und alles nachlesen.«

»Die Freimaurer haben Morde begangen und Druckereimaschinen zerschlagen, und die Bank hat die Leute unterdrückt«, wandte Loren ein.

Byrne zündete sich eine Zigarette an und rauchte. »Seit die Apostel sich hinter die Wahl von Andy Jackson gestellt haben, gibt es die Bank der Vereinigten Staaten nicht mehr. Und die Freimaurer beschränken sich heute darauf, daß sie sich dumme Hüte aufsetzen und sich beim Schrein-Tempel betrinken. Ich gehöre auch der 32. Schottischen Loge an und wenn es noch Verschwörungen zur Unterdrückung von Menschen gäbe, dann wüßte ich davon. Warum löst ihr nicht eure Religionen auf? Dann können sich die Leute in der Stadt betrinken und müssen deshalb nicht nach Westen fahren.«

›Nach Westen fahren‹ bedeutete im Atocha-Dialekt, jenseits der Stadtgrenze eine Flasche kaufen.

»Die Geistlichkeit bemüht sich ständig um neue Erkenntnisse, und das gibt ihr Kraft.«

»Was ich wissen will«, fuhr Bob Sandoval nuschelnd dazwischen, »an welche von diesen Erkenntnisse sollen wir glauben?« Seine Zahnprothese im Oberkiefer fehlte, und seine undeutliche Aussprache lag daher nicht nur am Alkohol. »Gott hat Joseph Smith eine Sache verkündet und Sam Catton eine andere, welchem sollen wir nun glauben?«

»Bezüglich der Freimaurer waren sich beide einig«, meinte Byrne.

Loren sah sich um, ob während ihrer Unterhaltung keine Mormonen hereingekommen waren. Keiner war zu sehen. »Ich sage nichts über die Heiligen der Letzten Tage«, meinte er dann, »aber ich würde keine Religion wählen, deren Gründer sich lynchen ließ.«

»Wie Jesus Christus?« fragte Byrne.

Loren war sprachlos. Sandoval lachte über seinen Gesichtsausdruck.

»Ich will nichts über euch oder über die Mormonen sagen«, meinte er, »aber für uns Katholiken seid ihr alle Sektierer.«

Loren starrte ihn wütend an. »Du willst doch nicht, daß ich dir erzähle, was meine Religion über den Papst sagt.«

»Loren«, warf Coover dazwischen, »dein schönes Steak wird kalt.«

»Ein großer Denker des sechzehnten Jahrhunderts«, beharrte Loren.

Sandoval war gekränkt. Byrne fragte ihn: »Ich bin Lutheraner. Bin ich auch ein Sektierer?«

»Du bist okay«, antwortete Sandoval. »Du bist nur ein Häretiker.«

Er und Byrne kicherten. Byrne zog einen Flachmann aus der Tasche und goß Whisky in die Kaffeetassen.

»Iß dein Steak, Loren«, erinnerte ihn Coover, und zu den zwei alten Männern gewandt: »Könnt ihr nicht über Politik reden, wie alle anderen?«

»Klar«, beruhigte ihn Byrne. Seine Augen leuchteten. »Wann wird Luis Figueracion mit seinen Demokraten zur Abwechslung einmal eine Wahl gewinnen?«

»Also komm, Mark«, entgegnete Coover.

Loren sah auf den gelierenden Fleischsaft, der das übergare panierte Fleisch und den Kartoffelbrei überzog. Wäßrige hellgrüne Erbsen aus der Dose schwammen vereinzelt auf der Oberfläche. Angewidert stach er die Gabel in das Fleisch, griff nach dem Messer und sägte los. Der Appetit war ihm längst vergangen.

»Niemand weiß, wofür sich die Demokraten stark machen«, behauptete Sandoval. »Sie sehen zu, wie uns diese Scheiß-Japaner und illegalen Chilenen die Arbeit stehlen.«

»Du weißt sehr gut, daß wir versucht haben, das ausländische Kupfer abzublocken«, entgegnete Coover.

»Ich hör nichts als Worte, das ist es.«

Lorens Kiefer plagten sich mit zähem, zu lange gebratenem Fleisch und trockenem Paniermehl. Zeit seines Lebens war er Zeuge solcher Gespräche gewesen und könnte für den Rest seiner Jahre gern darauf verzichten. Ein paar betrunkene alte Käuze belehrten Gott und die Welt. Die amerikanische Kupferproduktion starb, weil sie mit der Kombination von südamerikanischer Billigarbeit und effizienten deutschen Schmelzanlagen nicht konkurrieren konnten; der lokale Vorsitzende der Demokratischen Partei konnte nicht sehr viel dagegen tun.

Sandoval und Byrne schwatzten weiter.

Steuerzahler und Wähler, dachte Loren.

Er schaufelte dicken, trockenen Kartoffelbrei auf die Gabel und versuchte zu lächeln, wie man es von einem Mann im öffentlichen Dienst erwartete.

Er war froh, daß er in seine Position ernannt und nicht gewählt wurde.

Seit sich Loren zurückerinnern konnte, war der Horizont im Westen noch lang nach Sonnenuntergang hell geblieben. Die Lichter der Atocha-Mine brannten auch während der Nachtstunden, da die Bergleute Spätschicht arbeiteten; die Line war ebenfalls hell erleuchtet. Wenn der Wind vom Westen blies, hörte man ein anhaltendes, klagendes Geräusch, wie zehntausend ferne Flötenspieler, die die gleiche Note spielten; es rührte von den riesigen Lastwagen her, die auf fast vier Meter hohen Reifen aus der Grube rollten. Jetzt war die Grube dunkel und still, und auf der Line war die Hölle los.

Der erste Anruf kam um 18.30 Uhr herein, als sich zwei sinnlos betrunkene Frauen auf dem Parkplatz des Geronimo in die Haare gerieten. Das Geronimo war ein typisches Rasthaus im Stil der fünfziger Jahre, mit einem in Neonlicht stilisierten Indianer im Kriegsschmuck der Prärie-Indianer; aber der echte Geronimo hätte sich nicht einmal tot in diesem Kriegsschmuck erwischen lassen. Die Frauen fochten ihren Kampf aus, während ihre Ehemänner bierselig herumtaumelten, dem Streit schließlich ein Ende bereiten wollten und darüber selbst zu raufen begannen.

Gewalt war auf der Line nichts Neues. Loren erinnerte sich an die mitternächtlichen Kämpfe seinerzeit in der Ringside-Bar. Loren war damals noch nicht lang bei der Polizei. Die war in der Zwischenzeit abgebrannt, aber damals hatte sie im Hinterzimmer einen kleinen Boxring, wo sich Loren und ein paar andere Polizisten für 150 Dollar in den Ring stellten und gegen einen schweren Jungen kämpften, der nur zu diesem Zweck vom Staatsgefängnis Urlaub bekommen hatte.

Der Ring maß nur fünf Meter in der Diagonale, war also zu klein, um den Kämpfern viel Spielraum zu bieten, und Loren haßte ihn – er war ein Boxer, kein Schläger; in dem kleinen Ring waren aber die Schläger im Vorteil. In der Armee hatte er sich auf Entfernung spezialisiert; er hielt den Gegner mit seinem langen linken Arm auf Distanz, und wenn der andere ungeduldig oder müde wurde und versuchte anzugreifen, schlug die Rechte nach. Er hatte eine Methode entwickelt, seinen Schlägen im Augenblick des Auftreffens einen Dreh zu versetzen, wodurch er mit dem Handschuh das Gesicht des Gegners aufriß und das Blut auf das begeisterte Publikum in der ersten Reihe spritzte… es hatte ihm gefallen; es verschaffte ihm eine brutale Befriedigung, wenn er einen Gegner auf diese Weise fertigmachen konnte, ohne sich selbst zu gefährden. Diese Befriedigung währte bis zu seinem zweiten Titelverteidigungskampf. Damals rannte er in die rechte Hammerfaust eines neunzehnjährigen Zivilisten aus Detroit; Loren ging zu Boden und wurde in der einundvierzigsten Sekunde der ersten Runde ausgezählt.

Die Kämpfe in dem kleinen Ring in der alten Atocha-Bar gaben Loren nichts. Er haßte sie, weil sie den tätowierten, muskelbepackten Sträflingen mit den dünnen Gefängnisbärten einen Vorteil einräumten. Sie kamen grinsend in den Ring, hatten sie doch endlich Gelegenheit, einem Bullen ungestraft etwas anzutun. Sein erster Kampf dauerte einundeinehalbe Runde; eine Schlägerei, ein gehässiger, wilder Kampf mit viel Armarbeit, bis Loren schließlich Glück hatte und seinen Gegner mit einem rechten gekreuzten Überraschungsschlag, den nur Gott hätte voraussehen können, zu Boden streckte. Weil er den kleinen Ring und den Gestank nach Bier haßte, jeden Augenblick des schwitzenden, schlagenden, erbarmungslosen Kampfes haßte, verbrachte Loren Stunden im Ringside und trainierte Beinarbeit, seitliche Ausweichmanöver, fintieren und auf- und abhüpfen, einfach alles, um den schwergewichtigen Schlägern mit ihren tief vorgetragenen Angriffen und den kurzen, harten Trommelschlägen auf den Körper, denen meistens ein Ellbogen in die Zähne oder ein Kopfstoß ins Gesicht folgte, auszuweichen. Er wollte nicht aufhören, denn das Stammpublikum im Ringside bestand meist aus der guten Gesellschaft von Atocha und Mitgliedern der Demokratischen Partei von außerhalb des Bezirks. Loren hoffte, sich durch die Kämpfe bei jenen Leuten einen Namen zu machen, die ihm später helfen konnten. Lorens Beinarbeit wurde viel besser, als sie in seinen besten Tagen bei der Armee gewesen war. Und Haß beflügelt seine Schläge, Haß auf die hohen Tiere im Publikum, Haß auf die kämpfenden

Sträflinge mit ihren goldenen Zähnen und narbigen Gesichtern.

Dem Haß verdankte er, daß er nie verlor. In jedem Kampf gab es aber auch einen Punkt, an dem er den Haß hinter sich ließ; aus dem Haß wurde Freude – eine böswillige Freude vielleicht, aber dennoch Freude. Er entdeckte plötzlich, daß er verschiedenes wußte; er wußte im voraus, wie der andere reagieren würde. Er wußte, wo und wie sein Gegner stand. Auch mit zugeschwollenen Augen, oder wenn sie blind von Schweiß oder Blut waren, wußte er seinen Vorteil zu wahren, wußte, wie er den Gegner aus dem Gleichgewicht bringen und vernichten konnte. Als hätte er ein Radar in den Händen gehabt.

Wenn es die Gelegenheit erforderte, kämpfte er natürlich auch unfair, rammte den Gegner mit dem Kopf, setzte die Ellbogen ein, trat auf den vorgestellten Fuß des Gegners, um ihn für eine gerade Rechte festzunageln ... Die Politiker liebten unfaire Kämpfe, sie kreischten vor Vergnügen, wenn jemand nach einem Clinch und einem Ellbogenschlag in den Kiefer zu Boden ging. Von den Sträflingen erwartete man, daß sie unfair kämpften; daß es die Polizei auch tat, war nur ausgleichende Gerechtigkeit.

Loren erinnerte sich an einen Kopfstoß von seinem letzten Gegner, einem linkshändigen Einbruchspezialisten, der seine Stirn mit betäubender Kraft auf Lorens Nase krachte ... Loren, blind vor Schmerz und halb betäubt, taumelte zurück. Er versuchte, die Benommenheit abzuschütteln und kämpfte gegen die aufsteigende Übelkeit, denn er wußte, daß der andere gleich nachsetzen würde. Loren konnte den Gegner nicht sehen, aber er wußte, daß er vor ihm stand, wußte, daß er nach rechts ausweichen konnte, um über der schlagenden Linken des Mannes eine kraftvolle gerade Rechte zu landen.

Loren schlug so hart zu, daß er sich einen Fingerknöchel brach. Der Knastbruder ging zu Boden wie ein Sack Erbsen und war immer noch bewußtlos, als sie ihn hinaustrugen. Loren erinnerte sich, wie er sich an den Schiedsrichter lehnte, als dieser seine Hand zum Zeichen des Sieges hochhob; er bemühte sich, auf den Beinen zu bleiben, blinzelte das Blut aus den Augen und blickte hinunter durch ein Loch, das seltsamerweise in der Zuschauermenge entstanden war, bis in die letzte Reihe. Dort saß der Senator vom Bezirk Bernalillo mit einer rothaarigen, rassigen Tänzerin aus Albuquerque, die ihm gerade einen blies.

Das war Lorens letzter Kampf. Es war ihm einiges klar geworden, und er hatte genug davon. Er war befördert worden und hatte seine Schulden bezahlt. Es lag außerdem auf der Hand, daß Debra ihn nicht eher heiraten würde, als bis er damit Schluß gemacht hatte.

Er war überglücklich, als das Ringside niederbrannte und er einen Strich unter das bedauerliche Kapitel ziehen konnte.

Aber die Kämpfe auf der Line gingen weiter, nur wurden sie jetzt nicht gebilligt.

Der nächste Anruf kam von der Atom Lounge, auf deren Neonschild eine Rakete mit rotflammendem Schwanz prangte. Ein verbohrter Pensionist und sein seit kurzem arbeitsloser Sohn versuchten, das Lokal zu zerlegen. Noch ehe die Polizei eintraf, hatten die Rausschmeißer alles bis auf die Verhaftung bereits erledigt.

So ging es den ganzen Abend fort. Kurz nach zehn kam die Nachricht durch, daß George Gileno soeben Doc Hollidays Bar betreten und einen Drink verlangt hatte.

Loren schaltete das Blaulicht ein und drückte auf den Knopf, der die Sirene auslöste. Das Adrenalin war ihm bereits eingeschossen. Sein Fury brauste durch die sanft gekurvte Straße. Das würde ein Alptraum werden.

George Gileno war wahrscheinlich der größte Apache auf der ganzen Welt. Er hatte Hollidays Bar bereits einmal zerlegt, und seither wollte man ihn dort nicht mehr bedienen. Das war vermutlich ein Grund mehr für ihn, die Bar zu zertrümmern.

Lorens Auto war das dritte auf dem Parkplatz. Er packte den Gummiknüppel und rannte zur Tür.

Das Lokal war gekünstelt rustikal eingerichtet, mit einer roh gezimmerten Wandverkleidung, einem alten Pferdezaum samt Geschirr und verrosteten Werkzeugen aus dem Bergwerk an den Wänden. In der Mitte der Bar stand Gileno. Er überragte die Menge rund um sich haushoch. Ein triumphierendes Grinsen lag auf seinem dunklen, blutverkrusteten Gesicht. Zwei Polizisten, Begley und Esposito, klammerten sich brüllend an Gilenos Arme, während ein dritter, Ron Quantrill, den stiernackigen Gileno von hinten mit dem Gummiknüppel bearbeitete.

Der riesige Apache sah aus wie Frankensteins Monster, das von allen Seiten von Bauern bedrängt wird.

Loren brüllte etwas und versuchte, sich durch die Menge zu drängen. Der Apache schwang den untersetzten Körper nach links und nach rechts und versuchte, Begley und Esposito an den Möbeln abzustreifen. Stühle und Tische fielen um. Ein Bierkrug zersprang wie eine Granate. Die langhaarigen Mitglieder der Band standen argwöhnisch auf der Bühne herum und sahen besorgt unter den Krempen ihrer Strohhüte und Baseballmützen hervor, stets bereit, Instrumente und Verstärker zu verteidigen, falls sich der Kampf in ihre Richtung verschob.

Gileno drehte sich jetzt schwungvoll herum und rammte die Bar mit dem Kopf des kleinen Eloy Esposito. Espositos Augen wurden glasig, als er auf dem Boden aufschlug, aber irgendwie gelang es ihm, den Arm des Riesen festzuhalten. Ein Stuhl mit verchromten Beinen wackelte und fiel um. Dahinter tauchte Quantrill mit erhobenem Gummiknüppel auf. Ein Polizist lag besinnungslos auf dem Boden.

Loren löste sich aus der Menge und griff an. Der Gestank von verschüttetem Bier war penetrant. Der breite Rücken des halslosen Ungeheuers türmte sich beängstigend vor ihm auf, wie eine bedrohliche Bergflanke.

Loren versetzte der Rückseite von Gilenos linkem Knie einen gewaltigen Backhand-Schlag mit dem Gummiknüppel und trat ihm gleichzeitig auf das andere Knie. Gileno ging zu Boden, Loren saß ihm auf dem Rücken und versuchte, ihm den Gummiknüppel unter das Kinn zu drücken und ihm so den Atem zu nehmen. Quantrill stürzte vor und rammte Gileno den Schlagstock wie einen Speer in die Körpermitte. Lorens Knüppel glitt unter Gilenos Kinn.

Gileno zog den Kopf ein.

Lorens Arm schnellte nach vorn und die Welt drehte sich um ihn wie ein Rad. Etwas traf ihn und nahm ihm den Atem. Er sah nach oben und blickte in Gilenos lachende braune Augen; zum ersten Mal durchfuhr ihn wahres Entsetzen.

Gileno hatte Loren nur mit der Kraft seiner Nacken- und Schultermuskeln über den Rücken gezogen; scheinbar mühelos hatte er etwas geschafft, wofür ein Judokämpfer monatelang übt. Loren schlug mit dem Gummiknüppel auf Gilenos Gesicht ein, aber er konnte nicht weit genug ausholen. Der Gummiknüppel prallte an Gilenos Schädel ab, als wäre dieser aus Stahl. Hilflose Angst schnürte Loren den Hals zusammen. Gileno stellte sich auf die Füße, Begley und Esposito klammerten sich immer noch an ihn. Loren rollte zur Seite; unter ihm zerkrümelten verschüttete Chips.

Gileno warf sich herum und schleuderte Eloy Esposito wieder in die Bar. Diesmal krümmte sich Eloy zusammen. Quantrill holte noch einmal aus, aber Gileno erwischte Quantrills Gummiknüppel mit einer Hand, entwand ihm den Stock und versuchte, damit Begleys Kopf zu treffen. Begley fing den Schlag mit dem Unterarm ab, mußte aber Gileno loslassen. Als Gileno bemerkte, daß er frei war, lachte er polternd. Er stieß die Schlagstöcke in die Ecke. Die Polizisten in seiner Nähe wichen zurück.

Loren raffte sich hoch und suchte krampfhaft nach einem Einfall. Vielleicht sollten sie dem Apachen einfach eine Flasche geben, damit er sich bis zur Bewußtlosigkeit betrank.

Wieder stürmten zwei Polizisten, ein Mann und eine Frau, durch die Menge vor. Mit weit aufgerissenen Augen starrten sie Gileno an, bevor sie mit vorgestreckten Schlagstöcken angriffen. Gileno wirbelte herum und baute sich, wie ein Boxer den linken Fuß vorgestellt, vor ihnen auf.

Zum Teufel noch einmal, dachte Loren.

Er stürzte vor und warf sich mit der Schulter gegen Gilenos rechte Hüfte. Im selben Augenblick rammten die beiden Polizisten Gileno etwas höher. Es gab einen Knall, der Loren durch Mark und Bein fuhr. In einem Durcheinander von Gliedmaßen und Flüchen gingen alle zu Boden.

Loren rollte zur Seite und stand auf; er atmete schwer und sein Kopf brummte. Er hatte den Gummiknüppel irgendwo verloren. Die zwei anderen Polizisten waren bereits auf den Beinen und hielten die Schlagstöcke bereit. George Gileno versuchte aufzustehen, aber seine Beine gehorchten ihm nicht. Er sah sich um und rang nach Luft. Vier Polizisten saßen auf Gilenos Armen und zwangen endlich seine Handgelenke lang genug zusammen, um Handschellen anzubringen. Die Handgelenke des Apachen paßten kaum in die Handschellen, so dick waren sie. allmählich kehrten die Leute in den Barraum zurück und stellten Tische und Stühle auf.

Die Band intonierte Bo Diddleys ›Ich bin ein Mann‹. Eigentlich waren sie eine Bluesband, aber wenn man in Atocha spielte und damit Geld verdienen wollte, mußte man Country und Western Musik spielen. Ihre Leidenschaft für Blues befriedigten sie, indem sie ab und zu, wenn keiner richtig hinhörte, eine Chuck-Berry-Melodie einlegten.

Der Kampf hatte sie offenbar inspiriert, und sie ließen alle Vorsicht beiseite.

»Ruft eine Ambulanz!« befahl Loren. »Wir bewegen ihn besser nicht.«

»Verdammt!« sagte jemand. »Sie haben ihm vielleicht einen Schlag verpaßt! Kein Wunder, daß das beim Football verboten ist.« Loren erkannte die Stimme das Barmanagers, Evander Fell.

Er drehte sich um und sah Fell böse an. »Was hätte ich denn machen sollen? Warten, bis er meine Leute zusammenschlägt?«

Fell hob überrascht die Hände. »Schon gut, Loren, ich wollte nicht ...«

»Oder hätte ich ihn einfach erschießen sollen? Wenn ich ihn so nicht erledigt hätte, wäre mir nichts anderes übrig geblieben.«

»Ich wollte nicht kritisieren!«

»Es hat aber genauso geklungen, Evander.« Loren zeigte hitzig und heftig erregt mit dem Finger auf ihn. »Laß dir etwas sagen«, fuhr er fort. »Ich bin seit mehr als zwanzig Jahren Polizist und habe gegen keinen meiner Nachbarn noch eine Waffe gezogen. Nicht in zwanzig Jahren, und ich werde auch jetzt nicht damit anfangen, und meine Männer auch nicht.«

Fell war dunkelrot geworden.

»Ich werde dir sagen, was wir machen, Evander. Wie oft hat Gileno deinen Laden schon zusammengeschlagen?«

»Das war das sechste Mal.«

»Dann geh zu Richter Denver und sieh zu, daß er über Gileno ein Unterlassungsurteil verhängt. Wenn er dann das nächste Mal herkommt, kannst *du* ihn erschießen. Klar?«

»Ich wollte doch nicht ...«

Loren beachtete ihn nicht weiter und ging steifbeinig

zu einem seiner Männer, dem Begley und Esposito eben vorsichtig auf die Beine halfen.

»Wie steht es, Buchinsky?«

Buchinsky riß die Augen auf, als er seinen Nacken rieb.

Sein Uniformhemd war vorne aufgerissen, so daß die graue Unterwäsche der Mormonen hervorlugte, die über den Brustwarzen und dem Nabel ein kleines Muster aufgenäht hatte.

»Ich bin gegen einen Tisch geflogen, Chief«, flüsterte Buchinsky. »War für eine Weile weggetreten.«

»Du könntest ein Peitschenschlagsyndrom haben. Laß dich im Krankenhaus ansehen.« An Eloy Esposito gewandt fuhr Loren fort: »Fahr ihn hin. Laß dich auch gleich anschauen.«

Esposito schüttelte den Kopf. »Nicht nötig, Chef. Ich hörte nur eine Weile die Englein singen, aber jetzt bin ich wieder okay.«

»Für solche Fälle zahlt die Stadt die Versicherungsprämien. Sieh also zu, daß du etwas für das Geld der Stadt bekommst!«

»Okay«, kam es zögernd.

»Liefere Buchinsky dann zu Hause ab und nimm dir den Rest der Nacht frei. Ihr wart alle großartig. Es ist nicht eure Schuld, daß King Kong unbedingt in unserer Stadt einen Krawall anfangen mußte.« Er sah sich um. Die Leute hatten sich wieder hingesetzt und tranken; der gefesselte Riese, der mitten im Raum auf dem Boden lag, wurde geflissentlich ignoriert. Ein paar unverbesserliche Tänzer tanzten zu Bo Diddley. Gileno versuchte immer noch, die Beine unter Kontrolle zu bringen. Loren wandte sich wieder an seine Männer. »Begley, du fährst für den Rest der Nacht mit Quantrill.« Er begutachtete seine Uniform und fuhr automatisch über die Bierflecken und die zerkrümelten Käselocken. »Ich fahre nach Hause und ziehe mich um.«

Loren fand seinen Gummiknüppel und ging hinaus

auf den Parkplatz; in tiefen Zügen sog er die Oktoberluft ein und genoß die wunderbare herbstliche Kühle. Er konnte die Ringeltauben und Moorhühner in den Wäldern nördlich der Stadt förmlich riechen. Er mußte sich nächste Woche Zeitausgleich nehmen und mit dem Gewehr losziehen.

Der Ambulanzwagen vom Krankenhaus traf ein, und Loren nickte den Sanitätern zu, als sie mit der Tragbahre hineingingen. »Es gibt wohl keine Stadt im Westen, in der es nicht ab und zu eine Barschlägerei gibt, was?« sagte einer.

»Ganz recht.«

»Auch bei Doc Holliday.«

»Richtig.«

Evander Fells Bar galt als eine Art indirekter Nachfolge jener Bar, die Doc Holliday während der achtziger Jahre des vorigen Jahrhunderts eine Zeitlang betrieben hatte, bis er im Zuge einer betrunkenen Auseinandersetzung zwei Pistolen auf seinen Geschäftspartner abgefeuert hatte. Er hatte auf kurze Entfernung mit allen zwölf Kugeln daneben geschossen. Danach waren die gottesfürchtigen Bürger von Atocha von seinem heilbringenden Ruf nicht mehr überzeugt; sie setzten ihn in einen Zug und jagten ihn so aus der Stadt.

Beim Gedanken an die traditionelle Art des Gesetzesvollzugs konnte man schon nostalgisch werden. Jetzt wurde ein Gauner in der Form aus der Stadt gejagt, daß er seinen Job in der Grube verlor.

In der Bar hatte sich die Band dem allgemeinen Geschmack gebeugt und spielte eine Ernest-Tubb-Melodie. Auf der gesamten Länge der Line leuchteten helle Neonlichter, orange, blau und grün, bis zur Kupfermine hinaus; die lag im Dunkeln. Loren fragte sich, wie lang es die Bars noch machten. Viele Bars überlebten jetzt gerade noch. Wenn die Mine schloß, waren nicht nur die Bars, sondern auch viele Geschäfte auf der Central Avenue gefährdet.

Damit standen Loren schlechte Zeiten bevor. Mehr Personalkürzungen und mehr schmutzige Polizeiarbeit für jene, die blieben. Finanzielle Ausweglosigkeit führte mit der Zeit zur Untergrabung der Gesellschaft. Mehr frustrierte, arbeitslose, zornige Menschen würden sich betrinken, Drogen nehmen und in Unfälle und Streitereien verwickelt werden. Die Zahl der arbeitslosen Männer, die auf ihre Frauen, Kinder oder Eltern mit Fäusten, Gürteln oder Baseballschlägern losgingen, würde steigen. Frauen würden sich mit ihren Freundinnen anlegen, Männer aus Autos auf Straßenlampen, Verkehrszeichen oder aufeinander schießen. Das alles endete schließlich in vercodeten Polizeifunksprüchen: zehn-zweiunddreißig, eine Rauferei; zehn-achtzehn, ein Betrunkener; zehn-fünfzehn, Familienstreit. Codes, die vielleicht die traurigen, schmutzigen Tatsachen verheimlichen sollten.

Dienen und beschützen, dachte Loren, das war sein Job. Er dachte an seine Familie, seine zwei Töchter, und neue Entschlußkraft verdrängte die Müdigkeit.

Er wollte nur eines für seine Stadt: Es sollte eine anständige Stadt sein.

Die neonbeleuchtete Straße herunter kam ein schokoladebrauner Blazer. Beim Anblick der vielen Einsatzfahrzeuge wurde er langsamer. Loren erkannte die jungen Augen, einen Kurzhaarschnitt, einen adretten Anzug. Sie trugen wenigstens in der Nacht keine Ray-Bans.

Der Blazer gab Gas und fuhr Richtung Stadt davon. Die Werkspolizei von ATL war offenbar zum Schluß gekommen, daß es auf dem Parkplatz von Doc Holliday keine fremden Spione gab. Es war Freitag abend, und die Arbeiter feierten Feierabend; so etwas interessierte das Labor kaum.

Mit solche Sachen wurde die lokale Polizei vielleicht selbst fertig.

Debras Taurus stand auf dem alten, überwachsenen Autoabstellplatz. Loren parkte dahinter und betrat das Haus durch die Vordertür. Debra sah mit ihrer jüngeren Tochter Kelly fern. Neben Kelly saß eine Freundin aus der High School, die von ihren Eltern mit dem unglückseligen Namen Skywalker Fortune bedacht worden war.

Loren zuckte zusammen, als er die Titelmusik vernahm. *Cybercops*, im vergangenen Jahr der Renner unter den Serien, der auf dem gleichnamigen Kinofilm basierte. Die undenkbar modische, trendige Polizei – Hundert-Dollar-Haarschnitte und Dreitausend-Dollar-Jacken – bewerkstelligte mit hochtechnologischen Mitteln unwahrscheinliche und weitgehend ungesetzliche Dinge.

Loren haßte Polizeiserien im Fernsehen. Noch mehr haßte er Fernsehpolizei mit implantiertem Cybermaterial.

Kelly sah auf und kicherte. »Haben sie dich heute mit Essen beschossen, Daddy?«

»Genau das haben sie«, antwortete Loren.

»Du riechst wie ein Säufer.«

Kelly war vierzehn. Über den Jordache Jeans mit hochgestülpten Hosenbeinen trug sie ein langes kariertes Hemd. Das Hemd stand offen, so daß man auch das T-Shirt mit dem Aufdruck BEWAHRT DIE ERDE! darunter sah. Die Füße steckten in rosafarbenen kunststoffgeschäumten Reeboks. Für Loren war sie das einzige Kind, das mit Zahnspangen gut aussah.

Skywalker war ein paar Jahre älter, ein ruhiges Mädchen mit langen schwarzen Haaren; sie war mit beiden Kindern befreundet. Sie trug lose sitzende hellblaue Denimhosen und ein ECO-ALLIANCE-T-Shirt. Ihre Eltern waren Wissenschafter bei ATL und zählten zu den wenigen ATL-Familien, die lieber in der Stadt lebten als in dem kleinen Vorort, der für die ATL-Belegschaft gebaut worden war. Im Gespräch verwendete Skywalker Worte wie ›Syzygy‹ und ›Advolution‹, aber abgesehen davon schien sie ein ziemlich normales Mädchen zu sein; mit Katrina war sie zusammen im Drill-Team und mit Kelly im Chor.

Loren ging in sein Zimmer und riß die Krawatte herunter. Es war eine von denen, wie man sie Polizisten verkaufte: hinten mit Klettverschluß, so daß sie aufging, wenn sich bei einer Rauferei jemand daran festhielt. Loren nahm den Revolver ab, legte den Dienstausweis beiseite und leerte die Taschen.

Debra betrat leise das Zimmer und schloß die Tür. »Jemand, den ich kenne?« fragte sie.

»George Gileno.«

»Wieder bei Holliday?«

»Er geht nie in eine andere Bar. Nur zu Holliday. Es ist verrückt.«

Sie berührte ihn an der Schulter. »Alles in Ordnung?«

»Ich wälzte mich in Cheetos, das ist alles.« Loren stand auf einem Bein und zog einen Schuh aus.

»Soll ich irgendwelche Ehefrauen anrufen?«

Loren stand am anderen Bein und hielt den zweiten Schuh in den Händen; er dachte kurz nach. »Chuck Buchinsky hat ein bißchen etwas abbekommen. Ich habe ihn in die Notaufnahme geschickt, aber ich glaube nicht, daß es ihn arg erwischt hat.«

»Ich werde Karen anrufen.«

Loren zog den Schuh aus und knöpfte die Hose auf. »Beunruhige sie nicht. Du kennst sie ja. Wahrscheinlich ist ohnehin alles in Ordnung.«

»Es könnte aber doch etwas sein.«

Loren zog die Hose aus. »Ich will es nicht abstreiten. Aber Karen ist leicht erregbar – versuche sie nicht aufzuregen.« Er dachte kurz nach. »Ich rufe zuerst in der Notaufnahme an und frage, wie es ihm geht. Dann kannst du Karen verständigen.«

»Gut. Aber warte nicht zu lange.«

Debra ging zum Kleiderschrank und holte eine saubere Uniform heraus. »Ich werde Jerry morgen früh holen«, schlug sie vor. »Dann kannst du etwas länger schlafen.«

»Das mußt du nicht.«

»Es geht schon in Ordnung. Katrina und Kelly machen das Frühstück fertig.«

Er sah auf. »Wo ist Katrina überhaupt?«

»Sie ist mit Buddy ausgegangen.«

Loren knurrte. Er knüllte das Hemd zusammen und warf es in den Wäschekorb. Er zog eine neue Uniform an, schnallte die Pistole um und küßte Debra. Dann ging er durch das Wohnzimmer zum Telefon in der Küche.

»Daddy?« Kelly sprang vom Sofa auf und folgte Loren in die Küche. Skywalker griff zur Fernsteuerung und drückte den Pause-Knopf. »Mrs. Trujillo hat angerufen, ob ich babysitten kann.«

»Nein.« Loren griff zum Telefon.

»Warum nicht? Sie zahlt drei Dollar für die Stunde.«

»Nein.«

»Ich habe ihr gesagt, daß ich dich fragen muß.«

Loren sah sie an. »Warum mußt du es auf mich schieben, als wäre ich schwierig? Konntest du keine Ausrede finden?«

Kelly sah ihn wütend an. »Aber du *bist* schwierig, Daddy!«

»Danke.« Loren nahm das Telefon und drückte auf den Memory-Knopf für die Notaufnahme. Während Stakkatotöne an sein Ohr klangen, drehte er sich nochmals zu Kelly um. »Sag ihr, du hast etwas für die Kirche zu tun.«

»An einem Samstagabend?«

»Sie gehören zur Episkopalkirche. Sie kennen sich bei unseren Kirchensachen nicht aus.«

»Guter Gott!« Sie zog die Worte in die Länge. »Wer hat je von einem Trujillo aus Taco-Town gehört, der zur Episkopal-Kirche gehört?«

Loren öffnete den Mund, um Kelly gleich für zwei Dinge zu schelten: Man sprach den Namen Gottes nicht leichtfertig aus und der Ausdruck Taco-Town war ungehörig. Aber gerade als er das sagen wollte, meldete sich die Krankenschwester in der Notaufnahme und Loren war für eine Weile beschäftigt.

»Danke«, sagte er, legte das Telefon auf und sah Debra an. »Karen ist bereits dort und hat vermutlich einen Anfall bekommen. Buchinksy ist immer noch beim Röntgen.«

Debras Spannung ließ etwas nach. »Ich bin froh, daß ich niemanden anrufen muß.«

»Ein Anruf bleibt dir nicht erspart: Mrs. Trujillo.«

Debra sah ihn wütend an. »Verdammt, Loren!«

Er ging zur Tür. Er wollte damit nichts zu tun haben. »Denk dir etwas aus, ganz gleich was.«

Debra folgte ihm. »Wenn du uns nur erzählen würdest, worum es geht.«

»Das geht nicht. Tut mir leid.« Er überlegte, ob er sie zum Abschied küssen sollte, aber vermutlich war sie nicht in der Stimmung dazu, und er eigentlich auch nicht. Er hatte einen Kampf mit dem gemeinsten Apachen auf der ganzen Welt hinter sich, und nicht einmal die eigene Familie gönnte ihm eine Pause. »Ich bin gegen drei wieder hier«, sagte er. »Du brauchst nicht auf mich zu warten.«

»Auf Wiedersehen, Mr. Hawn«, rief Skywalker, als er ging.

Loren fuhr den Fury über die Auffahrt, und auf dem Weg zur Central Avenue hörte er aufmerksam den Polizeifunk ab. Es gab keine Einsätze. Vielleicht war der Höhepunkt der nächtlichen Ausschreitungen bereits vorüber. Vielleicht hatten die Unruhestifter alle begriffen, daß George Gileno nicht zu übertreffen war.

Als Loren an einem Stopschild an der Central Avenue anhielt, schoß ein aufgedrehter Charger Richtung Westen vorüber und zog an einer Schnur kleine Tierkadaver nach; da wußte Loren, daß sein Optimismus unbegründet war.

Loren stoppte den Charger auf dem Parkplatz der High School, unter einem Schild mit der Aufschrift STADT DER BERGLEUTE. Die hintere Stoßstange des Autos war mit verblichenen Aufklebern bestückt; auf einem stand PARTY-TIER, ein anderer bewarb Coors, auf einem war das Playboy-Häschen abgebildet.

Solche Dummköpfe, dachte Loren, überall Werbung.

An der hinteren Stoßstange war außerdem ein Stück Stacheldraht mit acht toten Katzen befestigt. Einige trugen Halsbänder und Marken; alle waren erschossen worden. Loren wurde übel vor Zorn, als er mit der Taschenlampe auf die Fahrertür zuging. Er kannte diese miesen Kleinstadtgeschichten schon viel zu lange.

Loren war nicht überrascht, A. J. Dunlop hinter dem Lenkrad zu sehen. A. J. war siebzehn Jahre alt und stammte aus einer stadtbekannten, armen Ganovenfamilie. Im Verlauf seines Polizistenlebens hatte Loren immer wieder Mitglieder des Dunlop-Clans verhaftet; noch vor dieser Zeit hatte er A. J.s Vater mehrmals im Schulhof verprügelt.

Bei A. J. im Auto saß noch ein siebzehnjähriger, Len Bonniwell; für ihn hatte Loren noch Hoffnung.

»Hi, A. J.«, begann Loren. Er leuchtete mit der Taschenlampe A. J. in die Augen. »Du bist verhaftet, du kleiner Scheißer.«

Beim Schein der Taschenlampe zog A. J. die Augen zusammen und grinste Loren an. Er trug ein graugrünes Baseballkäppi mit dem Schirm nach hinten und ein schwarzes Heavy-Metal-T-Shirt, auf dem eine zum Leben erweckte Leiche mit einem Küchenmesser in der Hand abgebildet war.

»Lesen Sie mir meine Rechte vor, Sie Schleimscheißer«, antwortete er.

Loren leuchtete mit der Taschenlampe das Innere des Autos aus und entdeckte zwei geöffnete Bierflaschen auf Bonniwells Schoß und eine halbvolle Flasche Early Times auf dem Rücksitz, daneben ein 0.22-Kaliber-

Übungsgewehr, mit dem die Katzen erschossen worden waren. Auf dem Boden lagen jede Menge leere Fast-Food-Kartons, leere kleine Whiskyflaschen und zertretene Bierdosen.

»Aussteigen, alle beide«, befahl Loren. »Wir wollen sehen, A. J., ob du noch auf einem Strich gehen kannst.«

»Einen Scheiß werde ich«, meinte A. J. Er griff zum Handschuhfach. »Hier hab' ich etwas für Sie.«

Loren bekam plötzlich Angst, und das machte ihn rasend vor Wut. Er ließ die Taschenlampe fallen, faßte durch das Fenster nach A. J., zerrte ihn mit seinen großen Händen durch das Fenster, stellte den entsetzten Jungen auf die Beine und verpaßte ihm eine Linke auf die Nase. Das dünne Bürschchen taumelte zurück. Die Mütze fiel ihm vom Kopf, und als er vom Auto abprallte, erwischte ihn Lorens Rechte und streckte ihn zu Boden. Danach sprang Loren auf die Motorhaube des Charger und versuchte Len Bonniwell zu erwischen, bevor dieser aus dem Handschuhfach nahm, was immer dort drinnen war.

Bonniwell war schon halb aus dem Auto. Mit weit aufgerissenen Augen stand er Loren gegenüber, als dieser von der Motorhaube heruntersprang. Lore konnte nicht erkennen, ob der Junge etwas in den Händen hielt. Er versetzte der Autotür einen mächtigen Tritt, und die zufallende Tür erwischte den Jungen im Schritt. Bonniwell verschlug es den Atem. Die Tür federte zurück und Loren tanzte um sie herum. Er packte Bonniwell bei den Ohren und zwang den Kopf des Jungen nach unten, während er ihm ein Knie ins Gesicht drückte.

Just als Loren das Knacken hörte, mit dem die Nase des Jungen brach, blendeten ihn Halogenscheinwerfer. Bonniwell polterte zu Boden, wie der Inhalt eines zerrissenen Sacks. Loren blinzelte geblendet und atmete schwer; der Puls dröhnte ihm in den Ohren. Jemand kam über den Kies gelaufen.

»Gibt es ein Problem, Sir?«

Die Stimme gehörte einem stiernackigen Mann, der im Scheinwerferlicht auf Loren zukam. Loren sog die kühle Luft ein. Die ATL-Fuzzis, das auch noch, dachte er.

»Die Burschen wurden aggressiv«, sagte Loren. »Sie sind bewaffnet.«

Der andere entgegnete reserviert: »Ich habe beobachtet, wie Sie auf den schmächtigen Jungen eingeprügelt haben. Da war mir sofort klar: *Einer* braucht Hilfe.«

Loren warf einen Blick auf Bonniwell. Die Hände des Jungen waren leer. Er beschattete die Augen gegen das helle Licht und sah in die offene Tür des Autos. Aus einer Dose rann langsam Bier auf das Kunstfell auf dem Beifahrersitz. »Können Sie die Scheinwerfer ausschalten?« fragte er.

»Jack«, rief der Mann über die Schulter. »Lichter aus, ja? Alles in Ordnung hier.«

Bonniwell wimmerte und versuchte, sich aufzusetzen. Sein Gesicht war mit Blut und Schleim verschmiert. Der Fremde kniete neben dem Jungen nieder und betastete sanft sein Gesicht. »Sieht aus, als hättest du die Nase gebrochen, Freund«, meinte er.

Die Scheinwerfer erloschen, und Loren zog die Augen zusammen. Er öffnete das Handschuhfach.

Es war voll mit wertlosem Zeug. Bis auf einige Münzen und zwei zerknüllte Zwanzig-Dollar-Scheine.

A. J. wollte ihn bestechen.

Loren stieg die Galle hoch, als er die Scheine herausnahm. »Verdammt«, sagte er und warf die Zwanziger in die Bierpfütze auf dem Beifahrersitz.

Der andere ATL-Mann stieg aus dem Jeep und trat zu ihnen. »Laß mich den anderen ansehen«, sagte er.

»Dumm«, stellte Loren fest, »wirklich dumm.« Ein Gefühl von Angst stieg in ihm hoch.

Er ging um den Charger herum. Jack, der zweite ATL-Mann, kniete neben A. J. Dunlop.

»Der hat den Kiefer gebrochen, Elton.«

Loren betrachtete den ausgestreckt liegenden Jungen. Schuldgefühl durchzuckte ihn. »Zu dumm«, sagte er nochmals.

Jack erhob sich. »Sollen wir einen Krankenwagen rufen?«

»Ich habe nicht gedacht, daß ich ihn so hart getroffen habe.«

»Um wieviel mehr wiegen Sie? Vierzig Kilogramm?«

Loren wurde das Schuldgefühl nicht los. Er blickte auf seine Hände. Die Fingerknöchel waren aufgeschürft und bluteten. »Ich habe geglaubt, er greift nach einer Waffe.«

Jacks Gesicht war ausdruckslos. »Elton, rufe den Krankenwagen«, sagte er.

Elton ging zum Blazer zurück. Loren überlegte, welche Geschichten sie wohl erzählen würden, wenn sie wieder unter sich waren. Sie würden ihrem Boss, William Patience, erzählen, daß sie den Polizeichef, einen großen ehemaligen Boxer, dabei beobachteten, wie er zwei Jungen auf dem Parkplatz der High School zusammenschlug. Er *sagte,* er hätte geglaubt, sie wollten eine Waffe ziehen.

Er wurde wieder zornig. Warum, zum Teufel, hatte er ein schlechtes Gewissen? Er hatte nur seine Pflicht getan.

»Setzen Sie sie hinten in mein Auto«, befahl er. Er löste ein Paar Handschellen vom Gürtel und band A. J.s Hände auf dem Rücken zusammen.

»Ist das notwendig?« fragte Jack. »Der Bursche ist doch völlig weggetreten.«

»Er wird wieder aufwachen. Und wenn er aufwacht, möchte ich ihn in Gewahrsam wissen.« Er sah zu Len Bonniwell hinüber, der schwankend auf die Beine gekommen war und die Hände vor sein blutiges Gesicht hielt. »Der andere wird keine Probleme machen. Haben Sie eine Zange dabei?«

Sie hatten eine. Die ATL-Männer sahen schweigend

zu, wie Loren den Stacheldraht von der Stoßstange des Chargers löste und die toten Katzen neben Len Bonniwell auf den Rücksitz legte. Das Gewehr legte er zusammen mit den Bierdosen, der Flasche Early Times und den aufgeweichten Geldscheinen auf den Beifahrersitz. Mittlerweile war A. J. zu sich gekommen, und Loren beförderte ihn mit Eltons Hilfe auf den Rücksitz des Fury neben die toten Katzen.

»Eine komische Geschichte«, flüsterte Jack Elton zu.

»Samstag abend in einer Kleinstadt«, meinte Loren und wunderte sich dabei, warum er eine Erklärung abgab. »Gelangweiltes weißes Gesindel, das auf Abwechslung aus ist. Wenn man eine Katze mit einem Kaliber 0.22 erschießt, springt sie erst einmal drei Meter hoch in die Luft und rennt dann noch um den halben Block, bevor sie weiß, daß sie tot ist. Manche Leute finden das lustig.«

Elton und Jack blickten ihn an, dann kreuzten sich ihre Blicke.

»Das übertrifft noch die Jungs in der Stadt«, fügte Loren hinzu.

»Wir folgen Ihnen zum Krankenhaus«, bestand Elton.

»Nicht nötig. Vielen Dank für Ihre Hilfe.«

Elton zuckte steif die Schultern. »Es spielt für uns keine Rolle.«

Loren wußte, warum sie ihm folgten: Sie fürchteten, Loren könnte seine Gefangenen weiter mißhandeln, wenn er sich nicht kontrolliert wußte. Der Gedanke ärgerte ihn.

Doch wenn er gesehen hätte, was sie gesehen hatten, hätte er vielleicht auch nicht anders reagiert.

Vielleicht hatten sie recht.

»Mack! Habe ich dich geweckt?«

»Ja, hast du. Wer ist denn dort?« Len Bonniwells Vater klang so verkatert wie an einem Samstagmorgen.

Loren wußte, daß man ihn am Nachmittag gekündigt hatte.

Loren meldete sich. »Ich wollte dir nur sagen, daß ich soeben deinen Jungen verhaftet habe.«

»Ach, verdammt!«

»Er hat mit A. J. Dunlop Katzen geschossen. Als ich sie verhaften wollte, leisteten sie Widerstand.«

»Du lieber Himmel, Loren!«

»Du mußt morgen herkommen und ihn herausholen.«

Mack Bonniwell seufzte tief. Loren starrte auf den Kalender auf seinem Schreibtisch, auf die kleinen rot markierten Punkte, die die Tage der Sühne bezeichneten.

»Kannst du Kaution erlegen, Mack? Ich weiß, du bist gekündigt worden.«

»Ich muß wohl.«

»Horch zu. Ich werde Richter Denver bitten, nachsichtig zu sein.«

Wieder Seufzen. »Danke, Loren. Der Junge verdient es nicht, aber ...«

»Sieh zu, daß er nicht mit dem Dunlop-Burschen herumzieht, okay? Die ganze Familie ist ein Alptraum; sie leben seit eh und je in Picketwire. A. J. ist der denkbar schlechteste Umgang für Len.«

»Ich werde es versuchen, Loren«, erwiderte er zweifelnd. »Aber ich weiß nicht, ob es mir gelingt ...«

»Verpasse ihm Hausarrest, bis er die Strafe bezahlt hat.«

»Das werde ich machen. Nochmals vielen Dank.«

»Wir sehen uns in der Kirche.«

»Ja. Also bis dann.«

Loren legte auf; er starrte auf die rot markierten Tage auf seinem Kalender und versuchte, der unruhigen Spannung Herr zu werden. Gott prüfte seine Diener.

Als Grund für die Festnahme der Jungen gab er Widerstand gegen die Staatsgewalt an und nicht versuchte Bestechung. Wegen einer Bestechung brach man niemandem den Kiefer und die Nase. Bei geleistetem Widerstand, besonders wenn die Sachlage durch eine vorhandene Waffe noch erschwert wurde, war die Einlieferung in die Notaufnahme schon eher vertretbar.

Er widmete sich dem Schreibtisch. Obenauf lag ein Schreiben, das ihm neu war: ein Ausdruck eines LAWSAT-Berichts. Der Alarm um den weißen Chevy-Kleinlaster und seine Drogenfracht war abgeblasen worden.

Auch gut. Zumindest eine Kleinigkeit, um die er sich keine Gedanken mehr machen mußte.

Es klopfte an der Tür, und noch ehe Loren antworten konnte, stürzte Sanchez herein.

»Eben kam ein Anruf, Chef. Zwei bewaffnete Kerle haben das Copper Country überfallen.«

Loren sprang auf und lief hinaus zum Fury.

Heute abend prüfte Gott seine Diener ziemlich hart.

3. KAPITEL

»Sie haben sogar den Spieltisch geplündert!« staunte Cipriano. »Ich fasse es nicht.«

Die Polizei und ein paar Männer des Sheriffs in kugelsicheren Westen, jeder mit einer Remington 870 im Anschlag, lärmten durch das Lokal. Falls die zwei Ganoven dumm genug waren, an den Ort des Verbrechens zurückzukehren, dann waren sie erledigt.

»Herhören!« brüllte Loren. »Alle bis auf die Zeugen verschwinden!«

Cipriano Dominguez fühlte sich mit Recht von diesem Befehl nicht betroffen. Er ließ Polizisten und Zuschauer hinausgehen und führte Loren durch den billig ausgestatteten Raum zu einer Tür, auf der ein Pappschild mit der roten Aufschrift NUR FÜR PERSONAL hing.

Ein großer grüner Pokertisch stand beherrschend unter einer imitierten runden Tiffany-Lampe. Die Karten der letzten Runde lagen noch dort, wo die Spieler sie hingeworfen hatten. Um den Tisch saßen in der Hauptsache grauhaarige Cowboys sowie ein paar Bergleute, die ihren letzten Lohn zum Fenster hinauswarfen. Es herrschte ein Gestank, als hätte sich der Rauch eines ganzen Jahrhunderts hier gesammelt, und auf dem Fußboden standen richtige Messingspucknäpfe für die Tabakkauer.

Loren entdeckte einen möglichen Flush in Karo und drehte das ganze Blatt um. Zwei von Treff, keine Chance.

»Also gut!« begann er. »Wieviel war auf dem Tisch?«

»Ein paar hundert.«

»Genauer!«

»Zumindest fünf- oder sechshundert.«

Loren ließ die Cowboys eine Weile debattieren. Wenn er sie so ansah, waren es die faulsten Kerle, die Loren kannte, versoffen, faul und meistens arbeitslos. Die Farmer in der Umgebung kannten sie nur zu gut und zogen ihnen illegale mexikanische Vaqueros vor. Die arbeiteten härter und verbrachten weniger Zeit damit, den Kellnerinnen im Copper Country nach dem Hintern zu grapschen. Die ansässigen Cowboys lebten in der Hauptsache von den Frauen; ein Großteil des Spieleinsatzes stammte vom Trinkgeld ihrer Freundinnen, von denen die meisten hier im Copper Country als Kellnerinnen arbeiteten. Es sollte Aufkleber geben, dachte Loren, mit der Aufschrift ECHTE COWBOYS ARBEITEN NICHT, SIE WERDEN VON KELLNERINNEN AUSGEHALTEN.

Aber es mangelte offenbar nicht an Kellnerinnen, die diese Cowboys aushielten. Loren konnte sich nicht vorstellen, wieso Männer, die so wenig arbeiteten und so viel tranken, immer noch so schmale Hüften hatten und auf dem Tanzparkett eine so gute Figur machten. Er fand es ungerecht, daß er sich zwar körperlich viel mehr betätigte als diese Kerle, aber zehn Kilo zu viel mit sich herumschleppte.

»Also gut«, unterbrach er das Streitgespräch nach einer Weile. »Es spielt vermutlich keine große Rolle. Wer sah die Täter zuerst?«

»Bill Forsythe«, antwortete Cipriano, bevor die Cowboys neuerlich zu streiten anfingen.

Forsythe hatte das Copper Country samt dem illegalen Pokerbetrieb vor zwölf Jahren vom Vorbesitzer übernommen.

»Wo ist er?« fragte Loren.

»In seinem Büro.«

Forsythes Büro war ein kleiner Raum mit der gleichen billigen Wandverkleidung wie im Lokal. Hinter dem

Schreibtisch stand der offene, leere Safe. Forsythe war ein schlaksiger Mann mit gewelltem, eisengrauem Haar. Er trug ein Westernhemd mit Perlmutt-Knöpfen. Normalerweise schmückte er sich mit einer Kette mit Kürbisblüten aus Silber und Türkisen und einem dazu passenden auffallenden Armband am linken Handgelenk; aber die Räuber hatten alles genommen. Er rieb sich das Handgelenk, als fehlte ihm das Armband.

Er war den größten Teil des Abends am Pokertisch gesessen. Gelegentlich hatte er den Tisch verlassen, um an der Bar nach dem Rechten zu sehen, zu telefonieren oder Geld von der Kasse in den Safe zu transferieren. Um 1.30 Uhr hatte er das letzte Mal telefoniert, danach das Spiel verlassen und war an die Bar gegangen, um die restlichen Einnahmen zu holen. Er war durch den rückwärtigen Korridor in sein Büro gegangen, um das Geld bis Montag in den Safe zu bringen. Zwei Männer mit Skimasken erwarteten ihn. Einer von ihnen hatte eine abgesägte Schrotflinte.

»War der andere bewaffnet?« fragte Loren.

»Ich hatte nur Augen für die Flinte«, beteuerte Forsythe. »Ich habe nicht darauf geachtet, ob der andere bewaffnet war, als er hereinkam, aber jetzt ist er es.« Er räusperte sich. »Ich hatte einen 0.38 Chief's Special im Safe, für den Fall, daß so etwas passiert. Aber als ich die Flinte sah, wußte ich, daß ich meine Waffe nicht verwenden wollte.« Es war ihm offenbar peinlich, daß er sich nicht wie Clint Eastwood aufgeführt hatte.

»Sehr gescheit«, bestätigte Cipriano.

»Vollkommen richtig«, versicherte ihm Loren. »Hätten Sie sich widersetzt, müßten wir Sie jetzt mit einer Schaufel zusammenkratzen.«

Forsythe riß die Augen auf. Seine Verlegenheit verschwand.

Nachdem die Räuber die Tageseinnahmen und alles, was im Safe gewesen war, genommen hatten, hatten sie Forsythe in das Hinterzimmer gezwungen und die

Bank des Pokertisches gestohlen. »Sie nahmen sogar die kleinen Münzen«, klagte er.

»Beschreibung? Fangen wir mit dem Kerl mit der Waffe an.«

»Mit dem gottverdammten Gewehr sah er aus wie King Kong.«

»Sind Sie sicher, daß es nicht Mighty Joe Young gewesen ist?«

Forsythe sah ihn verständnislos an. Leute, die unter Schock stehen, verstehen keinen Spaß, dachte Loren.

»Vergessen Sie es«, sagte er laut. »Fangen wir mit dem Hemd an. Machen Sie die Augen zu und denken Sie nach. Welches Hemd hat er angehabt?«

Nach zwanzig Minuten hatte Loren eine gute Beschreibung. Zwei junge Spanier, zwischen achtzehn und fünfundzwanzig Jahren, zwei bis fünf Zentimeter unter dem Durchschnitt groß, in Arbeitsschuhen, Bluejeans, dunkelblauen oder schwarzen Überjacken aus Nylon mit Reißverschlüssen. Der Mann mit der Schrotflinte hatte lange schwarze Haare, die unter seiner Skimaske hervorschauten. Nur er sprach, und zwar mit leicht spanischem Akzent. Unter der kurzen Jacke des anderen hingen rotkarierte Hemdschöße heraus. Loren wies Cipriano an, die Beschreibung sofort hinauszuschicken und sie über die LAWSAT-Antenne auch nach New Mexico und Arizona weiterzuleiten.

»Wir haben nicht sehr viel, Jefe«, bedauerte Cipriano. »Diese Beschreibung paßt auf mehrere hundert Leute im Bezirk.«

»Gib sie trotzdem durch. Vielleicht haben wir Glück.« Cipriano wollte gehen. »Warte noch einen Augenblick«, bat Loren. »Mir ist eben etwas eingefallen. Ruf bei Connie Duvauchelle an und frage, ob die zwei Kerle bei ihr vielleicht feiern.«

»Gute Idee.«

Cipriano ging, und Loren setzte sein Gespräch mit Forsythe fort. »Ich habe eine wichtige Frage. Als Sie durch den Korridor gingen, war die Tür zum Pokerzimmer offen?«

Forsythe schüttelte den Kopf. »Nein. Sie befahlen mir, zur Tür zu gehen und sie zu öffnen.«

»Sie wußten also über das Pokerzimmer Bescheid.«

Forsythe schien die Bedeutung dieser Feststellung nicht zu begreifen.

»Haben Sie in letzter Zeit jemanden gefeuert?« fragte Loren. »Gibt es zwischen Ihnen und Ihren Angestellten böses Blut?«

»Ach, Loren, jedermann im Bezirk weiß, daß da hinten gespielt wird. Es muß nicht jemand sein, der bei mir gearbeitet hat.«

»Beantworten Sie meine Frage, Bill.«

Forsythe dachte kurz nach. »Das Geschäft geht gut. Vor drei Monaten habe ich einen Kerl gefeuert, weil er gestohlen hat. Aber er war es nicht.«

»Warum nicht?«

»Weil Robbie Cisneros fast so groß ist wie Sie.«

Loren kratzte sich am Kinn. »Stimmt, ich kenne ihn. Ich habe ihn ein paarmal verhaftet wegen Trunkenheit und Erregung von Ärgernis. Wieviel hat er gestohlen?«

»Eine Menge Trinkgeld, glaube ich. Er war Hilfskellner. Wenn keiner hinsah, holte er sich das Geld vom Tisch. Aber ich habe ihn mit ungefähr zwanzig Dollar erwischt. Es war einfacher, ihn schlicht zu feuern.«

»Immer klagen«, empfahl Loren. »Auch wenn es nur Taschengeld war. Man darf ihnen nichts durchgehen lassen. Denn für jeden Diebstahl, bei dem man sie erwischt, haben sie hundert andere begangen.«

»Robbie hat mich nicht überfallen.« Es kam sehr überzeugt. »Er ist größer.«

»Hatten Sie kürzlich eine Auseinandersetzung? Hat sich jemand beklagt, daß beim Poker geschwindelt wird?«

»Geschwindelt!« Forsythe war gekränkt. »Wir haben nicht einmal einen Geber!«

»Ja, schon gut. Es war nur eine Frage.«

»Die Spieler sind viel zu dumm, um einander zu betrügen.« Jetzt, da die Gefahr vorüber war und Forsythes Schock allmählich abklang, äußerte sich die ausgestandene Angst und Erregung in Feindseligkeit. Gleich wird er die Polizei anbrüllen, warum man ihn nicht ordentlich beschützt hat, vermutete Loren. »Niemand hat sich beklagt!« beharrte Forsythe. »Niemand! Diese guten Alten verlieren seit Jahren das Trinkgeld ihrer Freundinnen an mich, und keiner hat je ein Wort darüber verloren.«

»Schön. Haben heute Stammkunden gefehlt?«

Forsythe nannte ein paar Namen. Loren kannte sie alle; die Beschreibung der Räuber paßte nicht auf sie.

Cipriano kam zurück. Die Fahndung über LAWSAT war hinausgegangen. Bei Conny Duvauchelle gab es laut ihrer Aussage keine Verdächtigen. Das war es also vorerst.

Loren wollte gehen, bevor Forsythe in seinem wachsenden Zorn unangenehm wurde. Er dankte dem Mann und ging durch den Korridor an den Spieltisch. Vielleicht war den guten Alten noch etwas eingefallen.

Die Männer widersprachen einander bei jeder Aussage, und es dauerte eine Stunde, bis sich eine übereinstimmende Geschichte ergab. Es ergaben sich keine wichtigen Einzelheiten, nur daß sie hörten, wie kurz nach dem Überfall vom Parkplatz hinter dem Haus ein Auto wegfuhr.

»Hat jemand gehört, wie es gestartet wurde?« fragte Loren.

Einige sagten ja, einige nein. Das ließ die Möglichkeit offen, daß es einen dritten Räuber gab, der den Motor im Auto hatte laufen lassen. Er und Cipriano verließen das Spielzimmer und schlossen hinter sich die Tür. Das Schild mit der Aufschrift NUR FÜR PERSONAL hatte sich teilweise gelöst und hing schief.

»Es sind Leute aus der Gegend, Jefe«, behauptete Cipriano. »Sie haben sich zu gut ausgekannt; sie müssen von hier gewesen sein.«

»Ja«, stimmte Loren zu und wurde dabei noch unglücklicher.

»Vielleicht war es doch dieser Cisneros Junge. Vielleicht ist er gefahren.«

»Könnte sein.«

»Ich fahre nach Las Animas und schaue auf dem Weg nach Hause am Haus seiner Familie vorbei. Mal sehen, ob der Laster dasteht.«

»In Ordnung. Mach das.«

»Morgen rede ich mit seinen Eltern. Aber es wird wahrscheinlich nichts dabei herauskommen. Die sind noch härter als er.«

Die Bars waren geschlossen. Für den Fall, daß sich jetzt noch jemand betrank und randalierte, mußte Loren wirklich nicht mehr wachbleiben. Er dankte den Männern für ihre Kooperation, bat Sanchez im Büro, alle bis auf die reguläre Schicht nach Hause zu schicken und fuhr ebenfalls heim.

Das Haus roch nach Popcorn. Eine halbvolle Schüssel stand auf dem Couchtisch vor dem Fernseher; Loren aß leise ein paar Händevoll im Dunkeln, bevor er in die Küche um ein Glas Wasser ging. Es war kein Eiswasser mehr da, so mußte er das Zeug aus dem Hahn trinken. Er trank und verzog das Gesicht bei dem mineraligen Geschmack. Danach zog er die Schuhe aus, nahm den Pistolengürtel ab und tapste ins Schlafzimmer.

Debras Atemrhythmus änderte sich, als er den Raum betrat – ohne wirklich aufzuwachen, vergewisserte sie sich, daß er gesund und wohlauf war – dann atmete sie gleichmäßig weiter. Er zog sich aus und schlüpfte neben ihr ins Bett; seine Gedanken gingen noch einmal zurück zu den Geschehnissen vor der Stadt.

Eines war klar, jemand aus Atocha hatte seine Ortskenntnis benutzt und war am Überfall auf die älteste, wenn auch illegale, Institution der Stadt beteiligt. Lorens Groll wuchs. Die Stadt – *seine* Stadt – und ihr Lebensrhythmus waren bedroht, nicht nur durch gottgegebene Schicksalsschläge, wie die Schließung der Mine und die Errichtung von ATL, sondern durch einen Verrat aus den eigenen Reihen. Die Stadt zu betrügen war illoyal. Diese Leute untergruben das Fundament und bedrohten den Lebensrhythmus der Stadt.

Er mußte die Gauner finden, wer sie auch waren. Er mußte ein Exempel statuieren.

Er dachte an das einundzwanzigste Jahrhundert und was es brachte. Chevy-Laster vollgeladen mit Designerdrogen und automatischen Waffen. Importierte bezahlte Schützen, die die Bars überfielen. Menschen, denen Nachbarn, Einrichtungen der Stadt und das Recht gleichgültig waren. Unverständliche und bedrohliche Technologien wie zum Beispiel die Star-Wars-Waffen, die am Himmel über dem Gelände von ATL explodierten.

Früher einmal war die Zukunft etwas Besonderes, dachte er. Voll von wunderbaren technischen Spielereien und stromlinienförmigen Dekorationen, wie die Decó-Fassaden der Gebäude im Stadtzentrum. Die Welt von Morgen. Die Zukunft war ein Ort wie Oz, wo die erstaunlichsten Dinge möglich schienen.

Aber die Bösen hatten die Herrschaft über die Zukunft übernommen. Wie die Apachen in den Westernfilmen einst das Hochland besetzt hielten, saßen sie in wichtigen Positionen. Die Guten hatten keine Wahl, sie mußten sich vor den feindlichen Gewehrmündungen dem nächsten Jahrhundert stellen.

»Was ist los?« Debra setzte sich im Bett auf. Er sah sie überrascht an.

»Was meinst du?«

»Du hast so laut mit den Zähnen geknirscht, daß es einen Toten geweckt hätte. Was ist geschehen?«

Loren mußte kurz über den Ausgangspunkt für seine

Überlegungen nachdenken. »Ein Überfall auf Copper Country. Auch auf die Pokerrunde, die Bill Forsythe im Hinterzimmer betreibt.«

»Es muß also jemand aus der Gegend gewesen sein.«

»Ja.« Ihr Scharfsinn war für Loren nichts Neues. Debra hatte solche Sachen immer rasch begriffen. Sie stützte den Kopf auf eine Hand auf und betrachtete ihn.

»Eine Idee, wer?«

»Nicht wirklich, nein. Zwei spanische Jugendliche verübten den Überfall. Vielleicht hatten sie einen dritten Mann als Fahrer.«

»Und keiner hat die zwei gesehen.«

»Richtig. Wahrscheinlich hatten sie die Stadt verlassen, bevor die Beschreibung noch durchgegeben wurde.«

»Oder sie verstecken sich bei ihrem Freund.«

»Vielleicht.«

Eine Zeitlang herrschte Schweigen; nur das Ticken des kleinen Little-Ben-Weckers auf dem Nachttisch war zu hören. Loren seufzte. »Im Augenblick kann ich nichts dagegen tun.«

»Ich mache dir heiße Milch.«

»Nein. Danke. Ich kann einschlafen.«

»Knirsche nicht!«

»Ist gut. Ich versuche, daran zu denken.«

Sie küßte ihn auf die Wange und zog die Decke über den Kopf. Loren schloß die Augen und gab sich Mühe, tief zu atmen. Bruchstückhaft zogen die Ereignisse des vergangenen Tages zusammenhanglos an seinem geistigen Auge vorüber: der riesige Gileno bei Holliday, die blinden Augen der Decó-Greife auf dem Verwaltungsgebäude, Len Bonniwells ausgestreckter Körper im grellen Licht der ATL-Jeeps, Bill Forsythe, der sich das Handgelenk rieb, an dem er das Türkisarmband getragen hatte …

Und er setzte alles zusammen. Er wußte, wer den Überfall verübt hatte, und es erstaunte ihn nicht einmal.

Er sah auf die Leuchtzeiger der Little Ben-Uhr. Es war fünf Uhr dreißig.

Zeit aufzustehen.

Loren hatte geduscht und rasierte sich gerade, als Debra mit verschlafenen Augen in der Tür erschien. Energiegeladen lächelte er ihr zu. »Schlaf noch eine Stunde«, meinte er. »Da ich wach bin, werde ich Jerry holen.«

Debra blinzelte ihn schläfrig an, drehte sich wortlos um und ging zurück ins Bett.

Loren hatte seine Rasur beendet, zog sich an: graue Hose, weißes Hemd, rote Leinenkrawatte und blauer Wollblazer. Er öffnete den Gewehrständer und nahm die 0.38kalibrige Chief's Special mit dem kurzen Lauf heraus, befestigte das Halfter unter der Jacke rechts am Gürtel und stieg in den Fury.

Er fuhr auf der Estes Street nach Norden, durch das Zentrum der Stadt und über die Maglev-Gleise, den steilen Hügel hinunter; Weiden markierten den Lauf des Rio Seco. Die Estes Street querte das Bett des trockenen Flusses. In Sichtweite steckte ein Stahlpflock mit bunt aufgemalten Markierungen im Boden, damit die Leute wußten, ob sie im Fall einer Flut sicher hinüber konnten. Auf dem anderen Ufer befand sich der baufällige, heruntergekommene Teil der Stadt, genannt Picketwire: Schlackensteine und rostige Blechdächer, in den sandigen Vorgärten aufgebockte Autowracks.

Wie in jeder Kleinstadt gab es auch in Atocha eine richtige Seite, auf der man geboren wurde. Picketwire war die falsche.

Loren bog rechts ab und fuhr am Haus von A. J. Dunlops Vater vorüber – nicht weniger als vier Autos standen aufgebockt im Vorgarten –, dann weiter nach Westen, entlang dem kahlen Rücken am Südufer des Rio Seco. Dann ging es wieder einen Hügel hinunter und noch einmal hinauf in ein anderes Stadtviertel. Las Animas hieß es auf den Stadtplänen, aber rotznasige Kinder angloamerikanischer Abstammung, wie Lorens Tochter Kelly zum Beispiel, nannten es Taco-Town.

Las Animas war immer noch auf der falschen Seite der AT & SF Gleise und unterschied sich nicht sehr von Picketwire; auf dem baumlosen Hügelkamm erhoben sich die gleichen rostigen Blechdächer, in der Sonne dösten die gleichen mit Graffiti beschmierten Autowracks vor sich hin. Vielleicht wurden mehr Lehmziegel beim Hausbau verwendet, aber der Hauptunterschied lag nicht in der Bauweise, sondern war ethnischer Natur.

Es gab keine offiziellen Grenzen und keine formelle Rassentrennung, keine Rassengesetze, keinen Jim Crow. Es hatte immer Ausnahmen gegeben, Mischehen – in den alten Gründerfamilien waren spanisch/englische Ehen gar nicht selten. Englische Geschäftsmänner heirateten spanische Frauen, um Zugang zum hispanischen Markt zu bekommen; die Kinder wählten dann ihre ethnische Zugehörigkeit selbst. Informelle Rassentrennung war jedoch eine Tatsache – Las Animas war für die armen Spanier, Picketwire für die armen Anglos. Beide Namen gingen auf den bedeutungsvollen Namen des Colorado zurück: El Rio de las Animas Perdidas en Purgatorio, der Fluß der verlorenen Seelen im Fegefeuer; Picketwire war die englische Verballhornung von Purgatorium. Loren war sich nie darüber klar geworden, warum zwei Stadtteile im Südwesten einer Stadt in New Mexico nach dem Colorado benannt waren, aber es gab schließlich auch andere Stadtteile mit seltsamen Namen. Lorens Viertel hieß Rosenhügel – wenige Rosen, ein winziger Hügel –, ein Viertel für die bessere Klasse der Anglos. Das Spiegelbild war Port Royal – kein Hafen, keine Könige, hier wohnten Cipriano und wohlhabendere Hispanics. Die kleine Gruppe der schwarzen Bevölkerung der Stadt drängte sich um die Afrikanische Baptistenkirche, einem informellen Niemandsland nördlich von Picketwire. Über diese Situation wurde nie gesprochen, und es war auch nicht notwendig.

Die Macht in der Stadt war ebenso wortlos verteilt worden. Der Polizeichef war immer Anglo; der Vize Hispanic. Der Vorstand des Stadtrates war immer Spanier, der Vorsitzende der Demokratischen Parteiorganisation des Bezirks war seit mehr als hundert Jahren ein Mitglied der Familie Figueracion. Der Bürgermeister war immer Anglo gewesen, zumindest bis zu dem Punkt, da Edward Trujillo ein kleineres politisches Erdbeben verursachte, indem er kandidierte und gewann; er war somit nicht nur der erste Hispanic, der Bürgermeister wurde, sondern auch der erste Republikaner seit 1890.

Unsichtbare Grenzen wurden niedergerissen. Das beunruhigte Loren.

Loren fuhr nach Las Animas hinein und durch die Cedar Street mit ihrer aufgesprungenen Straßendecke. Er fuhr an der kleinen Lehmkapelle vorüber, deren Fenster und Türen blau gestrichen waren, um eine Verbindung zur Jungfrau zu symbolisieren. Ein Miniaturgotteshaus in einem Vorgarten war der Versammlungsort einiger Familien, die aus dem nördlichen Mexiko gekommen waren, um während der Depression in der Mine zu arbeiten. Sie waren Katholiken – Bob Sandoval hätte sie Häretiker genannt – und gehörten einer kleinen abgesplitterten Sekte an, die im siebzehnten Jahrhundert aus Spanien hinausgeworfen worden war. Auch sie zählten zu den einundvierzig Religionsgemeinschaften von Atocha, die den Neuankömmling begrüßten.

Genau dort, wo er es erwartet hatte, war ein kleines staubiges Auto mit einem Nummernschild aus Texas geparkt. Loren schrieb die Nummer auf und überprüfte sie mit Hilfe seines kleinen Computers; danach fuhr er nach Hause. Er ging durch das Wohnzimmer zum Telefon in der Küche und rief über den Wählcomputer Cipriano an.

Debra füllte die Kaffeemaschine mit gekühltem Wasser aus der Flasche und stellte eine neue Flasche in den Kühlautomaten. Sie schob eine blonde Haarsträhne aus dem Gesicht und sah Loren mit zusammengekniffenen Augen an, weil sie keine Brille aufhatte.

»Wo ist Jerry?« fragte sie.

Loren lachte. »Ich wurde abgelenkt. Ich hole ihn gleich.«

Sie nickte. »Hast du die Lösung?«

»Ich glaube, ja.«

Es klingelte viermal, bevor sich jemand mit einem einzigen Wort meldete.

»Dominguez.« Ciprianos Stimme klang verschlafen.

Loren grinste. »Y andale, bubba«, sagte er.

Einen Augenblick herrschte Stille. »Ich hoffe, es steht dafür, Jefe. Es ist sechs Uhr früh.«

»Ich weiß, wer das Copper Country überfallen hat. Aber ich muß um sieben Uhr zur Kirche gehen und kann mich nicht darum kümmern.«

»Ich hole einen Bleistift.« Wieder herrschte einen Augenblick Stille. »Okay, Jefe. Los.« Jedes Wort klang wie ein Stöhnen.

»Erinnerst du dich an deinen Vetter Félix?«

Schweigen. »Mein angeheirateter Vetter. Soll das heißen, daß er das Copper Country überfallen hat?«

»Nee. Aber du erinnerst dich doch, daß wir bei der Hochzeit seiner Tochter einschreiten mußten, weil irgendein Esel Roses Mutter eine fette alte Hexe nannte, und der Esel von einem Neffen, Anthony aus Laredo, verpaßte ihm eine auf die Nase.«

»Er ist aus Harlingen. Aber okay.«

»Wen brachten wir also damals ins Gefängnis, weil sie es unbedingt ausfechten wollten, obwohl sie schon zu betrunken waren und nicht mehr aufstehen konnten?«

»Anthony und seine beiden Söhne. Und Roses Mutter, weil sie Eloy Esposito treten wollte, als er Anthony fortschleppte.«

»Sie ist wirklich eine böse, alte Hexe. Aber wen noch?«

»Ahhh.« Cipriano wachte allmählich auf. »Robbie Cisneros.«

»Richtig. Wenn du jetzt zu Félix' Haus hinaus fährst, steht ein Auto mit einem Nummernschild aus Texas vor dem Haus. Nach meiner Theorie haben sich Robbie und die Söhne von Anthony in unserer Ausnüchterungszelle richtig gut angefreundet. Gestern sind die beiden Jungen von Harlingen heraufgekommen, um Copper Country zu überfallen, und Robbie war der Fahrer.«

»Alle Achtung! Ich bin beeindruckt, Jefe.« Cipriano war endgültig aufgewacht.

»Das Auto steht dort. Ich habe die Nummer über C.A.D. kontrolliert; sie ist auf eine Adresse in Harlingen zugelassen. Jemand muß das Auto überwachen, okay?«

»Ich werde mich darum kümmern.«

Loren legte das Telefon auf. Der Duft von Kaffee verbreitete sich allmählich im Zimmer. Debra blinzelte ihn kurzsichtig an. »Wann bist du denn auf das alles gekommen«, fragte sie.

»Als ich mit den Zähnen knirschte«, antwortete er im Hinausgehen.

Lorens Bruder, Jerry, lebte seit ungefähr zehn Jahren auf einem Autofriedhof östlich der Stadt. Der Besitzer gestattete ihm, in einem alten Wohnwagen zu wohnen, wenn er sich dafür um den Platz kümmerte und gelegentlich Autos reparierte. Der Himmel färbte sich allmählich rot, als Loren den Fury auf dem Highway 82 aus der Stadt lenkte. Die dunklen Silhouetten der Strommasten reihten sich in regelmäßigen Abständen entlang der Horizontlinie.

Rechts funkelte rötlich der vollautomatisierte Maglev-Zug, der über den abgenutzten Stahlschienen schwebend vorübersauste.

Dann tauchte links ein massiges Gebäude auf: die Kirche der Erde, Atochas zweiundvierzigste Kirche. Ihre Gemeindemitglieder fanden Spiritualität im Umweltaktivismus. Für Loren war die Lehre ein ärgerniserregendes, unausgegorenes Gemisch aus wiederbelebtem Heidentum, politischem Radikalismus und dem einen oder anderen Element aus Christentum und Taoismus – ›Die Entwicklung des Erdenevangeliums‹, nannte es die offizielle Literatur. Nach Lorens Meinung zielte diese Entwicklung darauf ab, ein Maximum an Spenden von Leichtgläubigen zu ergattern.

Kirchen, dachte Loren, waren für ewige Dinge, nicht für zeitgenössische Politik. Loren wußte alles, was er über Politik wissen mußte, und er wollte die Politik so weit wie möglich von seinem Glauben trennen.

Auf dem Parkplatz der Kirche sah Loren zwei ältere Apachen, traditionell gekleidet, die aus einem alten Jeep kletterten. Die Gastschamanen für heute, dachte Loren. Die Weißen hatten zwar für die Indianer als Volk keinen Platz, brauchten sie aber offenbar als spirituelle Quellen. Yuppies, die einem Apachen, der sich mit seiner Großfamilie in ihrer Nachbarschaft ansiedelte, mit wohlerzogener Distanz begegneten, würden mit großer Begeisterung an einer Zeremonie teilnehmen, in der derselbe Apache als Schamane agierte, sie mit Pollen segnete und sie aufforderte, Mutter Erde zu ehren. Indianer wurden demnach gleichzeitig als minderwertig und als überlegen behandelt – überlegen in spiritueller Hinsicht, minderwertig in jeder anderen. Man wollte sie nicht als Nachbarn, sondern wohlverwahrt irgendwo in den Bergen, wo sie im Namen der Weißen mit den Geistern sprachen.

Die Anglos glaubten, daß die Indianer spiritueller veranlagt waren, ›der Erde näher‹. Es kam den Weißen nie in den Sinn, daß die Indianer deshalb der Erde so nahe waren, weil sie arm waren. Man ließ sie arm bleiben, verbannte sie in die Reservate, die durch eine unmoralische, dumme Politik entstanden waren und von der gleichen weißen Bevölkerung toleriert wurden, die die spirituelle Veranlagung der Indianer so verehrte.

Loren erinnerte sich, wie vor einigen Jahren in Taos Pueblo Wasserleitungen und Wasserklosetts installiert wurden. Damals hatten sich doch tatsächlich Angloamerikaner entsetzt dagegen gewehrt, weil dadurch ein historischer, heiliger Ort entweiht wurde. Das war das Problem mit der Anschauung der spirituellen Überlegenheit der Indianer. Die Menschen vergaßen, daß diese überlegenen spirituellen Wesen auch Menschen waren, die kacken mußten.

Auf der anderen Seite des Highways befand sich eine vollkommen andersgeartete Sehenswürdigkeit: ein aus Steinen zusammengefügtes Denkmal mit einer von Grünspan bedeckten Tafel: HIER WURDEN AM 21. JULI 1884 SECHS MÄNNER DES H. TRUPPS DER 9. US-KAVALLERIE VON ROTEN WILDEN GETÖTET.

Die Geschichte ließ einen nicht vergessen.

Der Autofriedhof lag auf einem Hügel und war von allen Seiten meilenweit zu sehen. Ein drei Meter hoher Zaun lief rundherum: vorn gestrichenes Holz und hinten Draht. Auf den Holzzaun war die Werbung für Hamm-Bier gemalt, eine offene Landschaft mit Nadelbäumen und Seen, üppiges grünes Gras, mächtige Hirsche; eine leuchtende Waldszene aus Minnesota, von der trockenen, alkalischen Wirklichkeit New Mexicos so weit entfernt wie vom Mond.

Loren bog in eine Sandstraße ein, die zum Seiteneingang des Platzes führte. Deutsche Schäferhunde liefen fröhlich bellend neben ihm her. Er parkte vor dem Tor, ließ die Hunde eine Weile seine Hand lecken – sie waren ausgehungert nach Gesellschaft, und als Wachhunde vollkommen nutzlos. Danach öffnete Loren das Tor. Die Hunde sprangen in wilder Freude um ihn herum.

Jerrys Wohnwagen war ein alter Airstream, dessen

elende Reifen seit zwanzig Jahren ohne Luft waren. Rostige Streifen zogen sich von den Dachrinnen herunter. Rundherum standen die ausrangierten Transportmittel des zwanzigsten Jahrhunderts; Autos, Lastwagen, Busse, sogar elektrische Straßenbahnen standen da, die 1940 in Atocha aus dem Verkehr gezogen worden waren. Loren klopfte an die Tür, öffnete und betrat den stockdunklen Wohnwagen. Er sah nicht die Hand vor den Augen. Hinten aus dem Wohnwagen kam eine männliche Stimme, die Russisch sprach. Lorens Fuß stieß gegen etwas Hartes. Er tastete nach dem Lichtschalter und machte Licht.

Der Wohnwagen war voll mit Sachen, die Jerry im Laufe der vergangenen zehn Jahre gesammelt hatte, das meiste davon waren nicht funktionierende Maschinen. Im dämmrigen Licht einer Sechzig-Watt-Birne sah Loren mehrere Schreibmaschinen, ein paar alte Osborne Computer, ein uralter Waring-Mixer aus rostfreiem Stahl, ein paar Toaster, die Tastatur eines IBM-PCs, an der mehrere Tasten fehlten, und ein paar bunt zusammengewürfelte Radfelgen, Gangschaltungen von Standardgetrieben, dazwischen Taschenbücher, Zeitschriften, alte Zeitungen und eine riesige Sammlung *National Geographic* ...

Das Zeug reichte an allen Seiten bis an die Decke und verbreitete einen leichten Geruch nach Staub, altem Papier und Maschinenöl. Loren versuchte, nirgends anzustreifen. Die Stimme redete auf russisch weiter. Loren erkannte ein paar Worte: *Cuba, Castro.*

»Loren, bist du es? Ich ziehe mich gerade an.«

Jerrys Stimme kam aus dem hinteren Teil des Wohnwagens, über Berge von allem Möglichen hinweg. Der Wohnwagen war zwar nicht einmal sieben Meter lang, aber es gab keinen sichtbaren Durchgang von einem Ende an das andere. Doch es gab einen Tunnel: Jerry hatte zwischen dem eingebauten Eßplatz und der Spüle ein paar Bretter gelegt, auf die er mehr von seinem Zeug türmte.

Ein Geräusch war zu hören. Danach roch es intensiv nach Mennens Rasierwasser und schließlich tauchte Jerry im Tunnel auf. Er hielt einen kleinen rosaroten Karton in der Hand und war bekleidet mit einem vergilbten weißen Hemd, einer braunen, gebügelten Hose und alten braunen Cowboystiefeln. Jerry richtete sich auf und bürstete die Knie ab. Danach öffnete er den Karton und hielt ihn Loren hin.

»Krapfen mit Schokoguß?«

Loren warf einen Blick in den Karton und überlegte, wie alt die Krapfen sein mochten. »Nein, danke«, antwortete er. »Debra kocht.«

»Stimmt. Dann nehme ich mir einen.«

Die Stimme brabbelte auf russisch weiter. Jerry stopfte ein Doughnut in den Mund und stellte den Karton vorsichtig zwischen eine alte hochgestellte Schreibmaschine und einen Stoß zerknitterter Science-Fiction-Magazine, die mit einer Schnur zusammengebunden waren. Loren fragte sich, wie lang der Karton jetzt hier stehen würde. Vielleicht Jahre. Er verließ den Wohnwagen und Jerry folgte. Die entzückten Hunde hüpften vor ihnen herum, als sie durch das Tor gingen. Jerry griff in die Hosentasche, zog eine schmale Krawatte heraus und band sie um.

»Du lernst über Kurzwelle Russisch?« fragte Loren.

Jerry schluckte. »Ich höre gern zu, wie es klingt, und außerdem hat Radio Moskau eine höchst erstaunliche Musik. Klingt wie von einem anderen Planeten.«

Du bist derjenige, der von einem anderen Planeten kommt, wollte Loren sagen, unterließ es aber. Es hätte nichts gebracht.

»Ich kann mir die Top Forty auf russisch anhören«, fügte Jerry noch hinzu, »weil das Radio auf Transistoren aufbaut, und diese wieder auf den Löchern zwischen den Dingen basieren.«

Loren sah seinen Bruder an. »Löcher?« fragte er. Er wußte, was kommen würde.

Jerrys Maschine für unnütze Fakten.

»Ja, Löcher. Denk einmal nach: Es gibt Atome, nicht wahr? Atome wieder sind Protonen und Elektronen. Elektronen bewegen sich, und das ist Elektrizität. Aber wenn sich die Elektronen bewegen, lassen sie große Löcher zurück. Und darauf basieren die Transistoren.«

Loren sah seinen Bruder über das Autodach hinweg an. »Basieren auf *Löchern?*«

»Ja. Schau, wenn die Elektronen sich weiterbewegen, tauchen aus dem Nichts neue Elektronen auf und füllen diese Löcher wieder. Ich erinnere mich nicht, was sie dann tun, aber ich weiß, daß ich darüber gelesen habe.«

Loren öffnete die Autotür. »In deinem Kopf sind Löcher, Jerry.«

Jerry ähnelte seinem jüngeren Bruder, der gleiche Körperbau, die gleichen breiten Backenknochen, das gleiche dunkle, gelockte Haar. Aber er hatte etwas Vages an sich, wirkte irgendwie verschwommen. Als ob man ihn durch eine Glasscheibe betrachtete, die ganz mit Fingerabdrücken verschmiert war.

Er war immer so gewesen – er wuchs als gesundes Atocha-Kind auf, war beliebt, aufgeschlossen, gehörte dem High-School-Basketball-Team an und dem Football-Team. Dann mußte er zum Militär, und als er von Übersee zurückkam, war er verändert.

Was auch geschehen sein mochte, Loren wußte, daß nicht der Krieg daran Schuld trug. Es war damals noch Krieg in Vietnam, aber Jerry wurde nach Europa abkommandiert, nach Deutschland. Er gehörte zur 9. Panzerdivision, genau wie Elvis Presley. Aber als Jerry zurückkam, war ihm etwas abhanden gekommen – er war geistesabwesend und hatte sein Ziel verloren. Ziellos zog er in Atocha umher, bis ein Diakon aus Lorens Kirche Loren zuliebe Jerry den Airstream schenkte, in dem er jetzt wohnte.

Loren stieg ins Auto und startete. Jerry saß neben ihm. Er berührte den Walnußgriff der Remington, die in der Halterung zwischen den beiden Vordersitzen steckte.

»Nächsten Freitag beginnt die Entensaison«, erklärte Loren. »Ich werde mir einen Tag frei nehmen. Kommst du mit?«

»Klar.«

»Gleich nach der Kirche.«

Jerry seufzte. »Wir versäumen den halben Vormittag.«

»Jerry! Du verdankst den Platz, wo du lebst, der Kirche. Und außerdem eine Reihe Jobs, die du alle nicht wolltest.«

»Habe ich die Kirche je um etwas gebeten?«

»Ich habe es getan.«

»Habe ich dich je darum gebeten?«

Schweigen. Loren fuhr den Fury im Rückwärtsgang auf die Sandstraße hinaus, drehte um und fuhr in die Stadt zurück.

»Du mußt an den wichtigen Dingen festhalten«, begann Loren wieder. »Du hast Familie, du hast einen Glauben, der dich hält. Du bist in dieser Stadt aufgewachsen. Du kannst nicht alles fahren lassen.«

Jerry bürstete die Krümel vom Hemd. Der kräftige Duft des Rasierwassers verdeckte ein seltsames Geruchsgemisch aus Autoschmierfett und Staub, als wäre er eine nicht mehr benutzte Maschine, die schon lang auf dem Regal stand, ein Teil aus dem Berg von Ramsch.

»Ich weiß nicht, warum du dich immer beklagst«, wunderte sich Jerry. »Ich bin doch noch immer hier, nicht wahr.«

»Ja, du bist noch immer hier.«

»Ich gehe zur Kirche, wie du es willst, und ich gehe am Freitag mit dir jagen.«

»Ja.«

»Wo liegt also das Problem, Loren?«

Loren antwortete nicht, unter dem Vorwand, daß er am Ende der Sandstraße anhalten und auf den Highway 82 einbiegen mußte.

Schweigend fuhren sie weiter. Der Fury raste weit über der Geschwindigkeitsbegrenzung dahin. Vor ihnen lagen die sandigen Hügelketten, die im Licht der aufgehenden Sonne blutrot leuchteten; die Täler zeichneten sich als tief violette Schatten ab. Das Gelände sah aus wie die wettergegerbte, faltige Haut einer alten Apachenfrau, dachte Loren plötzlich. Trocken, gealtert, ein Spiegel der Realität. Diese Erkenntnis kam ihm in dem Augenblick, als das Auto über einen Hügelkamm raste.

»Du lieber Himmel!«

Loren stampfte auf die Bremse. Er riß den Fury zur Seite auf das schmale Bankett und dann auf den Parkplatz der Kirche der Erde. Zwei alte Kleinlaster, beide schwer beladen mit alten Möbeln, gekrönt von Matratzen und Bettkästen, waren kurz vor der Hügelkuppe beim Überholen. Im Zeitlupentempo versuchten sie ungeschickt auszuweichen und verfehlten Lorens Auto nur um wenige Zentimeter. Im Vorbeifahren blickte Loren direkt in die dunklen, unbeteiligten Augen eines kleinen Jungen, der inmitten von Hausrat hinten im Laster saß.

Loren hielt das Auto an; das Herz raste ihm in der Brust. Er wollte schon zum Knopf greifen, der die Sirene auslöste, zögerte aber.

Das Frühstück wartete. Die Kirche wartete.

Zum Teufel damit. New Mexico rangierte in der Statistik der Autounfälle an erster Stelle, und zwar mit Abstand; es war höchste Zeit, zumindest ein wenig zu verändern.

Beide Fahrer waren eindeutig betrunken. Loren hielt sie an und rief die Streife aus der Stadt; die sollten die beiden ins Gefängnis bringen. Das kleine Kind sprang aus dem Auto, folgte Loren auf Schritt und Tritt und verwünschte ihn auf spanisch, weil er vermutlich annahm, daß Loren ihn nicht verstand. Sein Lieblingswort war ›chota‹, was jeder Bulle im Südwesten als die wenig schmeichelhafte Bezeichnung für die Gesetzesdiener kannte. Loren sah auf den Jungen hinunter. »Cállate la boca, chivito!« sagte er, und das Kind schwieg sofort.

Jerry lachte, als Loren wieder ins Auto stieg. »Die Autofahrer von New Mexico! Unvergleichlich!«

»Die schlimmsten auf der ganzen Welt«, entgegnete Loren. »Diese beiden waren noch dazu betrunken.«

»Manchmal frage ich mich, ob es in New Mexico Bakterien gibt, entweder in der Erde oder in der Luft. Ein kleiner Bazillus, der Unfähigkeit überträgt. Jeder, der hier lebt, steckt sich früher oder später an.«

Loren grinste. »Da kann etwas dran sein.«

»Das ist die Dritte Welt hier. Fahrer, die nicht fahren können, Lehrer, die nicht lehren können, Beamte, die ihre Namen nicht schreiben können, Politiker, die nur deshalb gewählt werden, weil die Wähler dumm, frömmlerisch und unfähig sind. Eine einheimische Bevölkerung, die von jedermann betrogen wird. Nichts Vernünftiges kommt hier auf, alle Ambitionen verwandeln sich in eine Farce. Krank. Das Land, das vom Morgen lebt. So ist es schon immer gewesen, und nichts wird sich daran ändern.«

Loren sah seinen Bruder überrascht an. Jerrys absonderliche Spekulationen waren selten ernst gemeint; diese letzte klang aufrichtig.

»Vielleicht nicht, Jer«, antwortete er. »Aber vielleicht ist es unsere Art, die Dinge anzugehen.«

»Die Dinge eben *nicht* anzugehen, meinst du.«

Links von Loren leuchtete es rot. Die Sonne spiegelte sich im silbernen Maglev-Zug, der vom ATL-Gelände in die Stadt fuhr; ATL war der jüngste Versuch, das Land zu verändern, dem Land, in dem der Bazillus der Unfähigkeit so lang gewuchert hatte, das neue Jahrhundert einzuimpfen.

4. KAPITEL

Die Nazarenerkirche der Apostel von Elohim war die größte Kirche in Atocha. Zum Unterschied von den Heiligen der letzten Tage und der römisch-katholischen Kirche hatten die Apostel erst in den Jahren nach 1880 hier Fuß gefaßt, als nämlich Riga Brothers mit der Kupfermine begonnen hatten. Es gab hier bereits Gold- und Silberbergleute, die waren aber zu unverläßlich gewesen; sie hatten stets nur so lang gearbeitet, bis sie eine Ausrüstung beisammen hatten, dann zogen sie fort, um auf eigene Faust zu schürfen. Der Präsident von Riga Brothers gehörte der Apostelkirche an und schlug vor, Familien seiner Religionsbrüder aus dem Staat New York und dem nördlichen Pennsylvania hier anzusiedeln; die verläßlichen, familienorientierten Leute würden hier seßhaft werden. Etwa fünfhundert Familien waren dem Aufruf gefolgt und trafen, fromme Lieder singend, mit dem Zug in Atocha ein.

Doch die Apostel neigten, wie alle populistischen Religionen, zur Spaltung.

Auf der Plaza gegenüber der Decó-Kirche stand ein grauhaariger Mann auf einer Holzkiste, umgeben von einer kleinen Menschengruppe. Die Kiste war himmelblau, und auf jeder Seite mit einer sorgfältig gezeichneten Pyramide bemalt, über der ein golden glühendes Auge schwebte.

»Ich kenne die Antwort!« schrie der Mann. »Ich habe *gesehen!*«

»Ach, zur Hölle!« sagte Loren und stieg aus dem Auto.

Der Mann auf der Kiste war Alfred Roberts, früher einmal Bürgermeister der Stadt und Mitglied der Apostelgemeinde. Als sein Bruder verurteilt wurde, weil er Geld vom Straßenbau unterschlagen hatte, und die Geschworenen sich bei seinem Verfahren über die Schuldfrage nicht einigen konnten, verlor Roberts seine Position an Trujillo; die Apostel hatten ihn ausgeschlossen, und er nannte sich Prophet, lebte von der Notstandshilfe und dem, was seine kleine Anhängerschaft einnahm.

»Wie der Herr zu Samuel Catton gesprochen hat«, brüllte er, »sprach er auch zu mir!«

Loren schüttelte nur den Kopf. Er und seine Familie gingen rasch auf den Gehsteig und wandten den Kopf ab. Die Szene war äußerst peinlich.

»Hört auf ihn, und ihr werdet gerettet werden!« rief Roberts' Frau, Amy.

Loren war unmittelbar nach seiner Rückkehr aus Korea länger als ein Jahr mit Amy gegangen. Sie hatte ihn wegen Roberts verlassen. Roberts war damals ein erfolgreicher Baumeister gewesen, und sie erhoffte sich von ihm vermutlich wesentlich bessere Zukunftsaussichten als von einem jungen Polizisten.

Sieh sie dir heute an, dachte Loren.

Die Leute um Roberts waren seine Familie und seine Jünger. In Decken gehüllt schützten sie sich vor der morgendlich kalten Oktoberluft; ein Bild wie aus dem Alten Testament. Ihr Aufzug stand in hartem Kontrast zum Decó-Hintergrund der Plaza und wirkte dadurch noch verrückter als ihre wirren Reden. Amy Roberts trug ein Schild, auf dem stand: HÖRT DIE WAHRHEIT. Andere trugen Bücher und Prospekte. Ein Teenager, mit leerem Blick, offensichtlich schwanger, mit schlechtem Teint und über den Ohren gekräuselten Haaren trug ein Schild auf dem stand: DIE REFORMIERTE KIRCHE. Niemand kannte sie oder wußte, woher sie gekommen war. Man sah sie nur dann, wenn sie die Schecks vom Hilfswerk für Mütter mit unmündigen Kindern einlöste. Es gab Gerüchte, wonach sie Roberts' ›feste Konkubine‹ war.

Alle falschen Propheten tendierten dazu, sich einen Harem anzulegen, dachte Loren. Daran konnte man sie erkennen.

»Die Kirche ist *korrupt!*« kreischte Roberts und trommelte sich mit der Faust auf die Brust. »Ihre Doktrine sind falsch. Ich kenne den wahren Weg ins Himmelreich!«

Eigenlob, dachte Loren, wo man hinsieht, nichts als Eigenlob.

»Such dir eine Arbeit!« rief ein Kirchgänger.

»Ich bin der einzige und wahre Prophet!«

»Schmarotzer!«

»Folgt mir zur Erlösung!«

»Verschone die Steuerzahler!«

Loren war auf der obersten Stufe der Treppe zur Kirche angelangt und zögerte. Heute wurde er ständig durch seine Amtsgeschäfte aufgehalten.

»Geh hinein«, sagte er zu Debra und drehte sich um. Er überquerte die West Plaza und ging auf seinen ehemaligen Vorgesetzten zu. Er bekam die Gänsehaut, als er sich dem Mann auf der Kiste näherte – Roberts war früher, ein angenehmes, umgängliches und harmloses Mitglied der etablierten Gesellschaft gewesen und seine Verwandlung in einen alttestamentarischen Verrückten erschütterte Loren.

Roberts' Augen blitzten von seinem erhöhten Standort herunter. Seine Wangen und die Nase waren rot vom Alkohol und von der Kälte. Sein Gefolge beobachtete Loren mißtrauisch schweigend. »Loren!« rief Roberts. »Lange nicht gesehen. Hast du das Licht gesehen, mein Sohn?« Loren roch den Whisky in seinem Atem.

»Wenn du nicht den Mund hältst, Al«, mahnte ihn Loren, »verhafte ich dich.«

Roberts hob ihm eine Hand entgegen, sprach aber fröhlich weiter. »Du kannst diese neue Lehre nicht aufhalten. Genauso könntest du dich gegen den Wind oder die Gezeiten stellen.«

»Dann laß mich deine Zulassung sehen.«

Roberts sah finster auf ihn herunter. »Du trägst den siebenzackigen Stern von Babylon auf deiner Brust. Bedeutet das, daß du dein Herz dem Bösen verschrieben hast?«

Loren seufzte. Vor einigen Jahren hatte ein fundamentalistischer Irrer die Geschichte mit dem Stern von Babylon angefangen, die sich noch immer nicht totgelaufen hatte.

»Wir wollen uns nur von den Sheriffs mit den sechszackigen Sternen unterscheiden. Was ist also mit deiner Zulassung?«

»Der Diener des Herrn«, antwortete er hochtrabend, »braucht keine ...«

»Du kannst hier stehen und deine Schriften verteilen so lang du willst, aber wenn du herumbrüllst und Unruhe stiftest, nehme ich dich hopp.«

Roberts dachte lange nach, dann nahm sein Gesicht einen entschlossenen Ausdruck an. Er zog die Decke fester um sich, richtete sich hoch auf und blickte starr auf die Kirche.

»Ich werde schweigen«, sagte er.

»Gut. Mehr wollte ich nicht.«

Als sich Loren umdrehte, um zurück zur Kirche zu gehen, hörte er Roberts' leise Stimme.

»Jeden Tag geschehen Wunder.«

Wahrhaft ein Wunder, daß der Kerl noch aufrecht stehen konnte.

»Bevor ich mit der heutigen Predigt beginne«, wandte sich Pastor Rickey an die Gemeinde, »möchte ich euch darin erinnern, daß der Katastrophenfonds dringend Lebensmittel und Bekleidung benötigt. Wir, denen es besser geht, wollen unseren Überfluß mit unseren Nachbarn teilen.«

Rickey sah auf. »In dieser Woche wollen wir uns unserer Sünden besinnen und über sie nachdenken«, fuhr er in seinem Susquehanna-Akzent fort, der manchen Worten einen seltsamen Klang verlieh.

Loren saß in seiner Bank und blickte finster auf das Gesangsbuch vor sich. Er kannte diese Eröffnungspredigt; seit er sich erinnern konnte, wiederholte sie sich Jahr für Jahr in gleicher oder ähnlicher Weise. Heute war Loren mit den Gedanken woanders.

Während des Frühstücks hatte Cipriano angerufen. Er hatte das Auto aus Texas, einen zerbeulten alten Geo, vor dem Haus seines Vetters Félix beobachtet. Félix war im Bademantel aus dem Haus gekommen, um die *Albuquerque News* zu holen, und Cipriano hatte angehalten und ihn freundschaftlich gefragt, ob Félix Besuch habe. Tatsächlich hatten seine Verwandten aus Harlingen zwei Nächte bei ihm verbracht, aber heute früh waren sie gemeinsam mit Robbie Cisneros jagen gegangen. Félix war das sehr recht, denn an Anthony und seiner entsetzlichen Familie war ihm nie viel gelegen.

Cipriano war danach zum Haus der Cisneros gefahren; Robbies Lieferwagen war tatsächlich verschwunden. Loren befahl, über LAWSAT eine Fahndung an die Bundespolizei in New Mexico und Arizona durchzugeben und die Motels in der Gegend anzurufen, für den Fall, daß Robbie & Co sich für ein ausgelassenes Wochenende wo einmieteten, um fern von neugierigen Verwandten ihr Geld auszugeben. Da die Texaner ihr Auto zurückgelassen hatten, nahm Loren an, daß sie nicht weit gefahren waren.

Loren vermutete, daß sie für den Überfall das Auto aus dem anderen Bundesstaat benutzt hatten und später mit den Fremden in Robbies Auto spazieren fuhren.

Sehr eigenartig, daß sie den winzig kleinen Geo als Fluchtauto eingesetzt hatten.

Loren bezweifelte, daß es genügend Beweise für einen Durchsuchungsbefehl gab. Seine Überlegungen beruhten rein auf Indizien. Wenn ein Polizist von der Highway-Streife sie anhielt und die Durchsuchung verpatzte, konnte der Fall verloren sein.

Verdammt! Einer aus den eigenen Reihen hatte die Stadt betrogen, und das in der schlimmsten Krise, die Atocha seit der Zerstörung durch die Apachen zu bewältigen hatte.

»Du knirschst wieder mit den Zähnen«, flüsterte Debra. Lorens Gedanken kehrten in die Gegenwart zurück.

»Entschuldige«, bat er.

»Vor uns liegt die Woche, die wir den Sieben Todsünden geweiht haben, die über allen anderen Sünden stehen«, führte Pastor Rickey aus. »Warum nennt man sie Todsünden? Warum ist Unmäßigkeit eine Todsünde und Simonie, zum Beispiel, nicht?«

»Was ist Simonie?« flüsterte Katrina, mehr oder weniger gleichzeitig mit fünfzig anderen leisen Stimmen. Katrina war Lorens ältere Tochter, siebzehn, blond und ein wenig burschikos. Mit dem blaßrosa Kopftuch sah sie ungewöhnlich sittsam aus.

»Psst«, ermahnte Loren. Er hätte die Antwort ohnehin nicht gewußt.

»Der Verkauf kirchlicher Ämter«, beantwortete Jerry die Frage. Loren sah ihn an. Jerry blinzelte ihm unschuldig zu. »Das ist keine Erfindung von mir«, bekräftigte er.

»Man nennt sie Todsünden«, fuhr Pastor Rickey fort, »weil sie unvermeidlich weitere Sünden nach sich ziehen. Unmäßigkeit heißt nicht nur, zu viel zu essen, Unmäßigkeit schließt auch Trunkenheit und Drogenmißbrauch mit ein. Alkohol und Drogen führen dann oft zu Gewalttätigkeit, Ehebruch, Zorn und Diebstahl.

Unter den Todsünden steht der Stolz an erster Stelle, denn der Stolz war die Sünde des Luzifer und führte zum Krieg im Himmel. Den ersten Tag der Bußtage wollen wir daher dem Stolz widmen.«

Pastor Rickey war jung, nur wenig über dreißig, wirkte aber älter. Sein Haar war schütter und frühzeitig ergraut; er hatte ein faltiges, verwittertes Pferdegesicht. Bevor Rickey das Catton College in Pennsylvania besuchte und ein geistliches Amt annahm, hatte er jahrelang für das Friedenscorps und in Suppenküchen für die Armen gearbeitet. Er predigte beherrscht und auf einem gewissen intellektuellen Niveau, und Loren war davon nicht besonders begeistert. Der frühere Pastor, ein alter Pennsylvanier holländischer Herkunft namens Baumgarten, wäre heftig gestikulierend und in Schweiß gebadet auf und ab gesprungen und schon längst beim Thema Hölle angelangt.

Loren beschäftigte sich zwar nicht besonders gern mit dem Gedanken an die Hölle, aber seit der Meister in Grau, der die *Wahren Offenbarungen* diktiert hatte, Reverend Samuel Catton durch die Hölle und verschiedene andere Teile des Kosmos geleitet hatte, war dieses Land aus Feuer ein unumstößlicher Bestandteil des Glaubens; Loren wunderte sich manchmal, warum Rickey nie davon sprach.

»Der Stolz Luzifers ist einzigartig; er ist deutlich erkennbar, und wir können ihn verurteilen. Aber selbst wenn wir wollten, keiner von uns könnte eine Armee gegen den Himmel rüsten. Doch auch in unserer Gemeinde gibt es die Sünde des Stolzes, und diesen Stolz im täglichen Leben möchte ich heute unter die Lupe nehmen.«

Loren kaute an seiner Unterlippe und fragte sich, wie es Cipriano erging.

»Die Sünde des Stolzes ist deshalb so schwer zu verstehen, weil die Sünde die Umkehrung von etwas Gutem ist«, fuhr der Pfarrer fort, und sein betont rollendes R gab dem Satz einen besonders lebhaften Anstrich. »Stolz kann Gnade, aber auch Sünde sein. Unsere Seele besitzt das natürliche Verlangen nach Stolz – seid stolz auf euch, auf eure Familie, auf eure Gemeinde und euer Land. Aber Stolz wird zur *Sünde,* so bald er über die natürlichen Grenzen hinauswächst. Stolz wird zur *Sünde,* wenn er sich *von Gott abwendet!*«

Loren blickte auf. Nur selten hatte er dieses lebhafte Licht in Rickeys Augen gesehen. Vielleicht hatte der Mann endlich Feuer gefangen.

»Wenn jemand auf sich stolz ist, auf seine Gemeinde und so weiter, dann deshalb, weil er in den Zielobjekten seines Stolzes *Gott wiedererkennt.*« Rickey hob den Arm. »Ihr seid stolz auf die Majestät in Gottes Schöpfung! Ihr seid stolz, auf das *Spiegelbild Gottes.*

Stolz wird zu einem Akt der Verehrung.

Aber euer Stolz wird zur Sünde, sobald ihr aufhört, Gott in diesen Dingen zu sehen, in euch, in eurem Land und so fort. Ihr seht nur noch ein Spiegelbild *eurer selbst.* Stolz ist nicht länger Verehrung, sondern wird zur Selbstverherrlichung.«

Dieser letzte Gedanke beeindruckte und überraschte Loren. So hatte er es noch nie gesehen. Pastor Baumgarten hatte die Sünden nie auf diese Art analysiert. Er beschränkte sich in der Hauptsache auf Samuel Cattons sinnbildliche Beschreibung der Todsünden in den *Ergänzenden Offenbarungen.* Der Stolz wird mit einer starren Halskrause dargestellt, die das Kinn hochreckt und mit Diamanten, Gold und Elfenbein übersät ist. Der Zorn hat Flammenzungen im Haar und trägt eine doppelschneidige Axt, die Freund und Feind gleichermaßen trifft. In dieser Art ging es weiter.

Vielleicht war an dem Burschen doch etwas dran.

»Wenn ihr aber die Dinge nur auf euch bezieht, dann könnt ihr sie nicht mehr als Spiegelbild Gottes sehen und glaubt, ihr könnt alles nach Wunsch manipulieren. Ihr glaubt, ihr könnt eure Nachbarn nach eigenem Gutdünken retten oder verdammen, statt daß ihr diesen Job Gott überlaßt. Eure Gemeinde wollt ihr nach eigenem

Ermessen aufbauen und ordnen, und euer Land soll der ganzen Welt euren Stempel aufdrücken.

Auf diese Weise begegnen wir der Sünde des Stolzes im täglichen Leben. Ihr glaubt, ihr könnt alles umformen und ändern – nicht zum Vorteil des Gemeinwohls oder zur Verbesserung einer Situation, auch wenn ihr das den Leuten erzählt, sondern nur um euren eigenen Stolz zu befriedigen. Ihr stürzt euch in Schulden, nur um ein größeres Auto als der Nachbar zu haben. Das Auto dient eurem Stolz. Einer trennt sich von seiner Freundin, nicht weil sie kein netter Mensch ist, sondern weil sie nicht hübsch oder modisch genug ist – weil sie nicht mehr gut genug für *ihn* ist. Der andere löst die Verlobung der Tochter, weil deren Freund vielleicht nicht genügend Geld hat oder in anderer Beziehung nicht gut genug ist – nicht für die Tochter, sondern für den Vater ist er nicht genügend schmeichelhaft. Ein anderer formt die Gemeinde nach seinen eigenen Vorstellungen um, er beteiligt sich an Bürgerinitiativen und Komitees und bewirbt sich um Ämter; alles nur deshalb, weil ihm die Lebensweise seiner Nachbarn nicht gut genug ist. Er muß sich einmischen und sie ändern.«

Loren wurde ungehalten und flüsterte Debra zu: »Will er damit sagen, daß ich mich nicht um meine Nachbarn und meine Familie kümmern soll?«

»Psst.«

»Wir *sollen* uns um unsere Nachbarn kümmern. Das ist doch oberstes Gebot für einen Apostel. Es ist meine *Pflicht,* mich um meine Nachbarn zu kümmern. Sie *bezahlen* mich dafür.«

Debra sah ihn streng an. »Du sollst es in Demut tun, das will er damit sagen.«

»Versuche einmal, George Gileno in Demut niederzuschlagen.«

»Alle schauen uns an.«

»Dieser College-Junge versteht meiner Meinung nichts von der realen Welt.«

»Die Antwort liegt in Gott!« sagte der College-Junge. »Wir müssen Vertrauen haben in die Weisheit und Gnade Gottes! Wir sind gefallen, und wir müssen Gott um Verständnis und Einsicht für unsere Taten bitten.«

»Was für eine schwache Nummer!« sagte Loren.

Debra kniff ihn ordentlich in die Hand.

Für den Rest des Gottesdienstes dachte Loren über den Raubüberfall nach.

Als Loren mit seiner Familie aus der Kirche trat, war die Familie Roberts samt der Kiste verschwunden. Statt dessen hatte sich eine kleine Gruppe junger Apachen um einen älteren Mann im Flanellhemd versammelt, der mit einem Stock von einem Gebäude auf der Plaza zum anderen wies.

Loren sah das öfter. Er mußte einmal fragen, was es bedeutete.

Cipriano hatte das Einsatzfahrzeug in der Ladezone der Kirche geparkt und war ausgestiegen. Loren sah seinen Vize, und sofort wechselten seine Gedanken in eine raschere Gangart. Er rannte voll Eifer die Treppe zu Ciprianos Auto hinunter.

»Was gibt es?«

Cipriano lächelte und entblößte dabei seine großen gelben Zähne. »Ich habe sie gefunden, Jefe. Sie sind in El Pinto.«

»El Pinto?« Loren überlegte, kam aber zu keiner befriedigenden Erklärung. »Warum El Pinto?« fragte er. »Das ist doch nichts als eine gottverdammte Geisterstadt an einer Straßenkreuzung. Dort würde ich ganz gewiß nicht meinen unrechtmäßig erworbenen Reichtum ausgeben.«

»Sie sind in einer der Hütten von Joaquín Fernandez. An dem kleinen Forellenteich.«

»Ich dachte, er hätte die Hütten schon vor Jahren geschlossen.«

»Wenn er Gäste findet, vermietet er sie offensichtlich noch.«

Loren warf einen Blick auf seine Familie, die außer Hörweite auf dem Bürgersteig stand und darauf wartete, daß er seine Geschäfte beendete. »Hast du mit dem Sheriff gesprochen?« fragte er. »Wir müssen mit ihm zusammenarbeiten.«

»Er kommt selbst.«

Loren war erstaunt. »Shorty?«

»Die Wahlen stehen vor der Tür, Jefe. Und der Überfall fand – genaugenommen – in seinem Revier statt.«

»Stimmt. In Ordnung.«

»Da ist noch das Problem mit dem Durchsuchungsbefehl. Wir haben keine Beweise.«

»Laß mich kurz mit Debra sprechen.«

Er trat zu seiner Familie. Debras Haltung verriet ihre gut verborgene Spannung, und die Blicke, die die Mädchen untereinander tauschten, sprachen eine deutliche Sprache. Jeder Polizist kannte die Augenblicke, wenn die Pflicht rief und die Familie unterschwellig spürte, daß eine gewalttätige Auseinandersetzung und eine Verletzung möglich war. Loren kannte keine Polizistenfamilie, die nicht mit diesen kleinen Gesten verriet, daß die Situation sie belastete. Auch in der kleinen Stadt Atocha war es nicht anders.

»Es sieht so aus, als hätten wir die Kerle, die wir gesucht haben, gefunden«, erzählte er ihnen.

»Gut«, antwortete Debra.

»Ihr fahrt besser allein nach Hause. Und wartet nicht auf mich mit dem Mittagessen.«

Debra sah zu ihm auf. »Nimm die Weste«, bat sie.

Loren blinzelte. »Ach ja«, antwortete er. »In Ordnung.«

»Ich liebe dich.«

Er empfand plötzlich solchen Stolz, daß ihm fast der Atem wegblieb. Vermutlich war es der nicht sündhafte Stolz, aber es war ihm egal. Debra war perfekt. Er hatte sich seiner Ehe und seiner Stellung in der Stadt nie sicherer gefühlt.

»Ich liebe euch alle«, beteuerte er. »Aber macht euch keine Sorgen. Das sind nur ein paar leichtgewichtige Drecksäcke.«

Drecksäcke mit einer abgesägten Flinte. Niemand sagte etwas, aber die Tatsache der unsichtbaren Waffe lag Loren schwer auf dem Herzen.

Loren ging zum Kofferraum und öffnete ihn. Vor ein paar Jahren hatte die Bundesregierung die Polizei auf dem Land mit persönlicher Schutzausrüstung ausgestattet, vermutlich um sie gegen die mit AKM bewaffneten Drogenhändler besser zu schützen. Loren nahm die schwarze mit Stahl- und Keramikeinlagen verstärkte Kevlar-Flack-Jacke heraus, dazu noch die Reserveflinte und den blauen Helm, den er tragen sollte, wenn er den Verkehr regulierte. Kirchgänger sahen ihn neugierig an, als er die Ausrüstung zu Ciprianos Auto trug und in den Fonds des Wagens warf. Er stieg ein.

»Fahren wir zum Sunshine«, sagte Loren. »Wir müssen das Problem mit dem Durchsuchungsbefehl irgendwie lösen.«

Cipriano fuhr um drei Seiten der Plaza herum und parkte vor dem Kaffeehaus. Loren stieg aus und betrat das Sunshine durch das avokadogrüne Tor. Er begrüßte Coover hinter der Theke mit einer kleinen Handbewegung und ging zum Telefon neben der Herrentoilette. Auf der geblümten Tapete waren Dutzende Telefonnummern hingekritzelt. Zwei koreanische Geschäftsleute, aber nicht dieselben wie am Vortag, tranken Kaffee. In der Mitte des Tisches stand ein Plastikkrug mit Hirschblut. Mark Byrne, genauso angezogen wie gestern, sah von seiner Kaffeetasse auf und grinste ihm zu. Er hatte sich an diesem Morgen nicht die Mühe gemacht, sich zu rasieren oder die Haare zu kämmen.

»Hallo«, rief Coover. »Du kannst das Telefon in meinem Büro benutzen.«

»Kein Problem«, antwortete Loren. Er steckte eine Münze ins Telefon und wählte die Nummer der Polizei.

»Atocha Polizei.« Loren erkannte Eloy Espositos Stimme.

»Wie geht es deinem Nacken, Eloy?«

»Sie haben mir eine verdammte Halskrause verpaßt, Chief. Ich muß sie zumindest einen Monat tragen. Sogar im Bett.«

»Dann bleibst du im Büro.«

»So eine Scheiße.«

»Wie geht es Buchinsky?«

»Leichte Gehirnerschütterung. Der Doktor meint, daß er Montag wieder arbeiten kann. Karen hat ihm deshalb einen Haufen Vorwürfe gemacht. Sie erzählt ihm immer wieder, daß sie ihm einen Job als Lastwagenfahrer in Albuquerque verschaffen könnte.«

»Glaubst du, daß sie ihn je dazu bringen wird?«

»Sie bearbeitet ihn lang genug.«

Das wäre dumm, dachte Loren. Buchinsky war ein guter Polizist. Es war ein Jammer, daß nicht alle Polizistenfrauen so waren wie Debra.

Eloys Stimme klang fröhlich. »Was kann ich für Sie tun, Chief?«

»Du hast mich mit jemand anderem verwechselt«, fuhr Loren fort. »Das ist ein anonymer Anruf.«

»Was?«

»Ich bin nicht der Polizeichef. In bin ein Informant mit einem Tip.«

»Sie sind nicht der Chef? Das ist ein Tip?«

»Ja.«

»Das verstehe ich nicht.«

»Hörst du mir einmal eine Minute zu, Eloy?«

»Wenn das ein Tip ist, dann muß ich um Ihren Namen fragen.«

»Du lieber Himmel, Eloy!« rief Loren. »Sei nicht so hinterwäldlerisch? Wie kann es ein anonymer Hinweis sein, wenn ich dir meinen Namen sage?«

»Stimmt«, kam es zweifelnd zurück.

»Und jetzt der Tip: Die Kerle, die gestern das Copper Country überfallen haben, sind in El Pinto in einer der Hütten von Joaquín Fernandez. Sie sind zu dritt, sie sind bewaffnet und gefährlich. Hast du verstanden?«

»Bewaffnet und gefährlich. Verstanden, Chief.«

»Ich bin nicht der Chief. Aber an deiner Stelle würde ich jetzt den Chief anrufen und es ihm sagen.«

»Richtig. Aber ich sollte Ihren Namen und Ihre Telefonnummer aufschreiben.«

Loren legte wütend auf. Der Unfall in Doc Hollidays Bar hatte entweder Eloys Hirn beschädigt, oder der Mann hatte sich einen dummen Spaß mit ihm erlaubt.

Er ging zur Tür. Coover hatte seine Anwesenheit falsch gedeutet und eine Tasse Kaffee für ihn auf der Theke bereitgestellt.

»He, Chief«, rief Byrne und winkte ihm mit einer Zigarette. »Ich möchte ein verdächtiges Subjekt melden. Ein Kerl mit einem Turban hat vor einiger Zeit hier gefrühstückt. Wahrscheinlich ein Terrorist.«

Wahrscheinlich noch ein Blutschlürfer, dachte Loren. Er sah zu Byrne hinüber. »Wo ist Sandoval? Sucht er in der Bibliothek nach neuen Fakten, mit denen er Leute in Verlegenheit bringen kann?«

»Nein. Er ist nach Westen gefahren, damit wir uns betrinken können.« Byrne zog an seiner Zigarette. »Großartig übrigens, der anonyme Tip. Wenn jemand fragt, dann sage ich, daß ich sie nicht erkannt habe.«

»Halt den Mund«, antwortete Loren.

Loren stolzierte durch die grüne Decó-Tür hinaus; seine gute Laune war verflogen. Jetzt wollte er nur nach El Pinto fahren, die Tür zu der Hütte, in der sich die Räuber aufhielten, aufbrechen und die Sache beenden.

Er stieg zu Cipriano ins Auto. »Zum Gericht«, sagte er.

Cipriano wartete im Auto, während Loren hineinging. Der Sheriff wartete vor dem Verhandlungssaal, in dem Richter Denvers den samstäglichen Gerichtstermin abhielt; dieser Verhandlungstermin diente in erster Linie dazu, die Betrunkenen von Freitag abzuhandeln und im Gefängnis Platz für die Kundschaft vom Samstag abend zu machen.

Eusebio Lazoya, der Sheriff, war ein älterer, zierlich gebauter Mann von 1,90 m. Zeit seines Lebens nannte man ihn ›Shorty‹ – der Kurze. Er war eine Säule des lokalen Parteiapparats der Demokraten und Bezirksheriff, so lang sich Loren erinnern konnte.

Shorty war ein fürchterlicher Polizist und hatte ein entsetzlich schlechtes Gedächtnis, was Verfahrensabläufe anging – in seinen frühen Tagen als Sheriff hatte er Beweise verloren oder unbeabsichtigt Beweismaterial aus wichtigen Untersuchungen zerstört. Seine Einstellung zur Arbeit gipfelte darin, daß er es verabsäumt hatte am Abend zuvor am Ort des Überfalls zu erscheinen. Er hatte bereits früh begriffen, daß er nie Karriere als Verbrecherjäger machen würde, und gestattete seinen Untergebenen und manchmal Lorens Abteilung, die oft komplizierten Untersuchungen zu führen.

Dennoch respektierte ihn Loren als Verwalter und Politiker. Trotz seiner anfänglichen Fehlschläge war Shorty bei den letzten drei Wahlen unbestritten gewesen. Jeder kannte ihn. Auf seinen Plakaten für die Wiederwahl stand nur SHORTY in großen roten Buchstaben, und jeder wußte, für wen das Plakat warb. Er persönlich hatte einen sicheren Job, aber nach der Schließung der Atocha-Mine gab es bei allen Bezirksdienststellen Kürzungen, und Shortys Abteilung wurde auf die Hälfte reduziert. Seither verließ er sich mehr denn je auf die Polizei der Stadt.

Loren vermutete, daß Shorty mit Kameras rechnete, denn der Sheriff trug einen cremefarbenen Anzug im Westernstil, den er nur zu öffentlichen Auftritten anzog; auf den großen, behaarten Ohren saß ein breitkrempiger weißer Stetson, und der würdige weiße Schnurrbart war frisch gewachst.

»Hallo, Loren«, grinste Shorty. »Qué paso, hombre?«

Loren schüttelte ihm die Hand. »Ich glaube, daß wir das letzte Verbrechen geklärt haben.«

»Hast du Beweise für einen Durchsuchungsbefehl?«

»Wir haben telefonisch einen anonymen Tip bekommen.«

Shorty stieß ein trockenes, kleines Lachen aus. »Diese zufälligen anonymen Tips gefallen mir, Vetter. Holen wir unseren Durchsuchungsbefehl. Piedra movediza no cría lama.«

Loren hielt kurz inne und übersetzte im Geist. Felsen, die in Bewegung geraten – stimmt. Er nickte. »Dann machen wir Schluß und greifen uns die Kerle.«

»Ja, genau. Heute nachmittag läuft außerdem ein Ballspiel im Fernsehen, das ich sehen möchte.«

Loren und Shorty gingen in den Gerichtssaal. Die meisten angeschlagenen Krieger, die hier saßen, waren am Vorabend von Loren und seinen Männern hereingebracht worden. Der massige George Gileno saß in einem Rollstuhl und blockierte fast einen Durchgang. Len Bonniwells gebrochene Nase war mit einem hellen Metallspan fixiert worden. Er saß neben seinem Vater, so weit wie möglich war von A. J. Dunlop entfernt. Loren spürte Dunlops trotzige Augen auf sich gerichtet und grinste. So lang die Kiefer des Jungen mit Draht verschlossen waren, mußte sich Loren von ihm keine Unverschämtheiten anhören.

Der zweite Staatsanwalt der Stadt, Sheila Lowrey, hielt gerade eine lange Rede und bat den Richter, einen unverbesserlichen Trunkenbold namens Andersen, der in diesem Jahr bereits zum vierten Mal wegen Trunkenheit am Steuer verhaftet worden war, mit aller Härte zu bestrafen. Lowrey war eine kleine, junge Frau mit funkelnden Augen; sie trug ein graues Kostüm mit Schulterpolstern. Ihre große Schildpatt-Brille war für sie weniger ein Sehbehelf, sondern mehr ein Objekt zur Unterstreichung ihrer Ausführungen. Sie hielt die Brille an einem Bügel und fuhr damit durch die Luft, wie ein Dirigent mit dem Dirigentenstab. In jüngster Zeit fungierten immer mehr weibliche Absolventen des Jurastudiums als Staatsanwälte in den Kleinstädten. Hier war die Nachfrage nach guten Juristen immer groß, und die Frauen kamen daher wesentlich rascher voran als in den nach wie vor von Männern dominierten Strukturen der Großstädte. Soweit Loren sagen konnte, war Lowrey als zweiter Staatsanwalt recht gut, aber sie lebte noch nicht lang genug in der Stadt, um Verwandtschaften und religiöse und politische Verflechtungen innerhalb der Gesellschaft von Atocha zu verstehen. Sie begriff nicht, daß Richter Denver einen Vetter, der ein treuer Mitarbeiter in seinem Wahlkreis war, wegen Trunkenheit am Steuer nie verurteilen würde, da er ihm eine Eintragung ins Strafregister ersparen wollte.

Sie mußten bestimmt noch eine Weile warten; Loren setzte sich auf eine Bank, und Shorty leistete ihm Gesellschaft.

Aus dem Augenwinkel bemerkte Loren plötzlich, daß sich etwas Riesiges hinter ihm bewegte. Er blickte über die Schulter und sah George Gileno im Rollstuhl auf sich zukommen. Gileno blieb neben Shorty stehen und beugte sich über Shortys Schoß vor, um Loren etwas zuzuflüstern.

»Hallo, Chief!« Gileno öffnete die Lippen kaum beim Sprechen und seine Stimme war überraschend sanft und leise. Sein Gesicht war übersät von blauen Flecken und weißen Pflastern. Die Augen waren blutunterlaufen und zwei Finger waren miteinanderverklebt. Loren beugte sich zu ihm.

»Wie geht es dem Rücken?«

»Geprellt. Ich könnte gehen, aber ich möchte ein wenig Mitleid erregen.«

»Viel Glück.« Jedesmal, wenn Gileno Doc Hollidays Bar zusammengeschlagen hatte, stand er danach vor Richter Denver, und Denver konnte Indianer noch nie leiden.

»Was hast du eigentlich gegen Hollidays Bar?« fragte Loren.

»Ich weiß es nicht.«

»Warum nicht in einem anderen Lokal?«

Gileno sah ihn dickköpfig an. »Hollidays Bar oder eine andere, es ist gleich.«

Loren schüttelte den Kopf. »Tu mir einen Gefallen, George. Warte bis ich im Ruhestand bin, bevor du dich in dieser Stadt wieder betrinkst.«

»Ich war nicht betrunken. Ich *versuchte,* mich zu betrinken und sie wollten mich nicht bedienen.«

»Geh nicht mehr in Hollidays Bar, George.«

»Ich habe auch meine Arbeit verloren, genau wie die anderen. Ich werde vermutlich nicht mehr sehr oft in die Stadt kommen.« Er sah Loren hoffnungsvoll an.

»Können Sie mir einen Gefallen tun, Chief?«

»Vielleicht.«

»Ich möchte meine Strafe hier im Gefängnis absitzen, nicht im Reservat.«

Loren kratzte sich im Nacken. »Ich weiß nicht, ob ich dir helfen kann, George. Die Stadtverwaltung hat ein Übereinkommen mit dem Reservat. Apachen sitzen ihre Strafe im Reservat ab, Weiße in Atocha.«

»Sie wissen, wie die Bullen im Reservat sind. Da brumme ich die Zeit lieber bei der Marineinfantrie ab.«

»Ich kann dir nicht helfen. Vor allem nicht jetzt, da das Gefängnisbudget wieder gekürzt werden soll.«

Gileno sah unglücklich einer Zukunft mit dickköpfigen Apachen-Polizisten und Gefängniswärtern entgegen.

»Tut mir leid«, meinte Loren.

»He!« meldete sich Shorty. Sein kleiner Schnurrbart verzog sich zuckend zu einem langsamen, tückischen Grinsen. »Horch zu. Jetzt kommt die Pointe!«

Während Gileno versucht hatte, dem Kittchen im Reservat zu entgehen, hatte Sheila Lowrey ihre Ausführungen fortgesetzt. Richter Denver befahl dem Angeklagten mit ernster Miene aufzustehen.

»Ich glaube nicht an diese Alkoholtests«, stellte Denver fest. Er ließ seinen Hammer ertönen. »Der Fall ist erledigt.«

Andersen drehte sich um und schüttelte seinem Pflichtverteidiger die Hand; auch sie waren Vettern. Sheila traten die Augen aus dem Kopf, und Loren gab sich Mühe, nicht zu lachen. Sheila stieg die Zornesröte ins Gesicht, und Loren fürchtete, sie könnte etwas Unbedachtes sagen. Er erhob sich.

»Ich möchte mich für die Unterbrechung entschuldigen, Euer Ehren«, begann er. »Dürfen der Sheriff und ich Ihre Zeit kurz für einen Durchsuchungsbefehl in Anspruch nehmen?.«

»Sagen Sie, was Sie zu sagen haben«, forderte der Richter ihn auf.

»Könnten wir das in Ihrem Amtszimmer besprechen, Euer Ehren? Die Sache ist vertraulich.«

»Zehn Minuten Pause«, verkündete Denver.

Er klopfte wieder mit seinem Hammer und ging in sein Amtszimmer. Loren legte Lowrey verständnisvoll die Hand auf die gepolsterte Schulter, als er dem Richter folgte.

»So ist das Leben, Sheila. Tut mir leid.«

Lowrey sah aus, als würde sie gleich jemandem eine Ohrfeige verpassen. »Ich kriege ihn noch, den Hundesohn«, sagte sie. Loren war sich nicht sicher, ob sie den Trunkenbold meinte oder Denver.

»Ich würde an Ihrer Stelle heute nachmittag nicht nach Hause gehen«, warnte Loren sie vor. »Es wird noch Arbeit für Sie geben.«

»Zu blöd. Ich wollte heute nachmittag meinen Ölfilter wechseln.«

»Sie sind Anwältin, Sheila. Sie können sich eine Werkstätte für diesen Job leisten.«

»Was für ein Unsinn! Sie wissen, was ich verdiene. Und wissen Sie was?« Sie schwenkte ihre Brille wie ein Schwert. *»Es ist nicht genug, daß ich mir diesen Dreck hier gefallen lasse.«*

»Man gewöhnt sich daran.«

Loren ging weiter; der nächste Fall tat ihm aufrichtig leid. Denver mußte seinen Ruf bezüglich Gesetz und Ordnung wieder festigen und würde sich dem nächsten Angeklagten gegenüber äußerst streng erweisen, und Lowrey war bereit, den nächsten zu zerfleischen.

Es dauerte nur ein paar Minuten, dann hatten sie den Durchsuchungsbefehl; Denver mußte nur eine Schreibkraft finden, die ihn tippte. SIE ERHALTEN HIERMIT DEN BEFEHL, hieß es darauf in großen Buchstaben, die sehr beruhigend wirkten, *umgehend den in der beeidigten Erklärung beschriebenen Ort zu durchsuchen.*

Das Wort ›Befehl‹ gefiel Loren besonders.

Denver stellte keine Fragen bezüglich des anonymen Anrufs, und er stutzte auch nicht, als Loren sich darauf berief, daß es in dem Tip ›bewaffnet und gefährlich‹ hieß und er daher die Befugnis erbat, ohne anzuklopfen den Raum zu betreten. Loren steckte den Durchsuchungsbefehl in die Brusttasche, schüttelte dem Richter die Hand und verließ das Amtszimmer beim Privatausgang des Richters; er war froh, daß er notfalls auch Türen eintreten durfte.

Im Hinblick auf den erwarteten Durchsuchungsbefehl hatte Cipriano aus dem Requisitenlager der Polizeistation einen Spezialklopfer ausgefaßt: ein Bleirohr mit Handgriff, fünfzehn Zentimeter im Durchmesser, einen Meter lang, das mit Beton gefüllt und zum Aufbrechen von Türen geeignet war. Jemand hatte kleine Aufkleber mit grinsenden Gesichtern auf die Enden geklebt.

Loren fuhr mit Cipriano nach El Pinto; zwei weitere Polizisten folgten in einem zweiten Auto. Shorty und sein Vize kamen in einem Bronco mit Vierradantrieb; auf den entsetzlichen Landstraßen brauchten der Sheriff und seine Leute solche Autos.

Sie fuhren auf der Straße Nummer 81 nach Westen, dann auf dem Highway 103 nach Norden, an der kleinen Satellitensiedlung Vista Linda vorüber, die für die Angestellten von ATL gebaut worden war. Auf dem nackten, braunen Boden waren Einfamilienhäuser errichtet worden, umgeben von brusthohen Zäunen aus Betonblöcken. Dazwischen leere Flächen mit Kakteen, Yuccas und Ocotillos. Auf den Dächern standen in Reih und Glied schwarze Solarkollektoren. Am Nordende der Stadt befand sich ein Einkaufszentrum, dessen Parkplatz voll besetzt war; auch das war ein Schlag für die Wirtschaft von Atocha.

»Diese Leute lieben ihre Abgeschiedenheit«, stellte Loren fest. »Sie bauen auf riesigen Grundstücken und stellen eine Mauer rundherum auf.«

Selbst als die Grundstückspreise durch die vielen verkauften Immobilien der arbeitslosen Bergleute in den Keller gefallen waren, siedelten sich nur wenige Neuankömmlinge in der Altstadt an. Loren hatte erfahren, daß ihnen die Häuser in Atocha und die Grundstücke, auf denen sie standen, zu klein waren. Wenn man in einem solchen Haus lebte, dann könnte man doch allein durch die Nähe womöglich gezwungen sein, *von seiner Familie und den Nachbarn Notiz zu nehmen,* und dieser Gedanke verursachte bei den ATL-Leuten offenbar Unbehagen.

Cipriano zündete sich am Zigarettenanzünder des Autos eine Zigarette an. »Sie kommen aus der Großstadt«, antwortete er. »Sie verstehen nichts von Nachbarschaft. In einer Großstadt bringt dich dein Nachbar womöglich um, sobald du ihn ansiehst. Sie bemühen sich den lieben Tag lang, ja nicht mit ihren Nachbarn zu reden.«

»Diese kleinen Zäune aus Betonblöcken sollen sie wohl abschirmen, was?«

»Mit Hilfe von gesetzlich festgelegten Zonen wollen sie das Gesindel fernhalten.«

»Gesindel! Sie sind doch selbst alle ein Pack!«

»Stimmt.«

»Diese Leute hier haben nicht die geringste Ahnung, was eine Gemeinde überhaupt bedeutet!« Loren wurde allmählich zornig. »Sie verstehen nichts davon, absolut nichts. Sie sind *Pendler,* weiter nichts.« Sogar Pastor Rickey war nicht anders, dachte Loren, mit seinem Gequatsche, daß man sich nicht um die Gemeinschaft kümmern solle.

»Du hast recht, Chief!«

»Pendeln hin und her.« Loren fand Gefallen daran, sich über die Pendler lustig zu machen, und er wollte das Thema noch weiter ausbauen. »Lochen ihre Fahrkarten und fahren auf ihrer verdammten reibungsfreien Bahn.«

»Mit Taschen voll Geld.«

»Richtig.« Lorens gute Laune schwand allmählich. »Mit Bergen von Geld, das sie alles für sich behalten.« Das hatten sie im ausländischen Wettbewerb gelernt, dachte er. ATL gehörte einem Konsortium von High-Tech-Firmen, wodurch sich Risiko und neue Technologie auffächerten. Alle verdienten vermutlich viele Millionen Dollar an den neuen Superkonduktoren. Eine Kreditunion, die dem Unternehmen gehörte, subventionierte nach japanischem Stil in der firmeneigenen Stadt ein Wohnprogramm. Das Geld blieb sozusagen in der Familie. Eingekauft wurde in der Mall, wo sich das Einkaufen auf eine finanzielle Transaktion beschränkte, bei der bestenfalls ein unechtes Lächeln ausgetauscht wurde, aber kein nachbarlicher Kontakt zustande kam. Man versuchte anscheinend, eine unternehmenseigene Kultur zu schaffen, anstatt eine Gemeinschaft mit gemeinsamen Wertvorstellungen zu gründen.

Da versuchen wir Jahrzehnte lang, dem Zugriff der Anaconda zu entgehen, und das ist unser Lohn dafür, dachte Loren.

»In gewisser Weise haben wir die Fehde selbst begonnen, Chief«, wandte Cipriano ein. »Wir waren dagegen, daß das neue Siedlungsgebiet in die Stadt eingegliedert wird.«

»Warum sollten wir mehr bezahlen, nur damit sie Kanal- und Wasseranschlüsse bekommen?«

»Vielleicht hat ATL das als unfreundlichen Akt ausgelegt.«

»Vielleicht wollte uns ATL übers Ohr hauen. Sie wollten uns bescheißen, so wie es unsere Vorfahren mit den Indianern gemacht haben. Dann dauert es nicht lang, und wir sitzen im Reservat, wie der arme George Gileno.«

Cipriano schnippte die Zigarette zum Fenster hinaus. Der Vergleich mit Gileno hatte ihm nicht gefallen.

»So entsteht ein Buschfeuer«, mahnte Loren.

»Jemand folgt uns«, bemerkte Cipriano. »Es ist einer von den Jeeps.«

»Verdammt. Wir fahren doch in Polizeiautos!«

»Vielleicht solltest du Bill Patience anrufen, damit er seinen Leuten sagt, daß sie uns nicht verfolgen sollen.«

»Vielleicht soll ich Patience anrufen und ihm sagen, daß er sich seine extravagante italienische Pistole in den Hintern schieben kann.«

Sie fuhren über eine Brücke über den Rio Seco. Eine helle Betonüberführung tauchte vor ihnen auf, auf der der Maglev-Zug die Straße überquerte. Vista Linda lag jetzt rechts hinter ihnen. Links befand sich der Eingang zu den Advanced Technology Laboratories, der mit einer Verkehrsampel deutlich gekennzeichnet war. Die Ampel stand auf Grün. Nach der Einfahrt zu ATL war der Highway 103 nur mehr eine holprige, zweispurige Asphaltstraße ohne Pannenstreifen. Links verlief der vier Meter hohe Maschendrahtzaun, der das Gelände von ATL begrenzte. Außer dem schimmernden Metallband des Zauns waren von ATL nur die langen hügelartigen Erhebungen zu erkennen, die die Beschleuniger verbargen, sowie ein paar kaum sichtbare, niedrige erdfarbene Gebäude.

Wenn sie nachts Versuche laufen hatten, feuerten sie donnernde, helle Blitze in den Himmel, die dem Vakuum entgegenzuckten.

Sie schießen auf den Himmel, dachte Loren. Man konnte nur hoffen, daß der Himmel nicht zurückschoß.

Sie fuhren an einem von Shortys Wahlplakaten vorüber, auf dem das einzige Wort von Geschossen vom Kaliber 0.22 durchsiebt war. Sie näherten sich jetzt den hohen Bergen und riesigen Blöcken aus erodiertem vulkanischen Gestein. Wolken warfen Schatten auf das helle Grün, die aussahen wie Ölflecke auf einem Rasen. Loren zählte drei Rauchsäulen, die aus den Bergen aufstiegen, Waldbrände, die entweder durch Blitzschlag oder durch fahrlässige Campinggäste entstanden waren. Löschhubschrauber reflektierten blitzend das Sonnenlicht, wenn sie über einer Rauchsäule schwebten. In ein paar Wochen wollten Loren und Jerry in diesen Hügelketten ein paar Hirsche schießen.

Falls das Feuer nicht den gesamten Wald- und Wildbestand vernichtete.

Beim Gedanken an das, was ihn erwartete, wuchs Lorens Erregung. Er versuchte, sich Robbie Cisneros vorzustellen, wie er in die Mündung seiner Waffe starrte. Der Gedanke war ausgesprochen befriedigend.

El Pinto war eine alte Stadt, die kurz nach 1890 zur Zeit des Silberbooms gebaut worden war. Sie lag in einem engen, lichtlosen Canyon, umgeben von hochaufragenden vulkanischen Formationen. Von der ursprünglichen Siedlung war nichts übriggeblieben; sie war vor achtzig Jahren niedergebrannt – sie konnte als malerisches Touristenstädtchen nicht überleben. Sogar die neue Siedlung hatte schon bessere Tage gesehen. Im

Umkreis von fünfzehn Kilometern gab es vermutlich mehr Computer und Satellitenempfänger als Toiletten mit Wasserspülung. Das Dorf bestand aus den Ruinen einer alten aus roten Ziegeln erbauten Tankstelle, die vor zwanzig Jahren in einem anderen Feuer niedergebrannt war; gegenüber der alten Tankstelle hatte man eine neue aus Beton errichtet, eine Kombination aus Lebensmittelladen, Post, Taverne und Eisladen. In einem Seitencanyon etwas weiter im Norden lagen Joyquín Fernandez' Fischereiladen und die Hütten.

Fernandez war ein Apachenhalbblut und ungefähr achtzig Jahre alt. Jahrelang hatte er als Führer gearbeitet und Fremden gezeigt, wie man Berglöwen, Hirsche und Bären aufspürte. Er vermietete die Hütten an seine Kunden und verdiente ein wenig mit Goldwaschen in seinem kleinen Bach. Er führte keine Fremden mehr; das hatte er aufgegeben, aber Fischer, die nicht mit leeren Händen nach Hause gehen wollten, konnten in seinem gut bestückten Fischteich für einen Dollar pro Fang mit Fischmehl gefütterte Fische fangen.

Das Schild an der Straße – EL PINTO HÜTTEN FREI – war seit Jahren nicht gestrichen worden. Fernandez' halbverfallenes Haus und der Fischereiladen standen nahe an der Straße. Die Hütten lagen etwa einen Kilometer weiter unten im Canyon und wurden durch ein paar Weiden von der Straße abgeschirmt.

Cipriano parkte das Auto auf einer Wiese vor dem Fischereiladen, so daß man es von den Hütten nicht sah. Eine große abgestorbene Agave und eine weiße altmodische Schüsselantenne warfen ihre Schatten auf die Motorhaube des Autos. Die anderen Polizisten stellten sich neben Cipriano auf die Wiese. Loren stieg aus und betrat die baufällige Holzveranda. An der Tür mit dem Fliegennetz stand HUNDE, WIR HABEN WASSER. Loren öffnete und trat ein. Aus dem Augenwinkel sah er, wie der ATL-Jeep auf der geflickten zweispurigen Straße vorüberfuhr.

Aus einem Hinterzimmer dröhnte die Reportage eines Footballspiels, aber die Eismaschine war fast noch lauter. Auf den Regalen standen alte Tüten mit Kartoffel-Chips neben verstaubten Lebensmitteldosen. »Hallo, Joaquín!« Loren ging in das Hinterzimmer.

An allen Seiten des Raums blubberten verzinkte Behälter mit lebendem Köder. Große schwarze Salamander mit ihren kugelrunden Augen und abstehenden Kiemen – sogenannte ›Wasserhunde‹ – bevölkerten das schaumige Wasser. Das Spiel wurde über Satellit direkt aus Austin übertragen, und die Longhorns verloren im Augenblick 14:3.

Fernandez lag zurückgekippt in einem Lehnstuhl, die Augen geschlossen, der Mund offen. Die Hose war nicht zugeknöpft. Loren schauderte bei dem Gedanken, daß der alte Mann tot sein könnte. Doch dann öffnete Fernandez die schwarzen Augen und sah Loren mit scharfem Vogelblick an.

»Zum Fischen hast du aber ziemlich schöne Sachen an«, sagte er.

»Wohnt jemand in deinen Hütten?« fragte Loren.

»Drei junge Burschen? Robbie Cisneros mit zwei Vettern aus Texas, ja?«

»Die ersten Kunden seit vier Wochen.« Fernandez stand auf und knöpfte die Hose zu. »Heute sollen noch ein paar kommen, und das ist immerhin etwas.«

»Setz dich wieder hin«, befahl Loren. »Robbie und seine Mistvettern haben gestern abend eine Bar in Atocha überfallen; ich habe einen Durchsuchungsbefehl, damit ich sie mitnehmen kann.« Er zog den Durchsuchungsbefehl aus der Tasche. »Willst du ihn lesen?«

Fernandez klopfte auf die Taschen seines Flanellhemdes. »Hab meine Lesebrille nicht bei mir, Loren. Ich glaub' dir schon.«

»In welcher Hütte sind sie?«

»Nummer neun. Sie ist rosa gestrichen. Willst du den Schlüssel?«

»Ja, doch. Was für eine Tür ist es?«

»Ganz normale Tür. Du wirst sie doch nicht eintreten?«

»Muß ich vielleicht schon. Sie haben eine abgesägte Schrotflinte.«

»Du lieber Himmel!« Fernandez war beeindruckt. »Zum Teufel, Loren! Dann tritt sie ein! Ich lass' sie wieder reparieren.«

»Danke.«

Fernandez schlurfte nach hinten und kam mit einem Schlüssel an einem alten, verbogenen Draht wieder. Auf dem Schlüssel klebte noch ein Stück Papier, auf dem einmal die Nummer der Hütte gestanden hatte; die Ziffern waren aber vollkommen verblaßt.

»Ich hole mein Schießeisen und komme mit«, beschloß Fernandez.

Loren legte dem alten Mann die Hand auf den Arm. »Kommt nicht in Frage, Joaquín. Du bleibst hier, bis alles vorüber ist.«

»Ich bin ein guter Schütze«, jammerte Fernandez. »Mit meinem Tele treffe ich das Aug' eines Spatzen, kannst mir glauben.«

»Setz dich hin, Joaquín.« Loren führte ihn zu seinem Stuhl. »Horch dir das Spiel an. Es dauert nur eine Minute.«

Lorens Herz klopfte vor Vorfreude und Rachedurst. Im Hinausgehen zog er die Jacke aus, legte sie danach sorgfältig zusammen und ließ sie auf dem Beifahrersitz des Autos liegen. Cipriano stand schweigend auf der anderen Seite des Autos und kaute an einem langen braunen Grashalm. Loren öffnete die Tür zum Fond, nahm die kugelsichere Weste heraus und schnallte sie um. In der Ferne dröhnten die Löschhubschrauber.

»Wie sieht Ihr Plan aus, Chief?« fragte Cipriano.

»Wir schlagen die Tür ein, bevor sie noch begreifen, daß wir da sind.«

»Ich nehme an, Sie wollen als erster hineingehen?«

Loren machte den Helm fest und zog das Visier herunter. Sein Blut rauschte wie zu einer Wagnerarie. »Ganz recht!«

»He!« rief Shorty vom Bronco. »Was nun?«

»Kommt nach« antwortete Loren.

»Ist das dein Plan?«

Loren hatte die Lippen fest zusammengepreßt. »Das ist der Plan.«

»Ich finde, wir sollten uns beraten. Deshalb bin ich mitgekommen.«

»Schnauze, Shorty. Das ist Zeitverschwendung. Da können wir gleich ein Verhandlungsteam aus dem verdammten Albuquerque oder sonstwo rufen.«

Shorty hob die Hand. »Schon gut. Es ist deine Beerdigung, Vetter.«

Cipriano holte seine Weste aus dem Kofferraum und legte sie an. Loren steckte eine Patrone in den Lauf seines Gewehrs und stieg ins Auto. Cipriano setzte sich hinter das Steuer und ließ den Motor an.

Lorens Ohren dröhnten. »Schnell und leise«, sagte er. »Nummer neun. Rosarot gestrichen.«

Die Steine spritzten unter dem Fury weg, als er in einer engen Kurve schleuderte, dann verschwand er im Fahrweg mit den tiefen Spurrinnen. Abgestorbene Weiden flitzten an ihnen vorüber. Erodierte Felstürme wie aus einem Miniatur-Grand-Canyon verdunkelten die Sonne. Auf der Wiese blitzte der Forellenteich, dann kam die Holzkonstruktion von Joaquíns Goldwaschanlage und schließlich waren sie bei den Hütten.

»Da ist der Lieferwagen. Nummer neun. Gleich hier.«

Die Hütte war ein quadratisches Holzhaus, getüncht und gestrichen, damit es wie aus Adobeziegeln aussah. Mit der winzigen Veranda mit dem spitzen Dach an der Vorderseite erinnerte die Hütte an ein einklassiges Schulhaus von früher.

Der Fury kam schleudernd zum Stehen, wie ein Baseballspieler vor der Heimbasis. Loren riß die Tür auf, den Fuß sprungbereit.

Loren stürzte aus dem Auto, das Gewehr im Anschlag. Die Tür war aus dünnem Holz, und er brauchte nicht einmal die Brechstange. Mit einem langen Sprung war er auf der Veranda; beim nächsten Schritt drehte er den Körper und prallte mit der Schulter gegen die Tür.

Holz splitterte und die Tür barst. Loren taumelte ins Zimmer, gewann mit einem Schritt das Gleichgewicht wieder und senkte das Gewehr. Ein meterlanger Holzspan fiel klappernd zu Boden.

»Hallo, Robbie«, begann Loren. Eigentlich hätte er sagen sollen: »Polizei! Aufmachen!« und das bevor er die Tür zertrümmerte. Jetzt war es sinnlos. Das Blut rauschte in Lorens Ohren wie ein zorniger Bienenschwarm.

Im vorderen Zimmer lungerten drei junge Männer herum. Sie trugen ärmellose Leibchen und hochgekrempelte Jeans. Einer von ihnen, ein Fremder mit einem kleinen Spitzbart hatte ein grünes Pachuco-Tuch tief in die Stirn gebunden. Auf den Unterarmen prangten Gefängnistätowierungen, und er trug auch Bill Forsythes Türkisarmband. Die drei hatten sich aufgerichtet und starrten mit glasigen Augen auf das Gewehr.

Auf dem alten zerkratzten Couchtisch lag eine Haschischpfeife, und auf einer aufgeblätterten Zeitung türmte sich grünes Marihuana. Daneben lagen die abgesägte Schrotflinte und mehrere Stöße schmutziger Banknoten sowie eine Menge Lohnschecks ausgestellt von den Riga-Brothers.

Cipriano stürzte zur Tür herein, gefolgt von zwei Polizisten.

Robbie und seine Freunde waren offenbar so high, daß sie nicht reagierten. Loren näherte sich ihnen dennoch nur vorsichtig, griff rasch nach unten und nahm die Waffe an sich. Mit einer raschen, sicheren Handbewegung sicherte er die Waffe. Er las, was unten auf den Geschossen stand. Doppel-Null Bock.

»Bedenkliche Ausrüstung zum Fischen«, sagte er. »Jetzt steht alle langsam auf und legt die Hände auf den Kopf.«

Während den Verhafteten Handschellen angelegt wurden, kamen Shorty und sein Deputy herein.

Lorens Herz arbeitete wie eine weich laufende Turbine. Sein Körper war leicht, ja gewichtslos. Er fühlte sich unverwundbar und Herr der Lage.

Shorty griff in eine Tasche, zog den sechszackigen Sheriffstern heraus und heftete ihn auf das blütenweiße Revers.

»Ihr seid verhaftet, Burschen«, verkündete er, wie vor laufender Kamera.

Loren sah Robbie Cisneros an. »Schade, daß einer von euch sich widersetzt hat.«

Er packte Robbie an den Haaren und zog ihn quer durch das Zimmer. »Du hast eines nicht bedacht, Robbie«, sagte er und drängte den Jungen in das Bad. »In meiner Stadt geschieht nichts ohne meine Zustimmung. Und als du Fremde in *meine Stadt* eingeladen hast, mit einer doppelläufigen, abgesägten Flinte auf *meine Nachbarn* gezielt hast und ein paar entlassenen Bergleuten ihre Lohnschecks gestohlen hast, *hast du mich nicht um Erlaubnis gefragt.*«

Loren versetzte Robbie einen Stoß, daß dieser in die alte Badewanne stürzte; da seine Hände hinter dem Rücken gefesselt waren, krachte sein Kopf unvermeidlich gegen die Fliesen. Loren hob den Gewehrkolben über dem Körper des Jungen hoch. Robbie sah ihn mit glasigen Augen verständnislos an.

Vor Lorens geistigem Auge tauchten seine Töchter auf, mit hartem, begehrlichem Blick und vernarbten Venen.

Nicht hier, dachte er.

»Ich bin das Schwert und der Arm des Herrn«, sagte Loren.

Eine Hand legte sich auf Lorens Arm. Er schüttelte sie ab und ließ den Gewehrkolben nochmals niedersausen. Die Hand kam wieder, diesmal entschlossener.

»Es reicht, Vetter.« Es war Shortys Stimme.

Loren sah auf den blutigen, wimmernden Haufen in der Badewanne hinunter und atmete tief durch. Er hatte noch den Helm auf, und der Schweiß strömte ihm über das Gesicht. Ihn schwindelte, und er schwankte.

»Zeit an die frische Luft zu gehen«, empfahl Shorty.

Loren drehte sich um, ging an Shorty und den anderen Polizisten vorüber und trat hinaus auf die Veranda; die beiden anderen Verdächtigen sahen ihn mit großen Augen an. Er öffnete den Kinnriemen und nahm den Helm ab, legte das Gewehr beiseite und den Helm daneben. Eine Brise trug den Duft von Pinien mit sich und kühlte sein verschwitztes Gesicht. Er öffnete die Schnallen an der Weste und ließ diese zu Boden fallen. Danach ging er zu Ciprianos Auto, nahm den Schlüssel aus der Zündung und öffnete den Kofferraum. Er nahm das LAWSAT-Gerät heraus, stellte es auf das Autodach und öffnete es. Die Antenne hatte etwa die Größe und Form eines Aktenkoffers. Loren nahm sie heraus und legte sie auf das Dach, dann steckte er den Antennenanschluß in die C.A.D.-Tastatur des Fury. Über die Tastatur gebeugt, drückte er auf eine Taste und beobachtete die kleine LD-Anzeige.

SATELLITENANSCHLUSS WIRD HERGESTELLT, hieß es da. Dann: SATELLITENANSCHLUSS IN FUNKTION:

Loren gab seinen Code und das Passwort ein und teilte dem LAWSAT-Computer in Washington mit, die Fahndung nach Robbie und seinem Lieferwagen zu stornieren. Okay erschien auf dem Schirm. Loren klinkte sich aus dem Netz aus und lehnte den Kopf an die Nackenstütze. Cipriano kam zum Auto und beugte sich zu Loren herunter.

»Ich glaube, ich werde auf die Jagd gehen«, meinte Loren. »Ich habe keine Hunde dabei, und bin nicht richtig dafür angezogen, aber was soll's. Die Tauben wird es nicht kümmern, wie ich angezogen bin.«

»Du mußt dein Temperament im Zaum halten, Jefe«, meinte Cipriano.

»Ach, zum Teufel! Das war notwendig.«

»Mit so etwas kommst du heute nicht mehr durch, Mann!«

Loren zog den Antennenstecker aus dem Computer. »Es ist meine Stadt, Cipriano«, antwortete er.

Er stieg aus, packte das LAWSAT-Gerät zusammen und verstaute es im Kofferraum. Er zog die blaue Jacke an und ging in die Hütte zurück. Er hörte die Dusche; vermutlich säuberte jemand die Badewanne. Das Geld lag immer noch auf dem Tisch. Er streckte die Hand aus und nahm ein paar Zwanziger.

»Für Joaquín«, sagte er, für den Fall, daß sich jemand wunderte. »Damit er die Tür reparieren lassen kann.«

Robbie Cisneros' Augen waren zugeschwollen, und er hinkte, als man ihn zum Rücksitz des zweiten Polizeiautos führte; die beiden Texaner landeten im Bronco des Sheriffs. Cipriano und Loren folgten den beiden Autos zum Fischereiladen, parkten hinter dem Haus und betraten Fernandez' Küche durch die Hintertür.

Fernandez kam ihnen schlurfend aus dem vorderen Raum entgegen. Hinter ihm sah Loren zwei Männer vom ATL-Sicherheitsdienst. Der eine war ein Fremder, der andere, der mit den gebleichten Haaren, die wie ein Heiligenschein aussahen, war am Vortag bei Cipriano gewesen.

»Ist alles in Ordnung gegangen?« fragte Fernandez.

Loren gab ihm die Zwanzig-Dollar-Scheine. »Für deine Tür«, sagte er.

Fernandez grinste. Loren fixierte die Ray-Bans der

beiden Männer von der ATL-Werkspolizei. »Wollen Sie Köder kaufen?« fragte er.

»Kartoffelchips«, lautete die Antwort.

Vor dem Haus drehte ein Starter durch. Fernandez wandte sich um. »Bin froh, daß meine anderen Gäste erst jetzt kommen, wo schon alles vorüber ist. Täte mir sehr leid, wenn ich die einzigen Gäste, die ich habe, vertreibe.«

»Jäger?« fragte Loren.

»Ich weiß nicht, Loren. Vielleicht. Sie haben nichts gesagt.«

Die Welt schien sich für einen Augenblick langsamer zu drehen. Der Motor sprang noch immer nicht an. Loren schlenderte in den kleinen Laden und sah zum Fenster hinaus.

Die anderen Gäste von Fernandez waren zwei dunkelhäutige Männer in einem cremefarbenen Chevrolet-Lieferwagen, der einen kleinen Camping-Aufbau und einen selbstgebauten Anhänger hatte.

»Sieh mal an!« meinte Loren. Jetzt wußte er, warum Robbie und seine Freunde den Überfall in El Pinto am Ende der Welt feiern wollten.

Sie warteten auf jemanden, der ihnen etwas verkaufen sollte.

Cipriano war neben Loren getreten, blickte ebenfalls zum Fenster hinaus und pfiff. Die ATL-Leute folgten, da sie spürten, daß es etwas Wichtiges gab.

Loren ging im Geist die rechtliche Situation für eine Durchsuchung und Festnahme durch. Für eine Sache, die über LAWSAT gelaufen war, brauchte er keinen Durchsuchungs- oder Haftbefehl. Außerdem hatte der Oberste Gerichtshof Artikel Vier für Drogenhändler so gut wie aufgehoben.

Endlich sprang der Motor des Lieferwagens an – Loren stieß die Tür mit einer Hand auf und zog mit der anderen die Pistole. Cipriano stand unmittelbar hinter ihm.

»Ohh«, sagte einer der ATL-Männer, und wußte nicht, wie er reagieren sollte.

Loren war sich bewußt, daß ihn die Leute von der ATL-Werkspolizei beobachteten; er stieß die Waffe durch das offene Fenster und setzte den Lauf unter dem linken Ohr des überraschten Fahrers an. Cipriano lief auf die andere Seite und zog ebenfalls die Pistole.

Loren sah Cipriano durch die Fahrerkabine an.

»Raus aus der Kiste, Pedro«, kommandierte er.

Ciprianos Gesicht strahlte wie ein Sonnenaufgang.

5. KAPITEL

Loren hatte die Medien für fünf Uhr zu Fernandez bestellt; um diese Zeit gab es noch ausreichend Licht zum Filmen und genügend Zeit, das Material für die Zehn-Uhr-Nachrichten zusammenzustellen. Es war der größte Drogenfang, der je im Bezirk Atocha gemacht worden war. Im ganzen Bundesstaat waren noch nie so viele Kapseln Black Lightning beschlagnahmt worden. Die neue Droge, eine Variante von Red Kryptonite, war in den letzten Monaten aufgetaucht und erst sechs Tage zuvor als illegal erklärt worden; ein Fang wie dieser war natürlich eine Sensation.

Wenn Loren die Nachricht über LAWSAT hinausgab, würde der DEA, der Zoll oder eine andere Agentur den Arrest für sich in Anspruch nehmen. Daher beschloß er, daß es alle über das Fernsehen erfahren sollten.

Auch der Bürgermeister erfuhr nichts. Je weniger Verdienste sich Trujillo für seine Person und seine Amtsperiode zugute halten konnte, desto besser.

Die Pressekonferenz ging gut, auch wenn Trujillo schließlich doch von der Neuigkeit erfahren hatte und in letzter Minute auftauchte. Loren trug eine frische Uniform und die fotogene kugelsichere Weste; er und Shorty tranken in Joyquíns Laden Traubensoda, während die Reporter die Mikros testeten. Shorty trug noch seinen Westernanzug, mit Stern und Stetson. Einer der Leute vom lokalen CBS-Sender war ein alter Kumpan von ihm, und sie rissen zusammen Witze. Im Hinblick auf die kommenden Wahlen und aus Parteisolidarität hatte Loren beschlossen, dem Sheriff einen Teil der Lorbeeren für den Drogenfang zu überlassen.

Cipriano kam in Uniform. Er hatte sogar die Haare frisch geschnitten. Cipriano stand vor dem Mikrophon und berichtete formell von den Ereignissen des Nachmittags. Er erwähnte, daß Loren als erster durch die Tür stürzte, und die darauf folgenden Fragen beantwortete er so, daß Loren wie ein Held dastand. Fotoapparate klickten.

Loren wurde mit der Ingram Mac-11 fotografiert, die die Schmuggler unter dem Vordersitz des Lastwagens versteckt hatten. Die Ingram war ein winziges Gewehr, das in Lorens großer Hand wie ein Spielzeug aussah, aber sie konnte gut und gern zwölfhundert Schuß pro Minute abfeuern. Als Loren Fotos von den Verhafteten und dem Schauplatz des Verbrechens austeilte, benutzte Trujillo die Gelegenheit, formell seine Glückwünsche anzubringen und Hände zu schütteln. In einer improvisierten Ansprache hob er verschiedene Maßnahmen hervor, die im Zuge seiner Amtszeit als Bürgermeister im Kampf gegen den Drogenmißbrauch getroffen worden waren. Er teilte Anstecknadeln mit der Aufschrift DESIGNER JEANS, NICHT DROGEN.

Loren sah sich die Nadel lange an. Dann steckte er sie in die Tasche.

Dummköpfe betrieben immer Werbung, und wenn sie noch so blöd daherkam.

Als später die Fernsehleute Kameras und Mikrophone zusammenpackten, kam Trujillo noch einmal zu Loren und schüttelte ihm die Hand. »Sie hätten mein Büro über die Pressekonferenz informieren können, Loren«, rügte er.

»Haben wir das nicht getan?« Loren sah Cipriano an und versuchte Überraschung vorzutäuschen. »Ich bin sicher, daß ich jemanden darum gebeten habe.«

»Bei einem Ereignis von dieser Tragweite sollte die ganze Stadtverwaltung hier sein. Es ist wichtig, daß wir gegen diesen Drogenwahnsinn geschlossen Front machen.«

»Tut mir leid, Ed. Ich werde noch herausfinden, wieso es vermasselt wurde.« Loren räusperte sich. »Ich muß Sie noch um etwas bitten: Wir brauchen zusätzliche Mittel, damit wir die Drogen nach Albuquerque bringen können. Bei uns in der Stadt gibt es für einen derartig großen Fang keine sicheren Aufbewahrungsmöglichkeiten.«

Trujillo zuckte zusammen. »Was meinen Sie damit?«

»Das Beweismaterial, Ed. Normalerweise deponiere ich es einfach im Safe, aber hier haben wir einen kleinen Wohnwagen und einen Anhänger voll mit Black Lightning, Liebesperlen und Kryptonite. Derzeit stehen die Fahrzeuge in der städtischen Garage und werden bewacht, aber dort können sie nicht bleiben.«

Trujillo zweifelte. »Können wir die Drogen nicht vernichten?«

»Es ist Beweismaterial, Ed. Wir vernichten sie nach der Verhandlung, aber ...«

»Ich meine nur, wir könnten vielleicht den größten Teil vernichten und nur so viel behalten, um die Schurken zu verurteilen.«

»Es gibt das Prinzip der Beweiskette. Wir dürfen hier nicht hineinpfuschen, sonst kann ein guter Anwalt die ganze Ladung einfach in Frage stellen. Tut mir leid, Ed, aber ich muß Sie um zusätzliche Mittel bitten.«

»Ich weiß nicht recht.« Er zögerte.

Loren sah ihn an. »Sie haben soeben eine große Rede gehalten, was Sie und Ihre Leute im Kampf gegen die Drogen unternommen haben, und jetzt wollen Sie mir keinen lausigen Scheck geben?«

»Kann nicht der Bezirk auch für einen Teil aufkommen? Sie nehmen ja auch den Verdienst für sich in Anspruch.«

»Das ist Ihre Sache. Aber die haben noch weniger Geld als die Stadtgemeinde.«

»Es ist nur, weil bei Ihnen in jüngster Zeit eine Menge unvorhergesehener Ausgaben angefallen sind. Dazu kommen noch die vielen Überstunden Ihrer Leute gestern abend.«

»Und heute abend. Heute abend wird womöglich noch schlimmer werden als gestern, weil die Leute den ganzen Tag Zeit hatten, sich zu betrinken und Aggressionen aufzubauen.«

»Okay«, stimmte Trujillo gequält zu.

»Denken Sie nur, wieviel schlimmer es wäre, wenn sie sich nicht mit Alkohol vollaufen ließen, sondern sich mit einer Ladung Kryptonite vollpumpen könnten.«

»Vermutlich führt kein Weg daran vorbei. Wenn man eine gute Presse haben will, muß man dafür bezahlen.«

»So ein Schlitzohr!« sagte Loren später, als ihn Cipriano ins Büro zurückfuhr. »Wir nehmen ein paar Drecksäcke fest, die diesen Designermist in unserer Stadt verhökern wollen, und er denkt an nichts anderes als an eine gute Presse.«

»Und die Extraausgaben«, fügte Cipriano hinzu. Er kratzte sich im Nacken, wo ihn noch die abgeschnittenen Haare irritierten.

»Bei solchen Sachen kommt es mir richtig hoch.«

Auf der Straße vor ihnen lagen lange Schatten. In einer Stunde würde es dunkel sein. »Da kommen nostalgische Gefühle auf.«

»Der frühere Bürgermeister hat zwar Gespenster gesehen und war mit Dieben verwandt, aber in gewissen Dingen war er durch und durch verläßlich. Er war kein Schlitzohr.«

»Das stimmt. Wenn Roberts nicht die Highway-Gelder für die Firma seines Bruders abgezweigt hätte, dann müßten wir uns jetzt mit ihm und nicht mit Klein Eddie herumschlagen.«

»Klein Eddie. Das gefällt mir.«

»Seit fünfzig Jahren bedienen sich die Leute in dieser

Stadt an Geldern von der Bundesregierung. Plötzlich fällt den Wählern ein, daß sie auch Steuerzahler sind und daß es schließlich auch ihr Geld ist. Und dann sind sie gleich beleidigt.«

»Sie haben lang genug gebraucht.«

»Roberts war eben zufällig gerade Bürgermeister, als sich die Spielregeln änderten und sie ihm den Boden unter den Füßen wegzogen.«

Loren öffnete den Klettverschluß der Krawatte, nahm sie ab und lockerte den Kragen des blauen Uniformhemdes. Seltsamerweise war er trotz Hektik und Schlafmangel während der vergangenen vierundzwanzig Stunden überhaupt nicht müde. Die Hochstimmung, die ihn während des Drogenarrests erfüllt hatte, hielt noch an; noch.

»Ich erinnere mich, wie ich zu der alten Lehmhütte bei den Schienen hinuntergegangen bin und beim alten Martinez Tüten mit mexikanischem Potoguaya gekauft habe. Jeder in der High School hat es geraucht und aus geschmuggelten Steinkrügen Mescal getrunken. Ich fand nichts dabei.«

»Das hast du gemacht?« Cipriano schien überrascht. Er nahm Tempo weg und bog in die 81er ein. »Ich habe auch bei Daddy Martinez gekauft.«

»Und jetzt schau, was mit den Drogen passiert ist. Händler haben eine Mac-11. In den Labors wird neues Zeug entwickelt. Jede Woche eine brandneue Substanz. Morde. Gehirnschäden. Genschäden.« Es schüttelte ihn. »Ausländische Regierungen, die von Dealern kommandiert werden.«

»Es ist ein neues Jahrhundert.«

»In dieser Stadt wird das nicht geschehen«, behauptete Loren. Er dachte an Menschen wie Robbie Cisneros, die Stoff an seine Töchter verkauften. Katrina unter Einfluß von Black Lightning, mit harten, nach innen gekehrten Augen, unerreichbar. »Nicht, so lange ich etwas zu sagen habe«, beharrte Loren. Mit einem Griff hob er die Mac-11 auf. Im Licht der sinkenden Sonne schimmerte die brünierte Oberfläche in stumpfem Rot. Zwölfhundert Schuß pro Minute steckten in einem Gewehr, das so klein war, daß man es tragen konnte, ohne daß es jemandem auffiel.

»Du lieber Himmel, Jefe!« rief Cipriano. »Was habe ich getan?«

»Wie?« Loren starrte ihn an.

»Es hat ausgesehen, als wolltest du mich niederknallen.«

»Entschuldige, bitte.« Er legte das Gewehr beiseite. »Ich dachte gerade an die Dealer in dieser Stadt. Womöglich wäre Martinez einer von ihnen, wenn er noch lebte.«

»Du solltest jetzt besser vorsichtiger sein, Jefe. Die beiden Mexikaner hätten bei Robbie im Zimmer sein können, als du die Tür eingetreten hast. Dann hätte dieses Gewehr ein Cheeseburger aus dir gemacht. Auch die Bleiweste hält keinem ganzen Magazin mit Neun-Millimeter-Geschossen stand.«

»Das nicht, aber es wäre nicht so weit gekommen. Ich hätte sie überrascht.«

»Dennoch«, beharrte Cipriano und kratzte sich wieder im Nacken. Sie erreichten die Stadtgrenze, und der Fury wurde langsamer.

»Ich wußte von der abgesägten Flinte. Die ist viel gefährlicher. Mit Schrotflinten werden viel mehr Menschen getötet als mit automatischen Waffen.«

»Ich würde trotzdem kein solches Risiko eingehen, Jefe. Das ist etwas für junge, unverheiratete Burschen.«

Loren dachte nach. Er stellte sich vor, wie er durch die Tür stürzte und Neun-Millimeter-Geschosse auf ihn einhagelten; er stellte sich Debras Gesicht vor, wenn sie davon erfuhr; Katrina und Kelly am Sarg.

»Du hast recht, ich sollte solche Sachen nicht mehr machen.«

»Du bist der Boss. Überlaß diese Arbeit den Indianern.« Wieder kratzte er sich.

Loren grinste. »Aber ich habe bewiesen, daß ich es noch schaffe, was?«

Cipriano erwiderte das Grinsen nicht. »Ja, das hast du.«

Loren runzelte finster die Stirn. Cipriano schien müde zu sein. »Warum machst du nicht bis zehn Feierabend?« fragte er. »Dann gehe ich nach Hause, und du kannst übernehmen, bis sich die Dinge beruhigt haben.«

Cipriano nickte. »In Ordnung.« Er hielt vor dem Amtsgebäude mit den Greifvögeln an. Loren öffnete die Tür und setzte einen Fuß auf den Bürgersteig.

»War eine gute Sache!« sagte er im Gehen.

»Stimmt, Jefe, es war gut.« Cipriano zögerte. »Loren«, fügte er dann hinzu, »denk daran, was mit Roberts geschehen ist. Er tat, was alle anderen auch taten. Aber die Spielregeln änderten sich.«

Loren war verwirrt. »Hmm«, sagte er.

»Auch jetzt ändern sich die Spielregeln. Versuchen Sie, daran zu denken, okay?«

Loren wurde unsicher, als er Cipriano nachsah.

Cipriano arbeitete wahrscheinlich einfach zu viel.

Er ging in sein Büro und begann mit dem Bericht.

Zwei Stunden später tauchte Eloy Esposito in der Tür auf und klopfte an den Türstock. Er grinste aus der Halskrause hervor. »Chief?« begann er. »Ich gehe zu Lupes Chili Hütte und hole etwas zu essen. Soll ich Ihnen etwas bringen?«

»Klar.« Das wäre eine Abwechslung zu dem fürchterlichen Fraß im Sunshine. Loren griff in die Tasche und zog fünf Dollar heraus.

»Einen mexikanischen Teller und Kaffee.«

»Verstanden. Würden Sie bitte die Telefone und das Funkgerät übernehmen, so lang ich fort bin?«

»Kein Problem.«

Loren streckte sich und ging zum Schreibtisch in der

Anmeldung. Sein Blick wanderte durch den Korridor mit den schmutzigweißen sechseckigen Fliesen, durch die Glastür, hinüber zum Amtshaus der Bundesbehörde auf der Plaza. Eine der sechs Meter langen Leuchtstoffröhren an der Decke des Korridors summte und flackerte. Über den Polizeifunk meldeten sich die Männer einer nach dem anderen vom Essen zurück zum Dienst. Loren notierte jeden hereinkommenden Bericht.

Der Apparat der Nummer 911 läutete, und Loren antwortete.

»Atocha Notruf.«

»Sie treiben's schon wieder.« Die Stimme der alten Dame kam Loren irgendwie bekannt vor, aber er konnte sie nicht genau plazieren.

»Wer treibt was, Madam?«

»Sind Sie es, Loren?«

»Ja.«

»ATL, die meine ich!« Die Stimme klang verärgert. »Sie feuern wieder ihre Laserbündel ab.«

Endlich erkannte Loren die Stimme: Es war Mrs. Mickelsson, die Witwe eines Lastwagenfahrers, der für Riga Brothers gefahren war. Die Bremsen seines Fahrzeuges hatten versagt, als er Kupfererz über eine Steigung von zweieinhalb Prozent aus der Atocha Grube fuhr; er sprang aus der Kabine und wurde vom vier Meter hohen linken Vorderrad überrollt.

»Was machen sie denn mit dem Laser?« fragte Loren.

»Sie wollen meine Gedanken kontrollieren. Ich höre ihre Stimmen in meinem Kopf!«

Loren zuckte bei der Lautstärke der Frau zusammen. »Ich verstehe.« Er hielt den Hörer etwas weiter weg vom Ohr. »Haben Sie Ihre Medikamente genommen, Mrs. Mickelsson?«

»Ich fühle mich so komisch, wenn ich sie nehme«, murmelte sie.

»Sie wissen doch, daß niemand Ihre Gedanken kontrollieren kann, wenn Sie die Medikamente nehmen, nicht wahr, Mrs. Mickelsson?«

»Ich mag sie nicht.«

»Sie werden die Medikamente nehmen müssen, ja? Ich werde dafür bei ATL anrufen und ihnen sagen, daß sie die Laser ausschalten.«

Es herrschte lange, bestürzte Stille. »Muß ich die Tabletten wirklich nehmen?«

»Ja, das müssen Sie. Aber ich sorge dafür, daß auch die Laser abgeschaltet werden, okay?«

Loren machte sich eine Notiz, daß später jemand bei ihr vorbeischaute und sich vergewisserte, daß alles in Ordnung war.

Manchmal riefen die alten Leute nur an, damit sie jemanden hatten, mit dem sie reden konnten. Andere sahen fliegende Untertassen auf dem UFO-Feld östlich der Stadt oder Engel über dem Amtsgebäude; oder die Dämonen in den Abwasserrohren lärmten zu laut. In all diesen Fällen riefen sie 911, damit etwas geschah.

Meistens ließ man sie am besten in ihrem Glauben. Ihre Phantasien schadeten niemandem.

Nach dem Laser-Alarm gab es keine weiteren Störungen. Keine Betrunkenen, keine Raufereien. Vielleicht hatte sich der Zorn der Volksseele bereits am Vorabend Luft gemacht.

Lorens Herz machte einen Satz, als es draußen krachte. Ein Auto war auf irgend etwas aufgefahren. Er stand auf und ging um den Schreibtisch herum.

Eine der beiden Leuchtstoffröhren an der Decke erlosch. Loren ging durch den schwach beleuchteten Korridor weiter.

Die Glastür wurde aufgerissen. Lorens Herz machte wieder einen Satz. Die Papiere auf dem Schreibtisch flatterten im Oktoberwind.

Ein Toter kam zur Tür herein.

Loren starrte den Mann mit klopfendem Herzen an

und erkannte ihn entsetzt. Es wurde ihm eiskalt vor Angst.

Der Mann war zwischen zwanzig und dreißig, trug Jeans, abgewetzte braune Cowboystiefel und ein blaßblaues Westernhemd mit metallenem Kragenetikett und Perlenknöpfen. Links an der Brust war das Hemd blutgetränkt.

Der Mann stolperte und fiel. Loren stürzte zu ihm.

Der Mann war auf das Gesicht gefallen. An der rechten hinteren Hosentasche drückte sich ein hellerer Kreis ab. Die runde Dose mit Copenhagen Tabak hatte sich verschoben und sah zur Hälfte aus der Tasche heraus. Loren kniete nieder und drehte den Mann um. Wo er gelegen hatte, war der Boden blutverschmiert. Aus dem Mund des Mannes tropfte halb geronnenes Blut.

»Hilf mir, Loren!«

Es war nur ein würgendes Flüstern. Loren tastete nach dem Puls und versuchte sich zu erinnern, was die Sanitäter vom Roten Kreuz ihm vor Jahren im Erste-Hilfe-Kurs beigebracht hatten. Die Haut war feuchtkalt und blaß. Die Brust hob sich, als der Mann versuchte zu atmen. Er röchelte.

»Halt durch. Wir holen Hilfe«, ermutigte ihn Loren.

Der Atem des Mannes stockte. Verzweifelt klammerten sich seine Hände an Lorens Arme und Schultern. Die Augen waren gelb und voll Angst.

Die Polizei verwendete zum Beatmen von Verletzten kleine Plastikschläuche, damit sie nicht mit Blut in Berührung kamen und sich womöglich mit AIDS ansteckten. Loren hatte kein solches Röhrchen bei sich.

Er würde es eben auf die althergebrachte Art machen.

Er beugte sich über den Verletzten, preßte den Mund über den Mund des Mannes und klemmte mit einer Hand dessen Nase zu. Er atmete kräftig in den Mund des Mannes aus, mußte jedoch einen großen Widerstand überwinden, als er Luft in die Lungen des Mannes pumpte. Es wurde ihm schwarz vor den Augen;

irgend etwas füllte die Lungen des Mannes. Schließlich hob sich die Brust des Opfers.

Loren richtete sich auf und schnappte nach Luft. Sterne tanzten vor seinen Augen. Die Brust des Mannes bewegte sich nicht; die Lungen waren voll und leerten sich nicht.

Loren drückte mit der Hand auf den Magen des Mannes. Dunkles, mit Bläschen versetztes Blut quoll aus dem Mund des Verletzten.

Die Augen des Mannes blickten glasig. Seine Arme waren schlaff. Loren hätte vor Enttäuschung am liebsten geschrien.

Er konnte nichts anderes tun, als dem anderen beim Atmen zu helfen und preßte wieder den Mund auf die blutverschmierten Lippen. Loren versuchte, nicht an AIDS zu denken und atmete aus. Die Lungen des Mannes wollten sich nicht dehnen.

Loren kämpfte, bis ihm wieder schwarz vor den Augen wurde und er aus Luftmangel einer Ohnmacht nahe war. Er lehnte sich zurück, schmeckte das Blut, schnappte nach Luft und mußte zusehen, wie der Mann starb.

»Du lieber Himmel, was ist geschehen?« Eloy kam durch die offene Tür, eine Papiertüte mit mexikanischem Essen in der Hand. »Da draußen ist ein Auto total … – oh, verdammt!«

»Ruf das Krankenhaus an«, bat Loren hoffnungslos. Er wußte, daß es zu spät war.

Eloy trat in das Blut, und als er um das Funkgerät lief, hinterließen seine Absätze rote Abdrücke. Das rote Zeug war bald überallhin vertragen.

Wenige Minuten später stellten die Sanitäter des Ambulanzwagens den Tod des Verletzten fest. Sie nahmen die Leiche nicht mit, da die Polizeiarbeit noch nicht beendet war. Begley wurde von der Streife zurückbeordert und stand herum, für den Fall, daß es Arbeit für ihn gäbe. Sein neuer Partner, Quantrill, hielt draußen die

Leute vom Auto fern. Jeder machte einen großen Bogen um die riesige Blutpfütze. Eloy kniete nieder und betrachtete mit gerunzelter Stirn das Gesicht.

Loren lehnte sich gegen die Wand und sah zu. Sein Herz hämmerte immer noch heftig gegen den Brustkorb, wie ein Motor, der von einem hohen Gang in einen niedrigeren und wieder zurück wechselte. Loren gab sich Mühe, es in seinen Rhythmus zurückzuzwingen.

Eloy stand auf. »Kannten Sie den Mann, Chief?«

»Randal Dudenhof. Wir sind zusammen aufgewachsen.« Ein Viehzüchter, den Loren kannte. Netter Kerl und überzeugter Mormone. Seine Frau hieß Violet und war zwei Klassen unter Loren in derselben High School gewesen.

Er rief meinen Namen, dachte Loren.

Eloy blinzelte zur Leiche hinüber. »Sieht gar nicht so alt aus.«

»Ist er auch nicht. Er ist...« Loren sprach nicht weiter. Er konnte noch nicht fassen, was gerade geschehen war und seine Gedanken gingen wild durcheinander. Er versuchte, sich auf etwas anderes zu konzentrieren.

Die vorgeschriebene Vorgangsweise. Was kam als nächstes?

»Hol die Polaroid«, bat er. »Sie liegt in meinem Büro, auf dem Regal hinter dem Schreibtisch.«

Eloys Schuhe klapperten über die Fliesen. Die Beweiskette, dachte Loren.

Wenn sich die Dinge zu sehr verwirrten, konnte man immer auf die Vorschriften zurückgreifen.

Er trat näher an die Leiche und kniete nieder. Er knöpfte das Hemd auf und schob es vorsichtig zuerst links, dann rechts beiseite. Links unter dem Arm war eine Einschußwunde, aber eine Austrittswunde war nicht zu sehen. Loren kehrte die vorderen Taschen um. Sie waren leer, bis auf Fusseln. Keine Ausweispapiere.

Loren blickte dem Toten in die glasigen Augen. Die Gedanken an die Vorschriften flatterten wie Schwalben davon.

Er rief meinen Namen. Er bat mich um Hilfe.

»Dudenhof, Chief?« Ed Begley blickte verwirrt auf den Toten. »Hatte Dudenhof Kinder?«

»Nein«, antwortete Loren.

Begley konnte sich nicht fassen. »Draußen steht ein kaputtes Auto. Wollen Sie es sehen?«

Loren folgte nur zögernd der Aufforderung. Er erhob sich langsam aus der Hocke, gepeinigt von der quälenden Vorstellung, was er vor der Glastür finden würde. Einen kanariengelben 1956er T-Bird, gewachst, auffrisiert und poliert, mit weißwandigen Reifen und farblich abgestimmter gelber Lederpolsterung mit kleinen roten Streifen…

Das Fahrzeug war ein grauer BMW. Quantrill hielt die herumstehenden Zuschauer in einiger Entfernung. Das Auto war über den Bordstein gefahren und hatte eine gußeiserne Straßenlaterne neben dem Eingang gerammt. In der Fahrertür fanden sich zwei Einschußlöcher; das rückwärtige Fenster war von einer Kugel sternförmig zersplittert. Der Fahrersitz war mit Blut getränkt; auch auf dem Boden stand eine Blutpfütze. Rote Kleckse führten zum Eingang. Der Mann hatte genau gewußt, wohin er fuhr; er wollte ein Verbrechen melden und wurde angeschossen.

Doch es war eigenartig, daß er nicht ins Krankenhaus fuhr.

Zum Glück war es nicht der gelbe T-Bird. Aber das eisige Entsetzen saß Loren noch immer in den Knochen.

Auf der anderen Straßenseite parkte ein ATL-Jeep. Zwei Männer in unförmigen Jacken beobachteten die Vorgänge durch goldgeränderte Ray-Ban-Brillen.

Loren spürte förmlich ihren Blick im Rücken, als beobachteten sie ihn durch das Visier einer Waffe. Zu

Quantrill gewandt fragte er: »Wer von uns hat als letzter den Kurs für Spurensicherung am Ort des Verbrechens auf der Akademie in Albuquerque absolviert?«

»Buchinsky.«

»Geh und hol ihn. Ich möchte hier nichts falsch machen. Der letzte Mord, bei dem wir nicht sofort wußten, wer es getan hat, liegt zu lang zurück.«

»Außer dem Kerl im Auto.«

Loren dachte darüber nach. »Das war etwas anderes. Geh und hol Buchinsky.«

»Er hat Krankenurlaub.«

»Zum Teufel mit seinem Krankenurlaub.«

Loren stand neben dem Blutfleck auf dem Bürgersteig und starrte in den BMW. Drinnen lagen wahrscheinlich zwei Kugeln, aber er wollte das Auto nicht durchsuchen, bevor nicht jeder einzelne Fingerabdruck sichergestellt war.

Er richtete sich auf, und spürte immer noch die Ray-Bans im Rücken. Er drehte sich um und sah in die Zuschauermenge, alles mehr oder weniger vertraute Gesichter. Sein Blick blieb an einem Fremden hängen, einem bärtigen Mann von kräftiger Statur, der einen Turban, eine Krawatte und ein langärmeliges Sporthemd trug.

Wahrscheinlich ein Terrorist, hatte Byrne gesagt.

Unsinn. Wahrscheinlich ein Tourist. Oder ein Hirsch-Vampir.

William Patience von der ATL-Werkspolizei würde Loren sicher sagen können, wer der Mann war und wo er wohnte. Seine Leute untersuchten routinemäßig alles, was nicht alltäglich war, und das hier war eindeutig ungewöhnlich.

Eloy tauchte in der Eingangstür auf. »Ich finde die Polaroid nicht, Chief. Wo soll sie Ihrer Meinung nach sein?«

Loren erinnerte sich, daß er die Kamera zum letzten 4. Juli nach Hause genommen hatte, um Katrina und

Kelly beim Picknick der Kirchengemeinde zu fotografieren. Sie lag zu Hause im Schrank.

»Vergiß es. Nimm die Videokamera, die die Regierung gekauft hat.«

»Wir haben kein leeres Band.«

Loren drehte sich zu ihm um. »Dann geh zu Rexall und kaufe eins! Verlang einen Beleg, und du bekommst das Geld von unserem doppelzüngigen Bürgermeister ersetzt, okay?«

Eloy machte den Mund auf, schloß ihn aber wieder. »Kein Problem, Chief«, sagte er dann.

Loren trat hinter das Auto und warf einen Blick auf das Nummernschild. Es war eine Nummer aus New Mexico mit dem persönlichen Kennzeichen DELTA E.

Lorens Mund wurde trocken. Er warf einen Blick auf den ATL-Jeep, und plötzlich machte die Anwesenheit der Typen von der Werkspolizei Sinn. Er hatte keine Ahnung, was DELTA E bedeutete, aber er konnte sich vorstellen, daß jemand, der ein solches Nummernschild auf seinem Auto hatte, bei Advanced Technology Laboratories arbeitete.

Er holte sein Notizbuch heraus, schrieb die Buchstaben auf und ging zum Eingang. Er wollte die Nummer über die LAWSAT-Verbindung zum Computer der Zulassungsstelle in Santa Fé durchgeben und herausfinden, wem das Auto gehörte.

Er blickte wieder auf den Leichnam hinunter, und es wurde ihm eisigkalt dabei.

Randal Dudenhof. Es war Randal, eindeutig; sogar die Tabakdose Marke Copenhagen in der hinteren Hosentasche stimmte.

Eine Sanitäterin trat zu ihm, eine große junge Frau mit einer Hornbrille und langen braunen Haaren, die sie im Nacken ordentlich mit einer Schildpatt-Spange zusammengefaßt hatte. Sie hatte ein großes Notizbuch aus Kunstleder, in das sie die Informationen aufnahm. »Wie sagten Sie, war der Name des Patienten?«

Loren sah sie an. »John Doe.«*

Die Sanitäterin riß die Augen auf. »Sagten Sie nicht, daß er ...«

Loren spürte, wie das trockene Blut neben seinem Mund abbröckelte. »Es kann nicht Dudenhof sein«, sagte er.

Die Frau gab nicht nach. »Aber Sie sagten ...«

»Randal Dudenhof starb vor fast zwanzig Jahren. Er hatte im Happy Steer Steak House zu viel Bourbon getrunken. Auf dem Nachhauseweg kam er auf dem Glatteis ins Schleudern, und der gelbe Thunderbird stürzte auf dem Highway 103 von der Rio-Seco-Brücke. Die Lenkradsäule durchbohrte seine Brust. Ich war dabei, als er starb.«

Die Sanitäterin überlegte eine Weile, zuckte schließlich die Achseln und drehte sich um.

Loren starrte auf den Leichnam.

Er kannte mich. Er rief meinen Namen.

Und es war doch Randal!

---

* John Doe ist das amerikanische Pendant zum Allerweltsnamen ›Lieschen Müller‹; die weibliche Variante ist Jane Doe. – *Anm. d. Übers.*

6. KAPITEL

Zwei Stockbetrunkene wurden aus einem Streifenwagen gezerrt und ins Gefängnis gebracht. Sie hatten Kratzer und Abschürfungen, und ihre Nasen bluteten, aber die staubigen Baseballkappen saßen ihnen wie angeklebt auf den verstrubbelten Köpfen.

Für Trunkenbolde macht es keinen Unterschied, ob gerade jemand ermordet wurde, sie verprügeln einander trotzdem, dachte Loren.

»Hallo, Chief!« Es war Buchinsky. »Ich habe etwas gefunden.«

Loren bückte sich und kroch in den Fond des BMW. Buchinsky grinste ihm von unten entgegen und hielt ihm mit blutverschmierten Fingern eine Kugel hin. Es war ein Geschoß aus einer halbautomatischen Waffe, der eingezogene untere Rand war noch deutlich erkennbar; die Kugel war vom Aufprall an der Heckscheibe und der Rückenlehne des Beifahrersitzes verformt. Die Metallhülse wurde beim Aufprall beschädigt und zeigte helle, glitzernde Spuren um den dunklen Kern der Kugel.

Loren roch noch leicht den Pulverrückstand.

»Seltsame Größe«, stellte er fest.

»Größer als neun Millimeter.«

Loren nahm Buchinsky das Geschoß aus der Hand und betrachtete es.

»Auch kein 0.45. Es muß 0.41 oder elf Millimeter sein.«

»Pistolen mit diesem Kaliber sind selten. Zumindest hier.«

Loren rollte die Kugel zwischen den Fingern hin und her und gab sie schließlich Buchinsky zurück. »Verwahre sie«, bat er.

»Es muß noch eine zweite geben.«

»Wir werden sie finden.«

Neben der Leiche und der Kugel gab es als Beweismaterial eine zusammengeknüllte Tüte von Dunkin' Donuts, ein kleines Päckchen Heinz Ketchup, eine leere Dose Vit-8-Gemüsesaft, einen Behälter, in dem einmal ein Viertelpfündiger Hamburger von McDonalds war und viele blutige Fußabdrücke. Abgesehen davon sah es aus, als wäre das Auto erst kürzlich gereinigt worden.

Loren griff unter einen Sitz; ein schmerzhafter Stich jagte durch seine untere Wirbelsäule. Seit dreißig Jahren hing ihm nun bereits die schwere Pistole an der einen Hüfte, und das war nicht spurlos an seiner Hüftstellung und der unteren Rückenpartie vorübergegangen. Er biß die Zähne zusammen, schob sich rückwärts aus dem BMW, preßte den Handballen ins Kreuz und richtete sich auf. Als er schließlich stand, sah er geradewegs in die zornigen, vorwurfsvolle Augen von Buchinskys Ehefrau Karen. Sie war blond, hatte ein schmales Gesicht und hätte ihren Mann lieber als Lastwagenfahrer in Albuquerque gesehen. Lorens Blick wanderte über die Zuschauermenge. Der Mann mit dem Turban war verschwunden. Loren schob den Pistolengürtel zurecht und kehrte zu seiner Arbeit zurück.

Der ATL-Jeep war noch hier. Die Insassen aßen mexikanisches Essen aus Papiertellern.

Die glänzend gewachste Oberfläche des grauen Autos war mit dem granulierten schwarzen Pulver zur Feststellung von Fingerabdrücken bedeckt. Das Auto war erst kürzlich gewaschen worden, und außen gab es kaum Abdrücke, innen dafür eine Menge, auch solche, die nach Lorens Meinung von Kindern stammten.

Timothy Jernigans Kinder, vermutlich.

Timothy Jernigan war der Besitzer des BMW und der Inhaber des Kennzeichens DELTA E; der Name kam bereits wenige Sekunden nach Lorens Anfrage bei der KFZ-Zulassungsbehörde von New Mexico durch. Jernigan wohnte in Vista Linda und stand vermutlich in irgendeiner Verbindung zu Advanced Technology Laboratories.

Loren wäre längst bei ihm gewesen, aber er mußte die Untersuchung des Autos überwachen.

Ein Fury fuhr vor, und Cipriano sprang heraus. Er war wütend.

»Es gibt einen Mord, und du rufst mich nicht an?« polterte er.

»Ich wollte, daß du dich ausruhst.«

»Quatsch!« Er kratzte sich wütend im Nacken. »Ich mußte es von meiner Frau erfahren, und sie hörte es von ihrer Mutter über das Telefon.«

»Wir wissen noch nichts. Wir hätten dich angerufen, wenn es etwas zu tun gegeben hätte.«

»Wenn es in dieser Stadt einen Mord gibt, dann will ich davon wissen.«

Loren seufzte. »Ja, tut mir leid. Ich hätte dich anrufen sollen, auch wenn ich dir nur sage, daß nichts geschieht. Horch zu, was hältst du davon, wenn du hier die Spurensicherung übernimmst? Dann kann ich mittlerweile den Besitzer dieses Autos zur Rede stellen.«

Cipriano war noch nicht besänftigt. »Wie wäre es, wenn ich den Autobesitzer aushorche, Jefe?«

»Wir werden gemeinsam gehen. Aber zuerst sehen wir uns das Opfer an. Ich möchte wissen, ob du siehst, was ich sehe.«

Cipriano folgte Loren aufgebracht zum Eingang. Der Leichnam lag noch immer in der Blutlache, und die Sanitäter warteten auf die Erlaubnis, ihn abzutransportieren. Weiße Plastiktüten mit dem Rexall-Aufdruck waren mit Gummibändern um Hände und Füße der Leiche befestigt worden, um etwaiges Beweismaterial sicherzustellen. Ciprianos braune Augen ruhten einen Augenblick auf dem Gesicht des Toten.

»Uff!« stieß er aus. »Der sieht wirklich aus wie Dudenhof, nicht wahr?«

Loren war erleichtert. Es war also keine Einbildung. »Mir ging es genauso«, gestand er Cipriano. »Er hat sogar Copenhagen Tabak in der hinteren Hosentasche.«

»Das ist hier nichts Ungewöhnliches.«

»Wahrscheinlich nicht. Aber sonst war nichts in seinen Taschen, kein Ausweis, keine Münzen, nicht einmal ein Taschentuch.«

Er rief meinen Namen, wollte Loren noch sagen, aber er wurde unterbrochen.

»Chief!« rief Eloy vom Schreibtisch herüber.

»Ja?«

»Soeben hat dieser Timothy Jernigan angerufen. Er wollte ein gestohlenes Auto melden.«

Loren kam langsam auf Touren, wie ein kalt gestarteter Dynamo, der Drehmoment gewann. Man wollte es vertuschen, er hatte es gewußt.

»Was hat der Kerl gesagt?« fragte er Eloy.

»Als er zum Fenster hinaussah, stand das Auto nicht mehr auf der Auffahrt.«

Loren lächelte. Sein innerer Motor lief auf Hochtouren. Die Geschichte des Burschen war matt. Sie würde nicht halten, das war jetzt schon klar.

Wenn er Jernigan allein erwischte, bevor er seine Geschichte absicherte, würde er ihn knacken. Davon war er überzeugt. Er stellte sich vor, wie er dem Kerl in einem Wohnzimmer mit Wänden voller Bücherregalen gegenüberstand und der Verdächtige mit schweißüberströmtem Gesicht versuchte, seine Geschichte aufrecht zu erhalten. In Jernigans Haus würden sich vielleicht auch Beweise finden.

»Er kommt, sobald er eine Fahrgelegenheit hat«, ergänzte Eloy.

Lorens Gedanken machten einen Sprung. »Er kommt

her?« fragte er. »Was, zum Kuckuck, hast du ihm erzählt?«

»Daß sein Auto hier steht.«

Lorens Stimme wurde lauter, und er schrie zornig: *»Hast du ihm sonst noch etwas erzählt?«*

Eloy riß die Augen auf. Er versuchte den Kopf zu schütteln, aber der steckte in dem breiten Schaumstoffverband und es gelang ihm nicht; Eloy mußte lachen. »Nein, Chef. Nur, daß sein Auto hier steht.«

Loren versuchte sich auszumalen, was geschehen würde. »In Ordnung«, sagte er. »Es ist gut.«

Jernigan kam also her, dachte Loren. Das war vielleicht auch nicht schlecht. Er würde mit dem Mann in sein Büro gehen und dort seine Geschichte auseinandernehmen; er hatte hier Heimvorteil und der andere war noch unsicher.

»Du hast ihm nicht gesagt, daß wir eine Leiche haben?« wollte Loren wissen.

»Nein. Nur daß wir das Auto haben.«

»Gut.« Falls Jernigan auf den Kerl geschossen hat, konnte er nicht sicher sein, daß Randal Dudenhof – nein nicht Randal, sondern John Doe – wirklich tot war. Selbst wenn er annahm, daß Doe tot war, könnte Doe, bevor er starb, Jernigan beschuldigt haben.

Loren mußte also nur so lange Druck auf Jernigan ausüben, bis dieser zusammenbrach.

»Wir werden den Burschen knacken«, sagte er zu Cipriano gewandt.

Cipriano sah immer noch finster auf die Leiche. »Er kommt vielleicht mit einem Anwalt.«

»Warum soll ein unschuldiger Mann mit einem Anwalt kommen?«

»Vielleicht auch nicht. Andererseits könnte er wirklich unschuldig sein.«

Loren schüttelte den Kopf. Er ging zum Ausgang. »Nach meiner Theorie muß es irgendeine Verbindung zu diesem Burschen hier geben. Vielleicht hat er nicht abgedrückt, aber jede andere Erklärung ist zu kompliziert.« Er trat ins Freie. »Wir werden ihm nicht erzählen, daß John Doe tot ist. Wir gehen mit ihm durch den Haupteingang, nicht durch den Polizeieingang. Dann sieht er die Leiche nicht.« Er sah sich um und bemerkte, daß Cipriano nicht folgte, sondern übellaunig auf seine Füße starrte. Loren kehrte um. »Kommst du jetzt oder nicht?«

Cipriano hob den Kopf. »Klar. Ich komme.«

Loren trat wieder in die Nacht hinaus. Er hatte in dieser Nacht genug zu tun und konnte nicht auch noch auf Ciprianos Launen Rücksicht nehmen.

Eine halbe Stunde verging. Lorens Ungeduld wuchs, während er wartete. Am liebsten wäre er in den Fury gesprungen, um Jernigan in seinem Haus zu stellen. Die Polizei hatte einen Grundsatz, den sie 24/24 nannten. Darunter verstand man, daß sich die wichtigsten Fakten in einer Morduntersuchung in den ersten vierundzwanzig Stunden nach dem Mord und in den letzten vierundzwanzig Stunden des Opfers fanden. Ging man weiter zurück, verwirrte sich die Geschichte, die Erinnerungen der Zeugen wurden unklar. Und je länger die Untersuchung dauerte, desto kälter wurde die Spur. Loren hatte das Gefühl, daß ihm die Zeit davonlief; der Mörder konnte mittlerweile Spuren verwischen und seine Geschichte untermauern, Tatsachen verdunkeln und sich ein Alibi verschaffen. Loren wollte Bewegung in die Dinge bringen.

Er wollte nicht über Randal Dudenhof nachdenken.

Während er wartete, fand Buchinsky bei der Durchsuchung des BMW eine Haarnadel, ein paar staubige Münzen und eine zweite Kugel. Sie hatte das gleiche Kaliber wie die erste und war stärker deformiert, da sie die Tür durchschlagen hatte und im Inneren des Autos herumgeschwirrt war, bevor sie schließlich unter dem Rücksitz liegenblieb.

Loren untersuchte diesen jüngsten Fund, als sich jemand über das Funkgerät im ATL-Blazer meldete; der

Fahrer antwortete. Es gab einen kurzen Wortwechsel, von dem Loren nur unverständliche, verzerrte Geräusche und gemurmelte Antworten hörte. Danach ließ der Fahrer den Motor an und fuhr davon.

Loren war erleichtert; jetzt würde ihn niemand hinterher kritisieren.

Kurz darauf fuhr ein anderer ATL-Blazer vor und parkte in derselben Parklücke. Zwei Männer stiegen aus. Lorens hätte platzen können vor Ärger.

Der Fahrer war William Patience, der Chef der Werkspolizei von ATL. Er trug die gleiche unförmige Jacke wie seine Leute, auf Hochglanz polierte Schuhe und eine graue Hose; nur sein Hemd war nicht weiß, wie das der anderen, sondern hellblau. Manschettenknöpfe und Krawattennadel waren aus brüniertem Stahl, wie es beim Militär üblich war.

Patiences Gesicht sah aus, als wäre es mit einem Beil geformt worden. Er trug die ergrauenden schwarzen Haare lang und glatt zu einem bescheidenen Pferdeschwanz zusammengebunden. Loren wußte, daß Patience Mitglied bei einer geheimen Spezialtruppe zur Terroristenbekämpfung gewesen war, deren Name irgendeine Buchstabenkombination war. Patience wohnte allein in einem kleinen Apartment in Vista Linda, und sein Hobby war Felsklettern. Er nannte nur wenige Dinge sein eigen, und unterrichtete im Gemeindezentrum eine Yoga-Klasse.

Für einen verbissenen Kerl wie Patience war das Medizin, dachte Loren. Außerdem hatte Patience, dem Samurai-Pferdeschwanz nach zu schließen, zu viele Steven-Seagal-Filme gesehen.

Loren begrüßte Patience mit einem aufrichtigen Lächeln, als dieser auf ihn zukam. »Hallo, Bill!«

Auch Patience lächelte, aber mit einem Eidechsenlächeln, ohne Zähne, ohne Lippen. Er streckte Loren die Hand entgegen, und Loren schüttelte sie. »Ich habe gehört, ihr habt einen Toten«, begann er.

Loren scharrte unruhig mit den Füßen, während Patience und Cipriano die Hände schüttelten. Ohne es begründen zu können, gab sich Loren in Patiences Gegenwart volkstümlich, wie der beschränkte Provinzler, als den ihn Patience vermutlich sah. »Woher wissen Sie das, Bill?« fragte er.

»Meine Leute haben die Leiche durch die vordere Glastür gesehen.«

Loren verbarg seinen Ärger. »Ach ja, das wird es sein.«

»Ich wollte euch behilflich sein.«

Der zweite Mann stand nervös hinter Patience, als wartete er auf Instruktionen. Er war ein paar Zentimeter größer als Loren, aber zwanzig Kilogramm leichter; eine blonde Bohnenstange mit schütterem Haar, schwarz geränderter Kunststoffbrille und einem knapp gestutzten Bart. Er trug ein sportliches Tweedsakko und eine Krawatte.

Loren lächelte wieder. »Wie wollten Sie helfen, Bill?«

»Ich habe Tim Jernigan hergebracht.«

»Das ist verdammt nett, Bill«, antwortete Loren. Seine Gedanken versuchten in aller Eile, Zusammenhänge zu sehen, während er immer noch grinste, von einem Bein auf das andere trat und den Bauernlümmel spielte. Er sah zu dem dünnen Mann auf, dessen dunkel blitzende Augen sich hinter den dicken Brillengläsern verbargen.

Manchmal wußte man etwas einfach. Man wußte, wann die Menschen logen, wußte, wie die Dinge lagen; so wie er damals über Robbie Cisneros und die zwei Texaner Bescheid gewußt hatte. Auch an der augenblicklichen Situation stimmte etwas ganz eindeutig nicht.

»Als Tim bemerkte, daß sein Auto fort war, rief er mich an«, erklärte Patience. »Ich gab ihm den Rat, sich an Sie zu wenden und er bat mich, ihn herzufahren.«

»Das ist nett von Ihnen.«

»Er hat heute abend noch eine Verabredung im Hiawatha. Mit einem Kollegen. Ich kann ihn dann hinbringen, sobald Sie mit ihm gesprochen haben.«

»Das kann eine Weile dauern«, antwortete Loren rasch.

»Das macht nichts. Ich habe Zeit und nichts vor.«

»Aha.« Loren blickte wieder zu Jernigan auf und wieder verlor sich sein Blick in der dunklen Tiefe der dicken Brillengläser. Er konnte mit dem Burschen keinen Augenkontakt herstellen.

Jernigan trat von einem Bein auf das andere.

»Ich fange am besten mit der Frage an, ob das Auto dort Ihnen gehört.«

Jernigan warf einen Blick hinüber, blinzelte und sah noch einmal hin. »Ja, das ist mein Auto.«

Loren ging um Patience herum und trat neben den hochgewachsenen Mann. Cipriano folgte rechts hinter ihm. »Sie arbeiten für ATL?«

»Ja.« Wieder blinzelte er.

»In welcher Position?« Loren ging noch einen Schritt näher.

»Äähh. Ich bin Teilchenphysiker.«

»Daher das Nummernschild, nicht wahr?« Loren machte noch einen Schritt vor und versuchte, den Mann durch übergroße Nähe zu verunsichern. Er wollte herausfinden, ob er ihn auf diese Weise aus der Ruhe bringen konnte.

»Das was?« Jernigan trat einen Schritt zurück. Er machte eine unbeholfene Bewegung mit den Schulter, als juckte es ihn zwischen den Schulterblättern.

»Das Nummernschild.« Loren folgte ihm. »DELTA E. Kommt das aus der Physik?«

»Ach so! Ja, das stimmt. Delta E stellt eine Veränderung in der Energie graphisch dar.«

Veränderung in der Energie, dachte Loren, auch gut. Was es auch bedeuten mochte. Vielleicht wußte Jerry darüber Bescheid. Loren trat noch näher, bis ihn kaum noch fünf Zentimeter von Jernigan trennten. »Gehen wir in mein Büro«, bat er leise.

Jernigans dunkle Brille funkelte ihn an. Der Physiker schwieg.

»Hier entlang, bitte.« Loren sprach direkt in das Gesicht des Mannes. Er drehte sich um und ging auf den Polizeieingang zu. Cipriano ging voran. Es brachte nichts, den Vordereingang zu benutzen – Patience hatte Jernigan bestimmt davon erzählt, daß John Doe tot war.

»Loren«, begann Patience jetzt, »ich möchte Sie darauf hinweisen, daß Tim Geheimhaltungsstufe Eins hat und ein Teil seiner Arbeit streng vertraulich ist.«

Loren setzte wieder sein Bauernlächeln auf. »Ich werde ihn nicht über seine Arbeit befragen, Bill. Ich wüßte ja nicht einmal, was ich fragen sollte.«

»Trotzdem, vergessen Sie nicht, daß wir unsere Sicherheitsinteressen wahren müssen.«

Cipriano drehte sich um und lächelte ungläubig über die Schulter nach hinten. »Seien Sie vernünftig, Bill. Wir haben einen Toten in der Lobby.«

»Und die Sicherheit der Labors muß gewahrt bleiben.«

»Jetzt warten Sie einmal«, fuhr Loren dazwischen. Er blieb zwischen den großen kupfernen Greifvögeln stehen. »Ich frage Sie jetzt ganz formell: Wissen Sie etwas über dieses Verbrechen?«

»Nein«, erwiderte Patience steif.

»Kennen Sie den Namen des Opfers?«

»Ich habe die Leiche nicht gesehen, aber ich vermute, nein.«

»Können Sie mir sagen, ob Mr. Jernigan mit dem Verbrechen in Verbindung steht?«

Patience Gesichtsausdruck wurde unwillig und abweisend. »Nein«, antwortete er. Loren machte einen Schritt auf ihn zu und sah auf den kleineren Mann hinunter; in seinen Adern schwoll der Zorn.

»Dann halten Sie sich aus meiner Untersuchung raus,

Bill!« schrie er. »Wir haben einen Mord, und ich werde den Schützen finden. Ich möchte von Mr. Jernigan nur ein paar Fragen beantwortet, nämlich wo er war, als sein Auto verschwand.«

Patience sah Loren mit zorniger Entschlossenheit an. »Ich möchte dabei sein.«

»Nein. Ich bin Ihnen sehr verbunden, daß Sie Mr. Jernigan hergebracht haben, aber das ist *meine* Untersuchung, und Ihre Anwesenheit ist unnötig.«

Sie starrten einander einen Augenblick lang an, dann ging Loren über die Treppe nach oben und durch die offene Glastür. Der Tote lag nach wie vor auf den weißen Fliesen; trotz Westernhemd und Jeans wirkte er schlaff und knochenlos. Loren blieb stehen. Sein Blick wanderte vom Toten zu den beiden ATL-Männern.

»Hat einer von Ihnen den Mann schon einmal gesehen?«

»Nein«, antwortete Patience eisig.

Jernigan blinzelte und schüttelte den Kopf.

Loren warf noch einen Blick auf die Leiche. »Die Kugel traf die Lunge. Der Mann ertrank. Er hat vermutlich literweise Blut in den Lungen.«

Loren beobachtete die ATL-Männer. Patience betrachtete die Leiche mit frostiger Verachtung. Vielleicht erfüllte der Tote nicht seine Erwartungen.

Jernigan war unbehaglich zumute. Er starrte auf den Toten hinunter, als hätte er ihn nie zuvor gesehen. Loren wollte sehen, wie weit er bei Jernigan gehen konnte, ob er ihn so weit irritieren konnte, daß er schließlich einen Fehler machte. »Ein Mensch hat ordentlich viel Blut!« begann Loren wieder. »Es ist einfach überall. Ich bin wahrscheinlich auch voll davon.«

Patience sah ihn an. Die Verachtung stand ihm immer noch ins Gesicht geschrieben. »Fangen wir endlich an. Tim hat eine Verabredung.«

»Hier entlang.«

Cipriano ging voran zu Lorens Büro. Loren bemerkte,

wie rot sein Nacken vom vielen Kratzen bereits war. Cipriano blieb an der Tür stehen, bis Loren und Jernigan eingetreten waren, dann schloß er betont die Tür vor Patience. »Stört es Sie, wenn wir das Gespräch aufnehmen?« fragte Loren. Ohne eine Antwort abzuwarten, ging er zum Schrank und holte den tragbaren Diskettenrecorder.

»Ich denke nicht«, antwortete Jernigan.

Loren vergewisserte sich, daß eine neue Diskette im Recorder eingelegt war und drückte die Aufnahmetasten. »Das ist Polizeichef Loren Hawn«, sprach er in den Recorder. »Das ist die Aufnahme eines Gesprächs mit Dr. Timothy Jernigan, um ...« – er sah auf die Uhr – »zwanzig Uhr vierunddreißig.«

Er stellte das Gerät auf den Schreibtisch, setzte sich neben den Recorder auf den Tisch und bat Jernigan, auf einem der geradlehnigen Stühle vor ihm Platz zu nehmen. Auf diese Weise war er Jernigan nahe, konnte aber, nachdem er auf dem Tisch saß, auf den größeren Mann hinuntersehen; das wirkte vielleicht einschüchternd. Cipriano blieb im Hintergrund hinter Jernigan stehen, in der Hoffnung, ihn nervös zu machen. Er kratzte sich wieder im Nacken und holte schließlich sein Notizbuch aus der Hosentasche.

»Vollständiger Name?« fragte er.

»Timothy Eldridge Jernigan.«

»Alter?«

»Vierunddreißig.«

Und so fort: Beruf, Ausbildung, verheiratet mit einer Frau namens Sondra, zwei Kinder, seit wann in New Mexico wohnhaft. Auch während dieser Routinefragen entspannte sich Jernigan nicht und antwortete genauso steif wie vor dem Leichnam. Loren fragte sich, ob er immer so war, eine Art wissenschaftlicher Sonderling, unfähig zu normalem zwischenmenschlichen Verhalten. Er kannte solche Leute aus der High School.

Sein *Bruder* war letztlich auch so! Der Unterschied

war nur, daß Jerry keinen Job hatte, der einen BMW einbrachte.

»Der graue BMW mit der Nummer DELTA E gehört Ihnen?«

Jernigan nickte.

»Könnten Sie antworten, wegen des Recorders!«

»Entschuldigen Sie. Ja, das Auto gehört mir.«

»Könnten Sie beschreiben, was Sie gestern gemacht haben?«

»Freitag?« Jernigan schien überrascht, daß Loren ihn über den Vortag befragte.

24/24, dachte Loren. Beginnen wir mit vierundzwanzig Stunden vor dem Vorfall.

»Ja«, antwortete er. »Freitag.«

Jernigan blinzelte. »Ich stand etwas später auf, weil ich wußte, daß ich die ganze Nacht auf sein würde. Um etwa zehn ging ich ins Labor. Um zehn Uhr dreißig wollten wir einen Versuch starten, aber wir hatten Probleme mit dem Computer, daher begannen wir damit erst nach Mittag. Das Experiment dauerte bis vier Uhr früh. Danach brachte ich Dr. Singh ins Hiawatha, fuhr nach Hause und ging zu Bett.«

»Gibt es für Ihre Anwesenheit im Labor Zeugen?«

Jernigan blickte auf, und ein Lächeln zuckte über sein Gesicht. Es war das erste Mal, daß er lächelte.

»Ja, doch. Wir müssen uns bei den Sicherheitsposten am Tor an- und abmelden. Außerdem war ich die ganze Zeit mit Kollegen zusammen.«

»Können Sie uns die Namen Ihrer Kollegen nennen?«

Jernigan kratzte sich am Bart. »Es waren ungefähr fünfzig, dazu etwa hundert Techniker. Aber die beiden Projektleiter außer mir waren Joe Dielh. Joseph. Er ist mein Projektdirektor bei ATL. Und …«

»Können Sie das buchstabieren?«

Jernigan kam der Aufforderung nach. »Amardas Singh. SINGH. Er kommt vom Caltech, arbeitet aber derzeit bei New Mexico Tech in Socorro.«

»Wie war der Vorname noch einmal?«

»Amardas. AMAR... ähh.« Er stutzte. »DAS, glaube ich. Vielleicht ist noch irgendwo ein H, ich bin nicht sicher.«

»Was ist das für ein Name?« fragte Cipriano leise. Er stand links hinter Jernigan, und Jernigan erschrak beim Klang seiner Stimme.

»Er kommt aus Pakistan. Ein Sikh. Aber er ist amerikanischer Staatsbürger.«

Loren erinnerte sich an den bärtigen Mann mit dem Turban, den er in der Menge beim BMW gesehen hatte. Damit hatte sich wieder eine Anomalie erklärt. Ein Wissenschafter von auswärts, kein blutschlürfender Terrorist.

»Ist er der Mann, den Sie ins Hiawatha gebracht haben?«

»Ja. Er verbringt dort die Wochenenden.«

Loren räusperte sich. »Wenn es die nationale Sicherheit nicht gefährdet, könnten Sie mir ungefähr erklären, worum es bei dem Experiment ging?«

»Es war ...« – Jernigan suchte nach Worten – »eigentlich Routine. Ein Beschleuniger-Test.«

»Ein was?« Loren versuchte, ermutigend zu wirken. Jetzt, da Jernigan über sein Fachgebiet sprach, gab er sich etwas lockerer und sprach und gestikulierte natürlicher. Wenn er sich entspannte, würde er vielleicht einen Fehler machen.

»Im Grunde war unsere Anwesenheit nicht wirklich erforderlich; wir hätten den ganzen Test in den Computer programmieren und von Assistenten überwachen lassen können. Aber Joe – Dr. Dielh – und ich haben nicht oft Gelegenheit, mit Dr. Singh zu arbeiten. Wir verbrachten daher die meiste Zeit im Kontrollraum bei den Holotanks, sahen uns die Aufzeichnungen der früheren Tests an und führten Fachgespräche.«

»Haben Sie jemanden gesehen oder mit jemandem gesprochen zwischen dem Zeitpunkt, da Sie Singh im

Hiawatha abgesetzt haben und dem Zeitpunkt Ihrer Ankunft zu Hause?«

»Nein.«

»Kann jemand bestätigen, wann genau Sie zu Hause angekommen sind?«

»Meine Frau. Ich glaube. Sie hat geschlafen.«

»Und dann?«

»Ich aß etwas und ging zu Bett. Mittags stand ich auf. Nach dem Frühstück fuhr ich ins Labor, um die Daten von dem Test zu holen, die ich für das Gespräch mit Dr. Singh heute abend brauche. Ich blieb ungefähr vier oder fünf Stunden im Labor, während der Computer den Ausdruck machte.«

»Kann das jemand bestätigen?«

»Die Wachen am Tor. Und Dr. Dielh. Er war dort. Wir unterhielten uns eine Weile über die Spectra. Ich meine, über die Ergebnisse des Experiments.«

»Dr. Singh war nicht dort«

Jernigan blinzelte. »Nein.«

Loren beugte sich vor; seine Nerven vibrierten. Er wußte, daß das wichtig war, wenn ihm auch nicht klar war, warum.

»Ist es nicht verwunderlich«, meinte er langsam und tastete sich allmählich vor, »daß Sie mit einem der Projektmanager Versuchsergebnisse besprechen, während der dritte Kopf des Projekts ein paar Meilen weiter in einem Motel sitzt, ohne daß Sie ihn daran teilhaben lassen?«

»Wir wollten ihn ohnehin treffen.«

»Aber Sie haben doch gesagt, daß er von auswärts kam und Sie nicht oft Gelegenheit haben, mit ihm zu sprechen. Warum haben Sie ihn also nicht im Motel abgeholt und mitgenommen oder ihn gebeten, zur Station zu gehen und den Maglev-Zug direkt zum Labor zu nehmen?«

»Nun.« Jernigan schnappte nach Luft, wie ein Fisch, brachte aber keinen Ton heraus. Hinter den dicken Brillengläsern saß Panik.

»Nun?« bohrte Loren weiter.

»Nun. Wir sollten uns eigentlich erst heute nachmittag treffen. Aber das Experiment dauerte so lang, und wir schliefen alle lang. Wir hatten noch keine Daten. Ich rief daher Dr. Singh an, und wir verschoben das Meeting auf den Abend.«

Cipriano schnaubte verächtlich. »Warum haben Sie also Dr. Singh heute nachmittag nicht eingeladen?« wiederholte er.

Jernigan war wie gelähmt und suchte lange nach einer Antwort, dann zuckte er hilflos die Achseln. »Wir haben es eben nicht gemacht.«

Loren überlegte, wie er weitermachen sollte. Als er mit Jernigan ins Büro gekommen war, hatte er eine Vorstellung, wie er den Mann knacken und ihn fertig machen wollte. Aber er fand einfach nicht das eine Stück Information, das er dazu brauchte. Er hatte ihn zwar bei einem Widerspruch ertappt und ihm inkonsequentes Verhalten nachgewiesen, konnte aber nichts damit anfangen.

Er könnte Jernigan klipp und klar ins Gesicht sagen, daß er ihm nicht glaubte, könnte aufspringen, ihn anbrüllen und versuchen, ihn mit seiner Größe und seiner inneren Überzeugung einzuschüchtern. Aber der Mann hatte einen *Leibwächter* mitgebracht, der draußen vermutlich nur auf eine Gelegenheit wartete, sich einzumischen.

Loren schüttelte den Kopf. »Was haben Sie dann gemacht?«

»Ich ging nach Hause zum Abendessen. Ich aß rasch. Eine rasche Mahlzeit aus dem Kühlschrank.«

»Wie spät war es etwa?«

»Sechs, oder sechs Uhr dreißig.«

»Und dann was?«

»Ich nahm die Ausdrucke und ging nach draußen, um das Auto von der Auffahrt zu holen. Es war nicht mehr da.«

»Von der Auffahrt verschwunden?«

Er nickte.

»Für den Recorder, bitte, Mr. Jernigan.«

»Ja.« Jernigan räusperte sich. »Es war verschwunden.«

»Ungefähr wie spät war es?«

»Ungefähr sieben Uhr. Ich war für sieben Uhr dreißig mit Dr. Singh verabredet.«

»Was haben Sie dann gemacht?«

»Ich rief Mr. Patience an.«

»Und er hat Ihnen gesagt, Sie sollten uns anrufen?«

»Ja.«

»Haben Sie kein anderes Auto?«

»Wie bitte?«

»Ein anderes Auto. Sind Sie keine Familie mit zwei Autos?«

Jernigan fuhr sich mit der Zunge über die Lippen. »Doch. Meine Frau hat einen Chrysler. New Yorker. Aber sie war bereits mit den Kindern zum Kino im Einkaufszentrum gefahren.«

»Wann sind sie fortgefahren?«

»Kurz vor mir.«

»Es fiel ihnen nicht auf, daß das Auto nicht da war?«

Jernigan war wieder wie gelähmt; endlich fiel ihm eine Antwort ein. »Vermutlich nicht.«

»Vielleicht war es auch noch nicht verschwunden.«

»Ich ...« Jernigan räusperte sich. »Vielleicht. Ich kann es nicht sagen.«

Loren warf Cipriano einen Blick zu, den dieser mit einem schiefen Grinsen erwiderte. Jernigan verhielt sich auf alle Fälle schuldig. Wenn Nervosität für einen Schuldspruch reichte, dann hätte sich Jernigan bald die Todesstrafe eingehandelt.

»Ich werde Ihnen einmal etwas sagen, Mr. ... Dr. Jernigan. Wir werden uns mit Zeugen unterhalten. Wir werden Beweise sammeln. Und wenn wir uns wieder sprechen, dann werde ich bestimmte Dinge wissen.«

Jernigan reagierte nicht.

»Ich werde *wissen,* was geschehen ist, verstanden? Es geht gar nicht anders. Wenn Sie also noch etwas hinzuzufügen haben, wäre es am besten, Sie würden es jetzt tun. Es würde wesentlich besser aussehen.«

Jernigan zuckte die Achseln. »Ich weiß nichts mehr.«

Loren sah den Wissenschafter an. In seinen Augen war dieser Mann kein Mörder.

»Besitzen Sie eine Waffe, Mr. Jernigan?« fragte er.

Jernigan schüttelte den Kopf. »Nein. Ich halte nichts davon.«

Loren war verärgert. Im Westen war das keine sehr verbreitete Einstellung. »Besitzt jemand in Ihrer Familie eine Waffe?«

»Nein. Wir wissen nicht einmal, wie man eine Waffe verwendet.«

»Haben Sie eine Ahnung, wer ihr Auto gestohlen haben könnte?«

Jernigan schüttelte stumm den Kopf. Loren bat auch nicht um eine gesprochene Antwort.

»Feinde? Rivalen?«

»Nein.«

»Haben Sie Grund zur Annahme, daß Ihnen Ihre Frau vielleicht untreu war?«

Jernigan sah ihn an, als hätte ihn ein Hammerschlag getroffen. Es dauerte eine Weile, bis er eine Antwort herausbrachte.

»Nein.«

»Nehmen Sie Drogen?«

»Nein.«

»Ihre Frau?«

»Nein.«

»Ihre Kinder?«

Jernigan war entrüstet. »Der älteste ist in der achten Klasse!« empörte er sich.

Loren lächelte skeptisch. »Ist alles schon vorgekommen.« Jernigan schüttelte den Kopf.

»Haben Sie etwas dagegen, wenn wir Ihre Hände auf Pulverspuren untersuchen?«

Jernigan öffnete den Mund und schloß ihn wieder. »Nur zu«, antwortete er.

»Wir müssen Sie ersuchen, uns eine Erklärung zu unterschreiben, daß Sie sich dem Test freiwillig unterziehen. Ist das in Ordnung?«

Jernigan nickte. Loren sah auf. »Würdest du dich bitte darum kümmern, Cipriano?«

»Mache ich. Wo ist der Shibano-Kasten?«

Loren dachte kurz nach, wußte aber keine Antwort. »Frag Eloy.«

Cipriano verließ mit Jernigan den Raum. Er wollte den neuen, vom FBI empfohlenen Shibano-Test verwenden. Hand und Handgelenk wurden mit Lösung A sorgfältig abgetupft, dann getrocknet und schließlich mit Lösung B neuerlich abgetupft. Etwaige Pulverspuren färbten sich grell rot.

Loren stand auf, streckte sich und schob die Pistole zurecht. Er nahm den Recorder vom Schreibtisch und wollte ihn ausschalten, als er bemerkte, daß das rote LED-Signal über der Einschalttaste nicht leuchtete. Er drückte auf den Testschalter und das grüne Batterielicht leuchtete nicht auf.

Die Batterien waren leer.

Loren betrachtete den toten Recorder und stellte ihn sachte wieder nieder. Ob das durchsickern durfte? Die Polaroid in seinem Schlafzimmerschrank, wenn er sie brauchte, das Testgerät für den Nachweis von Pulverspuren irgendwo verräumt, wo es niemand fand, Plastiktüten für Beweismaterial mußten bei Rexall im Geschäft geholt werden, leere Batterien im Diskettenrecorder... Vielleicht war etwas dran an Jerrys Theorie, daß es im hiesigen Wasser einen Bazillus geben mußte, der Inkompetenz verursachte.

Seiner Erfahrung nach befielen die Bazillen für gewöhnlich auch die Bösen.

Es klopfte am Türrahmen. William Patience sah ihn fragend an. »Beschäftigt?« fragte er.

Loren blickte auf. »Im Augenblick nicht.«

Patience trat ein. Seine Jacke war offen und Loren sah die Waffe unter dem linken Arm. »Wie ist es Tim ergangen?«

»Er ist sehr nervös.«

»Ich weiß. Die meisten Wissenschafter sind ziemlich normale Menschen, aber manche haben ihre sozialen Fähigkeiten nie richtig entwickelt.« Patience seufzte. »Tim ist einer von ihnen. Daher hielt ich es auch für das beste, mit ihm herzukommen.«

»Wie es aussieht, kann ich mir nicht vorstellen, daß er jemanden erschossen hat«, meinte Loren.

Patience nickte. »Kann ich mir auch nicht vorstellen.«

»Vielleicht weiß er, wer es getan hat«, vermutete Loren.

»Das bezweifle ich.« Patience sah finster vor sich hin. »Sie wissen nicht, wer der Tote ist, nicht wahr? Vielleicht weiß es niemand.«

Loren setzte wieder sein dämliches Grinsen auf. »Wieso glauben Sie, daß niemand den Toten kennt?«

Patience blickte überrascht auf. »Wie meinen Sie das?«

»Er hat gesprochen, bevor er starb.«

»Was hat er gesagt?« fragte Patience gleichgültig.

Er rief meinen Namen.

Loren schüttelte den Kopf. »Nur Worte.«

Patience wandte den Blick ab. »Ein anstrengendes Wochenende für Sie.«

»Wie Wochenende eben sind, gespickt mit Gewalt.«

»Viel schlimmere gibt es nicht.«

Loren lachte. »Sie hätten zur Zeit des Großen Streiks bei Riga Brothers hier sein sollen! Er dauerte fünf Monate. Niemand starb, aber der Gouverneur beorderte die Nationalgarde und die Highway-Polizei her. Es gab mehr eingeschlagene Köpfe als Krankenhausbetten.«

»Wer hat gewonnen?«

»Niemand. Die Firma hat verloren, die Gewerkschaft hat verloren, die Stadt hat verloren. Wenn jemand einen Gewinn daraus erzielt hatte, so waren es die Kupferbergleute in Chile. Und ATL ließ sich hier nieder, um die überschüssige Energie aus der Mine zu nutzen.«

Patience schüttelte den Kopf. »So etwas sollte nicht mehr erlaubt sein. Die Gewerkschaften sind einfach zu stark geworden. Jemand mußte ihnen einmal einen Dämpfer aufsetzen.«

»Quatsch, Bill«, entgegnete Loren. »Das war nicht der Punkt. Die Gewerkschaften waren nicht zu stark, die Firmen wurden multinational. Sie spielen chilenische Arbeiter gegen amerikanische aus, streichen die Gewinne ein und bezahlen die Bergleute wie Taglöhner, ganz gleich, welche gerade arbeiten.«

Patience schüttelte den Kopf. »Da sind wir verschiedener Meinung.«

»Das sind wir offenbar.«

Patience schlenderte in die Ecke, in der Lorens Pokale und Fotografien aufgestellt waren. »Jemand hat mir erzählt, daß Sie Boxer waren«, wechselte er das Thema.

»Als ich bei der Armee war.«

Patience betrachtete das Foto, auf dem Loren mit dem Meisterschaftsgürtel zu sehen war. »Schwergewichtschampion der US-Armee in Korea. Das war nach dem Krieg, richtig?« fragte er.

Ein stechender Schmerz durchzuckte Loren. »Nach dem Krieg? Das war fünfundzwanzig Jahre nach dem Krieg. Für wie alt halten Sie mich?« Er schob die Pistole wieder nach vorn.

Patience sah Loren immer noch über die Schulter an. »Ich glaube, Sie sind immer noch recht gut«, sagte er.

»So schnell vergißt man nicht.«

»Meine Männer können alle Hapkido. Das ist eine koreanische Variante von Karate.«

»Springt man dabei ständig in die Luft? Ich hielt diese

Art nie für besonders wirkungsvoll.« Loren humpelte zu seinem Stuhl und setzte sich. Seine untere Rückenpartie entspannte sich angenehm. »In der Zeit, die einer von diesen Burschen braucht, seinen Fuß in die Luft zu kriegen, kann ich ihm schon zwölfmal ins Gesicht trommeln.«

»Wir versuchen die praktische Seite der Dinge hervorzuheben. Ich bringe meinen Leuten bei, den Gegner bewegungsunfähig zu machen, bevor man hohe Sprünge ansetzt.«

Loren räkelte sich in seinem Stuhl und seufzte erleichtert. »Das ist vernünftig«, stimmte er zu.

Cipriano erschien in der Tür. »Test erledigt, Jefe.« Er schüttelte den Kopf. »Negativ.«

Loren zuckte die Achseln. Der Test war gut, das wußte er. Der Test reagierte selbst auf die winzigsten Pulverspuren, ganz gleich, wie sorgfältig sich der Mann die Hände gewaschen hatte. »Wir lassen uns bei Mr. Jernigan bedanken, daß er für uns Zeit hatte. Ich glaube, er muß noch zu einem Meeting.«

Patience schüttelte beiden Männern die Hand und ging. Cipriano stand in Lorens Büro, die Arme auf die Hüften gestützt, und sah Loren zweifelnd an. »Irgend etwas geht da vor, Jefe«, sagte er.

»Ich weiß.«

»Wenn wir den Kerl noch ein wenig länger in die Mangel hätten nehmen können.«

»Das hätte ich auch gern getan. Aber wir hatten keinen Grund, ihn weiter zu befragen. Und mir sind keine Fragen mehr eingefallen.«

»Was machen wir also jetzt?«

»Ich fahre nach Hause und gehe zu Bett. Du bleibst noch hier, bis die Bars schließen.«

»Vielen Dank.«

»Morgen spielen wir die Polizeiroutine ab. Wir befragen alle in Jernigans Block, was sie gesehen haben. Und wir reden mit Singh und Dielh, und mit Jernigans Familie. Wenn wir auf etwas stoßen, das Jernigans Geschichte widerspricht, nageln wir ihn damit fest.«

Cipriano nickte. »Verdammt!« schimpfte er. »Ich hasse das.«

Loren erhob sich mühsam. »Ich auch, Pachuco.« Er ging zur Tür, blieb dann noch einmal stehen und drehte sich um. »Er rief meinen Namen«, berichtete er. »Er bat mich um Hilfe.«

»Wer?«

»Der John Doe.«

Cipriano sah ihn überrascht an. »Du kennst den Kerl?«

»Nur wenn er Randal Dudenhof war.«

Cipriano lachte. »Ja, ja, sicher.«

»Er kannte mich«, versicherte ihm Loren.

»Vielleicht hat er dein Namensschild gelesen.«

Loren sah überrascht auf das Namensschild aus Plastik über seiner rechten Brusttasche. »Daran habe ich nicht gedacht.«

»Er steht klar und deutlich da, in blau und weiß.«

»Komische Sache für einen sterbenden Mann.«

Cipriano hob die Schultern. »Sterbende Menschen machen oft seltsame Dinge.«

»Vermutlich.« Loren ging durch den Korridor zum Schalter am Eingang. Die Leiche lag immer noch ausgestreckt auf den weißen Fliesen vor der Tür. Jemand hatte den Toten mit einer Decke zugedeckt.

Loren sagte zu Eloy: »Die Leute können ihn jetzt mitnehmen.«

»Wird gemacht, Chief.«

Lorens Stimmung wurde plötzlich weich und sanft. Trotz der leeren Batterie und der vergessenen Polaroid hatten seine Leute heute abend sehr gut funktioniert; er konnte sich mit jeder anderen Dienststelle messen. Loren legte Eloy eine Hand auf die Schulter.

»Du warst heute wirklich gut«, lobte er ihn.

Eloy sah erstaunt zu ihm auf. »Danke, Chief.«

»Gib auf deinen Nacken acht und tu, was der Arzt dir sagt.«

»Klar.«

»Dann also gute Nacht für heute.«

»Ebenfalls.«

Loren verließ hinkend das Gebäude; sein Rücken schmerzte. Er blieb auf der Treppe stehen und atmete die Oktoberluft ein, die ihm belebend kühl über Gesicht und Hände strich.

Unten an der Treppe stand der BMW, dessen glänzender Lack matt vom Puderstaub der Spurensucher geworden war.

Es war Zeit, nach Hause zu gehen.

Die Tage der Buße hatten erst begonnen.

7. KAPITEL

»Es handelt sich um ein gut dokumentiertes Phänomen«, erklärte Jerry. »Manchmal gehen Leute einfach in Flammen auf. Ich habe in einem Buch darüber gelesen. Reichst du mir die Waffeln, bitte!«

Der Frühstückskaffee war so heiß, daß Loren vor Schmerz endlich aufwachte. Er hatte nicht gut geschlafen. Die Bilder von John Does Leiche verfolgten ihn, dazu noch Randal Dudenhof, eingeklemmt zwischen scharfkantigem, verbogenem Metall, durchbohrt von der Lenkradsäule, einer der beiden oder alle zwei lagen auf den weißen Fliesen und rangen nach Luft.

»Da war dieser Mann«, erzählte Jerry begeistert, »der im Auto mitten im Verkehr Feuer fing. Noch ehe etwas unternommen werden konnte, verbrannte er vollständig. Nur die Füße blieben übrig.«

»Pfui«, sagte Kelly.

»Die meisten, die verbrennen, sind fette, alte Alkoholiker, aber dieser Mann war *jung*.«

Loren sah von seiner Kaffeeschale auf. »Klingt, als wäre ihm beim Raffinieren von Kokain der Brenner umgefallen.«

»Das war noch vor *Kokain*. Ich meine, bevor sie es inhaliert haben.«

Loren dachte über die schwelenden Füße im Auto nach. Die Versicherung würde es höhere Gewalt nennen, und vielleicht hatten sie damit recht. Wenn es für etwas keine Erklärung gab, sollten die Menschen nicht davor zurückschrecken, es ein Wunder zu nennen.

Dieses Beispiel aber überzeugte ihn nicht. Wunder sollten nicht lächerlich wirken. »Woher hast du das?« fragte er.

»Bücher.«

»Es gibt Bücher und Bücher«, entgegnete Loren. »In manchen Büchern wird *gelogen*. Die Leute erzählen oft nur zugkräftige Geschichten.«

Jerry zuckte die Achseln. »Vielleicht. Aber es könnte doch von Bedeutung sein.«

»Wofür, um Himmels willen?«

»Es droht doch jetzt diese Feuergefahr? Ständig brennt es in den Bundesforsten, und rund um die Stadt gibt es Buschbrände. Stell dir vor, es sind nicht nur Menschen, die plötzlich in Flammen aufgehen. Vielleicht entstehen diese Feuer durch Tiere, die einfach *explodieren?*«

»Explodierende Erdhörnchen!« Kelly verdrehte die Augen. »Jetzt mach Pause, Jer!«

»Die Ursache für diese Feuer wird immer untersucht, Jerry«, entgegnete ihm Loren. »Bisher hat niemand ein explodierendes Tier gefunden.«

»Haben sie danach *gesucht?*«

»Man wäre mittlerweile bestimmt darauf gestoßen.«

»Mom«, Katrina betrachtete ihren Teller. »Auf diesem Toast ist Butter. Ich wollte ihn trocken.«

Loren sah sie an. »Du bist nicht dick«, sagte er.

»Doch, bin ich.«

»Bist du nicht.«

Die dünne Kelly grinste. »Ist sie doch.«

Loren goß sich Kaffee nach. Katrina hatte den kräftigen Knochenbau ihrer Mutter geerbt – keine Diät konnte daran etwas ändern –, aber Katrina hatte es nicht akzeptiert. Die meiste Zeit über fastete sie und betrieb ununterbrochen Sport, eine Kombination von Leichtathletik, Aerobik und dem Training im High-School-Team. Etwas Gutes hatte diese Gewichtsbesessenheit: Sie hatte Katrina zur Athletin gemacht.

Katrina ging in die Küche und machte sich Toast. Loren starrte auf seinen Teller und schluckte.

Wieder sah er Randal vor sich: Die Lenkradsäule hatte die Brust durchbohrt, und aus dem Mund sprudelte Blut. Damals besaß die Polizei noch nicht die Ausrüstung, um ihn aus dem Auto zu schneiden; dazu hätte man einen großen Rettungsspreizer gebraucht.

Wenige Wochen nach dem Unfall hatte Loren einen Fonds zur Anschaffung des ersten Rettungsspreizers für die Stadt ins Leben gerufen. So etwas wie Randals Tod wollte er nicht noch einmal erleben. Loren war damals ein einfacher Streifenpolizist gewesen und hatte nicht viel Geld, aber wenn notwendig, hätte er das Gerät aus der eigenen Tasche bezahlt. Statt dessen war er zu Luis Figueracion gegangen und hatte ihm bewiesen, wie er mit ein paar tausend Dollar das Leben unzähliger Wähler retten konnte. Luis hatte begriffen, worum es ging und die Rettungsspreizer, die er damals gekauft hatte, waren immer noch im Einsatz.

»Jer«, begann Kelly wieder, »ich würde nicht zu viel über explodierende Erdhörnchen reden. Stell dir vor, Terroristen kämen auf die Idee, fette Erdhörnchen-Alkoholiker als *Waffen* einzusetzen?«

Jerry grinste. »Erdhörnchengranaten.«

»Erdhörnchencocktails.«

Jerry riß in gespielter Bewunderung die Augen auf. »Die E-Bombe. Kelly bekam einen Lachkrampf.«

Die Waffel auf Lorens Teller war immer noch unberührt. Loren biß einmal ab, kaute langsam und drehte sich dann zur Küche um, wo Debra noch mehr Waffeln machte. Kelly kämpfte gegen den Lachkrampf.

»Die Waffeln sind wunderbar!« rief Loren.

»Danke!«

»Ich hab' gehört, ihr habt eine Leiche«, begann Jerry aufs neue.

»Ist... sie... *explodiert?*« stieß Kelly zwischen Lachsalven hervor.

Loren legte die Gabel beiseite. »Nicht bei Tisch«, bat er. »Keine Politik, keine Polizeigeschichten.«

»Entschuldige«, sagte Jerry. »Ich habe vergessen.«

»Von wem hast du es gehört?«

»Frank Sanchez hat mich gestern abend mit nach Westen genommen.«

»Was hat er erzählt?«

Jerry zuckte die Achseln. »Nicht viel. Aber ich habe geglaubt, du möchtest nicht darüber reden.«

Debra kam mit einem Teller voll mit Waffeln aus der Küche. »Keine Polizeigeschichten«, bat sie.

»Vollkommen richtig!« stimmte Jerry zu.

Die Roberts-Familie war an diesem Vormittag nicht hier, aber dafür lauerte ein anderes Schreckgespenst auf der Kirchentreppe.

»Loren«, bat Mack Bonniwell, »ich muß mit Ihnen reden.«

Bonniwell stand auf den Stufen zur Kirche und funkelte Loren hinter der dunkelgeränderten Brille zornig an. Sein Gesichtsausdruck war verbissen.

»Machen wir es schnell«, entgegnete Loren und bedeutete seiner Familie weiterzugehen. »Geht schon hinein und setzt euch, wir sind spät dran.«

»Letztens am Abend hast du mich angerufen und mir gesagt, daß du meinen Jungen verhaften mußtest«, begann Bonniwell. »Du hast nichts davon gesagt, daß du ihn zusammengeschlagen hast.«

»Ich habe ihm zwei Schläge verpaßt, das ist nicht zusammengeschlagen«, entgegnete Loren.

»Du hast einen siebzehnjährigen Jungen in die Weichteile getreten, ihm die Ohren halb abgerissen und ihm die Nase gebrochen. Das ist ordentlich brutal, wenn du mich fragst.«

Loren warf einen Blick in die Kirche. »Der Gottesdienst fängt gleich an.«

»Ist mir scheißegal, Hawn«, antwortete Bonniwell.

Loren wollte die Sache beenden. »A. J. war bewaffnet.«

»Mein Junge nicht.«

»Ich habe nicht gesehen, ob er eine Waffe hatte oder nicht. Ich mußte ihn herausholen.«

»Du bist ein Schläger, Loren Hawn!« Bonniwell stand sehr knapp vor ihm. Seine Spucke traf Loren ins Gesicht, und Loren machte einen Schritt zurück. »Du *warst* immer ein Schläger, schon in der Schule! Ich weiß noch, wie du die anderen herumgestoßen hast. Herumschleichen, ihren Geheimnissen auf die Schliche kommen, und sie stellen, wenn sie im Nachteil sind!«

Loren wurde ganz heiß. »Bist du fertig?« fragte er. Er sah sich nach links und rechts um, ob Zuspätkommende in Sicht waren. Der Kirchenchor begann zu singen.

»Das Dienstabzeichen gibt dir nicht das Recht, meine Familie herumzustoßen!« brüllte Bonniwell. »Du hast kein Recht ...«

Niemand schien herzusehen. Loren verpaßte Bonniwell einen kräftigen Schlag ins Gesicht. Bonniwell sackte mit überraschten, weit aufgerissenen Augen lautlos zusammen. Wenn sich der Kerl wehrte, würde ihm Loren einen Ellbogen ins Gesicht stoßen und ihm die Füße wegziehen. Er würde ihn auf die Kirchentreppe werfen und fesseln.

Er wehrte sich nicht.

»Halt die Klappe, Mack«, befahl Loren und versuchte, leise zu sprechen. »Jetzt horch mir gut zu. Wenn dein Junge eine Waffe hatte und ich ihm eine Chance gegeben hätte, sie zu verwenden, dann drohte deinem Jungen jetzt der Tod. Denn wenn er einen Polizisten umbringt, dann wird er als Erwachsener vor Gericht gestellt, verstanden? Wenn ich du wäre ...«

»Du bist nicht ich, Gott sei Dank ...« Bonniwell hatte die Sprache wiedergefunden.

»Wenn ich du wäre«, fuhr Loren geduldig fort, »würde ich den Mund halten, die Strafe bezahlen und dem Jungen sagen, daß er sich nicht mit Gesindel herumtreiben soll, klar?«

»Ich werde mich beschweren. Damit kommst du nicht durch!«

»Es gibt einen Amtsweg für Beschwerden. Den kannst du gehen. Aber ich möchte dir nur sagen, daß Richter Denver den Fall nicht neu aufrollen wird, da er bereits eine Strafe verhängt hat. Er nimmt vielleicht die Bewährung zurück und dein Junge muß sitzen. Dann ...«

»Drohst du meinem Sohn?« Bonniwell wurde wieder lauter.

»Ich sage dir nur, was geschehen wird. Nicht mehr.«

»Du schlägst mich auf den Stufen zur Kirche! Du drohst meinem Jungen! Das vergesse ich dir nicht, Hawn.«

»Hoffentlich nicht. Denn ...«

»Es interessiert mich nicht, was du zu sagen hast, du gottverdammter Schläger.«

Loren blickte ihm in die Augen. »Laß es sein, Mack.«

Mack hatte die Hände zu Fäusten geballt und hielt seinem Blick stand. Beinahe wäre er gewalttätig geworden, doch schließlich drehte er sich um und ging in die Kirche.

Loren atmete tief durch und ging auf der Veranda der Kirche zornig auf und ab; endlich betrat auch er die Kirche und setzte sich zu seiner Familie.

Das war das letzte Mal, daß er einem alten Freund einen Gefallen tat, dachte er. Das nächste Mal landete der Junge im Gefängnis und blieb dort.

Er malte sich bis ins Detail aus, wie er Bonniwells Knochen brach. Die Details waren sehr anschaulich und taten Loren wohl.

Es war ihm vollkommen unklar, warum er sich während der Konfrontation so gemäßigt verhalten hatte.

»Ich hatte bereits eine Predigt vorbereitet!« verkündete Pastor Rickey. »Dann sah ich gestern abend die Nachrichten im Fernsehen und vergaß die ganze Sache!«

»Du knirschst mit den Zähnen«, mahnte Debra.

Loren sah überrascht auf. Er hatte vergessen, wo er war.

»Es war noch dazu eine gute Predigt!« fuhr Rickey fort. »Vielleicht bringe ich sie nächstes Jahr.«

Kichern wurde unter den Zuhörern laut. Loren hatte keine Ahnung, wovon der Pastor sprach.

»In den gestrigen Nachrichten konnten wir an Hand eines perfekten Beispiels erkennen, warum Unmäßigkeit als Todsünde gilt, und sich von anderen, weniger schweren Sünden unterscheidet.«

Die Stimme des Pastors wurde leiser und bekam einen vertraulichen Ton. »Ich weiß nur, was ich in den Nachrichten sah und rate zur Vorsicht, da es sich um einen Fall für das Gericht handelt. Ich weiß nur, was ich sah. Ich *weiß* nicht, ob die Beschuldigten auch wirklich schuldig sind, und nachdem der eine oder andere unter euch vielleicht einmal als Geschworener verpflichtet wird, möchte ich euch daran erinnern, daß ihr es auch nicht wißt.«

Ohoo, dachte Loren. Das wurde interessant.

»Aber wenn der Bericht in den Nachrichten stimmt, dann haben wir in unserer Gemeinde einen richtigen Wasserfall von Sünden; eine führt zur nächsten.

Die erste war Unmäßigkeit.« Er hob einen Finger. »Nicht Unmäßigkeit im üblichen Sinn, sondern Unmäßigkeit im Sinn von gierigem Verlangen nach Drogen. Drogen sind nicht nur einfach schlecht für den Menschen – Drogen sind *sündhaft.* Das möchte ich klar feststellen.«

Rickey schlug mit der Faust auf die Kanzel. Loren beobachtete ihn mit wachsendem Interesse. Vielleicht wird aus dem Burschen doch noch ein Prediger.

»Drogen sind sündhaft, weil sie den Menschen von

Gott entfernen. Genau wie ein Übermaß an Stolz sich zwischen den Menschen und Gott stellt, bringen Drogen den Menschen so weit, daß er sich um nichts kümmert, als um sich selbst und seine Sucht. Gottes Barmherzigkeit ist die einzige Antwort – Chemikalien sind keine Antwort.

Das war also die erste Sünde – das unmäßige Verlangen nach Drogen. Und aus diesem Verlangen heraus – *dieser Todsünde* – ist es den Menschen gleichgültig, woher die Drogen kommen. Und weil es ihnen gleichgültig ist, bringen sie ihre Lieferanten dazu, daß es ihnen ebenfalls gleichgültig ist.«

Rickey lehnte sich zurück und holte tief Luft. »Die *Gier* nach Drogen führt also zum *Bedarf* an Drogen, der wieder zum Raub führt, um an das *Geld* für die Drogen zu kommen. Wie viele Sünden haben wir also bis jetzt?« Rickey hob eine Faust und streckte einen Finger aus. »Diebstahl – gegen die Zehn Gebote!« Ein zweiter Finger: »Stolz, weil sie glaubten, damit durchzukommen. Gier nach Geld und Drogen – wieder eine Todsünde.« Er zählte weiter an den Fingern ab und war bereits bei der zweiten Hand. »Neid – sie neideten den anderen das Geld – wieder eine Todsünde! Und Zorn, ebenfalls eine Todsünde. Denn um den Raubüberfall zu begehen, den Menschen mit Waffen zu drohen, und ihre Dollar zu stehlen, mußten sie zornig sein. Und das alles nur wegen der Unmäßigkeit, die uns gar nicht als eine besonders große Sünde vorkommt, so lang wir nicht darüber nachdenken.«

Als Loren nach dem Gottesdienst durch den Mittelgang ging, hatte er das Gefühl zu brennen. Er hatte das Gespinst des Bösen und der Verbrechen zerstört und der Sündenkaskade Einhalt geboten. Mit dem Namen des Herrn auf den Lippen, hatte er den Anführer zerschmettert. Er schüttelte Pastor Rickey die Hand.

»Das war Ihre beste Predigt, Pastor«, sagte er.

Rickey lächelte. »Danke. Die Leute hören offenbar

besser zu, wenn man von aktuellen Ereignissen spricht.«

»Sie haben die aktuellen Ereignisse mit Gott in Verbindung gebracht.«

»Ich habe gehört, daß es einen Toten gibt.« Rickey sah Loren durch die randlosen Brillengläser in die Augen. »Haben Sie schon herausgefunden, wer ihn umgebracht hat?«

Das Feuer in Lorens Innerem loderte auf. Blickte der Allmächtige durch diese Brillengläser auf ihn nieder? »Wir stecken mitten in den Untersuchungen«, antwortete er. »Ich werde heute noch weitermachen.«

»Viel Glück«, meinte Rickey.

Schwert und Arm Gottes, dachte Loren.

Zeit, an die Arbeit zu gehen.

8. KAPITEL

Loren sprang drei Stufen auf einmal nehmend die Treppe zum Amtsgebäude hinauf. Eingetrocknete Blutspritzer verunzierten die weißen Fliesen gleich hinter der Eingangstür. Loren ging weiter und fand Cipriano in seinem Büro. Sein Stellvertreter hörte ein Sportprogramm über Football im Radio und erledigte dabei Schreibarbeiten. Ein Buch über den Wasserkrieg von New Mexico lag verkehrt aufgeschlagen vor ihm. Er blickte auf, als Loren anklopfte.

»Was gibt es, Pachuco?«

»Nichts Neues, Jefe. Begley bringt die Drogenfracht nach Albuquerque. Chip Lone von der Leichenhalle bringt den Toten bei dieser Gelegenheit auf die Gerichtsmedizin in Albuquerque.«

»Gut. Irgend etwas von Jernigan oder Patience?«

»Nein.«

»Hast du eine Ahnung, warum Patience sich so engagiert?«

Cipriano zuckte die Achseln. »Weil er ein Dummkopf ist, Jefe.« Er grinste. »Und nicht einmal halbkompetent. In den Sicherheitszonen spazieren Rinder herum.«

»Rinder bei ATL?« Der Gedanke amüsierte Loren. »Rinder kamen an den Kameras vorbei und durch die Sicherheitszäune?«

»Das hat Begley gesagt. Er geht mit einem von den Sicherheitsleuten jagen, und der hat ihm erzählt, daß sie alle Augenblicke über eine Kuh stolpern. Es ist ihnen so unangenehm, daß die Kühe ihr Sicherheitssystem durchbrechen, daß sie sie einfach erschießen und an Ort und Stelle eingraben.«

»Verschwendung von gutem Rindfleisch.«

»Das finde ich auch. Oh.« Cipriano war etwas eingefallen. »Ich habe etwas vergessen. Das Schlitzohr von Bürgermeister, wie du ihn nennst, erwartet deinen Anruf.«

Lorens gute Laune verflog. »Was wollte er?«

»Rate.«

Loren ging in sein Büro, um den Bürgermeister anzurufen. Er benutzte den Code für das Mobiltelefon des Bürgermeisters und erreichte ihn gerade, als er zum Golfspielen auf dem Neun-Loch-Platz der Stadt aufbrechen wollte.

»Ich muß mit Ihnen über die Leiche sprechen, die Sie gefunden haben«, begann Trujillo.

»Die Leiche hat eher mich gefunden, Ed.«

»Haben Sie eine Ahnung, wer der Kerl war?«

»Noch nicht.«

»Oder wer ihn erschossen hat?«

Loren räusperte sich. »Gleiche Antwort.«

»Die Stadt kann sich nämlich keine große Untersuchung leisten. Ich sehe es daher so: Wenn niemand weiß, wer der Tote ist, dann wird sich niemand aufregen, wenn wir keine großen Anstrengungen unternehmen…«

»Er hat mir wie ein Einheimischer ausgesehen. Ich kann nicht alle zehntausend Einwohner im Bezirk kennen. Aber dieser Mann ist nicht sehr weit gefahren, Ed. Jemand aus unserem Bezirk, vielleicht sogar aus der Stadt, hatte den Finger am Abzug.«

Trujillo sprach mit betonter Geduld weiter. »Was war mit der letzten Leiche, Loren?«

Das Schuldgefühl wirkte auf Loren wie eine eiskalte Dusche. »Das war etwas anderes«, sagte er.

»Ich wüßte nicht, warum.«

Vor zwei Jahren hatten die Leute des Sheriffs einen

toten Mann im Kofferraum eines Autos gefunden. Jemande hatte seine 0.45 Automatik in den Kofferraum gefeuert. Der Mann war seit einer Woche tot gewesen. Durch den Propellerwirbelwind eines Fernsehhubschraubers, der über dem Fundort stand, wurden die meisten Spuren davongeblasen. Das restliche Beweismaterial, einschließlich der Mordwaffe, kam Shorty auf dem Weg zwischen Tatort und Büro abhanden. Wahrscheinlich ließ einer seiner Leute die Waffe als Souvenir mitgehen. An der Leiche wurden keine Ausweispapiere gefunden, und das Auto war vierzehn Monate zuvor in Boston gestohlen worden; es gab also keine Hinweise. Das Verbrechen stand höchstwahrscheinlich mit Drogen in Verbindung und in keinem Zusammenhang mit jemandem aus dem Bezirk Atocha.

»Sie und Shorty behandelten den Fall als Selbstmord«, erinnerte der Bürgermeister.

Loren räusperte sich. Er fühlte sich verantwortlich und schuldig.

»Das war die Entscheidung des Staatsanwalts«, entgegnete Loren. »Aber dieser Fall liegt anders, Ed.«

»Ich sehe keinen großen Unterschied. Ein Fremder wird in einem gestohlenen Auto ermordet.«

»Der Unterschied liegt darin, daß der Kerl damals nicht im Polizeihauptquartier an seinen Schußwunden gestorben ist, Ed. Das läßt sich unter den gegebenen Umständen nicht ignorieren.«

»Nicht daß ich die Anstrengungen Ihrer Leute nicht begrüße, Loren. Sie dürfen mich nicht mißverstehen.«

Loren runzelte die Stirn und starrte auf sein Schild KAUF AMERIKANISCHE WARE. »Ich verstehe Sie sehr gut, Ed.«

»Aber wir müssen die Drogen in Albuquerque lagern, und wir haben die Rechnung von der Leichenhalle bekommen …«

»Die würden Sie auf alle Fälle bekommen, Ed. Ob wir der Sache nachgehen oder nicht.«

»…und wir müssen die Kosten für den Transport Ihrer Leiche zur Autopsie in Albuquerque tragen, und den Toten womöglich dort begraben.«

»Wenn wir Angehörige finden, wird Letzteres zumindest deren Problem sein.«

»Falls sie flüssig sind. Da bin ich nicht so sicher.«

»Wir können nicht viel dagegen tun, Ed. Es ist unsere *Pflicht,* sich um diese Dinge zu kümmern.«

Trujillo machte eine kurze Pause. »Könnten Sie zumindest die Überstunden in Grenzen halten?«

Loren lächelte. »Ich werde mein Bestes tun, Ed.«

Er rief im Hiawatha an und verlangte Armadas Singh. Die verschlafene Stimme am Telefon sprach eher mit einem kalifornischen Akzent als mit dem eines Pakistani. Singh erklärte sich gern zu einem Gespräch mit der Polizei bereit, nur wollte er zuerst duschen.

Loren besorgte in der Zwischenzeit neue Batterien für seinen Recorder.

Das Hiawatha war ein u-förmiges zweistöckiges Motel, auf dem ein riesiger Indianer mit Federschmuck in grünem und rotem Neonlicht prangte, wie auf der Geronimo-Bar. Cipriano fuhr unter dem blinkenden Tomahawk durch auf den Parkplatz. Er stellte das Auto neben einem Infiniti-PKW ab, auf dessen Stoßstange einen Aufkleber mit der Aufschrift HEISENBERG SCHLIEF HIER ODER IRGENDWO IN DER NÄHE angebracht war. Offenbar auch Physikerhumor. Loren, der am Beifahrersitz gesessen hatte, stieg aus; er studierte eingehend den Neon-Indianer.

»Warum Hiawatha?« wunderte er sich. »Hiawatha hat doch in Minnesota gelebt, oder zumindest dort in der Nähe. Warum nicht ein Indianer aus unserer Gegend hier?«

Cipriano klopfte an Singhs Tür, ohne den Neon-Indianer weiter zu beachten. »Touristen würden es nicht verstehen, wenn das Modell nach Mangas Coloradas benannt wäre«, beantwortete er Lorens Frage.

»Vermutlich nicht.«

»Vielleicht sollten sie es nach Heisenberg benennen. Wer immer das auch war.«

Loren schlenderte zur Tür, und als diese aufging, starrte er den Bewohner des Zimmers erstaunt an.

Der Mann war groß und dunkelhäutig, wie der Mann, den Loren am Vorabend gesehen hatte; aber zum Unterschied von der Gestalt mit dem Turban, an die sich Loren erinnerte, trug dieser hier einen drahtigen Bart, der ihm fast bis zum Nabel reichte, und die braunen, mit weißen Strähnen durchzogenen Haare waren nahezu ebenso lang. Gib ihm eine Nagelbett und eine Toga anstatt T-Shirt, Jeans und Mokassins, und man hätte ihn für einen Guru gehalten, der sich unter der reichen Schickeria seine Anhänger suchte. Diese Gesellschaftsschicht hatte in den letzten Jahrzehnten Santa Fé erobert, so wie einst die US-Kavallerie das Land der feindlichen Indianer besetzt hatte.

»Guten Morgen«, grüßte der Mann. »Ich bin Amardas Singh. Bitte kommen Sie weiter, Sirs.«

Trotz seiner eher förmlichen Ausdrucksweise erkannte Loren die gleiche Stimme mit dem kalifornischen Akzent wie am Telefon. Im Zimmer roch es nach frischem Kaffee. Loren und Cipriano nahmen auf zwei Plastikstühlen Platz.

»Möchten Sie französischen Kaffee?« fragte Singh. »Ich habe ihn soeben gemacht.«

Beide nahmen an. Singh goß aus einer Kaffeemaschine ein, die er anscheinend mitgebracht hatte. Als er Loren die Tasse reichte, fiel diesem das Stahlarmband an Singhs Handgelenk auf. Singh setzte sich auf die mit einer Navajo-Imitation bedruckte Bettdecke. Er strich das Muster glatt und betrachtete es lächelnd.

»Ich erinnere mich an dieses Muster aus Pakistan«, sagte er. »Seltsam, daß ich es hier im Westen der Vereinigten Staaten wiederfinde.«

Loren betrachtete es ebenfalls. »Ich halte es für Navajo«, entgegnete er.

Singh zuckte die Achseln. Eine befremdliche Geste an dem dicht behaarten Exoten. »Das Muster könnte sich unabhängig hier und dort entwickelt haben.« Dann wechselte er das Thema. »Dr. Jernigan hat Ihr Kommen avisiert.«

»Er hat Ihnen vermutlich auch gesagt, warum.«

»Ich soll seinen Tagesablauf bestätigen.«

»Wenn Sie das könnten.« Loren trank den Kaffee. Er war mit dem harten Wasser aus der Leitung gemacht worden und schmeckte entsetzlich. Eine Verschwendung der guten Bohnen.

»Haben Sie etwas dagegen, wenn wir das Gespräch aufzeichnen?« fragte er.

»Kein Problem, Sir.«

»Ich brauche bitte für das Protokoll Ihren vollen Namen.« Er schaltete den Recorder ein.

»Armadas K. M. N. Singh.«

Loren mußte innerlich lachen. K. M. N.: Kein Mittelname. Singh hatte sich während der jahrelangen Verhandlungen mit der Einwanderungsbehörde an die offiziellen Befragungen gewöhnt.

Loren sprach in den Recorder. »Das ist ein Gespräch mit Amardas K. M. N. Singh, Beginn zehn Uhr vierzig. Das Gespräch wird geführt von Loren Hawn und Cipriano Dominguez.« Er sah Singh an. »Geburtsort?«

»Neu Delhi, Indien.«

Loren runzelte die Stirn. »Jemand hat mir erzählt, daß Sie Pakistani sind.«

»Ich wurde in Indien geboren. Meine Großeltern wurden im Zuge einer Unruhe nach dem Tod von Diktator Indira Gandhi von den Hindus getötet. Die überlebende Familie flüchtete nach Rawalpindi in Pakistan.«

Er sprach routinemäßig, mit einem leichten Lächeln. Loren versuchte sich vorzustellen, wie es wäre, wenn harte ethnische Grenzen Atocha spalteten, wenn sich die Apostel und die Heiligen der Letzten Tage wegen der unterschiedlichen Interpretation der frühen Mormonengeschichte bekämpften und bewaffnete Kolumbusritter über die Plaza patrouillierten und aus Schrotflinten mit Eisenschrot auf Baptisten-Häretiker schossen …

Jerry behauptete zwar immer, Atocha gehörte zur Dritten Welt, aber das stimmte nicht.

»Sie sind jetzt amerikanischer Staatsbürger?«

»Ja, seit sieben Jahren.«

»Wie alt sind Sie?«

»Neunundzwanzig, Sir.«

Loren nahm wieder einen Schluck von dem schrecklichen Kaffee. Er schmeckte fast so schlecht wie der von Coover im Sunshine.

»Und Sie arbeiten wo?«

»Ich bin am Caltech, aber New Mexico Tech in Socorro hat mich sozusagen ausgeliehen.«

Loren blinzelte. »Warum das?«

»New Mexico hat ein Blitz-Labor, oben auf einem Berg – Langmuir, ja?« Singh lächelte hoffnungsvoll und wartete auf eine Reaktion von Loren, aber es kam keine. Er zuckte die Achseln. »Es gibt auf alle Fälle derzeit eine Menge hochaktuelle physikalische Experimente, die mit dem Plasma zu tun haben, das durch Blitz entstehen kann. Damit wollte ich mich näher befassen.«

Loren wollte sich auf die Fakten beschränken. »Könnten Sie uns erzählen, was Sie gemacht haben, soweit Sie sich erinnern?«

Singh räusperte sich. »Donnerstag abend fuhr ich von Socorro her. Um etwa zehn Uhr traf ich hier ein und rief Dr. Dielh vom Motel aus an, um ihm meine Ankunft mitzuteilen. Dr. Jernigan holte mich am nächsten Morgen ab und fuhr mich ins Labor.«

»In seinem BMW?«

»Ja. Mit der Nummer DELTA E.«

»Sie erinnern sich daran?«

Bescheidenes Lächeln. »Es ist meine Aufgabe, Delta E im Auge zu behalten.«

Was immer das wieder bedeuten mochte. »Okay«, meinte Loren. »Erinnern Sie sich, wann das war?«

»Ich glaube gegen zehn Uhr.«

»Und dann?«

»Wir gingen in die Labors. Das Experiment sollte um zehn Uhr dreißig beginnen, aber bedingt durch Computerverzögerungen startete es erst nach Mittag.«

»Was war das für ein Experiment?«

Singh machte eine kurze Pause. »Wieviel wissen Sie über Hochenergie-Teilchenwechselwirkungen, Sir?«

»Nehmen Sie es als gegeben an, daß ich nichts davon verstehe.«

»Also gut, Sir.« Singh strich mit der Hand die langen Haare zurück. Das Stahlarmband blitzte. »Die neuen Supraleiter bei Raumtemperatur gewähren uns Einblick in Teilchenwechselwirkungen auf einem höheren Energieniveau als zuvor. Aber es gibt hier ein Problem. Während einiger Wechselwirkungen fällt das Energieniveau zu einem völlig zufälligen Zeitpunkt ab und setzt sich dann wieder fort. Es ist wirklich erstaunlich. Wenn Sie es graphisch darstellen, dann fällt die Energie in einem Sekundenbruchteil auf unterhalb der Basislinie.« Er skizzierte mit einer Hand in der Luft eine abfallende Linie. »Alles kühlt sich ab, und die Wissenschaftler regen sich furchtbar auf.«

Loren nahm wieder einen Schluck. Der entsetzliche Kaffee hinderte ihn zumindest am Einschlafen.

»Es gibt mehrere Theorien darüber, was dabei vor sich geht«, fuhr Singh fort. Er begann automatisch zu dozieren und sprach, als hielte er eine Vorlesung für Studenten. »Die Vermutung lag nahe, daß einfach die Instrumentierung falsch anzeigte – schließlich beschäftigen wir uns hier mit winzigsten Teilchen, die nur für eine winzige Zeitspanne existieren. Es wäre denkbar, daß der Energieabfall innerhalb der Meßgenauigkeit liegt. Tim Jernigan vermutete dagegen, daß es sich um das Ergebnis einer unbekannten Form von Flux-Relaxation handelt. Aber das wurde alles ausgeschlossen.« Singh hielt inne und lächelte unsicher. Er hatte bemerkt, daß er dozierte. »Haben Sie Geduld, meine Herren. Es dauert nicht lang.« Stimme und Wortwahl klangen wieder nach südlichem Kalifornien.

»Das ist schon in Ordnung«, beruhigte ihn Loren. »Lassen Sie sich nur Zeit.« Wenn er auch nichts verstand, vielleicht ergab sich etwas, womit er Jernigan festnageln konnte.

»Ich hatte eine Theorie, was da passierte. Der Versuch sollte meine Theorie testen.«

»Das ist alles?«

»Ich vermutete, daß die Energie vielleicht Energielöcher in der Penrose Oberfläche der keramischen Supraleiter füllte.«

Loren hatte keine Ahnung, was das bedeutete. Es gab eine lange Pause, während er überlegte, was er fragen könnte.

»Und ist das der Fall?« fragte er schließlich.

»Ich glaube nicht«, antwortete Singh. »Die Idee unseres Experiments war, die Beschleuniger lang genug und mit ausreichend hoher Energie arbeiten zu lassen, so daß die Energielöcher schließlich gefüllt wären und die Energieausfälle aufhörten. Entweder war meine Theorie falsch, oder die Zwischenräume können eine Unmenge von Teilchen aufnehmen.«

»Sie wurden also deshalb eingeladen, dem Experiment beizuwohnen, weil Ihre Theorie getestet wurde?«

»Ja. Einerseits deshalb, andererseits war ich auch Mitglied des Designerteams, das die Supraleiter gebaut hat, die hier bei den Beschleunigern im Einsatz sind.«

»Sie haben die entwickelt?« fragte Loren überrascht.

»Ich und ein paar hundert andere Leute, ja.«

Loren bemerkte, daß Singhs Ausdrucksweise weniger formell geworden war und die ›Sirs‹ verschwunden waren. Singh hatte vergessen, daß er mit Polizisten sprach, und das war gut – so würde er viel eher unbekümmert reden.

»Warum arbeiten Sie dann nicht für ATL?« wollte Loren wissen.

Singh lächelte wieder. »Die meiste Arbeit bei ATL ist geheim. Ich bekomme keine Unbedenklichkeitsbescheinigung.«

»Warum nicht? Sie sind doch längst Staatsbürger.«

»Ich bin ein Sikh!« erklärte Singh heiter. »Meine Großeltern wurden getötet, weil sie Sikhs waren. Das hatte zur Folge, daß ich nie aufgehört habe, mich für die Errichtung eines Sikh-Staates im Punjab zu engagieren. Meine politischen Aktivitäten stehen im Widerspruch mit der Politik der amerikanischen Regierung, und das FBI läßt mich seit Jahren nicht aus den Augen. Ich würde nie als unbedenklich gelten.«

Also doch, dachte Loren. Vielleicht *ist* er ein Terrorist.

Cipriano überdachte das Gesagte und kam noch vor Loren zu einem Schluß.

»Wollen Sie damit sagen, daß das Experiment nicht geheim war?« fragte er.

Singh schüttelte den Kopf. »Nein. ATL führt auch eine Menge Experimente durch, die nicht unter die nationalen Sicherheitsbestimmungen fallen.«

Cipriano und Loren sahen einander an, dann fixierten sie Singh. »Haben Sie eine Idee«, wollte Loren wissen, »warum ATL sich jetzt auf die nationale Sicherheit beruft?«

Singh zuckte die Achseln. »Tut mir leid, ich habe keine Ahnung. Vielleicht eine bürokratische Angelegenheit. Vielleicht will der Chef der Werkspolizei die Nachforschungen selbst führen.«

Auf den Punkt getroffen, dachte Loren. Singh kannte William Patience nicht, aber er kannte den Typ. Vielleicht gab es auch unter den Wissenschaftlern bürokratische Schlitzohren.

Loren hätte noch gern weitere Fragen gestellt, die in diese Richtung zielten, aber es fielen ihm keine ein. »Wie lang waren Sie bei ATL?«

»Wir waren bis in die frühen Morgenstunden des nächsten Tages im Kontrollraum oder in der Cafeteria. Drei oder vier Uhr, denke ich.«

»›Wir‹. Heißt das, Sie, Jernigan und Dielh?«

»Und ungefähr fünfzig andere, ja. Wenn ein größeres Experiment wie dieses abläuft, wollen *eine Menge* Leute dabei sein – sie schließen Photonen-Detektoren an und sind ganz versessen auf Daten. Bei manchen Arbeiten ist die Liste der Autoren länger als der tatsächliche Inhalt.«

»Was geschah dann?«

»Dr. Jernigan fuhr mich nach Hause.«

»Sie wollten sich mit ihm am nächsten Tag wieder treffen. Das wäre gestern gewesen, ja?«

»Ja. Wir wollten das Experiment wiederholen, aber Dielh sagte es ab. Er hielt es für zweckmäßiger, die Ergebnisse des ersten Experiments zusammenzufassen, bevor wir ein weiteres starteten.« Singh schwieg einen Augenblick lang. »Was für ein Dummkopf!« setzte er fröhlich hinzu.

Loren sah Cipriano an. Davon hatte Jernigan nichts gesagt. »Wann war das?« fragte er.

»Gestern früh. Gegen zehn Uhr. Er schlug vor, daß wir uns am Nachmittag treffen und die Ausdrucke des ersten Durchgangs studieren.«

Singh wirkte etwas enttäuscht. »Wie dachten Sie darüber?«

»Ich wollte das Experiment zumindest zweimal laufen lassen. Das verringert die Fehlerquote und verleiht den Schlußfolgerungen größeres Gewicht.«

»Haben Sie versucht, die Entscheidung zu beeinflussen?«

»Ja. Dr. Dielh versprach, das zweite Experiment später nachzuholen, aber ich hatte keine Lust, ein zweites

Mal von Socorro herzukommen, um etwas zu sehen, das ich dieses Wochenende ebenso hätte sehen können.«

»Was geschah dann?«

Singh wirkte verärgert. »Zwei Stunden später kam wieder ein Anruf. Es würde eine Weile dauern, bis alle Daten beisammen wären, hieß es, und ich könnte sie erst gegen Abend zu sehen bekommen.«

»Was dachten Sie?«

»Ich hatte es langsam satt, wie diese Leute herummurksten. Als ich vom Essen nach Hause ging, sah ich Dr. Jernigans Auto beschädigt vor dem Amtsgebäude stehen und erwartete eine weitere Verzögerung.«

Loren war überrascht. »Ich kann mich nicht erinnern, daß ich sie unter den Zuschauern gesehen hätte.«

Singh lächelte: »Ich trug einen Turban.«

»Ich sah jemanden mit einem Turban, aber das waren nicht Sie. Sind in der Stadt indische Touristen? Haben Sie den anderen gesehen?«

Singh lachte. »Das war sicher ich, Sir. Normalerweise flechte ich Haare und Bart zu Zöpfen und verstaue sie unter dem Turban.«

»Ach so!«

»Heute früh habe ich die Haare gewaschen.« Er fuhr sich mit beiden Händen durch den Bart. »Sie rochen bereits.«

Cipriano räusperte sich laut. Loren sah ihn an und wandte sich dann wieder Singh zu.

»Kehren wir wieder zum Thema zurück. Wann haben Sie Dr. Jernigan schließlich getroffen?«

»Um acht oder neun Uhr. Er brachte die Ergebnisse.«

»Und Dr. Dielh?«

»Ihn habe ich nach Abschluß der Versuche nicht mehr gesehen.«

»Tatsächlich?« Loren sah ihn überrascht an. »Gab er einen Grund an?«

»Er rief mich gestern nachmittag an, kurz bevor ich zum Essen ging, und erklärte, daß er in irgendeiner wichtigen Angelegenheit nach Washington müßte. Er nahm die ATL-Maschine nach Albuquerque.«

Es herrschte langes Schweigen. »Komisch«, meinte Loren schließlich.

Singh lächelte trübselig. »Ein wenig seltsam ja. Aber Dielh ist trotzdem Spitze.«

Der Ausdruck amüsierte Loren. Er hätte nie geglaubt, daß Wissenschaftler so voneinander redeten.

»Was hat Ihnen Dr. Jernigan erzählt?«

»Daß sein Auto gestohlen worden sei, und daß der Mann, der es gestohlen hätte, erschossen wurde – nicht von ihm – und daß er hoffte, ich würde seine Geschichte bestätigen.«

»Hat er Ihnen nicht gesagt, welche Geschichte Sie bestätigen sollen?«

Er lächelte verkniffen. »Nein. Ich habe Ihnen nur erzählt, was geschehen ist.«

»Welchen Eindruck haben Sie von Dr. Jernigan?«

Singh lächelte. »Auf seinem Gebiet ist er eine Koryphäe. Er zählt zu den Besten. Aber er lebt ausschließlich in der mikroatomaren Welt – ich beneide ihn um seinen hervorragenden Verstand, aber nicht um sein Leben außerhalb des Labors.«

»Schon einmal gehört, daß er gewalttätig wurde?«

Singh lachte laut. »Ich bezweifle, daß er weiß, wie man das sein kann.«

»Wissen Sie, ob er trinkt oder Drogen nimmt?«

»Ich habe nie gesehen, daß er etwas anderes als Limonade trinkt.«

»Kennen Sie seine Frau? Seine Familie?«

»Flüchtig.«

»Können Sie sich vorstellen, daß seine Frau ein Verhältnis hat?«

»Uff. Kann ich nicht sagen. Gehört habe ich nie etwas.«

»Nimmt sie Drogen? Trinkt sie übermäßig? Neigt sie zu Ausbrüchen?«

Singh schüttelte den Kopf. »Ich habe sie nur ein paarmal kurz gesehen, und mein Eindruck von Sondra Jernigan war, daß sie nur einen Wunsch hat: Hausfrau zu sein und Kinder groß zu ziehen. Dr. Jernigan war der sicherste Mann, den sie heiraten konnte. Er wird sie nie betrügen und ihr alle zwei Wochen einen fetten Gehaltsscheck nach Hause bringen.«

»Und Dr. Dielh?«

Singh räusperte sich. »Joe kenne ich etwas besser. Meiner Meinung nach ist er als Politiker besser denn als Wissenschaftler.«

Loren hakte nach. »Was meinen Sie mit Politiker?«

»Nicht Staatspolitik. Politik in Verwaltung und Wissenschaft. Er versteht es ausgezeichnet, Bürokraten die Wissenschaft zu erklären und um Subventionen anzusuchen; das kann er. Und wenn ihm jemand von Nutzen ist, dann ist er äußerst beflissen. Er macht Komplimente, ist aufmerksam und überschlägt sich förmlich vor Nettigkeit.« Er zuckte die Achseln. »Deshalb ist Tim hier. Dielh hat sich unheimlich angestrengt, um ihn zu bekommen. Deshalb bin vermutlich auch ich hier. Joe glaubt, daß es ihm nützt, wenn ich als Co-Autor in seinen wissenschaftlichen Arbeiten aufscheine.«

»Haben Sie je gehört, daß er gewalttätig wurde?«

»Eigentlich nicht.«

»Was meinen Sie mit *eigentlich nicht?*«

»Er hat nie jemanden geschlagen, nicht daß ich wüßte. Aber er kann schroff und starrsinnig sein, besonders wenn eines seiner Projekte auf dem Spiel steht.«

»Nimmt er Drogen oder trinkt er übermäßig?«

»Er trinkt in Gesellschaft ab und zu einen Martini. Ich habe ihn nie betrunken gesehen.«

»Hat er Familie?«

»Er ist geschieden. Keine Kinder. Ich glaube, seine Frau lebt in San Diego.«

»Hat er eine Freundin?«

»Würde mich nicht wundern. Aber ich weiß es nicht.«

»Haben Sie gestern abend William Patience getroffen?«

»Ich glaube ... nicht. Wie war der Name?«

»Der Chef der Werkspolizei von ATL. Er hat Dr. Jernigan gestern abend gefahren.«

»Ach so.« Singh schüttelte den Kopf. »Nein, er kam nicht mit herein. Als Dr. Jernigan ging, wollte er den Maglev-Zug nach Hause nehmen.«

»Um welche Zeit war das?«

»Etwa drei Uhr früh. Wir gingen die Ergebnisse ganz genau durch.«

»Ließ er die Unterlagen hier?«

»Sie liegen auf dem Tisch neben Ihnen.« Loren blickte überrascht auf einen Stoß breiter Computerausdrucke. Cipriano nahm rasch seine Kaffeetasse von den Papieren. Loren blätterte den Stoß durch; die Zahlen und Graphiken waren für ihn völlig unverständlich.

»Was bedeutet das alles?«

Singh schüttelte den Kopf. »Es bedeutet, daß ich noch eine Testreihe abwarten möchte, ehe ich veröffentliche.«

Loren und Cipriano tauschten fragende Blicke. Das war es also. Loren wandte sich noch einmal an Singh.

»Letzte Frage. Ihre Kollegen haben ziemlich viele Pläne geändert. Gar nicht zu reden von der Leiche in Dr. Jernigans Auto. Haben Sie eine Vorstellung, was geschehen ist?«

Singh hob die Schultern. »Die Ursache für die Verwirrung ist wahrscheinlich in einem anderen ATL-Projekt zu suchen«, vermutete er. »Das Beschleuniger-Experiment konnte nicht die Ursache gewesen sein – es ist zwar umfangreich, aber nichts Außergewöhnliches. Was die Leiche anbelangt, habe ich keine Ahnung.«

Loren griff nach dem Diskettenrecorder. »Loren Hawn, Ende der Aufzeichnung um« – er sah auf die Uhr – »elf Uhr siebzehn.« Er schaltete den Recorder aus und verabschiedete sich von Singh. »Ich danke Ihnen. Und vielen Dank für den Kaffee.«

»Gern geschehen.« Singh wollte gerade aufstehen, ließ sich aber dann wieder zurückfallen. »Wenn Sie nichts dagegen haben, hätte ich eine Frage.«

»Natürlich.«

»Jemand im Labor hat mir von einem UFO-Landeplatz außerhalb der Stadt erzählt. Wie komme ich dorthin?«

Loren erklärte es ihm.

»Dort soll eine Fliegende Untertasse gelandet sein?«

Loren und Cipriano lächelten einander zu. »Kommt darauf an, mit wem sie sprechen«, antwortete Cipriano.

»Sie wissen ja«, erklärte Loren, »1999 gab es die Millenniumsbewegungen.« Singh nickte. »Einer von diesen Leuten, sein Name war Westinghouse, hatte eine Vision, oder was es ...«

»Eine Untertasse landete und sprach zu ihm«, ergänzte Cipriano.

»Genau. Das Mutterschiff sollte am 1. Jänner 2000 hier in New Mexico landen, würde alle guten Menschen mitnehmen und sie lehren, wie sie mit dem Chaos zurechtkommen könnten, das unweigerlich folgen würde, sobald diese *andere* Gruppe von *bösen* Außerirdischen die Erde mit gefährlichen Strahlen bombardierte.«

»Zeta-Strahlen«, fügte Cipriano hinzu.

»Westinghouse – er änderte seinen Namen und nannte sich Millennium 2000 – erhielt den Befehl, einen Landeplatz für das Raumschiff zu bauen. Er pachtete Land von den Farmern ...«

»Luis Figueracion«, ergänzte Cipriano.

»Richtig, von Luis. Millenniums Gefolgsleute bauten ein Pentagramm aus Beton, damit die Untertasse den Landeplatz fand. Die Tickets für die Fahrt zum Mutterschiff verkauften sie um sechstausend Dollar das Stück.«

»Und Anzüge«, fuhr Cipriano dazwischen. »Vergiß nicht die Anzüge.«

»Stimmt. Er verkaufte auch Anzüge für die Fliegende

Untertasse – er nannte sie Himmelfahrtskleidung –, fünfhundert Dollar das Stück. Damit das Mutterschiff wußte, wen es zuerst abholen sollte. Es waren nichts anderes als lange weiße Talare, wie sie die jungen Leute zur Abiturfeier tragen.«

»Das ist faszinierend«, staunte Singh.

»Er mußte das Feld einzäunen, damit sich keine Schwarzfahrer eine Gratisfahrt mit der Untertasse erschwindelten. Cipriano und ich mußten mithelfen, die Menge in Schach zu halten, denn es waren viele Neugierige und Zaungäste gekommen, und etliche waren stockbetrunken ...«

»Bullen müssen am letzten Tag des Jahres ohnehin arbeiten, daran sind wir gewöhnt«, meinte Cipriano.

Singh beugte sich vor. »Was passierte? Das Mutterschiff kam wahrscheinlich nicht.«

Loren grinste. »Das war die große Nummer. Er ließ seine Gefolgsleute singen, ich glaube, sie nennen es Mantras oder so ähnlich. Als sie lang genug gesungen hatten, unterbrach er sie und verkündeten allen, daß das Mutterschiff bereits dagewesen *sei* und alle *mitgenommen* hätte.«

Singh war verwirrt. »Aber wie ...?«

»Er erklärte, daß Menschen, die mit einer Fliegenden Untertasse geflogen sind, danach meistens unter Gedächtnisschwund leiden. Das geht aus der Literatur über die Untertassen deutlich hervor. Irgendwann würden sich alle an die Reise erinnern. Er versprach, daß das Mutterschiff im nächsten Jahr zurückkommen würde. Sie sollten es ihren Freunden erzählen.«

»Dann hat er sich schnell mit dem Geld davongemacht.« Cipriano zeigte grinsend seine langen, gelben Zähne.

»Das beste war«, fuhr Loren fort, »daß er im Jahr darauf zur gleichen Zeit wiederkam, mit den gleichen Leuten in den weißen Gewändern. Diesmal waren es nur ein paar hundert. Diejenigen, die behaupteten, daß sie sich tatsächlich an die Reise in der Untertasse erinnerten.«

»Aber im dritten Jahr kam er nicht wieder«, ergänzte Cipriano. »Vermutlich gab es beim Gericht eine Menge Klagen.«

»Phantastisch«, staunte Singh.

Loren sah ihn an. »Warum interessieren Sie sich dafür?«

Er hob langsam die Schultern. »Ich komme aus Indien, und in Indien spielen die Religionen bekanntlich eine große Rolle. Aber ich habe noch nie so viele Religionen gesehen, wie hier in den Staaten, und so viele verschiedene Gläubige. Im südlichen Kalifornien, in New Mexico – ist es im ganzen Land so?«

Loren und Cipriano sahen einander an. »Das wissen wir nicht«, antwortete Loren.

»Die *neuen* Religionen behaupten alle, auf wissenschaftlicher Basis zu beruhen. Sie wissen aber nicht einmal, was Wissenschaft ist, und würden sie nicht erkennen, wenn sie darüber stolperten. Aber die Wissenschaft wurde zur Religion, zumindest für die Massen – sie kennen nicht den Unterschied zwischen Wissenschaft und Magie. Für sie sind UFO und Space-Shuttle das gleiche.« Er zuckte wieder die Achseln. »Es interessiert mich einfach. Wenn ich die Stadt verlasse, schaue ich es mir wahrscheinlich an.«

Loren erhob sich. »Vielen Dank.«

»Ich hoffe, ich konnte Ihnen helfen.«

Loren und Cipriano blinzelten in den hellen Sonnenschein, als sie das Motel verließen. »Er hat zumindest mit uns geredet«, meinte Loren.

Cipriano entgegnete angewidert: »Nur weil er nicht den geringsten Pieps wußte, Jefe.«

»Da hast du recht.«

»Dielh ist nach Washington geflogen. Ich weiß nicht, ob das ein Zufall war.«

Loren schüttelte den Kopf. »Vielleicht wollte er Bericht erstatten, daß Jernigan in eine Geschichte verwickelt wurde, die mit einer Leiche endete. Ich glaube immer noch, daß alles in Jernigans Familie anfing – mit seiner Frau, mit den Kindern oder irgend jemandem.«

»Vielleicht. Aber Patience weiß etwas, das er uns nicht erzählt.«

»Der Ansicht bin ich auch.«

»Wie geht es jetzt weiter?«

Der Neon-Indianer schwang seinen Tomahawk hin und her. Schwert und Arm Gottes, dachte Loren. Er ging zum Auto und setzte sich auf den Beifahrersitz.

»Bringen wir Jernigan das Auto zurück«, schlug er vor.

Jernigan stand auf der Auffahrt zu seinem Haus und starrte auf den BMW. Er trug Blue Jeans, Sandalen und ein T-Shirt mit einem MIT-Logo. Er sah nicht sehr glücklich drein und wünschte entweder sich oder das Auto an einen anderen Ort. Der Boden im Auto und der Fahrersitz waren immer noch voll von getrocknetem Blut, und das zerborstene Rückfenster war während der Fahrt nach Vista Linda auf den Rücksitz gefallen. Die Einschüsse und Kratzer an der Seite des Autos waren bei Tag noch deutlicher zu sehen als am Vorabend.

»Ich dachte, Sie würden es saubermachen«, brachte Jernigan heraus. Er blinzelte ununterbrochen hinter der dicken Brille.

»Das ist nicht unsere Arbeit«, entgegnete Loren. »Vielleicht ist es durch die Versicherung gedeckt.«

Das zerbeulte Auto paßte überhaupt nicht in das gepflegte Ambiente von Vista Linda. Makellos grüner Rasen, dessen Pflege in New Mexico schwierig und teuer war, dehnte sich wie ein samtener Teppich vor den Einfamilienhäusern im Ranch-Stil. Das Wasser für die Bewässerung wurde um teures Geld aus der Tiefe gepumpt. Die Rasensprenger zischten leise, und im Sonnenlicht bildeten sich kleine Regenbogen. Rasenmäher summten im Hintergrund leise die typische Vorstadtmelodie.

Das war nicht der Südwesten, eher ein Stück Pennsylvania, das herausgeschnitten und von einer der Untertassen von Millennium 2000 hierher in die Hochwüste transportiert worden war.

Jernigans Rasen bestand zur Hälfte aus grünem Gras, zur Hälfte aus gebrochenem Lavagestein, das die gleiche Farbe hatte wie das Blut auf dem Autositz. Weiße Ziegeln trennten den Rasen von den Steinen. In der Mitte der Lavasteine stand, wie in einem japanischen Garten, eine verkrüppelte Pinie.

Quer durch die Lavasteine führten kleine Fußabdrücke; Kinder hatten, statt auf dem Gehsteig zu gehen, die Abkürzung genommen. Die Auffahrt war mit kleinen Steinen übersät. Bis jetzt hatte Loren die Kinder noch nicht gesehen.

»Können wir mit Ihnen sprechen, Mr. Jernigan?« fragte Loren. »Ein paar Dinge müssen noch geklärt werden.«

»Ja, sicher.« Jernigan kaute an der Unterlippe und starrte auf sein Auto.

»Wollen wir hineingehen?«

»Oh!« Er kratzte sich den Bart. »Ja, klar.«

Loren und Cipriano folgten Jernigan ins Haus. Ein Knabe von etwa zwölf Jahren, mit schmutzigweißen Turnschuhen sprang von einem Hocker im Wohnzimmer auf. Er trug einen Videohelm auf dem Kopf und an den Händen Sensorhandschuhe. Beides war mit Drähten an den Tischcomputer vor ihm angeschlossen. Die Handschuhe bewegten sich durch die Luft und manipulierten Objekte in der künstlichen Welt des Spiels, das er gerade spielte. Sein Kopf bewegte sich seltsam synkopisch auf und ab, wie es Blinde manchmal machen. »Das ist Werner«, stellte Jernigan vor.

Loren sah den Knaben an, lächelte und nickte. »Hi«, grüßte er.

Ohne seine unrhythmischen Kopfbewegungen zu unterbrechen, erwiderte Werner den Gruß. »Hi«, sagte er ebenfalls.

»Mein anderer Sohn heißt Max.«

Loren sah sich um. Max schien nicht hier zu sein.

»Ich habe eine Tochter, ungefähr so alt wie Werner«, erzählte Loren. Weder Jernigan noch Werner reagierten darauf.

Loren wurde ungeduldig. Jernigans zusammenhanglose Art der Unterhaltung trieb ihn noch in den Wahnsinn.

Loren tauschte mit Cipriano einen Blick und deutete auf Werner. Cipriano nickte, stellte sich neben Werner und gab vor, sich für die Anlage zu interessieren.

Loren folgte Jernigan durch die Diele in ein geräumiges Arbeitszimmer. An den Wänden standen Regale mit Büchern und Zeitschriften. *Die Wissenschaft,* las Loren, *Natur, Wissenschaftliche Nachrichten, Die Physikalische Rundschau.* Auf einem viktorianischen Walnuß-Schreibtisch stand ein schwarzer Computer mit verschnörkelter goldener Verzierung. Über dem Computer hing ein gerahmtes Schwarzweißfoto von Albert Einstein auf einem Fahrrad. Eine große weiße Tafel auf zierlichen Kunststoffüßen war voll beschrieben mit roten und blauen Zeichen. Zumindest die Hälfte stammte aus einem anderen Alphabet. Griechisch? Oder Russisch? Loren wußte es nicht. In einem mehrmals unterstrichenen, roten Kreis stand ein blaues Dreieck und der Großbuchstabe E – okay, dachte Loren, Delta E. Danach stand ein anderes blaues Delta mit einem tiefgestellten t, und dann ein Zeichen, das Loren noch aus der High School kannte, und das kleiner als oder gleich bedeutete, dann wieder ein Zeichen, das wie ein tiefgestelltes h mit Schrägstrich aussah. Delta E mal Delta t ist weniger oder gleich h mit Schrägstrich.

Jernigan setzte sich in einen schwarzen Drehsessel aus Leder. Loren schloß die Tür hinter sich, schob die Pistole nach hinten und schaltete den Diskettenrecorder ein. Er ging die üblichen Eingangsphrasen durch, dann sah er Jernigan an.

»Ich habe mit Dr. Singh gesprochen. Er hat Ihre Geschichte bestätigt, aber er fügte einiges hinzu, das Sie nicht erwähnten.«

Jernigan schwieg.

»Für gestern war ursprünglich ein zweiter Durchgang geplant gewesen, der dann abgesagt wurde. Weshalb?«

Jernigan schwieg weiter. Loren wollte die Frage gerade lautstark wiederholen, als der Mann schließlich antwortete.

»Joe – Dr. Dielh – hat das entschieden.«

»Warum?«

»Er – mußte – verreisen.«

»Was hat das damit zu tun?«

»Er...« Jernigan zögerte und begann noch einmal. »Dr. Dielh mußte in einer dringenden geheimen Angelegenheit nach Washington fahren und sagte daher den Durchgang ab.«

»Wann war das?«

»Gestern.«

»*Wann* gestern?« Es tat ihm wohl, lauter zu sprechen. Er lehnte sich vor und beugte sich über Jernigan. Die Arme auf die Hüften gestützt starrte er in die dicken Brillengläser.

»Vormittag?« Jernigan sah fragend zu ihm auf. »Zehn Uhr?«

»Fragen Sie mich oder sagen Sie es mir?«

Jernigan lehnte sich zurück, und sein Gesicht wurde verschlossen. »Ich erinnere mich nicht.«

»Warum haben Sie mir nichts davon erzählt?«

»Es war einfacher.«

»Warum mußte er nach Washington?«

Fragen stellen, dachte Loren. Schnell. Patience kann ihn nicht beschützen; jetzt kriege ich ihn.

»Ich weiß es nicht«, antwortete Jernigan.

»Hatte es etwas mit dem Experiment zu tun?«

»Eine geheime Angelegenheit.«

»Warum wurde der Durchgang abgesagt?« Wiederholen. So lang wiederholen, bis sich die Antworten änderten.

»Ich habe es Ihnen gesagt.«

»Was ist beim ersten Durchgang passiert?«

Schweigen.

Loren stieg das Blut zu Kopf. Jetzt konnte Patience den Mann nicht beschützen, und Loren wollte ihn richtig aufmachen.

»Was ist geschehen?«

»Nichts«, murmelte er.

Loren schlug mit seiner großen Faust auf Jernigans Stuhl. *»Was ist mit dem Delta E geschehen?«*

Keine Antwort. Loren blickte auf die Tafel und das eingekreiste, unterstrichene Symbol.

»Was ist mit Delta t geschehen?« wollte er wissen.

Jernigan zuckte zusammen. Loren triumphierte; Jernigan war entsetzt. Er zeigte nicht Angst, sondern nacktes Entsetzen, klar wie Quellwasser, elementar und realistisch, wie eine Rasierklinge, die über einen Nerv gezogen wird. Plötzlich ging die Tür auf und eine große, plumpe Frau trat ein. Sie sah genau so wild und entschlossen aus, wie der Neon-Indianer im Geronimo. Cipriano stand mit verschlossenem Gesichtsausdruck hinter ihr.

»Was machen Sie mit meinem Mann?« rief sie schrill.

»Ich versuche herauszufinden, warum jemand gestorben ist«, antwortete Loren.

»Verschwinden Sie!«

»Sie müssen Mrs. Jernigan sein. Mein Name ist Loren Hawn, ich bin Polizeichef von …«

»Verschwinden Sie, Sie Bastard!« Und zu ihrem Mann

gewandt: »Was hast du dir dabei gedacht! Der andere hat Werner befragt!«

Jernigan wurde unruhig. Er schien etwas sagen zu wollen.

»Wollen wir uns wieder beruhigen?« schlug Loren vor.

»Hinaus! Sonst rufe ich die Polizei.«

Loren ließ ihr einen Augenblick Zeit, darüber nachzudenken, was sie soeben gesagt hatte. »Gestern wurde ein Mann ermordet«, wiederholte er.

»Darüber wissen wir nichts.«

»Vielleicht können Sie die Leiche identifizieren.«

»Ich kenne ihn nicht. Verschwinden Sie!«

Versuche, einen Fuß in die Tür zu stellen, dachte Loren. »Wieso wissen Sie, daß Sie ihn nicht kennen?« wollte er wissen.

Das bremste sie für einen Augenblick. Loren versuchte, die Tür etwas weiter aufzudrücken.

»Sie haben doch die Leiche nicht gesehen. Wie können Sie also wissen, daß Sie ihn nicht kennen?«

Zu ihrem Mann gewandt verlangte sie: »Wirst du ihnen endlich sagen, daß sie gehen sollen!«

Jernigan stand auf. »Zeit, zu gehen«, stellte er fest.

»Gut. Gut, ich gehe.« Loren gewann noch ein paar Sekunden, während Sondra Jernigan und Cipriano versuchten, sich im Korridor aneinander vorbeizudrücken. »Aber merken Sie sich eines: Ich werde diesen Fall so lang nicht ruhen lassen, bis ich den Mörder habe, verstanden?« Loren beobachtete die beiden in der Diele und redete weiter: »Ich glaube ja nicht, daß Ihr Mann jemanden erschossen hat ...«

Die zwei in der Tür beendeten ihre Promenade, und Loren folgte ihnen durch den Korridor. Sie gingen an dem geistig abwesenden Jungen am Computerspiel im Wohnzimmer vorüber.

»Aber es gibt ein Delikt, das heißt Begünstigung«, fuhr Loren fort, »und ich glaube, daß Mr. Jernigan mehr weiß, als er uns glauben macht. Wenn ich den Mörder ohne seine Hilfe finde, dann werde ich mich dafür einsetzen, daß Ihr Mann vor Gericht gestellt wird, und das bedeutet Gefängnisstrafe. Bedenken Sie, Mr. Jernigan …« Loren stand jetzt bei der Eingangstür und wandte sich rasch zu dem Physiker um. »Sie sind nicht der Typ, der es im Kittchen lange macht. Da gibt es wilde Typen, die Ihren Schließmuskel um zwanzig Zentimeter vergrößern, nur um zu sehen, was für ein Gesicht Sie dabei machen.«

Jernigan starrte ihn mit einem Gemisch aus Abscheu und Entsetzen an. »Verschwinden Sie«, sagte er.

»Mrs. Jernigan«, wandte sich Loren nochmals an die Frau, »ich empfehle Ihnen dringend, für Sie beide einen Anwalt zu suchen. Erzählen Sie ihm genau, was an dem Abend, da der Mann gestorben ist, geschah, und tun Sie, was der Anwalt Ihnen rät.«

Mit blutleeren Lippen zischte sie: »Verlassen Sie mein Haus, Sie grober Scheißkerl!«

»Ich gebe Ihnen nur den besten Rat, den es gibt.«

»Hinaus!«

»Hinaus!«

»Der Mann hat gesprochen, müssen Sie wissen.«

Er rief meinen Namen.

Loren trat in den hellen Sonnenschein hinaus; das Blut rauschte in seinen Ohren.

Vielleicht hatte Mrs. Jernigan gelauscht. Wenn sie einigermaßen vernünftig war, würde sie seinem Rat folgen.

Zwei Kinder, ein dunkelhaariges und ein blondes, standen vor der offenen Tür auf der Fahrerseite des BMW und untersuchten das Innere. Beide waren ungefähr zehn Jahre alt.

»Max!« rief Mrs. Jernigan. »Komm her!«

»Ich schau mir nur den …«

»Max!«

Max riß die dunklen Augen auf. Er rannte ins Haus.

Sein hellblonder Freund wußte nicht, ob er ihm folgen sollte.

Loren schloß die Tür des BMW. »Laß ihn, seine Mutter muß mit ihm reden.«

»Okay.«

»Hast du schon einmal ein Auto mit Einschußlöchern gesehen?«

Der Junge streckte die Hand aus und berührte die Schramme eines Geschosses. Er trug ein Cybercops-T-Shirt. »Richtig cool«, meinte er bewundernd.

Loren lächelte ihm zu. »Möchtest du unser Polizeiauto sehen?«

Der blonde Junge grinste. »Klar.«

Loren und Cipriano folgten dem Cybercops-Leibchen über die Auffahrt. »Wie heißt du?« wollte Loren wissen.

»Richard.«

»Wohnst du hier in der Gegend?«

»Ein Stück weiter die Straße hinunter.« Er machte eine unbestimmte Armbewegung.

Loren öffnete die Tür auf der Fahrerseite. »Also los, steig ein.«

Richard glitt auf den schwarzen Kunstledersitz und reckte den Hals über das Lenkrad. »Cool«, sagte er.

»Bist du mit Max gut befreundet?« fragte Loren.

Der Kleine zuckte die Achseln. »Eher schon.« Er entdeckte die Waffe zwischen den beiden Vordersitzen. »Kann ich mir das Gewehr ansehen?« bat er.

»Das ist eine Schrotflinte. Warte einen Augenblick.« Loren griff über den Jungen hinweg nach der Flinte und holte sie aus der Halterung. Er stützte die Flinte auf einer Hüfte ab und entleerte das Magazin in die Hand. Richards Augen leuchteten bei dem harten, nüchternen Geräusch. Loren reichte ihm die Flinte mit dem Kolben voran und steckte die Kugeln in die Jackentasche.

»Wirklich cool«, bewunderte Richard.

»Verträgst du dich mit der Mutter und dem Vater von Max?« fragte Loren.

»Ach ja. Meine Mutter und seine Mutter gehen zusammen in die Kirche, weil sich unsere Väter nicht dafür interessieren. Sie singen beide im Chor.« Richard hob die Flinte an die Schulter und zielte auf den Briefkasten auf der anderen Straßenseite. Das Gewehr war schwer, und der Lauf schwankte.

»Peng«, sagte Richard. Er versuchte den Lademechanismus zu betätigen, aber sein Arm war zu kurz. Er ließ die Waffe in den Schoß sinken und ließ das Schloß vor- und zurückschnalzen. Das Geräusch gefiel ihm, und er machte es noch einmal. Dann wollte er von Loren wissen: »Haben Sie damit schon einmal jemanden erschossen?«

»Ich habe noch nie jemanden erschossen.«

»Ohh.«

»Es ist immer eine schlimme Sache, wenn man jemanden erschießt«, erklärte Loren. »In Mr. Jernigans Auto wurde jemand erschossen, und du kannst froh sein, daß du es nicht gesehen hast.«

Richard sah finster auf die Flinte in seinem Schoß. Die Cybercops zögerten nie, wenn es darum ging, Leute zu erschießen. Loren versuchte, sein Interesse neu zu wecken.

»Komm, ich zeig dir das Funkgerät«, schlug er vor. »Cipriano, meldest du dich einmal über Funk?«

Cipriano stieg auf der Beifahrerseite ein und demonstrierte das Funkgerät. Richards Interesse erwachte aufs neue.

»Die Cybercops haben so etwas in ihren Mastoiden implantiert«, sagte er.

Loren wußte nicht, was ein Mastoid war und vermutete, daß es Richard ebenso wenig wußte. Loren nahm John Does Foto aus der Tasche.

»Das ist der Mann, der getötet wurde. Hast du ihn schon einmal gesehen?«

Richard betrachtete das tote Gesicht. »Ich glaube nicht. Der Mann ist richtig tot, nicht wahr?«

»Das Foto wurde aufgenommen, nachdem er starb.«

Richard studierte das Foto nochmals eingehend. »Das ist der Kerl, der das Auto gestohlen hat, richtig?«

»Vielleicht. Wir wissen es nicht. Du hast ihn nie hier in der Gegend gesehen?«

»Ich glaube nicht.«

»Wir haben Helme und kugelsichere Westen im Kofferraum. Möchtest du sie sehen?«

Richard strahlte vor Begeisterung. »Ja, klar!«

Loren führte den Jungen um das Auto herum und öffnete den Kofferraum. »Bist du gestern abend hier gewesen, als das Auto gestohlen wurde?«

»Nein. Max, Werner und ihre Mutter gingen ins Kino.«

Loren nahm eine Weste heraus und hängte sie dem Jungen um. Sein blonder Kopf grinste ihm aus der schweren, schwarzen Armierung entgegen.

»Hast du irgend etwas Ungewöhnliches beobachtet? Irgend etwas?«

Richard zuckte die Achseln. »Nichts. Ich sah nur Tim von der Arbeit nach Hause kommen.«

»Tim? Timothy Jernigan?«

Richard war damit beschäftigt, die Weste zuzuschnallen. »Ja. Er und Sondra wollen, daß alle sie beim Vornamen rufen.«

Solche sind das also, dachte Loren, ohne genau zu wissen, was er damit meinte.

»Du hast gesehen, wie er von der Arbeit nach Hause fuhr?«

»Jemand hat ihn abgesetzt.«

Loren sah den Jungen lange an. Er wälzte diese gewichtige Aussage im Kopf hin und her, wie ein Schwungrad. Rasensprenger und Mähmaschinen summten im Hintergrund.

»Wer hat ihn abgesetzt?« wollte Loren wissen.

»Einer von den Jeeps, mit denen die Leute von der Werkspolizei herumfahren.«

Loren sah triumphierend in Ciprianos ausdruckslose Augen. Die erste Lüge, dachte er. Die Geschichte begann zu zerbröckeln.

Cipriano schien über diese Entwicklung nicht glücklich zu sein.

»Bist du ganz sicher?« bohrte Loren weiter.

»Na klar. Den alten Tim, den kennt man. Nicht nur an seiner Größe, sondern auch wie er sich bewegt«, erklärte ihnen der Junge herablassend. »Kann ich den Helm aufsetzen?«

»Natürlich.« Der blaue Helm rutschte dem Jungen über die Augen. Er schob ihn zurück und lugte darunter hervor. »Wenn ich nur meine Sonnenbrille hier hätte«, bedauerte er. »Ich habe eine Spiegelbrille, wie die Cybercops.«

»Hast du gesehen, wer im Jeep saß?« fragte Loren weiter.

Richard schüttelte den Kopf verneinend hin und her. Der schwere Helm auf seinem Kopf bewegte sich kaum.

Loren stellte noch ein paar Fragen, aber er kam nicht weiter. Er verstaute die Ausrüstung im Auto, und Richard lief davon, um seinen Freunden von den Polizeisachen zu erzählen, mit denen er hatte spielen dürfen.

»Das gefällt mir nicht, Jefe«, meinte Cipriano.

»Es wird schwer sein, sich auf einen Zehnjährigen als Zeugen zu berufen!« Loren triumphierte und genoß das Gefühl, das wie Champagner durch seine Adern prickelte.

»Das meine ich nicht.«

»Jemand muß die Aussage bestätigen.« Loren suchte die Straße in beiden Richtungen ab. »Wir werden jeden in der Nachbarschaft befragen. Jeden einzelnen.«

»Und wenn wir Glück haben, schnappen wir William Patience samt seinem Stab von der Werkspolizei wegen Beihilfe, was? Du lieber Himmel, Jefe!«

»Wen wir erwischen, den erwischen wir.«

»Und was glauben Sie, wer uns beobachtet?« Cipriano blickte ausdruckslos die Straße hinunter. Ein schokoladebrauner Jeep bog soeben um die Ecke und blieb am Bordstein stehen.

»Wen interessiert das?!« meinte Loren und schlug den Kofferraumdeckel zu. »Komm, wir suchen unsere Zeugen.«

»Es gefällt mir nicht.«

»24/24«, zitierte Loren. »Fangen wir an!«

Er schob die Pistole nach vorn, peilte das Haus auf der anderen Straßenseite an und ging los.

Großartig, wie sich die Dinge entwickelten!

9. KAPITEL

»Bezahle!«

»Die Würfel haben etwas gegen mich.«

»Bezahle!«

Jetzt ließ sich Skywalker mit sanfter Stimme vernehmen: »Willkommen im Club der Bankrotteure.«

Kelly benutzte ein zweideutiges Englisch-spanisches Mischwort und rückte dreihundert Dollar Monopoly-Geld heraus. Buddy Mandrell, ein Verehrer ihrer älteren Schwester, legte es grinsend auf seinen Stoß.

»Sprich ordentlich«, mahnte Jerry und würfelte. »Dein Vater ist hier.«

Kelly drehte sich halb um. »Er hört nicht zu«, stellte sie fest.

Loren saß in einem bequemen Lehnstuhl in der anderen Zimmerecke, sah fern und kritzelte abwesend auf einem Block herum. »Ich höre dich sehr gut«, mischte er sich ein, »und hoffe nur, es war ein spanischer Witz und nicht englische Sch ...«

Kelly blinzelte. »Sí, patrón, uno chiste!« antwortete sie.

»Würfle, Ivor!« Ihre Schwester wollte weiterspielen.

»Augenblick.« Ivor Thomas stand vom Spieltisch im Wohnzimmer auf, ging zur Vordertür hinaus und schloß hinter sich die Tür.

Ivor und Buddy waren zwei Kandidaten für die Nachfolge von Katrinas früherem Freund, den Katrina vor einer Woche verlassen hatte. Katrina wechselte ihre Freunde öfter als die Farbe ihres Lippenstiftes. Zu Lorens Beruhigung verfiel sie mit ihrem burschikosen Geschmack immer auf nette, sportliche Typen, die alle versprachen, einmal ›gute alte Jungen‹ zu werden… Loren wußte, wie man diese Typen behandeln mußte.

Das einzige Problem mit den angehenden ›guten alten Jungen‹ war, daß sie früher oder später mit Tabakschnupfen begannen. Den hellen Kreisen nach zu schließen, die sich auf Ivors und Buddys hinteren Hosentaschen durchdrückten, hatten beide dieses Stadium erreicht.

Ivor kam wieder herein und tupfte mit einem bedruckten Taschentuch die Mundecken ab. Loren sah ihn an.

»Soll ich dir etwas zum Hineinspucken bringen?« fragte er.

Ivor blieb überrascht stehen. »Ähh … nein, Sir.«

Es gefiel Loren immer mächtig, wenn ihn die Jungen ›Sir‹ nannten. »Wie steht es mit dir, Buddy?«

»Nein, Sir.«

»Entschuldigt die Störung. Spielt nur weiter.«

Man mußte den guten, alten Jungen von Anfang an klarmachen, daß sie nichts verbergen konnten. Das mußte man ihnen immer wieder beweisen, für den Fall, daß sie es nicht gleich begriffen. Denn auch die klugen unter ihnen – davon gab es mehr, als man auf den ersten Blick meinen könnte – stellten sich gern dumm, weil es die Rolle so vorschrieb.

Das Telefon läutete und Kelly hob rasch ab. Sie hatte an diesem Abend eine Menge Make-up aufgelegt, scharlachroten Lippenstift, violetten Lidschatten, Nagellack in einem anderen, aber ebenfalls violetten Ton. Auf ihrem T-Shirt stand ÜBERFLUSS BRINGT ERFOLG.

Sie machte sich für die Freunde ihrer Schwester zurecht. Katrina hatte die Gewohnheit, mehrere Freunde gleichzeitig auszuprobieren. Mit der Zeit gewöhnten sich alle daran, ständig im und um das Haus zu sein. Wenn Katrina sich schließlich für einen von ihnen entschieden hatte, verlegten sich die anderen darauf, Kelly den Hof zu machen, und Kelly bestärkte sie darin. Verabredungen mit einem einzelnen Jungen hatten die Eltern verboten, aber gegen Verabredungen mit mehreren gab es keine Einwände – das war zum Dauerzustand geworden.

»Hi«, grüßte Kelly am Telefon. »Dienstag? Ich frage.« Sie kam ins Wohnzimmer und stellte sich unbeholfen wie ein Fohlen, mit verrenktem Oberkörper und gekreuzten Füßen, vor ihrem Vater auf. Aus ihrer Haltung sprach deutlich, wie unsicher sie war. »Daddy«, begann sie. »Es ist Mrs. Trujillo. Sie möchte, daß ich Dienstag auf das Baby aufpasse.«

Loren sah sie an. »Nein.«

Kelly wurde noch linkischer und schiefer. »Was soll ich ihr sagen?«

»Sag ihr, du habest vergessen, daß du bereits einen Job angenommen hast.« Loren griff in die Tasche und zog die Klammer mit dem Papiergeld heraus. Er nahm zehn Dollar und gab sie Kelly. »Sag ihr, daß du das Geld bereits im voraus bekommen hast.«

»Okay!« Kelly strahlte. Ihre Unbeholfenheit war verschwunden, sie lächelte breit und entblößte dabei die Zahnspange, drehte sich um und tanzte zurück zum Telefon.

»Ich fasse es nicht«, staunte Katrina. »Zehn Dollar! Wirst du sie tatsächlich …«

Lorens Gesicht war finster und abweisend. »Über diese Sache gibt es nichts zu diskutieren.«

Das Monopoly-Spiel ging weiter, nur etwas gedämpfter. Aus dem Fernsehgerät tönte Publikumsgelächter aus einer australischen Show. Loren widmete sich wieder seinem Notizblock.

JOHN DOE stand in großen Buchstaben in der Mitte. Darunter, wesentlich kleiner, die Anfangsbuchstaben R. D.

Loren hatte die kleinen Druckbuchstaben verwendet, damit sie weniger ins Auge sprangen. Er wollte nicht einmal daran denken, wofür sie möglicherweise standen.

Wenn er seine Polizeiarbeit erfolgreich erledigte, konnte er den Gedanken beiseite lassen. Wenn er den Mörder fand und entsprechende Beweise gegen ihn vorbringen konnte, wäre es unwichtig, wer das Opfer war.

Oben auf der Seite stand in mittelgroßen Buchstaben ATL. Striche verbanden die Namen Dielh, Patience und Jernigan einerseits mit ATL und andererseits mit John Doe.

Delta E hatte er eingekreist, ebenso Delta t.

Loren hätte gern mit Debra darüber gesprochen. Manchmal sah man plötzlich viel klarer, sobald man über die Dinge gesprochen hatte. Aber Debra war nicht zu Hause; sie tat einer Freundin einen Gefallen und half bei den Kostümen für eine Aufführung des *Gondoliere* in der Presbyterianerkirche.

Loren studierte seine Linien und fand nichts Neues. Er legte den Block beiseite und starrte auf den Fernsehschirm. Jemand hatte gerade einen Witz gemacht und das Pseudopublikum fand ihn schrecklich lustig. Loren verstand nicht, warum.

Er hatte das Gefühl, daß seine Haut sanfte Wärme ausstrahlte. Er berührte die Stirn mit den Fingerspitzen; sie fühlte sich warm an. Er hatte sich am Nachmittag einen leichten Sonnenbrand zugezogen, als er in Vista Linda von Tür zu Tür gegangen war.

Das Ergebnis war gleich Null. Niemand hatte Jernigan nach Hause kommen gesehen, niemand hatte John Doe sehen, und keine Jury würde der Aussage eines Zehnjährigen glauben, der eine beiläufige Beobachtung gemacht haben wollte.

Vielleicht würde sich bei der Autopsie etwas Neues ergeben, aber er bezweifelte es.

Er mußte die Leute weiterhin unter Druck setzen. Früher oder später würde jemand reden – höchstwahrscheinlich Timothy Jernigan. Die meisten Fälle lösten sich schließlich, weil jemand einen Kameraden verriet.

Und gut war es.

Loren legte den Block beiseite und holte sich aus der Küche ein Traubensoda. Er schloß die Kühlschranktür, auf der das Plakat mit der Aufforderung BEHÜTE DIE ERDE! klebte. Da bemerkte er, daß ihm Skywalker in die Küche gefolgt war.

»Möchtest du etwas?« fragte er.

Skywalker schüttelte den Kopf mit den langen, glatten Haaren. Sie trug ein T-Shirt mit dem Cartoon eines Buckelwals im Kampfanzug und mit Helm, der ein Gewehr umklammerte. BESCHÜTZE DIE ERDE! stand darunter.

»Nein«, antwortete Skywalker. »Ich habe nur eben bankrott gemacht.«

»Das tut mir leid.«

»Mir nicht.« Sie preßte trotzig die Lippen aufeinander. »Ich will gar kein erfolgreicher Imobilienmakler sein.«

»Das ist gescheit.« Loren lächelte.

»Ich würde lieber Spiele spielen, die ideologisch wertvoll sind. Gleichgewicht in der Natur zum Beispiel, Öko-Saboteur oder etwas Ähnliches.« Sie zuckte die Achseln. »Ich wurde überstimmt.«

Ideologisch wertvoll, dachte Loren. Du lieber Himmel. Er trank seine Limonade. »Sind deine Eltern der gleichen Meinung wie du? Wohnen sie deshalb in der Stadt und nicht in Vista Linda?«

Sie nickte. »Ja. Beide sind aktive Mitglieder in der Öko-Allianz.«

»Gut.« In mancher Hinsicht standen sie offenbar auf der richtigen Seite, auch wenn sie verrückt genug waren, ihr Kind Skywalker zu nennen.

»Wir müssen hier abgefülltes Flaschenwasser trinken, weil durch die Mine der Wasserspiegel stark gefallen ist. Nach den drei Dürrejahren sank er noch weiter. Die Industrie glaubt immer noch nicht an den Treibhauseffekt.

Man sollte doch meinen, daß die Menschen diese Dinge *registrieren.*«

»Sollte man meinen.«

»Die Holzindustrie macht es sich leicht: Sie macht Öko-Saboteure für die Waldbrände verantwortlich, die eindeutig durch Blitzschlag verursacht wurden. Die Demonstranten würden doch nicht noch mehr Kohlendioxid in die Luft jagen! Selbst in den Lügen der Industrie liegt ein Widerspruch.«

Loren nickte. »So habe ich es noch nie gesehen.«

Skywalker sah finster vor sich hin. »Das ärgert mich wirklich.«

Immer wenn sich Loren mit Skywalker unterhielt, hatte er das Gefühl, mit einem Erwachsenen und nicht mit einer Fünfzehnjährigen zu sprechen. Seine eigenen Kinder kamen ihm viel jünger vor.

Und viel sorgloser.

Ihre Eltern arbeiteten bei ATL, und Skywalker war klug und aufgeschlossen.

»Du hast vermutlich über unseren Mord gehört«, wechselte Loren das Thema.

Skywalker lächelte. »Ich habe geglaubt, Sie wollen zu Hause nicht über Polizeiangelegenheiten reden.«

Loren hob die Schultern. »Ich dachte, du oder deine Eltern könnten etwas über die Leute wissen, um die es geht.«

»Ach so!« Sie war überrascht. »Ist das eine *Vernehmung?*«

»So etwas Ähnliches. Macht es dir etwas aus?«

Sie zuckte die Achseln, und ihre Augen blitzten belustigt. »Ich denke nicht.«

»Kennst du Timothy Jernigan? Oder seine Frau Sondra?«

Sie schüttelte den Kopf. »Tut mir leid.«

»Armadas Singh? Joseph Dielh?«

Wieder schüttelte sie zweimal den Kopf. »Ich bin wohl keine große Hilfe für Sie, was?«

»Wo arbeiten deine Leute eigentlich?«

»Mein Vater ist Spezialist auf dem Gebiet des Kristallwachstums. Ich glaube nicht, daß er mit den Leuten, die Sie erwähnten, zu tun hat. Meine Mutter ist Teilchenphysikerin und arbeitet in den schwarzen Gebäuden. Sie spricht nicht viel über die Leute, mit denen sie arbeitet. Das ist nicht gestattet. Ich sehe sie außerdem nicht sehr oft.«

»Arbeitet sie immer?«

»Mein Vater und sie leben getrennt. Ich wohne bei meinem Vater.«

»Das wußte ich nicht.« Loren war unbehaglich zumute. »Tut mir leid.«

»Schon gut. Um ehrlich zu sein, ich bin froh, daß es so gekommen ist. Die Situation war sehr gespannt.« Sie seufzte. »Aber jetzt gibt es einen riesigen Streit um das Sorgerecht. Meine Mutter will das Sorgerecht nur deshalb, damit mich mein Vater nicht bekommt. Ich bin ihr ziemlich gleichgültig.«

»Haben sie je über William Patience gesprochen?«

»Den von der Werkspolizei?« Skywalker lachte. »Das ist ein Schwanzeinzieher, wenn Sie mich fragen.«

Loren brach in Gelächter aus. »Du hast also von ihm gehört?«

»Ich habe ihn *kennen gelernt*. Er hielt einen Vortrag in unserer Jugendgruppe in der Kirche – wir sind bei der Kirche der Erde. Er sprach über Bergsteigen und zeigte Lichtbilder. Er gehört zu jenen Kletterern, die einen sauberen Berg zurücklassen; sie nehmen Haken und Karabiner wieder mit, einfach alles, na Sie wissen schon.«

»Eigentlich nicht.«

»Manche Leute tun es aus Achtung vor der Natur, aber er ist ein pedantischer Trottel. Meine Mutter hat sich früher immer über ihn beklagt, weil die Leute von der Werkspolizei ihre Telefongespräche mithörten, oder durchsetzen wollten, daß sie ihre Arbeit in den Safe sperrt, wenn sie eine Tasse Kaffee trinken geht. Jeder *haßt* den Kerl.

Es ist natürlich sein Job; er muß einfach pedantisch sein.« Sie versuchte Verständnis aufzubringen.

»Es gibt auch nette Wege, die zum gleichen Ziel führen.«

»Stimmt. Er ist auf alle Fälle nicht nett.« Sie war froh, daß sie einen berechtigten Grund dafür gefunden hatte, Patience nicht zu mögen.

»Wieso darf sie Worte wie pedantischer Trottel verwenden und ich …?« Kelly war in der Tür aufgetaucht.

»Weil das hier eine *Vernehmung* ist, und ich ihre Worte und Redewendungen ganz genau festhalten muß.«

»Eine *was?*« fragte sie ungläubig.

»Ich wollte wissen, was deine Freundin weiß«, erklärte Loren. »Und jetzt weiß ich es.«

Die Mädchen sahen einander an und brachen in Gelächter aus. Loren setzte sich wieder vor das Fernsehgerät, griff nach dem Block und starrte lange auf das Gekritzel mit den unbeantworteten Fragen.

»Versuche bitte nicht mit den Zähnen zu knirschen, ja?« Debra legte die Brille auf den Nachttisch und tastete nach dem Lichtschalter.

»Ich werde es versuchen«, beteuerte Loren. Er lag im Bett, fühlte sich aber nicht im geringsten nach Schlafen. Gedanken, Bilder, unzusammenhängende Ideen gingen ihm durch den Kopf. William Patience, wie er auf Lorens Boxpokale starrte, die Angst in Jernigans Augen, Mack Bonniwell, der mit geballten Fäusten auf den Stufen zur Kirche stand, Randal Dudenhof, die Brust von der Lenkradsäule durchbohrt, vor ihm das blutbespritzte, verbogene und zerbrochene Lenkrad, wie eine zerknitterte Zielscheibe.

Debra schaltete das Licht aus. »Ich kann es einfach nicht vergessen«, murmelte er vor sich hin.

»Was nicht vergessen?«

»Wie sehr der Tote Randal Dudenhof glich.«

Es blieb eine Weile still. »Ich habe lange nicht an Randal gedacht«, meinte Debra.

»Weißt du, was aus seiner Frau geworden ist?«

»Violet? Sie behielt die Ranch noch ein paar Jahre, verkaufte sie dann an Luis und zog nach Utah.«

»Das weiß ich.«

»Sie hat wieder geheiratet und viele kleine Mormonen großgezogen.«

Der T-Bird roch nach kanadischem Whisky, erinnerte sich Loren. Randal hatte beim Poker im Copper Country sechzig Dollar gewonnen und eine Flasche gekauft, um zu feiern. Er hatte vermutlich aus der Flasche getrunken, als er auf dem Glatteis ins Schleudern kam und über die Rio-Seco-Brücke stürzte.

Es verstieß damals nicht einmal gegen das Gesetz. Nur Kommunisten oder ähnlich abartige Außenseiter konnten etwas dagegen haben, wenn jemand auf der Heimfahrt ein paar Gläser kippte. Die Mormonen und die anderen alten Knaben wußten, wieviel sie vertrugen, sie konnten auch ihren Priem aus drei Metern Entfernung einer Klapperschlange gezielt zwischen die Augen spucken und mit hundert Stundenkilometer auf einer vereisten Straße fahren, ohne daß etwas passierte.

Sie starben scharenweise, durchbohrt und zerquetscht, weil sie zu schnell gewesen waren. Metall knitterte wie Papier, und die Helden wimmerten vor Angst, während ihr Lebenslicht allmählich erlosch. Loren hatte viele von ihnen aus ihren zertrümmerten Autos geschnitten; er kannte das. So viel zum Macho-Gehabe der guten, alten Knaben.

»Er war der erste, den ich sterben sah«, sagte Loren.

»Ich weiß.«

»Verdammt! Was für eine sinnlose Vergeudung!« Er meinte alle; alle Toten, die auf der Straße grausam umkamen.

Plötzlich hätte Loren gern eine Zigarette gehabt. Er

hatte nie geraucht: Als er in dem Alter war, da die meisten Jungen in Atocha zu rauchen oder schnupfen begannen, war er im Football-Team gewesen. Sie hatten einen strengen Mormonen-Trainer gehabt, der einen Spieler, der trank, rauchte oder masturbierte (so sagte er), aus dem Team geworfen hätte; dabei blieb unklar, wie er letzteres Verbot durchsetzen wollte. (Soweit es die Mormonen betraf, hätte er es natürlich gekonnt, denn er war ein Bischof und hatte die geistliche Autorität, ihnen Fragen über ihr Geschlechtsleben zu stellen und auf aufrichtige Antworten zu bestehen.) Loren hatte nie mit dem Rauchen begonnen – trinken und onanieren war etwas anderes –, und in Korea gab er seine Gratiszigaretten an die Einheimischen weiter.

Aber aus irgendeinem Grund hatte er jetzt das dringende Bedürfnis zu rauchen, im Bett zu liegen, die Hand seiner Frau zu halten und laut darüber nachzudenken, was in der Stadt vorging. Er stellte sich das bildlich vor.

Er griff nach Debras Hand. Ihre Finger waren kühl.

»Glaubst du, er könnte Randals Sohn sein?« fragte er.

»Daran habe ich auch gedacht.«

»Randal hat seine Frau ziemlich oft betrogen.«

Debra schwieg eine Weile. »Das wurde herumerzählt.«

»Aber wer, zum Kuckuck, hatte ein Kind von ihm?«

»Ich habe nie etwas davon gehört.«

»Ich auch nicht.«

Die Worte verklangen in der Dunkelheit. Loren erinnerte sich daran, wie Randal eines Abends bei Connie Duvauchelle versuchte, mit einem der Mädchen über eine Nummer handelseins zu werden. Er wollte partout mit ihr vögeln, um vier Dollar und das Kleingeld in seiner Tasche; alles übrige hatte er beim Poker im Copper Country verloren.

»Es kann nicht der echte Randal gewesen sein«, überlegte Loren. »Der Kerl war zu jung dafür.«

Die Worte blieben in der Dunkelheit hängen und wollten einfach nicht verklingen. Panik überfiel Loren. Hatte er es tatsächlich laut gesagt? Hatte er damit tatsächlich zugegeben, daß der Tote der echte Randal sein könnte?

Er durfte das nie sagen, nicht einmal hier! Es würde als Beweis dafür gelten, daß er die Kontrolle verlor.

Aber Debra antwortete nicht, und Loren war erleichtert.

Morgen mußte er richtig Druck ausüben, beschloß er.

Zur ersten Morgenmesse am Montag war Roberts wieder an seinen Platz auf der anderen Seite der West Plaza zurückgekehrt. Er war betrunken und schwankte leicht. Allein durch seine Anwesenheit verunglimpfte er die Kirche. Als Loren vorüberging, rief er fröhlich: »Es geschehen jeden Tag Wunder!« Loren antwortete nicht.

Die Kirche war nur zu zwei Drittel besetzt. Dazu paßte auch das Thema der Predigt: die Faulheit. Faulheit, führte der Pastor aus, war eine Sünde, die die Menschen davon abhielt, Gott und den Mitmenschen gegenüber ihre Pflicht zu tun. Loren hielt die Faulheit dennoch für eine ziemlich langweilige Sünde.

Loren brauchte keine Predigt, um seine Pflicht zu tun. Er fuhr die Familie nach Hause, zog die Festtagskleidung aus und die Uniform an und fuhr zur Arbeit. Schwert und Arm des Herrn, dachte er.

Eloy war an seinem Platz in der Anmeldung. Loren kam schwungvoll durch den Korridor und winkte Eloy gut gelaunt zu. »Hallo, Chef!« rief Eloy. »Das Wochenende ist vorüber und der Hausmeister möchte wissen, ob er den Korridor sauber machen kann.«

»Natürlich«, antwortete Loren. Die alten Blutflecken waren ihm schon gar nicht mehr aufgefallen.

»Sie haben Schlagzeilen gemacht, Boss.« Eloy holte eine Mappe hervor, schlug sie auf und wies auf die

Schlagzeile der Morgenzeitung von Albuquerque: POLIZEICHEF BEI DROGENFESTNAHME, darunter ein Foto von der Pressekonferenz. Loren, in Helm und kugelsicherer Weste, hielt die konfiszierte Mac-11 hoch.

Loren bewunderte sich kurz. »Kann ich die Zeitung haben?« fragte er.

»Ich habe viele Kopien gemacht. Nehmen Sie, so viele Sie wollen.« Eloy grinste ihn an. »Fällt Ihnen bei der Schlagzeile nichts auf?«

Loren sah sie an. »Nein«, antwortete er. »Es ist eine gute Schlagzeile.«

Eloy lachte. »Es klingt, als hätte man Sie festgenommen.«

Loren besah sich die Schlagzeile noch einmal und bemerkte die Doppelsinnigkeit. Er schimpfte. »Irgendein Esel bei der Zeitung hat da Mist gebaut.«

»Stimmt.«

»Ich sollte anrufen und ihnen meine Meinung sagen. Bringen die Geschichte mit einer solchen Schlagzeile!«

»Solche Sachen passieren immer wieder.«

»So eine Frechheit!« Loren hätte am liebsten die Faust geschwungen. »Da haben wir endlich eine Chance für eine gute Presse, statt dessen werden die Leute über uns lachen. Da wette ich darauf.«

»Hallo, Loren! Gut gemacht!«

Loren sah sich um; es war Salomon Tafoya, der Chief des Apachenreservats. Salomon war breit und muskulös, mit einem kurzen Marine-Haarschnitt. Er hatte eine aufrechte, militärische Haltung; seine Uniform war schwarz mit silbernen Aufschlägen und erinnerte entfernt an Hitlers SS. Er war keiner der sanften, naturverbundenen Indianer, wie sie neuerdings von den Anglo-Amerikanern so verehrt wurden, sondern ein Apache der alten Schule, praktisch, unsentimental und, wenn es notwendig war, hart.

Loren schüttelte Salomons kräftige Hand. »Was führt dich in die Stadt, Sal?« fragte er.

»Ich muß ein paar Dinge erledigen. Außerdem hole ich den verdammten Störenfried George Gileno ab.«

Loren nickte. »Was ist eigentlich mit Gileno los?«

»Er ist einfach ein notorischer Störenfried.« Salomon war nicht zum Lachen zumute.

»Darf ich dich auf einen Kaffee einladen?«

»Danke, Loren, aber ich muß Gileno abholen und ins Reservat zurück.«

»Sag einmal, Salomon«, Loren war eingefallen, was er unlängst beobachtet hatte. »Unlängst sah ich ein paar junge Apachen auf der Plaza. Ein älterer Mann erklärte ihnen etwas.«

»Gehört zur Initiation der jungen Männer«, erklärte Salomon. »Sie müssen die Quellen im Territorium kennen.«

Loren sah ihn an. »Welche Quellen?«

»Vor ungefähr hundert Jahren war auf der Plaza eine Quelle. Wir glauben, daß sie eines Tages wieder zum Vorschein kommen wird.«

Loren dachte überrascht nach. »Deshalb sickert im Keller des Amtsgebäudes immer Wasser durch.«

Salomon lächelte kühl. »Mit dem Wasser in diesem Land ist es eine seltsame Sache. Es kommt und geht. Die Menschen kommen und bauen; sie sollten die Leute fragen, die seit Hunderten Jahren hier leben.«

»Man mußte sämtliche Akten aus dem Keller räumen und sie in den alten Tanzsaal auf der Railroad Avenue bringen.«

»Soll mich das überraschen?«

Loren schüttelte Salomon noch einmal die Hand und verabschiedete sich, dann ging er in sein Büro und setzte sich an den Schreibtisch. Die Papiere für die beiden Transporte nach Albuquerque – die Drogen und die Leiche – warteten in seiner Eingangsablage. Er ließ sie liegen und rief dafür bei der Gerichtsmedizin in Albuquerque an. John Does Autopsie wurde gerade durchgeführt. Der Gerichtsmediziner wollte sich melden, sobald er fertig war.

Nach kurzem Überlegen rief Loren einen alten Freund namens Larry an. Sie kannten einander vom Fischen. Larry arbeitete im Kraftwerk der Riga-Brüder. Loren sagte ihm, daß er fischen möchte, Fakten fischen. Larry überprüfte die Aufzeichnungen vom Wochenende und bestätigte, daß ATL volle Laufkapazität der Generatoren beantragt hatte, und zwar beginnend mit Freitag zehn Uhr dreißig. Tatsächlich war der Energiebedarf jedoch erst sechs Minuten nach zwölf Uhr mittag angefallen. Bis kurz vor drei Uhr am nächsten Morgen hatte ATL den gesamten Energieausstoß des kleinen Werks beansprucht und angekündigt, noch am selben Tag ab zehn Uhr dreißig wieder Energie zu brauchen. Dieser Auftrag war auf zwei Uhr nachmittags verschoben und später storniert worden.

Loren dankte seinem Informanten und versprach, mit ihm Forellen zu fischen, ehe es zu kalt dazu wurde.

Loren studierte die Zahlen, die er notiert hatte. Sie bestätigten die Aussagen von Jernigan und Singh hinsichtlich des ersten Beschleunigerdurchgangs und der Stornierung des zweiten. Er hatte ihre Geschichten nie wirklich angezweifelt, aber falls es Lügen gewesen wären, hätte er die Lügner jetzt festnageln können.

Er suchte sich Joseph Dielhs Nummer aus dem Telefonbuch und rief an, bekam aber nur einen automatischen Anrufbeantworter zu hören. Er hinterließ die Nachricht, Dielh möge ihn zurückrufen, dann rief er bei ATL an und deponierte bei Dielhs Sekretärin die gleiche Nachricht. Gerade als er Patience anrufen wollte, um ihm ein paar Fragen zu stellen, klopfte es an der Tür.

»Es gibt wieder einen Fototermin, Chef«, verkündete Cipriano. »Pedro und seine Freunde werden in zehn Minuten zur Anklage vorgeführt.«

»Bin gleich da. Welcher Saal?«

»Santos.«

Loren stand auf und ging zur Toilette, um sich zu kämmen und sich zu vergewissern, daß die marineblaue Uniform nicht fusselig war. Dann ging er in den Verhandlungssaal von Richter Santos und setzte sich hinten nieder.

Die Fernsehkameras auf den Stativen sahen aus wie Invasoren vom Mars. Shorty hatte den Stern am weißen Anzug angesteckt und seinen Stetson aufgesetzt. Staatsanwalt Castrejon war persönlich gekommen und hatte nicht seine Vertreterin Sheila Lowrey geschickt; sie war aber ebenfalls gekommen. Bürgermeister Trujillo schüttelte Hände und teilte Anstecknadeln unter den Zuschauern aus. Santos, der Richter, nahm von dem Getue keine Notiz, sondern urteilte die Trunkenbolde vom Wochenende ab.

Robbie Cisneros, seine Vettern aus Texas und die Drogenhändler wurden in Handschellen vorgeführt. Ihr Anwalt kam von Albuquerque. Er hieß Axelrod und war als Sprachrohr des Syndikats bekannt. Es kursierte die Geschichte, daß er einem Richter einmal die Beine brechen ließ, weil ihn der Mann in einer Verkehrssache schuldig gesprochen hatte.

Die Verbindungen der Dealer hatten offenbar für einen hochkarätigen, juristischen Beistand gesorgt. Für Lorens Geschmack steckten an Axelrods dicken Fingern zu viele Ringe und seine dunklen, glänzenden Haare hatten zu viele Wellen. Sein Gehabe war ebenso schillernd wie seine Haare, und Loren hätte ihm am liebsten die Fresse poliert.

Axelrod hatte sich die Mühe gemacht und seine Klienten für diesen Anlaß mit Sakkos und Krawatten ausstaffiert, aber sie wirkten deshalb nicht seriöser als Geronimo und seine Apachen in solchen Kleidern. Robbie sah entsetzlich aus, die Augen waren zugeschwollen und das Gesicht war gelb und blaurot unterlaufen. Ein wandernder Bluterguß sozusagen. Die beiden Mexikaner, Medina und Archuleta, waren nicht wegen Drogenhandels angeklagt – das sollte später vor dem Bundesgericht abgehandelt werden –, sondern wegen Waffenbesitz. Axelrode beantragte für jeden von ihnen ein unabhängiges Verfahren sowie Übersetzer für die Mexikaner. Die zwei sprachen angeblich kein Englisch, obwohl es bei ihrer Verhaftung eindeutig so aussah, als ob sie alles verstanden hätten. Santos, ein würdiges, etwas verschlafenes Mitglied des Demokratischen Parteiapparats, setzte nach Einbeziehung aller Fakten für jeden eine Kaution von 150 000 Dollar fest.

Der Hammer ertönte – Pause –, und die Sonderfälle verließen den Saal. Zurück blieb die übliche Schar schäbiger Wochenendsäufer, die ihrer wöchentlichen Strafe harrten. Die beiden mexikanischen Staatsbürger wurden der Bundespolizei übergeben, die sie in Handschellen über die Plaza ins Amtsgebäude mit den Bundesbüros führten. Dort sollte die Anklage wegen der Drogendelikte erfolgen. Shorty, Castrejon, Loren und der Bürgermeister nahmen im Korridor noch einmal einzeln zu dem Fall Stellung, bevor die Reporter abzogen.

Als Loren mit dem Mikrophon vor dem Gesicht seine kleine Rede über Recht und Ordnung hielt, winkte ihm Sheila Lowrey über die Köpfe der Pressereporter hinweg zu. Als er fertig war, bahnte er sich durch die Menge einen Weg zu ihr.

»Kann ich Sie auf einen Kaffee einladen, Loren?« fragte sie.

»Wenn es schnell geht, ja. Ich habe ziemlich viel zu tun.«

»Dann gehen wir in mein Büro.«

Sheila stieß eine schwere Feuertür auf, und Loren folgte ihr über eine Eisentreppe nach oben. Sie goß aus einer kalkverkrusteten Kaffeemaschine im Korridor Kaffee in einen Styroporbecher, ging an ihrer Sekretärin vorüber und führte Loren in ihr Büro.

Es war ein gemütlicher Raum, mit Bücherregalen an den Wänden und schäbigen, alten Möbeln aus den Möbelarchiven der Bezirksverwaltung. Über den Gesetzbüchern in den Regalen stapelten sich unzählige Taschenbücher. Auf einem der beiden alten, lackierten Holzstühle lagen ihre Joggingkleider ausgebreitet: T-Shirt, Shorts, weiße Socken, alte Laufschuhe, weiß mit blauen Streifen. Loren hatte schon beobachtet, wie sie um die Mittagszeit um die Plaza trabte. Dezent wich sein Blick dem Wäschestück mit Trägern aus, das sie beim Laufen trug.

Er schob die Pistole nach vorn und setzte sich auf den freien Stuhl. Er hielt es für besser, den Kaffee nicht wirklich zu trinken, sondern stellte den Becher auf den Schreibtisch und ließ ihn dort stehen.

Sheila nahm die Hornbrille ab und deutete damit auf ihn. »Ich glaube, wir bekommen mit der Cisneros-Anklage Probleme.«

Loren sah sie überrascht an. »Nur weil das Syndikat mit der Nummer Eins aus Albuquerque angerückt ist? Wir können …«

»Medina ist der Vetter von einem der größten Drogenhändler in Mexiko. Er ist die Zentralfigur, um die sich alles dreht. Wenn nötig, läßt er es sich Millionen kosten, um Medina aus dem Gefängnis zu holen.«

»Sie werden schon sehen, ob es auch hier funktioniert.«

»Axelrod hat ein medizinisches Gutachten für seine Klienten beantragt.«

»Weil Robbie sich widersetzte und verprügelt wurde? Er …«

»Er wird außerdem dem Durchsuchungsbefehl nachgehen. Ein anonymer Anruf! Er kam nicht über 911 herein und wurde daher nicht auf Diskette aufgezeichnet.«

Loren wurde warm. Eloy hatte seine Stimme erkannt. Alle Anrufe wurden notiert, aber nur die Anrufe über den Notruf wurden auf Diskette aufgezeichnet.

Ich muß mit Eloy reden, beschloß er.

»Der Durchsuchungsbefehl war legal«, bemerkte er. »Denver hat ihn unterschrieben.«

»Axelrod wird versuchen, ihn hinfällig zu machen. Und Sie können darauf wetten, daß er der Polizei Gewaltanwendung vorwerfen wird. Er muß nur mit einem der Punkte durchkommen, und der Fall ist erledigt. Robbie und die Texaner gehen frei aus. Er wird versuchen, die Drogengeschichte auf die gleiche Weise zu erledigen. Sie kennen das ja: Ein schlechter Baum trägt schlechte Früchte ...«

»Augenblick!« unterbrach Loren.

Sheila hob die Hand. »Ich bin noch nicht fertig, Loren. Er wird versuchen, die Beweislage umzustoßen, aber das wird ihm vermutlich nicht gelingen. Sie haben den Lastwagen nicht aufgrund des Haftbefehls durchsucht, sondern weil Sie über LAWSAT vorgewarnt waren; das ist legal.«

»Darauf können Sie wetten!« Loren war verärgert.

»Jetzt kommt mein Vorschlag«, fuhr Sheila fort. »Wenn wir die Mexikaner wirklich festnageln wollen, müssen wir einen oder beide Texaner oder Robbie dazu bringen, vor dem Bundesgericht auszusagen. Aber wenn die Anklage fallengelassen wird, haben wir kein Druckmittel ...«

»Sie wird *nicht* fallen gelassen«, beharrte Loren. »Der Fall wird von Santos abgehandelt, um Himmels willen!«

Sheila schob die Lippen vor. »Das sagt Castrejon auch.«

»Und er ist der Staatsanwalt!«

»Er ist der Meinung, daß alles zwischen ihm und seinem Vetter, dem Richter, und den übrigen Vettern und Demokraten abgemacht wird. Vielleicht war das auch der Fall, so lang Robbies Anwalt einer der bewährten lokalen Verteidiger war, also auch ein Vetter des Richters oder ein Vetter von Castrejon oder ein Vetter von *irgend jemandem*. Doch ich bin anderer Meinung. Meiner

Ansicht nach wird das hier eine extrem harte Nuß werden.«

»Nur wegen diesem Axelrod? Er ist...«

Sheila setzte die Brille auf und beugte sich vor. »Er spielt nach anderen Spielregeln, Loren. Das Gerichtswesen hier im Bezirk ist wie ein privater Club – in diesem Gebäude werden die Dinge auf eine bestimmte Art erledigt, weil sie immer so erledigt wurden. Ich bin nicht Mitglied dieses Clubs, und bei meiner Arbeit hier sind mir die Augen aufgegangen.«

»Sheila...«

»Axelrod ist auch kein Clubmitglied!« Sie hatte die Brille wieder abgenommen und stieß damit nach Loren. »Axelrod wird hoch dafür bezahlt, daß er nicht nur den Club sprengt, *sondern auch das Clubhaus niederbrennt!«*

Sie war so heftig geworden, daß Loren die Sprache wegblieb. »Schon gut, ich bin auf Ihrer Seite«, sagte er schließlich.

Wieder attackierte sie mit der Brille unsichtbare Feinde. »Um seine zwei Knaben herauszuholen, gibt es nur einen Weg: Er muß die Polizisten, die sie verhaftet haben, in Verruf bringen. Er kann versuchen, den Durchsuchungsbefehl anzuzweifeln, und wegen Robbie wird er entweder gegen Sie zivilrechtlich vorgehen oder eine Beschwerde wegen verletzter Bürgerrechte einreichen.«

»Verletzte Bürgerrechte?« Loren war empört. »Basierend worauf?«

»Robbie ist hispanischer Abstammung, nicht wahr?«

»Ich habe ihn nicht verprügelt, weil er Hispanier ist!« entrüstete sich Loren. »Ich habe ihn verprügelt, weil er ein verdammter Dieb ist!«

»Loren! Seien Sie vorsichtig, was Sie in meiner Gegenwart sagen, ja?« Sheila ließ sich in den Stuhl zurückfallen und blickte grimmig vor sich hin. »Das klang jetzt so, als hätten Sie Robbie Cisneros verprügelt, weil Ihnen danach zumute war, und nicht weil Sie Schwierigkeiten bei der Festnahme hatten.«

Loren starrte sie an; seine Finger krampften sich um die Armlehnen des Stuhls, daß die Knöchel weiß hervortraten.

»Falls Sie Robbie tatsächlich verprügelt haben, weil Ihnen danach war ...« – sie kniff die Augen kurzsichtig zusammen –, »ich sage nicht, daß es tatsächlich der Fall war, okay? Aber falls es so war, dann kommt es mit einem Verteidiger wie Axelrod bei Gericht heraus.«

»Scheiße!«

»Lassen Sie sich sagen, was Axelrod tun wird, Loren. Er wird sich ein medizinisches Gutachten holen, aus dem hervorgeht ... nun« – sie hob die Schultern – »aus dem hervorgehen könnte – daß Robbie verprügelt wurde, als er bereits Handschellen trug. Keine Verteidigungswunden, Handschellenabdrücke an den Handgelenken, in der Art. Wenn notwendig, läßt er sogar einen Arzt einfliegen. Dann läßt er alle Augenzeugen unter Eid aussagen – Sie, Shorty, die Polizisten, die dabei waren –, jeder muß die Geschichte im Detail erzählen. Er wird von der Annahme ausgehen, daß einer von euch über den Ablauf der Ereignisse stolpert. ›Und was geschah dann, Officer?‹« Sie imitierte Axelrods volltönende Stimme. »›Der Chef hat dem Verdächtigen Handschellen angelegt.‹ ›Was?‹« – wieder mit Axelrods Stimme – »›Er legte dem Verdächtigen Handschellen an, *bevor* er Mr. Cisneros schlug?‹«

»Loren«, fuhr sie ernst fort, »Sie wissen, wohin das führt. Er wird uns zerlegen.«

Loren schwieg.

Die Brille fuhr wieder auf ihn los, als sich Sheila zu Loren vorneigte. »Wenn bei dieser Verhaftung etwas nicht gestimmt hat«, fuhr Sheila eindringlich fort, »dann möchte ich es jetzt hören. Ich kann für Robbie und seine Freunde eine außergerichtliche Einigung erzielen; sie bekennen sich schuldig und ich plädiere auf Strafmilderung. Dann kommt vor Gericht nichts heraus.«

»Es lief alles korrekt«, sagte er tonlos.

»Loren«, warnte sie, »denken Sie nach!«

»Alles war korrekt.«

Sheila seufzte, setzte die Brille auf und lehnte sich zurück. »Ist ja komisch. Ich bin die einzige in diesem Haus, die nicht diesem Dinosaurier Männerclub von Atocha angehört, aber ich bin auch die einzige, die weiß, wie man ihn verteidigen muß.« Sie griff nach dem Kugelschreiber und machte sich Notizen auf einem Block. »Ich habe folgenden Plan. Ich werde die Zeugen probeweise vernehmen, und zwar, *bevor* Axelrod es tut. Ich möchte, daß alles klar ist. Robbie Cisneros wollte davonlaufen, er widersetzte sich der Verhaftung und erlitt die Verletzungen, *bevor* ihm Handschellen angelegt wurden.«

»Das wird sich klar herausstellen, kein Zweifel«, versicherte Loren.

»Und in Ihrem schriftlichen Bericht?«

»Ebenso. Er ist nahezu fertig. Das mache ich jetzt sofort.«

Sie hakte etwas auf dem Block ab. »Ich möchte mit allen Beamten, die damit zu tun hatten, heute oder morgen sprechen. Außerdem möchte ich mit allen reden, die bei der George-Gileno-Verhaftung dabei waren, denn falls sich Axelrod für Verstoß gegen die Bürgerrechte entscheidet, wird er beweisen wollen, daß Sie auch Indianer verprügeln.«

»Ist das alles?« Loren wurde unruhig. Er wollte endlich fort von hier.

»Nein.« Sie wirkte müde. »Ich habe erfahren, daß Mack Bonniwell gegen Sie Beschwerde einbringen wird, weil Sie seinen Jungen verprügelt haben.«

»Len Bonniwell und A. J. Dunlop sind wenigstens Weiße.«

»Wetten, daß Axelrod dem Vater seine unentgeltlichen Dienste anbietet?«

Loren spürte ein Kribbeln im Rücken. Seine Feinde formierten sich gegen ihn, wie die Todsünden in Samuel Cattons Vision vom Meister in Grau ... Bonniwell, Dunlop, Cisneros, Timothy Jernigan, William Patience und Axelrod, der Knochenbrecher ... Das Schema wurde ihm jetzt erst klar.

Atocha stand unter Belagerung. Seine Feinde wollten die althergebrachte Lebensform beseitigen, wollten der Rechtschaffenheit an den Kragen, die, trotz mancher Fehler, die Basis für das Leben hier bildete. Loren fühlte sich moralisch vollkommen im Recht.

»Axelrod wird versuchen, das vergangene Wochenende als wahres Blutbad darzustellen.«

»Wenn er glaubt«, antwortete Loren.

Sie sah ihn scharf an. »Wir brauchen hier absolut saubere Polizisten. Absolut sauber, bis dieser Prozeß vorüber ist.«

»Die Polizisten hier waren immer sauber.«

Sie sah ihn fragend an. »Es gehen andere Geschichten herum, Loren.«

Loren zuckte die Achseln. »Die Leute reden viel.«

»Zum Glück ist es eine Sache, was die Leute reden, und eine andere, was vor Gericht ausgesagt werden kann.«

»Zum Glück«, wiederholte Loren und stand auf. »Danke für den Kaffee.«

Sheila sah auf den unberührten Becher auf ihrem Schreibtisch. »Gern geschehen.« Sie sah ihm in die Augen. »Wenn Sie glauben, daß ich grob mit Ihnen umgegangen bin, dann stellen Sie sich vor, was Axelrod tun wird. Hoffentlich sind Sie dem gewachsen.«

»Wenn es soweit ist.«

»Es *ist* soweit, Loren. Er wartet darauf, daß Sie einen Fehler machen, er ist jeden Augenblick darauf gefaßt, bis die Sache ausgestanden ist.«

»Ich bin immer bereit, Sheila.«

Sie runzelte die Stirn. »Ich hoffe es für Sie, Loren.«

Loren ging zur Anmeldung, wo Eloy gerade telefonierte. »Augenblick, Gloria!« Er legte die Hand über die Sprechmuschel und sah zu Loren auf.

»Wir haben zu tun, Eloy«, sagte Loren.

»Sofort, Chief.« Eloy verabschiedete sich von Gloria, wer immer sie war – auf alle Fälle nicht seine Frau – und legte auf.

»Es läutet den ganzen Vormittag. Leute, die ihre Kinder vermissen. Sie haben gehört, daß wir einen John Doe hatten, und jeder fürchtet daß es *sein* John Doe ist. Ziemlich traurige Geschichte.«

»Sheila Lowrey möchte mit dir über den anonymen Anruf reden, der zu Robbie Cisneros Verhaftung führte.«

»Klar.« Er grinste.

»Ich bleibe so lang beim Telefon, während du mit ihr sprichst.« Loren räusperte sich. »Es ist nur eines: Du mußt absolut überzeugt sein, daß es ein anonymer Anruf war. Du hast nicht die geringste Ahnung, wer der Anrufer war.«

Eloy blinzelte. »Klar, Chief. Kein Problem.«

Loren blieb ernst. »Kein Blinzeln, Eloy. Nicht vor Lowrey, nicht vor mir, vor niemandem. Das könnte den Fall zum Platzen bringen.«

Eloys Gesicht wurde ernst. »In Ordnung Chief. Wie Sie meinen.« Er stand auf. »Übrigens, der Gerichtsmediziner von Albuquerque hat für Sie angerufen. Dieser London.«

»Ist er mit der Autopsie fertig?«

»Ja. Er bat um Ihren Rückruf.«

Loren setzte sich und wartete, daß Eloy gegangen war. Er ging die Anrufe der vergangenen zwei Tage durch. Die Anrufe über 911 wurden auf Diskette aufgenommen, aber die, die am Schalter eingingen, wurden vom diensthabenden Beamten einfach aufgeschrieben. Um 9.03 Uhr hieß es: *Kommandant Hawn*. Das war mit blauem Kugelschreiber sauber durchgestrichen, und darüber stand etwas kleiner geschrieben: *Kein Name genannt, Hinweis bezüglich bewaffnetem Raubüberfall.*

Loren betrachtete die winzige Handschrift. Im Laufe seiner Karriere hatte er gelernt, wie wichtig Beweissicherung war.

Er blickte sich nach links und rechts um, dann riß er die Seite heraus. Er faltete sie, steckte sie in die Tasche und schlug wieder die Seite mit den Anrufen von Montag auf.

Er rief in Shortys Büro an, und der Sheriff meldete sich selbst.

»Ich möchte mit dir über die Drogengeschichte reden«, begann Loren.

»Nur zu, Vetter!«

»Sheila Lowrey befürchtet Probleme, jetzt da Archuleta, Medina und Robbie Cisneros diesen Axelrod haben.« Er erklärte kurz, was Axelrod nach Lowreys Meinung beabsichtigen könnte.

»Wir beide müssen uns vergewissern, daß es bei unseren Leuten über den zeitlichen Ablauf der Dinge und die Art und Weise, wie Robbie zu seinen Verletzungen gekommen ist, keine Unstimmigkeiten gibt.«

»Kein Problem, Vetter«, versicherte Shorty.

»Du mußt mit deinen Leuten darüber reden.« Loren wollte sich so klar wie nur möglich ausdrücken.

»Schon geschehen, Vetter«, beruhigte ihn Shorty. »Ich habe mit meinen Leuten gesprochen, gleich nachdem wir die Kerle im Gefängnis abgeliefert haben.«

Lorens Herz machte einen überraschten Extraschlag.

»Danke, Shorty!«

»Keine Ursache.«

Loren legte auf. Er hatte einen bitteren Geschmack im Mund.

Hatte er etwas falsch gemacht. Und wenn ja, wie schlimm war es gewesen?

Er suchte sich die Nummer des Gerichtsmediziners aus dem Nummernspeicher und wählte. Einer der

Assistenten war am Apparat, ein Mann namens Esquibel.

»London arbeitet an einem anderen Eiszapfen«, erklärte Esquibel. »Aber ich war bei der Autopsie von John Doe dabei und habe das Band hier. Ich spiel es Ihnen vor und gebe Ihnen dann eine Zusammenfassung.« Loren hörte Papier rascheln, dann wurde ein Recorder eingeschaltet. »Okay, also los. Es ist die Leiche eines gut entwickelten, gut genährten jungen Erwachsenen. Hautfarbe weiß, Geschlecht männlich, Gewicht 68 kg, Größe 1,85 m, Alter ca. zweiundzwanzig bis achtundzwanzig Jahre. Die Leiche traf in einem weißen Leichensack hier ein, der geschlossene Reißverschluß war mit einem Aufkleber mit der Aufschrift ›Bundesstaat New Mexico, Gerichtsmedizin‹ versiegelt...«

»Überspringen Sie das«, unterbrach Loren.

Esquibel beschrieb genau die Kleidung von John Doe, die abgewetzten Stellen an den Knien der Jeans, die kleinen weißen Kreise an der hinteren Hosentasche mit der Tabakdose – die Copenhagen-Dose wurde separat beschrieben – und die metallenen Kragenaufnäher am Hemd. Seine Kleidung wies keine Pulverspuren auf; das notierte Loren. Esquibel fuhr fort: Grad der Leichenstarre, Totenflecken auf dem Rücken, Länge der Kopfhaare (max. 5 cm), Größe der Pupillen (Durchmesser 0,35 cm), Tabakflecken an den Zähnen. Außerdem erwähnte er, daß Doe beschnitten gewesen war.

»Unter dem linken Arm«, fuhr Esquibel fort, »ist eine 1,2 cm große, runde Deformierung, mit fünf sternförmig vom Zentrum ausgehenden Tropfen.« *Runde Deformierung* nannte der Gerichtsmediziner also eine Schußwunde. »Die tränenförmigen Fortsätze variieren in der Länge zwischen 0,7 und maximal 2,1 Zentimeter. Das Gewebe ist stark geschwollen, blauviolett verfärbt...«

Das ging noch einige Zeit so weiter. Der Gerichtsmediziner hatte die Leiche mit dem Standardeinschnitt in

Form eines Y geöffnet, die Organe herausgenommen und gewogen. Die Leber wog 1700 Gramm, die Milz 130. Esquibel kam schließlich zum Ende: »Der Mann wurde unter dem linken Arm angeschossen. Das Geschoß ging leicht nach unten« – die Mediziner sprachen von einem *Geschoß*, wenn sie eine *Kugel* meinten –, »prallte von der fünften Rippe ab und wurde dabei leicht nach oben gelenkt. Das Geschoß zog förmlich eine Zickzackbahn durch den Brustkorb. Übrigens nichts Ungewöhnliches. Das Geschoß war abgeflacht und die Ummantelung zerschmettert; deshalb, und dem erratischen Kurs nach zu schließen, kann angenommen werden, daß das Geschoß zuerst die Tür des Autos durchschlug und rotierte, als es Mr. Doe traf. Das Geschoß durchbohrte beide Lungen und knickte den absteigenden Teil der Aorta. Wir nehmen an, daß der Mann, nachdem er getroffen worden war, sich noch eine Weile bewegen konnte, aber schließlich platzte die Aorta. Nach ein oder zwei Minuten hatten sich die Lungen mit Blut gefüllt, und er ertrank.«

»Was ist mit der Kugel?«

»Wir fanden sie im Brustkorb. Kaliber 0.41, aber ich bin nur ein einfacher Pathologe, Sie müssen also mit den Kriminalisten reden, um es offiziell zu hören.« Eine Seite wurde umgeblättert. »Kein Alkohol im Blut, keine Drogen. Keine Pulverspuren an Händen oder Armen. Schwielen an den Handflächen deuten auf körperliche Arbeit hin. Blutergüsse an beiden Unterarmen lassen auf Verteidigung schließen, als hätte er sich gegen einen Baseballschläger schützen müssen.«

»Oder er hatte einen Autounfall und stemmte sich mit den Armen gegen das Lenkrad.«

»Das wollte ich soeben sagen. Keine anderen Blutergüsse, keine Spuren einer Verletzung oder eines Kampfes, keine Bißspuren. Hautabschürfungen an den ersten beiden Fingergelenken der linken Hand, die vermutlich von einem Faustkampf stammen. Kleine Narbe am linken Unterarm, Narbe am rechten Schienbein, Narbe an der Kuppe des rechten Daumens. Alle Narben waren alt. Narbe von einer Pockenimpfung am rechten Oberarm, woraus vielleicht zu schließen wäre, daß er Linkshänder war. – Amalgamfüllungen an folgenden Zähnen ...«

Loren notierte die Auflistung im komplizierten Jargon der Zahnärzte und versuchte sich gleichzeitig zu erinnern, ob Randal Dudenhof Linkshänder gewesen war.

»Nichts unter den Nägeln, was Sie interessieren würde. Leichte Entzündung der Magenschleimhaut an zwei Stellen. Das kommt von Kaffee oder Alkohol. Mageninhalt: Kaffee, Kartoffelchips, Schinken, amerikanischer Käse auf Weißbrot, vermutlich eine Stunde vor dem Tod gegessen. Herz normal. Gehirn normal. Lungen weisen auf Tabak- oder Marihuanakonsum hin. Leber zeigt leichte Zirrhose, als Folge von schwerem Alkohol- oder Drogenmißbrauch. Wurmfortsatz des Blinddarms vorhanden. Kein unmittelbarer sexueller Verkehr. Kein Samen im Rektum, worüber Sie bestimmt sehr froh sein werden.«

»Danke. Ich bin begeistert.«

»Haben Sie eine Idee, wer ihn erschossen hat?«

»Nicht wirklich.«

»Wir haben hier also einen Mann, der viel getrunken, geboxt und geschnupft hat, der Schinken und Käse gegessen und körperlich gearbeitet hat und in einem fremden Auto erschossen wurde.«

»Ich weiß«, meinte Loren. Das alles klang nicht nach einem Republikaner, was das Interesse des Bürgermeisters bezüglich der Aufklärung weiter dämpfen dürfte.

»Wir haben Finger- und Handabdrücke sowie Abdrücke der Retina über LAWSAT hinausgeschickt. Bis jetzt nichts. Gewebeproben gingen ein Stockwerk höher ins histologische Labor. Sie müßten die Kriminalisten anrufen, um zu sehen, wie weit sie mit der Untersuchung der übrigen Beweise sind.«

»Die werden noch nicht weit sein. Aber ich rufe sie an.«

»Ich schicke den Papierkram mit der nächsten Post. Dann haben sie alle Details.«

»Danke.«

Loren erkundigte sich in der Kriminalabteilung und fand seine Vermutung bestätigt. Sie waren noch nicht dazu gekommen, die Kleidungsstücke des Opfers zu untersuchen. Vielleicht würden sie es bis Ende der Woche schaffen. Die Abteilung war überlastet.

»Aber wir haben uns die Kugeln angesehen«, berichtete eine Frau mit etwas hektischer Stimme. »Kaliber einundvierzig, und es war nicht nur ein Gewehr.«

»Sagen Sie das noch einmal?«

»Ein Geschoß aus dem Auto kam aus einem anderen Gewehr. Auf den Mann haben zwei Leute geschossen, aber nur einer hat ihn getroffen.«

Loren starrte in den Korridor, in dem der Mann gestorben war; die Nachricht mußte er erst verdauen. Die Frau am anderen Ende wußte offenbar, daß diese Tatsache wichtig war, und ließ ihm Zeit.

»Welches Kaliber?« fragte Loren schließlich.

»Beide 0.41. Fünf Rillen, rechtsdrehend.«

»Haben Sie eine Ahnung, was für eine Waffe das gewesen sein könnte?«

»Könnten viele sein. In erster Linie jede Smith & Wesson, 0.41.«

»Großartig.« Ein Anruf kam herein; es läutete und ein Licht blinkte. Loren versuchte sich zu erinnern, welchen Knopf er drücken mußte.

»Mehr kann ich Ihnen nicht sagen. Wenn Sie eine Waffe oder ein Stück Messing finden, sieht die Sache anders aus.«

»Ich weiß. Vielen Dank.«

»Gern geschehen. Wir melden uns, sobald wir mit den anderen Untersuchungen soweit sind.«

Loren drückte auf einen Knopf; es war der richtige,

und er meldete sich. Der Anrufer aus Allentown, Pennsylvania, suchte eine vermißte Person. Loren antwortete, daß sein männlicher Weißer, Anfang zwanzig, namens John Doe keine fünfzehnjährige Schwarze namens Jane Roe war. Die Anruferin, Roes Mutter, klang müde. Loren wünschte ihr alles Gute und wunderte sich nur, wie sie so rasch von dem Toten erfahren hatte.

Hotline für vermißte Kinder, vermutete er. Über Modem vom Computer abzufragen.

Niedergeschlagen notierte er den Anruf. Sollte er erleichtert sein, weil die Frau nicht erfahren mußte, daß ihre Tochter tot war, oder traurig, weil ihre Qual weiterging, vielleicht noch jahrelang? Was würde er empfinden, wenn eine seiner Töchter verschwände? Es überraschte ihn, wie ruhig die Frau war. Wenn Kelly oder Katrina verschwinden würden, er wäre wahnsinnig vor Wut und Trauer, er würde den Verstand verlieren.

Wieder leuchtete ein Licht in der Telefonzentrale. Loren meldete sich.

»Kommandant Hawn, bitte.«

Loren kannte die Stimme.

»Ich bin am Apparat.«

»Hier ist Bill Patience. Sind Sie jetzt Ihre eigene Telefonvermittlung? Ich weiß ja, daß es Kürzungen im Budget gibt, aber ...«

Loren stimmte zögernd das erwartete Lachen an. »Unser Mann von der Vermittlung ist dienstlich unterwegs. Ich springe ein.«

»Gut.« In Patiences Stimme schwang eine teuflische Herzlichkeit. Loren verachtete so etwas. »Ich wollte nur fragen, ob Sie etwas über die Identität Ihres Toten wissen.«

»Nichts, worüber ich sprechen kann.«

»Oh!«

»Tut mir leid, Bill.«

»Es ist nur ... – nun, wir sollten uns um alles kümmern, was verdächtig aussieht.«

»Für den Fall, daß er ein Spion war.«

»Mehr oder weniger«, erwiderte Patience zögernd. Loren verstand nicht, warum er etwas nicht zugeben wollte, was jeder wußte. Die Spione sollten sich diskret im Dunkeln halten, nicht die Polizei.

»Jetzt ist er auf alle Fälle ein toter Spion«, sagte Loren. »und gehört eher in meine Abteilung.«

»Ich habe noch eine Beschwerde.«

Paßt genau ins Schema, dachte Loren. Axelrod, Patience, Trujillo, Bonniwell, Jernigan …

»Eine Beschwerde?« Seine Unbefangenheit klang unecht, genau so unecht wie Patiences Kameraderie, und Loren verachtete sich selbst dafür.

»Von wem?«

»Mr. und Mrs. Jernigan. Sie haben sie angeblich in ihrem eigenen Haus eingeschüchtert.«

»Sie bat mich zu gehen, und das tat ich.«

»Ihr Partner hat angeblich Ihren Sohn befragt.«

»Vielleicht ein paar freundliche Fragen, kann sein.« Loren räusperte sich. »Wir untersuchen einen Mord, Bill. Was ist schlecht, wenn wir den Leuten Fragen stellen?«

»Ich gebe nur eine Beschwerde weiter, die mir vorgelegt wurde. Ich habe Mrs. Jernigan informiert, daß ich eine rechtmäßige polizeiliche Befragung nicht verhindern kann, und daß sie sich an Ihren Vorgesetzten wenden muß, wenn sie die Sache weiterverfolgen will.«

Ob sie das wohl tun würde? Es wäre einfach großartig, wenn ihre Beschwerde gleichzeitig mit der von Bonniwell und Axelrod einträfe.

»Vielen Dank, daß Sie ihr das gesagt haben.«

»Ich kann es nicht leiden, wenn Leute mein Büro als Schlichtungsstelle für ihre privaten Beschwerden benutzen.« Patience klang sehr bestimmt. Vielleicht war er jetzt zum ersten Mal ehrlich gewesen.

»Ich hätte ein paar Fragen an Sie«, wechselte Loren das Thema. Er hörte Schritte im Korridor und sah Eloy zurückkommen.

»Ja? Was gibt es.«

»Kann ich Ihre Aufzeichnungen darüber sehen, wer Freitag und Samstag das Gelände betreten und wieder verlassen hat? Wir könnten damit eine Menge Leute entlasten.«

»Natürlich. Die Originalaufzeichnungen dürfen wir natürlich nicht aus der Hand geben, aber wenn Sie wollen, kommen Sie doch vorbei und machen Sie sich Kopien. Oder ich lasse Kopien machen und schicke sie Ihnen.«

Plötzlich mußte Loren an die Seite mit den aufgezeichneten Anrufen in seiner Brusttasche denken, gestohlenes Beweismaterial, das er vernichten mußte. Eloy war für die Eintragungen verantwortlich, und der stand jetzt hinter ihm. »Ich möchte wenn möglich die Originale sehen«, bat Loren. Er würde zumindest feststellen können, ob etwas entfernt worden war.

»Rufen Sie an und lassen Sie sich einen Termin geben.«

»Wie wäre es heute nachmittag?«

Es gab eine kurze Pause. »Welche Zeit?«

»Drei Uhr?«

»Gut. Ich sage am Tor Bescheid.«

»Noch eine Frage.«

»Okay.« Patience klang allmählich gelangweilt.

»Welche Waffen verwenden Ihre Leute?«

Die Antwort kam prompt. »Steht jemand unter Verdacht, Loren?«

»Ich versuche sie vielmehr zu entlasten, das ist alles.«

»Das sollte nicht schwer werden. Die Standard-Seitenwaffe ist eine Tanfoglio TZ-M. Das ist eine italienische Kopie einer tschechischen Militärseitenwaffe, der CZ75. Manche halten sie für die beste, die es gibt.« Er war stolz.

Loren notierte. »Kaliber?«

»Neun Millimeter.«

»Okay. Ihre Leute tragen alle die gleiche Waffe?«

»Über die privaten Waffen, die meine Leute zu Hause haben, kann ich nichts sagen. Aber im Dienst müssen alle die Tanfoglio tragen. Wir wollen die gleiche Munition für alle Waffen benutzen. Es ist das gleiche mit den UZIs in den Jeeps.«

Loren hörte auf zu schreiben. »Ihr habt UZIs in den Jeeps?«

»Standard-UZIs. Neun Millimeter, gleiche Munition wie die Pistolen.«

»Das ist eigentlich nicht bekannt, Bill.« Loren hob die Stimme.

»Es gibt auch keinen Grund dafür, daß es jemand weiß.«

»Wo werden sie aufbewahrt? Was ist, wenn Jugendliche einen Jeep aufbrechen und …«

»Das ist unmöglich.«

»Wie können Sie das behaupten?« Vor seinem geistigen Auge tauchte ein Bild auf: A. J. Dunlop mit den unordentlichen blonden Haaren, die unter dem Käppi hervorhängen, und dem zerrissenen schwarzen T-Shirt steht im Dunkeln auf dem Parkplatz der Highschool und hält ein halbautomatisches Gewehr in der Hand. Er reißt grinsend den Bolzen zurück und zielt auf die Fenster der Schule.

»Ich kann Ihnen die Details nicht erklären«, meinte Patience, »aber ein Sicherheitssystem vor Ort verhindert, daß die Waffen in die falschen Hände geraten.«

»Ich bin nicht beruhigt«, entgegnete Loren.

»Ich werde es Ihnen zeigen, wenn Sie heute nachmittag kommen.«

Loren verabschiedete sich und legte auf. Er sah Eloy fragend an. »Wie ging es?«

Eloy zupfte an der Schaumstoffkrause an seinem Hals. »Mann, Chief! Sie fragte mich die gleichen Fragen auf fünfzig verschiedene Arten. Ich komme mir wie nach einer Einvernahme vor. Sie sollte für *uns* arbeiten, nicht für den Staatsanwalt.«

»Sie hat was drauf!« pflichtete Loren ihm bei.

»Muß ich unter Eid aussagen?«

In Eloys Stimme klang ein seltsamer Unterton. Loren sah ihn an. »Könnte sein. Gibt es dabei Probleme?«

Eloy fühlte sich nicht ganz wohl dabei. »Ich glaube nicht, Chief.«

Das Telefon läutete. »Wieder ein vermißter Sprößling, Chief«, sagte Eloy und griff nach dem Hörer.

Loren stand auf. Er dachte an die vielen vermißten Sprößlinge auf der Welt. Sie wanderten von einem Ort zum anderen, ohne feste Wurzeln, ohne Ausweispapiere, in abgetragenen Schuhen und ausgeblichenen Levis; sie wurden von Unbekannten zu Opfern gemacht.

Wie John Doe.

Loren ging in sein Büro. Er wollte diesen Fall lösen. Um der vielen Eltern willen, die ihre Johns und Janes suchten und nie fanden; um der Eltern willen, die sich um die Computer-Terminals mit der Hotline der vermißten Kinder drängen und hoffnungslose Telefonate führen, wenn irgendwo eine Leiche in einem fremden Auto gefunden wurde.

10. KAPITEL

Der Maglev hatte drei silberne Waggons, und nicht einmal der bewölkte Himmel konnte ihrem strahlenden Glanz etwas anhaben. Die stromlinienförmigen Wagen an den Enden hatten die gleiche Form wie die Geschosse, die John Doe getötet hatten, der mittlere Wagen war abgestumpft und mittels eines gerippten Kunststoffschildes an die beiden anderen gekoppelt. Das ATL-Logo – grau auf rotem Grund – prangte auf jedem Wagen, wie die Augen, die die Matrosen früher auf ihre Schiffe malten.

Sogar im Stehen erzeugte der Zug ein lautes, summendes Geräusch, als könnte er die Abfahrt nicht erwarten.

Loren nahm die Sonnenbrille ab und stieg von der abgenützten Holzplattform in den vorderen Wagen. Die Innenwände waren cremefarben, die breiten Kunststoffsitze orange, hatten hohe Lehnen und gepolsterte Kopfstützen. Loren sah sich um. Er war der einzige. Es gab auch keinen Fahrer – der Maglev funktionierte vollkommen computergesteuert.

Er setzte sich in die erste Reihe und betrachtete durch das Fenster den alten Bahnhof. Er war noch im klassischen Stil des Südwestens gebaut, ein zweistöckiges, braunes Haus aus Adobeziegeln mit dem Santa-Fé-Logo auf der zierlichen falschen Fassade, die den Giebelbereich schmückte. Das Gebäude wurde zwar noch für Verwaltungszwecke verwendet, aber die Züge des Santa-Fé-Expreß fuhren Atocha nicht mehr an; das Gleis verband nur die Kupfermine von Atocha mit El Paso.

Jetzt, da die Mine geschlossen war, würde es überhaupt keine Züge mehr geben; die schienenlosen hatten sie überrollt. Man würde das Stationsgebäude dichtmachen und es dem Wetter und den Vandalen überlassen, wie die meisten anderen Haltestellen des alten Santa-Fé-Expreß im Südwesten. Die Leute aus der Umgebung verwendeten die Schwellen zum Bauen.

Loren überlegte, ob ATL das alte Stationsgebäude kaufen oder mieten würde, um den Endbahnhof repräsentabel zu erhalten. Das blau-weiße Santa-Fé-Logo könnten sie durch ihr graues magisches Zeichen auf rotem Grund ersetzen; das für das neunzehnte Jahrhundert typische Symbol gegen sein Pendant für das einundzwanzigste austauschen.

Es wurde dunkler. Die Sonne hatte sich hinter einer Wolke versteckt.

»Die Türen schließen«, verkündete eine weibliche Stimme. »Von den Türen zurücktreten!«

Loren sah sich um, als sich die Türen polternd schlossen. Die Stimme wiederholte die Anweisungen auf spanisch. »Danke!« schloß die Stimme fröhlich. »Muchas gracias!« Es klang, als stünde die Frau direkt hinter ihm. Die Frau kam offenbar aus Disney World – sie hatte die gleiche künstliche Fröhlichkeit, die Loren nur aus jenem künstlichen Umfeld kannte, wo die Leute hart arbeiteten, um unbeschwert zu wirken. Abgesehen davon, klang es wie eine natürliche Stimme und nicht wie eine Computerstimme. Loren hätte sich vielleicht wohler gefühlt, wenn es anders gewesen wäre.

»Bitte setzen Sie sich«, sagte die Stimme. »Bitte bleiben Sie während der Fahrt auf Ihren Sitzplätzen. Wenn der Zug beschleunigt oder die Geschwindigkeit verringert, bitte nicht aufstehen. Der ATL-Maglev-Expreß kann eine Reisegeschwindigkeit von mehr als dreihundertachtzig Stundenkilometern erreichen, obwohl auf dieser kurzen Strecke die Geschwindigkeit von dreihundert Stundenkilometern nicht überschritten wird. Danke für Ihre Aufmerksamkeit.«

Danach kam die Information auf spanisch. Das summende Geräusch wurde lauter. Plötzlich bewegte sich der Zug, zuerst langsam, weil er noch durch die Stadt fuhr. Dann verstummte das summende Geräusch, was die Vorstellung vortäuschte, daß der Zug bereits mit mehr als Schallgeschwindigkeit unterwegs sei.

Das ist die Zukunft, dachte Loren. So haben die Science-Fiction-Filme die Welt von Morgen beschrieben. Alles automatisch, alles perfekt. Stille. Effizienz. Sauberkeit.

Er sah sich wieder um. Es war unheimlich. Er war der einzige Fahrgast im Zug.

Alles ist so perfekt, dachte Loren, daß man ohne Menschen auskommt. Es gab nicht einmal einen Bremser – Scanner auf den Gleisen sollten ein eventuelles Hindernis signalisieren. Sogar die Instruktionen an die Passagiere sprachen von Computerstimmen, auch wenn sie absolut menschlich klangen.

Das war die Zukunft.

Ob es Sünde war, eine Zukunft zu planen, in der die Menschen keinen Platz hatten? Falls es Sünde war, welche? Begierde?

Nein, eher Stolz.

Rechts tauchten die schäbigen Häuser von Picketwire auf; ein stabiler Maschendrahtzaun, über den oben ein messerscharfer Draht verlief, trennte die Häuser von den Gleisen. Nachdem der Zug die unordentlichen Menschen hinter sich gelassen hatte, beschleunigte er. Loren wurde in seinen Sitz gedrückt. Draußen schoß die nackte Wüste vorüber, ab und zu eine Yucca-, Cholla- oder Kreosote-Pflanze. Die Stille war beeindruckend – nur wenn der Zug durch einen Taleinschnitt oder neben einer Böschung fuhr, hörte man den Fahrtwind wie einen fernen, verlorenen Schrei.

Der Zug wurde langsamer und näherte sich der Station Vista Linda. Loren wurde nach vorn gezogen. Das Summen war wieder zu hören, und die Türen öffneten sich polternd.

»Eine Minute Aufenthalt«, verkündete die Computerstimme.

Niemand stieg ein.

Die Stimme ertönte, die Türen schlossen sich, und der Zug beschleunigte erneut, diesmal viel rascher, so daß Loren in den Sitz gepreßt wurde. Braune Wüste flimmerte draußen vorüber. Wie ein silbriger Blitz flitzte die Brücke über den Rio Seco vorüber. Danach fuhr der Zug bereits über ATL-Land, das früher zur Figueracion-Ranch gehörte und wurde schließlich allmählich langsamer.

»Der Zug fährt in einer halben Stunde zurück«, verkündete die Stimme. »Wir danken Ihnen, daß Sie den Anweisungen folgten und sich als angenehme Passagiere erwiesen!«

Loren stand auf. Am liebsten hätte er nach der Quelle der fröhlichen Stimme gesucht und sie unter dem Absatz zermalmt.

Ein Bogen aus dunklem Kunststoff, fast sechs Meter hoch, bezeichnete den Bahnhof. Die rautenförmigen Verzierungen paßten zu den Messingornamenten im Beton und auf dem Kiesboden. Der Bogen stellte eine kunstvoll gearbeitete Sonnenuhr dar, die den nicht vorhandenen Pendlern die Pünktlichkeit erleichtern sollte.

Ein böiger Wind war aufgekommen. Der Himmel war teilweise von Wolken bedeckt. In Kürze würde es ein Gewitter geben, plötzlich würde der Regen nur so niederprasseln, wie es für New Mexico typisch war. Trockentäler füllten sich im Nu mit Wasser und überraschten Ortsunkundige. In manchen Teilen des Bundesstaates gab es Straßenschilder mit der Aufschrift ACHTUNG WASSER! Recht amüsant, wenn rundherum nur Wüste zu sehen war, aber nur so lang, bis man das erste Mal eine solche urplötzliche Überschwemmung erlebte.

Aber nach drei Jahren Dürre war jedes Wasser willkommen.

Hinter dem Bogen stand eine kleine Hütte mit zwei Wachen, einem Mann und einer Frau. Die beiden saßen und hörten Radio. Zum Unterschied von der Jeepbesatzung trugen diese adrette Khaki-Uniformen und Baseballmützen mit dem ATL-Logo. Sie waren mit Tanfoglios ausgerüstet, wie Loren sofort auffiel.

Die Frau stand auf und unterdrückte ein Gähnen. »Ja bitte, Sir?« fragte sie.

»Mein Name ist Loren Hawn. Ich bin mit Ihrem Boss verabredet.«

»Würden Sie sich bitte eintragen?«

Loren kam der Aufforderung nach. Das Buch war ähnlich angelegt wie das Logbuch für die Telefongespräche, von dem er immer noch eine Seite in der Brusttasche hatte. Die Frau übergab ihm einen roten Passierschein mit der Aufschrift BESUCHER und einer großen 11.

»Wo finde ich denn das Büro von Mr. Patience?«

»Wenn Sie sich einen Augenblick gedulden, rufen wir Ihnen ein Begleitfahrzeug.«

Loren seufzte. Zuerst im Zug die fröhliche Computerstimme wie in Disney World, jetzt die institutionalisierte, uniformierte Paranoia. Was glaubten sie, daß er hier vorhatte? Eine Bombe deponieren?

»Nicht notwendig«, antwortete er. »Sagen Sie mir nur, wie ich hinkomme.«

»Wenn Sie warten …«

Loren zeigte auf irgendein Gebäude. »Ich glaube, in diesem Gebäude, hat er gesagt.« Damit ging er.

»Aber Sir! Sir!«

Loren ging rascher und setzte die Sonnenbrille auf. Vor ihm lag eine breite, schwarz geteerte Straße mit begrüntem Mittelstreifen. Sie endete unmittelbar vor dem Bogen über einer hohen, modernistischen Plastik: länglich gesägte Formen aus Kunststoff und glänzendem Aluminium wanden sich gegen den Himmel. Loren hatte Fotos davon gesehen; die Skulptur hatte einen wissenschaftlich angehauchten Namen: *Verborgene Symmetrien* – oder so ähnlich hieß sie.

An beiden Seiten der breiten Straße standen braune Gebäude. Manche waren eindeutig Verwaltungsgebäude, dreigeschossig, mit Fenstern und flachen Dächern, mit den in New Mexico üblichen Stukko-Imitationen. Andere Gebäude hatten glatte Wände und große, schwere Stahltore an einer Längsseite und gewölbte Dächer, die entfernt an Nissen-Hütten erinnerten. Auf einem Gebäude stand in großen blauen Buchstaben das Wort FIDO. Vermutlich waren darin schwere Maschinen aufbewahrt. Einige niedrige Gebäude waren wie Bunker in den Boden gebaut und hatten Solarzellen auf den flachen Dächern. Loren hatte nicht die geringste Ahnung, was in diesen Gebäuden untergebracht war.

Alle Gebäude waren gelbbraun, und jedes hatte eine blaue Nummer aufgemalt, doppelt so hoch wie ein Mensch. Es sollte sich offenbar niemand verirren.

»Sir! Sir!«

Die Frau holte ihn ein. Ein langer, blonder Zopf hing über ihren Rücken und schwang von links nach rechts, als sie ihn hüpfend einholte. »Ich gehe einfach mit Ihnen, ja?« Ihre Stimme hatte die gleiche herablassende Herzlichkeit wie die Stimme im Maglev.

»Wie Sie wollen«, antwortete Loren. Er ging an der Skulptur vorüber. Der Wind erzeugte in der Metallkonstruktion ein hohles, pfeifendes Geräusch.

»Ist ein interessantes Geräusch, nicht wahr?« meinte die Frau. Sie mußte hüpfen, wenn sie mit seinen langen Schritten mithalten wollte. »Gefällt Ihnen die Plastik der ›*Entdeckten Symmetrien*‹?«

Loren warf einen Blick auf die Konstruktion. Er hatte den Namen fast richtig geraten. »Nicht schlecht. Ich verstehe nicht viel von moderner Kunst.«

»Mir gefallen die Geräusche. Es klingt immer anders,

je nachdem, woher der Wind bläst. Wir biegen hier links ab.«

Sie bogen zwischen zwei halbrunden Wellblechhütten ein und gingen über einen Betonweg, der von nackter brauner Erde gesäumt wurde. Ein Windstoß pfiff zwischen den Gebäuden durch und schleuderte Loren Wüstensand in die Augen – trotz der Sonnenbrille. Er blinzelte und hielt die Hand schützend vor das Gesicht. Die ersten Regentropfen trafen seinen Handrücken. Auch auf dem Betonboden vor ihnen explodierten jetzt die Tropfen.

Der Windstoß verebbte. Loren ließ die Hand sinken und entdeckte William Patience, der aus einer Staubwolke auftauchte und hastig mit gesenktem Kopf und in den Taschen vergrabenen Händen weitereilte. Patience hob den Kopf, als der Regen wie Sperrfeuer niederprasselte.

»Loren!« rief er. »Kein Wunder, daß Sie nicht warten wollten! Hier entlang!«

Er begann zu laufen. Loren hielt den Pistolenhalfter fest, damit er nicht auf- und abhüpfte und lief hinterher. Von der dunklen Brille prallten die Wassertropfen ab. Seine Begleiterin kehrte um und rannte mit pendelndem Zopf zurück.

Sie hetzten an einem eingezäunten, asphaltierten Parkplatz vorüber, auf dem die braunen Blazer parkten und stürzten in das Gebäude daneben. Die Wände waren aus Stahl, und über der Tür war eine Kamera montiert. Patience wartete keuchend auf Loren und streifte das Wasser von der grauen Jacke. Er löste das Gummiband um den Pferdeschwanz und schüttelte die langen, nassen Haare. Mit den offenen, bis zu den Schultern reichenden Haaren und den gut geschnittenen, uniformähnlichen Kleidern strahlte er so etwas wie verruchte Ehrbarkeit aus, wie ein gut betuchter Drogenhändler im Ruhestand, der sich in der Sonne von Cancún zur Ruhe gesetzt hat.

»Ich habe die Logbücher für Sie«, verkündete er. »Von Freitag und Samstag.«

»Danke.«

»Sie sind im Computer.«

»Ich möchte die Originale sehen.«

»Die Originale sind im Computer gespeichert. Ich zeige sie Ihnen.«

Die Decke des Vorraums, den sie betreten hatten, war weiß verkleidet, die Wände waren aus wüstenbraunem Stahl. Auf einem Tisch aus rötlichem Metall standen ungefähr ein Dutzend Fernsehschirme, die vermutlich die verschiedenen neuralgischen Punkte des Komplexes überwachten. Niemand saß an den Monitoren. An drei Wänden führten schwere Stahltüren im einheitlichen Bundesgrün weiter. Diverse Plakate an den Wänden bezogen sich auf Sicherheitsvorschriften: SIE SIND VERANTWORTLICH FÜR DIE SICHERHEITSMASSNAHMEN AN IHREM COMPUTER und MAN WEISS NIE, WER MITHÖRT. Auf dem Bild daneben telefonierten zwei Leute miteinander, einer in Militäruniform. Eine finstere Gestalt hatte die Leitung angezapft und lauschte boshaft grinsend.

Der Regen trommelte auf das Metalldach. Patience zog eine Holokarte in der Größe einer Kreditkarte durch eine Lesevorrichtung an der Wand neben einer Tür. Ein Summer ertönte, Patience öffnete die Tür, hielt sie für Loren auf und ließ ihn vorangehen. Im Vorübergehen konnte sich Loren des Eindrucks nicht erwehren, daß Patience ihn nach verborgenen Kriterien testete. Er vermutete, daß sein bisheriges Verhalten enttäuschend gewesen war.

Sie kamen durch einen leeren Korridor. An einer Korkwand hingen achtlos hingeheftete Nachrichten und flatterten im Luftzug der Klimaanlage. Am anderen Ende war eine Kamera angebracht. Patience ging jetzt voran.

»Haben Sie gesagt, daß die Originale des Logbuchs

computerisiert sind?« fragte Loren. »Beim Betreten des Geländes unterschrieb ich in einem Buch.«

»Es *sind* die Originale, die wir im Computer haben«, erwiderte Patience. »Jeder Sicherheitsposten hat einen Scanner – Information und Unterschrift werden sofort vom Buch in die Datenbank eingespeichert. Dann vergleicht der Computer die Unterschriften mit der in den Akten der Angestellten.« Patience betrat einen hell erleuchteten Raum. »Möchten Sie Kaffee? Ich könnte einen vertragen.«

Sie befanden sich in einer kleinen Cafeteria mit ein paar Tischen und Bänken. Entlang der Wände standen Verkaufsautomaten und Videospiele. An einem der Spiele hing an einem Kabel eine Pistole. Aber die Kampfgeräusche der Videospiele wurden vom Trommeln des Regens auf dem Dach bei weitem übertönt. An den Wänden hingen Plakate, die für eine Eliteeinheit des Militärs warben; auf jedem war ein Soldat zu sehen, mit der Waffe im Anschlag. Spezialtruppen, Marineinfanterie, SAS mit schwarzen Kopfschützern, die nur die Augen freiließen, ein Soldat in russischer Uniform mit einem russischen Sturmgewehr jüngster Bauart, auf dem kyrillische Buchstaben sowie ein roter Stern mit vielen Ausrufungszeichen prangten.

Patience goß bei einer Kaffeemaschine Kaffee in eine Tasse, die seinen Namenszug und das finstere Bild eines Soldaten der Green Berets in Tarnbemalung trug.

»Es ist übrigens guter Kaffee«, klärte Patience Loren auf. »Wir filtern das Wasser.«

»In diesem Falle nehme ich einen.«

»Sahne? Zucker?«

»Schwarz.« Loren inspizierte die Automaten. Einer war für Sodagetränke, einer für kleine Naschereien – Erdnüsse, Chips, Kekse – und der dritte für in Plastikfolie verpackte Sandwiches. Letzteren nahm Loren in näheren Augenschein.

Kaffee, Kartoffelchips, Schinken, Cheddarkäse auf Weißbrot.

John Does Mageninhalt.

Bei Loren schlug etwas Alarm. Er hockte sich hin und studierte die Beschriftung an den Fächern des Sandwichautomaten. Eisalat, Thunfischsalat, Schinken und Käse. Das war es.

»Möchten Sie etwas essen?« fragte Patience.

»Nein, danke.« Loren hatte auffällig lang auf die in Zellophan verpackten Sandwiches gestarrt, und er richtete sich endlich auf. In seiner Brusttasche knisterte das entwendete Blatt aus dem Logbuch; bei dem Gedanken an den Diebstahl zuckte er zusammen.

Patience beobachtete Loren eingehend, was diesem nicht entging.

»Ich möchte die Originale sehen«, bestand Loren.

Patience legte den Kopf schief und sah zur Decke hinauf. »Warten wir, bis der Regen etwas nachläßt. Dann laufe ich hinaus und hole sie. In der Zwischenzeit zeige ich Ihnen, wie der Computer funktioniert.«

Er reichte Loren den Kaffee und bedeutete ihm mitzukommen. Sie durchquerten denselben Korridor, durch den sie gekommen waren. An den Stahltüren, die sie passierten, waren in der Mitte Metallschlitze eingesetzt, in denen Namenskärtchen steckten. Auf einer Tür stand in Großbuchstaben ARSENAL, auf einer anderen ARREST. Vor dieser blieb er stehen.

»Haben Sie hier Gefangene?« fragte er.

Patience stieß ein kleines, trockenes Lachen aus. »Der Arrest wurde noch nie benutzt. Es ist eher als Ausnüchterungszelle gedacht. Falls sich einer unserer Angestellten hier betrinkt und in Gewahrsam genommen werden muß, bis er wieder nüchtern ist.«

Loren betrachtete das schwere Schloß. »Sie haben keine Befugnis, Verhaftungen vorzunehmen«, stellte er fest.

»Wenn jemand hier arbeitet, unterschreibt er eine Erklärung, mit der er auf bestimmte Rechte verzichtet. Wir dürfen unsere Angestellten zwölf Stunden festhalten.«

Loren kratzte sich am Kinn und starrte auf die Tür. »Ich glaube nicht, daß das legal ist. Verzichtserklärungen werden vor Gericht immer wieder als nichtig erklärt. Ein Mensch kann nicht einfach durch seine Unterschrift auf sein Recht auf einen fairen Prozeß verzichten.«

Patiences Gesichtsausdruck wurde undurchdringlich. »Nennen wir es eine Grauzone im Gesetz, okay?« Sein Ton machte deutlich, daß für ihn das Thema erledigt war. Loren beschloß, daß dieser Punkt kein Streitgespräch wert war. Wenn Patience eine Bürgerrechtsklage riskierte, sollte es Loren recht sein.

Sie kamen durch das Büro von Patiences Sekretärin, einer schlanken Frau mittleren Alters, deren militärisches Auftreten dem ihres Chefs ähnelte. Ihr Büro war mit großen Reisepostern dekoriert. Patience schob seine Karte in die Tür zu seinem Büro, sie öffnete sich summend, und er führte Loren in sein Reich. »Sie können mein Terminal verwenden«, bot er Loren an. »Ich habe ihn für Sie vorbereitet.«

»Danke.«

»Setzen Sie sich hier her.« Er deutete auf einen dunkel gepolsterten Ledersessel.

Auf dem Boden lag ein türkischer Teppich. Es gab keine Leuchtstoffröhren an der Decke, sondern der Raum wurde von Stehlampen beleuchtet; die aufwendigen Lampenschirme und Messingverzierungen paßten im Stil zum Teppich. Ferner gab es einen geschmackvollen Kleiderständer aus Messing, und zwei vollgestopfte Bücherregale ergänzten die Einrichtung. Der Schreibtisch war ein großes, modernes Rollpult aus Hartholz, der sich auch für ein Computerterminal eignete. In einer Ecke stand eine amerikanische Flagge, und auf der Fahnenstange saß ein vergoldeter Adler. Die Flagge in der anderen Ecke kannte Loren nicht. Die beiden Aktenschränke waren in militärisch mattem Schwarz gehalten. An der Wand hingen gerahmte Urkunden und eine Plakette mit dem Wappen der Spezialtruppe und dem Motto DE OPPRESSO LIBER. Auf einer anderen Plakette erkannte Loren einen stilisierten schwarzen Hubschrauber auf blauem Grund und einen blutroten Blitz; die Farben waren düster und die Darstellung war nur schwer zu erkennen. Darauf stand EINHEIT 77-112. ABRACADABRA.

An der Wand hing ein Bild von Patience in jungen Jahren. Er hatte damals ein rundes Gesicht gehabt, er trug einen Schnurrbart und auf den kurzen Haaren saß die grüne Feldmütze. Ein zweites Foto zeigte ein Zehn-Mann-Team der Spezialeinheit. Auf beiden Fotos sah der junge Mann ernst und entschlossen aus – im Grunde hatte sich der ältere Patience, dem das Büro gehörte, nicht viel geändert. An einer anderen Wand hing das Foto eines Mannes in grauer Uniform mit Habichtsnase und Adleraugen.

»Wer ist das?« wollte Loren wissen.

»Mushegh Abovian. Armenischer Freiheitskämpfer.«

Loren deutete auf die unbekannte Flagge. »Ist das eine armenische Flagge?«

Patience drückte Tasten auf dem Computer. »Während meiner Zeit bei der Spezialeinheit war die armenische Revolte für uns von großem Interesse.«

»Ohh. Auf welcher Seite waren wir damals?«

Wieder huschte das kurze, humorlose Lächeln über Patiences Gesicht. »Das kann ich nicht sagen. Das ist alles immer noch streng geheim. Können Sie mit einer Maus umgehen?«

»Klar.« Loren setzte sich an den Computer und stellte die Kaffeetasse auf den Tisch. Timothy Jernigan starrte Loren vom Bildschirm herunter durch seine dicken Brillengläser an. Patience stand rechts hinter Loren und deutete auf Symbole auf dem Schirm. Loren nahm den leichten Geruch von Waffenöl wahr, der der Pistole unter Patiences Arm entströmte.

»Ich habe die Dateien der Leute aufgerufen, die während der letzten Tage ein- und ausgegangen sind. Hier ist Dr. Jernigans Name, ID-Nummer, Position, Unterschrift, Vergleichsunterschrift vom Computerspeicher. Wir benutzen ein Hypertextsystem, das zusätzliche Informationen aufrufen kann – hier etwa.« Er beugte sich vor und drückte auf den Knopf der Maus. Das flimmernde Bild auf dem Schirm lief weiter und blieb bei einem Standardformular stehen. »Das ist Jernigans Datei samt den persönlichen Daten. Über dieses System haben Sie zu allen Informationen Zugriff, mit Ausnahme zu den Geheimdaten.«

»Wie ist es mit Sondra Jernigan?« fragte Loren. »Ich habe mir überlegt, ob John Doe vielleicht mit ihr bekannt war und nicht mit ihrem Mann.«

»Holen Sie sich einfach den Hypertext.« Er drückte wieder den Knopf und der Bildschirm wechselte. Sondra Jernigans Bild erschien. Sie hatte ein hübsches Lächeln aufgesetzt, und ihre Wangen waren leicht gerötet – Loren hatte die Frau anders in Erinnerung. »Das ist die Datei der Frau. Wir haben nicht viel. Wenn Sie etwas kopieren wollen, geben Sie es einfach in das System ein; es geschieht automatisch. Sie können auch auf Diskette kopieren, damit Sie es später durchgehen können.« Er reichte Loren eine Diskette.

»Danke.« Loren war äußerst mißtrauisch. Patience machte ihm den Zugang zu unzähligen Daten viel zu leicht. Loren würde Wochen für die Überprüfung der Daten jedes einzelnen brauchen; am Ende war er dann vermutlich genauso klug wie vorher.

Patience richtete sich auf. »Ich beneide Sie nicht«, sagte er. »Während des Beschleunigertests hatten wir mehr als dreißig zusätzliche Physiker in der Basis. Sie kamen aus Kalifornien, Massachusetts und Illinois.«

In der Basis, dachte Loren, ein interessanter Versprecher. Patience fuhr fort.

»Nachdem Sie das jetzt gesehen haben, wollen Sie immer noch das Original-Logo?«

»Tut mir leid, Bill, ich will es trotzdem.«

Patience blickte ihn lange gespannt an. Du liebe Zeit, dachte Loren, begreift denn der Kerl nie? »Nun gut«, stimmte Patience schließlich zu, zog eine Schublade eines Schranks heraus und entnahm ihr ein Plastikbündel, um das ein großes Gummiband geschlungen war. Er zog das Band herunter und schüttelte das Bündel auf. Ein Plastikponcho mit Kapuze in Wüsten-Tarnfarbe kam zum Vorschein.

»Ich bin bald zurück. Annette wird sich in der Zwischenzeit um Sie kümmern.«

»Danke.«

Patience antwortete nicht, sondern verschwand durch die schwere Tür. Loren stellte sich vor, wie schrecklich es sein mußte, William Patience zum Chef zu haben. Er stand auf, ging zum Bücherregal unterhalb des Fensters und überflog die Titel. *Schützenbibel. Handbuch des Kriegsmaterials* – drei Bände. *Fliehen und Entkommen. Kriegführung für Guerillaverbände und Operationen des Sonderkommandos* (FM 31-21). Loren suchte ein paar Reihen tiefer. *Geschichte der Modernen Türkei. Der Kampf Armeniens um Souveränität. Der Zerfall des Sowjetreiches. Geschichte der transkaukasischen Republiken 1918–1921. Ruhm und Wiedererrichtung der Armenischen Apostolischen Kirche. Armenien.* Armenische, russische und türkische Wörterbücher und Sprachführer.

Hier war nichts. Er sah zum Fenster hinaus; Patience mit Poncho und Kapuze lief über den Parkplatz; die polierten Schuhe hinterließen auf dem nassen Asphalt kurz Fußabdrücke, die vom strömenden Regen gleich wieder verwischt wurden. Loren überlegte, ob er den Schreibtisch des Mannes durchsuchen sollte, aber es würde zwecklos sein. Wenn es hier etwas zu finden gäbe, hätte ihn Patience nicht hergeführt, geschweige denn ihn allein im Raum gelassen.

Er wollte Loren nur mit seinem Computersystem und mit seiner Person beeindrucken.

Das ist typisch, dachte Loren, alles Angeberei.

Loren ging im Zimmer herum; der weiche türkische Teppich dämpfte seine Schritte. Einheit 77-112, las er auf der Plakette. Für jemand, der an einem streng geheimen Einsatz der Spezialtruppe teilgenommen hatte, die nicht einmal einen Namen hatte, tat William Patience alles Erdenkliche, damit jeder davon erfuhr. Das machte alles noch mysteriöser.

ABRACADABRA.

Die Diplome an der Wand stammten von einem abgeschlossenen Studium der Psychologie an der Universität von Boston und von mehreren Überlebenskursen. Eines bezeugte den erfolgreichen Abschluß eines Kurses auf ›Fortgeschrittenem Niveau‹, mit dem Kurstitel ›Widerstände in der Befragungssituation und Fluchttechniken‹.

Großartig. Patience ließ sich in den Ferien ganz schön quälen, nur um herauszufinden, aus welchem Stoff er gemacht ist.

Loren ging zum anderen Bücherregal. *Stressbewältigung. Atemkontrolle für Jogameister. Die fünfzehn tödlichsten Schläge. Gedankentraining für effektives Handeln. Entspannen!*

Überleben in der Wüste. Handbuch für den plötzlichen Tod (drei Bände). Geheimnis der Konzentration. Magengeschwüre und wie man sie überwindet.

Magengeschwüre, dachte Loren, nicht schlecht. Der Kerl war so verschlossen. Es war ein wahres Wunder, daß er bis jetzt nicht explodiert war.

Er ging zum Computer und begann, Daten auf die Diskette zu speichern. Er überflog den Bildschirm, und die Finger arbeiteten mit der Maus, aber seine Gedanken waren mit anderen Dingen beschäftigt.

Arrest. Sandwiches mit Schinken und Käse. Kaffee.

Stimmt. Angenommen Patience oder einer seiner

Männer hatten Freitag oder Samstag jemand in das Arrestzimmer gesteckt. Angenommen, sie gaben ihm zu Mittag zu essen, und als die Wache das Tablett entfernen wollte, schlug der Gefangene die Wache zusammen und verletzte sich dabei zwei Fingergelenke. Angenommen, der Gefangene lief danach hinaus auf den Parkplatz, zerrte Jernigan aus dem Auto und fuhr davon. Vielleicht war er auf der Flucht angeschossen worden?

Nein, dachte Loren, denn es machte keinen *Sinn*. Unter diesen Umständen hatte ATL das *Recht* zu schießen. Wenn es sich so abgespielt hatte, warum sollten sie ein Geheimnis daraus machen?

Das Trommeln auf dem Dach wurde schwächer und hörte schließlich auf. Im Büro nebenan erklangen Schritte, der Türsummer ertönte, und Patience betrat mit zwei dicken Wälzern den Raum. Den nassen Poncho hatte er draußen gelassen.

»Hier haben wir alles. Ich habe den Freitag für Sie angemerkt.«

Loren blickte auf. »Danke.«

Patience blickte Loren über die Schulter. »Kommen Sie voran?«

»Mein Arbeitspensum steigt rapide.«

»Mein Beileid. Aber Sie wollten es so.« Patience ging zur Kleiderablage, bückte sich und zog die Schuhe aus. Dann legte er Sakko und Schulterhalfter ab und hängte beides auf den Kleiderständer. »Falls Sie keine Fragen haben, werde ich ein paar Muskeldehnübungen machen.«

»In Ordnung.«

Patience legte sich auf den Teppich. Der Schreibtisch versperrte Loren die Sicht auf das, was Patience machte, aber was immer es war, er stöhnte dabei, als würde ihn jemand ständig in den Bauch treten. Atemübungen für Folteropfer, dachte Loren. Vielleicht könnte Patience ein Buch darüber schreiben.

Er hatte alles auf Diskette kopiert und nahm sie aus

dem Laufwerk. Danach widmete er sich den Logbüchern, die Patience gebracht hatte. Das eine war vom Tor, durch das die Fahrzeuge fuhren, das andere von der Maglev-Station. Er öffnete ersteres, wo es Patience mit einem Blatt Papier markiert hatte. Mit blauen oder schwarzen Kugelschreibern hingekritzelte Unterschriften, ein Durcheinander von Namen, Anschriften und ID-Nummern. Er blätterte die Seiten durch und schenkte dabei dem gebundenen Rücken größte Aufmerksamkeit, um sicher zu gehen, daß nichts herausgerissen worden war. Anscheinend war alles da. Er sah das andere Logbuch durch; es war ziemlich das gleiche. Loren nahm die beiden Bände, beugte sich über den Tisch und fragte Patience: »Kann ich hier irgendwo Kopien machen?«

Patience lag auf dem Rücken, die Knie angezogen, die Füße unter dem Gesäß. Loren erinnerte sich noch aus seiner Zeit beim Footballteam der Highschool an die Stellung; wenn man nicht gelenkig genug war, zerrte man sich dabei die Kniesehnen. Patiences lange Haare lagen ausgebreitet auf dem Teppich, wie bei einer viktorianischen Jungfrau, die in Ohnmacht gefallen war. Auf seiner Stirn standen kleine Schweißtropfen.

»Fragen Sie nur Annette«, antwortete er.

Loren ging in das Büro der Sekretärin. In einer Ecke hing Patiences Poncho, von dem das Regenwasser tropfte. Die Sekretärin – Annette, wie er annahm – deutete auf den Kopierer, einer beigen Kiste unter einem Farbfoto von maskierten chinesischen Tänzern. Loren lehnte ihr Angebot zu helfen ab, machte seine Kopien und ging zurück in Patiences Büro.

Patience war aufgestanden und band gerade die Haare zurück. Er atmete schwer und tupfte sich mit einem Taschentuch den Schweiß ab.

»Ich denke, ich habe jetzt, was ich wollte«, meinte Loren.

Patience sah zum Fenster hinaus. Sonnenschein glitzerte in den Pfützen auf dem Asphalt. »Würden Sie sich gern den Protonenbeschleuniger ansehen?«

»Sehr gern.«

»Wir nehmen meinen Jeep. Sie wollten ohnehin sehen, wie die halbautomatischen Gewehre verstaut sind.«

Loren hatte das vergessen. »Natürlich. Vielen Dank.«

Sie verließen das Büro durch die Hintertür, die weder Klinke noch Knopf, sondern eine Stange quer über die Tür hatte, die man hinunterdrückte, wie bei den Theatertüren. Die Tür führte direkt hinaus auf den Parkplatz. Loren überlegte, wie einfach ein Flüchtling durch diese Tür entkommen konnte, ohne daß ihn jemand bemerkte.

Die Sonne brannte auf den Parkplatz herunter und spiegelte sich in den Öl- und Wasserpfützen. Über der Mesa im Osten hing ein dunkler Regenschleier, aber hier war das Gewitter vorbei. Es war nicht genug, um die Dürre zu lindern, dachte Loren. Die Blitze entfachten nur neue Waldbrände.

Patience ging auf ein Tor in der Parkplatzumzäunung zu und öffnete es mit der Holokarte. Nur Kartenbesitzer hatten Zugang zu den Blazern mit den Waffen, für entsprungene Gefangene blieb der Platz versperrt.

Patience führte Loren zu einem Jeep, öffnete die Tür mit dem Schlüssel und stieg ein. Loren setzte sich auf den Beifahrersitz.

»Hier drinnen sind die UZIs.« Patience klopfte dabei auf eine unscheinbare schwarze Aluminiumkiste zwischen den Vordersitzen, unmittelbar hinter der Handbremse. Er zog am vorderen Deckelende, und die Kiste schob sich an Scharnieren nach hinten. Darunter lagen zwei halbautomatische Gewehre mit den Griffen nach oben, so daß man sie im Notfall nur herausziehen mußte. Je ein Magazin war eingelegt, und darunter lagen weitere Magazine. Beide Waffen wurden unmittelbar vor dem Abzugsbügel durch einen schweren Metallstab niedergehalten. Auf der Metallstange saß unter einer roten LED-Anzeige eine zehnstellige Tastatur.

»Die Legierung widersteht jeder Metallsäge. Man müßte schon zehn Minuten mit einem Schweißgerät arbeiten. Um das Schloß zu öffnen, muß man die richtige dreistellige Kombination kennen.« Sein Zeigefinger wies auf das Schloß.

»Lassen Sie mich«, bat Loren.

Patience hielt inne. »Also gut.«

Lorens Finger drückte 571. Das rote Licht auf der LED-Anzeige verschwand und ein grünes leuchtete auf. Loren zog die Stange am Schloß hoch, nahm eine der UZIs am Griff heraus und richtete sie auf Patience.

»Bang«, sagte er, »Sie sind tot.«

Patience starrte ihn mit großen Augen an. Loren lächelte.

Eiskalter Zorn stand Patience ins kantige Gesicht geschrieben. »Wer hat Ihnen das gesagt?« Seine Stimme zitterte, er stotterte beinahe – er war wirklich erschrocken, als er die Mündung auf sich gerichtet sah. Loren konnte das durchaus verstehen.

Loren legte die Waffe an ihren Platz zurück. »Niemand.«

»Der Hundesohn fliegt sofort.«

»Sehen Sie sich einmal die Tastatur des Schlosses an«, forderte Loren ihn auf.

Patience senkte zögernd den Blick. Loren schloß die Verriegelung. Das rote Licht leuchtete auf, das grüne erlosch.

»Drei Tasten sind schmutzig«, erklärte Loren. »Es mußte entweder diese Kombination sein, oder eine der beiden anderen.«

Patience atmete mit einem leisen Zischen aus und lachte trocken.

»Sie haben mir eine Lektion erteilt, Loren. Von jetzt an bekommt jeder eine Flasche Reinigungsspray, um die Tasten sauber zu halten. Danke.«

»Sie könnten mir Ihren Dank erweisen, indem Sie diese Gewehre nicht in meine Stadt bringen.«

Patience warf ihm einen kurzen Blick zu und schüttelte kaum merklich den Kopf.

»Früher oder später werden Ihnen welche gestohlen. Es interessiert mich nicht, wie gut Ihr Sicherheitssystem ist. Der Dieb wird vielleicht ein rotznasiger Jugendlicher sein, der damit auf die High School schießt oder auf das Auto eines anderen Jungen schießt. Ich will nicht, daß in meiner Stadt ein jugendlicher Halbstarker solche Waffen in die Hände kriegt.«

»Ich kann die Gewehre nicht entfernen«, beharrte Patience. »Es ist mit meiner Aufgabe nicht vereinbar.«

Loren richtete sich in seinem Sitz auf und starrte durch die regennasse Windschutzscheibe. Hilfloser Zorn tobte in ihm, wie eine Wespe gegen eine Fensterscheibe. »Wir werden sehen«, sagte er.

Patience zog den Deckel der Metallkiste wieder über die Maschinenpistolen. Er startete den Blazer, fuhr rückwärts aus der Parklücke hinaus und drückte den Knopf, der das Tor öffnete. Sie fuhren auf der Hauptstraße bis zu den *Entdeckten Symmetrien*, über den Boulevard, vorüber am Verwaltungsgebäude und an den Gebäuden mit den Tonnendächern; auch das Gebäude, auf dem FIDO stand, passierten sie.

»Schwarze Labs«, erklärte Patience. »Hier wird streng geheime Forschungsarbeit betrieben.«

Auf einem der bunkerähnlichen Gebäude stand PRINCE. Auf einem anderen SHEP.

»Schwarze Labs, ich verstehe«, nickte Loren.

Patience sah ihn verwirrt an. »Sie verstehen was?«

»Schwarze Labs.«

»Ja. Schwarze Laboratorien. Was ist damit?«

»Schwarze Labs? Wie Labradorhunde? SHEP? FIDO? Physikerhumor. Begreifen Sie?«

Patience schien zu begreifen. Er lächelte höflich, ohne es lustig zu finden. »Jetzt verstehe ich. Ein Wortspiel.«

Loren sah den Regentropfen zu, die über die Windschutzscheibe liefen. Was war das für ein Mensch? Er fuhr doch jeden Tag an diesen dämlichen Gebäuden vorüber.

Wahrscheinlich hielt er es nicht für seine Aufgabe, darüber nachzudenken.

»Ich weiß nicht genau, was sie da drinnen machen.« Patience klang bedrückt.

»Sie brauchen es auch nicht zu wissen, nicht wahr?«

»Vermutlich nicht. Aber wenn ich in einer Bar sitze und neben mir führt jemand mit einer Schwarzen-Lab-Karte mit einem anderen ein Fachgespräch, habe ich keine Ahnung, ob er streng geheime Informationen ausplaudert oder nicht.«

»Kommt darauf an, mit wem er sich unterhält«, meinte Loren. »Wenn der andere mit russischem Akzent spricht und einen schäbigen Anzug trägt, werden Sie vermutlich etwas unternehmen müssen.«

Wieder das trockene Lachen. »Spione der anderen Seite tragen seit vierzig Jahren keine schäbigen Anzüge mehr. Kim Philby hat ihnen beigebracht, wie man sich kleidet. Die meisten Wissenschaftler sind so glücklich, wenn sie sich über ihr Fachgebiet unterhalten können, daß sie mit jedem reden. Das heißt nicht unbedingt, daß sie die Geheimhaltungsvorschriften mißachten; oft reden sie um die vertraulichen Dinge einfach herum und überlassen es ihren Zuhörern, einzufügen, was sie ausgelassen haben.«

Nicht Jernigan, dachte Loren. Der Kerl blieb bei seiner Geschichte. Und bei Dielh hatte es den Anschein, als würde er überhaupt nicht reden.

Am Ende des Boulevards bogen sie links ab. Nach vierhundert Metern kamen sie zu einem niedrigen Gebäude mit Flachdach. Es war eine Betonkonstruktion, die man braun gestrichen hatte, so daß es aussah wie ein von einem deutschen Perfektionisten gebautes indianisches Pueblo. Hinter dem Gebäude dehnte sich die

Wüste mit den surrealen Gebilden der Ocotillo-Kakteen und Yuccas.

»Warum steht dieses hier ganz allein?« fragte Loren.

»Aus Sicherheitsgründen wurden schwarze Labs und Verwaltungsgebäude nahe aneinander gebaut. Hier sind die Beschleuniger untergebracht, daher steht es abgelegen. Die TOKAMAK und Sprengplätze sind weit draußen in der Einöde.«

»Sprengplätze?«

Patience hielt vor einem Holzschild. Auf türkisfarbenem Grund stand in blauen Buchstaben LINAC. »Ja.« Er zog die Handbremse an. »Unten beim MCG – das steht für Magnetisch-Cumulativer Generator. In einer besonders geformten Kammer wird ein Magnetfeld geschaffen, dann komprimiert man es mit einer Explosion und leitet die Energie auf das Ziel. Die Russen haben in dieser Sache die Nase vorn gehabt.« Seine Finger deuteten in der Luft eine Explosion an. »Boom. Das Ziel löst sich in Luft auf.«

»Großartig«, erwiderte Loren ohne Enthusiasmus.

Er folgte Patience durch zwei vier Meter hohe Stahltore in einen Vorbau an der Vorderseite des Gebäudes. Patience brauchte keine Holokarte, um sie zu öffnen. Er zog die unversperrte beige Stahltür auf. Loren war überrascht.

»Gibt es hier draußen keine Sicherheitsvorkehrungen?«

»In diesem Gebäude geschieht nichts, was unter die Geheimhaltung fällt. Es wird daher nur nachts abgeschlossen, wenn niemand mehr hier ist.«

»Aha.«

»Aber irgend jemand ist fast immer hier. Die Leute arbeiten zu allen möglichen Zeiten – das werden Sie sehen, wenn Sie die Logs durchgehen. Die Leute kommen um zwei Uhr morgens und bleiben für eine Achtzehn-Stunden-Schicht.«

Die Innenwände waren aus rohem Beton, an dem die

Abdrücke des Schalungsholzes zu sehen waren. Alles war im staatlichen Einheitsgrün gestrichen. An Korkplatten hingen unzählige Notizen, oft vier oder fünf übereinander. Auf manchen wurden Konferenzen mit irgendwelchen obskuren Themen angekündigt. Manche trugen die Überschrift UNTERLAGEN GESUCHT. Andere waren fachliche Informationen. Loren las ein Blatt. *Einblicke in die Natur der klassischen Schwerkraft und der Quanten-Schwerkraft über Null-Strut-Calculus.* Loren bemühte sich gar nicht, es zu verstehen und ging zur nächsten Notiz über. *Multimega-Ampère Plasmafluß linear geschalteter Implosionen.*

Keine Chance.

Die ersten Räume waren leere Büros mit weißen Tafeln, Korktafeln und Stahlschreibtischen mit Computerterminals. Zwischen diesen und den pastellgrünen Bücherregalen hingen Reiseplakate. Ob ATL diese Poster wohl im Großhandel bezog? Alle Räumen hatten Leuchtstoffröhren an den Decken, und Loren fand das Licht allmählich bedrückend.

»Hier herein.« Patience öffnete eine Tür mit der Aufschrift KONTROLLRAUM. Darunter klebte ein Aufkleber in oranger Leuchtfarbe und grüner Schrift mit der mittlerweile vertrauten Nachricht, daß Heisenberg hier geschlafen hatte oder vielleicht auch nicht.

»Du lieber Himmel«, sagte Loren und fühlte sich ins Pentagon versetzt, als sie den Raum betraten. Der Raum war zumindest halb so lang wie ein Footballfeld. Das Licht war gedämpft, auf dunklen Konsolen standen Monitoren mit extrem hoher Bildauflösung. Es fehlte nur eine riesige Landkarte von Rußland.

Loren befand sich im zweiten Stockwerk auf einer Art Balkon, der rund um den ganzen Saal lief. Ventilatoren summten leise. Entlang den Wänden standen achtzig Zentimeter große Fernsehmonitoren und starrten ihn wie helle, blicklose Augen an. Ein Aluminiumgeländer verhinderte, daß faszinierte Besucher hinunterfielen.

Auf der unteren Etage standen an den Wänden mattschwarze Tische mit Monitoren, von denen die meisten nur ein Testbild zeigten, nämlich ein Computerbild des ATL-Logos, dessen Farben sich ständig änderten, um Phosphor-Brandspuren zu verhindern. Die Hälfte der Monitoren waren Holotanks, auf denen das Logo dreidimensional langsam rotierte. In der Mitte des Saals waren ebenfalls Monitoren montiert, die so geneigt waren, daß jeweils zwei Techniker einander während einer Operation gegenübersitzen konnten.

Wie im *Raumschiff Enterprise*, dachte Loren.

An einem der Monitoren in der Mitte saßen zwei junge Männer, starrten konzentriert auf ein holographisches Bild und murmelten gespannt vor sich hin. Der weiche Teppich schluckte das Geräusch von Lorens Schritten, als er hinter Patience die freitragende Treppe hinunterstieg und die untere Ebene betrat.

»Du verlierst es«, sagte einer der Männer, ein Asiate in T-Shirt und Jeans. »Du wirst abstürzen und verbrennen.«

»Scheißkerl!« Ein Blitz erhellte das Gesicht des anderen von unten. Er war stämmig, mit kräftigen Nackenmuskeln; vermutlich ein Gewichtheber.

»Schlag zu!« drängte der erste. »Schlag zu!«

Der andere tippte wild auf die Tasten.

»Du hast keine Wahl!«

»Scheiße! Scheißscheißscheiß!« Ein zweiter Blitz beleuchtete sein Profil. Beide Männer entspannten sich allmählich und lehnten sich in den gepolsterten Stühlen zurück. Sie schienen einen unersetzlichen Verlust erlitten zu haben.

»Sechzehntausend«, meinte der erste. »Nicht schlecht.«

»Ich war besser.«

»Darf ich unterbrechen«, ließ sich Patience vernehmen. Die beiden blickten auf.

»Hi.« Der Gewichtheber stand auf. Er trug Levis,

braune Arbeitsschuhe und ein Flanellhemd mit hochgerollten Ärmeln, um die Rundung seines Bizeps besser zur Geltung zu bringen. Mit dem nach unten gebogenen Schnurrbart und der dunkel gefaßten Brille sah er aus wie ein wohlhabender Rancher auf dem Weg in die Stadt.

»Ich suche jemanden, der mit Polizeikommandant Hawn eine Führung machen könnte«, bat Patience.

Der Mann sah seinen Freund grinsend an und zeigte dabei einen silbernen Schneidezahn. »Wir haben Zeit.« Er trat vor und reichte Loren die Hand. »Ich bin Kelly Steffens.«

»Loren Hawn.«

»Yoshi Kurita.«

Loren schüttelte beiden die Hand. Kurita hatte ein schmales, lebhaftes Gesicht und trug eine Brille, die am Nasensteg geklebt war. Auf seinem T-Shirt war ein Holobild des *Galileo*-Explorers, wie er gerade einen Instrumententräger auf einen der Jupitermonde abschoß. Es sah aus, als hätte er ein rechteckiges schwarzes Loch in der Brust, in dem Planeten und Sonde dahinschwebten.

»Ein hübsches Hemd«, kommentierte Loren.

»Ein neues Verfahren.« Kurita grinste. »In sechs Wochen sehen Sie es an allen Straßenecken.«

»Kann ich mir denken.«

»Ich muß ein paar Telefonate erledigen«, unterbrach Patience. »In ein paar Minuten bin ich zurück. Ich gehe nur nach oben, keine Sorge.«

Ich mache mir keine Sorgen, dachte Loren, sagte es aber nicht.

Patience nahm auf seinem Weg nach oben zwei Stufen auf einmal. Loren hatte das Gefühl, tiefer und tiefer in Treibsand zu versinken. Hier war nichts Wichtiges zu entdecken, soviel war klar. Mit der Tour verhielt es sich genauso wie mit den Computerdateien. Wenn es etwas von Bedeutung gäbe, würde ihn Patience nicht allein lassen.

Loren legte die Kopien auf den kühlen, glatten Computertisch. Er wußte nicht, was er tun sollte und besah sich daher den Holotank. Vor dem Hintergrund eines unermeßlich tiefen, blauen Himmels und dahintreibenden Wolken standen in glänzenden Chrombuchstaben die Worte HOLO CYBERCOPS III. Ein Computerspiel.

»So, so. Dafür werden also die Steuergelder ausgegeben«, stellte er fest.

Steffens grinste. In seinem silbernen Schneidezahn glommen Holobilder. »Ich werde von einem privaten Unternehmer bezahlt, nicht von der Regierung.«

»Dann ist es in Ordnung.«

»Ich bin außerdem nur Techniker, kein Akademiker. Ich werde nur dafür bezahlt, Dinge zu reparieren, aber heute ist es ihnen nicht geglückt, viel kaputt zu machen.«

»Wir haben unsere Checkliste vervollständigt«, verteidigte sich Kurita.

»Wollen Sie irgend etwas Bestimmtes sehen?« fragte Steffens.

»Ich nehme nicht an, daß Sie am Freitag hier waren.«

Sie grinsten wieder. »*Alle* waren am Freitag hier.« Erst jetzt bemerkte Loren, daß Steffens einen Wolfsrachen hatte. Daher fehlte auch ein Zahn. Und der Schnurrbart bedeckte die Narbe an der Oberlippe.

»Dr. Jernigan?« fragte Loren. »Dr. Dielh?«

»Die ganz besonders. Sie haben die Show abgezogen.«

»Armadas Singh?«

»Klar. Den kann man nicht übersehen.«

»Und Mr. Patience?« Loren sah sich um und sah, wie sich die Tür leise schloß.

Steffens verzog überlegend das Gesicht und sah seinen Partner an, der unmerklich die Schultern hob. »Den habe ich nicht gesehen.«

»He, komm! Zeigen wir ihm den Urknall«, schlug Kurita vor.

»Gute Idee. Wollen Sie die Erschaffung des Universums sehen? Wir haben eine ziemlich gute Aufnahme.«

Loren sah von einem zum anderen und war sich nicht sicher, ob sie ihn jetzt auf den Arm nahmen.

Wenn das der Fall war, dann wehe ihnen! dachte Loren.

Aber die beiden beugten sich über die Konsole und tippten begeistert auf der Tastatur herum.

»So!« rief Kurita. »Wir sind aus den Spielen ausgestiegen.«

»Verwende Version D. Die ist am vollständigsten.« Steffens sah zu Loren hoch. »Es sind phantastische Effekte drinnen.«

»Sehen Sie hier!« Kurita zeigte auf den Schirm.

Auf der langen Konsole bildete sich etwas heran, eine würfelförmige Verlagerung des Lichts, eine Leere, die sich durch kurze Lichtpunkte auszeichnete und sich von der Leere, die vorher dagewesen war unterschied. Wie Kuritas T-Shirt schien es wie ein Fenster, das Ausblick in eine andere Dimension gewährte, eine Leere, die von einem anderen Ort ausging, vielleicht von einer anderen Welt.

»Auch das ist ein neuer Prozeß«, erklärte Kurita.

»Holographie ohne Tanks«, warf Loren dazwischen. »Ich sah es in den Nachrichten.«

»Richtig.«

»Feuer eins«, schlug Steffens vor. Kurita drückte auf die Taste.

Ein blendender Blitz aus weißem Licht zuckte durch den leeren Würfel. Lichtbrocken verstreuten sich, taumelten, vollführten verrückte Spiralen, wie aufschnellende Federn. Loren blinzelte. Steffens versetzte dem Freund einen spielerischen Schlag mit der flachen Hand auf den Kopf.

»Idiot. Zeitlupe natürlich!«

»Das *war* Zeitlupe.« Er rieb sich ärgerlich den Kopf.

»Nimm einen anderen Absolutwert!«

»Warte nur.« Er tippte wieder drauf los.

»Überspringe einen Absolutwert. Mach es ganz langsam!«

Steffens blickte zwischen Loren und den holographischen Würfeln hin und her. »Mit den Supraleitern bei Raumtemperatur kann unser Linearbeschleuniger höhere Energien produzieren als der Supercollider, noch dazu ohne diese blöden Hundertfünfzig-Kilometer-Kreise. Die Energiekosten für die ganze Sache sind außerdem wesentlich geringer – der Supercollider braucht gleich so viel Energie wie eine größere Stadt, und zwar hauptsächlich für den Betrieb der Kompressoren und Pumpen der altmodischen Supraleiter. Die brauchen wir nicht.«

»Was macht ihr denn?« wollte Loren wissen. Seit er den Raum betreten hatte, war er vollkommen verloren. »Benutzen Sie die Beschleuniger?«

»Nein.« Wieder das silbern blitzende Grinsen. »Um die Beschleuniger zu betreiben, sind viele koordinierte Arbeitsvorgänge nötig; der Raum wäre jetzt voll mit Menschen. Wir zeigen Ihnen das Beste von der Party am Freitag.«

»Ach so, es wurde aufgezeichnet.« Leises Interesse rüttelte Lorens Geister wieder wach. Vielleicht bekam er doch noch etwas zu sehen. Er starrte finster in den leeren Holowürfel. »Was meinten Sie mit dem Beginn des Universums?«

»Ach so. Also sehen Sie, wenn Sie Materie heiß genug machen, können Sie die Bedingungen unmittelbar nach dem Urknall simulieren. An diesem Punkt besteht das Universum aus sehr energiereichen Teilchen, die sich unter extremer Hitze und großem Druck vereinen, sich trennen und wieder vereinen.«

»Der Urknall plus vielleicht einer zillionstel Sekunde«, ergänzte Kurita.

Loren sah ihn an. »Sagen Sie das noch einmal.«

»Wir können die genauen Bedingungen des Urknalls

nicht duplizieren, weil wir nicht genügend Energie haben. Aber wir kommen bis auf einen Sekundenbruchteil heran.«

»Ein Zillionstel?« Loren lachte. »Ist das ein wissenschaftlicher Ausdruck.«

»Nun ja.« Steffens Gesicht war für einen Augenblick ausdruckslos. Er wiederholte im Geist das Gespräch, stellte eine Berechnung neu an und begann von vorn.

»Eine Zehn hoch minus fünfunddreißigstel Sekunde, das ist eine Eins mit einem Dezimalpunkt und fünfunddreißig Nullen davor.«

»Eine Eins mit einem Dezimalpunkt und vierunddreißig Nullen davor«, verbesserte Kurita. »Wir wollen es nicht schwieriger machen als ...«

Steffens gab ihm wieder einen Klaps auf den Hinterkopf. Loren hörte, wie Kuritas Zähne zusammenschlugen. »Auf alle Fälle eine verteufelt kurze Zeit«, meinte Steffens. »Dahinter steht folgender Gedanke: Je weiter man an den Beginn der Zeit zurückgeht, desto einfacher und symmetrischer wird die Natur. Die elektromagnetische Kraft und die beiden Kernkräfte sind noch eins, nur die Gravitation ist bereits ein eigenes Kraftelement. Man erhält somit eine Unmenge von Teilchen und Zuständen, die normalerweise in unserem vergleichsweise kühlen Universum nicht existieren. Sie haben die *Entdeckten Symmetrien* draußen auf dem Rummelplatz gesehen?«

Loren nickte. »Rummelplatz?«

»So nennen wir das Zentrum um die Hauptgebäude. In den Fermilabs in Illinois gibt es die berühmte Skulptur mit dem Namen *Zerbrochene Symmetrien*. Sie soll zum Ausdruck bringen, wie die Natur nach dem ersten Augenblick ihrer Existenz ihre Symmetrie verlor und sich – aufsplitterte. Statt einer geeinten Kraft, die alles kontrolliert, haben wir Elektromagnetismus, Schwerkraft und die starke und die schwache Wechselwirkung. Und wenn Sie der Theorie von Kaluza-Klein Glauben schenken, dann haben wir elf Dimensionen, die sich auf vier reduzieren, weil nicht genügend Energie für die Aufrechterhaltung der anderen vorhanden ist.«

»Ich habe keine Ahnung, wovon Sie sprechen«, bekannte Loren.

»Bei ATL soll es uns gelingen, die Leistung der LINACs so weit zu steigern, daß die Symmetrien wieder sichtbar werden. Daher haben wir eine opitmistischere Skulptur.« Er neigte sich über Kurita, der immer noch auf der Tastatur arbeitete. »Danke, daß du nicht unterbrochen hast.«

Loren beobachtete leicht belustigt ihren gut aufeinander abgestimmten Ton. Wenn man jeden von ihnen ein Baseballkäppi aufsetzte und ein Glas in die Hand drückte, könnten sie im Sunshine einen Kabarettwettbewerb gegen Bob Sandoval und Mark Byrne starten.

»Du machst es zu kompliziert«, meinte Kurita. »Die Kaluza-Klein-Theorien sind bei diesem Punkt unnötig. Andererseits bleibst du zu unbestimmt.«

»Nicht leicht, gleichzeitig zu kompliziert und zu unbestimmt zu sein, äh? Ich muß ein Genie sein.«

»Wenn du ein Genie wärst«, Kurita lächelte hämisch, »dann hättest du vor drei oder vier Jahren deine Dissertation beendet.«

»Wie soll ich eine Arbeit abschließen, wenn sich mein fundamentales Verständnis der Dinge, über die ich schreibe, durch das, was hier passiert, ständig ändert.«

Kurita sah zu Loren auf. »Er hat jede Menge Ausreden.«

Genug der Komödie, dachte Loren.

»Wie machen Sie ...?« Loren wußte nicht, wie er seine Frage formulieren sollte. »Wie machen Sie das nun wirklich? Kochen Sie die Teilchen, oder wie immer das heißt?«

»Also gut. Wir haben zwei Linear-Beschleuniger, die aufeinander gerichtet sind. Aus einem feuern wir Protonen, aus dem anderen Antiprotonen. Sie treffen aufeinander und neutralisieren einander. Es ist wie … Gehen Sie auf die Entenjagd?«

»Ende der Woche.«

»Ich auch. Nun, nehmen wir an, wir gehen zusammen auf Entenjagd. Stellen Sie sich vor, wir legen die Mündungen unserer Flinten gegeneinander und drücken im selben Augenblick ab.«

»Angenommen, wir drücken nicht im selben Augenblick ab.«

Steffens fuhr unbeirrt fort. »Es gäbe eine Explosion, wenn die Schrotladung mit ihrer kinetischen Energie und der Wärmeenergie aufeinandertreffen. Das gleiche machen wir mit den LINACs, den linearen Beschleunigern. Wir lassen die Schrotladungen – Protonen und Antiprotonen – aufeinanderprallen und halten die Explosion im Bild fest. Die Neutralisation erzeugt Unmengen von Energie, Hitze, weitere Elementarteilchenerzeugung und -vernichtung, Energie und so weiter und so weiter, bis man zehn hoch neunundzwanzig Kelvin erreicht, was der Hitze des Urknalls, der das Universum schuf, ziemlich nahekommt …«

»Ich verstehe, was Sie meinen.«

»Die Unmenge von Teilchen, aus denen die Materie besteht, werden auf wenige vereinfacht; vielleicht erhalten wir Einblick in die höheren sieben Dimensionen, wie es Kaluza vor neunzig Jahren voraussagte, oder wann das war …«

Kurita sah von der Tastatur auf. »Bring Kaluza-Klein nicht mit ins Spiel, okay? Das ist bei dieser Erklärung nicht nötig.«

Steffens hob die Hand, als wollte er Kuritas Kopf wieder einen Klaps versetzen, überlegte es sich aber und ließ die Hand sinken. »Das ist das Thema meiner Dissertation!« Mit einem entschuldigenden Blick wandte er sich an Loren. »Ich hoffe, eine Bestätigung dafür zu finden. Aber bisher vergeblich. Alles fällt in den Energiesumpf, wie Tim es nennt.«

»Tim Jernigan?«

»Ja. Die Energieniveaus brechen fortwährend zusammen. Niemand weiß, was geschieht.«

Kurita sah wieder auf. »Die Energieniveaus brechen nicht immer zusammen. Das Phänomen tritt unstetig auf, das ist das Verwirrende daran. Was meinen *Kollegen* daran so ärgert« – er grinste hämisch –, »manchmal funktionierten die Experimente zwar perfekt, aber seine sechs zusätzlichen Raumdimensionen und die zusätzliche Zeitdimension hat er dennoch nicht gefunden.«

»Es ist schwierig, sie zu finden«, beteuerte Steffens mehr zu Kurita als zu Loren, »denn wir bedienen uns einer vierdimensionalen Detektor-Anordnung und wir können nur den *Schatten* zusätzlicher Dimensionen in unserem Raum erkennen und nicht die Dimension selbst.«

»Es ist sehr freundlich von Ihnen, mir das zu erklären«, warf Loren dazwischen. »Aber diese Geschichte mit der extra Dimension übersteigt meinen Horizont bei weitem.«

Kurita lächelte fröhlich. »Sie übersteigt auch den meines Kollegen.«

»Deine Dissertation wurde auch noch nicht veröffentlicht gesehen, Freundchen!« revanchierte sich Steffens.

»Meine ist weiter als deine.«

»Wir werden ja sehen.«

»Ich habe die Simulation im Entwurf fertig.«

»Dann starte sie doch, du Idiot!«

Loren beschloß, die beiden mit Sandoval und Byrne bekannt zu machen. Sie waren eindeutig kabarettreif.

Loren wandte sich wieder dem Holowürfel zu, als Kurita die Enter-Taste drückte. Eine schwache Linie, ein silberner Pfad tauchte in der Mitte des Würfels auf.

»Das ist der Winkel des Strahlenrohrs«, erklärte Steffens.

Am unteren Rand des Würfels liefen helle Chromzahlen, ein Minus, gefolgt von einer großen 10 mit kleineren Zahlen über der rechten Ecke des Bildes, die exponentielle Zahlendarstellung, die Kurita und Steffens verwendet hatten und an die sich Loren nur entfernt aus seiner High-School-Zeit erinnerte. Die Zahl erreichte Null, und aus dem Minus-Zeichen wurde ein Plus.

Plötzlich wurde es rasch immer heller, ein Horizont entflammte, und dann sprengte aus der Mitte eine Explosion winzige Objekte, wie die Splitter einer Granate – vollkommene Kugeln, scharf konturiert und überdeutlich, fast aufdringlich real. Dann stand das Bild unvermittelt still, schwebte über der dunklen Oberfläche der Konsole wie der Vorbote einer Apokalypse. Der Zeitzähler blieb bei 10 hoch minus sechsundreißig stehen.

»Die Wechselwirkung ist fast ideal«, stellte Steffens fest. Er trat näher an das Bild. »Die Symmetrie ist bereits zerbrochen, denn die Schwerkraft hat sich von der Superkraft getrennt, aber es gibt viele andere Dinge zu beobachten. Die Physiker haben noch keine Zeit gehabt, sie alle zu identifizieren, aber einige dieser Teilchen ... Sehen Sie hier!« Er winkte Loren mit einem Finger näher; Loren trat gehorsam heran. Steffens tauchte eine Hand in das Hologramm. Dunkle Tigerstreifen überzogen Handfläche und Finger – seltsam, die Hand sah weniger wirklich aus als das starre Bild.

Steffens zeigte auf eine blaue Kugel. Bei genauem Hinsehen entdeckte Loren ein kleines d auf der Oberfläche. »Das hier wurde als ein d-Quark identifiziert. Quarks besitzen das, was wir Farbe nennen, aber die Farbe der Quarks in dieser Simulation sagt nichts aus – in dieser Simulation sind alle Quarks blau codiert. Quarks haben wir bisher am häufigsten identifiziert, denn etwas anderes kann bei diesen Temperaturen kaum existieren.« Loren fragte sich, was ein Quark wohl sein mochte. Steffens Finger bewegte sich auf eine kleine orangefarbene Kugel zu, auf der ein Z geschrieben stand. »Das ist ein intermediatäres Vektorboson. Sobald wir die Simulation noch einmal starten, schauen Sie genau hin – ich habe das schon einmal gesehen –, Sie werden sehen, wie es in ein Elektron-Positron-Paar und ein Higgs-Teilchen zerfällt. He!« Er starrte in das Bild und ging einen Schritt näher, um besser zu sehen. »Ist das eine Centauro-Reaktion?« fragte er Kurita. »Könntest du das Bild um hundertachtzig Grad drehen?«

»Welche Achse?«

»Y.«

Zu Loren gewandt fuhr Steffens fort. »Das ist bestimmt noch niemandem aufgefallen.«

Kurita tippte auf den Tasten herum, und das Bild drehte sich, wie ein gehorsames Hündchen. Steffens deutete auf eine helle fächerförmige Anordnung von glänzenden speerähnlichen Abdrücken. »Siehst du das hier? Die verstreuten Teilchen? Das ist...« Er zögerte und erinnerte sich an seinen Zuhörer. »So etwas bekommt man in der Natur kaum zu Gesicht.« Und zu Kurita gewandt: »Markiere und notiere das, okay?«

»Da kannst du dich darauf verlassen.« Kurita grinste. »Das ist *meine* Dissertation.«

Ein Würfel tauchte im Zentrum des Hologramms auf, wanderte weiter (Kurita hämmerte auf die Tasten ein), bis er über der Reaktion stand. Kurita tippte in einem fort.

»Er muß es in vier Dimensionen festhalten, die Zeit mit einbezogen«, erklärte Steffens. »Dann können wir weitermachen.«

Kurita war fertig, und der Würfel verschwand. Das Bild rotierte, bis es seine frühere Ausrichtung einnahm.

Steffens zog die Hand zurück. »Gut. Jetzt weiter.«

Kurita drückte eine Taste, und die Simulation ging weiter, die hellen Fragmente bewegten sich in Spiralen nach außen, wie eine Zeitlupenaufnahme einer Gewitterwolke, die sich über einem einsamen Gipfel von New Mexico zusammenbraute. Für Loren ging alles immer noch zu schnell; er konnte den Vorgängen nicht folgen, selbst wenn er gewußt hätte, worauf er achten sollte.

»Stop!« rief Steffens.

Das Bild stand still. Die Zeit betrug 10 hoch minus neunundzwanzig.

»Von hier an geht alles in die Binsen«, kommentierte Steffens verächtlich. »Sehen Sie diese Burschen hier?« Er schwenkte die Hand durch eine sich ausdehnende Wolke winziger heller Teilchen. »Photonen! Elektronen! Neutrinos!« Anklagend bohrte sich sein Finger in die Masse. »Und hier ist ein Neutron! Die sollten noch gar nicht hier sein!« Wieder stach sein Finger in die Masse. »Und da ein *Proton!*« sagte er angewidert. »Sie sollten nur einen Augenblick lang bestehen und dann auseinandergewirbelt werden!« Er zog die Hand zurück und zuckte die Achseln. »Bald werden wir mit der Bildung von Deuterium beginnen, dann ist es vorbei. In diesem Stadium sollte es noch *wesentlich mehr* Energie geben, aber sie ist verschwunden – der Großteil der Energie aus der Wechselwirkung wurde irgendwo abgeladen.«

»Im Energiesumpf«, fügte Loren hinzu.

»Tim nennt es so, richtig.«

Kurita drückte wieder auf eine Taste. Die Explosion wuchs, die Helligkeit nahm mit zunehmender Ausdehnung ab. Teilchen schossen aus dem Rahmen des Holos hinaus. Am Ende blieb nichts übrig, nur das schattenhafte Bild einer Strahlenröhre. Der Würfel verschwand. Ende der Demonstration.

Loren wußte nicht, was er davon halten sollte. Mit den neuesten Technologien ergaben sich ungemein komplexe Möglichkeiten, zum alleinigen Zweck der Katalogisierung des Verhaltens von Dingen, die niemand sehen konnte. War das ein Segen oder war es Sünde? Wenn es Sünde war, dann welche? Stolz?

Sie versuchten, die Schöpfung nachzuvollziehen. Was, zum Teufel, bedeutete das?

Es ärgerte ihn, daß er keine Antwort darauf wußte.

»Was geschieht, wenn Sie bis zum Urknall vordringen?« wollte Loren wissen.

»Das geht nicht«, behauptete Steffens.

»Kann man Gott sehen?«

Steffens wollte antworten, hielt aber inne. Er war sich unsicher, welche Haltung er auf diese Frage hin einnehmen sollte.

Kurita stand auf. »Was willst du mit ›Es geht nicht‹ sagen? Erinnere dich, was Pascual Jordan damals im Zweiten Weltkrieg gesagt hat. Er behauptete, er könnte aus dem Nichts einen Stern schaffen, weil am Punkt Null die Gravitationsenergie numerisch gleich zur positiven Restmasse-Energie ist.«

Steffens hob die Hand zum Ohr, als wollte er eine Mücke verscheuchen.

»Wenn du einen Stern erschaffst, dann ist es nur noch ein winziger Schritt zur Schaffung eines neuen Universums«, beharrte Kurita. »Mit der Inflationstheorie müßte es ganz einfach sein.«

»Ich bin kein Kosmologe«, meinte Steffens. Loren wußte nicht, zu wem er das sagte.

»Erschaffe dir einen Stern«, drängte Kurita, »dann wirst du vielleicht dein eigener Gott.«

»Wenn man weit genug zurückgeht«, fuhr Steffens an Loren gewandt fort, »bevor die Symmetrie zerbrach, bevor sich Kaluzas elf Dimensionen auflösten, präsentiert sich das Universum einfach und elementar, und wenn man Gott auch nicht sieht, man erkennt zumindest seine Handschrift. Denn man sieht die fundamentalen Gesetze des Universums, und mehr als das kann man nicht erwarten.«

Ein kalter Schauer überfiel Loren. Diese Menschen, diese beiden Komödianten und ihre Vorgesetzten, näherten sich dem Göttlichen. Oder hatte sich das Göttliche ihnen genähert?

Loren hatte allmählich den Verdacht, daß es tatsächlich so war.

»Aber ich bin Atheist«, fügte Steffens achselzuckend hinzu, »und in theologischen Angelegenheiten nicht unbedingt eine Autorität.« Er schwieg einen Augenblick lang, und ergänzte ganz nebenbei: »Ich wurde aber als Quäker erzogen.«

»Ich wuchs als Baptist auf«, platzte Kurita heraus. »Was soll es? Horch zu! Wir können ein *Universum* schaffen! Es wird phantastisch! *Das* wäre eine Dissertation, was?«

Steffens sah ihn geduldig an. »Halt den Mund, Yoshi.«

»Wie ist die Zusammenarbeit mit Tim Jernigan?« fragte Loren. Es war an der Zeit, zu seinem Thema zurückzukommen.

»Ich habe nicht viel mit ihm zu tun«, antwortete Steffens.

»Unsere Aufgabe ist es, Dinge wieder in Ordnung zu bringen, wenn sie kaputtgehen, und nicht mit den Wissenschaftlern über Experimentalphysik zu reden. Aber ich *habe* mit ihm gesprochen. Für ein hohes Tier ist er ziemlich umgänglich«, stellte Kurita fest.

»Man muß aber ein Gespräch auf seinem Niveau führen«, warf Steffens dazwischen, »und das ist hoch. Er ist freundlich, aber seine geistige Kapazität schüchtert einen ein.«

»Er ist brillant«, behauptete Kurita. »Er und Singh sind die Besten. Sogar Dielh spricht mit ihm.«

»Mit *mir* will Dielh offensichtlich nicht reden«, meinte Loren.

»Das überrascht mich nicht«, tröstete ihn Steffens. »Joe Dielh strebt den Nobelpreis an und arbeitet hart daran. Mit jemandem, der ihm dabei nicht helfen kann, gibt er sich gar nicht erst ab.«

»Allein schafft er es nie«, behauptete Kurita. »Er hat Tim und Singh eingespannt, damit sie es für ihn tun. Aus diesem Grund arbeitet er nicht an geheimen Forschungsaufträgen – er könnte nichts veröffentlichen und nicht nach Stockholm eingeladen werden.«

»Keine geheimen Forschungsaufträge?« Loren war überrascht.

»Nein. Das Militär hat ihm viel geboten, aber er hat alles abgelehnt.«

»Ich habe gehört, daß er mit einem Geheimauftrag nach Washington fuhr.«

Steffens und Kurita sahen einander verwirrt an. Kurita sprach zuerst.

»Das hören wir zum ersten Mal.«

»Denken Sie einmal nach.« Ein schmerzhafter Stich fuhr Loren durch den Rücken. Er schob die Pistole nach vorn, streckte ein Bein aus und dehnte die Muskeln. »Ist Freitag oder Samstag etwas Ungewöhnliches geschehen? Etwas außer der Reihe?«

»Es waren viele Leute hier, ein Kommen und Gehen«, erzählte Steffens. »Viele kannte ich überhaupt nicht. Ich mußte ein nicht funktionierendes Kalorimeter an den Detektoren austauschen, aber das war Donnerstag abend, bevor sie anfingen. Am Freitag mußte ich einen Ventilator im Konferenzsaal reparieren, wo das Buffet aufgebaut war.« Er zuckte die Achseln. »An mehr kann ich mich nicht erinnern.«

»Für mich waren die vielen Leute das einzig Ungewöhnliche«, sagte Kurita.

»Kann ich die Beschleuniger sehen?« bat Loren.

Steffens wurde unsicher. »Ich denke schon.«

»Die sind kilometerweit draußen, das will er damit sagen«, ergänzte Kurita. »Hier ist nur der Kontrollraum. Die Beschleuniger selbst sind weit draußen in der Mesa.«

»Es gibt nicht viel zu sehen. Außer den Proton-Synchrotronen und den kleinen Ringen zur Speicherung gibt es nur einen langen Tunnel, durch den eine Röhre läuft.«

Loren streckte wieder sein Bein aus, der Schmerz quälte ihn. »Warum ist der Kontrollraum nicht dort, wo die Kollision stattfindet?«

»Wir haben hier sehr viel Elektronik«, erklärte Kurita, »die sich störend auf die Experimente auswirken könnte. Der LINAC ist daher weit draußen im Gelände, und wir kontrollieren ihn mittels Faseroptikkabel, um die Interferenz so gering wie möglich zu halten.«

Loren sah sich um und dachte nach, was er noch fragen könnte. Sein Blick schweifte über die hellen Monitoren, die Arbeitsstationen, den Balkon, von dem die leitenden Wissenschaftler ihre Untergebenen beobachten konnten. Es sah mehr nach Filmkulisse aus als nach Realität, und die Objekte, die von hier aus studiert werden sollten, waren noch unwirklicher als ein Film.

»Wollen Sie den Cray sehen, der den Zirkus hier kontrolliert?« schlug Steffens vor. »Sehr eindrucksvoll!«

Loren nahm seine Fotokopien und folgte den beiden nach oben; sie verließen den Saal. Im Korridor begegneten sie bärtigen Männern in Jeans und T-Shirts, die seine Begleiter grüßten. In einem riesigen, hell erleuchteten Raum mit Schreibtischen, abgeteilten Arbeitsecken und Computerterminals stand in der Mitte der Cray, ein sechzig Zentimeter hoher Tetraeder aus transparentem Kunststoff. Er wurde fast zur Gänze von einem rabenschwarzen Kohlenstoffblock ausgefüllt, auf dem schwach die eingelassenen Schaltungselemente zu erkennen waren. Techniker standen herum, wie stolze, frisch gebackene Väter, die ihre Nachkommen präsentierten. Jemand hatte an der Basis des Cray ein Stück Karton angebracht, auf dem ein Pfeil nach oben zum Computer zeigte und in rotem Wachsmalstift die Worte HEISENBERG SCHLÄFT HIER prangten.

Oberhalb des Computers liefen schwungvoll gebogene, transparente Röhren, die mit klarer Kühlflüssigkeit gefüllt waren. »Damit sieht euer Computer wie von McDonalds aus«, staunte Loren.

»Fast Data, nicht Fast Food«, witzelte ein Techniker.

»Freitag früh schlug ihn ein schnelles Elektron k.o.« erzählte Steffens.

Loren sah ihn an. »Ich habe gehört, daß es Computerprobleme gab.«

»Sehen Sie mal, das Universum ist voll von Elektronen, die wir nicht sehen. *Außer* jenen in der Materie, natürlich. Das ist zumindest Diracs Idee.«

Vielleicht war dieser Dirac auf den Kopien aus dem Logbuch zu finden, dachte Loren.

»Manchmal springt ein Elektron aus dem unsichtbaren Meer heraus und interagiert mit Materie. Das passiert im Cray ungefähr jede Woche einmal. Und schon stürzt der Computer ab.« Steffens grinste. »Interessant, was? Wir bauen Computer, die so empfindlich sind, daß etwas Unsichtbares sie zum Abstürzen bringt!«

»Sicher interessant. Muß ich das wirklich wissen?«

Steffens sah ihn mitleidig an. »Vermutlich nicht.«

Lorens Tour ging weiter. Sie kamen durch Steffens Werkstatt, voll mit halb zusammengesetzten Geräten und zusammengeknüllten Säckchen von Kartoffelchips. Danach kamen sie in einen großen Raum mit Tischen, Bänken und Getränkeautomaten; hier war während des Experiments das Buffet gewesen. Im Weitergehen versuchte Kurita fortwährend, Steffens vom Wert der Erschaffung eines eigenen Universums zu überzeugen.

»Was geschieht mit *unserem* Universum, wenn Sie Ihr eigenes schaffen?« wollte Loren wissen.

»Wir werden weggepustet«, meinte Steffens.

»Nichts für ungut, aber ich hoffe, Ihr Experiment mißlingt!«

»Warten Sie!« rief Kurita. »Das ist ja nicht gesagt.« Er sah Loren vertrauensvoll an. »Darum brauche ich ja meinen Kollegen hier. Er ist der Experte in der Kaluza-Klein-Theorie.«

Steffens schnitt ein Gesicht. »Was hat denn das damit zu tun?«

»Du mußt nur unterschiedliche Dimensionen für den Zusammenbruch schaffen. Du hast neun räumliche und zwei zeitliche Dimensionen, mit denen du arbeiten kannst, nicht wahr? Und unsere haben sich auf vier reduziert. Wenn du das neue Universum schaffst, dann mußt du es so arrangieren, daß es in die *anderen* vier Raumdimensionen und die *zweite* Zeitdimension zerfällt. Dann wird unser Universum von dem neuen Universum nicht beeinträchtigt.«

»Ich kann nicht glauben, daß ich das wirklich höre!« staunte Steffens. »Wie willst du das arrangieren?«

»Dazu brauche ich dich. Du bist der Experte.«

»Ach!«

Sie fanden William Patience in einem Büro in der Nähe des Eingangs. Er telefonierte, sah auf, als er sie im Korridor erblickte, winkte ihnen zu und telefonierte weiter. Loren versuchte zu lauschen, aber das Gespräch schien unbedeutend zu sein – irgend etwas mit Überstunden, die Patience für jemanden klären mußte. Er sprach so eindringlich, daß man glauben konnte, er wollte einen Angestellten vor dem elektrischen Stuhl bewahren. Draußen im Korridor fuhren Steffens und Kurita mit ihrem Theater fort.

Patience legte auf. »Alles gesehen?« wollte er wissen.

»Ich denke schon«, antwortete Loren.

»Darf ich Sie zum Zug bringen?«

»Natürlich.«

Loren schüttelte Steffens und Kurita die Hand und dankte ihnen, dann folgte er Patience hinaus auf den Parkplatz. Das Sonnenlicht blendete. Der Parkplatz war trocken, und von dem Regenguß vor wenigen Stunden war nichts mehr zu bemerken. Loren setzte die Sonnenbrille auf.

Patience stieg in den Blazer und startete. »Was denken Sie?«

»Daß das zwei Clowns sind.«

»Das sind nur Techniker. Sie sollten erst die Wissenschaftler sehen.« Patience fuhr rückwärts aus der Parklücke und verließ den Parkplatz. »Einmal bat mich einer, seine Heftmaschine zu reparieren. Die Feder war gebrochen; ich kam zufällig vorüber, als er aus dem Büro trat und mich fragte, ob ich es reparieren könnte.« Er schüttelte den Kopf. »Manchmal frage ich mich, wer diesen Narrenturm tatsächlich kommandiert.«

Das sollte witzig sein, aber irgendwie fand es Loren nicht lustig. Loren vermutete, daß Patience in Wirklichkeit sagen wollte, daß eigentlich *er* das Kommando haben sollte, und daß sich in diesem Fall einiges ändern würde. Nicht zuletzt wegen der Heftmaschinen.

Loren überlegte, ob er versuchen sollte, Jernigan zu treffen, entschied sich aber dagegen. Er mußte Jernigan ohne seine Wachhunde – Patience oder seine Frau – erwischen.

»Haben Sie Vlasic im Maglev getroffen?«

»Ich war allein im Zug.«

»Er wird wenig benutzt.« Patience schaltete auf den dritten Gang. »Schade, es ist ein so nettes System.«

»Die Leute lieben ihre Autos viel zu sehr.«

»Ich glaube, die Leute aus der Instandhaltung benutzen ihn zum Teil.«

»Ja, klar. Die Taglöhner aus der Stadt.«

»Dieser Vlasik«, fuhr er dann fort, »ist ein Theoretiker von besonderer Sorte. Er kam vor langer Zeit aus Osteuropa. Er fährt gern im Zug. Wenn er an einem schwierigen Problem arbeitet, fährt er manchmal den ganzen Tag hin und her. Er trägt immer Sakko und Krawatte. Dann setzt er sich vorn hin und beobachtet, wie die Welt vorüberzieht. Er sagt, es hilft ihm bei der Vorstellung, wie sich die Dinge in relativistischer Geschwindigkeit bewegen.«

»Nein, ich habe ihn nicht gesehen.«

Der Blazer fuhr an den *Entdeckten Symmetrien* vorbei zum Bahnhof. Loren gab seine Besucherplakette ab und schüttelte Patience die Hand.

Der Maglev wartete. Loren stieg im vorderen Abteil ein und bemerkte, daß er es mit jemandem teilte. Ganz vorn saß ein glatzköpfiger, kleiner Mann mit rosarotem

Gesicht. Er trug einen korrekten blauen dreiteiligen Anzug und eine rote Krawatte. Er saß vornüber gebeugt, hatte die Hände gefaltet im Schoß liegen, wie ein zerknirschter Schuljunge. Als Loren einstieg, blickte er sich um und sah Loren mit wasserblauen Augen an.

Loren nickte ihm zu und setzte sich auf der anderen Seite des Durchgangs hin. Der Mann, Vlasic vermutlich, nickte ebenfalls und sah gleich wieder mit abwesendem Blick nach vorn.

Loren dachte über die Kopien nach, die Daten, die er aus Patiences Dateien mitgenommen hatte. Vermutlich alles nutzlos, es sei denn, daß Patience etwas entgangen war, und das war unwahrscheinlich.

Er mußte sich etwas anderes ausdenken.

Der Zug hob sich summend, und die schnelle Fahrt in ein früheres Jahrhundert begann.

11. KAPITEL

»Ich habe Violet Dudenhof angerufen«, erzählte Loren später.

»Tatsächlich!« Debra trocknete Salatblätter mit Küchentüchern. Aus dem Fernsehapparat im Nebenzimmer ertönte die Werbung für ein Abführmittel.

»Ich war taktvoll.« Loren sprach, als wollte er sich verteidigen. »Ich meine, Randals Tod liegt Jahrzehnte zurück. Mittlerweile müßte sie ihre Befangenheit wegen seines Betragens überwunden haben. Ich fragte sie also, ob Randal in New Mexico Verwandte zurückgelassen hatte, Verwandte in der gewissen Altersgruppe …«

»Das ist wirklich taktvoll, sollte man meinen.«

»Sie sagte nein. Sie kannte keine Verwandten, nur seinen Bruder, der in San Franzisko an AIDS gestorben war. Und der war homosexuell.«

»Das heißt nicht, daß er nicht einen etwa zwanzig Jahre alten Sohn haben könnte.« Debra öffnete die Tür des Mikrowellenofens und holte eine blubbernde Enchilada heraus.

Loren dachte darüber nach. Der Gedanke, daß jemand seine sexuelle Richtung änderte, war ihm unbegreiflich. Ein Mann sollte wissen, was gut für ihn war und dabei bleiben.

»Das wäre möglich«, antwortete er.

»Niemand weiß etwas in der Richtung.«

»Nein. Aber ich gebe nicht auf, ich frage weiter.«

Da fiel ihm etwas ein: »Ob Patience vielleicht homosexuell ist?«

»Hattest du den Eindruck?«

»Er ist ein größerer Macho als die Glorreichen Sieben zusammen. Das könnte auch Überkompensation sein. Die türkischen Teppiche, die langen Haare, die ...« Er suchte nach Anhaltspunkten. »Der Waffenfetischismus. Der Kleiderfetischismus. Er war nie verheiratet. Vielleicht war John Doe sein Geliebter, den er loswerden wollte.«

»Sally Manson hat mir erzählt, daß er sie um eine Verabredung gebeten hat.«

»Tatsächlich? Hat sie ja gesagt?«

»Sie ging ein paarmal mit ihm aus. Aber sein Macho-Gehabe und Narzißmus widerten sie an.«

»Narzißmus! Das war das Wort, nach dem ich gesucht habe.« Er seufzte. »Ich werde mich weiter umhorchen.«

Umhorchen. Das war jetzt seine Strategie. Früher oder später würde er auf jemanden stoßen, der ihm – abgesehen von einem zehnjährigen Jungen – nützliche Beweise liefern konnte.

»Ich werde mir gleich einmal seine Frau ansehen.«

»Jernigans Frau.« Debra hatte seinen Gedankensprung mitgemacht.

»Patience gab mir ihre Akte, aber ich habe sie noch nicht angesehen.«

»Du meinst also, daß er mit dem Mord etwas zu tun hat.«

»Ich glaube, er weiß mehr, als er sagt.« Loren sah finster auf die dicken Blasen, die aus der Pfanne aufstiegen. Der scharfe Duft von Zwiebel und grünen Chilis verbreitete sich im Raum. »Ich kann mir nicht vorstellen, daß er auf irgendeine Weise mit dem Mord in Verbindung steht.«

Wie auf Kommando ertönte aus dem Fernsehgerät Waffenlärm, aber nur kurz und nicht dramatisch genug, um aus einem Film zu stammen. Die Abendnachrichten hatten begonnen.

»Auf deinen John Doe haben zwei Leute geschossen«, begann Debra wieder.

»Zwei Leute mit gleichen Waffen. In jedem ATL-Jeep sitzen zwei Männer; am Tor stehen zwei Wachen.«

»Nur das Kaliber stimmt nicht.«

»Das Kaliber ist überhaupt seltsam. Kaum jemand hier verwendet Kaliber 0.41. Es ist ein sinnloses Zwischenkaliber, für Leute, die glauben, daß nur Schwächlinge mit neun Millimeter schießen, die aber andererseits nicht mit einer 0.45-Kanone herumlaufen wollen.«

Debra nahm den Topf mit dem spanischen Reisgericht vom Herd und rührte um. Sie ließ den Löffel im Topf stecken. Loren nahm Teller aus dem Schrank.

Katrina und Kelly waren bei Skywalker und ließen die Eltern mit dem übriggebliebenen Kasserollegericht zum Abendessen allein. Loren und Debra trugen das Essen ins Wohnzimmer, das Schießen wurde lauter, und sie setzten sich vor den Fernsehapparat. Debra griff nach der Fernsteuerung und schaltete leiser. Der Sprecher berichtete vom Bürgerkrieg in Natal. Chilisauce brannte Loren am Gaumen, als die Kamera über zerfetzte Leichen auf einem Minenfeld schwenkte. DIREKT ÜBER SATELLIT stand in kleinen Buchstaben in einer Ecke des Bildschirms.

»Hast du heute abend Kostümprobe?« fragte er.

»Ja. Der Termin rückt immer näher, und ich habe noch den halben Chor zur Anprobe.«

»Spielt Sondra Jernigan auch mit?«

Debra vergaß das TV und sah ihren Mann interessiert an. »Ja, sie gehört zum Chor.«

»Und der Chor probt heute abend?«

Debra nickte.

Auf dem TV-Schirm schlugen Granaten im Grasland ein. Die Kamera machte einen Ruck, als der Kameramann Deckung suchte. »Ein gutes Chili«, lobte Loren.

»Frisch aus der Speisekammer.«

Der Herr sorgt für uns, dachte er.

Er fuhr Debras Taurus, der den Typen in den Jeeps weniger auffiel.

Bei Jernigan öffnete niemand, und auf der Auffahrt stand kein Auto. Loren nützte die Zeit, ging den Häuserblock hinauf und hinunter, klopfte an Türen, traf Leute an, die am Vortag nicht zu Hause gewesen waren, und fragte die gleichen Fragen wie am Vortag. Er hörte nichts Neues.

Die letzte Befragung war beendet; eine geschnitzte Eichentür fiel schwer hinter Loren ins Schloß. Er blieb auf dem Gehsteig neben dem Briefkasten stehen. Die kunstvolle Konstruktion aus Schmiedeeisen, die den Briefkasten hielt, erinnerte ihn an die *Entdeckten Symmetrien*. Er ließ Vista Linda auf sich einwirken. Hier und dort sprühten die Wassersprenger immer noch über den weichen, teuren Rasen; im Hintergrund erklang das Geräusch der Rasenmäher. Ein halbwüchsiger Junge sauste auf einem Moped vorüber; hinten am Helm klebte ein Klebestreifen in roter Leuchtfarbe. Irgendwo röhrte ein Auto mit kaputtem Auspuff. Der Himmel wurde langsam dunkler, und frische Oktoberkühle wurde spürbar; Loren stellte den Jackenkragen auf.

Er stand schweigend da und ließ Zeit und Ort einsinken. Vielleicht lauschte er auf Gottes Wort.

Eine hochgewachsene Gestalt kam die Straße herauf, und Loren begriff nicht sofort, daß es Jernigan war. Hier in Vista Linda hatte er noch nie einen Erwachsenen zu Fuß gehen gesehen. Wo sollte er auch hingehen? Außer natürlich zum Maglev-Bahnhof; Jernigan benutzte natürlich den Maglev, so lang sein Auto in der Reparatur war. Loren überquerte die Straße, um Jernigans Weg zu kreuzen. Jernigan erkannte ihn und beschleunigte den Schritt.

»Hallo, Dr. Jernigan.«

Jernigan mit seinen langen Beinen ging rasch weiter, den Blick starr auf den rettenden Hafen seiner Eingangstür gerichtet. Am Ende seines rechten Arms baumelte eine schmale lederne Aktentasche. »Ich muß nicht mit Ihnen sprechen«, entgegnete er.

Loren mußte halb rennen, um mit dem großen Mann Schritt zu halten, genau wie es dem weiblichen Wachposten am Nachmittag mit Loren ergangen war. Seine Schuhe kratzten über den Beton, als er neben Jernigan dahineilte. »Ich möchte Ihnen nur ein bißchen etwas erzählen.« Loren war leicht außer Atem. »In Ihrem eigenen Interesse.«

»Es interessiert mich nicht.«

»Ich wollte Ihnen einen guten Anwalt empfehlen. Sie werden einen brauchen.«

Jernigan sah ihn nur verächtlich von der Seite an.

»Ich habe mich mit Augenzeugen unterhalten. Daß ich das beabsichtige, habe ich Ihnen ja erzählt. Jemand erzählte mir nun, daß Sie Samstag abend nicht nach Hause gefahren sind. Und das, zusammen mit dem, was der Tote sagte, bevor er starb …«

Jernigan ging weiter, aber seine Bewegungen wurden eckig, fast verkrampft, als gingen von seinem Gehirn nicht ganz die richtigen Signale aus. Wie Quasimodo taumelte er in den blutfarbenen Lavasand seines Steingartens, um die Haustür so schnell wie möglich zu erreichen.

»Hören Sie mir zu«, beschwor ihn Loren; unter seinen Füßen knirschte der Sand. »Sie wurden schlecht beraten. Sie sollten mit einem richtigen Anwalt sprechen.«

»Lassen Sie mich zufrieden!« schrie Jernigan. Er wirbelte herum, daß der Kies unter seinen Füßen aufspritzte. Loren wich zurück, um dem Aktenkoffer am Ende von Jernigans dünnem Arm zu entgehen.

»Werden Sie zu einem Anwalt gehen?« fragte er. »Ich halte Sie nicht für einen Mörder, aber Sie verhalten sich äußerst verdächtig. Ich stoße außerdem immer wieder auf Dinge in Ihrer Geschichte, die nicht stimmen.«

»Halten Sie sich doch raus!« empfahl Jernigan.

»Oliver Cantwell ist ein guter Anwalt. Sie brauchen nur anzurufen.«

Jernigan starrte ihn an. Loren sah den hämmernden Puls an seiner Halsschlagader.

»Ich muß jetzt hineingehen.« Jernigan hatte sich wieder beruhigt. »Ich muß über Modem mit Dr. Dielh sprechen.« Er hielt zum Beweis den Aktenkoffer hoch. Vermutlich war das Modem im Koffer.

»Oliver Cantwell«, wiederholte Loren. »Merken Sie sich den Namen.«

Jernigan nickte, dann drehte er sich um und ging vom Steingarten über die Auffahrt zum Haus. Blutroter Kies rollte von seinen Schuhen über die Auffahrt. Loren sah ihm lange nach, dann drehte er sich um und ging zurück in die aufkommende Nacht.

Er mußte an noch mehr Türen klopfen.

Noch ehe er fertig war, tauchte auf der Straße eine dunkle Silhouette auf, der erwartete ATL-Jeep. Loren beachtete ihn nicht; er ging weiter von Tür zu Tür und stellte seine Fragen, bis es vollkommen dunkel war.

Der Jeep folgte ihm bis nach Atocha.

Auf der Heimfahrt beobachtete Loren im Rückspiegel den Schein eines Feuers über den Wäldern im Norden; eine schwarze Rauchwolke mit tief orangen Konturen stieg hoch. Hubschrauber kreisten wie vom Licht hypnotisierte Motten über der Rauchwolke, und ihre Suchscheinwerfer tasteten durch die Dunkelheit.

Der ATL-Blazer fuhr dicht hinter Loren, ohne seine Anwesenheit zu verheimlichen. Loren wurde unsicher. Aus einem unbestimmten Grund wollte er Patiences Leute nicht zu seinem Haus führen; ihre aufdringliche Anwesenheit sollte sein friedliches Heim nicht stören. Er fuhr an seiner Abzweigung vorüber und durch die Stadtmitte Richtung Line. Montag abend war die Stadt ruhig. Nur wenige Autos und Fußgänger waren unterwegs; ein paar junge Leute spazierten in kleinen, fröhlichen Gruppen durch die Straßen.

Bevor er zur Line kam, kehrte er am Parkplatz der High School um und fuhr zurück; er zwang damit den Blazer, ebenfalls umzudrehen. Grinsend beobachtete er im Rückspiegel, wie seine Verfolger wieder die Spur aufnahmen. Mit einem einzelnen Auto konnte man keine ordentliche Verfolgung durchführen.

Aus der Dunkelheit tauchte eine Gestalt auf, ein großer Mann in eine Decke gehüllt: Roberts, der Prophet, hatte eine braune Papiertüte mit einer Flasche unter den Arm geklemmt und wankte von der Line nach Hause. Seine tägliche Dosis Inspiration.

Wunder geschehen jeden Tag. Das war Roberts' Leitsatz.

Im Lichtschein der Plaza tauchten rechts die großen Türme der Apostel-Kirche auf. Im Pfarrhaus hinter der Kirche war die Außenbeleuchtung eingeschaltet.

Einem Impuls gehorchend fuhr Loren in die rechte Spur und blieb stehen. Er wartete am Steuer, bis der Blazer vorbeigefahren war – er fuhr den Central Boulevard weiter –, dann stieg er aus.

Er war seit Monaten seiner religiösen Pflicht nicht nachgekommen.

Ein Auto mit aufgemoppten Hinterrädern fuhr vorüber; arabische Rhythmen dröhnten aus den Lautsprechern. Loren versuchte, nicht hinzuhören.

Die Apostelkirche verlangte von ihren Gemeindemitgliedern, daß sie regelmäßig den Pastor aufsuchten und über ihre seelische Gesundheit ›Bericht erstatteten‹. Was genau unter ›regelmäßig‹ zu verstehen war, hing vom Pastor, den Kirchenältesten und Diakonen, den Pfarrmitgliedern und deren Gewissen ab. Während Lorens wilder Jahre verstrichen oft Jahre zwischen den einzelnen Besuchen. Jetzt kam er alle zwei bis drei Monate seiner Pflicht nach und berichtete zumindest, daß es mit seiner seelischen Gesundheit im großen und ganzen gesehen gut bestellt war.

Heute war er sich nicht ganz im klaren, was seine Seele ihm sagen wollte. Fragen waren aufgetaucht, die er sich nicht getraute auszusprechen, da man ihn womöglich für verrückt halten würde. Er öffnete das Tor im weißen Holzzaun, ging den kurzen gepflasterten Weg zum Haus und klopfte. Erst jetzt überlegte er, warum er gekommen war.

Als Pastor Rickey öffnete, war er nicht besonders neugierig. Die Fragen, die er Loren anläßlich dessen seltener Besuche stellte, waren ebenso Formsache gewesen wie Lorens Antworten. Vielleicht versuchte er, sich der Stimmung seiner Pfarrkinder anzupassen.

»Guten Abend«, sagte Loren. »Ist es zu spät? Können wir reden?«

Rickeys Gesichtsausdruck blieb unverändert. »Kommen Sie herein.« Er ging voran, und Loren folgte ihm ins Arbeitszimmer.

»Kommen Sie zu einem regelmäßigen Besuch oder gibt es einen besonderen Grund?« Loren konnte nicht umhin, Rickeys eigenwillige Aussprache mit den rollenden R's zu registrieren.

»Ich weiß nicht recht.«

»Setzen Sie sich. Möchten Sie Tee?«

Die Decke im Arbeitszimmer war zeltförmig nach oben zugespitzt mit flügelähnlichen Déco-Motiven; die Wandverkleidung aus Gips zierten Déco-Symbole mehr oder weniger religiösen Ursprungs: Kreuze, Hakenkreuze, ägyptische Sonnensymbole mit gestreiften Raymond-Leowy-Flügeln. Der Schreibtisch des Pastors, die Bücherregale und Stühle waren aus hellem Holz; die Schnitzerein der Lehnen stellten den Blitze schleudernden Zeus dar. Vermutlich Modernismus aus der Zeit um 1920.

»Nein danke, keinen Tee.« Loren schob die Pistole unter der Jacke zurecht und setzte sich auf einen Stuhl mit den Blitzen.

Rickey zog die braune Cordhose hoch und setzte sich.

Er trug ein hellblaues Hemd mit offenem Kragen. Auf dem Bildschirm des VDT über der Tastatur flimmerte ein Teil der Predigt für den nächsten Tag.

»Wir sind uns in gewisser Weise ähnlich, Sie und ich«, begann Loren.

Rickey sah ihn mit höflicher Aufmerksamkeit an.

»Wir hüten anderer Menschen Geheimnisse«, erklärte Loren. »Wir wissen mehr über unsere Nachbarn als alle anderen.«

Rickeys Augen hinter der Brille blitzten überrascht, und er legte den schütter behaarten Kopf schief.

»So habe ich es noch nicht gesehen.«

»Manchmal wissen wir mehr, als wir wissen *wollen*.«

»Vermutlich.« Er lehnte sich aufmunternd vor. »Möchten Sie mit mir darüber sprechen? Wie die Geheimnisse anderer zu behandeln sind?«

»Das ist es nicht.« Loren räusperte sich und verlagerte das Gewicht auf die andere Hüfte. »Was mir Sorgen bereitet, ist nicht unbedingt ein Geheimnis. Also ...« – er tastete sich langsam weiter – »es *könnte* ein Geheimnis sein. Ich kann nicht direkt darüber sprechen.«

Rickey nahm Lorens Worte zur Kenntnis und dachte stirnrunzelnd angestrengt darüber nach. »Vielleicht könnten Sie eine allgemeine Andeutung machen?« schlug er vor.

»Was ...?« Loren machte eine kurze Pause, befeuchtete die Lippen mit der Zunge und fuhr fort. »Wie ist die Einstellung der Kirche zu Wundern?«

Rickey war ehrlich überrascht. Er lächelte und nickte. »Wunder sind ein etablierter Bestandteil der Lehre. Zwölf Menschen waren Zeugen der Himmelfahrt des Meisters. Der erste Präsident der Kirche zeichnete seine Wunder in seinem Tagebuch auf.«

»Wunder geschehen jeden Tag.«

Rickey lächelte. »Haben Sie mit dem armen Mr. Roberts gesprochen? Das ist sein Wahlspruch, soviel ich weiß.«

»Al Roberts schnappt allmählich über.«

»Er ist schon vor langer Zeit übergeschnappt.« Rickey schüttelte wieder den Kopf. »Vielleicht hätte ihn ein Wunder gerettet.«

»Vielleicht.« Loren sah den Pastor mißtrauisch an. Er wußte nicht, ob Rickeys Aussage zynisch gemeint war oder nicht.

Wunder. Wie sollte er von hier einen Übergang finden?

»Ich war heute in den Labors«, begann er, »und habe mir einen Teil der Einrichtungen angesehen.«

»Aah.« Rickey setzte sich zurecht und preßte die ausgestreckten Zeigefinger beider Hände aneinander. Loren sah ihn an und versuchte dieses ›aah‹ zu deuten.

»Sie behaupten«, versuchte er fortzufahren, »daß sie knapp daran sind, eine neue Schöpfung ins Leben zu rufen. Ein Techniker behauptete, daß es möglich wäre, ein ganzes Universum zu schaffen.« Er zuckte unschlüssig die Achseln. »Vielleicht war alles Unsinn. Ich glaube schon, aber ich bin mir wirklich nicht sicher.«

»Was immer sie dort draußen tun mögen, es hat mit Schöpfung nichts zu tun. Es ist eine materielle Rekonstruktion. Schöpfung erfordert – wie jedes echte Wunder übrigens – göttlichen Geist.«

»Das stimmt.« Loren räusperte sich wieder. »Über dieses Wunder wollte ich auch nicht mit Ihnen sprechen.«

»Ach so.« Rickey runzelte die Stirn. »Ich dachte, daß die Wissenschaft vielleicht Ihren Glauben erschüttert hat.«

»Nein, das nicht.« Loren schüttelte den Kopf. »Bestimmt nicht.«

»Richtig betrachtet sollte die Wissenschaft den Glauben fördern.« Rickey lachte. Auf dem Bildschirm hinter ihm leuchteten die Worte der Predigt für den nächsten Tag. »Die Beweislage ist gut. Ich habe mich damit auseinandergesetzt, und die Wissenschaft bestätigt die wesentlichsten Lehren unserer Religion.«

Loren suchte verzweifelt nach einem Weg, wie er sein Anliegen vorbringen konnte, ohne daß ihn Rickey für verrückt hielt.

»Die Geschichte mit der Evolution ist immer ein Hemmnis. Die Leute erhitzen sich über den Gedanken, ob wir von den Affen abstammen oder ob die Schöpfung am 22. Oktober 4004 v. Chr. stattfand, wie Bischof Ussher sagte. Was für ein Quatsch!« Rickey machte eine wegwerfende Handbewegung. »Das ist unbedeutende Buchstabenreiterei. Es sind die Pharisäer unserer Tage, die auf den Details einer Religion herumreiten. Leute wie sie, versuchten schon vor Zeiten deren Geist zu töten – Gott sei Dank erfolglos. Warum die Dinge *wörtlich* nehmen? Wichtig ist, daß die Schöpfung stattfand. Wichtig ist, daß wir hier sind!«

Loren versuchte zu lächeln. Die Fröhlichkeit des Pastors verdiente ein Lächeln. Auch wenn er nicht begriffen hatte, worauf Loren hinauswollte.

»Die Wissenschaftler sehen in der Natur nur Willkür und Zufall, und sie kleben damit ebenso engstirnig am Wort wie die Pharisäer der Heiligen der Letzten Tage – sie glauben nur, was vor ihnen ausgebreitet liegt. Die Heisenbergsche Unschärferelation demonstriert die freie Entscheidung. Ich habe mich damit beschäftigt.«

Loren wurde ärgerlich. »Also bitte, jeder scheint über diesen Kerl, diesen Heisenberg Bescheid zu wissen, außer mir!«

Rickey lachte wieder. »Bevor ich mich der Philosophie zuwandte, habe ich eine Zeitlang Physik studiert. Jetzt, da ATL praktisch unser Nachbar ist, habe ich mich neuerlich mit moderner Physik beschäftigt, nach der Maxime, lerne deine Nachbarn kennen. Vielleicht habe ich gehofft, einen Wissenschaftler zu bekehren.« Loren nickte. Rickey fuhr fort. »Heisenberg war Physiker, und er bewies, daß es nicht möglich ist, sowohl die Lage als auch die Geschwindigkeit eines Teilchens zu bestimmen. Eines von beiden muß immer ungewiß bleiben. Die Heisenbergsche Unschärferelation.«

Loren dachte darüber nach. »Aha, jetzt verstehe ich die Aufkleber auf den Stoßstangen.«

Rickey sah ihn fragend an, dann zuckte er die Achseln und seine Begeisterung flammte neuerlich auf. »Ein Mann namens Schrödinger illustrierte das Prinzip mit dem wunderbaren Vergleich mit einer Katze und einer Flasche mit Gift – ich will damit auf folgendes hinaus: In der klassischen Physik ist alles letztendlich erkennbar. Wenn man die Gegenwart versteht, sie wirklich gut kennt, bis in die winzigsten Teilchen und ihre Geschwindigkeit, dann ist die Zukunft vorhersehbar. Vorbestimmt, wie es sich die schwarzsehenden Calvinisten einreden. Wenn die Gegenwart nicht erkennbar ist – wenn nicht einmal die Gegenwart mit Gewißheit bewiesen werden kann –, folgt daraus, daß die Zukunft nicht erkennbar ist. Und das bedeutet, mein lieber Loren, daß es einen freien Willen gibt. Wir sind keine programmierten Roboter. Wir existieren, und unsere Taten haben Konsequenzen. *Die Lehre der Kirche ist bewiesen*. Samuel Catton hatte recht. Quod erat demonstrandum.«

Loren sah ihn an. Der Mann sah ihn erwartungsvoll an. Vielleicht wartete er auf Applaus.

»Das ist wirklich gut, Pastor«, nickte Loren.

Es war ein Fehler gewesen, herzukommen. Er suchte nach einem eleganten Abgang.

»Und was die Wunder angeht – es *gibt* sie!« Rickey lächelte mit weit offenem Mund und gewährte dabei einen Blick auf seine Zunge, die die Rückseite der Zähne abtastete, als suchte sie dort nach Antworten. »Sie geschehen nicht jeden Tag, aber jeden zweiten. Betrachten wir einmal, was geschieht, wenn ein Elektron ein Photon absorbiert und sich auf ein höheres Energieniveau bewegt – das Elektron wandert nicht einfach in dieses neue Stadium hinein, es verblaßt vielmehr in seiner alten Form und erscheint in seiner neuen.« Rickey ließ die Faust auf den Tisch fallen, um seiner Formulierung Nachdruck zu verleihen. »Das ist ein *Wunder,* mein Sohn! Und dieses Wunder widerfährt Billionen von Elektronen im ganzen Universum jeden winzigen Sekundenbruchteil. Freuen Sie sich!«

»Ich werde mein Bestes tun«, versicherte Loren. Sein Kopf dröhnte. Wie sehnte er sich nach dem früheren Pfarrer! Der hätte einige ernste Sprüche aus dem Alten Testament oder einer anderen Schrift zitiert und ihm empfohlen, daß es nicht an ihm war, Gottes Wege zu hinterfragen. Dann hätte er ihn entlassen. Er hätte ihm mit Sicherheit keine Vorlesung in Physik gehalten, wovon er in den letzten Stunden eindeutig mehr als genug gehabt hatte.

»Wunder«, sagte Rickey, »sind ein Beweis von Gottes Gnade. In unserer verdorbenen Welt, einer Welt voll mit Bösem und Ungewißheit, mit unlauteren Motiven und fragwürdigen Taten, sind Wunder wie Stimmen in der Wüste, die rufen *Gott ist hier!«* Er sprach jetzt ernst und sprudelte die Worte nicht vor Begeisterung hervor wie vorhin. Er beugte sich vor und blickte Loren ernsthaft in die Augen. »Große Wunder – makroatomische Wunder, wenn Sie wollen – geschehen dann, wenn alles andere hoffnungslos ist. Wenn die Dinge so verfahren und verworren sind, daß *Gott selbst eingreifen muß.* Wenn kein anderer Weg für Gottes Gnade offen ist, dann weisen Wunder die Richtung!«

Loren dachte nach, was das für ihn bedeuten mochte. »Haben Sie je ein Wunder erlebt?« fragte er.

Rickey lächelte. »Nein. Gerade daß ich ihnen noch nicht begegnet bin, hat mich von ihrer Existenz überzeugt.« Er lehnte sich zurück und räusperte sich. »Ich wuchs als Apostel auf, natürlich noch in Susquehanna, aber religiöse Dinge hatten damals für mich wenig Gewicht. Ich fand die Idee ziemlich dumm, daß Gott einem Bauern in Pennsylvania, einem halben Analphabeten, einen Engel sandte, damit er die weltweite Offenbarung verkündete, finden Sie nicht?« Er lächelte unsicher. »Und die guten Dinge, die man mit der Kirche in Zusammenhang brachte, wie Sozialhilfe, Gemeindearbeit und so weiter, wurden von der Bundesregierung wahrgenommen.«

Er schüttelte den Kopf. »Daher schloß ich mich dem Friedenskorps an. Man schickte mich nach Afrika – Uganda. Das war ein Disaster – Sie kennen es ja aus dem Fernsehen.«

Loren nickte.

»Danach ließ ich mich in Los Angeles nieder und arbeitete in Obdachlosenheimen. Ich nahm an, daß das Friedenskorps einfach nur schlecht organisiert gewesen war. Wenn ich in Übersee nicht helfen konnte, dann würde ich zumindest den Menschen zu Hause beistehen. Und wissen Sie was?« In seinem Blick lag tiefe Verzweiflung. Seine Oberlippe glänzte feucht. *»Ich konnte nicht helfen*. Sie können sich nicht *vorstellen*, wie hoffnungslos es war. Ein Großteil der Mittel der sozialen Hilfsfonds ging für AIDS drauf, und für andere Probleme blieb kaum etwas übrig. Eine Stadt von der Größe wie Los Angeles hat zehntausende Bedürftige – jeden Abend waren unsere Unterkünfte überfüllt, und wir mußten die Tore Hunderten vor der Nase schließen. Wir waren nicht nur für die alten Trunkenbolde da – Familien mit Kindern hatten Vorrang, und trotzdem schliefen in unserer Gegend kleine Kinder auf der Straße, weil wir keinen Platz für sie hatten.« Er lehnte sich schnaufend zurück.

»Und die *Krankheiten!*« Beim Gedanken daran stand Rickey das alte Entsetzen immer noch ins Gesicht geschrieben; der Pastor sah jetzt nicht sein gemütliches, kleines Arbeitszimmer, sondern die Krankenabteilung in der Herberge in Los Angeles: Kinder, die auf uralten rostigen Eisenbetten lagen, auf alten geschenkten Matratzen und geflickten Laken. »Krankheiten, die wir schon vor Jahren hätten loswerden sollen. Diphtherie, Scharlach, Kinderlähmung. Es fehlten nur noch Lepra und Schistosomiase, dann wäre es ebenso schlimm gewesen wie in Afrika. Aber für das Sozialwesen existierte nur AIDS, und nicht einmal die wichtigsten Impfungen wurden bei den Kindern vorgenommen.«

Er räusperte sich und hustete in die vorgehaltene Hand. »Unsere Herberge lag in einer eher vornehmen Gegend, und die Leute dort waren über unsere Anwesenheit nicht gerade glücklich. Sie schrieben an ihre Abgeordneten, beklagten sich über die Medien; einige gingen sogar auf die Straße. Sie wollten nicht neben armen Leuten wohnen. Sie fürchteten, daß das den Grundstückspreis drückte.« Ein irres Lächeln überzog Rickeys Gesicht, und seine Augen leuchteten. Vollkommen unbewußt kratzte er sich am Oberschenkel. »Eines Nachts brannte unser Haus nieder. Brandstiftung!«

»Du lieber Gott«, entsetzte sich Loren – und erinnerte sich sogleich schuldbewußt, daß er ein Gebot gebrochen hatte. Rickey fuhr fort, ohne Lorens Vergehen zu beachten.

»Es gab einen automatischen Feuermelder und eine Sprinkleranlage – die Herberge entsprach allen Vorschriften!« Rickey fuhr sich über die Stirn. »Niemand hätte verletzt werden sollen. *Niemand hätte verletzt werden sollen!*« Er wollte das betont wissen. »Aber das Alarmsystem war nicht komplett; unsere Kunden hatten einzelne Bestandteile gegen Alkohol oder schwarz gehandelte Antibiotika verkauft. Der Feuermelder und die Sprinkleranlage funktionierten nicht. Zwölf Menschen verbrannten. Hauptsächlich Kinder in der Krankenabteilung.« Wieder das irre Lächeln. »Der Brandstifter wurde nie gefaßt. Sie sagten, es wäre ein Landstreicher gewesen, vielleicht stimmte es sogar. Niemand hat genau gesucht. Auf unserem Grundstück wurde ein Einkaufszentrum errichtet. Ich ging zurück nach Pennsylvania auf das Catton College.«

»Das wußte ich alles nicht«, bekannte Loren.

Rickey schlug sich mit der Hand auf das Knie. Er lächelte. »Ob ich an Wunder glaube? Darauf können Sie wetten!«

Loren sah ihn an. »Weil die anderen nicht verbrannt sind, meinen Sie? Weil nur zwölf starben?«

Rickey schüttelte den Kopf. »Weil es keine andere Antwort gibt. Nichts greift richtig. Alles Planen, alle Bemühungen zu helfen, schlagen fehl. Staatliche Intervention ist ein Witz. Die Menschheit ist verloren, unsere Pläne sind zum Scheitern verurteilt. Alles ist Schall und Rauch, wie der Prediger sagt.« Er hob den sehnigen Arm und ballte die Hand zur Faust. »Gottes Gnade *muß* die Antwort sein. Sonst ist alles eine Wüste. Untergang. Wenn Gott nicht die Antwort ist, gibt es keine Antwort. Gott ist die einzige Hoffnung.«

Rickeys Begeisterung wirkte ansteckend. Er hat recht, dachte Loren. Er stand im öffentlichen Dienst. Er wußte, wie verkommen die Welt war und wie nötig sie den Glauben brauchte. Aber er mußte an andere Dinge glauben – seine letzte Zuflucht bestand nicht in Gottvertrauen. Vor seinem geistigen Auge tauchten Bilder seiner Kinder auf. Er war wie Rickey, dessen Arbeit sich in Rauch aufgelöst hatte.

»Wenn Sie Kinder hätten, würden Sie anders denken.«

Rickeys Augen lagen tief in den Höhlen, ein starres Lächeln überzog sein Gesicht. »Ich hatte *viele* Kinder, Loren. Manche verhungerten, manche hatten Polio gehabt und waren verkrüppelt, manche verbrannten. Bei Gott haben sie es viel besser.« Das maskenhafte Lächeln wurde breiter. »Auden war es, glaube ich, der sagte, am besten wäre es, nicht geboren zu werden. Andernfalls empfehle ich zu glauben. Auden war, so denke ich, derselben Meinung.«

Loren wollte antworten, aber er wußte nichts mehr zu sagen. Außer dem einen, daß er an seine Familie genauso glaubte wie an Gott, und das würde Rickey nicht akzeptieren.

»Ich vergaß fast zu fragen.« Rickey lachte unsicher. »Sie haben ein Wunder vollbracht? Wollten Sie darüber reden?«

»Nein, ich nicht.« Das Wissen um seine Sünden nagte an seinem Herzen. »Ich bin kein Prophet und kein Heiliger. Aber vielleicht war ich Zeuge eines Wunders.«

Er rief meinen Namen.

»Ich bin irgendwie erleichtert.« Rickey zog ein Taschentuch hervor und wischte sich über die Stirn. Er atmete heftig. Loren dachte an die in der Krankenabteilung verbrannten Kinder, an Randal Dudenhof, der von der Lenkradsäule durchbohrt worden war, an das unerwartete Entsetzen, das den Frieden eines Lebens mit einem Schlag zerschmetterte.

»Ich wüßte nicht, wie ich mich verhalten sollte, wenn jemand behauptet, er hätte Wunder *vollbracht*«, gestand Rickey. »Ein Zeuge ist etwas anderes. Sie sind ein geschulter Beobachter, das ist in einem solchen Fall sehr hilfreich. Ein Mann der Welt, kein Mystiker. Ich kenne Mystiker, die kann man mit Theatertricks täuschen. Fingerfertigkeit. Sie möchten so gern glauben.« Er lachte unsicher. »Wer hat also dieses Wunder bewirkt?«

»Niemand, der zu sehen gewesen wäre.«

»Hm.« Rickey war verwirrt. »Sie können mir nicht sagen, worum es ging?«

»Besser nicht. Ich weiß auch nicht mit Bestimmtheit, ob es ein Wunder *war*. Es gibt andere Möglichkeiten, die ich zuerst ausschalten muß. Aber …« Er breitete die Hände aus.

Trotzdem, er rief meinen Namen.

»Es bereitet Ihnen Kopfzerbrechen.« Rickey nahm die Brille ab und rieb sie mit dem Taschentuch sauber.

»Ja.«

Rickey sah Loren mit seinen kurzsichtigen Augen an. »Warum bereitet es Ihnen Kopfzerbrechen?«

Loren öffnete den Mund und schloß ihn wieder. *Weil ich Angst habe*. Er wollte sich nicht mit Wundern auseinandersetzen. Er wollte eine unkomplizierte polizeiliche Untersuchung: John Doe wurde von Timothy Jernigan getötet, weil ihn dieser mit seiner Frau im Bett erwischte, oder eine andere ebenso einfache und befriedigende Antwort.

»Wenn es wirklich ein Wunder ist«, sagte er hilflos, »was bedeutet es?«

Rickey lächelte und setzte die Brille wieder auf. »Ich dachte, das hätten wir gelöst. Gottes Gnade.«

»Gottes Gnade für *wen?* Für mich?«

»Ein Glaubensanstoß. Für Sie, für jeden.«

In Lorens Kopf wirbelte alles durcheinander. »Das Wunder war da. Und er … es verschwand. Noch ehe es jemand anderer sehen konnte.« Er sah Rickey hilflos an. »Wozu dann? Wozu ein Wunder, das niemand sieht?«

Rickey blieb ruhig. Vom Bildschirm schimmerte die bernsteinfarbenen Schriftzeichen. »Sie haben es gesehen, ja?«

»Ich sah es. Sonst niemand.«

»Vielleicht war es für Sie.«

Loren blinzelte. Sein Herz hämmerte schmerzhaft. »Ich will das nicht hören«, beharrte er.

Rickey räusperte sich. »Sie müssen bedenken, daß unsere Kirche immer zwischen den gnostischen Ursprüngen – Samuel Cattons Offenbarungen und Wunder – und dem Streben, sich als Kirche zu etablieren, hin- und hergerissen wurde. Mit dem Tod Cattons und der Gründung des Colleges wurde die Etablierung als Kirche vorrangig. Wunder *verändern* die Dinge. Sie reißen Dinge auf und stellen alles auf den Kopf. Eine etablierte Kirche steht Geschichten von Wundern ablehnend gegenüber, zumindest von jenen Wundern, die nicht in der Schrift verankert sind, sondern die hier und jetzt stattfinden. Sie sind so – *unkontrolliert*. Da liegen die Mormonen meiner Ansicht nach falsch – sie versuchen mit aller Macht, eine etablierte Kirche zu werden, und es gelingt ihnen nicht. Früher waren sie revolutionär – das Buch der Mormonen spricht jede einzelne politische und religiöse Frage an, die im New York um 1820 aktuell war. Vielleicht ist es deshalb heute so schwierig zu lesen.« Er lächelte. »Die Apostel rebellierten sogar gegen die Mormonen, was uns noch weniger etabliert machen sollte als sie. Unsere sozialen Programme waren ihrer Zeit um ein Jahrhundert voraus.«

Loren wurde ungeduldig. »Ich bin mir nicht sicher, ob das etwas damit zu tun hat…«

»Was kann dieses Wunder, diese Erscheinung oder was es war, für *Sie* bedeuten? Für *Ihre* geistige Entwicklung? Unsere gnostische Tradition will genau auf das hinaus: nur du und Gott, und niemand dazwischen. Wenn Sie der einzige waren, der dieses Wunder gesehen hat, dann sprach Gott zu *Ihnen*.«

»Ich weiß nicht, was es bedeutet!« Loren gestikulierte erregt mit einem Arm und ließ die Hand wieder in den Schoß fallen. »Es war nicht wie ein Bibelwunder, nicht so eindeutig. Räder in der Luft, Engel erscheinen, Prophezeiungen, die Mauern von Jericho stürzen ein, Blut und Kröten, die vom Himmel regnen…« *Die Toten stehen auf.* »Die Bedeutung war unklar.«

»Denken Sie darüber nach. Beten Sie. Sie werden Antwort finden.«

Loren dachte an Randal, der Blut spuckte, das nach Bourbon stank. John Doe rang nach Atem und aus seinem Mund quoll noch mehr Blut. »Ich weiß es nicht.«

Rickey stieß ein bellendes Lachen aus. »Vertrauen Sie mir. Ich bin ein Fachmann.«

»Okay.« Loren fuhr sich mit der Hand über die Stirn.

»Möchten Sie noch etwas anderes besprechen.«

»Ich denke nicht.«

»Es ist eine Weile her, daß Sie über Ihr Seelenleben berichtet haben.«

Nach all dem wäre es eine wahre Erleichterung. »Das können wir erledigen. Selbstverständlich«, sagte er.

Ein leises Lächeln huschte über Rickeys Gesicht. »Gibt es nun, um mit Mr. Cattons Worten zu sprechen, Dinge, die in den Gedanken der Ältesten und in den Herzen der Gemeinde Verwirrung stiften?«

Loren sah Rickey an. Hatte das jetzt ironisch geklungen? Er war sich nicht sicher.

»Nicht daß ich wüßte«, antwortete er.

»Es war ein gewalttätiges Wochenende.«

»Ich habe nichts getan, wofür ich mich schämen müßte.«

Rickeys Blick machte Loren unruhig.

»Meine Akte der Gewalt waren gerechtfertigt«, verteidigte sich Loren.

»Auch als Sie Mack Bonniwell auf den Stufen der Kirche niedergeschlagen haben?«

»Wer hat Ihnen das erzählt?« wollte Loren wütend und gereizt wissen und tat die Sache mit einer Armbewegung ab. »Mack ist ganz verrückt über das, was mit seinem Jungen geschehen ist. Len hat das Gesetz verletzt und Mack möchte mir die Schuld daran geben.«

»Sie haben ihn also geschlagen?«

Loren wollte es schon leugnen, doch als er in Rickeys Augen sah, wußte er, daß das ein Angriff aus dem Hinterhalt gewesen war.

»Ich gab ihm einen Klaps mit der flachen Hand.«

Rickey nickte. »Ich bin froh, daß Sie es nicht abstreiten«, meinte er. »Ich sah es von meinem Platz aus. Ich drehte mich um, weil ich sehen wollte, ob wir die Türen schließen konnten.«

Das Blut rauschte Loren in den Ohren. Er spürte ein Kribbeln und eine gespannte Aufmerksamkeit, wie damals im alten Ringside, als er einem tätowierten, kampferprobten Gegner aus dem Gefängnis im Ring Auge in Auge gegenübergestanden hatte und zum ersten Mal die Gefahr erfaßte, in der er sich befand.

»Er war drauf und dran, mich zu schlagen«, erklärte Loren. »Wenn ich ihm keine geknallt hätte, dann wäre er auf mich losgegangen, und ich hätte ihn ins Gefängnis schleppen können.«

Rickey hörte aufmerksam zu. »Mit anderen Worten, Sie haben ihn geschlagen, weil Sie ihn andernfalls wegen Tätlichkeit ins Gefängnis hätten stecken müssen.«

»Ja.« Loren lehnte sich zurück und verschränkte die Arme. »Genau das habe ich gemacht.«

Rickey legte den Kopf schief und dachte über diese Begründung nach. »Ein vorbeugender K.o.-Schlag. Ich bin mir nicht sicher, wie ich das vom ethischen Standpunkt sehen soll.«

»Von Morallehre verstehe ich nicht viel. Aber wir leben in einer kleinen Stadt, Pastor. Ich regle die Dinge wenn möglich informell. Sie machen es vermutlich nicht anders.«

Rickey verzog die Lippen zu einem schmalen Lächeln. »Leute schlagen? Das glaube ich nicht.«

»Ich meine«, korrigierte sich Loren hastig, »Sie behandeln Probleme außerhalb der offiziellen Kanäle. Macks Ausdrucksweise und seine Körpersprache wirkten bedrohlich. Ich mußte reagieren.«

»Und das bereitet Ihnen kein Problem.«

»Nein.«

»Und Len?«

»Ich war der Meinung, daß er eine Waffe hatte. Ich hatte mich geirrt, aber alles ging so schnell, und ich konnte mich nicht vergewissern. In einer großen Stadt hätte man ihn wahrscheinlich erschossen.«

Rickey nickte. »Könnte leicht sein.«

»Und wenn ich zugelassen hätte, daß er mich erschießt, dann hätte man ihn vermutlich gehenkt.«

»Und Sie wären tot.«

Loren lachte. »Das auch.«

»So gesehen, war das ebenfalls ein Präventivschlag, um Len vor dem Galgen zu bewahren.«

»Genau.«

Sie blickten einander in die Augen, Rickey suchend, Loren sich verteidigend. Schließlich schüttelte Rickey den Kopf.

»Ich habe Ihr Gewissen geprüft, und es scheint ruhig zu sein. Ob Sie Grund dafür haben, kann ich nicht wissen, und daher bleibt mir nichts mehr zu sagen übrig.«

Loren unterdrückte ein Achselzucken.

»Gibt es noch etwas, das ich wissen sollte? Eine Familienangelegenheit zum Beispiel?«

»Mein Familienleben ist überhaupt perfekt.«

Rickey sah ihn an. »Warum verwenden die Leute hier diesen Ausdruck?«

»Welchen Ausdruck?«

»Überhaupt. Sie meinen, ›jetzt‹ ist es perfekt«

Loren hob die Schultern. »Das ist mir noch nie aufgefallen.«

Rickey nickte. »Schon gut.« Er erhob sich und streckte Loren die Hand hin. »Danke, daß Sie hier waren.«

Loren stand auf und ergriff die dargebotene Hand. »Danke.«

»Lassen Sie mich wissen, wie es mit Ihrem Wunder weitergeht. Es interessiert mich.«

»Wenn ich je dahinterkomme«, erwiderte er bitter.

Loren verließ das Pfarrhaus und blieb auf dem Gartenweg stehen. Die Tür schloß sich leise hinter ihm, und das Licht auf der Veranda erlosch.

Es war eine kühle, stille Oktobernacht. Ein leichter Wind erfrischte seine Sinne. Loren sah zu den fernen Sternen auf und stellte ihnen die stumme Frage, was als nächstes zu tun sei.

Lautes Schnarchen war die Antwort. Loren trat einen Schritt vor, öffnete das Gartentor und entdeckte Roberts, den Propheten. Er lag gegen den Zaun gelehnt und hielt den Papiersack in der Hand.

»Ach Scheiße!«

Roberts schnarchte weiter. Loren öffnete die Tür an

der Beifahrerseite des Taurus. Er beugte sich über den früheren Bürgermeister und rüttelte ihn an der Schulter.

Dieser Mann war einmal mein Chef. Die Erinnerung hatte etwas Unwirkliches an sich.

»He! Al! Aufwachen!«

Der Prophet murmelte, bewegte sich und stieß dabei die Flasche um. Würziger, gepflegter Geruch erfüllte die Luft. Roberts Herde brachte augenscheinlich genügend Geld, um ihm den Genuß eines so guten Gebräus zu ermöglichen.

Loren packte Roberts an den Kleidern und schob ihn grob hin und her.

»Aufwachen, Al!«

Der Prophet riß die verschwollenen Augen auf. Er stieß einen ängstlichen Schrei aus, sank zurück und blinzelte Loren von unten an.

»Hi, Loren«, grüßte er sanft.

»Kannst du aufstehen? Ich bringe dich nach Hause.«

»Gott liebt dich, Loren.«

Die Knie wollten den Mann nicht tragen. Die Flasche rollte in den Rinnstein, als Loren ihn über den Bürgersteig schleifte. Loren bugsierte den Propheten auf den Beifahrersitz und richtete sich dann auf. Er atmete schwer.

»Wenn du in das Auto meiner Frau kotzt, kannst du etwas erleben.«

Roberts winkte ab. »Gott mit dir, mein Sohn.«

Loren schloß die Beifahrertür, ging um das Auto herum und stieg ein. Roberts roch entsetzlich; ein Gemisch aus Bourbon und Körpergeruch. Loren öffnete das Fenster und startete.

Roberts und sein Clan wohnten in einem dreistöckigen Haus, im Stil von Königin Anne gebaut, mit einem spitz zulaufenden Türmchen à la Charles Addams; 1924 war das Haus auf einem großen Lastwagen der Riga Brothers aus den Trümmern des im 19. Jahrhundert zerstörten Atocha an seinen jetzigen Standplatz unweit von Lorens Haus transportiert worden.

Der Rasen wurde von einer toten Ulme überschattet und war überwuchert von Unkraut, russischen Disteln und braunem Weidegras. Zwischen dem Unkraut war im Licht der Sterne alles mögliche Gerümpel zu erkennen, ein alter Schrank, das Getriebe eines Autos, ein Türrahmen mit Fliegengitter, eine zerbrochene Klosettschüssel. Loren fuhr vor und stieg aus.

Er hatte die Beifahrertür kaum geöffnet, als bereits zwei von Roberts Getreuen, seine Frau und seine schwangere Geliebte, aus der Vordertür stürzten. Sie trugen knöchellange, selbst geschneiderte Kleider. Loren blickte in das ausdruckslose Gesicht der schwangeren jungen Frau und dachte an die traurigen Anrufe am Vormittag in der Telefonzentrale der Polizeistation, an die vielen Eltern, die ihre verschwundenen Kinder suchten. Ob nach diesem Mädchen auch jemand suchte? Oder vielleicht war sie nur deshalb hier, weil es keinen anderen Platz für sie gab.

Die zwei Frauen halfen Roberts aus dem Auto und legten sich seine herumfuchtelnden Arme um die Schultern. »Kann ich helfen?« fragte Loren.

Auf Amy Roberts schmalem Gesicht saß ein trotziger Ausdruck. »Er ist nicht immer so.«

»Ich weiß, Amy. Ich habe für ihn gearbeitet.«

»Er ist der Gesandte Gottes. Das sollst du wissen, Loren Hawn!« antwortete sie hartnäckig.

»Schon gut, Amy.«

Ihre Stimme wurde laut und zornig. »Du bist immer ein böser Taugenichts gewesen, Loren. *Ich habe dich nie gemocht! Nie!*«

Ihr unerwarteter Zorn überraschte Loren. Er sah schweigend zu, wie Amy Roberts den betrunkenen Propheten über den Weg zum Haus schleppte.

Sie hat mich nie gemocht, dachte er. Er erinnerte sich, wie sich ihre Lippen unter seinen geöffnet hatten, wie sich ihre heiße Zunge fordernd in seinen Mund drängte. Er erinnerte sich, wie sie sich unter ihm bewegte, nackt und feucht, ausgestreckt auf einem Badetuch in der Nähe einer heißen Quelle im Apachen-Reservat. Er dachte an den Schwefelgeruch der Quelle, an die lustigen Geräusche, die sie beim Bumsen machte, die ihr einfach entschlüpften, seltsame leise Laute, wie von einem Baby oder einem kleinen, wimmernden Kind.

Zum Kuckuck, dachte Loren. Ich hätte schwören können, daß sie mich damals mochte. Zumindest ein klein wenig. Bevor sie mich wegen des Kerls mit Collegeabschluß sitzen ließ. Der hatte ausgesehen, als würde er ein regelmäßiges Leben führen und nicht seine Tage mit Trainieren verbringen, damit er bei mitternächtlichen Runden Sträflinge zu Hamburgern verarbeiten konnte.

Vielleicht gab es doch eine Gerechtigkeit.

Er stieg ins Auto. Die Gedanken an Amy ließen ihn nicht los, Amy, jung und feucht, Mondlicht tanzte über ihre Haut. Aber sogleich durchfuhr ihn ein nagendes Schuldgefühl.

Gott sprach zu *Ihnen*. Rickeys Stimme.

Er mußte es unbedingt herausfinden.

Er fuhr zu Len Armisteads Tankstelle im Osten der Stadt. Unterwegs hielt er vorsichtig Ausschau, ob man ihm folgte. Niemand schien sich für ihn zu interessieren.

Die Tankstelle wollte gerade schließen. Loren bog von der Straße ab, fuhr an die Rückseite des Gebäudes und parkte hinter Armisteads Abschleppwagen. An der Stoßstange klebten Aufkleber mit der Aufschrift ARBEITSLOS? KEIN GELD? HUNGRIG? ISS DEINEN IMPORT! Ein Bulldozer, ein Schneepflugaufsatz für Armisteads Jeep und ein kleiner Bagger mit Heckschaufel rosteten hier friedlich vor sich hin.

Der bärtige Mann kam um die Ecke des Gebäudes. Eine Backe hatte er dick mit Tabak gestopft. »Was gibt's, Loren? Brauchst du etwas?«

»Ich brauche deinen Bagger.«

»Klar. Morgen?«

»Heute noch. Sofort.«

Armistead sah ihn überrascht an. In Ordnung. Du weißt, wie man ihn in Betrieb setzt?«

»Klar. Hast du eine Schaufel für mich?«

»Ich denke schon.« Er spuckte Tabak auf den gesprungenen Asphalt. »Wozu brauchst du das denn?«

»Vertrauliche Sache. Eine Untersuchung.«

Armistead schob das Käppi nach vorn und kratzte sich am Kopf. »Schon gut.«

»Wieviel macht es?«

Armistead nannte eine Summe.

»Kann ich dir morgen einen Scheck geben?«

»Natürlich, Loren.« Der große Mann grinste. »Wenn du nicht zahlst, dann ist ja das Gesetz nicht weit.«

Loren zog die Jacke, auf der in großen, gelben Buchstaben das Wort POLIZEI stand, mit der Innenseite nach außen an. Er nahm den Bolzenschneider und eine Stablampe mit vier Batterien aus dem Fury und legte sie in den metallenen Werkzeugkasten auf dem Bagger. Die Schaufel befestigte er mit einem Gummiseil, das ihm Armistead brachte. Er startete die Maschine, schaltete die Lichter ein und fuhr auf der 82er weiter nach Osten. Nur wenige Autos waren noch unterwegs; niemand beachtete ihn, eine anonyme, dunkel gekleidete Gestalt. Er bog in die Nebenstraße, die zum Friedhof führte ein, und hielt vor dem großen eisernen Tor an.

Die Friedhöfe im Südwesten wirkten immer noch verlassener als anderswo. Kein Grün, nur Staub, Unkraut und verblichene künstliche Blumen. Er war froh, daß es dunkel war. Die Sterne tauchten allmählich auf, und ihr Licht flackerte in der von der Erde aufsteigenden Wärme.

Das Tor des Friedhofs war nicht versperrt. Die Leute kamen hier nur zu Beerdigungen heraus. Den Bolzenschneider brauchte er also nicht.

Das Grab der Dudenhofs war leicht zu finden; ein

grauer, verwitterter Mormonenengel mit einer Posaune zeichnete es aus. Der Engel war eine Kopie des goldenen Moroni auf dem Dach des Tempels in Salt Lake City.

Loren fuhr den Bagger zum Grab und im Licht der Scheinwerfer las er die eingravierten Worte: HERMAN, VATER. PATRICIA, MUTTER. ADAM, SOHN. RANDAL, SOHN. Dazu die Daten. Kleine weiße Grabsteine kennzeichneten jedes einzelne Grab.

Der dritte Name war Loren neu, und er rechnete nach. Randal hatte außer dem Bruder, der in San Franzisko gestorben und dort eingeäschert worden war, noch einen älteren Bruder gehabt, der im Alter von sechs Jahren gestorben war, als Randal ungefähr zwei war. Das hatte Loren nicht gewußt.

Nur drei Kinder. Wenig für eine Mormonenfamilie. Und alle starben jung. Die Gräber waren ungepflegt, nur trockenes, braunes Gras wuchs darauf. Die Hügel waren zu sanften Vertiefungen eingefallen. Loren fand Randals Grabstein und brachte den Bagger in Position.

Loren war in Schweiß gebadet, mit Staub bedeckt und taub vom Lärm der Maschine, als er endlich auf den Sarg stieß. Autos waren auf der Straße vorübergefahren, aber niemand hatte angehalten. Loren fuhr den Bagger weg und stellte den Motor ab, ließ aber die Lichter brennen und holte Schaufel und Stablampe.

Zehn Minuten arbeitete er, daß der Schweiß in Strömen rann, dann hatte er endlich den Sarg offen. Violet hatte für ihren nichtswürdigen Mann den teuersten Sarg gekauft, den sie finden konnte, in der Hoffnung, dadurch seinen Wert vielleicht zu steigern. Es war ein Kasten aus Bronze, mit rundem Deckel und innen mit Blei ausgekleidet. Die wellig genarbte Außenseite schimmerte in verschiedenen Grünschattierungen, wie das Meer eines Impressionisten. Armisteads Schaufel war ziemlich verbogen, als es Loren schließlich gelang, den inneren Deckel aufzuzwängen und einen Blick auf das zu werfen, was auf dem zerfallenen Satinkissen ruhte.

Lorens Schweiß tropfte in die Metallkiste, als er die Taschenlampe einschaltete. Sein Atem ging rasselnd. Die Leiche trug einen blauen Anzug mit goldenen Fäden durchwirkt. Nägel und Haare waren lang, im Gesicht stand ein kurzer Bart. Das Fleisch war braun zusammengeschrumpft und bedeckte die Knochen wie eine dicke Firnisschicht. Die Leiche war zwar nicht mehr eindeutig zu identifizieren, hatte aber eine unverkennbare Ähnlichkeit mit Randal.

Loren kniete nieder und ließ den Strahl der Taschenlampe über den Leichnam gleiten. Der Sarg roch nach Moder. Loren erschrak, als er in der transparenten Haut über den Augen die zierlichen, kleinen Stiche entdeckte, die die Lider geschlossen hielten. Ein goldener Ehering steckte an der vertrockneten Hand. Loren schloß die Augen und versuchte, sich Randals Bild zu vergegenwärtigen, aber das Bild des Mannes, der auf den alten weißen Fliesen im Korridor des Polizeigebäudes gestorben war, ließ sich nicht verdrängen.

Loren sah sich den Toten noch einmal an. Er konnte es wirklich nicht sagen.

Er streckte die Hand aus, faßte nach der ihm zunächst liegenden Hand der Leiche und schob sie zur Seite. Sie war erstaunlich leicht und bot keinen Widerstand. Das gleiche machte er mit der anderen Hand. Dann schob er die Krawatte hinauf und knöpfte Jacke und Hemd auf.

Schwarz und zerschmettert lagen die gebrochenen Rippen unter der zugenähten lackharten Haut – er blickte auf die tiefe Wunde, wo die Lenkradsäule Randals Brust durchbohrt hatte. Loren seufzte leise.

Er hatte das Grab vergeblich geöffnet.

Wenn John Doe Randals wiederauferstandener Körper war, wieder auferstanden durch die Hand Gottes, wie es im Buch der Prophezeiungen vorhergesagt war, dann sollte der Leib jetzt nicht hier liegen. Das papierene Fleisch wäre wieder beseelt und die zerschmetterte Brust wiederhergestellt worden; Randal wäre in seinem alten Körper wieder auf die Welt gekommen.

Wenn John Doe ein anderer wiederauferstandener Randal war, ein Randal aus einer Zeit vor seinem Tod, entstanden durch einen bizarren Nebeneffekt des großen Beschleunigerexperiments bei ATL, dann, so dachte Loren, sollte diese Leiche auch nicht hier sein, weil Randal dann nicht an der Brücke über den Rio Seco gestorben und nicht begraben worden wäre. In diesem Fall gäbe es auch keinen Grabstein und keinen Sarg, weil dann die Geschichte anders verlaufen wäre und Loren sich an Randal als Vermißten und nicht als Unfallopfer erinnern würde.

John Doe war ein Fremder. Es war kein Wunder gewesen. Loren war nicht der Empfänger einer göttlichen Botschaft gewesen.

Loren wußte nicht, ob er enttäuscht sein sollte oder nicht.

Er schloß den Sarg, kletterte aus dem Grab und schob mit Hilfe des Planierschildes am vorderen Ende des Traktors die Erde wieder über die sterblichen Überreste von Randal Dudenhof. Er fuhr noch ein paarmal über dem Grab hin und her, um es wieder einzuebnen. Danach kehrte er zur Tankstelle zurück. Sie war bereits geschlossen; Loren stellte den Bagger ab, steckte die Schlüssel in den Briefkasten und fuhr nach Hause.

Der Fury stand nicht zu Hause, das bedeutete, daß Debra noch bei der Kostümprobe war. Der Ocotillo im Vorgarten warf im Licht der Straßenbeleuchtung bizarre Schatten. Loren schüttelte den Staub von den Kleidern, bevor er die Vordertür öffnete. Er war zu Hause. Vorderasiatische Bassrhythmen dröhnten aus Katrinas Zimmer. Die Holzböden vibrierten, und Loren spürte das Zittern im ganzen Körper.

Daheim, dachte er. Querencia. Die Spannung in Nacken und Schultern ließ allmählich nach.

Eine lange Nacht, dachte er und sah auf die Uhr.

Kurz nach elf. Die Mädchen sollten längst im Bett sein.

Er schloß die Eingangstür, da läutete das Telefon. Es war Cyrano Dominguez, auch einer von Ciprianos Vettern, den Loren nicht besonders gut kannte.

»Hi, Cyrano«, grüßte Loren.

»Hi, Loren. Ich rufe an, weil ich eine Nachricht für Ihren Bruder habe. Sehen Sie ihn in nächster Zeit?«

»Morgen früh.«

»Das ist gut. Sie kennen meinen alten GMC-Camper?«

»Nicht wirklich«, bekannte Loren leicht bestürzt. Er ahnte, was kommen würde.

»Es ist ein alter Laster. Ich fahre ihn nicht sehr oft. Aber egal, vor ein paar Monaten ging die Dichtungsmanschette kaputt.«

»Und Jerry hat gesagt, er würde sie reparieren«, vermutete Loren.

»Genau. Seither steht der Laster bei ihm, und ich habe kein Wort von Jerry gehört. Ich gab ihm zwanzig Dollar im voraus für seine Ausgaben.«

Jerry hatte vermutlich mit der Arbeit nicht einmal begonnen. Für eine Dichtungsmanschette brauchte er maximal zwei Stunden.

»Ich werde ihn erinnern, Cyrano. Okay?«

»Ich hätte ihn gern bis Freitag. Ich möchte zum Wochenende Enten schießen.«

»Ich verstehe. Ich werde es Jerry ausrichten.«

»Entschuldigen Sie die Störung.«

»Schon in Ordnung.«

Loren legte auf und dachte darüber nach, welche Last es für ihn bedeutete, sich um seinen Bruder zu kümmern. »Mein Familienleben ist perfekt«, hatte er Rickey gesagt.

Vielleicht auch nicht.

Die Musik dröhnte immer noch aus dem Hinterzimmer. Er ging durch den Korridor in den kleinen Anbau, den sie vor fünf Jahren für Katrina gebaut hatten. In Katrinas Zimmer kam man nur durch Kellys Zimmer und das gemeinsame Bad oder durch das Fenster; Katrina benutzte diesen Weg manchmal, was nicht ganz in Ordnung war.

Ein Werbeplakat für Wrangler Jeans mit muskulösen jungen Männern mit Cowboyhüten hing flächendeckend an der Tür. Loren hörte das unharmonische Derwischgeheul eines seltsamen arabischen Dudelsacks. Er klopfte.

»Licht aus!« rief er.

Dudelsack und Trommeln verklangen. Loren hörte Lachen, dann ging die Tür auf und Skywalker erschien grinsend mit einer Macramee-Schultasche in einer Hand und einer abgetragenen Levis-Jacke in der anderen. Lorens Töchter folgten.

»Hi, Chief Hawn«, grüßte Skywalker. Als sie ihn ansah, runzelte sie die Stirn. »Sie sind voll Erde.«

»Gut beobachtet.«

»Was haben Sie gemacht?«

»Hatte mit meiner Arbeit zu tun.«

Sie zuckte die Achseln. »Unterschreiben Sie meine Petition?«

»Kommt darauf an.« Loren folgte ihr durch Kellys Zimmer und die Diele ins Wohnzimmer.

»Es geht an unsere Senatoren«, erklärte Skywalker. »Wir treten dafür ein, daß das neue Handelsabkommen mit England erst dann unterzeichnet wird, wenn Großbritannien zustimmt, sich an das Londoner Abfallabkommen von 1972 zu halten.«

»Bis sie *was* unterzeichnet haben?«

Skywalker drehte sich um und kramte in der Macramee-Tasche. »Die Briten werfen Schwermetalle, Fluoride, Quecksilber und Atommüll in den Atlantik. Neuerdings wieder. Eine Zeitlang hatten sie es eingestellt, aber es hat den Anschein, daß sie nur darauf gewartet haben, bis das Interesse der Welt nachläßt.« Sie zog eine ramponierte Petition heraus und legte sie Loren vor. »Sie schmeißen alles vor der irischen Küste ins Meer, worüber Irland auch nicht glücklich ist.«

»Kann ich mir vorstellen.« Loren nahm die Petition, überflog den Text und fand ihn einfach und ehrlich.

»Mrs. Hawn hat auch schon unterschrieben«, gab Skywalker zu verstehen.

»Ich sehe.« Loren holte den Kugelschreiber aus der Tasche, legte die Petition auf ein Mathematikbuch, das ihm Skywalker hinhielt, und unterschrieb.

»Danke!« Ein strahlendes Lächeln überzog Skywalkers Gesicht, dann drehte sie sich um und lief zur Tür. Katrina und Kelly folgten ihr, um sich zu verabschieden.

In den Petitionen, die er früher zu Gesicht bekommen hatte, ging es um eine neue Verkehrsampel vor der Schule, um die Erhaltung eines historischen Gebäudes, das abgerissen werden sollte, oder um die Schließung von Connie Duvauchelles Haus. Jetzt hatten die meisten mit nationaler, oft auch internationaler Politik zu tun. Unterstützung für das Plastik-Abkommen, Verbot von chilenischem Kupfer, Proteste gegen radioaktive Deponien, Versuche, Sam Torreys Hirschfarm zu schließen, Unterstützung für die Urbevölkerung von Mittelamerika und/oder Afrika ... eine traurige, anscheinend endlose Liste der Probleme dieser Welt, die über Satellit mit Lichtgeschwindigkeit über Atocha hereinbrachen.

Loren bewunderte Skywalker wegen ihrer Intelligenz, ihres Engagements und ihres Wissens – sie war mit Sicherheit das klügste Mädchen, das er kannte –, aber er war dankbar, daß sie nicht seine Tochter war. Skywalker hatte ihre Kindheit abgestreift; seine Töchter, glücklicherweise, nicht.

Er hatte Katrina und Kelly eine sichere Kindheit bereitet, so perfekt und sicher, wie es ihm möglich gewesen war. Wie ein grimmiger Wachhund war er zwischen ihnen und allem gestanden, was ihnen hätte schaden können. In seinen Augen war das jede Sünde wert gewesen.

Als Debra verstohlen ins Zimmer schlich, war er augenblicklich wach; blitzschnell hatte er den Tiefschlaf abgeschüttelt und konnte klar denken. Polizistenreflex.

»Wie spät ist es?«

»Gleich Mitternacht.« Sie trat jetzt lauter auf und hatte den Versuch aufgegeben, ihn nicht zu wecken.

Loren stemmte sich auf den Ellbogen hoch. »Dauerte die Probe so lang?«

»Nein.« Er hörte, wie sie die Kleider abstreifte und der Stoff sanft über die Haut glitt. »Wir gingen noch zu Lois Johnson, tranken Kaffee und redeten.«

»Wie geht es mit dem Stück?«

»Von den Temperamentausbrüchen der Sopranistin abgesehen, recht gut.«

Loren lächelte und legte den Kopf auf das Kissen zurück. Leider gab es in Atocha nur eine Frau, deren Stimme für diese Rolle geeignet war: Sandy Odell. Sie wußte das, und alle anderen wußten es auch.

»Es ist einfach *der* Augenblick für sie, berühmt zu werden«, meinte Debra. Sie öffnete die Tür des Schrankraums und hängte ihre Kleider auf die Haken an der Innenseite. »Eine solche Gelegenheit kommt für sie nicht wieder. Wenn sie jetzt nicht die Primadonna spielt, dann nie mehr.«

»Phil hat noch keinen Job gefunden.«

»Und die Unterstützungszahlungen sind ausgelaufen. Sie arbeitet nur Teilzeit bei Dairy Queen. Wenn es nicht den Notstandsfonds gäbe, hätten sie ernsthafte Probleme.« Sie zog das Nachthemd über den Kopf und schob es über die Hüften hinunter. Dann ließ sie sich ins Bett fallen und kicherte. »Ich habe schon geglaubt, der Dirigent spießt sie mit seinem Stöckchen auf.«

»Wir hatten genügend Gewalt in den letzten Tagen.«

Er beugte sich zu ihr und küßte sie, ein wenig länger als der übliche Gutenachtkuß dauerte. Ihre Lippen schmeckten nach Kaffee. Er zog sich zurück und sah sein Spiegelbild in ihrer Brille, schwarz, vom Licht der Sterne umrandet. Er legte die Arme um sie und zog sie an sich, spürte ihre Wärme unter dem weichen Flanell, und das erotische Verlangen, das durch die Erinnerungen an Amy Roberts in ihm wach geworden war, wuchs.

»Du scheinst nicht schläfrig zu sein«, stellte er fest.

»Wahrscheinlich habe ich zu viel Kaffee getrunken.«

Er küßte sie wieder. Sie legte den Arm um seinen Hals. Sein Kuß wurde intensiver, ihre Zunge tastete nach seiner. Sie lachte und zog sich zurück.

»Meine Brille läuft an.« Sie nahm die Brille ab und legte sie auf das Bücherregal neben dem Bett. Dann küßte sie ihn ausgiebig und ließ ihre Hand über seinen Rücken gleiten.

»Ich komme gleich.« Sie löste sich von ihm, stieg aus dem Bett und ging ins Bad, um das Diaphragma einzuführen.

Loren rollte auf den Rücken und schob die Hände unter den Kopf. Vorfreude pulsierte in seinem Penis. Er dachte an Amy Roberts und andere schuldbeladene Vergnügungen, Irene, die Sekretärin des Bürgermeisters, eine kleine Blonde bei Connie Duvauchelle, die so eifrig mit dem Hintern wackeln konnte, als hätte sie in den Hüften ein Doppelgelenk eingebaut; dabei ließ sie ständig Kaugummiblasen platzen...

Debra war vielleicht nicht so aufregend wie einige seiner anderen Partnerinnen, aber sie war ebenso begeistert. Er fühlte sich wohl mit ihr. Er hatte sich die Hörner abgestoßen; man wollte ja schließlich keine Akrobatin, sondern eine Partnerin.

Ein Gefühl der Sicherheit umgab ihn wie warmer Nebel. Querencia. Er hatte dafür gearbeitet, aber es war die Sache wert.

Das Telefon riß Loren aus dem postkoitalen Schlaf. Er tastete nach dem Hörer auf dem Nachtkästchen.

»Loren Hawn«, meldete er sich. Debra seufzte, drehte sich um und atmete regelmäßig weiter.

»Hier spricht Alan London.«

»Ja bitte?« Loren warf einen Blick auf die Uhr neben dem Bett. Dr. Alan London war der Gerichtsmediziner in Albuquerque.

»Ist es nicht etwas spät für einen Anruf?«

»Die Dinge entwickeln sich ein wenig ungewöhnlich.« London hustete; er war ein starker Raucher, wie alle auf der Gerichtsmedizin. Sie wollten auf diese Weise den ständigen Geruch nach Formaldehyd und Leichen übertönen.

»Ihr John Doe ist verschwunden«, verkündete er Loren.

»Was?« rief Loren halb lachend. »Die Leiche ist verschwunden?«

»Genau.«

Loren fand es immer noch lustig. »Haben Sie sie irrtümlich begraben?«

»Nein, haben wir nicht.« London fand daran nichts lustig. »Vor wenigen Stunden war sie noch hier. Jemand hat sich an meinen Assistenten vorbei in den Kühlraum geschmuggelt und sich mit der Leiche davongemacht.«

»Meinen Sie das im Ernst?« Loren setzte sich kerzengerade im Bett auf. Debra zuckte zusammen, drehte sich um und sah ihn an. »Warum sollte jemand ... ich verstehe das nicht.«

»Ich auch nicht. Ich wollte sie nur sofort darüber informieren. Vielleicht haben Sie eine Ahnung, warum jemand ...«

»Sie haben die Fingerabdrücke registriert, nicht wahr?«

»Das war das erste, woran ich dachte. Aber die Abdrücke sind sowohl noch auf dem Computer als auch auf der Karte. Auch die Fotos von der Leiche sind noch da.«

»Ich habe sie auch. Wir können demnach immer noch herauszufinden, wer Doe war.«

»Falls seine Fingerabdrücke irgendwo registriert sind, ja.« Husten. »Oder jemand identifiziert das Foto.«

»Das ist verrückt.«

»Das war aber erst der Anfang«, fuhr London verwirrt fort. »Die inneren Organe sind ebenfalls verschwunden.«

»Sie ... Wiederholen Sie das bitte!«

»Im Zuge der Autopsie entfernen wir die inneren Organe und das Gehirn. Proben davon kommen in das histologische Labor, der Rest kommt wieder zurück in die Leiche oder wird in Behältern aufbewahrt.«

»Und die Behälter sind ebenfalls verschwunden?«

»Nicht die *Behälter.*« London schrie jetzt fast. »Die *Behälter* sind noch da. Die *Organe* sind fort und das *Blut.*«

»Die Organe und das Blut«, wiederholte Loren langsam. Er blickte auf Debra hinunter und erkannte am opalisierenden Funkeln ihrer Augen, daß sie genau zuhörte.

»Das Formaldehyd in den Gläsern verfärbt sich durch das Blut, verstehen Sie? Aber es ist nicht mehr trüb. Nicht eine Spur. Die Gläser müssen vollkommen entleert, gesäubert und neuerlich mit Formaldehyd gefüllt worden sein.«

»Oder sie wurden gegen andere Gläser ausgetauscht.«

»Könnte sein. Daran habe ich nicht gedacht.« Londons Stimme wurde heiser, und er bekam einen weiteren Hustenanfall. »Noch etwas«, fügte er dann hinzu. »Das Namensschild, das an der Zehe hing, ließen sie zurück.«

Das war unheimlich, und ein kalter Schauer lief Loren über den Rücken. Bis zu diesem letzten Faktum klang die Geschichte wie eine Burleske. Jemand schlich sich leise in die Gerichtsmedizin, warf sich eine Leiche über die Schulter, zog die Schau mit den Formaldehydgläsern ab – wie in einem harmlosen Horrorfilm. Ab hier wurde die Geschichte unheimlich und gespenstisch und bekam eine besondere Bedeutung. Loren stellte sich vor, wie CIA-Agenten lautlos wie schwarze Katzen durch das Labor huschten. Oder die Männer in Schwarz, an die die UFO-Narren glaubten. Oder Cybercops. *Sie ließen das Namensschild zurück ...* Das Werk ungesehener Supermänner, die es liebten, ihre Spielchen zu treiben.

In der Leitung klickte es. Loren erschrak. Litt er an Verfolgungswahn? Hörte jemand mit?

Es war an der Zeit, als Polizist zu handeln.

»Wann ist sie verschwunden?«

»Die Leiche? Um vier Uhr dreißig war Schichtwechsel, da war sie noch in ihrem Schubfach. Der Assistent, der den Dienst übernimmt – heute war es Esquibel –, überprüft üblicherweise alle Fächer, wenn er kommt. Esquibel erinnert sich, daß er die Leiche gesehen hat. Später hatten wir einen Unfall mit Fahrerflucht, und anstatt die Kartei durchzugehen, um zu sehen, welches Fach frei war, zog Esquibel ein Fach nach dem anderen heraus, bis er ein leeres fand – dann entdeckte er, daß außen noch die Papiere steckten, und daß das Schubfach besetzt sein sollte.«

»Wann war das?«

»Etwa um acht Uhr dreißig.«

Loren hatte das seltsame Gefühl, sehr hoch und sehr schnell zu fliegen. Eine dichte Wolke verbreitete ein unheimliches Licht und nahm ihm die Sicht. Zeit und Sinnhaftigkeit existierten nicht. Um acht Uhr dreißig hatte er die Erde über Randal Dudenhofs Grab planiert.

Er war Polizist, das durfte er nicht vergessen. Das Nächstliegende mußte zu allererst ausgeschaltet werden. »Ich nehme an, Sie haben in den anderen Schubfächern nachgesehen?«

»Natürlich.« Ein Hustenanfall unterbrach Londons Antwort. »Es liegt kein Fehler vor. Die Leiche ist eindeutig verschwunden.«

»Es war die ganze Zeit niemand im Kühlraum, stimmt das?«

»Korrekt. Esquibel saß im Büro nebenan, und um in den Kühlraum zu gelangen, muß man am Büro vorüber. Sie könnten natürlich durch die versperrte Feuertür hereingekommen sein.«

»Kaum!« Esquibel protestierte im Hintergrund. »Ich hätte sie gesehen. Wenn sie durch die Feuertür gekommen wären, hätte ich sie gehört. Die Türen sind schrecklich laut. Außerdem bin ich im Kühlraum ein- und ausgegangen.«

»Wir hatten zwei Zugänge«, überlegte London.

»Genau!« bestätigte Esquibel im Hintergrund. »Ich war ständig unterwegs.«

»Außerdem sind die Proben aus dem histologischen Labor verschwunden. Und das ist nicht einmal im selben Stockwerk.«

»Scheiße!« kommentierte Esquibel.

»Nur leider werfen die Umstände ein schiefes Licht auf meine Assistenten«, fuhr London fort. Esquibel rief etwas Unverständliches, dann hustete London wieder. Loren stellte sich die beiden bei einer Autopsie vor, wie sie kubanische Zigarren rauchten und ihre Bazillen in irgend jemandes Bauchhöhle husteten.

»Esquibel hat natürlich mein volles Vertrauen«, versicherte London. Aus seinem Ton war zu entnehmen, daß er es nur aus Höflichkeit sagte. »Ich möchte daher, daß auf ihn und die anderen Assistenten kein Verdacht fällt. Sie müssen mir also wirklich sagen, ob Sie einen berechtigten Verdacht gegen jemand anderen haben.«

»Ich möchte es wissen!« rief Esquibel. »Ich bringe den Hurensohn um!«

Ich weiß nicht, was ich davon halten soll, dachte Loren.

»Falls Sie überhaupt etwas herausfinden!« beschwor ihn London.

»Selbstverständlich. Sie sind der erste, der es erfährt.«

»Und lassen Sie die Fingerabdrücke nicht aus dem Auge. Kopieren Sie sie mehrfach!«

»Es ist, als hätte es den Kerl niemals gegeben«, meinte der Mediziner abschließend.

Loren legte auf und starrte an die Decke.

Als hätte es den Kerl nie gegeben.

Vielleicht war es so.

Vielleicht hatte jemand – oder Jemand – das mit Absicht getan, nur um in Loren den Glauben an Wunder zu erhalten.

12. KAPITEL

Von Mexiko herauf blies gnadenlos ein für die Jahreszeit ungewöhnlich warmer Wind. Er wirbelte den Staub über das flache Land und entzog dem ausgedörrten Boden die letzte Feuchtigkeit. Trockenes Distelgestrüpp türmte sich an den Zäunen; bald würden wieder neue Waldbrände aufflammen. Die Hunde vom Schrottplatz bellten, umtänzelten Loren und sprangen an ihm hoch, in der Hoffnung, seine Aufmerksamkeit zu erregen. Er streichelte ihnen gedankenlos den Kopf, während er über den ölverschmutzten Boden auf den GMC-Laster zuging, der hinter Jerrys Wohnwagen parkte.

Loren stellte sich vor, wie der Staub über Randal Dudenhofs Grab wehte. Er wollte das Grab wieder öffnen und sich vergewissern, daß der Leichnam auch wirklich noch da war.

Der GMC war verbeult und stellenweise verrostet. Staub hatte sich in der Verkleidung abgelagert. Loren öffnete die Motorhaube. Der Sechszylindermotor, Ventilkappen und Ventile waren ausgebaut, die Kolben in den Zylindern warteten auf neue Manschetten. Loren ging um den Laster herum und sah durch das Fenster ins Innere der als Wohnwagen ausgebauten Ladefläche. Werkzeug und Ventile lagen sauber ausgebreitet auf einem Stück Segeltuch, vermutlich bereits seit zwei Monaten.

Die Tür zu Jerrys Wohnwagen sprang auf. Loren kam um den Laster herum und schlug den Deckel der Motorhaube zu. Als er sich umdrehte, stand Jerry mit zurückgelegtem Kopf hinter ihm und band sich gerade die Krawatte. Der Wind zauste die dunklen, lockigen Haare, daß sie wie ein Wimpel über dem einen Ohr flatterten.

»Das ist Cyranos Laster«, erklärte er. »Ich mache einige Reparaturen für ihn.«

»Ich weiß. Er rief mich an.«

»Worum ging es?«

»Er möchte den Laster bis Freitag haben. Besser schon Donnerstag abend. Er braucht ihn zur Entenjagd.«

»In Ordnung.« Jerry zuckte die Achseln.

Der Wind nagte an Lorens Geduld. »Du machst es also bis dahin?«

Jerry drehte sich um und ging auf Lorens Auto zu. »Klar. Es sind nur ein paar Dichtungsmanschetten anzubringen.«

Loren folgte ihm. Die Hunde stürmten geifernd und mit flatternden Ohren auf ihn los. Loren war gereizt und wußte genau, daß er das Thema lassen und mit Jerry nach Hause zum Frühstück fahren sollte. Aber aus irgendeinem Grund konnte er das nicht, er konnte einfach nicht aufhören, sich über Jerrys Denkweise den Kopf zu zerbrechen.

»Warum hast du es nicht schon längst gemacht?«

»Was gemacht?«

»Die Dichtungsmanschetten.«

»Ach so. Er meinte, es hätte keine Eile.«

»Aber er hat nicht gemeint, daß es zwei Monate dauert.«

»Drei«, antwortete Jerry abwesend. Er öffnete die Beifahrertür des Fury. »Fast drei, glaube ich.«

Jerry und Loren stiegen ein. Loren strich mit den Fingern die Haare zurück und blinzelte den Staub aus den Augen.

»Ich weiß nicht, warum Cyrano dich überhaupt angerufen hat«, wunderte sich Jerry.

»Du hast kein Telefon.«

»Er hätte herauskommen können.«

Loren sah ihn verärgert an. »Wahrscheinlich erhoffte er sich nicht viel von einem solchen Gespräch.«

»Früher oder später hätte ich es schon gemacht«, behauptete Jerry achselzuckend.

Loren startete und starrte durch die Windschutzscheibe nach vorn. Er war wütend. Mit Jerry zu argumentieren war so, als wollte man einem Büffel etwas einreden: Man redete und redete, und das Tier tat, was es wollte.

Versuche ein Mensch zu sein! wollte er schreien. Es war sinnlos.

»Hoffentlich gibt es keinen Buschbrand«, meinte Jerry. Trockenes Distelgestrüpp hatte sich am Zaun des Schrottplatzes zusammengeballt und verdeckte das Plakat für Hamm's Bier. Loren bog in den Highway ein und fuhr zurück in die Stadt.

»›Du kannst nur hoffen, daß keine Ziesel explodieren.‹« Jerry sah ihn an. »Das wäre *dein* Part gewesen!«

»Ich habe anderes im Kopf.«

Jerry wurde laut. »Halte dich aus meinen Sachen raus, Loren!«

Loren sah ihn an. »Ich habe nichts gesagt.«

»Das Geschäft mit Cyrano ist meine Angelegenheit. Nimm das zur Kenntnis.«

»Es ist deine Angelegenheit, solang Cyrano nicht *mich* anruft. Jetzt ist es meine Angelegenheit.«

»Er hätte dich nicht anrufen sollen. Er hätte vorbeikommen können.«

»Vielleicht war er hier. Vielleicht warst du nicht da.«

»Er hat dich nur angerufen, weil du dir einbildest, daß du dich um mich kümmern mußt.«

Loren sah ihn wieder an. »Jemand muß es tun.«

»Ich komme allein zurecht, ich brauche niemanden.«

»Tatsächlich.«

»Tatsächlich.« Jerry lehnte sich trotzig zurück. Links

an der Straße stand die Kirche der Erde leer und einsam auf ihrer windigen Anhöhe.

»Unlängst traf ich eine von Katrinas Freundinnen,« begann Jerry wieder. »Skywalker.«

Loren warf einen Blick zurück auf das Adobe-Gebäude. »In der Kirche? Ich weiß, das ist ihre Kirche.«

»Nein. Draußen im trockenen Flußbett hinter dem Schrottplatz. Sie und ein paar ältere Leute in einem Geländewagen.«

Loren überlegte, ob Jerry etwas Verbotenes damit andeuten wollte. »Was haben sie gemacht?«

»Sie sind nur durch das Flußbett gefahren, Richtung Süden. Ganz langsam, etwa mit fünf Stundenkilometer. Ich habe gewinkt, aber ich glaube, sie haben mich nicht gesehen.«

»Ich glaube, ihr Vater hat einen Jeep.«

»Dann war er es vermutlich.«

Loren blickte starr auf die Straße und versuchte, Jerrys Denkprozeß nachzuvollziehen. Wie hing Skywalker und ihr Ausflug im Jeep mit anderen Dingen zusammen?

Wahrscheinlich gar nicht. Mit der Skywalker Geschichte verhielt es sich vermutlich genauso wie mit Jerrys übrigen Geschichten.

Loren mußte jetzt an andere Dinge denken.

»Begierde!« Rickey schrie das Wort in die Kirche und ließ das Echo eine Weile nachhallen. Dann lehnte er sich vor und funkelte die Gemeinde durch die Brillengläser an. »Schenken mir jetzt alle ihre Aufmerksamkeit?« fragte er.

Die Gemeinde lachte nervös. Rickey grinste.

»Im College machten die Leute Witze darüber, daß während der Tage der Sühne über die Begierde gesprochen wurde, um eine höhere Anwesenheitsrate zu erzielen.« Er blinzelte seinen Zuhörern zu. »Fröhlichen Dienstag!«

Wieder nervöses Lachen; vielleicht war an diesem Dienstag die Schar der Gläubigen tatsächlich größer als üblicherweise zur Wochenmitte. Loren beobachtete den Pastor und dachte an die sterbenden, hungernden Kinder in Afrika und die Kinder, die in Los Angeles verbrannten. Der Mann, den er am Vorabend gesehen hatte – hohläugig, rastlos und von der Hoffnungslosigkeit des weltlichen Lebens überzeugt –, hatte sich in einen provinziellen Komiker verwandelt.

Rickey fuhr sich mit nervöser Hand über das schütter werdende Haar. Er warf einen Blick in seine Notizen, und Loren mußte an Rickeys Bildschirm mit dem Text der Predigt denken.

»Der Mensch«, fuhr der Pastor fort, »wird von seinem Verlangen getrieben. Das Verlangen des Menschen ist der Erhaltung des Individuums und der Spezies dienlich. Zum Beispiel der Stolz. Wir haben bereits über den Stolz gesprochen. Wir alle haben den Wunsch, auf etwas stolz zu sein und Anerkennung zu ernten. Aber ein Übermaß an Stolz läßt aus dem Stolz Hochmut werden; dann wird der Stolz nicht nur zur Sünde, sondern zur größten aller Sünden.

Ähnlich verhält es sich mit dem Verlangen unseres Körpers. Es ist ganz natürlich, daß unser Körper nach Essen und Trinken verlangt, aber wenn wir Essen und Trinken im Übermaß verlangen, dann nähern wir uns der Völlerei. Der Körper verlangt nach Ruhe nach der Arbeit, aber Faulheit ist übertriebene Ruhe.

Das gleiche gilt für den Sex.« Loren sah Debra von der Seite an und traf ihren Blick; beide dachten an die vergangene Nacht. Sie wandte rasch den Blick ab und wurde rot. Loren unterdrückte ein Grinsen.

»Geschlechtsverkehr ist in doppelter Hinsicht zu befürworten«, führte der Pastor weiter aus. »Er ist für die Erhaltung der Spezies unerläßlich, und er stärkt die Liebe zwischen Mann und Frau. Liebe ist etwas Besonderes – Liebe ist ein göttliches Geschenk.«

Loren konnte sich wieder nur über Rickey wundern. Der Mann war nie verheiratet gewesen, und das war in dieser Religionsgemeinschaft, die das Familienleben über alles hoch hielt, sehr ungewöhnlich. Das setzte nicht unbedingt Abstinenz voraus; als Hüter vieler Geheimnisse in der Stadt wußte Loren nur zu gut, wie es um die Fehlbarkeit der Geistlichkeit bestellt war. Es gab viele Frauen unter den Pfarrkindern, Kirchenarbeiterinnen, Sekretärinnen und so weiter – die meisten verheiratet und daher sicherer –, die willens waren, für Jesus alles zu geben, und, in seiner Abwesenheit, auch für seinen lokalen Vertreter. Über den früheren Pastor Baumgarten und einige Frauen aus der Laienschaft hatte es Gerüchte gegeben, aber sie mußten nicht unbedingt wahr sein. Aus mehreren Gründen tendierte Loren dazu, diesen Geschichten keine Beachtung zu schenken; außerdem hatte es nie Klagen gegeben. Ganz im Gegensatz zum Pastor der Evangelischen Baptisten, den er wegen Vergewaltigung Minderjähriger ins Gefängnis gesteckt hatte. Loren hatte damals mit dem Schlagstock bewußt nur Weichteile, etwa Bauch, Leiste und Nieren getroffen – es gab keine gebrochenen Knochen, die das Department hätte in Verlegenheit bringen können, und kaum Quetschungen. Ob es mit oder ohne Einwilligung der Mädchen geschehen war – in diesem besonderen Fall hatte es den Anschein, daß sie einverstanden waren –, Loren wußte nur zu gut, daß sie irgend jemandes Töchter waren.

Aber was Rickey anbelangte, hatte Loren nichts gehört. Vielleicht war er noch zu neu für Gerüchte. Vielleicht wußten die Klatschbasen der Stadt noch nicht, wie sie den neuen Pastor einschätzen sollten – Loren ging es auch nicht anders – und sie warteten ab, bevor sie Verdächtigungen in Umlauf setzten.

»Sex«, fuhr Rickey fort, »ist ein gottgewolltes Gut.« Er machte eine kurze Pause, als erwartete er, daß ihm jemand widerspräche. Dann blickte er wieder in seine

Notizen. »Dein Nabel ist wie ein runder Kelch, den es nicht nach Wein verlangt; dein Bauch ist wie ein Berg Weizen, mit Lilien verziert. Deine Brüste sind wie zwei junge Rehe, die Zwillinge sind.«

»Du liebe Zeit«, murmelte Kelly. Loren war etwas schockiert. Noch nie hatte er gehört, daß jemand diese Verse zitierte.

Rickey blickte auf die Gemeinde. »Das ist das Lied Salomons. Das ist die liebende, erleuchtete, göttliche Stimme menschlicher Sexualität.«

Du lieber Himmel, dachte Loren. Er blickte sich unbehaglich um. Es waren *Kinder* in der Kirche.

»Wann wird aus der von Gott bestimmten Liebe Begierde?« fragte Rickey. »An welchem Punkt wird die Liebe zur Sünde?«

Rickey machte eine Pause, richtete sich auf und sah seine Pfarrkinder finster an. »Ich habe in diesen Predigten versucht, das jeweilige Thema mit unserem Leben in Verbindung zu bringen. Heute will ich die gut bürgerliche, alte Begierde besprechen.« *Ihr seid alle schuldig.* Das las Loren in seinem Blick. *Ich kenne euch.*

»Sex wird zur Sünde, wenn er kommerzialisiert wird. Wenn er ein Racheakt wird. Wenn er erzwungen wird. Wenn er ein außerhalb der Ehe vollzogener Akt ist; wenn er eine Flucht aus der Ehe ist; wenn er leichtfertig und unbedacht vollzogen wird, ohne an Vorsichts- oder Sicherheitsmaßnahmen zu denken; wenn es ein Akt der Selbstbestrafung ist oder ein Akt der Bestrafung eines anderen. Wenn man ihn dazu mißbraucht, sich über einen anderen Menschen zu erheben, vor allem, wenn der andere hilflos ist oder in Abhängigkeit steht ...«

Rickeys Stimme war schneidend geworden. *Ich kenne euch alle.* Auch Rickey hütete die Geheimnisse der Stadt, und er ersparte seinen Pfarrkindern nichts.

»Laßt mich etwas deutlicher werden«, fuhr Rickey fort. Kaltes Entsetzen regte sich in Loren.

Seine frühen Ehebrüche waren impulsiv gewesen,

dem Augenblick gehorchend war er auf alte Gewohnheiten zurückgefallen. Später, während Debras Schwangerschaften, als sie dem Sex entsagen mußten, um das Kind nicht zu gefährden, und nach ihren Fehlgeburten, als sie zu niedergeschlagen war, um an Sex auch nur zu denken, hatte er seine Seitensprünge sorgfältig geplant; er wußte genau, wie er es anstellen mußte, um vor der Stadt sein Geheimnis zu bewahren. Aus der Ehe ausgebrochen, würde Rickey sagen.

Kalt und monoton zerlegte Rickey Lorens Sünden mit sorgfältiger, erbarmungsloser Präzision. Der Priester war genauso verbohrt wie am Abend zuvor. Loren vermied es bedacht, Rickey anzusehen, aus Angst, Rickey könnte in seinen Augen das Eingeständnis seiner Schuld lesen. Das Herz klopfte ihm unbehaglich in der Brust, und er konnte auch seine Familie nicht ansehen.

Rickey hatte ins Schwarze getroffen, das war sicher.

Der Gottesdienst ging gedämpft zu Ende. »Ich habe nicht gedacht, daß Sex so kompliziert ist«, stellte Kelly im Hinausgehen fest. Loren folgte ihr in Schweiß gebadet.

»Gut«, sagte er am Eingang und schüttelte dem Priester die Hand. »Wirklich gut.«

»Danke.« Rickey sah ihn scharf an. Loren zwang sich zu einem Lächeln. Der heiße mexikanische Wind blies ihm ins Gesicht.

Mein Familienleben ist perfekt, hätte er gern gesagt.

Und es wird noch *besser* werden.

Der Park gegenüber der Kirche war leer. Roberts und seine Anhänger waren nicht gekommen.

»Chief!« rief eine weibliche Stimme; Loren kannte den Singsang. »Inspektor, kann ich mit Ihnen reden?«

Antonia Caldwell, die Witwe des früheren Stadtrats, war eine lächerliche Kleinstadt-Xanthippe. Sie vertrat frömmlerische moralische Ansichten, war bösartig und besaß dazu die Fähigkeit, normalen Klatsch in etwas Häßliches, Verletzendes zu verwandeln. Loren konnte sie nicht ausstehen, er haßte den leisen Singsang, mit dem sie ihre Galle versprühte. Er hatte auch ihren Mann nicht besonders geschätzt.

Er zwang sich zu einem Lächeln. »Ich bin jetzt ziemlich beschäftigt, Madam.«

»Es ist eine *offizielle Angelegenheit*, Chief.« Sie lächelte albern, ihre Augen glitzerten stählern hinter den blau getönten Brillengläsern. Sie sprach so leise, daß sich Loren bücken mußte, um ihre Worte im Brausen des Windes zu verstehen. »Für eine *offizielle Angelegenheit* werden Sie doch bestimmt Zeit haben.«

Loren wandte sich zu seiner Familie um. »Ich bin gleich wieder da.«

»Ich halte gerade jetzt die Zeit für gekommen«, flötete Mrs. Caldwell, »die Angelegenheit Connie Duvauchelle und ihr schreckliches, verrufenes Haus zur Sprache zu bringen.«

Du lieber Gott, dachte Loren. Nicht schon wieder. »Das ist eine Sache der Zuständigkeit. Die Ranch gehört nicht mehr zur Stadt. Sie müßten mit dem Sheriff darüber sprechen.«

»Das *habe* ich getan. Er sagt, die Ranch gehört zur *Stadt*.« Ihr Mund zuckte und verzog sich zu einem Lächeln. »Ich bin überzeugt, Sie können gegen *Illegalität* vorgehen, wo Sie sie *finden*.«

»Es hat keine Beschwerden gegeben.«

»Aber *ich* beschwere mich *jetzt*.«

»Sie *waren* doch noch nie in der Wildfire Ranch?«

»Ich würde mich doch nicht beschmutzen ...«

»Dann können Sie gar nicht wirklich wissen, was dort vorgeht, oder?«

Mrs. Caldwells Augen blitzten. »Jeder weiß, was dort vorgeht.«

»Was jedermann weiß, und wovon Sie einen Richter überzeugen können, sind zwei verschiedene Dinge, Madam.«

Mrs. Caldwell hatte aufgehört zu lächeln. Sie redete

auch nicht mehr in dem schüchternen Singsang. »Ich frage mich wirklich, ob die Gerüchte stimmen.«

Lorens Sünden waren eben erst im Detail zergliedert worden, von jemandem, der seiner Meinung nach das moralische Recht dazu hatte. Loren war nicht bereit, sich von jemandem, der dieses Recht nicht hatte, das gleiche anzuhören.

»Ich wüßte nicht, welche Gerüchte das wären, Madam.«

Sie starrten einander böse an. Mrs. Caldwell brach die Stille. »Ich kann mir nicht vorstellen, wie diese Frau in den Rotary Club kommt.«

Loren konnte es sich sehr gut vorstellen. Er unterdrückte ein Lächeln. »Ich sage Ihnen, was ich tun werde.« Er grinste. »Ich fahre noch heute vormittag hinaus. Persönlich.«

Mrs. Caldwell sah ihn mißtrauisch an. Loren lächelte noch immer. *Jetzt hab' ich dich,* dachte er.

»Wenn etwas Ungesetzliches vorgeht, werde ich die Leute verhaften.«

Die Xanthippe dachte nach, konnte aber nichts dagegen einwenden. Er tat, was sie von ihm verlangte, oder?

»Also gut.« Mit zusammengezogenen Augenbrauen starrte sie auf seine Brust. *»Sie tragen immer noch den Stern von Babylon!«*

»Stimmt.«

»Der Anblick wird die Satansanbeter bestimmt freuen!«

»Ich kenne keine und kann es daher nicht sagen.«

»Ich kenne sie«, warnte sie geheimnisvoll.

Das kann ich mir vorstellen, dachte Loren. »Ich ziehe mich um und fahre sofort zur Ranch hinaus.« Er lächelte wieder. »War schön, mit Ihnen zu sprechen, Madam.«

Nur weil ihr Mann auch dort verkehrt hat, dachte er. Er konnte es Caldwell nicht verübeln: Irgendwie mußte er seinem Elend entrinnen.

Vielleicht war es manchmal gerechtfertigt, der Ehe zu entfliehen.

Seine Familie saß bereits im Auto. Loren schob die Pistole nach vorn und setzte sich hinter das Lenkrad. Er sah Jerry an.

»Soll ich dich beim Ersatzteilladen absetzen?«

Jerry warf ihm einen finsteren Blick zu. »Kannst du machen.«

»Was wollte das Gruftgespenst?« fragte Katrina. Kelly lachte.

»Sie wollte einen Gesetzesbrecher melden«, antwortete Loren. Er startete und fuhr auf die Church Street hinaus.

»Einmal wollte sie, daß *Huckleberry Finn* und *Der Fänger im Roggen* aus der Schulbücherei verschwinden.«

»Der Fänger im was?« wollte Kelly wissen.

»Du warst in der sechsten Klasse.« Katrina nahm ihren Schal ab. »Mrs. Caldwell glaubt, daß jeder außer ihr Idioten sind.«

»Ein Idiot ist«, korrigierte Kelly blasiert. »Jeder kommt mit der Einzahl.« Sie kicherte. »Idiot.« Katrina stieß sie mit dem Ellbogen an.

»Eine interessante Predigt«, bemerkte Debra. Sie saß hinter Loren, und ihre Stimme kam unerwartet, wie die Stimme des Gewissens.

Wieder empfand Loren das alte Schuldgefühl. Er hatte alles schon glücklich vergessen. »Ja, wirklich gut«, stimmte er zu.

»Ich habe Rickey noch selten so leidenschaftlich über etwas reden gehört.«

Der Gedanke überraschte Loren. »So habe ich es noch nicht gesehen.«

Diese Predigt hatte einen persönlichen Hintergrund, irgend etwas, das Rickey zutiefst bewegte. War es eine Art Bekenntnis? War er so hart gewesen, weil ihn das, was er verdammte, selbst betraf?

Loren war überzeugt, daß er es eines Tages herausfinden würde.

Aber eigentlich wollte er das gar nicht.

Die Wildfire Ranch lag hinter Las Animas, genau an der Grenze zwischen der Stadt und dem Bezirk Atocha. Man bog vom Highway ab und fuhr einen Kilometer auf einer privaten Sandstraße. Ein Zaun um ein paar verstaubte Wohnmobile, das war alles. Die flachen Dächer waren mit alten Autoreifen beschwert, damit der Wind sie nicht davontrug.

Loren parkte das Auto neben dem Wohnwagen mit der Aufschrift BÜRO. Erinnerungen tauchten auf. Er war seit Jahren nicht hier gewesen.

Er stieg aus, ging auf die Tür des Büros zu und klopfte an. Der Wind blies ihm die Haare ins Gesicht, und der Sand stach auf der Stirn wie unzählige kleine Nadeln. Buck, der junge Bodybuilder, der derzeit bei Connie wohnte und als Rausschmeißer agierte, öffnete, und der Wind riß ihm fast die Tür aus der Hand. Aber Buck ließ nicht los, sah Loren an, nickte und wich einen Schritt zurück. Loren trat ein. Er fragte sich, wo sie die jungen Männer alle hernahm.

Connie Duvauchelle stand im Vorraum. Sie war eine alte Frau, über achtzig, aber ihre grünen, kalten Augen glänzten und ihnen entging nichts. Auf ihrem Kopf saß eine rote toupierte Perücke, und ihre Lippen waren hochrot geschminkt; sie trug einen Hausanzug im Schottenkaro und flache Hausschuhe. »Du bist früh dran«, begrüßte sie Loren. »Kommst du von der Kirche?«

»Hast du mich erwartet?«

»Dienstag ist der Tag der Begierde bei den Aposteln, stimmt es?« Sie hatte eine ungewöhnliche Stimme, typisch für den Süden; manchmal klang ein Arkansas-Dialekt durch, manchmal klang es fast britisch. »Wenn sie den ganzen Morgen daran denken, kommen die

Gläubigen manchmal richtig auf Touren. Hoffentlich verscheucht dein blödes Polizeiauto nicht meine Kunden.«

Loren seufzte. »Ich bin in einer anderen Angelegenheit gekommen, Connie. Ich habe gerade Rickeys Predigt gehört, und ich glaube nicht, daß sie gut für dein Geschäft ist.«

»Komm in mein Büro.« Loren folgte Connie. Sie gingen an Buck vorüber und durch den Salon in Connies Büro. An der billigen Wandtäfelung hingen Dutzende alter Fotografien. Über dem Schreibtisch prangte das Abzeichen der Rotarier.

»Mach die Tür zu«, bat Connie. »Hast du Lust auf einen südlichen Seelentröster?«

»Nein.«

»Bist du so tugendhaft geworden?«

»Es ist noch zu früh für mich.«

Connie zog aus der unteren rechten Lade ihres Schreibtisches eine Flasche und goß sich ein Glas ein; dann griff sie nach einer Schachtel mit selbst gedrehten Zigaretten. Sie zündete sich eine an, setzte sich nieder und lehnte sich im weichen Stuhl zurück. Der Amarettoduft des Pfeifentabaks, den sie in den Zigaretten rauchte, durchzog den Raum.

»Für *sie* ist es auch noch früh.« Connie deutete mit der Zigarette auf ihre Angestellten. »Sie sind es nicht gewohnt, so früh zu arbeiten.« Sie nippte an ihrem Drink. »Dumme kleine Fixerinnen. Nicht wie früher.«

Loren kannte diese Gespräche von früher und fand sie zum ersten Mal nur mäßig interessant. »Ich möchte mit dir über früher sprechen, Connie«, bat er.

»Die zwanziger und dreißiger Jahre, das waren gute Zeiten, Loren. Während der Depression fanden viele Frauen, die ins Unglück gestürzt waren, hier ein Zuhause. Durch sie gewann das Haus an Ansehen. Wir leisteten auch unseren Beitrag zum wirtschaftlichen Notstandsprogramm.« Ihr rauhes Lachen ging in Husten über. »Ich habe den Kurzzeitpreis von zwei auf drei Dollar erhöht. Das waren damals schöne Zeiten in der Stadt. In der Mine verdienten alle viel Geld, sogar während der Depression.«

Wenn man eines von Connies Mädchen wollte, mußte man bezahlen. Wenn man auf Connies Gesellschaft aus war, mußte man auf andere Art bezahlen – man saß in einer wachsenden Wolke von süßem Pfeifentabakqualm und hörte sich Geschichten aus dem Goldenen Zeitalter der Prostitution an, einer Zeit, an die Loren nicht recht glauben mochte. Nach Connies Erzählungen war sie die Tochter einer erstklassigen französisch-kreolischen Nutte in einem Bordell in Storyville. Dort war sie auch aufgewachsen. Als das Bordell in Storyville geschlossen wurde, zog sie nach Westen, um hier ihr Glück zu versuchen. Loren hatte aus Neugierde einmal nachgesehen und herausgefunden, daß Storyville während des Ersten Weltkrieges von der Navy geschlossen worden war.

Die Geschichte war also nicht wahr. So alt war Connie wirklich nicht, und Loren vermutete, daß sie nicht einmal in die Nähe von New Orleans gekommen war. Die Geschichte über die Preiserhöhung während der Wirtschaftskrise hatte sie von älteren Leuten aus der Branche gehört. Sie hatte sich mit einer Legende umgeben und sich eine rosenumkränzte Vergangenheit angedichtet, in der ihr Leben bezaubernd und Teil einer glorreichen Geschichte war.

Loren hatte sich umgehört und erfahren, daß Connie Duvauchelle während des Zweiten Weltkriegs in Atocha aufgetaucht war und damals die Leitung des Maybelline übernommen hatte. Das Maybelline war ein Vergnügungsetablissment mit klassisch gegiebeltem Dach, das nördlich der Stadt allein auf einem Hügel stand. Im Salon im Erdgeschoß gab es einen Pianisten, in der Halle einen Billardtisch, die Tapeten waren rotgesprenkelt, und überall standen Spucknäpfe aus Messing. Connies Chef war angeblich Benjamin Siegel, besser bekannt unter dem Namen Bugsy. Zu den Neuerungen, die Connie einführte, gehörte ihr Beitrag zur Moral der High School der Stadt – wenn das Team ein Spiel gewonnen hatte, durfte der beste Spieler eine Nummer gratis schieben.

Es gab auch Gratisnummern für die Gewinner im Ringside. Loren erinnerte sich an endlose Parties. Er war entspannt, und sein hoher Endorphinspiegel und der Siegerchampagner ließen die Feier bis in die Morgendämmerung dauern. Die Glücksspieler warfen mit dem Geld um sich, und die hohen Tiere von der Stadt stellten ihm eine große Zukunft bei der Polizei in Aussicht. Ob es wohl immer noch solche Parties hier gab?

In den sechziger Jahren bekam Connie Schwierigkeiten mit dem Gesetz. Sie schloß das Haus und machte ein Restaurant daraus, das sie ›Erzhaus‹ nannte. An den Wänden hingen aufreizende Nacktfotos aus dem ausgehenden neunzehnten Jahrhundert in England, daneben Sepiadrucke von Atocha aus der gleichen Zeit. Es war ein gutes Restaurant. Familien kamen nach der Kirche zum Essen. Prostitution galt als Kuriosität, so lang sie sich vor hundert Jahren hinter Perlenvorhängen zu Ragtime-Klängen des Klaviers abgespielt hätte. In der Gegenwart war sie lasterhaft und verpönt. Connies Position als Restaurantbesitzerin, ihre großzügigen Spenden für wohltätige Zwecke und eine diskrete Erpressung verhalfen ihr dazu, Mitglied des Rotary-Clubs zu werden.

Nach der Schließung des Maybelline eröffnete Connie die Wildfire Ranch. Das Unternehmen lag sorgsam geplant an der Grenze zwischen der Stadt und dem umliegenden Bezirk. Connie zahlte nach wie vor Schmiergelder an Luis Figueracion. Die Lage war weniger auffallend – das Haus überblickte zumindest nicht die ganze Stadt – und die zweideutige Situation hinsichtlich der rechtlichen Zugehörigkeit schützte sie vor dem Gesetz. Offiziell galt die Wildfire Ranch als Massagesalon. Die

Angestellten blieben nie lang in der Stadt, höchstens zwei Monate, dann wurden sie gegen neue Mädchen ausgetauscht. Eine Art Pendelservice brachte die Frauen in die Stadt und wieder hinaus; die einschlägigen FBI-Berichte bezeichneten es als ›organisiertes Verbrechen‹. Connie zahlte ihre Steuern, zumindest einen Teil, und sorgte dafür, daß es sonst keine Auswüchse gab – kein Glücksspiel, keine Diebereien, keine ansteckenden Krankheiten. Das war Teil des Abkommens mit Luis Figueracion, als Bugsy Siegel sie in die Stadt brachte. Sie war immer bemüht, mit der Polizei auf gutem Fuß zu stehen.

»Du kannst dir nicht vorstellen, was für Mädchen ich jetzt bekomme«, klagte Connie, eingehüllt in eine blaue Tabakwolke. »Seit drei Generationen Junkies. Sie sind nicht nur darauf aus, die Kunden zu bestehlen, sondern versuchen es auch bei *mir*. Sie sind zu dumm, um viel zu ergaunern, aber was willst du machen?«

»Diese beiden.« Loren deutete mit dem Kopf nach hinten in den Salon. »Spritzen sie?«

»Eine nimmt Dilaudid. Die andere steht auf Beads.« Sie legte den Kopf schief und machte die Augen schmal. »Bist du deshalb gekommen? Macht ihr Lieferant in der Stadt Geschäfte?«

»Nicht daß ich wüßte. Und wenn er in der Stadt etwas verkauft, laß ich ihn hochgehen.«

Connie grinste höhnisch. »Wenn er in der Stadt etwas verkauft, dann lasse ich dich wissen, wo du den Hurensohn findest. Das habe ich ihm schon gesagt. Er war nicht begeistert davon.«

»Kann ich mir denken.«

»Ich bin eine gute Bürgerin.« Sie machte eine Pause und blinzelte ihn an. »Worum geht es also? Du kommst nicht mehr zum Vergnügen.«

»Antonia Caldwell hat sich beschwert. Ich kam heraus, um zu sehen, ob etwas Ungesetzliches vorgeht.«

Connie stieß ein bellendes Lachen aus. »Sieh dich um so viel du willst!«

»Ich habe genug gesehen.«

»Diese Caldwell-Schlampe. Nur weil ihr Mann früher hergekommen ist, um sich zu entspannen! Und trotzdem hat sie ihn ins frühe Grab getrieben.« Sie drückte die Zigarette aus und nahm einen Schluck vom Seelentröster. »Jetzt bist du nicht mehr im Dienst, willst du etwas trinken?«

»Es ist immer noch zu früh. Ich möchte dich noch ein paar andere Dinge fragen.«

Sie griff nach einer neuen Zigarette. »Frag nur.«

»Du hast von meinem John Doe gehört.«

»Hab ich.«

»Hast du hier Fremde gehabt?«

Connie schüttelte den Kopf. »Nur Stammgäste.«

»Niemand, der mit Pistolen herumfuchtelte und damit angab?«

»Was denkst du! Das traut sich keiner!« Sie lächelte hart.

Loren glaubte ihr. »Hast du etwas dagegen, wenn ich die Mädchen frage?«

»Mach, was du willst.«

Loren holte tief Luft. »Also, mit dem Toten hat es etwas Seltsames an sich ...«

»Er sieht wie Randal Dudenhof aus.«

Loren war überrascht. »Du hast es gehört.«

»Früher oder später höre ich alles.«

»Von wem?«

Sie schnippte Asche in den Cinzano-Aschenbecher. »Von einem Kunden.«

»Vermutlich spielt es keine Rolle. Randal war ja früher oft hier.«

Connie schürzte die Lippen. »Wenn er sein Taschengeld beim Poker verloren hatte, versuchte er immer zu schnorren. Und er knauserte mit dem Trinkgeld.«

»Und sein Bruder?«

»Hatte Randal einen Bruder? Das weiß ich nicht mehr.«

»Er war angeblich homosexuell. Er zog nach Westen.«

Conny schüttelte den Kopf. »Ich erinnere mich nicht. Er war wahrscheinlich nie hier.«

»Hat Randal eine der Frauen geschwängert?«

Connie war überrascht. Sie entfernte ein Tabakkrümel vom Mund und dachte nach. »Du glaubst, John Doe könnte sein Sohn sein? Auf die Idee bin ich noch gar nicht gekommen.«

»Wenn es jemand weiß, dann nur du.«

Sie schüttelte nachdenklich den Kopf. »Ich glaube nicht.«

»Es muß nicht unbedingt eines deiner Mädchen gewesen sein. Vielleicht kam er her und bat um Hilfe, weil er ein anderes Mädchen geschwängert hatte …?«

»Unsinn, Loren. Abtreibung war damals noch legal, weißt du nicht mehr? Dafür hat er mich nicht gebraucht.«

Loren zuckte die Achseln. »Ich frage nur.«

»Wenn ich etwas höre, lasse ich es dich wissen.« Connie nahm einen Schluck vom Seelentröster; ein roter Lippenstiftabdruck blieb am Glas zurück. Sie holte aus der Jackentasche einen Schlüsselbund, öffnete die Schreibtischlade und nahm eine eiserne Kasse heraus.

»Morgen ist Zahltag«, sagte sie, »aber wenn du willst, kann ich dir den Anteil für die Polizei jetzt geben.«

Loren blickte auf die Kasse und dachte an den Anwalt vom Syndikat bei der Vernehmung am Montag vormittag, wie er mit den beringten Fingern die glänzenden Haare glättete. Und er dachte daran, wer Connies Mädchen in die Stadt brachte und wieder hinaus.

»Ich weiß nicht, wovon du sprichst«, sagte er.

Connie sah ihn zynisch an. »Ich erinnere mich an die Zeiten, als du kassieren kamst, Loren.«

»Steck die verdammte Kasse weg, Connie.«

Connie schüttelte den Kopf und schob die Kasse

zurück in die Lade. »Du hast dich wirklich verändert, Loren, seit damals, als ich das Foto dort oben machte.«

Loren sah auf: Sein Gesicht grinste von der Wand; es muß nach einem seiner Siege im Ringside gewesen sein. Das Gesicht war verschwollen und ein Auge fast geschlossen. An jeder Seite hatte er eine nackte Frau und in der Hand ein Champagnerglas.

Kein Schuldgefühl, dachte er. Diesen Burschen habe ich heute begraben.

An der Wand hingen noch weitere Fotos. Benjamin Siegel, Virginia Hill, Mickey Cohen – Leute, die Connie bei der Gründung des Unternehmens geholfen hatten. Sheriff Shorty Lazoya, Staatsanwalt Castrejon, Lorens Vorgänger als Polizeichef der Stadt, Familienmitglieder von Figueracion. Der junge Cipriano Dominguez mit Schnurrbart, Richter Denver, einige Gouverneure, die meisten Bürgermeister der Stadt, Senatoren, ein Kongreßabgeordneter, der jahrelange Leiter der Bundespolizei. John Begley, sein neuer Streifenpolizist grinste unter einem blonden Haarschopf hervor, einen Arm um eine Rothaarige mit verruchtem Lächeln gelegt, den anderen um einen Mann, den Loren nicht kannte. Schnappschüsse von Parties, die Männer mit Schnapsgläsern in den Händen, die Frauen mehr oder weniger entkleidet. Keiner versteckte oder bedeckte das Gesicht – Connie verstand es, die Leute locker zu machen, bevor sie mit ihrer alten Konica ankam.

Connie wußte, wie sie im Geschäft blieb, das war klar. Niemand an der Wand würde versuchen, ihren Laden zu schließen.

»Hast du ein Foto von William Patience?« fragte er.

Connie knurrte. »Das wäre *der* Tag! Vor einem Jahr kam der sture Bock herein und bot mir hundert Dollar Belohnung an, wenn ich ihm sagte, ob von seinen Männern einer herkommt.«

»Und was hast du ihm gesagt?«

»Buck mußte ihn hinauswerfen.«

»Diskretion ist dein Markenzeichen, Connie.«

»Da gibt es gar nichts.« Sie spuckte ein Tabakkrümel von der Lippe.

»Timothy Jernigan?«

»Nie von ihm gehört.«

»Joseph Dielh.«

Sie zog die Augenbrauen zusammen und legte den Kopf schief. »Warum fragst du?«

»Meiner Meinung nach weiß er etwas über John Doe, aber er sagt nichts.«

»Er ist Stammkunde.«

Loren wartete. Connie sog an der Zigarette und blies den Rauch in die Luft. »Er gibt gern an. Prahlt mit dem Geld, wieviel tausend er verdient, was für ein großes Tier er im Labor ist, daß er einen Nobelpreis bekommen wird, und wie großartig er im Bett ist – aber das ist er nicht, habe ich gehört. Zahlt mit einer Status-Karte. Beklagt sich, wie ihn seine Exfrau ausnimmt.« Sie verzog die Lippen zu einem Lächeln. »Das ist typisch für viele!«

»Dummköpfe müssen sich immer beweihräuchern!«

Connie lachte, dann hielt sie sich die Hand vor den Mund und hustete.

»War Dielh kürzlich hier?«

»Nicht seit Mitte vergangener Woche. Er ist überfällig – für gewöhnlich kommt er zumindest zweimal die Woche.«

»Vielleicht ist er verreist.«

Connie zuckte die Achseln und blies eine duftende Rauchwolke in die Luft. »Weiß ich nicht.«

»Wenn er kommt, sag ihm, daß ich mit ihm reden möchte.« Das würde ihm einen Schock versetzen.

Connie sah ihn mit schmalen Augen an. »Ich werde es mir überlegen.«

»Hilf mir, Connie. Jemand wurde ermordet. Ich mache das nicht zum Vergnügen.«

»Ich habe gesagt, daß ich es mir überlegen werde.«

Da fiel Loren etwas ein. »Wie ist es mit Rickey, dem Pastor? Hast du ihn je gesehen?«

Connie riß erstaunt die Augen auf. »Nein. Was hat er damit zu tun?«

»Nichts. Er hat heute über die Begierde gepredigt, und er wußte, wovon er sprach. Das machte mich nachdenklich.«

»Wir leben im Zeitalter von AIDS, Loren. Offenheit ist eine Tugend.« Sie machte eine Pause und fuhr mit einem Schluck Seelentröster im Mund fort: »Ist mein Name gefallen?«

»Nur das Caldwell-Weib hat deinen Namen genannt. Rickey wurde in keiner Weise konkret.«

»Gut.«

Sie trank. Dann nahm sie von einem Stoß Geschäftskarten auf dem Schreibtisch eine rote Karte. Loren kannte die Karten mit der blinzelnden schwarzen Katze und den Worten KATZENHAUS: EIN FREIER EINTRITT. Connie hielt ihm die Karte hin. »Möchtest du eine Freikarte?«

Er erinnerte sich an seinen ersten Besuch, die verschwitzte rote Karte in der Hand; sie war ein Geburtstagsgeschenk von einem Freund. Einen Monat zuvor war er fünfzehn geworden, aber er hatte Wochen gebraucht, ehe er sich traute, zur Ranch zu fahren. Schließlich beschloß er, daß er die Erfahrung brauchte. Seine Freundin schien bereit zu sein, aufs Ganze zu gehen, und er wollte wissen, was man von ihm erwartete, wenn es so weit war. Das Mädchen, das er sich aussuchte, hatte glatte blonde Haare und trug einen langen bedruckten Rock und eine Lederweste, was schon seit ein paar Jahren aus der Mode war. Sie rauchten zusammen einen Joint im Wohnwagen. Danach zündete sie ein Räucherstäbchen an und ging zum Geschäft über. Das Vergnügen beschränkte sich auf die Unterrichtsstunden, denn ein paar Tage später ließ ihn seine Freundin sitzen.

»Nein«, antwortete Loren.

»Bist du sicher? Es ist Jahre her, und du hattest früher richtig Geschmack daran gefunden.«

Genau sechzehn Jahre war es her. Seit Katrinas Geburt. Er hatte seine Tochter in der Wiege gesehen, dieses rotgesichtige Wunder, und im Überschwang der Gefühle beschlossen, daß sein Mädchen, wenn sie groß war, gewisse Dinge über ihn nicht erfahren sollte. Daher war es am besten, einfach Schluß zu machen.

»Du warst einer der wahren Getreuen«, fuhr die alte Frau fort. »So als wolltest du ein Geheimnis hier ergründen.«

»Vielleicht bin ich ihm auf die Spur gekommen.«

Rauch stieg aus ihrem Mund auf, als sie antwortete. »Das bezweifle ich.«

Es überraschte ihn, trotz seines Vorsatzes, daß er nicht die geringste Versuchung verspürte. Connies Mädchen konnten sein, wie und was sie wollten, sie waren Töchter, auch wenn er ihre Eltern nicht kannte.

»Du könntest die Karte deinem Bruder geben. Ich sehe ihn noch von Zeit zu Zeit.«

»Er kann sich seine eigene Karte holen.«

Zumindest wenn es um menschliche Bedürfnisse ging, pflegte Jerry noch einige Kontakte, stellte Loren beruhigt fest.

Er erhob sich. Vom schweren Amarettorauch war ihm übel geworden. »Danke, ich frage nur deine Mädchen über Dielh.«

Connie legte die rote Karte auf den Stoß zurück. »Wie du willst.«

Die mexikanische Seifenoper lief immer noch im Fernsehen, aber eines der Mädchen war verschwunden; vermutlich hatte sie einen Kunden. Die andere saß mit starren Augen vor dem Fernsehapparat.

Er stellte seine Fragen. Sie erinnerte sich an Dielh, hatte aber Connies Ausführungen nichts hinzuzufügen. Buck stand hinter der Bar und polierte Gläser; er hatte auch nicht viel dazu zu sagen. Loren überlegte, ob er auf das zweite Mädchen warten sollte, als die Tür aufgerissen wurde.

»Ese bato!«

Es war Bob Sandoval, sein unrasiertes Gesicht grinste unter der Baseballmütze hervor. In einer braunen Papiertüte hatte er eine Flasche. Connies zweite Angestellte kam hinter ihm herein und schlüpfte aus einer Daunenjacke.

»Hallo, Chief!« rief Sandoval. »Können Sie mich bis zum Sunshine mitnehmen?«

»Ich denke schon. Wartest du bitte draußen? Ich muß noch mit ein paar Leuten hier reden.«

»Klar, Chief.« Der Alte winkte ihm mit der Flasche in der Hand zu. »Bis später, Connie.« Und zu seiner unbeteiligt dastehenden käuflichen Liebe: »Servus, Kleine, es war nett.«

Er spazierte hinaus. Loren sah Connie an.

»Die Hälfte meiner Kunden ist über sechzig«, erklärte sie.

Loren dachte darüber nach. »Tut ihnen gut.«

»Ihre Frauen interessieren sich nicht mehr dafür.«

»Falls sie sich je dafür interessiert haben«, warf Sandovals Mädchen dazwischen und zündete sich eine Zigarette an.

Sie wußte nichts über Dielh zu berichten. Loren verabschiedete sich von Connie und Buck und ging. Sandoval saß auf dem Beifahrersitz im Fury und tat einen kräftigen Zug aus der Flasche. Loren stieg ein und startete.

»Wo ist dein Kumpel?«

»Er kommt nicht oft her. Er hat Angst, daß seine Frau davon erfährt.« Er knurrte verächtlich. »Enculado«, sagte er, was soviel heißt wie ein Mann am Gängelband; die Leute gebrauchten es abschätzig für einen Mann, der seiner Frau treu ist.

»Du machst dir keine Gedanken um deine Frau?«

»Ist mir vollkommen egal. Sie hat außerdem schon seit Jahren kein gutes Wort für mich.«

Das kann ich mir vorstellen, dachte Loren.

Loren fuhr auf die Sandstraße hinaus. Windverblasener Staub tanzte durch die Luft.

»Gestern war dieser Kerl im Sunshine«, begann Sandoval wieder. »Er hat sich nach dir erkundigt.«

Loren fuhr zusammen. »So? Wer war es?«

»Angeblich ein Untersuchungsbeamter. Hat einen Anzug angehabt. Er hat herausgefunden, daß am Samstag jemand vom Sunshine aus angerufen hat. Er wollte wissen, wer es war.«

Lorens Mund war trocken. Steine polterten gegen die Bodenplatte des Furys.

»Was hast du ihm gesagt?«

»Kein Sterbenswort. Mark und Coover auch nicht.«

»Hör zu, der Kerl ist ein Gauner. Er arbeitet für einen Rechtsverdreher des Syndikats.« *Und er arbeitet schnell*, dachte Loren. Frühestens Montag konnte er Zugang zu den Aufzeichnungen der Telefongesellschaft bekommen haben, um den Anruf zu verfolgen.

»Ach so!« Sandoval war beeindruckt. »Ich habe geglaubt, er sei vom FBI.«

»Hat er dir eine Marke oder etwas Ähnliches gezeigt?«

»Sie meinen einen Ausweis? Nein. Er hat nur gesagt, daß er ein Untersuchungsbeamter ist.«

»Er arbeitet für Axelrod. Das ist der Kerl, der die Drogenhändler rauspauken will.«

»Verdammt! Ich hätte ihn um Geld angehen können!«

Loren sah ihn an, und Sandoval grinste. »Hab' nur Spaß gemacht.«

»Das hoffe ich.«

Loren fuhr den alten Mann in die Stadt. In seinem Kopf ging es rund. Er mußte mit Coover sprechen, damit er die alten Trunkenbolde warnte. Danach war ein Gespräch mit Luis Figueracion fällig; der mußte in Umlauf bringen, daß Axelrods Mann in der Stadt war und sich nach Zeugen umsah.

Verdammt, allmählich wurde es kompliziert.

13. KAPITEL

Die Wand hinter Luis Figueracions Schreibtisch in seiner Wellblechhütte war behangen mit vergilbten Wahlplakaten für Franklin D. Roosevelt, Harry Truman und John F. Kennedy. Loren nannte sie die Wand der toten Demokraten. Luis zündete sich eine neue Zigarette an, schob die glatten, grauen Haare aus der Stirn und blickte Loren über den Rand der Brille hinweg an. »Wir haben das Recht der Ämterbesetzung verloren. Und sobald wir den Wählern keine Jobs mehr bieten konnten, gingen die Dinge den Bach hinunter.«

»Das stimmt, Luis«, pflichtete Loren ihm bei.

Die Augen des alten Mannes funkelten. Die Haare glitten ihm wieder in die Stirn. »Sie reden uns überall drein. Und überhaupt, diese verdammten neuen Gesetze!« Er fuchtelte erregt mit der Zigarette herum. »Deshalb haben wir auch eine republikanische Stadtverwaltung. Es gibt keine Ämter, mit denen wir die Wähler vergattern können.«

Loren hatte sich damit abgefunden, daß ihm heute die alten Leute von der Vergangenheit vorschwärmten und ihr nachtrauerten. Luis lehnte sich in den knarrenden Lederstuhl zurück, der vermutlich genauso alt war wie das Roosevelt-Plakat. »Dieses Land schwamm den Bach hinunter, als die politische Maschinerie die Erwartungen nicht länger erfüllte. Nicht hier!« Er bohrte einen dicken Finger in den Schreibtisch. »Nicht im Bezirk Atocha!« Er lächelte stolz. »Hier halten wir, was wir versprochen haben. Seit mehr als hundert Jahren sehen wir zu, daß alles läuft.«

Luis Figueracion nahm seine Stellung als Patron ernst. In einer ausgebeulten Hose und einem Flanellhemd saß er den ganzen Tag in dem alten Geschäftslokal, das ihm als Büro diente. Der Fußboden knarrte, und die Fensterscheiben waren fleckig von Fliegenschissen. Luis hörte sich aufmerksam alle Klagen an, schlichtete Streitigkeiten und handelte mit einem Mafiaboss, der unbestrittene Autorität besaß, inoffizielle Abmachungen aus. Der Job wurde innerhalb der Familie weitergegeben; Luis machte ihn gut und war stolz darauf.

Während des ausgehenden achtzehnten Jahrhunderts hatten sich die Figueracions den Anspruch auf Landübereignung im Norden New Mexicos ergaunert. Sie manipulierten geschickt die Kolonialpolitik in Mexiko City, und gleichzeitig besetzten ein paar Figueracions und ihre Familien, mit Armbrust und Gewehren bewaffnet, das Land. Das Land hatte ihnen drei Generationen hindurch gehört. In den siebziger Jahren des neunzehnten Jahrhunderts wurde es ihnen vom Catron-Ring gestohlen. Der Catron-Ring war den Figueracions damals an Bewaffnung überlegen gewesen und hatte sich außerdem den Militärkommandanten der Gegend und die republikanischen Richter gekauft. (Es gab damals nur republikanische Richter im Land.) Ende des zwanzigsten Jahrhunderts ging der Rechtstitel an eine Planungsgruppe von Mormonen aus Utah über. Sie fuhren mit Bulldozern über die Herden der indianischen Schäfer und vertrieben die Schäfer. Danach errichteten sie Ferienwohnungen und zerstörten die Umwelt, so rasch es ihr grenzenloser Kreditrahmen erlaubte.

Die enteigneten Figueracions – jene, die der Catron-Ring am Leben gelassen hatte – vergifteten in einem letzten Akt von Bosheit die Quellen auf ihrem alten Land und verlegten sich auf das Transportwesen im Bezirk Atocha. Mit Ochsenkarren brachten sie Salz, Mehl und Bergwerksausrüstung zu hohen Preisen zu den Bergleuten und fuhren mit hundert Kilogramm schweren, roh gegossenen Ingots aus Gold und Silber zurück. Außerdem betrieben sie im ganzen Bezirk Viehhandel. Sie verkauften den Apachen alte, verrostete Feuerwaffen und drittgradiges Pulver und erkauften sich damit ihren Schutz. Das brachte den Figueracions mehrfachen Vorteil: Die Indianer waren glücklich, militärisch weniger gefährlich, als wenn sie bei Pfeil und Bogen geblieben wären, und sie waren von den Figueracions abhängig.

Als der Silberboom vorüber war und Riga Brothers nach Kupfer schürfte, fand man die verbrannten Holzbohlen der verlassenen mexikanischen Bergwerke auf der Figueracion Ranch. Die Figueracions überließen Riga Brothers die Schürfrechte für die Atocha Mine, trafen aber zum Ausgleich eine politische Regelung: Riga Brothers führte die Mine, die Figueracions zogen alle übrigen Fäden.

Jetzt gab es Riga Brothers nicht mehr, und im Rathaus saß ein Republikaner. Letzteres war für Luis die größere Bedrohung.

»Ich werde den Scheißkerl vernichten«, verkündete er und rammte die Zigarette in den Aschenbecher, als wollte er damit Edward Trujillos Herz durchbohren. »Wir werden vor den nächsten Bürgermeisterwahlen die Stadt mit unseren Plakaten vollkleistern. Für keinen arbeitslosen Bergmann wird es einen Grund geben, sich für Edward Trujillo zu entscheiden!«

»Trujillo macht mit ATL gemeinsame Sache«, gab Loren zu bedenken.

Luis legte einen seiner braun gefleckten Finger an die Nase. »Die wenigsten von denen wählen in Atocha. Trujillo bleibt im Regen stehen. Glaubt er, daß er der einzige ist, der mit Firmenpräsidenten reden kann? Blödsinn! Ich kann den Präsident von Riga Brothers anrufen, wann ich will! Und ich habe mit vielen Leuten von ATL verhandelt, als sie mein Land für ihre Fabrik gekauft haben.«

»Es ist keine Fabrik. Dort wird nichts produziert.«

Luis machte eine abwehrende Handbewegung. »Das macht keinen Unterschied.«

»Doch. Es ist niemand da, mit dem du reden kannst. Die Leute, die dein Land gekauft haben, sind längst fort und wahrscheinlich mit anderen Landkäufen beschäftigt. Es gibt keinen einzigen, der für die Firmenpolitik verantwortlich ist – alles wird über formlose Netzwerke abgewickelt; wir leben im Informationszeitalter. Sie erzeugen Wissen. Es ist ein Konsortium, das anderen Gesellschaften gehört, die nichts mit uns zu tun haben.«

»Mist. Es gibt *immer* jemanden, mit dem man verhandeln kann.«

»Die einzigen Leute, die mit unserer Stadt zu tun haben, sind PR-Leute, Luis. Sie wollen uns nicht helfen, die Leute sollen nur *glauben*, daß sie uns helfen. Im Grunde ist es ihnen gleichgültig, ob wir hier sind oder nicht.«

»Sie werden verhandeln. Jeder verhandelt.« Luis steckte die Nase wie Roosevelt in die Luft und lächelte. »Ich habe meine Eisen im Feuer. Ich mach mir keine Sorgen.«

»Das solltest du aber, Luis.«

»Jeder verhandelt. Und Figueracion hält sein Versprechen. So wird es hier gehandhabt, jeder weiß das.«

Loren spürte einen Stich im Herzen. Trujillo hatte Luis bisher zweimal ausgetrickst, und Luis saß einfach in seinem Büro und wartete darauf, daß die Leute zu ihm kamen. Seine Macht beruhte auf jenen Leuten im Bezirk, die ihn als Führer anerkannten, aber diese Leute wurden von Jahr zu Jahr weniger. Mit der Schließung der Mine verschwand auch ein Gutteil von Luis' Machtbasis – nur sein Prestige als größter Rancher der Gegend war ihm noch geblieben. Die Hälfte der Leute bei ATL aßen wahrscheinlich nicht einmal Rindfleisch.

»Du hast von diesem Axelrod gehört?« fragte Loren.

»Er und ich hatten ein paarmal geschäftlich miteinander zu tun.«

Loren überlegte kurz, aber schließlich wollte er es doch nicht wissen. »Er verteidigt Archuleta und Medina, die zwei Drogenschmuggler, die ich unlängst verhaftet habe. Robbie Cisneros verteidigt er auch.«

»Er wird verlieren.« Luis schien nicht beunruhigt.

»Aber er wird uns in ein schiefes Licht stellen. Darin liegt seine einzige Chance zu gewinnen.«

Luis zuckte die Achseln. »Was kann er machen?«

»Zuerst wird er den Durchsuchungsbefehl anfechten, den ich hatte. Es war ein anonymer Anruf, und er wird beweisen wollen, daß ich der Anrufer war.« Er räusperte sich. »Ich oder einer meiner Leute. Und *dann* ...«

»Denver hat dir den Durchsuchungsbefehl gegeben, nicht wahr?« Luis sah ihn mit schmalen Augen an. »Offen und ehrlich?«

»Sie werden versuchen, der Polizei brutales Vorgehen nachzuweisen. Robbie wollte entkommen, und ich mußte ihm ein paar überziehen.«

»Du hast ihn verprügelt.« Luis runzelte die Stirn. »War es einer deiner Ausrutscher, Loren? Wie oft habe ich dich schon wegen deines Temperaments gewarnt!«

Schuldgefühl stieg in Loren hoch. Er unterdrückte es und seufzte betont überdrüssig. »Das ist doch vollkommen gleichgültig, Luis. Was zählt, ist, daß wir einen Untersuchungsbeamten in der Stadt haben, der die Leute glauben macht, daß er vom FBI ist. Wenn er einmal anfängt, Geld auszuteilen, dann bekommt er Zeugen, so viele er will.«

Luis klopfte sich nachdenklich mit den Fingern auf den kleinen, runden Bauch. »Ich weiß nicht, Loren. Die Leute in dieser Stadt halten zusammen.«

Loren glaubte genau zu wissen, wie weit er dieser Feststellung trauen konnte. »Ein einziger fauler Apfel genügt. Du kennst die Cisneros-Familie.«

Luis kratzte sich am Kinn und schwieg. Loren redete weiter.

»Er wird versuchen, die Polizei zu besudeln. Nur so kann er den Fall gewinnen. Medina und Archuleta haben Verbindungen unten in Mexiko. Er wird alles in seiner Macht Stehende tun, um die beiden rauszukriegen.«

»Glaubst du. Ich habe allen Richtern ihre Jobs verschafft. Glaubst du wirklich, daß sie auch nur eine Minute auf diesen Unsinn hören?«

»Ein Fall kann in die Berufung gehen. Möchtest du, daß es bei der Polizei und bei den Leuten des Sheriffs zu gären beginnt? Das ist die Hälfte der Ämter, die du noch vergeben kannst.«

Luis gelassener Gesichtsausdruck änderte sich in Sekundenschnelle. »Da hast du recht, Loren. Ich werde die Information rausgeben.«

»Tu es *jetzt*. Bevor jemand etwas Dummes tut.«

»Ich mache es morgen zusammen mit der Post.«

Loren zwang sich zur Ruhe.

»Bezüglich der Post, Luis.«

»Ja?«

»Die Post für die Polizei sollte morgen besser nicht hinausgehen.«

Luis schob die Brille über die lange Nase hinauf, als wollte er Loren genauer studieren. »Warum sagst du das?«

»Dieser Untersuchungsbeamte, er weiß nichts über unser Leben hier. Er sucht nur nach Schmutz. Und wenn er von der Post erfährt, die jeden Mittwoch von deinem Büro ans Polizeihauptquartier geht …«

»Ich werde einen anderen Weg finden.«

»Es gibt keinen anderen sicheren Weg. Die Post muß zurückgehalten werden.«

Luis verzog das Gesicht. »So läuft das nicht bei uns. Ich tue Leuten einen Gefallen, andere tun mir einen Gefallen. Du bist gefällig, ich bin gefällig, jeder ist jedem gefällig. Und die Post geht durch.«

»Möchtest du dieses letzte Stück deiner Ämtervollmacht verlieren, Luis? Dieser Axelrod ist schlau.«

»Nicht Hagel und nicht Schnee, nicht Nebel und nicht Nacht soll … – wie heißt es doch gleich weiter? Auf alle Fälle, nichts darf die Post behindern.« Er sprach in einem Singsang, und ein dämliches Lächeln überzog dabei sein Gesicht.

»Behalte die Post bis nach der Verhandlung, okay?«

»Was werden deine Leute dazu sagen?«

»Die werden sich schon den Grund dafür denken können. Es ist in ihrem Interesse, daß sie es verstehen. Außerdem ist es nicht viel mehr als Taschengeld.«

Luis sah finster vor sich hin. »Bekommst du deiner Meinung nach nicht genug?«

»Das habe ich nicht gesagt, Luis.«

»Es hat bisher gut funktioniert. Jeder macht seine Arbeit, und jeder behält seinen Job!« Er brüllte und schlug mit der Faust auf den Tisch.

»Ich beklage mich nicht, Luis.« Loren winkte mit den Händen ab.

»Ich mache mit meiner Arbeit die Leute glücklich, verdammt noch mal!«

»Hörst du mir jetzt zu?« Loren stieg das Blut zu Kopf. »Ich will nur nicht, daß die Sache läuft, so lang dieser Axelrod herumschnüffelt, das ist alles.«

»Wer hat dir deinen Job verschafft, Loren?« Luis' Gesicht war purpurrot angelaufen. »Antworte mir!«

»Du hast ihn mir verschafft!« brüllte Loren.

»Seit zwanzig Jahren schicke ich dir jetzt die Kuverts, und du sagst, du bist nicht dankbar!«

Loren hob die Fäuste und ließ sie donnernd auf Luis' Schreibtisch sausen. »Verdammt noch mal, ich bin dir dankbar!«

»Das will ich hoffen!« Luis preßte eine Hand auf sein Herz. Er wurde still und rang nach Atem. Die Haare standen ihm zu Berge, wie bei einer Vogelscheuche. Du lieber Himmel, jetzt hat er gleich einen Herzinfarkt und stirbt, dachte Loren.

»Ich bitte dich nur, die Kuverts zurückzuhalten.« Loren versuchte die Stimme zu dämpfen, aber er sprach immer noch lauter als beabsichtigt. »Das ist alles. Wem tut das weh?«

Luis schüttelte immer noch nach Luft ringend den Kopf. »So ist es nicht abgesprochen.«

»Zu viele Leute wissen von den Kuverts. Vielleicht ist Axelrod bereits informiert, vielleicht verhandelt er bereits mit den Leuten, die Connie Duvauchelle die Mädchen schicken.«

»Connie ist nicht neu. Sie kennt sich aus.«

»Sie bot mir heute früh Bargeld an. Meines Erachtens war das getürkt.«

Luis' Gesichtsausdruck änderte sich wieder; aus dem zornroten Kauz wurde eine steinerne Statue. »Das ist interessant.«

»Es könnte jemand im Auto vor dem Büro gesessen und uns über ein Mikrophon belauscht haben. Oder er schießt einen Laser auf das Fenster deines Geschäftslokals, tastet die Rückstreuung ab und stellt fest, wohin die Kuverts gehen.«

Luis' Augen blitzten. Er sah nicht zum Fenster hinaus. »Ist das möglich?«

»Klar. Daher will ich nicht, daß du sie heute abschickst.«

Luis nickte. Die toten Demokraten an der Wand hinter ihm gaben ihm recht. »Also gut. Aber du mußt es deinen Leuten erklären!«

»In Ordnung.«

»Sonst ändert sich nichts.«

»Klar.«

»Ißt du mit mir zu Mittag?«

Loren stand auf. »Ich bin hinter einem Mörder her.«

Luis lächelte. »Geh und fang deinen Mörder!«

»Mach ich.«

Loren verließ das Büro und blinzelte in die Sonne. Der heiße Wind fuhr ihm in die Haare. Loren setzte die Sonnenbrille auf und ging langsam zum Auto. Wenn er jetzt darüber nachdachte, konnte er nicht sagen, wie ernst er die Sache mit dem Lasermikrophon gemeint hatte. War es eine Erfindung, um Luis herumzukriegen, oder war er wirklich so paranoid, wie er Luis glauben machte.

Er überlegte, wie John Does Leiche verschwunden war. Wenn das nicht Grund genug für Paranoia war…

Er sah sich um, entdeckte aber keine geheimnisvollen Detektive in dunklen Autos. Er sah nach oben, zu den Leitungsmasten: Auch dort war nichts zu sehen, was nicht hingehörte.

Er dachte an Connie Duvauchelle, die ihm im Büro Geld angeboten hatte; sein Instinkt warnte ihn. Er war besser vorsichtig.

War er am Vorabend tatsächlich bei Pastor Rickey gewesen und hatte über Wunder gebrabbelt? Wenn jemand davon erfuhr, saß er in der Tinte. Es war verrückt von ihm gewesen.

Es war auch verrückt, im heißen Sandsturm zu stehen. Daher stieg er in den Fury und fuhr ins Sunshine zum Lunch.

Alle paar Sekunden blickte er in den Rückspiegel. Als der ATL-Jeep aus einer Seitenstraße auftauchte und ihm folgte, war er im Grunde nicht überrascht.

Vor dem Sunshine parkte ein gemieteter Kleinlaster mit einem toten Hirsch auf der Ladefläche. Der Mann, der ihn geschossen hatte, saß im Lokal und trank Coovers scheußlichen Kaffee. Er war wie ein Jäger gekleidet – er trug sogar eine Strickkrawatte unter der L.L.-Bean-Weste aus Gänsedaunen. Er hatte zwölftausend Dollar für das Privileg bezahlt, in ein Viehgehege zu spazieren, das Gewehr anzulegen und aus kürzester Entfernung auf einen ältlichen, zahmen Hirsch zu ballern. Zu diesem Zweck besaß er eine nylongeschäftete Perugini-Visini-Jagdflinte neuester Bauart, mit Killer-Lasersucher, Infrarot und Nachtvergrößerung ausgestattet. Und das alles nur deshalb, weil er seine Golffreunde mit Kopf und Geweih beeindrucken wollte.

Zumindest aß er nicht das Geweih und trank nicht das Blut, wie die Chinesen und Koreaner.

Der Anblick des distinguierten Jagdgastes verbesserte Lorens Stimmung keineswegs. Noch mehr ärgerte er sich über Bob Sandoval und Mark Byrne, die auffällig die Augen rollten und einander zuzwinkerten und dabei geistlos über anonyme Anrufe redeten. Dabei taten sie so, als steckten sie sich unter der Theke gegenseitig Drogengeld zu. Loren erklärte ihnen und Coover, daß der Erhebungsbeamte, der sie tags zuvor angesprochen hatte, für einen Anwalt des Syndikats arbeitete, der es darauf abgesehen hatte, den Bullen im Bezirk Atocha etwas anzuhängen; wer also mit dem Fremden redete, konnte sich gleich ein neues Zuhause suchen. Dann aß Loren seinen Hamburger und ging.

Ein Fünf-Tonnen-Laster voll beladen mit bastüberzogenen Hirschgeweihen parkte auf der anderen Straßenseite ein. Zwei Asiaten saßen drinnen. Das weiße Hemd des einen war blutbefleckt.

Der ATL-Jeep parkte auf der West Plaza. Die zwei mit den Ray-Bans folgten Loren, als er an den Deco-Greifvögeln vorüber ins Amtsgebäude ging.

Eloy telefonierte. Als er Loren durch die Glastür kommen sah, winkte er ihm heftig zu, legte den Anruf sogleich auf die Warteschlange um und hielt Loren einen dicken Stapel Nachrichten entgegen.

»Jede Menge Anrufe für Sie, Chief. Cantwell, Castrejon, Lowrey, Axelrod.«

»Axelrod?« Loren blätterte die auf grobes Umweltpapier gekritzelten Nachrichten. »Was will der Gauner?«

Eloy sah ihn unsicher an. »Er will sich vermutlich über die fehlende Seite im Logbuch beschweren.«

Loren unterdrückte im letzten Augenblick ein Lachen. »Welche fehlende Seite?« Er täuschte Gleichgültigkeit vor und beschäftigte sich mit den übrigen Nachrichten.

»Er schickte einen seiner Leute her, damit sie unsere Aufzeichnungen hinsichtlich des anonymen Tips durchgehen.«

»Das darf nicht wahr sein!«

»Ich gab ihm das Logbuch, verließ meinen Platz und ging zur Toilette. Als ich zurückkam, sagte der Kerl, daß die Seite herausgerissen worden war.«

Loren blickte von den Notizen auf: »Du glaubst, daß er sie herausgerissen hat?«

Eloy lehnte sich zurück und lächelte Loren über den Nackenverband hinweg an. »Ich war natürlich am Klo. Aber man kann es so sehen.«

»Gut.«

»Mir ist gestern aufgefallen, daß die Seite fehlt. Daher bin ich auch aufs Klo gegangen, damit ich nicht sagen kann, ob er es genommen hat oder nicht.«

Loren sah Eloy beeindruckt an. Vielleicht war er doch nicht so ein Wirrkopf. »Sehr gut. Kam ein Anruf von der Gerichtsmedizin?«

»Nichts. Haben Sie eine Ahnung, warum jemand unseren Toten genommen hat?«

Keine, die er laut aussprechen wollte. »Was weiß denn ich«, antwortete Loren.

Das Telefon klingelte. Eloy bedeutete Loren zu warten, hob ab und legte den Anrufer ebenfalls auf die Warteschlange.

»Sie haben den ganzen Vormittag angerufen. Jetzt interessiert sich auch das Kinderhilfswerk für unseren John Doe.«

»Warum das?« Loren war überrascht.

»Viele Männer haben sich davongemacht und Frauen und Kinder dem Unglück überlassen. Wenn Doe einer von ihnen ist, kann Versicherungsgeld kassiert oder zumindest mehr öffentliche Hilfe angefordert werden.«

»Daran habe ich noch gar nicht gedacht.« Ein Bild tauchte vor seinen Augen auf: Zehntausende verbissene Frauen in abgetragenen Schwangerschaftskleidern, mit rotznasigen Kindern in gestreiften T-Shirts, die ihnen nicht einmal bis zum Nabel reichten, hockten in irgendwelchen billigen Apartments oder Wohnwagen und beteten um Daddys Tod.

»Hat sich etwas ergeben?« erkundigte sich Loren.

»Nicht wirklich. Ich wollte es Ihnen nur erzählen. Lowrey möchte mit Ihnen sprechen.«

»Ich rufe sie gleich zurück.«

»Sie ist jetzt joggen. Warten Sie bis nach ein Uhr.«

»Ich möchte dir noch etwas sagen.« Loren räusperte sich; ihm war plötzlich unbehaglich zumute. »Die Mittwoch-Post – sie kommt morgen nicht.«

Eloy sah erstaunt auf. »Ist sie verspätet, oder ist sonst etwas geschehen?«

»Nein. Sie wird nur zurückgehalten, solang Axelrod und seine Leute hier herumstochern.«

»Aha.« Eloy wollte offenbar wissen, was er davon halten sollte.

»Wir wollen nicht, daß sie davon erfahren. Sie drehen uns daraus einen Strick.«

Eloy blinzelte. »Okay.«

»Ich möchte, daß du es allen erzählst, die auf Wechselschicht gehen und auch den Leuten, die vom Dienst kommen.«

»In Ordnung.«

Loren hatte genug von Eloys lakonischen Antworten, seinen ›Okays‹ und ›In Ordnung‹.

»Verdammt noch mal, es ist nicht meine Schuld«, brauste er auf. »Das haben wir dem Winkeladvokaten zu verdanken, nicht mir.«

Eloy lehnte sich schräg im Stuhl zurück. »Ein paar Frauen warten am Telefon, Chief.«

»Natürlich.«

Loren ging in sein Büro. Eloys Anteil waren lausige fünfzehn Dollar. Konnte er nicht eine Weile ohne sie auskommen? Er hatte zumindest einen Job. Das war etwas in dieser Stadt.

Der Zorn schwand, sobald er sein Büro betrat, und das alte Schuldgefühl machte sich bemerkbar. Wenn er Robbie Cisneros nicht verprügelt hätte, müßte Eloy ihn nicht decken und Axelrod hätte nichts gegen ihn in der Hand.

Dennoch, Robbie hatte es verdient.

Aber Eloy nicht.

Loren wollte nicht mehr darüber nachdenken. Er setzte sich an den Computer und verband sich mit Hilfe der LAWSAT-Antenne mit FBI LAWNET, einem Nachrichtenservice des FBI in Washington. Es brachte Informationen über verschiedene Themen der Gesetzesvollstreckung und betrieb eine Servicestelle zur Beantwortung von Fragen durch Fachleute. Der Chef dieser Servicestelle war ein freiberuflicher Kriminalexperte, der sich ›Dr. Zarkov‹ nannte und behauptete, »der beste Experte an der Ostküste für Blutspritzer, Blutspuren und für die Flugbahn von verspritztem Blut zu sein«. Das klang zweifellos beeindruckend.

Loren blätterte weiter zur Datenbibliothek für Waffen. Er sah die Tanfoglio TZ-M nach und fand heraus, daß sie, wie Patience behauptet hatte, eine italienische Version – in der Datei hieß es ›Fast-Kopie‹ – einer tschechischen 9-mm-Seitenwaffe war. Er blätterte weiter zu den 0.41-Kaliber-Waffen. Diese Liste war nicht sehr umfangreich.

Er blätterte die Liste durch und suchte nach einem Lauf mit fünf Zügen und Rechtsdrall – das waren die meisten. Dann fiel sein Blick auf eine Eintragung unter ›Beschreibung‹, und es lief ihm eiskalt über den Rücken.

Eine Firma mit dem Namen US-Military Sidearms fertigte für die Tanfoglio einen 0.41kalibrigen Ersatzlauf.

Loren starrte sprachlos auf den Bildschirm. Er notierte die Information und stieg aus dem Programm aus.

Wie ging es nun weiter?

Er griff nach dem Telefon und rief Oliver Cantwell unter der Nummer an, die auf dem Notizblatt stand.

Cantwell war Rechtsanwalt. In der High School war er eine Klasse unter Loren gewesen. Als sie noch jung waren, hatten sie viel gemeinsam unternommen, sie fuhren schnelle Autos, sausten auf der Line von einer Bar zur anderen, gingen ab und zu gemeinsam zu Connie Duvauchelle oder fuhren mit ihren Freundinnen hinaus zu den Heißen Quellen im Reservat ...

Das war vor Jahren gewesen. Derzeit sahen sie einander nur noch selten, meistens nur im Gericht, aber Loren betrachtete Cantwell immer noch als Freund.

»Wer ist diese Sondra Jernigan?« wollte Cantwell wissen.

Loren triumphierte leise. »Warum fragst du?«

»Weil sie sich bei allen Anwälten in der Stadt über mich erkundigt. Du scheinst meinen Namen erwähnt zu haben, und sie möchte vermutlich wissen, worauf sie sich einläßt.«

Loren hätte beinahe Halleluja geschrien. »Hat sie sich bei dir bereits gemeldet?«

»Klar. Sie und ihr Mann kommen um 16.30 Uhr her.«

»Gut.«

»Das ist aber keine Scheidungssache, oder?«

»Nein. Meiner Meinung nach stecken sie bis über beide Ohren in irgend etwas drinnen.«

»Kannst du mir etwas Näheres sagen?«

»Wollte ich gerade tun. Sie wissen vermutlich etwas über diesen John Doe, der vor ein paar Tagen ermordet wurde. Er wurde in Mr. Jernigans Auto erschossen.«

»Aha.«

»Mit der Schießerei hatten sie meines Erachtens nichts zu tun, aber ich glaube, daß sie mehr wissen, als sie sagen.«

»Verstehe.«

»Gib ihnen zu verstehen, daß ich kein Interesse habe, gegen sie Klage einzureichen, was sie auch getan haben. Ich möchte nur den Schützen.«

»Du kannst keine solchen Versprechen abgeben. Ich muß mit Castrejon reden.«

»Sprich mit ihm. Ich glaube, er wird zustimmen, wenn er dafür diesen verdammten Mörder einlochen kann.«

»Ich rede zuerst mit Jernigan.«

»Ich bezweifle, daß er wirklich etwas verbrochen hat. Er hat nur eine sehr lose Verbindung zur realen Welt. Vielleicht hält er das, was er getan hat, für viel schlimmer, als es tatsächlich ist.«

Loren legte auf; am liebsten hätte er getanzt vor Freude. Allmählich ging es bergauf.

Er war mit Schreibarbeiten beschäftigt, als Sheila Lowrey klopfte. Sie kam gerade vom Laufen und trug noch Shorts, Nikes und T-Shirt und hielt eine Dose Diät-Cola in der Hand.

»Können wir reden?«

»Ich wollte Sie soeben anrufen. Nehmen Sie Platz.«

Sie keuchte, holte sich einen Stuhl und legte sich die kalte Pop-Dose nacheinander an die verschwitzte Stirn und das obere Ende des Brustbeins.

»Axelrod ist ganz verrückt wegen der fehlenden Seite aus dem Logbuch«, begann sie.

Loren zuckte die Achseln. »Wahrscheinlich hat sein eigener Mann sie gestohlen.«

Sie sah ihm lange in die Augen. »Glauben Sie das?«

»Es ist unwichtig, was ich glaube. Wichtig ist, was zur Zufriedenheit des Richters bewiesen werden kann.«

Sie öffnete das Cola und nahm einen langen Zug. Loren beobachtete, wie ihr kleiner Adamsapfel beim Schlucken auf und ab hüpfte. Sie ließ die Dose seufzend sinken und sah Loren an.

»Axelrods Arzt hat Robbie Cisneros untersucht. Ich vermute, daß sie die Verletzungen, die Sie ihm zugefügt haben, fotografierten, auch die wunden Stellen an den Handgelenken. Das stützt natürlich die Theorie, daß er Handschellen trug, als er geschlagen wurde.«

»Er hat getobt, als wir ihm Handschellen angelegt haben. Das stand in meinem Bericht.«

»So getobt, daß mindestens vierzehnmal mit dem Gewehrkolben auf ihn eingeschlagen werden mußte? Das stand im Bericht des Arztes in der Notaufnahme. Gott weiß, was Axelrods Arzt entdeckt hat.«

»Es war eine Flinte. So etwas passiert eben.«

Ihr Blick war ruhig. »Ich werde Castrejon eine außergerichtliche Einigung mit Strafmilderung bei Schuldbekenntnis empfehlen.«

»Tun Sie das nicht, Sheila.«

»Sie werden trotzdem in den meisten Anklagepunkten für schuldig gesprochen.«

»Tun Sie es nicht, verdammt noch mal!« Loren war wütend. »Robbie hat die Stadt verraten!«

Sie stand auf und trank noch einen Schluck Cola. »Es hängt vom Staatsanwalt ab. Aber ich werde ihm sagen, was ich zu sagen habe. Vielleicht denken Sie daran, bevor Sie das nächste Mal vierzehnmal mit einer Flinte auf einen Verdächtigen eindreschen.«

Loren sah ihr nach, als sie ging und hätte zu gern etwas mit den bloßen Händen zerbrochen, am liebsten Sheilas Hals. Statt dessen widmete er sich wieder seinen Papieren und drückte dabei mit dem Druckbleistift so fest auf, daß die Mine abbrach. Er schleuderte den silbernen Stift durch das Zimmer.

Als hätte er darauf gewartet, kam der Bürgermeister zur Tür herein.

»Loren?« Er tat, als hätte er nicht gesehen, wie der Bleistift durch die Luft flog. »Ich habe eine Nachricht für Sie hinterlassen.«

»Ich wollte Sie soeben anrufen. Ich dachte, Sie wären beim Essen.«

»Ich hatte nur ein Pita-Sandwich im Büro.«

Trujillo zog die Cordsamthose an den Knien hoch und nahm Platz. »Wir müssen uns unterhalten. Mir sind Klagen zu Ohren gekommen.«

»Von wem?«

Der Bürgermeister verzog den Mund. »Das spielt keine Rolle. Aber es gab Beschwerden bezüglich Ihres Verhaltens im John-Doe-Mord.«

Loren stieß ein verächtliches Lachen aus. »Was wollen Sie damit sagen?«

»Sie belästigen die Leute in Vista Linda.«

»*Belästigen?* – Ich habe geläutet und sie gefragt, ob sie jemanden gesehen haben, der einen Mord begangen haben könnte. Nennt man das *belästigen.*«

Trujillo fuhr sich mit der Zunge über die Lippen. »Ich möchte, daß Sie die Finger von den ATL-Angestellten lassen. Meine Verhandlungen mit ATL haben ein sehr heikles Stadium erreicht.«

Loren lehnte sich zurück. »Das ist mir ziemlich gleichgültig, Ed. Ich führe die Untersuchung, wie ich es für richtig halte.«

»Seien Sie vernünftig, Loren.«

»Ich bin äußerst vernünftig. Ich frage Sie, mit wem Sie gesprochen haben und warum er sich solche Sorgen wegen des Mordes an einem Niemand macht.«

Trujillos Lippen wurden schmal. »Ich befehle Ihnen, alle Nachforschungen außerhalb des Gerichtsbezirks einzustellen. Es ist absurd, Geld und Arbeitskraft der Stadt für Nachforschungen über jemanden zu verwenden, der nicht einmal identifiziert wurde.«

»Mit wem haben Sie gesprochen, Ed? Drüben bei ATL.«

»Das spielt keine Rolle!«

»Wie wollen Sie wissen, daß er nicht ein Mörder ist?«

»Seien Sie nicht albern!« Trujillo stand auf. In seinem

Oberschenkel zuckte ein Muskel. »Werden Sie meinen Anweisungen folgen oder nicht?«

Loren sah ihn an. »Elisa Hawking«, sagte er.

Trujillo senkte den Blick. Der Muskel zuckte so heftig, daß sein Knie zitterte. »Es war nicht so, wie es ausgesehen hat«, wich er aus.

Loren lächelte und genoß den Augenblick. »Es sah so aus, als würden Sie den Babysitter auf dem Beifahrersitz Ihres Autos vögeln. Diesen Anschein hatte es.«

»Verdammt!« Trujillo steckte die Hände in die Hosentaschen und ging auf und ab. Schließlich sagte er zu Loren gewandt: »Es war ein Ausrutscher. Ich hatte an diesem Abend getrunken.«

»Sie war fünfzehn, Ed.«

»Das hat sie mir nicht gesagt.«

»Ich bezweifle, daß Sie ihr Gelegenheit dazu gegeben haben. Vor dem Gesetz spielt das außerdem keine Rolle.«

Trujillo kam zum Schreibtisch. »Hören Sie, ich weiß es zu schätzen, was Sie getan haben. Daß Sie es niemandem erzählten.«

»Ich weiß es zu schätzen, wenn Sie sich nicht in die Polizeiarbeit einmischen. Ed. Und keine Budgets vorlegen, die mich zwingen, noch mehr meiner Leute zu entlassen.«

»Ich habe morgen eine Pressekonferenz.« Trujillo sprach sehr schnell. »ATL wird die Stiftung eines Museums für Hochtechnologie bekanntgeben. Ein 3D-Holokino, und alles, was dazu gehört. Hier in der Stadt.«

»Schön für Sie.«

»Es rettet vielleicht unsere wirtschaftliche Situation. Es handelt sich um ein Drei-Millionen-Dollar-Projekt. Aber ich kann nicht zulassen, daß ein getrübtes Verhältnis zwischen ATL und der Stadt das Projekt gefährdet.«

»Ich habe kein getrübtes Verhältnis zu ATL.«

Trujillo machte eine Pause und atmete tief ein und aus. »Ich bin froh, das zu hören, Loren.«

»Aber ich werde die Morduntersuchung so fortführen, wie ich es für richtig halte.«

Trujillo explodierte. »Sie werden sie nie zum Reden bringen! Wenn sie sich bis jetzt nicht beklagt hat, wird sie es nie tun!«

Loren entgegnete ruhig: »Wenn ich mich mit Elisa ein wenig unterhalte, wird sie reden. Sie ist nicht klug genug, um den Mund zu halten. Sie wird singen wie Joan Sutherland.«

Trujillo starrte ihn kreidebleich an. Dann drehte er sich um und verließ das Büro.

Man muß gewinnen und verlieren können, dachte Loren, während er die letzten beiden Besuche rekapitulierte.

Er war entschlossen, zwei von drei zu gewinnen.

Er stand auf und verließ das Büro. Er ging an Eloys Schreibtisch vorüber, durchquerte das Foyer und verließ das Haus. Auf der anderen Seite der West Plaza wartete ein schokoladebrauner Blazer. Auf den nahm er Kurs.

Nur ein Mann saß im Auto, ein schmallippiger Mann über dreißig, mit kurzen, schwarzen Haaren, die er glatt aus der Stirn gekämmt hatte. Er versteckte sich hinter den Ray-Bans. Als Loren ans Fenster klopfte, ließ er es hinunter und zeigte sich nicht einmal überrascht.

»Ja?«

»Ich bin der Polizeichef«, stellte sich Loren vor.

»Ich weiß.«

»Sie sind verhaftet.«

Zu Lorens großer Befriedigung machte der Kerl jetzt große Augen. »Weswegen?«

»Sie tragen eine automatische Waffe; dagegen gibt es in dieser Stadt eine Verordnung.«

»Blödsinn!«

Loren öffnete die Tür und bedeutete ihm mit einer Handbewegung auszusteigen. »Aus dem Auto«, befahl er. »Unternehmen Sie nichts, was mich nervös machen könnte.«

Wenn dich jemand stößt, dann stößt man am besten zurück, dachte Loren, während er dem Mann Handschellen anlegte und ihn über die Straße führte.

Das war nur vernünftig.

Der Kerl hieß Vincent Nazzarett. Er war nicht bereit, die Kombination für die UZIs zu nennen. Loren mußte daher ein Schweißgerät holen lassen. Es dauerte zwanzig Minuten, bis die Halterung durchschnitten war und die Gewehre herausgenommen werden konnten.

Währenddessen hatte Loren den Männern auf Streife befohlen, die anderen ATL-Autos in der Stadt anzuhalten. Wie sich herausstellte, war nur eines unterwegs. Zwei verblüffte ATL-Gorillas wanderten ebenfalls in die Zelle, und weitere zwei UZIs wurden requiriert. Erst nachdem sie die Gewehre entfernt hatten, kam es Loren in den Sinn, daß er die gleichen Ziffern hätte drücken können, wie bei seinem Besuch in den Labors, weil Patience noch nicht dazu gekommen war, die Kombination zu ändern.

Nazzaretts Shibano-Test nach Pulverspuren an den Händen war positiv. »Ich war Sonntag auf dem ATL-Schießplatz und habe fünfzig Schuß abgefeuert«, erklärte er. »Was ist dabei?«

»Hat Sie jemand gesehen?«, wollte Loren wissen.

Nazzarett wußte nicht sofort eine Antwort darauf. »Das ist nicht relevant«, meinte er dann.

Die anderen beiden waren negativ.

Es war fast fünfzehn Uhr dreißig, als William Patience erschien und für seine Männer Kaution erlegte. Sein Blick war eisig und das Gesicht so gespannt, daß sich die Backenknochen kantig abzeichneten.

»Diesmal haben Sie wirklich Mist gebaut«, sagte er zu Loren. Loren war ihm die Treppe hinunter zu den Gefängniszellen gefolgt und sah ihm zu, wie er Ed Ross, dem Aufseher, die Kreditkarte der Gesellschaft durch die Stäbe zuschob.

»Sie haben anscheinend vergessen, mir etwas zu sagen. Sie haben mir nicht gesagt, daß US-Military Sidearms für die Tanfoglio einen 0.41-Kaliber-Lauf herstellt.«

Patience zog die Augen zusammen und blinzelte. »Das höre ich zum ersten Mal.«

»Ich habe Ihnen gesagt, daß Sie in meine Stadt keine automatischen Waffen mitführen sollen.«

»Damit ist es mit meiner Bereitschaft zur Zusammenarbeit bei Nachforschungen endgültig vorbei. Wenn Sie in Zukunft von mir Unterlagen benötigen, können Sie sie unter Strafandrohung anfordern.«

»Beantworten Sie mir eine Frage. Haben Sie Nazzarett befohlen, mir zu folgen? Oder haben *Sie* den Auftrag dazu erhalten?«

Patience zog die Lippe hoch und entblößte die Zähne, als wollte er die Zähne fletschen, beherrschte sich aber dann. »Keine Kooperation mehr, erinnern Sie sich? Sie können sich Ihr blechernes Kleinstadtabzeichen an den Hut oder sonst wohin stecken.«

»Tun Sie es doch selbst, wenn Sie können.«

Patiences Augen blitzten. Die Hände umklammerten krampfhaft die Papiere, die Ed Ross ihm zugeschoben hatte. Loren hatte Mühe, seinen Zorn zu beherrschen. Noch ein paar Sekunden, und William Patience war fällig für den Schönheitschirurgen.

Patience zischte wütend, drehte sich um und beugte sich über die Papiere. Loren war ein wenig enttäuscht.

Schade. Es wäre interessant gewesen.

Oben wartete Edward Trujillo auf Patience. Die zwei gingen gemeinsam durch den langen, weiß gefliesten Korridor. Loren stand neben dem Schreibtisch in der Anmeldung und sah ihnen nach; er vermutete, daß Trujillo sich entschuldigte. Dann bemerkte er Cipriano, der neben ihm stand.

»Ich weiß nicht, Jefe«, meinte Cipriano.

»Du weißt nicht was, Pachuco?«

»Ich weiß nicht, ob das gescheit war.«

Loren sah ihn an. »Scheiß-Klugheit.«

Cipriano runzelte die Stirn und sah dem Bürgermeister nach. Auch Loren folgte ihm mit den Blicken und fragte dann Cipriano. »Wer war der Kerl, der dir über die Kühe erzählt hat?«

»Was?« Cipriano war zerstreut.

»Die Kühe, die bei ATL den Zaun durchbrachen. Wer hat dir das erzählt?«

»Begley. Er geht mit einem von den ATL-Leuten jagen.«

»Hat Begley heute Dienst?«

»Wechselschicht, glaube ich.«

»Was hat er dir noch erzählt?«

Cipriano dachte angestrengt nach. »Ich erinnere mich nicht an alles, Jefe. Ich habe nicht so genau hingehört. Nur an die Sache mit Patience erinnere ich mich.«

»Was war mit Patience?«

»Er tut so, als wäre er der große Held bei Geheimoperationen der Sondereinsatztruppe gewesen. Aber Begleys Freund hat sich seine Armeepapiere angesehen. Patience brach sich beim Training ein Bein und hat nie wirklich etwas gemacht.«

Loren starrte ihn an. »Er erzählte, daß er in Armenien war.«

»Das Team, mit dem er trainierte, war dort. Aber Patience lag im Basislager mit einem Doppelbruch im Militärkrankenhaus.«

Loren fand das äußerst amüsant. »Du solltest sein Büro sehen. Es ist wie ein Heiligtum für Armenien. Flagge, Teppiche, Bilder von seiner Einheit.«

»Er wäre wahrscheinlich gern mitgekommen.«

»Es ist mehr als das. Es ist krankhaft. Der Kerl ist reif für die Klapsmühle.«

»Könnte sein, Jefe.«

Loren war bester Laune, als er in sein Büro zurückkehrte und den großen begehbaren Safe aus dem neunzehnten Jahrhundert öffnete. Dort bewahrte er Beweismittel auf. Ein modriger Marihuanageruch strömte ihm entgegen, eine Erinnerung an die Jahre, da er Schmuggelgut hier verstaut hatte. Vier halbautomatische Handfeuerwaffen lagen auf dem obersten Fach im Regal, jede in einer Plastiktüte und mit dem Namen des Gesetzesbrechers beschriftet. Darunter lag die abgesägte Flinte und das Rauschgift von Robbie Cisneros. Die Ingram Mac-11 lag in einer Tüte in einem anderen Fach des Regals, zusammen mit den Waffen, die er den mexikanischen Händlern abgenommen hatte.

Beweisstücke einer interessanten Woche.

Da fiel ihm die Videokamera auf, die er im Safe montiert hatte, um zu verhindern, daß ein Unfug geschah. Er nahm die Kamera herunter und legte sie auf den Schreibtisch. Danach holte er aus der Ablage die Videodiskette mit dem Datum vom Samstag und dem Namen John Doe, die Eloy an Ort und Stelle des Verbrechens gemacht hatte.

Die Qualität der Aufnahme war nicht besonders gut. Das Blut war röter, als es tatsächlich gewesen war und die Haut des Toten war gelblich.

Es war immer noch Randal Dudenhof. Sogar auf dem Video gab es keinen Zweifel.

Lorens Herz krampfte sich zusammen, und es wurde ihm ganz warm dabei. Er flüsterte Worte, die tief aus seinem Innern kamen. Er hatte keine Ahnung, was er wirklich sagte, aber er wußte, daß er betete.

Es klopfte an der Tür. Loren sah auf; Eloy stand in der Tür.

»Ein schwerer Unfall, Chief. Der Maglev hat auf der Rio Seco Brücke einen Lastwagen gerammt.«

Als Loren die Worte hörte und sie mit wachsender Spannung und rasendem Puls verarbeitete, wußte er bereits, was geschehen war.

Er wußte, wer im Zug gesessen hatte.

14. KAPITEL

Der braune Sand im Flußbett des Rio Seco war übersät mit den mit Bast überzogenen Hirschgeweihen. Der Maglev baumelte von der Brücke; der erste Wagen war wie eine Bierdose zerquetscht worden. Einer von Sam Torreys Fünftonner war auf der ATL-Seite der Bahnbrücke geparkt gewesen, und der Zug hatte ihn direkt gerammt. Der Lastwagen war auseinandergebrochen und in das trockene Flußbett gestürzt, seltsamerweise ohne in Brand zu geraten.

Auf der Autobrücke stand ein Wagen der freiwilligen Feuerwehr in Bereitschaft; Loren mußte ebenfalls dort parken und die vierhundert Meter zum Wrack am Rand des Flußbetts zu Fuß gehen. Dort angekommen, konnte er nicht sehr viel tun. Die Leute des Sheriffs waren mit den Rettungsspreizern bereits an der Arbeit und versuchten, etwas oder jemanden aus dem ersten Waggon herauszuholen.

Sinnlos, dachte Loren. Selbst wenn der Mann nicht zerquetscht worden wäre, wäre er im Innern des Zugs, der mit fast dreihundert Stundenkilometer unterwegs gewesen war, zu Tode geschleudert worden.

Ein paar von Patiences Leuten standen herum, plapperten in die Funkgeräte und nahmen sich in ihren Anzügen und Sonnenbrillen sehr wichtig, ohne wirklich etwas beizutragen. Der heiße Wind wirbelte Staubfahnen hoch. Loren sah ihnen nach und spürte eine geisterhafte Hand, die ihm über den Rücken strich.

Welcher von ihnen hat es getan? Welcher wußte, was geschehen war?

Loren schob die Pistole zurecht, als er die Brücke erreichte und rutschte vorsichtig den steilen Hang des Betonbrückenpfeilers in das trockene Flußbett hinunter. Als er unten aufkam, fuhr ihm ein schmerzhafter Stich durch die Wirbelsäule.

Der Zug hing zum Teil über ihm und wirkte aus dieser Perspektive viel größer und eindrucksvoller als damals, als er mit ihm unterwegs war. Das grau-rote ATL-Symbol schwebte in der Luft. Ein seltsamer Geruch von verbranntem Plastik machte sich bemerkbar: Teile des Zugs hatten sich beim Aufprall erhitzt und waren geschmolzen. Die Kunststoffstreben waren zerbrochen und ihre schwarzen Splitter steckten in den Wänden des Flußbetts. Loren mühte sich zu den Leuten des Sheriffs durch, die den Vorderteil des Lastwagens aufschneiden wollten. Der Boden vor Lorens Füßen war mit Glasscherben übersät, die das diamantharte Licht der Wüste reflektierten. Shorty Lazoyas Bruder Ramón führte die Operationen an. Er war groß, hatte einen Schmerbauch und wirkte nicht so zerbrechlich und kurzsichtig wie sein älterer Bruder.

»Wie viele?« fragte Loren.

»Zumindest einer. Wir wissen es nicht genau. ATL behauptet, nicht viele, weil die Schicht noch nicht zu Ende war.«

»Habt ihr schon Namen?«

»Noch nicht. Bis jetzt sehen wir in dem Durcheinander nur einen Arm und ein paar Fetzen Stoff.«

»Kein Puls im Arm, nicht wahr? Verdammt.« Loren drehte sich halb um und sein Blick fiel auf einen von Patiences Leuten oben am Rand des Flußbetts.

»Wir haben niemanden im Lastwagen gefunden«, berichtete Ramón.

»Habe ich auch nicht erwartet. Wer war zuerst hier?«

»Einer von den ATL-Leuten.«

»Welcher?«

Ramón zuckte die Achseln. »Ich weiß es nicht.«

Loren sah sich wieder um. Es hatte lang gedauert, bis Patience seine Männer aus dem Gefängnis holte: Das bedeutete, daß er die Sache hier eingefädelt hatte. Sie mußten Torreys Lastwagen stehlen, ihn quer durch die Wüste fahren und auf der anderen Seite der Gleise parken. Vermutlich mußten sie auch einige Sensoren auf der Brücke ausschalten, damit die automatische Sicherheitsschaltung nicht aktiviert wurde und den Zug abbremste.

Das dauerte Stunden. Damit war klar, daß es sich nicht um eine Reaktion auf die Verhaftung von Patiences Leuten handelte, sondern um eine von langer Hand geplante Aktion.

Wie hatte Patience John Does Leiche verschwinden lassen?

Patience mußte gewußt haben, daß Jernigan Oliver Cantwell treffen wollte. Er hatte vermutlich auch gewußt, daß Jernigan mit dem Maglev zur Arbeit fuhr, da sein BMW noch nicht gesäubert war.

»Wir sind durch.« Der Polizist, der aus dem zertrümmerten Wagen kroch, sah leicht grün aus.

»Laß mich sehen«, bat Loren. »Ich glaube, ich kenne den Mann.«

»Bitte, wie Sie belieben.«

Loren bückte sich und spähte durch das Loch, das der Spreizer gemacht hatte. Er mußte sich dabei vor den scharfen Metallrändern, die beim Aufschneiden entstanden waren, in acht nehmen.

Im Inneren roch es beißend nach Tod. Loren erinnerte sich an den Gestank, als der Blutstrom ihm aus Randal Dudenhofs Mund entgegenquoll. Der T-Bird war nur knapp einen halben Kilometer von hier von der Autobrücke gestürzt.

Es war Jahre her. Aber der Geruch war der gleiche.

Vorsichtig, den scharfen Kanten und Glassplittern ausweichend, schob Loren den Oberkörper durch das Loch. Die Sitze im Innern waren zusammengedrückt worden, waren aber nicht geborsten. Zwei Sitze waren gekippt und formten gegeneinander gelehnt einen Tunnel. Loren entdeckte am Ende des Sitzes einen Arm in einer blauen Wolljacke. Ein großer goldener Manschettenknopf steckte in einer weißen Manschette mit einem hellen, roten Streifen. Loren stützte sich auf die Ellbogen und robbte vorwärts.

Der Arm hing nicht an einem Körper. Der Geruch war äußerst unangenehm. Der Mensch, dem dieser Arm einst gehört hatte, lag etwa einen Meter weiter zwischen seinem Sitz und einem Gewirr messerscharfer Metallstücke. Das Gesicht war mit Blut verschmiert, und Loren brauchte eine Weile, bis er es erkannte.

Loren schob sich rückwärts durch den Tunnel und zog den Arm mit sich hinaus. Er ließ ihn auf einen weißen Sack fallen, den die Leute vom Notfallwagen für die Leiche gebracht und bereits auf einer Bahre ausgebreitet hatten.

»Er heißt Vlasic«, berichtete Loren. Er atmete tief ein und aus. »Er war Physiker. Er fuhr mit dem Zug hin und her, weil er so besser denken konnte.«

Ramón zog sein Notizbuch heraus und runzelte die Stirn. »Wie buchstabiert man das?«

»Ich weiß es nicht.« Die hydraulischen Spreizer arbeiteten wieder weiter.

Der herunterhängende Zug schwang im Wind und erzeugte dabei knackende Geräusche. Loren sah immer wieder zu den ATL-Leuten am Rand des Flußbetts hinüber. Er war verzweifelt. Er mußte etwas tun, aber er wußte nicht was.

Cipriano kam ins Flußbett heruntergerutscht und hinterließ schwarze Schleifspuren auf dem schrägen weißen Betonpfeiler. »Ich habe mit Sam Torrey gesprochen«, begann er. »Er wußte nicht, daß sein Lastwagen verschwunden war und hat es erst von mir erfahren. Sie waren erst heute früh mit dem Absägen der Geweihe fertiggeworden und ließen den Lastwagen draußen bei einem Gehege stehen. Er war vom Hauptgebäude her nicht zu sehen; jeder konnte ihn genommen haben.«

»Wir werden nach Fingerabdrücken suchen«, beschloß Ramón.

Vlasics Leiche wurde herausgebracht und in den Leichensack gelegt; der Reißverschluß wurde zugezogen. Die Hydraulik zischte, dann krachte es, als der Spreizer ein großes Stück Metall herausbrach.

»Ach nein«, stöhnte ein Polizist. »Nummer Zwei.« Er drehte sich um und übergab sich in den Sand.

Loren ging um den herunterhängenden Waggon herum. Timothy Jernigans bärtiger Kopf lag auf dem abgerissenen silbernen Metallstück, das ihm den Kopf abgeschlagen hatte. Der Schnitt verlief nicht gerade, sondern schräg und ein Ohr und ein Teil des Kiefers fehlten. Die Lippe war wie zu einem trotzigen Grinsen nach oben gebogen. Der Körper war nirgends zu sehen, und es würde noch eine Weile dauern, bis man ihn fand. Das Metall war hier wie eine alte Zeitung zusammengeknüllt.

»Erkennen Sie ihn?« fragte Ramón.

»Nie zuvor gesehen«, antwortete Loren. Sein Herz klopfte wie wild. Am liebsten wäre er davongelaufen.

Er drehte sich um und ging an den im Sand verstreuten Geweihen vorüber zum Brückenpfeiler. Beim Hinaufklettern kratzten die Schuhe über den Beton, und es klang wie das verzweifelte Scharren eines gefangenen Tieres. Oben angelangt, mußte er innehalten, um wieder zu Atem zu kommen.

»Jefe?« Es war Cipriano. »Gehen Sie?«

Loren drehte sich um und sah ihn an. »Hier ist nicht mehr viel zu tun.«

Cipriano war unentschlossen. »Soll ich hierbleiben und, nun ja, mich umsehen?«

Er meinte damit, daß er dafür sorgen wollte, daß des Sheriffs Aufgebot nicht alle Beweise hoffnungslos versaute.

Loren hatte nur wenig Hoffnung auf Beweise.

Aber vielleicht fand sich etwas in Jernigans Aktenkoffer.

»In Ordnung«, stimmte Loren zu. »Tu das. Ich werde mich wieder melden.«

Loren ging zum Auto zurück. William Patience stand mit unbeteiligtem Gesicht am Rand des Flußbetts. Nazzarett leistete ihm Kaugummi kauend mit verschränkten Armen Gesellschaft.

Loren ging wortlos an ihnen vorüber. Er spürte Patiences verächtlichen Blick im Rücken. Wahrscheinlich glaubte Patience, daß er kein Blut sehen konnte und davonlief.

Vielleicht war es so.

Loren stieg ins Auto und fuhr nach Vista Linda. Auf dem Maglev-Parkplatz standen nur einige angekettete Fahrräder und ein einziges Fahrzeug, Jernigans New Yorker, das zweite Auto der Familie. Sondra Jernigan saß hinter dem Lenkrad und wartete. Loren parkte neben ihr; sie sah ihn verdrießlich und voll Abneigung an. Er klopfte an ihr Fenster. Sie ließ es herunter und blinzelte, als ihr der heiße Wind Sand ins Gesicht blies. Sie trug ein graues Kostüm und schien für den Besuch beim Rechtsanwalt gerüstet.

»Mrs. Jernigan?«

»Was wollen Sie?« fragte sie feindselig.

»Ich habe eine Nachricht für Sie. Über Ihren Mann. Darf ich mich auf den Beifahrersitz setzen?«

Ihr Gesichtsausdruck blieb kühl, und sie überlegte. Dann hatte sie den Sand satt, der ihr ins Gesicht blies. Sie schloß das Fenster, neigte sich hinüber und öffnete die Beifahrertür. Loren ging um das Auto herum, öffnete die Tür, schob die Waffe nach vorn und setzte sich.

Sondra Jernigan wartete. Mit einem Finger tippte sie ungeduldig auf das Lenkrad.

Bring es hinter dich, dachte Loren.

»Der Maglev hatte einen Unfall«, begann er. »Es tut

mir leid, Ihnen das sagen zu müssen, aber Ihr Mann kam ums Leben.«

Sie starrte ihn an, als hätte er soeben einen geschmacklosen Witz gemacht. Loren roch ihr teures Parfum.

»Haben Sie verstanden, was ich gesagt habe?« fragte er.

Ihr Blick wanderte unruhig hin und her. »Sind Sie sicher?«

»Ich komme soeben vom Unfallort.«

Sie drehte sich nach vorn, starrte gerade aus dem Fenster und legte beide Hände auf das Lenkrad, bereit, loszufahren.

»Sie sagten immer, es gäbe so viele Sicherheitsvorkehrungen.« Ihre Stimme wurde immer leiser.

»Es war Sabotage«, stellte Loren fest. »Mr. Jernigan wurde ermordet.«

Ihr Gesichtsausdruck änderte sich nicht. Die plumpen Finger glitten am Lenkrad auf und ab. Sie hatte im Geist die Flucht ergriffen und fuhr davon.

»Ich glaube, jemand wollte verhindern, daß er über den Mord sprach, der kürzlich geschah. Sie müssen gewußt haben, daß er mit einem Rechtsanwalt sprechen wollte.«

Sie kam nicht auf die Idee zu fragen, wieso er davon wußte. »Jemand ... hat ihn ermordet?«

»Es starb noch ein zweiter Mann, sein Name war Vlasic. Er war zufällig im Zug. Den Saboteuren war es gleichgültig, wer starb, wenn nur Mr. Jernigan nicht mehr reden konnte.«

Sondra Jernigan dachte darüber nach. »Vlasic? Kazimierz Vlasic?«

»Vermutlich.«

Sie seufzte. »Der arme Mann.« Ihre Stimme war leise geworden.

»Können Sie mir helfen, Mrs. Jernigan?«

Sie antwortete nicht. Lorens Mund war trocken. Er

versuchte Speichel zu sammeln und Worte zu finden.

»Können Sie mir helfen, Mrs. Jernigan? Können Sie mir etwas über den Mann erzählen, der vor ein paar Tagen ermordet wurde?«

Sie schwieg noch immer und blickte starr geradeaus auf den kleinen Bahnhof. Einen Augenblick lang vergaß sie zu atmen, dann atmete sie langsam wieder ein. »Er hatte Angst. Mehr weiß ich nicht. Die Geschichte mit dem von der Auffahrt gestohlenen Auto haben die Leute von der Werkspolizei erfunden. Sie stimmte nicht. Das hat er mir erzählt.« Tränen rannen über ihr Gesicht und fielen auf ihr graues Kostüm. »Ist er wirklich tot?«

»Leider ja.«

»Er wollte mit dem Anwalt sprechen.«

»Ich weiß. Deshalb haben sie ihn umgebracht.«

Wenn er es immer wieder sagte, vielleicht begriff sie es dann.

»Was hat er Ihnen noch erzählt?«

»Nur daß er Angst hätte. Daß Sie ihm Angst gemacht hätten. Viel mehr weiß ich nicht. Samstag verbrachte er den Vormittag und Nachmittag in seinem Arbeitszimmer und telefonierte, ebenso am Sonntag. Und als er gestern abend nach Hause kam, ebenfalls.«

»Wissen Sie, mit wem er gesprochen hat?« Er mußte bei der Telefongesellschaft nachfragen.

»Nein. Aber ich... ich habe gehört, wie er mit Dielh am Telefon stritt.«

»Joseph Dielh.«

»Ja.« Sie fuhr sich mit der Zunge über die Lippen; der Geschmack der Tränen schien sie zu überraschen.

»Ist Dielh in der Stadt?«

Sie schüttelte den Kopf. »Er ist in D.C. Tim telefonierte mit ihm. Tim war in seinem Arbeitszimmer, und ich verstand nicht, was er sagte. Die Tür war geschlossen, ich hörte nur, wie seine Stimme lauter wurde.« Sie holte tief Luft und atmete mit einem tiefen, langen Seufzer aus.

»Können Sie sich an etwas erinnern?«

»Nein. Doch.« Sie blinzelte die Tränen fort. Ihre Stimme war weinerlich. »Er sagte etwas wie – das *t*-Ding – wäre sym – symmetrisch? – in den Berechnungen. Nein, in den Gleichungen.«

»Wissen Sie, was das bedeutet?«

»Nein. Es hieß nicht *t*-Ding, sondern anders. *t*-Achse. Ich erinnere mich nur deshalb daran, weil er es ständig wiederholte.«

»Erinnern Sie sich an die genauen Worte?«

Sie verdrehte die Augen und dachte nach. Tränen rollten über ihre Wangen.

»›Die *t*-Achse ist in den Berechnungen symmetrisch.‹ Nein, in den Gleichungen. Dann wiederholte er mehrmals das Wort ›symmetrisch‹. Danach sagte er noch: ›Das gefiel uns nicht.‹ Und … und …« Sie suchte in der Jackentasche nach einem Taschentuch, fand es und wischte die Tränen ab. Sie stieß einen klagenden Laut aus.

»Was noch?«

»Er wiederholte fortwährend: ›Das gefiel uns nicht.‹« Wieder der klagende Ton; sie preßte das Taschentuch vor das Gesicht. »Entschuldigen Sie«, jammerte sie. »Entschuldigen Sie bitte.«

Alles was sie ihm erzählt hatte, kannte sie nur vom Hörensagen, Loren wußte das. Als Beweis unzulässig. Es sei denn, man interpretierte es als eine Art letzte Worte eines Sterbenden und fand einen wohlgesinnten Richter, der es als solches akzeptierte.

Aber in gewisser Weise war es eine Bestätigung.

»Hatte er Unterlagen zu Hause, die damit zu tun hatten?«

»Vielleicht im Computer«, wimmerte sie.

»Darf ich es mir ansehen? Ich fahre Sie nach Hause?«

Sie antwortete nicht, aber sie öffnete die Tür. Loren

stieg aus, versperrte die Tür und ging zum Fury. Sondra Jernigan setzte sich leise weinend auf den Beifahrersitz. Loren fuhr sie nach Hause.

Als sie in die Auffahrt einbogen und um ein knallrotes Kinderfahrrad herumfuhren, war der Weinkrampf vorüber. Sie wischte die letzten Tränen ab, schniefte und strich die Haare aus dem Gesicht. Sie war bereit, den Kindern gegenüberzutreten.

Der jüngere, Max, saß mit gekreuzten Beinen vor dem Fernsehapparat und aß ein Sandwich. Eine ernste männliche Stimme aus dem Holoset erinnerte ihn daran, daß er geschworen hatte, seine Kräfte nur für Recht und Ordnung einzusetzen.

Sondra Jernigan blieb einen Moment in der Tür stehen und betrachtete ihren Jungen. Loren stellte sich Debra in der gleichen Situation vor, wie sie nach Worten suchte, um es Kelly und Katrina beizubringen.

Loren wollte nicht weiter an so etwas denken.

»Das Büro Ihres Mannes?« gab Loren das Stichwort.

»Ach ja!« Sie strich sich nervös über die Haare.

Eine Reihe von Explosionen unterbrach die Fernsehsendung. Sondra Jernigan führte ihn ins Arbeitszimmer. Aus einem der hinteren Räume dröhnte orientalische Musik, vermutlich vertrieb sich dort der andere Junge, Werner, die Zeit. Eine weiße Wandtafel bedeckte die eine Wand. Auf ihr standen verschiedenfarbige geheimnisvolle Formeln. Loren erkannte die Delta t's und Delta E's, sonst nichts. Er besah sich die Tafel unsicher.

»Ich kann mir das doch abschreiben, nicht wahr?«

»Das müssen Sie nicht. Es ist ein Panaboard.«

Sie drückte auf einen Knopf. Mit leisem Summen glitt eine Farbkopie der gesamten Tafel aus einem Schlitz am Fuß der Wand. Sie drückte auf einen anderen Knopf und die Wandtafel rollte horizontal weiter; neue Berechnungen wurden sichtbar. Sie machte auch davon eine Kopie.

Made by Panasonic, las Loren. Ganz schön raffiniert.

Insgesamt gab es sieben Wandtafeln, davon waren fünf beschrieben. Sondra fertigte von allen Kopien an und gab sie Loren. Er faltete sie zusammen und steckte sie in die Brusttasche.

»Sie wollen vielleicht Ihren Priester anrufen. Sie sind doch Presbyterianerin, nicht wahr? Er ist sehr erfahren darin, Kindern und Familienmitgliedern solche Nachrichten zu überbringen. Ich könnte auch den Polizeigeistlichen anrufen.«

Das war Rickey. Loren stellte sich Rickey hier vor, wie er in seinem Susquehanna-Akzent von Wunder redete.

Sie sah auf. Bei der automatischen Arbeit mit den Panatafeln hatte sie kurzzeitig vergessen, was im Maglev geschehen war. Jetzt waren die Weichen wieder umgesprungen, und sie war in die tragische Gegenwart zurückgekehrt. »Das ist eine gute Idee«, stimmte sie zu.

»Wollen Sie telefonieren? Hier ist ein Telefon, wie ich sehe.«

»Natürlich.«

Jernigans Arbeitszimmer war sehr ordentlich. Einstein grinste von seinem Fahrrad herunter. Loren warf einen Blick in den Papierkorb, entdeckte aber nur ein paar zerknüllte Terminvormerkungen, wie etwa ›12.30 Zahnarzt‹. Auf dem Schreibtisch lagen unbeschriebene Notizblöcke und ein mit einem Gummiband zusammengehaltener Stoß ungültiger Schecks. Jernigan arbeitete offensichtlich hauptsächlich im Kopf, an den Wandtafeln oder auf dem kleinen Hewlett-Packard-Rechner, der auf dem pseudoviktorianischen Rollpult lag. Loren öffnete den Schreibtisch und besah sich den kleinen Computer, der dort stand. Er schaltete ihn ein. Hinter ihm suchte die Witwe nach einer Telefonnummer und wählte.

Der Computer lud das System. Loren setzte sich vor den Schirm und rief das Inhaltsverzeichnis auf. Einstein lächelte ihn fröhlich an.

Ein alphabetisch geordnetes Chaos tauchte auf. Was,

zum Teufel, war GAGESYM.NABEL? Dabei zählte das noch zu den verständlichen Namen; die meisten waren in der Art wie VoTACH.EMISH3. Manche Dateinamen bestanden aus griechischen Buchstaben.

Er wollte alles von der Festplatte des Computers kopieren und suchte nach leeren Disketten, die er schließlich in einem der kleinen Fächer des Schreibtisches fand.

Vielleicht könnte ich mir den Computer eine Zeitlang ausborgen, überlegte er. Er wandte sich zu Mrs. Jernigan um und wollte sie fragen. Sie telefonierte noch immer mit dem Priester. Tränen rollten ihr über die Wangen.

Gerade als er sich wieder an die Arbeit am Computer machen wollte, klopfte es lautstark an der Tür. Loren erschrak. Er eilte ans Fenster. Draußen parkte ein schokoladefarbener ATL-Jeep.

Loren überlegte ernstlich, ob er die Waffe ziehen sollte oder nicht. Vielleicht waren sie gekommen, um den Job zu Ende zu bringen.

Aber das war unwahrscheinlich. Sie hätten die ganze Familie umbringen müssen.

Und doch.

Er nahm Mrs. Jernigan das Telefon aus der Hand. Sie sah ihn überrascht an.

»Pastor? Hier ist Polizeichef Hawn. Tun Sie mir bitte einen Gefallen. Legen Sie auf, wählen Sie 911 und ersuchen Sie um einen Einsatzwagen zu Mrs. Jernigans Haus in Vista Linda. Sagen Sie den Leuten, daß ich sofort Unterstützung brauche. Die Adresse …?«

Er blickte auf. Sondra Jernigans tränenüberströmtes Gesicht war aschfahl. »328 Hawking«, flüsterte sie.

Loren wiederholte die Adresse genau in dem Moment, als William Patience in der Tür auftauchte. Hinter ihm standen Nazzarett und der jüngere Sohn Max. Beide ATL-Leute trugen Pappkartons in den Händen.

»Was machen Sie hier?«

Patience sprach mit vollkommen ausdrucksloser Stimme.

»Ich möchte sicherstellen, daß nicht noch mehr Menschen ums Leben kommen, die mit meinem Mordfall zu tun hatten.«

Patience nahm die Antwort kommentarlos zur Kenntnis; nicht ein Muskel zuckte in seinem Gesicht. Er stellte den Karton neben der Tür nieder und richtete sich auf. »Wir wollen Mr. Jernigans Unterlagen und seine persönlichen Dinge sicherstellen, um herauszufinden, ob etwas darunter ist, das die nationale Sicherheit betrifft.«

»Mr. Jernigan arbeitete nicht an geheimen Projekten.«

»Das kann ich nicht beurteilen.«

»Lassen Sie mich Ihren Durchsuchungsbefehl sehen«, forderte ihn Loren auf.

»Mr. Jernigans Vertrag mit den Labors umfaßt auch eine diesbezügliche Klausel.«

»Dann zeigen Sie mir den Vertrag.«

»Sie brauchen ihn nicht zu sehen.«

»Doch.« Ein grausamer Zorn stieg in Loren hoch. »Ich bin gekommen, um mir im Rahmen der Untersuchung des Mordes an John Doe am Samstag dieselben Unterlagen anzusehen. Mit Mrs. Jernigans Einverständnis nehme ich diese Informationen mit. Wenn Sie in die Unterlagen noch Einsicht nehmen wollen, dann zeigen Sie mir den Vertrag, der meine Zuständigkeit ausschaltet.«

Patience starrte Loren an. Loren wunderte sich, wie lange der Mann es aushielt, ohne zu blinzeln.

Im 19. Jahrhundert hatte es wegen solcher Zuständigkeitsstreitigkeiten viele Schießereien zwischen Sheriffs und Marshals gegeben. Manchmal waren sie so damit beschäftigt, einander abzuknallen, daß der Gefangene, um den sie stritten, ungeschoren entkam.

Vielleicht hatten sich die Dinge seit damals nicht viel verändert.

Lorens Nerven waren zum Zerreißen gespannt. Es würde zu lange dauern, bis er an seine Waffe kam: Der

Sicherheitsriemen am Halfter war geschlossen. Patience hatte vermutlich einen Patenthalfter. Wenn Patience nach der Waffe unter dem Arm griff, wollte Loren vorstürzen und Patience mit der linken Hand am Arm festhalten und ihn am Ziehen hindern; dann würde er ihm zwei Finger in die Augäpfel bohren. Mit Nazzarett müßte er auch noch fertigwerden, aber wenn er Glück hatte, würde Patience durch den Verlust der Sehkraft so schockiert sein, daß ihm Loren die Waffe entreißen und sie benutzen konnte.

Aber alles konnte er schließlich nicht voraussehen.

Patience fuhr sich mit der Zunge über die Lippen. »Vista Linda fällt nicht in Ihre Zuständigkeit«, stellte er klar.

»Zum ersten spielt das keine Rolle, weil ich mit Mrs. Jernigans Erlaubnis hier bin. Zum zweiten passierte der Mord in meinem Zuständigkeitsbereich. Und außerdem glaube ich nicht, daß der Sheriff etwas dagegen hat. Wollen wir ihn anrufen und fragen?«

»Wo ist Dad?« fragte Max ängstlich.

Patience drehte sich zu Nazzarett um. »Telefonieren Sie mit der Personalabteilung und lassen Sie sich eine Kopie von Mr. Jernigans Vertrag geben. Außerdem soll unser Anwalt herkommen.«

Loren entspannte sich etwas. Sobald die Leute ihre Anwälte kommen ließen, dauerte es eine Weile, bis die Sache erledigt war.

»Wo ist Dad?« wollte Max noch einmal wissen. Lorens Herz krampfte sich zusammen.

»Mrs. Jernigan, warum gehen Sie nicht mit Max in Werners Zimmer und reden mit den beiden?« Loren wagte nicht, Patience aus den Augen zu lassen.

»Ja.«

Blaß und mit zitternden Händen ging sie an Patience vorüber. Sie legte Max die Hand auf die Schulter und führte ihn durch die Diele. Als sie die Tür zu Werners Zimmer öffnete, dröhnte Musik heraus, dann wurde der Lärm leiser.

Mit Erleichterung hörte Loren das Heulen der Polizeisirene.

»Das ist vermutlich meine Unterstützung.«

»Ich habe Sie nicht für so dumm gehalten.«

»Sie haben Ihre Kartons immer noch nicht gefüllt. So dumm kann ich also nicht sein.«

»Doch.« Patience lächelte zum ersten Mal. »Der Sheriff hat vermutlich soeben Ihren Mord für Sie geklärt.«

In Lorens Kopf ging es rund, als er verzweifelt versuchte, die Bedeutung von Patiences Worten zu erfassen.

»Einer der Männer des Sheriffs fand im Wrack des Zuges eine Aktentasche mit zwei Pistolen, beide 0.41er Tanfoglios. Wir nehmen an, daß Jernigan Doe ermordet hat und die Pistolen im Büro versteckte. Er wollte sie nach Hause bringen; leider verunglückte der Zug. Die Labortests müssen natürlich noch bestätigen, daß es sich tatsächlich um die beiden Waffen handelt, mit denen Doe erschossen wurde, aber ich bin ziemlich zuversichtlich.«

Loren konnte immer noch keinen klaren Gedanken fassen. Vor seinen Augen tanzten grüne Punkte.

Patience grinste breit. Er durchquerte das Zimmer und griff zum Telefon. »Warum rufen Sie nicht Ihren Anwalt an, damit er herkommt und sich mit unserem Firmenanwalt unterhält? *Ich* rufe den Bürgermeister an, er ruft den Anwalt der Gemeinde an, und Ihr Gemeindeanwalt gibt unserem Anwalt alles, was wir wollen. Damit ist die Angelegenheit offiziell erledigt, okay?«

Es ist nicht wahr, dachte Loren verzweifelt. Aber das Herz war ihm bereits in die Hose gefallen.

Patience hielt ihm das Telefon entgegen. »Soll ich für Sie wählen?«

Loren griff nach dem Telefon.

Er hatte verloren.

15. KAPITEL

Alles spielte sich haargenau so ab, wie Patience es vorausgesagt hatte. Loren verließ Jernigans Haus nur mit den fünf Fotokopien von den Wandtafeln in der Brusttasche. Mrs. Jernigan und die Kinder blieben mit dem presbyterianischen Pastor zurück. Loren fuhr nach Atocha und kam gerade zurecht, als Cipriano einen braunen Aktenkoffer aus dem großen begehbaren Safe nahm. Cipriano hörte Loren kommen und hielt ihm den Koffer entgegen.

»Ich habe dich den ganzen Nachmittag angerufen. Es hat den Anschein, daß Jernigan den Kerl um die Ecke gebracht hat. Seine Pistolen wurden im Wrack gefunden.«

Loren sah ihn an. »Glaubst du das?«

Cipriano sah den Koffer in seinen Händen unsicher an. »Gibt es einen Grund dafür, es nicht zu glauben?«

»Wo wurde der Koffer gefunden? Er ist irgendwo zwischen den Trümmern gelegen, richtig? Vielleicht so, daß wir ihn finden sollten? Und wer sabotierte den Zug?«

»Öko-Terroristen, das hat jemand gesagt. Leute, die etwas gegen Torreys Wildtier-Ranch hatten.«

»Meiner Ansicht nach waren es Patience und seine Leute. Jernigan war nämlich auf dem Weg zu Cantwell und wollte sich alles, was er über den Mord an John Doe wußte, von der Seele reden. Meiner Theorie zufolge hat Patience auch diese Morde auf dem Gewissen.«

Cipriano dachte nach. »Das ist eine ziemlich verwegene Theorie, Jefe. Hast du dafür Beweise?«

»Jernigan hat an dem Abend, an dem Doe ermordet wurde, den Shibano-Test gemacht. Wenn er in den vergangenen Wochen eine Waffe abgefeuert hätte, wäre der Test positiv gewesen, gleichgültig wie oft er sich die Hände gewaschen hatte. Primärspuren durchdringen die meisten Kleidungsstücke, so daß auch das Tragen von Handschuhen nicht hilft. Jernigans Frau sagt außerdem, daß Patience ihm das Alibi verschaffte.«

»Das heißt nicht unbedingt, daß es Patience war.«

»Warum soll er Jernigan helfen, sich ein Alibi zu beschaffen? Er wollte seinen eigenen Kopf retten! Er und einer seiner Männer töteten Doe. Sie sabotierten den Zug, um den Mord zu decken. Denk einmal nach. Nur die ATL-Leute *wissen,* wie man den Zug sabotiert. Es ist nicht damit getan, den Lastwagen auf den Gleisen zu parken. Eine ganze Reihe Sensoren mußten ausgeschaltet werden.«

»Kann ich mich eine Minute setzen, Jefe? Das muß ich mir durch den Kopf gehen lassen.«

»Klar, setz dich.«

Cipriano stellte den Aktenkoffer auf Lorens Schreibtisch, stellte einen alten Holzstuhl unter das Schild KAUF AMERIKANISCHE WAREN und streckte die Beine von sich. Loren setzte sich hinter den Schreibtisch und griff nach dem Koffer. »Wurde er auf Fingerabdrücke untersucht?« fragte er.

»Ja. Nicht ein einziger.«

»Ist das nicht ein wenig verdächtig?«

»Es beweist, daß der Kerl, falls er ein Mörder war, seine Waffe sorgfältig gereinigt hat.« Cipriano zog die Stirn in Falten und starrte auf die Stiefelspitzen. »Ich habe ein Problem mit deiner Theorie, Jefe.«

»Los.«

»Wenn Patience der Mörder war, warum half ihm Jernigan, den Mord zu vertuschen, wenn er doch so verdammt unschuldig war.«

»Vielleicht bedrohte ihn Patience.« Loren öffnete den

Koffer und entnahm ihm eine grüne Plastikschachtel. Sie enthielt zwei Pistolen und Reservemagazine. Er wog eine Pistole in der Hand und schnupperte am Lauf; er roch nur nach Waffenöl. Loren nahm das Magazin heraus, entsicherte und sah durch den Lauf. Er war blitzsauber.

»Er hätte zum Staatsanwalt gehen und um Schutz bitten können«, überlegte Cipriano.

»An diesem Ende werde ich jetzt weiterarbeiten. In der Nacht von Freitag auf Samstag ist bei ATL etwas geschehen. Sobald ich herausgefunden habe, was es war, wird sich alles klären.« Er hob das Magazin auf und ließ eine Kugel herausfallen. Schwarzes Pulver vom Abnehmen der Fingerabdrücke verschmierte das glänzende Messing: Kaliber 0.41, Marke Blazer.

»In meinem Büro wartet ein Bote auf die Waffe, Jefe«, berichtete Cipriano. »Ich schicke sie nach Albuquerque ins Labor. Bis morgen mittag sollten wir Bescheid wissen.«

Loren ließ den Hahn zurückschnappen, legte die Waffe in die Schachtel und stellte diese in den Aktenkoffer. Es war ein billiger Koffer aus braunem Leder mit einer kleinen Messingschnalle. Er besah sich den Koffer eine Weile, dann holte er aus der untersten Schublade das Telefonbuch, suchte Jernigans Nummer und wählte. Sondra Jernigan hob ab.

»Mrs. Jernigan? Hier ist noch einmal Loren Hawn. Entschuldigen Sie, daß ich Sie schon wieder belästige, aber besaß Ihr Mann einen braunen Aktenkoffer?«

»Nein.«

»Dünnes Leder, wie eine Dokumentenmappe. Messingschnalle.«

»Nichts dergleichen.«

»Danke.« Er legte auf und sah Cipriano an. »Sie sagt, nein. Patiences Leute haben den Koffer für uns als Köder ausgelegt; wir sollten ihn finden.«

»Sie hat auch gesagt, daß ihr Mann keine Waffe besaß.

Wenn sie die Waffe nie gesehen hat, ist es nur logisch, daß sie auch den Koffer nicht kennt, in dem er sie aufbewahrte.«

»Wie entkräftest du den Shibano-Test?«

Cipriano dachte darüber nach. »Der Mann war Wissenschaftler. Vielleicht verstand er genug von Chemie, um den Test zu neutralisieren.«

Loren wurde allmählich gereizt. »Auf welcher Seite stehst du eigentlich?«

»Ich sage nur, was Patience sagen würde. Oder Klein-Eddie der Bürgermeister. Du kannst deine Theorie nicht beweisen, Jefe.«

»Könnte er den Shibano-Test innerhalb so kurzer Zeit überlisten? Wir machten den Test ungefähr zwei Stunden nach der Schießerei. Bei den vielen Schüssen, die auf das Auto abgefeuert wurden, bleiben auf Hand und Arm deutliche Pulverspuren zurück. Selbst wenn der Schütze Handschuhe getragen hat.«

»Wie gesagt, er war Wissenschaftler. Frag einen anderen Wissenschaftler, ob sich der Test überlisten läßt.«

»Okay. Ich werde über LAWSAT beim FBI-Labor in Washington anfragen.«

»Der Bote wartet, Jefe.« Cipriano stand auf.

Loren überreichte ihm die Waffen. Cipriano nahm den Koffer unter den Arm und ging. Loren wählte die Nummer der Anmeldung.

»Ist Begley schon da?«

»Klar, Chief. Er sitzt hier und wartet, daß Quantrill das Auto bringt. Wir haben gequatscht.«

»Schick ihn bitte her!«

»Wird gemacht, Boss!«

Gleich darauf war Begley da; ein blonder Haarschopf fiel ihm über die blaßblauen Augen, und er strich ihn mit der sommersprossigen Hand zurück. Loren dachte an sein lachendes Gesicht auf dem Foto bei Connie Duvauchelle. Zumindest hatte er keine Uniform getragen, als das Foto gemacht wurde.

»Sie wollten mich sprechen, Chief?«

»Setz dich einen Augenblick. Du kennst doch einen Mann, der bei ATL arbeitet.«

Begley schob Pistole, Taschenlampe und Schlagstock zurecht und setzte sich. »Paul Rivers? Was ist mit ihm?«

»Zu allererst, was macht er bei ATL?«

Begley zuckte die Achseln. »Er ist bei der Werkspolizei. In Zivil, nicht am Tor. Fährt in der Stadt und in der Umgebung herum. Begleitet VIPs, solche Sachen.«

»Wann hast du ihn zuletzt gesehen?«

»Samstag nachmittag. Wir waren Tauben schießen.«

»Wie war es?«

»Jeder von uns hat etwa ein Dutzend geschossen.«

»Gut für einen Nachmittag. Weißt du, ob er später Dienst hatte?«

»Nein. Ich hatte Dienst, aber er wollte auf die Line gehen und sich unterhalten.« Begley runzelte die Stirn. »Da fällt mir etwas ein. Er sollte Samstag Tagschicht arbeiten, ich borgte mir also am Freitag abend seinen Spaniel und wollte allein auf die Jagd, aber Samstag früh rief er mich an und erklärte, daß man ihn von der Tagschicht abgezogen hätte und er mitkommen könnte.«

Loren triumphierte bei dieser Neuigkeit. Am Freitag abend war etwas geschehen, das alle Pläne durcheinanderwarf.

»Hat er erzählt, was Freitag abend los war?«

»Es gab irgendeinen Alarm. Ich erinnere mich, er war auf Stadtpatrouille und bekam einen Funkspruch, daß das Gelände geschlossen werden müßte. Er mußte hinausfahren, mit dem Jeep die Umzäunung kontrollieren und nach Eindringlingen Ausschau halten. Gegen Mitternacht wurde die Alarmstufe zurückgenommen. Er hat den Dienst beendet und ist zu Bett gegangen.«

»Hat er am Zaun etwas entdeckt?«

»Nicht einmal eine Kuh.« Er grinste. »Kennen Sie die Geschichte?«

»Ja.«

»Sie macht Patience verrückt. Er glaubt, daß ihm Luis Figueracion oder jemand anderer einen Streich spielt und die Kühe mit einem Kran über den Zaun hebt, oder so ähnlich. Die Leute ziehen ihn damit auf, und er ärgert sich *wirklich.*«

»Kann ich mir vorstellen.« Loren dachte kurz nach. »War der Alarm am Freitagabend sehr ungewöhnlich?«

»Patience fallen immer irgendwelche dämlichen Alarmübungen ein. Paul haßt sie. Für ihn ist Patience ein wanderndes Arschloch.«

»Sind andere Leute der Truppe der gleichen Meinung?«

»Paul muß achtgeben, mit wem er spricht. Für manche ist Patience ein Gott. Anderen geht er furchtbar auf die Nerven.«

»Weißt du, ob Paul jetzt im Dienst ist?«

»Die ganze Woche Tagschicht.«

»Später wird er demnach zu Hause sein?«

»Mmh.«

»Danke. Ich werde ihn anrufen und ein paar Dinge fragen.«

»Er ist wirklich nett, Chief. Er wird Ihre Fragen gern beantworten.«

Wir werden sehen, dachte Loren. Nachdem ich drei von seinen Kumpeln verhaftet habe.

Begley ging und Loren schaltete sich über die LAWSAT-Antenne in das FBI LAWNET ein. Er deponierte im Mitteilungsblatt unter »Fragen Sie Dr. Zarkov«, dem Forum des Blutspurenspezialisten aus New Jersey, eine Nachricht. Zarkov gab nicht nur geheimnisvolle kriminalistische Informationen, sondern füllte sein Blatt mit bizarren pathologischen Kleinigkeiten und endlosen grausigen Witzen aus der Gerichtsmedizin. Loren erkundigte sich in seiner Anfrage, ob eine Möglichkeit bekannt sei, den Shibano-Test zu überlisten. In New Jersey war es nach 17.00 Uhr, er würde seine Antwort erst am nächsten Tag erhalten.

Er klinkte sich aus dem Netz aus und starrte eine Weile auf die grauen Wände. *Sie haben meinen Zeugen umgebracht*, dachte er. *Meinen Zeugen und einen anderen Mann, der mit dem Fall überhaupt nichts zu tun hatte.*

Er kochte vor Zorn.

Ich hatte Vlasics Arm in der Hand!

Patience drehte offenbar durch. Ein Schurke. Seine Vorgesetzten konnten diese Aktionen nicht billigen.

Wie war das mit John Does verschwundener Leiche. Wer hatte *das* veranlaßt?

Wer leitete ATL? Ob diese Person wußte, worum es bei all dem ging?

Wie gut hatte sich Patience abgesichert?

Loren mußte an Jernigans Kopf denken, der unter dem zerknüllten Metall hervorgrinste, und an den rosagesichtigen Vlasic, der ihm höflich zunickte, als Loren in den Maglev gestiegen war.

Ein Kampf im Ringside fiel ihm ein, als ihm ein Sträfling mit dem Kopf an die Nase gefahren war. Loren erinnerte sich an den betäubenden Schmerz und den Zuruf des Trainers, den Kopf nach unten zu nehmen und sich zu decken.

Er dachte an Randal Dudenhof, wie er auf den gelblichen, alten Fliesen lag und ihm das schaumige Blut aus dem Mund quoll.

Nein. Nicht Randal. John Doe.

Ich muß das auseinanderhalten und darf nicht den Verstand verlieren!

Er brauchte einen Drink. Er sperrte das Büro ab, meldete sich ab und fuhr nach Hause. Im Haus roch es angenehm nach gekochten Chilies, Knoblauch und Zwiebel. Die Mädchen waren in ihren Zimmern und machten Hausarbeiten und Debra telefonierte. Loren holte eine Flasche Cutty Sark aus dem Barschrank – ein Weihnachtsgeschenk von Bill Forsythe – und goß sich drei Finger hoch ein. Er ließ zwei Eiswürfel in das Glas fallen, nahm den Drink ins Wohnzimmer und setzte sich vor den ausgeschalteten Fernsehapparat. Der Drink brannte sich wohlig durch seine Kehle.

Körperteile geisterten ihm im Kopf herum.

Loren holte die fünf Blätter mit Jernigans Formeln aus der Brusttasche und betrachtete sie. Die mathematischen Zeichen blieben ihm hoffnungslos unverständlich.

Debra legte den Hörer auf und begann mit der Küchenarbeit.

John Does Tod spulte sich vor Lorens innerem Auge ab. Er spürte förmlich wieder den Geschmack des schlüpfrigen Blutes im Mund.

Randals Blut.

Der Cutty war Feuer in seinen Adern.

Er sprang auf und ging zum Telefon. Er holte sich Sheila Lowreys Namen aus dem Register in die Wählautomatik und drückte auf den Wählknopf.

»Lowrey.« Als hätte sie gewußt, daß es ums Geschäft ging.

»Sheila. Hier ist Loren.«

»Sie haben erreicht, was Sie wollten, Loren. Ihre kleinen Gangster kommen vor Gericht.«

Loren versuchte, sich zu konzentrieren. »Wer?«

»Haben Sie nicht deshalb angerufen? Ich habe Castrejon zur außergerichtlichen Absprache für Cisneros und seine Freunde überredet, aber Axelrod hat glattweg abgelehnt. Er beriet sich nicht einmal mit seinen Klienten. Lehnte das Angebot einfach ab.«

»Castrejon wollte die Absprache?« Er hatte nicht angenommen, daß der Staatsanwalt Sheilas Rat tatsächlich annehmen würde.

»Axelrod wird Sie zur Schnecke machen, mein Freund. Nur so kann er Medina und Archuleta retten. Er wird seine Argumentation auf Ihrem Charakter und ihrer körperlichen Fitness aufbauen.«

Loren fuhr sich mit der Zunge über die Lippen und versuchte mitzudenken. »Castrejon glaubt wirklich, wir sollten uns außergerichtlich einigen?«

»Ja. Denn heute nachmittag, kurz vor Amtsschluß, tauchte Axelrod mit einer Zivilklage und einer offiziellen Beschwerde von Cisneros und von Mack Bonniwell und A. J. Dunlops Vater auf. Es geht darum, wie Sie die Söhne der beiden verprügelt haben. Sie werden die Vorladung vermutlich morgen bekommen.«

Einer meiner eigenen Leute wird sie mir bringen, dachte Loren.

»Ich hoffe, Sie sind jetzt glücklich, Loren«, meinte Sheila.

Castrejon wollte die außergerichtliche Einigung. In Lorens Kopf ging es rund.

Vielleicht hatte Castrejon recht gehabt. Aber Loren mußte sich jetzt über andere Dinge den Kopf zerbrechen, da er mit drei Mordfällen beschäftigt war.

»Wenn Sie glauben, daß es das beste ist, kann ich die außergerichtliche Einigung arrangieren«, stimmte Loren zu.

»Was? Wie?«

Sheila fragte mißtrauisch: »Was, zum Teufel, haben Sie vor, Loren? Sie könnten uns in eine Menge Probleme hineinreiten.«

»Es wird keine Probleme geben. Aber ich rief aus einem anderen Grund an.«

»Also gut.« Sie zweifelte immer noch. »Was für schlechte Nachrichten haben Sie noch?«

»Ich wollte ihre juristische Meinung hören. Ist es möglich, jemanden des Mordes an einer bereits für tot erklärten Person anzuklagen?«

Es blieb eine Weile still. Dann fragte sie vorsichtig: »Könnten Sie sich etwas klarer ausdrücken?«

»Reden wir rein theoretisch, ja?«

»Gut.«

»Sagen wir, John Smith wurde getötet. Er wird für tot erklärt und beerdigt. Irgendwann später taucht John Smith wieder auf und wird ermordet. Ist es juristisch möglich, jemanden des Mordes an John Smith anzuklagen?«

Sie dachte nach. »John Smith starb, und es stellte sich heraus, daß er ermordet wurde? Sie müssen beweisen, daß der Tod kein Unfall war, die Leiche muß wahrscheinlich exhumiert werden, und dann müssen Sie dem Mörder den Mord nachweisen.«

»Nein. Sie miß… Sie verstehen mich nicht. John Smiths Tod, sein *erster* Tod, war wirklich ein Unfall. Sein *zweiter* Tod war Mord.«

»Sie haben recht. Ich verstehe Sie wirklich nicht.«

Der Cutty benebelte Lorens Verstand. Er gab sich Mühe, deutlich zu sprechen. »Er starb zweimal, sehen Sie …«

»Also gut, es war nicht wirklich John Smith, der beim ersten Mal starb. Jemand anderer ist damals gestorben.«

»Das habe ich nicht …«

»Dann müssen Sie die erste Leiche exhumieren und beweisen, daß es nicht John Smith war. Danach beweisen Sie, daß es sich bei der zweiten Leiche tatsächlich um John Smith handelt und bringen den Mörder mit dem Mord in Verbindung.«

Loren dachte darüber nach. »Du lieber Himmel, das ist kompliziert.«

»Es sei denn, Sie fanden den Mörder, als er mit gezogener Waffe über der zweiten Leiche stand. Dann spielt es keine große Rolle, wer der zweite Mann war.«

»Ich fürchte, da stehen meine Chancen schlecht.«

»Sie reden über John Doe, nicht wahr?«

»Das will ich nicht unbedingt sagen.« Er glaubte wieder, den Geschmack von Randal Dudenhofs Blut im Mund zu haben und nahm einen großen Schluck Scotch.

»Sie haben herausgefunden, wer er war.«

»Ich kann nicht darüber sprechen.«

»Ich bin der stellvertretende Staatsanwalt, wir stehen auf derselben Seite.«

»Es würde zu verrückt klingen.«

Pause. »Sie klingen auch jetzt nicht gerade vernünftig.«

Jernigans Kopf schwebte an seinen Augen vorüber. »Vermutlich nicht.«

»Haben Sie getrunken oder so?«

»Ich muß versuchen, ihm die beiden anderen Morde anzuhängen.«

»Was?« Sheilas Stimme hallte schmerzhaft in seinem Kopf. »Welche zwei anderen Morde?«

»Das Zugsunglück. Haben Sie nicht gehört?«

»Sie meinen den Maglev?« fragte sie ungläubig.

»Es war Sabotage. Zwei Menschen starben, vielleicht mehr.«

»Es war die gleiche Person, die John Doe getötet hat? Wollen Sie das damit sagen?«

»Ich will gar nichts damit sagen, Sheila.«

»Loren, wir müssen uns darüber unterhalten. Wenn Sie Beweise haben, können der Staatsanwalt und ich Ihnen helfen, einen Fall daraus zu konstruieren. Das sollte nicht einfach planlos abgewickelt werden, Loren. Wir wollen hier keine Schlupflöcher lassen, durch die ein pfiffiger Rechtsverdreher, wie Axelrod einer ist, entkommen kann.« Sie war begeistert. »Das ist nicht irgendein blöder Raubüberfall, *das ist eine wirklich große Sache!* Eine großartige technologische Erfindung, ein Multimilliarden Dollar Versuchsprojekt, wird von einem Psychopathen zerstört. Wenn wir denjenigen festnageln können, der es war ...«

»Auf Wiedersehen, Sheila.« Loren legte auf, trank den Scotch aus und wollte sich einen neuen holen.

Er tappte in die Küche. Debra sah auf.

»Du glaubst, daß der Tote Dudenhof war, nicht wahr?«

»Ich werde den Gedanken nicht los.« Loren öffnete den Schrank und griff nach dem Cutty Sark.

»Das gibt es nicht, das weißt du genau. Der Mann,

der erschossen wurde, war jung. Dudenhof müßte so alt wie wir sein.«

Loren sog den Duft des Cutty ein und goß noch einmal nach. »Ich weiß«, sagte er.

Sie legte ihm die Hand auf den Arm. »Es kann nicht Dudenhof sein, Loren.«

Loren schüttelte ihre Hand ab. »Randal war mein Freund, verdammt noch mal!«

Debra runzelte die Stirn. »Das war er nicht.«

Loren stellte die Flasche in den Schrank zurück.

»Du hast ihn immer heruntergemacht, Loren. Du hast immer gesagt, daß er ein Trunkenbold und Spieler sei und Violet betrogen habe.«

Loren ging zum Telefon. »Ich muß telefonieren. Vielleicht ist Ross noch im Gefängnis.«

»Du hast ihn nicht gemocht, Loren!« fuhr sie beharrlich fort. »Denk doch daran!«

Das Gefängnis war unter der Ziffer sechs eingespeichert. Ed Ross meldete sich und Loren berichtete ihm, daß Axelrod das Angebot zur außergerichtlichen Einigung im Cisneros-Fall abgelehnt hatte. Dann rief er im Hauptquartier an und erzählte Quantrill, der im Wechseldienst war und Eloy abgelöst hatte, das gleiche.

Er legte auf. Debra wich seinem Blick aus; sie hatte das Backrohr geöffnet und nahm eine Pfanne mit Costillas heraus, in roter Chilisauce gekochte Rippchen. Sie ließ die Pfanne auf den Herd fallen, daß es krachte.

»Das Essen ist fertig. Wir haben auch Reis und Refritos.«

»Weißt du was«, schlug Loren vor, »vielleicht könnten wir später noch auf die Line gehen und tanzen.«

Sie lehnte sich gegen die Spüle und verschränkte die Arme, sah ihn aber immer noch nicht an.

»Werde zuerst einmal nüchtern!«

»Ich bin nicht betrunken. Ich habe nur all die Toten satt, die mir in letzter Zeit über den Weg laufen.«

Endlich hob sie den Blick. »Das Zugsunglück? Ich habe dein Gespräch mit Sheila gehört.«

»Einer meiner Zeugen ist tot. Besser gesagt, mein *einziger* Zeuge. Ein Stück Metall hat ihm den Kopf abgetrennt.«

Als sie das hörte und begriff, was er an diesem Nachmittag gesehen hatte, wurden ihre Augen sanft. »Du glaubst also, daß das Unglück beabsichtigt war?«

»Jemand hat einen Lastwagen auf die Gleise gestellt. Das ist mehr als beabsichtigt.«

»Du glaubst zu wissen, wer es war?«

»Wissen und beweisen sind zwei verschiedene Dinge.«

Debra akzeptierte das. »Nimm dir dein Essen«, sagte sie. »Ich rufe die Mädchen.«

»Ich muß zuerst noch einmal telefonieren.«

Debra ging nach hinten, und Loren hörte, wie sie an die Türen klopfte. Er suchte im Wählspeicher nach der Nummer von Paul Rivers und drückte auf den Wählknopf. Es läutete zweimal, dann hob jemand ab.

»Ist dort Paul Rivers?«

»Ja.«

»Hier spricht Loren Hawn. Ich bin der Polizeichef von Atocha.«

»Ich weiß, wer Sie sind.« Es gab eine kleine Pause. Loren hörte im Hintergrund den Sportbericht aus dem Fernsehen; der Kommentator schrie, die Menge brüllte. *Er punktet!* kreischte jemand.

»Was wollen Sie?« fragte Rivers.

»Ich brauche ein paar Informationen.«

»Ich habe Anweisung, nicht mit Ihnen zu kooperieren, außer wenn ich eine Vorladung bekomme.«

»Wer sollte davon erfahren? Ich möchte nur ein paar Informationen über Ihren jämmerlichen Boss.«

Rivers dachte einen Augenblick nach. »Nein«, sagte er schließlich. »Er würde davon erfahren.«

Lorens Familie kam in die Küche. Er nahm das Mobiltelefon ins Schlafzimmer.

»Er könnte noch etwas anderes erfahren«, fuhr Loren fort.

»Was meinen Sie?«

Loren schloß die Schlafzimmertür. »Ich habe gehört, daß Patience jedem hundert Dollar geboten hat, der ihn über Besuche von ATL-Angestellten in Connie Duvauchelles Bordell informiert.«

Rivers seufzte tief. Das Ballspiel im Hintergrund wurde abgeschaltet.

»Was wollen Sie wissen?« fragte er resigniert.

Loren grinste vor sich hin. Es *war* also Rivers, der zusammen mit Begley auf dem Foto bei Connie posierte. »Wie viele Leute haben gleichzeitig Dienst?«

»Zwei Wachen in Uniform am Tor. Zwei weitere bei der Maglev-Station. Einer überwacht das Funkgerät, die Nebeneingänge und die Kameras aus dem Kontrollzentrum in der Zentrale. Sein Vorgesetzter. Während der Tagschicht ist das für gewöhnlich Patience. Die Leute patrouillieren in Jeeps auf der Innenseite des Zauns. Zwei weitere patrouillieren die Umgebung, die Stadt und so weiter.«

»Worauf richten die Leute, die in der Stadt herumfahren, ihr Augenmerk?«

»Auf alles, was ungewöhnlich ist. Fremde. Dinge, die nicht da sein sollten. Der Boss hat die Idee der Gegenabwehr-Patrouillen vom Sondereinsatzkommando übernommen. Er meint, wenn wir lang genug herumhängen, kennen wir den Lebensrhythmus der Stadt so genau, daß wir bei einer plötzlichen Veränderung wissen, daß etwas im Busch ist.«

»Wenn etwa die ganze Stadt eines abends Marx liest, die schwarzen Pyjamas anzieht, die AKs aus den Verstecken holt und durch den Drahtzaun schlüpft?«

»So ähnlich. Ich sehe darin auch nicht viel Sinn. Aber

so ist der Boss nun einmal. Das hat er in der Bibel des Sondereinsatzkommandos gelernt.«

Loren holte sein Notizbuch heraus. »Wer hatte Freitag abend Dienst?«

»Ich. Ich patrouillierte mit John Jacobs die Stadt.«

»Dann habe ich Sie gesehen. Ich war nach einer Rauferei draußen bei Holliday.«

»Richtig. Wir haben alle Polizeiautos überprüft.«

»Wer war an diesem Abend Ihr Vorgesetzter?«

»Der Boss. Es waren viele Gäste im Gelände draußen, und er wollte zur Verfügung sein.«

»Wer noch?«

»Lassen Sie mich nachdenken.« Rivers hustete. Eis klirrte in ein Glas und Rivers trank. »Jim MacLerie im Kontrollzentrum. Vinnie Nazzarett und Carl Denardis auf Außenpatrouille. Karen Denton und Chris Bietrich am Haupttor. Bernie Patton und Paul Shrum am Maglev-Tor. Cosmo Vann war im LINAC bei den Gästen.«

»Cosmo?«

»Das ist sein Vorname.«

»Nazzarett war im Gelände.« Loren schrieb alles auf.

»Kennen Sie ihn?«

»Ich habe ihn heute nachmittag verhaftet.«

»Ja richtig.« Rivers fand das offenbar amüsant. »Das muß ihm wirklich gestunken haben.«

»Er wirkte nicht sehr glücklich. Was geschah Freitag abend?«

»Gegen 21.00 Uhr gab es einen Alarm. Patience meldete sich über Funk und wollte, daß wir den Zaun außen überprüfen. Angeblich sei jemand ins Gelände eingedrungen und Patience wollte, daß wir den Zaun nach Löchern absuchen.«

»Haben Sie welche gefunden?«

»Nein.«

Wieder klirrte Eis in ein Glas. Das erinnerte Loren, und er nahm einen Schluck Scotch.

»War jemand im Gelände?« fragte Loren erwartungsvoll.

»Es war anscheinend nur eine Übung«, meinte Rivers. »Nachdem wir fünf Stunden lang die Landstraßen abgefahren und die Zäune zumindest dreimal überprüft hatten, entließ uns Patience, und die neue Schicht trat den Dienst an.«

Die neue Schicht. Demnach auch die beiden Männer, die zusahen, als Loren die toten Katzen von A. J. Dunlops Auto schnitt.

»Gab es beim Alarm nähere Angaben darüber, wo der Eindringling war?«

»Nein.«

»Oder wer ihn gefunden hat?«

»Nein. Aber wenn jemand auf dem Gelände war, dann haben ihn vermutlich Denardis und Nazzarett gefunden. Sie patrouillierten am Zaun.«

Lorens Erwartung wuchs. Der Cutty Sark schmeckte mehr und mehr nach Sieg. »Was hätten Sie mit ihm gemacht?«

»Sie hätten ihn ins Hauptquartier gebracht und dort behalten.«

»Die Leute im Hauptquartier, Patience und – wie war der Name doch gleich? – McLerie, hätten davon gewußt?« Loren sah in seinen Notizen nach.

»Vermutlich.«

»Sonst noch jemand?«

»Nicht unbedingt.« Eis klirrte, und Rivers trank geräuschvoll. »Die Wachen am Haupttor und Cosmo Vann wären in Alarmbereitschaft gewesen, aber sie müssen nicht unbedingt etwas Außergewöhnliches gesehen haben.«

»Gab es Gerüchte?«

»Ich hatte das ganze Wochenende keinen Dienst. Aber wenn es nur Denardis, Nazzarett und McLerie betraf, dann können Sie es vergessen.«

»Warum?«

»Weil sie die Arschkriecher vom Boss sind, deshalb.« Der Alkohol hatte Rivers eindeutig von der Sorge befreit, daß seinem Boss etwas zu Ohren kommen könnte. »Sie halten ihn für Jesus Christus, der auf dem Wasser geht.«

»Na großartig!«

»Nazzarett war bei der Marine. Denardis war bei einer Luftlandeeinheit, rasselte aber beim Springen durch. McLerie ist irgendein charismatischer Christ und überzeugt, daß die Welt unmittelbar vor dem Untergang steht. Er weiß gern so viele automatische Waffen wie möglich in seiner Nähe, für den Fall, daß er im Augenblick der Entrückung nicht erwählt wird.«

»Sie sollten ihm das UFO-Feld zeigen.«

»Habe ich gemacht. Er fand es nicht lustig.«

»War einer von ihnen wirklich in Kämpfe verwickelt?«

Rivers lachte. »Machen Sie Witze? Wir hatten einen einzigen echten Kampfveteranen in der Gruppe, Crace, ein älterer Mann, der in Vietnam gewesen war. Der Boss hat ihn anfangs *geliebt*, hat den Boden geküßt, auf dem er gegangen war. Patience hält nämlich Vietnam für eine großmütig verlorene Sache, müssen Sie wissen, so wie die Südstaatler über den Bürgerkrieg denken. Die Veteranen waren vergessene Helden und solcher Scheiß. Der Mann war damals kaum noch *geboren*. Aber am Ende war Patience von Crace enttäuscht. Der Mann erzählte immer, wie der Krieg wirklich war, wie beschissen, von Anfang bis Ende. Das paßte nicht zu Patiences Vorstellungen. Er wollte heroischen John-Wayne-Pathos und solchen Scheiß. Er wurde Crace schließlich mit der Begründung los, daß Crace zugegeben hatte, seinerzeit im College Marihuana geraucht zu haben.«

»Marihuana geraucht?« Loren hielt es für gut, wenn er den Mann in seiner Haltung bestärkte. »Wer hat das damals nicht gemacht?«

»Genau. Hab ich auch gemacht, aber ich war so klug

und habe bei diesem Punkt in den Formularen gelogen. Ich habe mich erkundigt, wie ich den Lügendetektor überliste und habe Glück gehabt.« Rivers kicherte. »Der Trottel von Crace war ehrlich. Das ist alles. Patience bewirkte, daß er in ein ATL-Werk in Texas versetzt wurde, aber dort wurde der arme Kerl vermutlich Hauswart oder so etwas.«

»Die Werkspolizei von ATL wird also von diesem verrückten, hartgesottenen Puritaner geleitet, der seine eigene Wichtigkeit weit überschätzt, frustriert von seinen militärischen Ambitionen ist und dem jede Vernunft abgeht.«

Rivers kreischte vor Lachen. »Genau das ist er!« rief er.

»Und seine engsten Mitarbeiter sind die gleichen Außenseiter wie er und befolgen seine Befehle, als kämen sie vom Berg Sinai.«

Rivers lachte ausgelassen weiter.

»Ich möchte, daß sie folgendes tun«, fuhr Loren fort.

Das Gelächter brach abrupt ab. »Was meinen Sie damit, daß ich etwas *tun* soll? Ich tue absolut nichts!«

»Aber sicher werden Sie etwas tun. Sie beschaffen mir eine Liste von den Leuten, die Freitag tagsüber Dienst hatten.«

»Sie wollen, daß ich für Sie spioniere?« Rivers war entsetzt.

»Natürlich will ich das.«

»He, Mann! Das ist nicht nett!«

Loren antwortete scharf: »Es ist mir egal, ob es nett ist oder nicht! Ich will die verdammten Namen, verstanden? Und ich will sie morgen.«

»Du lieber Himmel!«

»Ich will es aber, Rivers. Sie kommen morgen etwas früher und werfen einen Blick auf die Dienstliste. Das ist alles.«

»Ich weiß nicht, ob ich das erledigen kann.«

»Sie wissen, was ich brauche. Finden Sie selbst heraus, wie Sie es anstellen, aber machen Sie es morgen. Sonst können Sie sich schon auf eine Versetzung nach Texas freuen; dort können Sie mit Ihrem alten Freund Crace Mist schaufeln.«

Loren legte auf, bevor Rivers ihm die Ohren volljammern konnte. Er trug das Mobiltelefon in die Küche und setzte sich zu seiner Familie an den Tisch.

Er kannte den Personalplan von ATL für das vergangene Wochenende, aber vielleicht war er bereits manipuliert worden. Was Rivers herausfand, war auf alle Fälle von zusätzlichem Nutzen.

Er nahm sich Rippchen, aber sie waren noch zu heiß. Daher zog er die Kopien von Jernigans Wandtafeln aus der Tasche. Er reichte sie seiner älteren Tochter. »Sieh her, du bist doch gut in Mathematik. Kannst du mit dem etwas anfangen?«

Katrina überflog die Seiten, und ihren Augen wurden immer größer. »Nichts von dem kommt bei uns in Algebra II vor, Daddy«, gestand sie. »Wirklich nicht.« Sie reichte ihm die Seiten über den Tisch.

»Weißt du, wofür *t* steht?«

Katrina zuckte die Achseln. »Klar, *t* steht für Zeit.«

Damit wurde es für Loren zur eiskalten Gewißheit. Trotz des vielen Scotch hatte er sich noch nie so nüchtern gefühlt.

»Das habe ich mir fast gedacht.«

16. KAPITEL

Das Telefon fuhr wie eine Kanonenkugel durch Lorens Träume. Er griff hastig nach dem Hörer, rollte gleichzeitig aus dem Bett und suchte mit der anderen Hand nach seinen Kleidern. Irgendwann dazwischen gelang es ihm auch, die Augen aufzumachen.

»Die Furchtbar Blöden Idioten sind überall in der Stadt, Chief. Sie haben alle die blauen Jacken an, und so weiter, Sie wissen schon.« Al Sanchez, einer von Lorens Streifenpolizisten, war am Telefon.

In der Öffentlichkeit waren die Furchtbar Blöden Idioten als rechtschaffene, nicht korrumpierbare Spitzenbeamte des FBI bekannt.

»Verdammt.« Loren zog die Hose an. »Wo?«

»East Robin, zwischen Copper und Estes. Außerdem draußen auf der Nord Plaza, wie es in den Querstraßen aussieht, weiß ich nicht – das habe ich auf alle Fälle gehört.«

»East Robin ist in meiner Nähe.«

»Sie wollen jemanden hochgehen lassen, sagen aber nicht wen.«

»*Arschlöcher.*« Und noch einmal: »*Arschlöcher.*«

Es gab mehrere Gründe dafür, die Leute vom FBI nicht zu mögen. Sie gaben sich immer so unantastbar und überlegen. In ihrer Arbeitsweise verließen sie sich auf Informanten und Technologie, statt auf ihre eigene Knochenarbeit. Selbstherrlich eigneten sie sich jeden Fall an, der Publicity versprach. Alles gute Gründe. Was Loren an ihnen nicht leiden konnte, war die Art, wie sie ihre Operationen durchführten. Sie kümmerten sich nicht darum, wer in der Stadt was war und in welcher Beziehung die Leute zueinander standen, sondern führten ihre Untersuchungen durch ohne Rücksicht auf die gewohnten Spielregeln. Sie waren Außenseiter. Mitten in der Nacht stürmten sie in Lorens Stadt, nahmen seine Mitbürger fest und überließen die Konsequenzen Leuten wie Loren.

Debra blinzelte ihn aus traumverhangenen Augen an. Loren bedeutete ihr, wieder einzuschlafen und warf einen Blick auf die Uhr. Fünf Uhr dreißig. Draußen war es noch stockdunkel. Der heiße mexikanische Wind blies immer noch.

Als Loren endlich angezogen war und die drei Straßenblöcke zur East Robin fuhr, war die Operation der Beamten des Federal Bureaus of Investigation offensichtlich beendet. Im Licht der Scheinwerfer erkannte Loren die Straßensperren. Mehr als zehn Männer standen herum. Alle trugen die gleichen Baseballmützen und hellblauen Nylonjacken, darunter kugelsichere Westen. Am Rücken der Jacken prangte in großen goldenen Buchstaben FBI. Die Männer standen unbefangen herum, rauchten oder tranken Kaffee aus Papierbechern; sie hatten ihren Job erledigt. Einige trugen halbautomatische Gewehre mit lichtverstärkendem Infrarotvisier für den Nachteinsatz.

Loren hielt mitten auf der Straße an und schaltete das Fernlicht ein. Die FBI-Leute zuckten zusammen und beschatteten die Augen. Loren stieg aus, schob die Pistole zurecht und ging auf die zunächst stehende Gruppe zu. Der Wind zerrte an seiner Jacke.

»Wer hat das Kommando hier?«

»Spezialagent Killeen.«

»Aha.« Loren kannte Killeen, ein träger, rundgesichtiger Mann, der den Namen Furchtbar Blöder Idiot mehr als die meisten anderen verdiente. Er war in das FBI-Büro in Albuquerque verbannt worden, nachdem er angeblich seine Karriere in Los Angeles vermasselt hatte. Man erzählte sich, daß ihm einige schwachsinnige Verfahrensfehler unterlaufen waren, so daß man die Anklage gegen den Vizepräsidenten einer Spedition wegen organisierter Erpressung fallenlassen mußte. »Wo ist er?« fragte Loren.

»Im Haus. He! Gehen Sie nicht hinein!«

Er schrie den letzten Satz hinter Loren her, als dieser zwischen den Absperrungen durch und auf das betreffende Haus zuging.

Loren wäre bedenkenlos durch die Vordertür gestürmt, aber Killeen kam ihm bereits entgegen. William Patience mit seiner grauen Polyesterjacke und der roten Strickkrawatte folgte ihm auf den Fersen. Zuerst glaubte Loren schon, Kelleen hätte Patience vielleicht für die Sabotage am Maglev verhaftet, aber dann bemerkte er die zwei Gefangenen hinter den beiden.

Skywalker Fortune und ihr Vater.

Das blasse Gesicht halb verdeckt von den windzerblasenen Haarsträhnen, die Hände in Handschellen auf dem Rücken. Sie trug ein zerknittertes T-Shirt mit einem aufgedruckten Kaiserpinguin, das sie wahrscheinlich angehabt hatte, als man sie aus dem Bett holte, und hastig übergezogene Jeans. Ein paar Knöpfe standen noch offen. Sie war barfuß. Zwei FBI-Beamtinnen führten sie aus dem Haus, jede an einem Arm.

Hinter Skywalker blinzelte ihr Vater eulengleich hinter den dicken Brillengläsern hervor. Er war eine lange Bohnenstange von Mann mit einem ergrauenden, zerzausten Bart; die Haare waren noch strubbelig vom Schlaf. Loren sah den beiden zornig erstaunt nach. Er trat auf Killeen zu.

»He! Killeen!«

Killeen blieb auf dem Bürgersteig stehen und unterbrach sein Gespräch mit Patience mitten im Satz.

»Chief!«

»Was für einen Scheiß ziehen Sie da in meiner Stadt

ab, Killeen?« Loren war vor Killeen stehen geblieben und sah auf den kleineren Mann hinunter, die Finger im Pistolengürtel. Gesicht und Körperhaltung sollten einschüchternd wirken. »Was ist das für eine groß angelegte Operation, ohne daß ich davon weiß?«

»Wir brauchen Sie nicht, wenn wir einem Haftbefehl der Bundespolizei nachkommen«, erklärte Killeen.

»Was reden Sie da für Zeug!« Loren hatte das Bedürfnis loszubrüllen und tat es. Alle drehten sich nach ihm um. Skywalker stand hinter Patience auf dem Bürgersteig und starrte ihn an. »Sie lassen in *meiner* Stadt schwarzgekleidete Heckenschützen durch fremde Gärten kriechen, und sagen mir nichts davon? Sie haben Glück, daß Sie nicht von einem gewissenhaften Bürger für Einbrecher gehalten wurden; er hätte Ihnen den Kopf weggepustet. Außerdem können Sie von Glück reden, daß nicht einer meiner *eigenen* Leute Sie erschossen hat.«

Killeen blinzelte gegen Staub und Wind. »Es bestand keine Gefahr.« Und kühl: »Die Leute in den benachbarten Häusern wurden geweckt und über die Situation in Kenntnis gesetzt.«

»In Kenntnis gesetzt?« Loren ließ die Worte langsam auf der Zunge zergehen und fuhr los: *»In Kenntnis gesetzt?* Wenn jemand *in Kenntnis gesetzt wird*, dann sollte das mein Büro sein!«

»Es ist mir zu Ohren gekommen«, warf Killeen mit einem Blick auf Patience dazwischen, »daß Sie in letzter Zeit nicht besonders kooperativ mit den lokalen Behörden waren.«

Loren sah Patience an und entblößte die Zähne. *»Mr. Patience* vertritt keine lokale Behörde. Er ist ein privater Schläger, angestellt von einem privaten Konzern, um dessen private Interessen zu vertreten. Was, zum Teufel, macht er überhaupt hier?«

»Wir kennen einander.« Achselzuckend fügte er hinzu: »Ich dachte, vielleicht möchte er gern einen wirklichen Einsatz sehen.«

»Einen wirklichen Einsatz«, wiederholte Loren. Er warf einen Blick auf Patience: vornehmer Widerwillen sprach aus seinen Zügen. Loren tobte innerlich wie der mexikanische Wind. »In seinem ganzen Leben hat Mr. Patience keinen so echten Einsatz erlebt. Es wird ihm nicht schaden.«

Sogar im Dunkeln sah Loren, wie Patience rot wurde. *Jetzt habe ich deinen wunden Punkt getroffen, du Trottel,* dachte er.

Skywalker tanzte barfuß auf dem kalten Bürgersteig herum. Ihre Unterlippe zitterte. »Ein echter Einsatz ist das, ein sechzehnjähriges Kind zu verhaften«, stellte Loren fest. »Was hat sie angestellt? Abfall auf den Highway geworfen?«

»Es ist das Ergebnis einer sechsmonatigen geheimen Untersuchung. Wir verhaften diese beiden und acht weitere Mitglieder der örtlichen Öko-Allianz-Gruppe wegen terroristischer Aktivitäten.«

Loren stieß vor Überraschung einen unfreiwilligen Laut aus, der wahrscheinlich wie ein ungläubiges Lachen klang. Er fand momentan keine Worte.

»Es gab eine Verschwörung. Eine Stromleitung und das Wasserwerk von Vista Linda sollten zerstört werden. Vielleicht haben sie auch den Maglev gestern sabotiert.«

Loren fand die Stimme wieder. »Welche Beweise haben Sie dafür, Killeen?«

»Wir haben einen Informanten.«

»Aha.« Loren bemerkte beklommen, wie Skywalker und ihr Vater einen kurzen Blick tauschten. Es war ein bedeutungsvoller Blick, in dem Angst und geheimes Wissen lag.

Sie waren schuldig. Verdammt!

»Vergangene Woche trafen eine Ladung Sprengstoff und Brandsätze aus Los Angeles ein«, fuhr Killeen fort. »Das größte Sprengstoffversteck im gesamten Westen der Vereinigten Staaten wurde in aller Eile verlegt, weil ihm unser Büro in Los Angeles auf die Spur gekommen war. Wir nehmen an, daß wir im Zuge dieser Verhaftungen noch darauf stoßen.«

»Wir hätten den Zug niemals zerstört!« platzte Skywalker heraus. Sie schüttelte die langen Haare aus dem Gesicht und sah Loren flehend an. Sie war den Tränen nahe. »Die Technologie des Zugs war gut! Wir hätten nichts getan, wo jemand hätte verletzt werden können!«

Loren unterbrach Skywalker. »Ich verstehe, meine Liebe. Ich weiß, daß ihr mit dem Zugsunglück nichts zu tun hattet. Es sind auch noch andere hier, die das wissen.«

Patience kantiges Gesicht schien wie aus Hickoryholz geschnitzt. Der Wind heulte in den Dachrinnen des Hauses der Fortunes. Killeen war unsicher geworden. »Nun, wir werden ja sehen, was die Beweise ergeben.«

Plötzlich hatte Loren eine Eingebung. »Wer war Ihr Informant? Mrs. Fortune?«

Skywalker und ihr Vater tauschten wieder einen erschrockenen Blick. Killeen wurde gereizt. »Sie können zur Verhandlung kommen; dort werden Sie es erfahren.«

»Ihre Informantin ist in eine schmutzige Scheidung von einem Ihrer sogenannten Öko-Terroristen verwickelt, stimmt das? Es gibt einen Streit um das Sorgerecht, nicht wahr?«

»Das spielt keine Rolle«, verteidigte sich Killeen.

Loren fuhr schneidend fort: »Wie glaubwürdig wird Ihre Zeugin sein, wenn sich herausstellt, daß sie ihrem Exmann eine Falle gestellt hat, um das Sorgerecht für das Kind zu bekommen?«

Killeens Gesicht wurde zornrot. »Wenn wir die Brandbomben finden, werden sich die Hinweise unserer Informantin bestätigen!«

»Sie wissen nicht einmal, wo sie sind.«

»Wir werden sie finden.«

»Ihre Terroristen werden freikommen, Killeen, genau wie damals Ihr Spediteur.« Killeens Kopf schnellte zurück, als hätte ihm jemand einen Schlag auf die Nase versetzt. »Sie werden freikommen«, wiederholte Loren, »weil Sie es mit Ihrer verdammten FBI-Eitelkeit nicht für notwendig halten, mit dem örtlichen Behörden zu kooperieren.«

»Ihre Tochter zieht mit einem Terroristen herum«, behauptete Killeen, »und da soll ich mit Ihnen kooperieren?«

»Glauben Sie, daß ich nicht profiliert genug bin, um unter diesen Umständen meinen Job zu tun?«

»Ich weiß es nicht, Mann. Ich höre so manches über Sie und Ihre Leute, ich weiß nicht, wie profiliert ...«

»Was haben Sie gehört, Sie Dummkopf?« schrie Loren. *»Was haben Sie gehört, Sie unfähiger, rundgesichtiger FBIler?«*

Killeen richtete sich auf, blickte ihn finster an, rückte die Baseballmütze, und damit seine Würde, zurecht. »Ich bin mit Ihnen fertig, Hawn.«

Loren stand hochaufgerichtet und starrte böse auf den zornigen FBI-Mann hinunter. »Ich werde Ihren Vorgesetzten benachrichtigen, Killeen. Ich werde eine offizielle Beschwerde wegen Ihrer mangelnden Bereitschaft zur Zusammenarbeit und der Zurückhaltung von Informationen einreichen. Das beeinträchtigte den Gesetzesvollzug, Ihren Auftrag und die Sicherheit Ihrer Leute. Von meiner Sicherheit gar nicht zu reden.«

»Hauen Sie ab!«

»Es ist *meine* Stadt, Killeen!«

»Zum Teufel mit Ihnen!« Killeen drohte mit geballten Fäusten.

»Es ist verdammt noch mal meine Stadt!« Loren unterstrich seine Äußerung mit einem drohend auf Killeen gerichteten Finger. »Lassen Sie sich nie wieder hier blicken!«

Loren trat vom Bürgersteig hinunter und ließ die Karawane vorüberziehen. Skywalker warf ihm im Vorbeigehen einen Blick zu. Sie tat ihm sehr leid.

Was dachte sich ihr Vater dabei, als er sie in diesen Unsinn hineinzog?

»Rede kein Wort mit diesen Widerlingen ohne einen Anwalt«, riet er ihr. »Montag bist du wieder in der Schule.«

Sie lächelte tapfer, dann legte ihr eine der Begleiterinnen die Hand auf den Kopf und schob das Mädchen in das wartende Auto einer Zivilstreife.

Loren stieg ebenfalls in sein Auto und fuhr nach Hause. Im Geist konzipierte er bereits den Inhalt des Briefes.

Das Thema dieses Tages war die Sünde des Geizes. Rickeys Worte wirbelten wie Staubkörner durch Lorens Kopf. Die Dinge waren vollkommen außer Kontrolle geraten. Der Gedanke beunruhigte ihn deshalb besonders, weil er wußte, daß niemand, absolut niemand, die Sache im Griff hatte.

Öko-Terrorismus unter den Bürgern seiner Gemeinde! Als er zur Polizei gekommen war, hatte es das Verbrechen noch gar nicht gegeben.

Er konnte sich keine Lösung vorstellen, die ihm nicht schaden würde. Seine Töchter waren mit einem angeblichen Terroristen befreundet, was für das Ansehen der Familie in den Augen der Stadt nicht gerade günstig war. Noch schlimmer war der paranoide Gedanke, daß Skywalker vielleicht den *Auftrag* hatte, sich mit Katrina und Kelly anzufreunden. Die Terroristen-*Zelle* – war das das richtige Wort? – hätte sich auf diese Weise über die Schritte der Polizei auf dem laufenden halten können …

Eine Ladung Sprengstoff! Du lieber Himmel! Loren hatte wenig Hoffnung, daß es Killeen glücken würde, den Sprengstoff zu finden. Das Zeug lag irgendwo, wurde mit der Zeit womöglich instabil und konnte das nächstbeste neugierige Kind, das zufällig darüber stolperte, in die Luft jagen.

Wunderbar!

Hätten sie nur das verdammte Wasserreservoir von Vista Linda in die Luft gesprengt! Vista Linda ging unglaublich verschwenderisch mit dem Wasser um und senkte dadurch den Wasserspiegel des ganzen Bezirks; es würde ihnen nur recht geschehen. Es hätte die Dinge nicht weiter verschlimmert, aber Patience und seine psychotischen Gefährten wären vielleicht für eine Weile mit anderen Dingen beschäftigt gewesen.

Rickeys Pennsylvania-Akzent riß Loren aus seinen Gedanken. »Die Wurzel alles Bösen liegt im Streben nach Geld.«

Loren wurde bewußt, daß seit seinem Eintritt bei der Polizei heute der erste Mittwoch war, an dem ihm niemand einen Umschlag mit Schmiergeld in die Hand gedrückt hatte. Zum Glück! Bei den vielen FBI-Leuten, die in der ganzen Stadt unterwegs waren.

Er fühlte sich so schuldig, daß er kaum atmen konnte. Er hatte die Post zurückgehalten, aber warum hatte er deshalb ein schlechtes Gewissen? Es hatte ihm nie gefallen, und es war ihm nie wohl dabei gewesen, selbst zu Zeiten, da er das Geld gut gebrauchen konnte.

War es ein Verrat? Ein Verrat an seiner Stadt? An seinen Kollegen? Am Leben in der Stadt, das er geschworen hatte zu bewahren?

Er sollte erleichtert sein. Besonders jetzt, da die Feds in der Stadt war.

Loren bemerkte, daß der Gottesdienst zu Ende war. Er stand auf, verließ die Kirche, schüttelte Rickey die Hand und murmelte etwas. Auf dem obersten Treppenabsatz stehend ließ er den Blick ziellos über die Plaza schweifen, als erwartete er sich von irgendwoher eine Antwort. Der Wind heulte um die weiße Granitsäule des Kriegerdenkmals.

»Daddy?«

»Ja?« Katrinas Stimme schreckte ihn auf. Sie blickte sorgenvoll zu ihm auf.

»Kannst du jemanden anrufen und herausfinden, was mit Skywalker geschieht?«

»Ich kenne ein paar Leute, die ich anrufen kann, aber es ist vermutlich noch zu früh.«

»Ruf sie bitte trotzdem an!« Sie biß sich auf die Lippe.

»Okay.«

Seit dem Frühstück stand die Familie leicht unter Schock. Katrina hatte sich entschuldigt und war weinend in ihr Zimmer gegangen. Alle waren von Skywalkers Unschuld überzeugt.

Loren mußte an Jerrys Erzählung denken, daß er Skywalker in einem Jeep gesehen hatte, der langsam durch das trockene Flußbett hinter dem Altwaren-Lagerplatz gefahren war.

Er fuhr die Familie nach Hause, zog die Uniform an, tauschte die kleine Pistole gegen die große und fuhr zur Arbeit. Als er in das FBI LAWNET einstieg, fand er die Antwort von Dr. Zarkov.

»Es ist nicht bekannt, daß der Shibano-Test gefälscht werden kann«, schrieb Zarkov. »Der Test ist so empfindlich, daß Pulverspuren sogar dann entdeckt wurden, wenn beim Schießen Schweißhandschuhe getragen wurden. Wenn Sie einen Weg GEFUNDEN haben, DEN Test zu verfälschen, dann bewahren Sie die Unterlagen um Gottes willen so auf, daß niemand sie findet (aber schicken Sie sie mir umgehend expreß!)

PS.: Es tut mir leid, wenn ich Ihren Fall jetzt ruiniert habe.«

»Es war nicht mein Fall.« Loren tippte seine Antwort sofort ein. »Es ist die Theorie eines Psychoten, der versucht, einem Mann einen Mord anzuhängen, den er soeben für etwas umbrachte, das er selbst begangen hat. Vielen Dank.«

Er überlas die Worte auf dem Bildschirm und es wurde ihm bewußt, daß er seine Gedanken zum ersten

Mal in Worte gefaßt und niedergeschrieben hatte, so daß jeder sie lesen konnte.

Er mußte den Verstand verloren haben!

Er hämmerte auf ein paar Tasten ein und die Antwort war verschwunden. Statt dessen bedankte er sich schlicht und speicherte ab.

»Nun, Hawn, wie haben Sie das geschafft?« Sheila Lowrey lehnte in der Tür und gestikulierte dabei aggressiv mit der Brille.

»Was geschafft?« Loren stieg aus dem Computer aus.

»Wie haben Sie unsere drei Schurken dazu gebracht, ihren Anwalt zu feuern und einen netten Verteidiger aus der Stadt zu akzeptieren, der sich mit Castrejon über eine außergerichtliche Einigung unterhält?«

Loren lächelte sie an. »Das ist geschehen? Heute vormittag? Ich war in der Kirche.«

»Bei Axelrod ist eine Sicherung durchgebrannt. Er behauptet, Sie hätten seine Klienten eingeschüchtert und ihnen in seiner Abwesenheit Angebote gemacht ...«

Loren schüttelte den Kopf. »Das ist nicht wahr. Ich habe diese Dreckskerle nicht gesehen, seit ich sie verhaftet habe.«

Sheilas Augen wurden schmal. »Wer war es dann?«

»Hauptsächlich andere Gefangene und die Aufseher.«

»Wer hat ihnen von der Möglichkeit einer außergerichtlichen Einigung erzählt?«

Loren zuckte die Achseln. »Alles was ich Ihnen sagen könnte, sind nur Vermutungen.«

Er wußte nicht mit Sicherheit, ob es Ed Ross gewesen war, der den Gefangenen die Abendmahlzeit brachte und ihnen dabei angelegentlich erzählte, daß ihr Anwalt die außergerichtliche Einigung abgelehnt hatte, ohne sich mit ihnen zu beraten. Es war auch durchaus möglich, daß sich die Streifenpolizisten, die Trunkenbolde, Autorowdies oder Raufbolde in Ed Ross' Gewahrsam übergaben, sich bei dieser Gelegenheit mit Ed unterhielten. Vielleicht hatten sie die Vermutung geäußert, daß der Anwalt von Robbie Cisneros ihn und seine zwei Kameraden aufs Glatteis führte. Er lehnte eine außergerichtliche Einigung deshalb ab, weil er hoffte, sie könnten ihm dabei nützlich sein, die großen Drogenhändler unter seinen Klienten in einem anderen Verfahren frei zu bekommen. Die Polizisten führten das lang und breit aus, es wurde viel gelacht und man malte sich aus, welche Idioten Axelrods Klienten sein mußten, wenn sie es zuließen, daß ihr Anwalt sie für seine reicheren, wichtigeren Arbeitgeber opferte.

Wenn sich ein solches Gespräch in Anwesenheit der eben eingelieferten Gefangenen abspielte, würden diese es bei der erstbesten Gelegenheit Robbie und seinen Freunden im Gefängnis zu Ohren kommen lassen. Bei Sonnenaufgang kochten die drei innerlich vermutlich über das, was ihnen ihr Axelrod angetan hatte.

Wären Robbie und seine Freunde klug, hätte es nie funktioniert. Aber Intelligenz konnte man Kriminellen noch selten vorwerfen.

»Ich *weiß*, daß Sie etwas damit zu tun haben«, bohrte Sheila weiter. »Sie haben gestern abend etwas in dieser Richtung verlauten lassen.«

Loren zuckte die Achseln. »Was soll ich also jetzt tun? Soll ich ins Gefängnis gehen und Robbie zureden, seinen alten Rechtsverdreher wieder zurückzuholen?«

»Der Schritt ist ethisch nicht einwandfrei, Loren.«

Loren hob abwehrend die Hände. »Ich habe es nicht getan, Sheila. Ich war gar nicht in der Nähe des Gefängnisses.«

Sie stand vor ihm und sah ihn lange an. Dann setzte sie die Brille auf und zog sich einen Stuhl heran, nahm Platz und beobachtete ihn.

»Sie ziehen die Fäden, Loren, und ich durchschaue Sie nicht.«

Loren grinste. »Ich bin nur ein Junge vom Land, Sheila. Ein einfacher Vertreter von Recht und Ordnung.«

»Und Sie können Scheiße nicht von Schuhcreme unterscheiden. Das haben Sie immer deutlich zu verstehen gegeben. Was ist mit John Doe und den Zugmorden?«

»Was soll damit sein?«

»Sie hängen doch zusammen, oder?«

»Meiner Meinung nach, ja.«

»Und Sie wissen, wer es war?«

Loren saß die Wut im Bauch. Hatte er wirklich zuviel geredet? Und das gleich am nächsten Abend, nachdem er Rickey etwas über Wunder vorgefaselt und Randal Dudenhofs Grab geöffnet hatte, um sich zu vergewissern! Er durfte Leuten, die er kaum kannte, nicht mehr so viel erzählen.

»Ich kann nichts beweisen, Sheila.«

»Es waren nicht die Öko-Terroristen?«

»Nein.«

»Davon scheinen Sie überzeugt zu sein.«

»Bin ich auch.« Er lehnte sich zurück und sah ihr in die Augen. »Das ist nicht ihr Stil. Sie mögen Torreys Hirschfarm nicht – niemand hier in der Gegend mag sie –, aber sie befürworten die Technologie des Maglev. Die meisten Umweltextremisten sind sehr bedacht darauf, keine Menschenleben zu riskieren.«

Sheilas Augen blitzten. »Wer war es, Loren?«

»Was ich habe, reicht nicht aus.«

»Wir müssen zusammenhalten ...«

Loren schüttelte den Kopf. »Nein, Sheila.«

»Das ist eine *wichtige Untersuchung*, Loren!«

»Stimmt, es ist eine große Sache. Das haben Sie gestern abend bereits gesagt. Sie glauben, daß es Ihre Fahrkarte von hier weg ist. Führen Sie in diesem Fall die Anklage, bekommen Sie einen guten Job in der Großstadt Ihrer Wahl.«

Sheila wischte die Brille sauber. »Ist daran etwas schlecht?«

»Nein. Aber es beeinflußt Ihre Urteilskraft. Tatsache ist, daß der Fall noch nicht so weit ist.«

»Aber wenn wir ...«

»Hören Sie mir einmal zu. Was ist mit Cisneros passiert? Innerhalb weniger Stunden wußte ich, daß er und seine Kumpel die Sache gedreht hatten, aber ich hatte keinen *Beweis*. Nicht ehe dieser Hinweis kam.«

»Was wollen Sie also tun? Auf einen Hinweis warten?«

»Mein einziger Zeuge kam bei diesem Zugsunglück ums Leben. Ich muß also so lang herumstochern, bis ich auf etwas stoße. Mehr *kann* ich nicht tun.«

»Und was ist mit der Geschichte, die Sie mir gestern erzählt haben, daß Doe jemand war, der bereits bei einem Unfall ums Leben gekommen war?«

»Ich habe keine Veranlassung, eine Exhumierung zu beantragen.«

»Verdammt, Hawn!« Sie warf frustriert die Arme in die Luft. *»Ich will diesen Fall mit Ihnen gemeinsam bearbeiten.«*

Loren grinste sie an. »Wenn ich genügend Beweise habe, um sie einem Anwalt vorzulegen, werde ich mit Ihnen sprechen, in Ordnung?«

Sheila stand unvermittelt auf. »Damit muß ich mich vermutlich abfinden.« Sie setzte die Brille auf die Nase und schickte sich an zu gehen, zögerte aber an der Tür. Sie drehte sich nochmals um und lehnte sich mit der Schulter an den Türrahmen.

»Noch ein letzter Punkt.«

»Ja?«

»Haben Sie den FBI-Agenten wirklich einen Dummkopf genannt?«

»Wo haben Sie das gehört?«

»Meine Sekretärin wohnt neben den Fortunes.«

Loren zuckte die Achseln. »Zum Kuckuck, Sheila, Killeen *ist* ein Dummkopf.«

Sheila brach in Gelächter aus. Sie winkte ihm zu und ging.

Nun, da sich Loren wieder an Killeen erinnert hatte, zog er einen Notizblock hervor und schrieb einen Beschwerdebrief an den Direktor des FBI. Er riß das Blatt ab und legte es in die Eingangsablage seiner Sekretärin. Sobald sie aus dem Urlaub kam, würde sie den Brief tippen.

Danach ging Loren nach oben ins Büro des Sheriffs und holte sich aus dem Kartenmaterial der US Forstwirtschaftlichen Abteilung die Karte vom Bezirk Atocha im Maßstab war 1:125000. Auf der Rückseite war eine mit Gitternetz unterlegte Satellitenfotografie des Gebiets. Jedes Detail war genau zu erkennen: Wasserläufe, Straßen, Weidewege, Trockentäler, Hügel. Der Sheriff brauchte die Karte, wenn im unwegsamen Gelände des Bundesforstes nördlich der Stadt eine Suche ablief.

Loren nahm die Landkarten in sein Büro und studierte das Gebiet westlich und südlich der Stadt. Dieses Gebiet gehörte nicht zum Bundesforst, aber da das meiste Land im Bezirk entweder Wald, Wildnis oder Indianerreservat war, wurden die privaten Landstriche mit der gleichen Genauigkeit dargestellt, wie das Land im Staatsbesitz. Sogar die einzelnen Gebäude in Atocha waren maßstabgetreu wiedergegeben.

Das Trockental hinter Jerrys Autofriedhof trug den Namen Wahoo Wash. Loren hatte das nicht gewußt, aber es überraschte ihn nicht, denn an diesem trockenen Flußtal lag auch die Wahoo Mine, die Loren seit er denken konnte ein Begriff war.

Die Mine hatte in den achtziger Jahren des neunzehnten Jahrhunderts Tonnen von Silber geliefert, im darauffolgenden Jahrzehnt wurde sie geschlossen, nachdem die Regierung den Preis nicht mehr länger stützte. Als der Silberpreis während des Zweiten Weltkriegs stieg, wurde die Mine für kurze Zeit wieder in Betrieb genommen, nach dem Krieg jedoch wieder geschlossen.

Jedesmal wenn der Silberpreis stieg, schrieb die Wochenzeitung *Copper Country Weekly* neuerlich einen optimistischen Artikel, ob die Gesellschaft, der Wahoo gehörte, die Mine wieder eröffnen würde. Der Fall war nie wieder eingetreten, aber *Weekly* verfolgte die Idee unermüdlich weiter.

Loren besah sich stirnrunzelnd die Karte, dann drehte er sie um und studierte das schwarzweiße Satellitenfoto auf der Rückseite. Die ATL-Gebäude waren deutlich zu erkennen, die pfeilgeraden Linien mußte das Linac sein, die eng gedrängten Flachdächer waren SHEP und FIDO und die anderen Labors; der doppelte Begrenzungszaun und die Sand- und Teerstraßen waren ebenfalls klar zu sehen.

Dann entdeckte Loren noch etwas: ein schmaler, spinnendünner Pfad zweigte vom Highway ab und wand sich in Kurven quer durch die Wüste. Lorens Herz machte einen erregten Satz.

Das war die Straße – besser gesagt das, was von ihr noch übrig war – die zur Dudenhof-Ranch geführt hatte. Randals Fahrweg.

Soweit sich Loren erinnerte, hatte Violet Dudenhof nach Randals Tod an Luis Figueracion verkauft, und als ATL kam, verkaufte Luis diesen Teil der Figueracion-Ranch an die Gesellschaft. ATL war mit Bulldozern über die Ranchgebäude gefahren und hatte auf der Auffahrt Erde angeschüttet, bis sie kaum mehr zu erkennen war – diese Straße brauchten sie nicht.

Randal war auf dem Weg nach Hause gewesen, dachte Loren, und dann geschah – was? Scheinwerfer, laute Befehle, Schüsse in der Nacht?

Er starrte noch lange auf die Landkarte, als erwartete er von ihr eine Antwort. Dann faltete er sie schweigend zusammen und legte sie auf den Schreibtisch. Er griff zum Telefon und wählte eine Nummer in Albuquerque.

»Howard? Hier ist Loren Hawn.«

»Hi, Hoss! Du rufst wegen Killeen an, nicht wahr?«

»Genau.«

»So ein Trottel.«

Howard Morton gehörte zur tabakkauenden alten Garde. Er war klug und war mit Loren zusammen auf der High School gewesen; sie hatten gemeinsam Football und Basketball gespielt. Danach hatte er Rechtswissenschaft studiert und wurde schließlich Staatsanwalt in Albuquerque. Jeden Sommer kam er nach Atocha zum Fischen; manchmal begleitete ihn Loren. Er war der einzige, der Loren ›Hoss‹ nannte; warum, wußte niemand. Loren sah Howard vor sich: Bequem zurückgelehnt, die Schlangenlederschuhe auf dem Schreibtisch, das Sakko offen, so daß die Krawatte richtig zur Geltung kam; über den runden Bauch spannte sich ein Silbergürtel mit Türkisen.

»Killeen kooperierte überhaupt nicht«, klagte Loren. »Einem meiner Männer auf Streife fiel das FBI auf, und er rief mich an.« Loren sprach diesmal den Namen korrekt aus, da er es nicht für taktvoll hielt, im Gespräch mit einem US-Staatsanwalt den Ausdruck Furchtbar Blöde Idioten zu gebrauchen. »Sie krochen mit Pistolen bewaffnet im Gebüsch herum.«

»Soviel ich weiß, war es eine Panikreaktion von Killeen«, berichtete Howard. »Die geheimen Ermittlungen laufen seit Monaten, aber nach dem Zugsunglück bekam Killeen Angst, daß die Öko-Terroristen jetzt loslegen. Er beschloß, alle sofort zu verhaften und es Gott und den Gerichten zu überlassen, Gut von Böse zu unterscheiden. Die Razzia wurde in letzter Sekunde organisiert.«

»Hat der Fall Hand und Fuß?«

»Ich habe damit nichts zu tun, Gott sei Dank«, seufzte Howard. »Ich kenne daher die Details der Anklage nicht. Ich warte im Augenblick nur auf die Gefangenen. Aber sobald die Gefangenen hier sind, werde ich bei der Bearbeitung der Anklageschrift helfen. Dann bekomme ich Einblick in die Unterlagen. Ich bin mir ziemlich sicher, daß sie wegen Verschwörung dran sein werden.«

»Das ist schwer zu beweisen.«

»Da hast du recht, Hoss.«

»Wie viele wurden verhaftet?«

»Acht. Killeen traf alle zu Hause an.«

»Hat er es wieder vermasselt, wie damals in L.A.?«

»Schwer zu sagen, Hoss. Wenn die Furchtbar Blöden Idioten in solcher Eile Verhaftungen vornehmen, gehen ihnen für gewöhnlich viele Einzelheiten durch die Lappen.«

Loren grinste. Soviel zu seinem Feingefühl.

»Hältst du sie für schuldig?«

Gelächter. »Du weißt doch, daß das keine Frage ist, Hoss.«

»Da hast du recht.«

»Wirst du heuer einen Hirsch schießen? Du hast doch dieses tolle russische Gewehr?«

Sie redeten noch eine Weile über die Jagd, dann legte Loren auf. Er rief Debra an und erzählte ihr, was er herausgefunden hatte – die Gefangenen waren bis jetzt nicht in Albuquerque, von einer Anklage konnte daher noch keine Rede sein. Er legte auf, nahm die Landkarte von Atocha vom Schreibtisch und holte aus dem Magazin eine Brechstange und einen Bolzenschneider.

Er stieg ins Auto und fuhr auf dem Highway Nr. 82 zur Brücke über Wahoo Wash. Dort manövrierte er den Fury vorsichtig über die Wasser zerfurchte Zufahrt zum Flußbett hinunter; seit der Schließung der Mine im Jahr 1945 hatte sich kaum ein Straßenarbeiter um dieses Wegstück gekümmert. Der Boden des Trockentals war flach, sandig und natürlich ohne Wasser; man fuhr dort wie auf einem Highway. Die frühen Siedler hatten die Trockentäler als Transportwege benutzt, aber wer klug war, behielt das Wetter im Auge, um Gewitterwolken, die sich in den fernen Bergen auftürmten, rechtzeitig zu entdecken. Meterhohe Wasserwände konnten plötzlich den Flußlauf herunterschießen und Mann und Maus auf ihrem Weg vernichten.

Aber heute drohte vom Wasser keine Gefahr, nicht in diesem dritten Jahr der Dürre.

Auf dem sandigen Boden waren breite Reifenspuren

zu erkennen: eine Spur hin, eine zurück. Loren folgte der Spur bis dorthin, wo die hohen Wände des Trockentales in eine flache, kahle Ebene übergingen und Salzablagerungen die sandigen Wellenformationen des Bodens bedeckten. Eine zerklüftete, graue Klippe stieg aus dem toten Land empor, daneben türmten sich schwarzsilbrige Erzabfälle: Das war die alte Mine. Die Reifenspuren endeten unter der Klippe. Loren parkte in der Nähe und stieg aus dem Auto; er legte den Kopf in den Nacken, um sich besser umsehen zu können. Der Wind blies ihm Staub und Salz ins Gesicht. Irgendwo in der Nähe krächzte eine Krähe.

Auf den Resten des alten, verrosteten Zauns verlief ein glänzender neuer Maschenzaun mit Stacheldraht, auf dem die alten, rostigen Schilder mit der Aufschrift BETRETEN VERBOTEN und PRIVAT hingen. Die Gesellschaft, der die Mine gehörte, hatte Angst, zur Verantwortung gezogen zu werden, falls Neugierige auf dem Gelände verunglückten. Die Mine war dem Verfall preisgegeben, aber die Umzäunung wurde noch instand gehalten.

Rußgeschwärzte Stämme waren den Hang heruntergerollt, und da und dort wuchsen junge Pappeln aus den Trümmern. Ein kleines Haus, vermutlich ein Bürogebäude, war in besserem Zustand: Das Dach war noch in Ordnung und die Bretter über den Fenstern waren intakt.

Loren hielt am Fuß des Felshügels und holte Brecheisen und Bolzenschneider aus dem Kofferraum. Die kurze Straße, die den Abhang hinaufführte, war für Fahrzeuge unpassierbar; Steinschlag und Felsstürze hatten ihr jahrzehntelang arg zugesetzt. Steine rollten knirschend unter Lorens Schuhen davon, als er den Hang hinaufstieg. Es war ein heißer Tag, und Loren war in Schweiß gebadet, als er am Tor ankam.

Er blieb kurz stehen und rang nach Atem. Ein leiser Wind raschelte durch die Pappeln. Ein altes, eisernes Vorhängeschloß lag im Unkraut neben dem Tor, und ein glänzendes neues hing an seiner Stelle. Loren schnitt es mit dem Bolzenschneider auf und schob das Tor auf. Graue Grasbüschel blockierten es, und er mußte sich fest gegen das Tor stemmen. Ein Goldspecht sauste vorüber, und die auffallend rote Unterseite seiner Flügel war kurz gegen den blauen Himmel zu erkennen.

Loren ging auf das noch stehende Gebäude zu. Die mit Brettern zugenagelten Fenster wirkten wie geschlossene Augen. Die Köpfe der Nägel waren rostig. Abgerissene Teerpappe vom Dach lag hier und da zerfetzt auf dem Boden. Die Bohlen der Veranda bogen sich unter Lorens Gewicht.

Auch hier war ein neues Vorhängeschloß angebracht. Loren schnitt es auf. Das Schloß donnerte auf die Bohlen, und Loren legte die Hand auf die Tür.

Der Gedanke an eine Falle ging ihm durch den Kopf. Er drückte die Tür nur einen Spaltbreit auf und hielt nach Drähten Ausschau, entdeckte aber nichts. Er trat hinter den festen Holzbalken seitlich des Türrahmen und stieß die Tür nun ganz auf.

Polternd schlug sie an der Wand an. Nichts geschah. Loren holte tief Luft und trat näher. Etwas huschte unter eine braunbeige Plane in der Raummitte.

Loren zog die Plane beiseite.

Auf einer zweiten Plane lagen sauber nebeneinander, einzeln in Plastikhüllen verpackt, reihenweise Brandsätze, Bomben und Sprengkapseln.

Genug, um die halbe Stadt in die Luft zu jagen.

17. KAPITEL

Auf dem Tisch lagen, ebenfalls säuberlich in Plastikhüllen verpackt, Handbücher mit dem Titel *Herstellung von Kriegsmaterial*, aus der gleichen Serie des Sondereinsatzkommandos, die Loren bereits von Patiences Büro kannte. Es handelte sich vermutlich um die Standardanleitung zur Herstellung von Bomben in Dachböden und Garagen. Loren hielt einen Umschlag gegen das Licht, um ihn oberflächlich auf Fingerabdrücke zu untersuchen, fand aber nichts. Er öffnete die Verpackung, nahm das Buch heraus und blätterte es durch. Auf manchen Seiten stand noch das Motto des Spezialkommandos: DE OPPRESSO LIBER und daneben NUR FÜR DEN DIENSTGEBRAUCH. Das Kapitel mit dem Titel ›Karbamid-Nitrat-Sprengstoff‹ begann mit der Anweisung ›Eine große Menge Urin zum Kochen bringen‹.

Soviel zur Wiederverwertung von Altstoffen!

Nichts ging über eine von der Regierung herausgegebene Informationsschrift mit Verbesserungsvorschlägen, gleichgültig ob sie sich auf das Säen von Sojabohnen bezog oder auf die Sprengung von Wasserreservoiren. Loren steckte das Buch wieder in seine Hülle.

Schwere gläserne Fruchtsaftflaschen waren mit einer gallertartigen Substanz gefüllt und zu Brandsätzen geworden. In alte Ausgaben der *Los Angeles Times* gewickelte Blöcke waren vermutlich Plastiksprengstoff. Auf dem Tisch lagen mehrere Rollen Zündschnur in Originalverpackung. Zeitzünder und Verzögerungsmechanismen – eine breite Palette, manche aus Weckern selbstgebastelt, andere Markenware – bedeckten etwa einen Quadratmeter auf dem Fußboden. In einer mit Schaumstoff ausgepolsterten Metallkiste lagen Sprengzünder – zum Glück nicht selbstgebaut. Die Ökologen aus der Stadt hatten offensichtlich eine gesunde Abneigung gegen Selbstmord.

Loren legte die Plane wieder über das Beweismaterial, verließ das Gebäude und zog die Tür hinter sich zu. Er legte den Schnäpper vor und hängte den gebrochenen Bügel des Vorhängeschlosses ein. Es war nicht sicher, aber die Türe würde geschlossen bleiben. Das Tor im Zaun verschloß er auf die gleiche Weise.

Er würde Killeens Fall zu seinem machen.

Er mußte zweimal Anlauf nehmen, um aus dem trockenen Flußbett herauszukommen. Beim ersten Mal drehten die Räder des Fury auf der steilen Böschung hoffnungslos durch. Beim zweiten Versuch schoß das große Auto mit einem Satz aus dem Flußbett und bog hinter einem verrosteten Jeep mit Atocha-Nummernschild und einem Aufkleber mit der Aufschrift TRITT MICH NICHT, BEKÄMPFE DIE STEUERN, auf den Highway 82 ein.

Loren war zuversichtlich. Er wollte eine Pressekonferenz einberufen und bekanntgeben, daß er das Sprengstoffversteck gefunden hatte, was den Furchtbar Blöden Idioten noch nicht gelungen war.

Damit konnte er Killeen ein wenig die Show stehlen und ihm die Vorteile der Zusammenarbeit unter die Nase reiben.

Der Jeep vor ihm wurde langsamer und fuhr, sobald sie die Stadtgrenze passiert hatten, deutlich unter der Geschwindigkeitsbegrenzung. Der Fahrer hatte offenbar das Polizeifahrzeug bemerkt und wollte nicht wegen Schnellfahrens angehalten werden.

Da entstand hinten auf der Ladefläche des Jeeps eine undeutliche Bewegung, ein flüchtiger Schatten war zu sehen, eine Gestalt, die um sich schlug. Der Jeep schwenkte kurz zur Seite, fuhr dann aber wieder geradeaus weiter. Ein Messer blitzte auf. Loren schoß das Adrenalin ins Blut und sein Herz hämmerte wild.

Er griff zum Knopf für die Sirene.

Blut spritzte auf das Rückfenster des Jeeps. Die hintere Tür sprang auf. Eine um sich schlagende blutüberströmte Gestalt wurde sichtbar, und daneben kauerte ein Mann mit einer Jagdklinge in der Hand. Loren drückte den Knopf für Sirene und Blaulicht; der Mann mit dem Messer wurde gegen die Seitenwand des Jeeps geschleudert und ein braunweißes Tier, eine Damhirschkuh, schob sich zur Tür und fiel auf die Straße. Loren stieg entsetzt auf die Bremse. Die Stoßstange des Autos prallte mit Wucht gegen die Hirschkuh. Der Jeep fuhr seitlich an den Bordstein und kam zum Stehen; aus der Tür zur Ladefläche strömte Blut.

Loren zog die Handbremse an, griff nach der Remington-Pistole und stieß die Tür auf. Die Sirene heulte markerschütternd. Er lud die Waffe und stieg aus. Die Hufe der sterbenden Hirschkuh kratzten verzweifelt auf der Straße. Loren hockte sich hinter die Tür und legte die Pistole am Fensterrahmen der Tür auf. Der Mann mit dem Messer starrte blöd aus dem Jeep. Das unrasierte Gesicht und ein Arm waren voll Blut, der Schirm seiner Baseballmütze saß schief über dem Ohr. Ein Mann mit einer Einkaufstüte von Fernandos Hi-Lo kam auf dem Bürgersteig daher und blieb stehen. Als er die Pistole sah, starrte er sie zuerst entsetzt an und drehte sich dann unbeholfen um, um in Deckung zu gehen.

»Polizei!« rief Loren überflüssigerweise. »Lassen Sie das Messer fallen!«

Der Mann starrte immer noch blöd vor sich hin und gehorchte.

»Aussteigen!« Loren mußte die Sirene überschreien. »Sie und der Fahrer, beide!«

Beim Anblick des Fahrers schwand Lorens Angst. Es war Henry Sigourney. Seine letzte Gefängisstrafe hatte er wegen Wilderei auf Sam Torrey Hirschfarm abgebüßt.

So etwas Blödes! Zwei Wilderer, die außerhalb der Jagdsaison einen Hirsch töteten.

Im Jeep roch es nach Whisky. Sigourney und sein Freund ließen sich widerspruchslos festnehmen. Die Ladefläche des Jeeps sah aus wie ein Schlachthaus, so viel Blut war da. Loren fiel Jernigans abgetrennter Kopf ein. Zwei Jagdgewehre in billigen Kunststoffhüllen lagen in der Blutpfütze. Zwei Ein-Liter-Flaschen Jack Daniels, eine leer, die andere halbvoll, bildeten weiteres Beweismaterial. Eine Packung Speck lag geöffnet ebenfalls im Blut. Loren ging zum Funkgerät, schaltete die Sirene aus und bat, Unterstützung zu schicken und außerdem das Fischerei- und Wildtier-Ressort zu benachrichtigen, damit sie sich um tote Hirschkuh kümmerten.

Der Verkehr bewegte sich vorsichtig an den Autos vorüber. Mit blassen Gesichtern starrten die Leute auf den Kadaver. Loren besah sich den Kopf der toten Hirschkuh unter dem Auto.

»Sie haben nicht einmal einen Bock gefunden?« fragte er Sigourney.

Sigourney spuckte Kautabak auf die Straße. »Jimmy schoß auf einen Bock. Die verdammte Hirschkuh wurde von einem Querschläger direkt in den Kopf getroffen. Was sollten wir also tun? Wir hielten sie für tot und wollten nichts verkommen lassen. So luden wir sie also in den Jeep.«

»Wo sie aufwachte.«

»Genau. Sie war nur betäubt. Und Sie waren genau hinter uns. Da wollte Jimmy sie mit dem Messer erledigen.«

»Ich habe ihr die Kehle durchgetrennt«, warf Jimmy dazwischen und spuckte immer noch Blut. »Was für eine Schweinerei!«

Loren wurde neuerlich von Zorn übermannt. »Heute,

zwei Wochen vor Eröffnung der Jagdsaison, mußten Sie einen Hirsch wildern?« Seine Stimme schwoll.

»Ich bin kein Wilderer«, behauptete Sigourney würdevoll. »Ich bin ein traditionsbewußter Jäger.«

»Traditionsbewußter Jäger.« Loren blieben die Worte im Hals stecken. Jernigans Kopf tauchte mit blutig aufgeworfenen Lippen vor seinem geistigen Auge auf. »Das ist nur ein protziger Ausdruck für einen Wilderer.«

Sigourney war beleidigt. »Wir töten, um Fleisch auf den Tisch zu bringen«, behauptete er und zitierte die Parteiparole. »Wir ernähren unsere Familien.«

Zum Unterschied zu den gesetzestreuen Jägern, die das Wild niederknallten und es verrotten ließen. Richtig.

Loren unterließ es, Sigourney daran zu erinnern, daß Frau und Kinder ihn bereits vor Jahren verlassen hatten. Sie war in der Zwischenzeit mit einem Bergmann verheiratet, der für seinen Lebensunterhalt arbeitete, statt im Gelände herumzustreifen und außerhalb der Saison willkürlich die Fauna zu dezimieren.

»Andere Jäger tun das nicht?« fragte Loren.

»Zumindest nicht die auf Torreys Farm.«

»Wenn Sie Fleisch auf dem Tisch wollen, hätten Sie Wildhühner schießen müssen, das wäre legal gewesen.«

»Jimmy wollte Wildbret.«

Ein neuer Adrenalinstoß brachte Lorens Blut in Wallung. Auf unerklärliche Weise wurde daraus Gelächter. Sein Blick wanderte von der toten Hirschkuh unter dem Auto zum blutigen Messer auf der Straße und weiter zur Pistole in seiner Hand, und Gelächter stieg mit explosionsartiger Gewalt aus seinem Bauch hoch. Tränen quollen ihm aus den Augen. Er lehnte sich an den Kotflügel des Autos.

»Ich hielt Sie für Jack the Ripper! Du lieber Himmel!«

Wildes Lachen schüttelte ihn. Sigourney lachte mit –

das würde eine gute Geschichte für die Gefängniskumpel abgeben. Jimmy sah ärgerlich vor sich hin und spuckte immer noch Blut.

Zwei Streifenpolizisten trafen ein. Der eine zog eine orangefarbene Weste an und regelte den Verkehr. Der andere half Loren mit den Gefangenen. Gemeinsam zogen sie die Hirschkuh an den Straßenrand, wo das Blut in den Straßengraben lief und das Tier nicht länger den Verkehr blockierte.

Die Bilder vom Zugsunglück ließen Loren nicht los. Nachdem sie mit den Gefangenen fertig waren, wollte Loren von Unfällen, Blut und Polizeigeschäften nichts mehr wissen und ging hinüber ins Sunshine. Der Abschleppwagen von Armisteads Werkstätte parkte vor dem Lokal. Der bullige Bärenjäger im Mechanikeroverall saß an der Theke. Byrne und Sandoval saßen an einem roten Resopaltisch im Hintergrund.

Coover goß ungefragt eine Tasse Kaffee ein. Loren wünschte sich, daß der Mann zumindest einmal so lang damit wartete, bis Loren ihm sagen konnte, daß er lieber eine Limo hätte.

Byrne und Sandoval winkten und lachten von ihrem Tisch herüber. Loren nickte ihnen zu und setzte sich neben Armistead. Der Mechaniker aß ein warmes Truthahnsandwich mit Kartoffelbrei und Sauce, dazu einen Berg graues Gemüse aus der Dose. Der Truthahn sah aus, als käme er ebenfalls aus dem Blechsarg.

»Das heutige Tagesmenü?« fragte Loren. »Wie ist es?«

»Wie erwartet«, antwortete Armistead.

»Ich nehme das gleiche wie er«, bestellte Loren.

Coover brachte die Bestellung in die Küche. »Hat dein Neffe den Bären erwischt?« erkundigte sich Loren.

»Hat sie dreimal gut getroffen«, erzählte Armistead mit vollem Mund. »Der erste Schuß traf die Bärin ins Herz, und sie fiel um.« Er machte eine Pause und hielt die Gabel hoch, um anzudeuten, daß er noch nicht fertig war, sondern nur schluckte. »Aber die Bärin kam doch glatt wieder hoch und wollte sich davonmachen. Pooley schoß also noch einmal, wieder durch das Herz. Und sie kam noch einmal hoch! Pooley mußte noch ein drittes Mal schießen, bis sie endlich starb.«

»Er traf sie jedesmal ins Herz?«

»Klar!«

»Steckt eine Menge Leben in so einem Bären.«

»Stimmt. Das darf man nie vergessen.«

Loren hob die Kaffeetasse an den Mund, sah sie an und stellte sie wieder hin. »Ich habe soeben einen Hirsch angefahren. Mitten auf der Straße.«

»Ich hab's gesehen.« Er kaute. »Der gute alte Henry. Er kann nicht einmal einen Hirsch wildern, ohne es zu vermasseln.«

»Er ist kein Wilderer«, spottete Loren. »Er ist ein traditionsbewußter Jäger.«

Armistead brummte. »Er ist ein traditionsbewußter Nichtsnutz.«

Coover kam mit Lorens Teller. Loren griff nach der Gabel und aß einen Bissen.

Es schmeckte wie erwartet.

Coover legte seinen mageren Arm auf die Theke und lehnte sich zu Loren. »Ich habe gehört, daß der Bürgermeister für morgen eine Pressekonferenz anberaumt hat. Er wird uns was über das Technische Museum erzählen, das hier ein Labor einrichten will.«

»Schön für ihn«, erwiderte Loren. Das bekam der Bürgermeister als Belohnung, weil er Patience gestattet hatte, Jernigans Büro zu plündern. Die Pressekonferenz war so angesetzt, daß der *Weekly* die Geschichte mit dem Museum statt des Berichts über die Schließung der Mine auf Seite eins bringen konnte.

Loren besah sich den Truthahn. Das Fleisch war von seltsamer Konsistenz und kam mit Sicherheit aus der Dose. Coover servierte nach wie vor nur Speisen, die man nicht beißen mußte. Vielleicht aus Höflichkeit gegenüber seinen älteren Kunden.

»Es soll angeblich im alten Bahnhof eingerichtet werden«, erzählte Coover weiter.

Loren nickte. »Wenn es stimmt, so ist das ein guter Platz.«

»Die Santa-Fé-Gesellschaft stellt den Platz liebend gern zur Verfügung. Auf diese Weise werden sie den weißen Elefanten los.«

»Das Museum wird zumindest in Atocha und nicht in Vista Linda gebaut«, meinte Loren.

»Wenn es stimmt, dann tun sie das erste Mal etwas für diese Stadt«, sagte Armistead mit Kartoffelbrei im Mund.

»Richtig.«

»Sogar die Abschleppwagen holen sie aus einem anderen Bundesstaat.«

Loren zuckte wie elektrisiert zusammen; das hatte etwas zu bedeuten, davon war er überzeugt. Er sah Armistead an. »Was meinst du damit?«

»Montag früh bin ich am Tor vorübergefahren, als ich von Pooleys kam und in die Arbeit wollte. Ein Abschleppwagen kam durch das Tor und hatte ein Auto aufgeladen. Auf der Tür stand, daß er aus El Paso kam.«

»Was für ein Auto hat er abgeschleppt?« fragte Loren. »Einen von ihren Jeeps?«

Armistead schluckte und schob wieder einen Bissen in den Mund. Er schüttelte den Kopf. »Es war mit einer Plane zugedeckt, aber es war kein Blazer. Dazu war es zu niedrig. Ein kleines Auto, Sportwagen oder so etwas.«

»Wie ein alter gelber '56 T-Bird«, murmelte Loren.

Armistead hörte auf zu kauen und sah Loren an. »Könnte sein. Weißt du etwas darüber?«

Loren suchte nach einer passenden Antwort und schüttelte den Kopf. »Ich habe unlängst einen gesehen.« Er starrte in den Kaffee, damit er Armistead nicht anschauen mußte. Schließlich hob er den Kopf. »Kannst du dich noch an den Namen der Abschleppfirma erinnern?«

»Nein. Der Name war für mich unwichtig. Mir fiel nur auf, daß er aus El Paso kam.«

Jetzt habe ich dich, dachte Loren. *Jetzt hab' ich dich endlich.*

Er ließ das Essen stehen und rannte los.

Loren holte sich am Computer das Telefonbuch von El Paso, machte einen Ausdruck von den eingetragenen Abschleppfirmen und begann zu wählen. Schon bei der ersten Eintragung hatte er Erfolg: AAAAA... Abschleppdienst. Patience mit seiner methodischen Natur hatte alphabetisch begonnen.

»Stimmt, sie haben uns angerufen.« Der Besitzer der Firma hieß Antony Pacheco. Er sprach mit schwerem spanischen Akzent.

»Worum ging es?«

»Wir sollten aus dem Werksgelände ein Auto abholen und nach El Paso bringen. Ich sollte um fünf Uhr früh einen Mann am Tor treffen, das Auto aufladen und es hinausfahren.«

»Was für ein Auto war es?«

»Ein alter Thunderbird. Gelb. Vielleicht 1956; ein alter Zweisitzer.«

Loren triumphierte innerlich, daß ihm ganz warm ums Herz wurde. Endlich die Bestätigung, dachte er. Wunderbar.

Jetzt habe ich dich, jetzt habe ich dich!

»Wo stand es?« fragte Loren weiter.

»Draußen auf der Mesa. Kein Gebäude in der Nähe, nichts. Der Fahrer ist vermutlich spazieren gefahren und hat einen Felsen gerammt. Die Vorderachse war gebrochen und die Karosserie leicht beschädigt. Verdammt schade, was damit passiert ist.«

Loren hatte eine andere Frage auf der Zunge, aber die letzte Bemerkung verlangte eine nähere Erklärung. »Wie meinen Sie damit? Was ist damit passiert?«

»Mein Auftrag war, das Auto nach El Paso zu bringen, es zu Alteisen zu pressen und über die Grenze nach Mexiko zu verkaufen. Jammerschade, Mann. Mit ein wenig Arbeit hätte man es wieder in Ordnung bringen können.«

Lorens Triumphgefühl schwand. Kein Beweis! Der Beweis war zu Altmetall gepreßt.

»Also gut, es war ein gelber Thunderbird-Zweisitzer, richtig?« Er wollte sich absolute Klarheit verschaffen.

»Richtig.«

»Roter Nadelstreif, rote Lederpolster.«

»Stimmt.«

»Mit Faltdach?«

»Abnehmbares Dach, ja. Mit diesen kleinen Fenstern.«

»Haben Sie vielleicht die Autonummer oder Zulassungsnummer?«

»Die Nummerntafeln waren entfernt worden. Ich nahm an, daß alles legal verlief… ich meine, ich habe mit Leuten verhandelt, die sehr seriös wirkten.«

»Wer waren die Leute?«

»Ich erinnere mich nicht mehr an seinen Namen. Er zahlte mit einer Kreditkarte.«

»William Patience?«

»Ja, so hat der Kerl geheißen.«

Loren kam ein Gedanke. »Haben Sie das Auto schon gepreßt?«

Vorsichtiger konnte er die Frage gar nicht stellen. Pacheco könnte sich ja entschlossen haben, das Auto zu reparieren, es jenseits der Grenze zu verkaufen und das Geld einzustecken.

»Ja, es ist schon fort.«

»Sind Sie sicher? Es könnte sich auszahlen, wenn Sie es noch auftreiben könnten.«

Pacheco bedauerte. »Sie haben einen ihrer Leute mitgeschickt. Er ist mir den ganzen Weg in seinem Blazer nachgefahren. Ich mußte das Auto vor seinen Augen in die Presse stecken.«

»Wer war das. Wie hieß er?«

»Eiskalter Typ. Eiskalt. Hat nicht mit mir gesprochen. Hat herumgeblafft und Befehle erteilt, als wäre ich der Dreck unter seinen Schuhen. Er hieß McLerie.«

»Würden Sie die Geschichte zu Protokoll geben?«

»Wenn es sein muß.« Pacheco klang unsicher. »Was hat es denn damit auf sich? Das Auto war doch nicht verseucht oder so?«

»Verseucht?«

»Ja, mit Strahlen oder dergleichen. Ich habe mich schon gefragt, ob sie vielleicht einen Unfall in den Labors vertuschen wollen.«

»Nein. Das Auto war ein Beweisstück in einem Kriminalfall.«

»Verdammt!«

»Sie können nichts dafür, daß es fort ist. Aber wenn wir ein Protokoll aufnehmen könnten ...«

»Ich muß doch nicht nach Atocha fahren, oder?«

»Ich werde Sie unterbringen. Aber eines sollen Sie wissen. Zwei Zeugen wurden ermordet, Sie müssen also vorsichtig sein.«

Es herrschte langes Schweigen. »Halten Sie mich zum Narren, Mann?«

»Ich wollte, es wäre so.«

»Oh, verdammt!«

»Ich glaube nicht, daß Sie belästigt werden. Jetzt gibt es keinen Grund mehr dafür.«

»Nein, ich werde kein Protokoll unterschreiben, auf keinen Fall. Nicht, wenn ich dafür erschossen werde!«

Loren sah auf: Cipriano stand in der Tür. Er bedeutete ihm hereinzukommen.

»Wenn es sein muß, dann schicke ich Ihnen eine Vorladung«, drohte Loren. »Wenn es sich herumspricht, daß ich mit Ihnen rede, dann werden Sie gleich erschossen. Ein Protokoll und eine eidesstattliche Erklärung sind Ihr bester Schutz.«

»Verdammt, Mann.«

Hinter Cipriano kamen Luis Figueracion und Manuel Maldonado, der Vorsitzende des Stadtrates, herein. Loren lehnte sich überrascht zurück, dann erhob er sich und schüttelte den Gästen die Hand.

»Ganz im Ernst, Mann«, beruhigte er Pacheco. »Ich glaube nicht, daß derzeit jemand hinter Ihnen her ist, aber seien Sie vorsichtig, okay? Wenn Sie etwas Auffälliges bemerken, lassen Sie es mich wissen, ja?«

»Ich weiß nicht recht. Das kotzt mich wirklich an. Wer sind denn diese Leute?«

»Ich rufe Sie wegen des Protokolls an. Sobald wir alles aktenkundig haben, hat niemand mehr einen Grund, Ihnen etwas anzutun.«

»Verdammt!«

Loren legte auf und sah seine Gäste an. Luis hatte bereits Platz genommen, und Manuel Maldonado sah sich nach einem Stuhl um. Er war ein stämmiger dunkler Mann, der mit den Marines in Vietnam gewesen war und die Stoppelfrisur aus jener Zeit beibehalten hatte. Jetzt arbeitete er mit der gleichen Ergebenheit für die Figueracion Familie, wie früher für das Militär.

Loren setzte sich wieder. »Welchem Umstand verdanke ich das Vergnügen?« begann er.

Luis lehnte sich vor. »Loren, wir müssen reden.« Er drehte sich zu Cipriano um. »Machen Sie bitte die Tür zu?«

Loren grinste die drei an. »Ihr werdet nicht glauben, was ich heute herausgefunden habe. Ihr kennt doch den Pfeifenkopf Killeen im Fed-Büro in Albuquerque? Ich ...«

»Loren«, unterbrach ihn Luis. Er hatte eine Zigarette im Mund, rieb ein Streichholz am Daumen an und zündete sie an.

»Ihr wißt doch von dem Sprengstoffversteck, das er nicht gefunden hat. Ich hielt die ganze Sache für Unfug, aber ...«

»Loren«, unterbrach ihn Luis wieder. »Halte einen Augenblick den Mund, okay?«

Loren blickte von einem zum anderen und nickte. Manuel und Luis sahen ernst drein, Cipriano stand immer noch bei der Tür und sah aus, als litte er an Bauchkrämpfen.

»Also gut, Luis. Was brauchst du?«

»Hast du einen Aschenbecher?«

Loren öffnete eine Schreibtischlade, nahm den Aschenbecher heraus und schob ihn Luis über den Tisch zu. Luis nahm ihn und stellte ihn auf sein Knie.

»Hör zu, was wir zu sagen haben. Trujillo wird dich beurlauben, und wir werden dem zustimmen.«

Loren starrte ihn an. Sein Herz schlug unruhig.

»Volle Bezahlung, mach dir darüber keine Sorgen«, fuhr Luis fort.

»He«, mehr brachte Loren nicht heraus.

»Nur bis diese Anschuldigungen geklärt sind. Das ist alles.«

Loren schlug mit der Faust auf den Tisch. *»Was für eine verdammte Scheiße erzählt ihr mir da?«*

Luis starrte ihn böse durch die dicken Brillengläser an. »Zügle dein Temperament, Loren.« Seine Stimme klang scharf. »Wie oft habe ich dir das schon gesagt!«

Loren bezwang seine Wut und bemühte sich, still zu sitzen. Sein Kopf war schweißnaß. »Okay, Luis, rede!«

»Es gibt zuviel Krach mit der Polizei. All die Geschichten, daß du Leute verprügelst, den Kerl vom FBI anbrüllst, nicht kooperierst, wenn es notwendig ist.«

»Wer hat nicht kooperiert, Luis?«

»Die Dinge sind ein wenig zu sehr außer Kontrolle geraten. Die Stadt muß wieder zur Ruhe kommen.«

»Mit *wem* habe ich nicht kooperiert, Luis?« beharrte Loren.

»Als du die ATL-Leute verhaftet hast, weil sie Waffen mit sich führten.« Luis drohte mit dem Finger. »Es ist ihr *Job*, Waffen bei sich zu haben.«

»Patience versucht, meine Nachforschungen zu behindern. Er hält Beweismaterial zurück und hat seinen Schlägern befohlen, mich zu beschatten. Ich wollte ihnen einen Schrecken einjagen und ihnen zeigen, daß sie nicht unverwundbar sind.«

»Deine Nachforschungen behindern? Welche Nachforschungen? Worüber?« Luis wurde immer gereizter. Er zuckte die Achseln. »Ein Fremder wird ermordet, und du willst eine Staatsaffaire daraus machen.«

Loren war nahe daran zu explodieren. »Wenn eine Mörderbande in der Nachbarschaft herumwandert, ist es mein gutes Recht, mir Sorgen zu machen.«

»Und die Jungen, die du verprügelt hast?« fuhr Luis fort. »A. J. und der Bonniwell-Junge. Das sieht nicht gut aus.«

»A. J. hat nach der Waffe gegriffen! Er hätte mich umbringen können!«

»Ein gebrochener Kiefer. Eine gebrochene Nase.« Und unerschüttert ging es weiter: »Es geht um die Stimmen ihrer Väter. Du kannst nicht herumgehen und die Söhne von Wählern verprügeln. Es muß andere Wege zur Lösung von Problemen geben.«

»Sie zu erschießen, vielleicht.«

»Da ist noch eine Sache. Hast du Joaquín Fernandez wirklich Geld aus der Diebsbeute gegeben?«

Loren blinzelte. »Ja. Damit er seine Tür reparieren lassen kann.«

»Das ist Verfälschung von Beweismaterial. Das hat mir der Staatsanwalt gesagt.«

»Ich habe dem Mann die Tür eingetreten. Ich wollte ihm helfen, damit sie wieder repariert wird.«

Luis seufzte. »Also gut, das können wir vielleicht vergessen.«

»Arbeitsplätze«, meldete sich jetzt Maldonado zum ersten Mal zu Wort.

»Genau.« Luis strich sich die Haare aus der Stirn.

»Es geht um Arbeitsplätze«, betonte Maldonado.

»Es ist folgendes: Das Technische Museum wird acht Leute beschäftigen. Voll beschäftigen. Dazu weitere in Teilzeit. ATL hat versprochen, daß lokale Baufirmen mit dem Umbau beauftragt werden sollen.«

Loren sah von einem zum anderen. »Ich traue meinen Ohren nicht, Luis.«

»Das bringt der Gemeinde Geld, Loren.«

»Ihr müßt dafür nur die Bullen veranlassen, eine Morduntersuchung einzustellen, richtig?«

»Ich versuche nur, den Polizeichef dazu zu bringen, die Gemeinde nicht weiter zu beunruhigen.«

»Du schützt Mörder, Luis.«

Luis Augen blieben fest und ungerührt. »Das weiß ich nicht, und du weißt es auch nicht. Ich möchte nur, daß die Gemeinde nach dieser Katastrophe weiterlebt.«

»Drei Menschen sind gestorben, Luis. Ermordet.«

Luis zuckte die Achseln. »Wer hat sie gekannt? Aber acht Leute werden Arbeit haben…« – er gestikulierte mit der Zigarette –, »Leute, die Arbeit haben, zahlen ihre Rechnungen, und ihre Gläubiger müssen dann vielleicht ihre Geschäfte nicht schließen. In einer so kleinen Gemeinde ist bereits *ein* einziger Konkurs eine Katastrophe. Wir werden mehr als einen Konkurs erleben; aber vielleicht läßt sich etwas retten, wenn wir unsere Karten richtig ausspielen.« Er lehnte sich vor, und sein faltiges Gesicht verschwamm hinter einer Tabakwolke. »Wir können das *nützen*, Loren. Wir können diese Außenseiter dazu bringen, zu teilen. Auf lange Sicht bedeutet das mehr als acht Arbeitsplätze.«

Loren starrte Luis an, während er ungläubig Luis' Ausführungen folgte. Luis wollte mit den Morden Druck auf ATL ausüben und die Gesellschaft dazu zu bringen, für die Gemeinde Geld auszugeben.

Loren wurde unwillkürlich neugierig, ob Luis damit durchkam.

»Wenn du schon mit Verbrechern Geschäfte machen

willst: Die Drogenhändler würden besser bezahlen«, antwortete Loren.

»Halt den Mund, Loren«, fuhr Manuel Maldonado dazwischen. »Wir müssen uns diese blödsinnigen Anspielungen nicht anhören.«

Luis blieb ungerührt. Er machte eine überlegene Geste mit der Zigarette. »Jeder macht Geschäfte, Loren. Jeder. Und Figueracion hält, was er verspricht.«

»Du bist verrückt. Diese Leute sind wie tollwütige Hunde. Du kannst mit ihnen keine solchen Geschäfte machen.«

»Ich rede mit dem Präsidenten des Aufsichtsrats.« Luis war in seinen Singsang verfallen. »Ich rede mit dem Projektleiter. Figueracion spricht mit allen. Sie wollten das Museum auf eigenem Grund und Boden errichten. Figueracion hat sie überzeugt, daß die Sicherheit nicht gewährleistet wäre, wenn die Leute herumwandern, wo sie nicht sollten...«

»Luis. Hör mir zu. Versteig dich nicht in Träumereien.«

»In Atocha gibt es genügend freie Gebäude. Aber da gibt es ein Problem. Ihr Polizeichef verhaftet unsere Leute, dabei tun sie nur ihre Pflicht.« Luis zeigte mit einem tabakfleckigen Finger auf Loren. »Er ist unbeherrscht, höre ich. Meine eigenen Leute erzählen das gleiche. Er verprügelt Kinder.«

»Was hätte ich tun sollen? Mich von A. J. Dunlop erschießen lassen?«

Luis Stimme war immer noch traumverloren. »Es wäre das Beste, wenn der Polizeichef Urlaub macht. Ein kleiner Tapetenwechsel, vielleicht ein Jagdausflug, er kann Enten schießen, oder Damwild. Dann werden die Dinge wieder ins rechte Licht gerückt.« Er lächelte. »Niemand erleidet einen Schaden. Jeder steht zu seinem Wort. Es gibt neue Arbeitsplätze. Die Leute arbeiten, zahlen ihre Rechnungen. Die Stadt überlebt.«

Loren konnte nicht länger still sitzen. Er stand auf

und gestikulierte mit den Armen. *»Niemand erleidet Schaden?«* brüllte er. *»Drei Menschen wurden ermordet!«*

Luis sah ihn gütig an. »Wir kennen sie nicht, Loren. Sie wählen nicht. Es sterben andauernd Menschen.«

Loren war wütend. »Aber nicht vor meiner Tür!«

Luis winkte ab. »Fremde sterben. Es ist das gleiche, als wäre es in Afrika oder sonstwo passiert. Hast du Schuld an Afrika?«

Loren wurde speiübel. Er drehte sich um, versetzte seinem Stuhl einen Fußtritt und ging mit schweren Schritten zum Fenster. Draußen fraß der windverblasene Sand an den Deko-Fronten der Gebäude. Das Rexall-Schild der Apotheke schwang hin und her. Loren verdrehte die Hände, als hielt er Luis Figueracions Hals umklammert. Er steckte sie in die Taschen, holte tief Luft und zwang sich zur Ruhe.

»Und wenn ich Beweise finde?« fragte er.

»Loren, ich will keine Beweise. Ich möchte, daß du es locker nimmst, irgendwohin fährst und einen Hirsch schießt, okay?«

»Du verlangst, daß ich vergesse, was ich weiß?«

»Du weißt, daß Connie Duvauchelle ein Bordell führt, nicht wahr? Wann hast du sie das letzte Mal verhaftet?«

»Das ist etwas anderes«, fuhr er Figueracion an.

»Der Unterschied liegt darin, daß sie dafür etwas für die Gemeinde tut. Sie ist Teil der Gemeinde. Sie verwendet ihr Geld für einen guten Zweck.«

»Du meinst, sie zahlt Bestechungsgelder?«

Maldonado und Cipriano erschraken, aber Luis zuckte mit keiner Wimper. »Das ist keine Bestechung, Loren. So liegen die Dinge mal. Wenn du ein Geschäft machen willst, mußt du auf die eine oder andere Weise dafür bezahlen.« Er nahm den Aschenbecher, stellte ihn auf Lorens Schreibtisch und stand auf. »Das ist das Ende der Diskussion, Loren. Du bist beurlaubt. So liegen die Dinge nun mal.« Der Satz mußte ihm gefallen, weil er grinste und ihn ein drittes Mal wiederholte. »So liegen die Dinge nun mal.«

Maldonado stand auf. »Ich brauche deine Dienstmarke und deine Waffe.«

Loren holte das Etui aus der Hemdtasche – in der einen Hälfte steckte sein Polizeiausweis, die andere Hälfte hing mit dem siebenzackigen Stern außen an der Tasche. »Die Marke kannst du haben. Die Waffe habe ich mit meinem Geld gekauft, und die behalte ich.«

Maldonados Lippen zitterten, als wollte er wie in alten Zeiten bei den Marines ein Kommando hinausbrüllen, aber schließlich sagte er nichts. Loren nahm die Dienstmarke ab – der Stern von Babylon, dachte er; erst jetzt wurde ihm die Ironie bewußt. Er behielt den Dienstausweis – wenn sie nicht danach fragten, brauchte er ihn nicht abzugeben.

Er betrachtete den Stern in seiner Hand, und da er keinen der Anwesenden berühren wollte schnippte er ihn durch die Luft. Maldonado fing ihn mit einer raschen, routinierten Bewegung aus der Luft. Sein Blick war eisig: er würde diese Respektlosigkeit nicht vergessen.

»Ruh dich aus«, empfahl ihm Luis und ging. »Betrachte es als Urlaub an. Genieße ihn!«

Cipriano schloß hinter den beiden die Tür. Sein Gesicht zuckte besorgt.

»Tut mir leid, Jefe«, sagte er. »Ich hatte auch keine Ahnung, was kommen würde.«

Loren trat in die Mitte des Zimmers. Er streckte eine Hand aus und berührte den Schreibtisch. Am liebsten hätte er alles berührt, um sich zu vergewissern, daß alles da war und Substanz hatte, aber er unterließ es. Sein Kopf war wie benebelt.

»Was wirst du bezüglich John Doe unternehmen?« fragte er.

Cipriano runzelte die Stirn. »Ich weiß nicht. Hoffentlich taucht jemand mit neuen Informationen auf.«

»Ohh.« Loren bemühte sich krampfhaft um einen klaren Kopf und erinnerte sich an das Gespräch mit Pacheco.

Mit einiger Überraschung dachte er an die Wahoo-Mine mit den unzähligen Bomben und Brandsätzen. Er hatte sie vergessen.

Aus Groll beschloß er, auch Cipriano nichts davon zu erzählen. Er war nicht mehr der Hüter von Recht und Ordnung.

Vielleicht würde es ihm nützen. Er könnte allen beweisen, daß er unersetzlich war.

Er mußte in Ruhe darüber nachdenken.

Cipriano sah ihn besorgt an. »Ist alles in Ordnung, Jefe?«

Loren lachte, ohne daß ihm danach zumute war. »Wie soll ich mich fühlen? Abgeschossen, weil ich meine Arbeit mache.«

»Es ist nur temporär. Bis die Museumsgeschichte fix ist.«

Loren sah Cipriano an. »Es ist endgültig, Cipriano. Weißt du das nicht? Man hat uns gesagt: *Tut nicht ständig eure Pflicht*. Genau das hat es bedeutet.«

Cipriano wich Lorens Blick aus. »Wir folgen doch immer den Anweisungen der Politiker. Was ist also neu daran?«

»Der Unterschied liegt darin, daß sich das wirtschaftliche Wohlergehen der Gemeinde bisher noch nie auf einen Mord stützte.«

Cipriano zuckte die Achseln. »Wir wissen das nicht mit Bestimmtheit. Wir wissen nicht, auf welche Geschäfte sich die Politiker früher eingelassen haben. Sie machten auch Geschäfte mit Bugsy Siegel und Mickey Cohen.«

Loren holte tief Luft und versuchte, endlich wieder einen klaren Kopf zu bekommen. »Ich gehe«, sagte er.

Und er ging.

18. KAPITEL

Er fuhr den Fury nach Hause und stellte ihn auf der Auffahrt ab. Man hatte ihm nicht gesagt, daß er ihn nicht mehr fahren durfte und er bezweifelte mittlerweile, daß es ihm jemand untersagen würde.

Loren hatte rasende Kopfschmerzen, wie ein Schwamm saugte sein Schädel den Schmerz der ganzen Welt auf. Debras Taurus stand vor dem Haus, aber sie war nicht zu Hause. Loren legte die Pistole ab, warf sich auf das Sofa und schloß die Augen. Zorn und wilde Verzweiflung tobten abwechselnd in seinem Innern, lösten einander ab wie Fieber und Schüttelfrost.

Verspätet rührte sich sein Protest. Er hätte betonen sollen, daß es zwei vollkommen verschiedene Dinge waren, ein Verbrechen zu tolerieren, das keine Opfer forderte, wie etwa Prostitution, oder eine Serie von Morden sang- und klanglos zu übergehen.

Er stellte sich die Feier im Büro des Bürgermeisters vor. Trujillo gab Champagner aus. Er hatte das verhaßte demokratische Establishment dazu gebracht, die Schmutzarbeit für ihn zu besorgen und mußte jetzt nicht mehr die Konsequenzen aus seiner Unbedachtheit gegenüber dem Babysitter fürchten.

Verdammte Bande, zur Hölle mit ihnen. Aber dann:

Ich lebe hier.

Also an die Arbeit. Zuerst muß der allgemeine Stolperstein aus der Welt geschafft werden. Dunlop und Bonniwell müssen ihre Privatklage zurücknehmen.

Eigenartig, daß ihm aus jener Situation, in der er vollkommen berechtigt reagiert hatte, der Strick gedreht wurde – oder man hatte sie zumindest als Vorwand benutzt.

A. J. und Len hatten Katzen geschossen. Vielleicht war eine davon eine Rassekatze und einiges Geld wert. Vielleicht konnten die Besitzer der Katzen zu einer Anschlußklage gegen Dunlop und Bonniwell überredet werden und als Streitwert den Wert ihrer Katzen zuzüglich Schmerzensgeld für den Verlust geltend machen.

Die Dunlops würden ihre Klage wie eine heiße Kartoffel fallen lassen, sobald sie begriffen, daß es sie Geld kosten könnte. Bei Mack Bonniwell war Loren nicht sicher. Der Mann war verbohrt und grollte ihm. Aber vielleicht konnte er mit dem Richter wegen einer bedingten Strafe reden und Len mit dem Jugendgefängnis drohen.

Er stand auf und nahm ein Aspirin. Dann holte er das Mobiltelefon und erledigte einige Telefonate.

Jemand hatte tatsächlich die Informationen auf den Halsbändern der toten Katzen notiert, und dieses Material galt als Beweis bei der Verhandlung. Die Unterlagen befanden sich nicht mehr im Büro des Richters, sondern waren an eine Gerichtsschreiberin geschickt worden, damit sie sie zu Hause schrieb und vorbereitete. Loren besorgte sich ihre Telefonnummer, rief an und holte sie aus der Dusche. Aus ihrem Ton erriet er, daß sie nicht begeistert war, aber sie las ihm die Namen, Telefonnummern und Adressen, die auf den Halsbändern gestanden waren, vor. Loren hörte, wie sie während des Lesens das Wasser von den Papieren schüttelte.

Die meisten Leute, die er anrief, waren nicht zu Hause. Er sprach mit zwei Kindern, die versprachen, es ihren Eltern auszurichten, und mit einer älteren Dame, die es sich überlegen wollte.

Loren hatte immer noch rasende Kopfschmerzen. Er legte sich wieder auf die Couch, stellte das Telefon daneben ab und schloß die Augen. Sinnlose Strategien gingen ihm durch den Kopf. Irgendwann schlief er ein.

Das Geräusch der Hintertür und eine weibliche Stimme weckten Loren. Es war nicht Debra. Nach wenigen Worten erkannte er Madeleine Gribbin, die im Haus hinter den Hawns wohnte. Dann erklang Debras Stimme. Der Kühlschrank wurde geöffnet und etwas herausgenommen.

»Ich kann nie im voraus sagen, wie er auf etwas reagiert«, sagte Debra. »Manchmal ist er so empfindlich.«

Lorens Herz machte einen gewaltigen Satz. Sie sprachen über ihn. Vielleicht ließ er sie besser wissen, daß er hier war.

»Mein Bruder ist genauso«, stimmte Madeleine zu. Eine Flüssigkeit plätscherte in ein Glas. »Es gibt Dinge, über die kann ich mit ihm einfach nicht reden. Zum Beispiel Politik.«

»Ich weiß, was du meinst.«

»Nun ja, Polizeichef ist ein politisches Amt. Aber Elroy ist ein *Bergmann*, und du kannst mit ihm nicht über Politik reden! Er will immer gleich losschlagen. Seiner Meinung nach hätten wir Rußland, für das, was in Armenien passierte, mit Kernwaffen ausradieren sollen.«

»Loren ist nicht für Radikallösungen«, fuhr Debra fort. »Dazu ist er zu sehr Individualist.« Loren wurde warm ums Herz. »Dennoch gibt es Dinge, die ich ihn besser nicht wissen lasse.« In der Eßecke wurden Stühle gerückt und die Frauen setzten sich.

»Zum Beispiel Katrinas Abtreibung, die hat mich einen großen Kampf gekostet.«

Bei diesen Worten überkam Loren ein äußerst seltsames Gefühl. Er glaubte in einem transparenten, absolut klaren, warmen Meer zu schwimmen. Er befand sich woanders, hörte zwei Frauen zu. Vielleicht Fremde? Vielleicht Verdächtige in einem noch unbestimmten Verbrechen? Seine Gedanken waren klar und nüchtern, und seine Objektivität überraschte ihn. Die Sache schien ihn nichts anzugehen.

»Er ist gegen Abtreibung, nicht wahr?« fragte Madeleine.

»Ja. Aber er ist nicht fanatisch. Er geht nicht auf die Straße und spendet auch nicht für ›Ein Recht zu leben‹. Er ist nur ... seiner Meinung nach sollten sich die Leute über die Konsequenzen ihrer Handlungen bewußt sein.«

»So denkt eben ein Polizist.«

»Vermutlich. Seine Einstellung zu Sex ist natürlich auch ziemlich altmodisch. Er redet über Teenager-Flittchen, die die Konsequenzen scheuen.«

Das ist nicht wahr, dachte Loren. *Das habe ich nie gesagt.* Aber Debras Worte verletzten ihn nicht; er blieb kühl und überlegte. Vielleicht übertrieb sie, damit es besser wirkte.

Er entdeckte eine Spinnwebe an der weiß gestrichenen Spanholzdecke; sie bewegte sich in einer unmerklichen Brise hin und her.

»Das kommt daher, weil er sein ganzes Leben hier verbrachte«, erklärte Debra. »Abgesehen von der Zeit bei der Armee. Wenn er in einer Großstadt gelebt hätte ... Ich weiß nicht.«

»Vielleicht hat er nie darüber nachgedacht.«

»Mit Sicherheit nicht. Und als Katrina schwanger war, wollte ich nicht, daß er sich zu diesem Zeitpunkt zu einer Entscheidung durchrang.«

»Das war vermutlich das Klügste, was du tun konntest.«

»Wer weiß, wie er auf Marty reagiert hätte. Du kennst sein Temperament.«

Marty, dachte Loren. Katrinas Freund, seit sie dreizehn war, bis vor etwa einem Jahr. Er hatte sich immer gewundert, warum sie sich getrennt hatten. Ihm war nicht aufgefallen, daß sie Probleme hatten.

Seither hatte Katrina keinen festen Freund mehr gehabt, nur viele hoffnungsvolle Verehrer. Kein Wunder.

Marty gebührt es, daß ihm einer die Knie bricht, dachte Loren.

Loren wollte nichts mehr hören. Eines der Mädchen konnte jederzeit nach Hause kommen und ihn hier auf der Couch finden. Er lehnte sich zurück und versuchte sich zu entspannen. Richtig tief auszuatmen.

Er begann absichtlich zu schnarchen. Zuerst leise, denn er wußte nicht, wie er am besten überzeugend wirkte. Aber er fand es recht gut, daher erhöhte er die Lautstärke.

In der Eßecke wurde es still. Stühle wurden gerückt und Schritte kamen näher. Er schnarchte leiser und blieb entspannt liegen. Das Licht veränderte sich; jemand beugte sich über ihn. Loren atmete durch den Mund aus, rollte sich auf die Seite und imitierte langsames Erwachen.

»Loren«, sagte Debras Stimme, »ich wußte nicht, daß du zu Hause bist.«

»Ahm ... wie? – Ich habe ein wenig geschlafen.« Loren setzte sich langsam auf und blinzelte verschlafen. »Ich hätte zu Bett gehen sollen.«

Debra dachte scharf nach, das sah er. Er wollte sie nicht dabei stören. Er nahm die Pistole vom Tisch, ging an ihr vorüber und ins Schlafzimmer.

In seinem Kopf hämmerte immer noch ein quälender Schmerz, aber irgendwie war er über den Schmerz hinausgewachsen und hatte ihn auf eine andere Ebene verdrängt. Seine Gedanken waren nach wie vor klar. Ob das Migräne war? Seines Wissens nach hatte er noch nie Migräne gehabt, aber es könnte so ähnlich sein. Er hängte die Pistole an ihren Platz, streckte sich auf dem Bett aus, die Arme seitlich angelegt, wie eine Leiche, die auf den Abtransport wartete.

So viel für sein trautes Heim.

Wie von einer Filmrolle spulten sich in seinem Kopf die Gedanken ab. Vielleicht hätte er den Sprengstoff fortschaffen sollen, irgendwohin. Später, wenn er die Zeit für gekommen hielt, könnte er ihn zum Vorschein bringen und sich als Held produzieren. Die Feds haben vielleicht nicht alle Öko-Terroristen erwischt; die verbliebenen verlagern das Versteck womöglich. Das sollte er verhindern.

Mit Hilfe der Katzenbesitzer könnte es ihm zumindest gelingen, die Zivilklage der Dunlops loszuwerden. Die Bonniwells waren eine andere Sache.

Er müßte einmal ausprobieren, ob der Plan mit den Katzenbesitzern funktionierte. Mack hatte im Augenblick mit seinen eigenen Problemen genug zu tun; er war arbeitslos, und das stand auf seiner Liste ziemlich weit oben. Vielleicht verließ ihn bald die Kraft und das Interesse für seinen Haß.

Dann blieben noch John Doe, William Patience und das Wrack des Maglev.

Loren ging in Gedanken durch, was er wußte; der Name Joseph Dielh tauchte immer wieder auf. Der Physiker war im Privatflugzeug der Gesellschaft vom Privatflughafen auf dem Firmengelände abgeflogen und war seit Sonntag in Washington.

Vielleicht konferierte er mit Vorgesetzten. Aber vielleicht hatte Dielh herausgefunden, wie verrückt Patience wirklich war und hielt Washington für das beste Versteck. Wenn der Mann wenigstens Lorens Anrufe beantworten würde, könnte Loren unter Umständen Näheres erfahren.

Er könnte nach Washington fliegen, überlegte Loren. Nichts hielt ihn auf. Er könnte Dielh im Ministerium für Energie oder im Verteidigungsministerium ausfindig machen, oder wo er sich eben versteckte.

Er hatte hier keinen Job mehr.

Er konnte tun, was er wollte. Er war frei. Er hatte keine Verantwortung, nichts. Mit zynischer Fröhlichkeit wurde ihm bewußt, daß ihm Luis Figueracion und Edward Trujillo ermöglicht hatten, ungehindert und frei beliebige Nachforschungen anzustellen.

Loren wurde den Gedanken an Ronald Dudenhofs

Blut nicht los. Zu viel hing davon ab, ob Dudenhof und John Doe ein und dieselbe Person waren, oder ob es ein Wunder gewesen war. Daß er Randals Sarg ausgegraben und untersucht hatte, war auch nicht die befriedigende Lösung gewesen, und Does Verschwinden hatte die Dinge weiter verwirrt.

Wie wollte er Näheres herausfinden?

Vielleicht war es für Sie. Rickeys Worte.

Der Mann hatte seinen Namen gerufen. Hatte um Hilfe gebeten, und Loren konnte nicht helfen.

Verraten. Er war verraten worden. Diese nackte Wahrheit drängte sich in sein Bewußtsein und wollte sich Luft machen. Schmerz erfüllte ihn bis tief ins Mark. Im Zustand der Abstraktion war es ihm erspart geblieben zu fühlen.

Seit Beginn seiner Laufbahn war Loren Luis Figueracion treu ergeben gewesen, und das war nun seine Belohnung. Aus dem Büro geworfen, auf die Jagd geschickt, während die Mörder ihre Waffen reinigten und das nächste Opfer ins Visier nahmen.

Er hatte seiner Familie mit dem gleichen Eifer gedient, wie er Luis gedient hatte. Auch sie hatten ihn verraten.

Wie hätte er auf die Notwendigkeit einer Abtreibung bei Katrina reagiert? Er wußte es nicht, auch nicht nach langem Nachdenken. Dank des Schweigens, mit dem man ihn so sorgfältig umhüllt hatte, würde er es nie herausfinden.

Diese Überlegungen waren zu bedeutend, von zu großer Tragweite für das kleine Zimmer, in dem er lag. Er stand vom Bett auf, ging zur Tür und blieb nochmals stehen. Er nahm die Düfte wahr, die er mit zu Hause verband, mit seinem trauten Heim. Aus der Eßecke kamen noch immer die gedämpften, befangenen Stimmen der Frauen.

Er ging durch den Korridor und betrat Kellys Zimmer. Schmutzwäsche lag über den Fußboden verstreut.

An der Wand hingen Poster prominenter Männer; mit bloßer Brust und langen Haaren, das Gesicht schmaläugig mißtrauisch verzogen, glichen sie einander auf seltsame Weise. Loren ging ins Bad der Mädchen, wo es nach Babypuder, Parfum und Haarspray roch. Nasse, schmutzige Handtücher lagen als Einladung für Schimmelpilze in einer Ecke. Die Cowboys auf dem Wrangler-Poster an Katrinas Tür starrten ihn an wie aus einem Hollywoodfilm.

Loren öffnete die Tür zu dem Zimmer, das er für seine Tochter gebaut hatte. Katrina war verglichen mit ihrer Schwester ordentlich. Bücher und Tonbänder waren säuberlich aufgereiht. Hier konnte man gehen, die einzigen Kleidungsstück, die herumlagen, waren der Pyjama, den Katrina über einen Stuhl geworfen hatte, und das Kleid, das sie am Morgen zur Kirche getragen und auf das Bett gelegt hatte. Der Computer, den sie mit Kelly gemeinsam benutzte, war mit der Plastikhülle zugedeckt.

Zwei Fenster standen offen, und der staubbeladene Wind blies herein. Das dritte Fenster – das mit dem Fliegengitter, das sie manchmal als Tür benutzte – war geschlossen. Hier war Marty vermutlich ein- und ausgegangen, dachte Loren, und hatte sie höchstwahrscheinlich auf ihrem Bett geschwängert.

Loren wollte nicht länger darüber nachdenken. Er stand eine Weile herum und ließ den Raum auf sich wirken. Er kam ihm jetzt anders vor als früher, nicht im einzelnen, aber er sah alles aus einer anderen Perspektive.

Er bemerkte, daß er sich wie ein Polizist benahm, und es gefiel ihm nicht. Er wollte in der Familie nicht nach Beweisen suchen und nach Hinweisen stöbern, um herauszufinden, was sich hier abspielte.

Was er jetzt brauchte, war Klarheit. Er ging in sein Zimmer, zog die Uniform aus und Levis und eine Jeansjacke an. Als er das Haus bei der Vordertür verließ, unterbrachen die Frauen ihr Gespräch in der Küche.

Zu spät überlegte er, ob er sich vielleicht verabschieden hätte sollen.

Er stieg in den Fury und fuhr ziellos in Rose Hill herum, am Haus der Fortunes vorüber, auf dem die FBI-Siegel an der Tür prangten, vorüber am heruntergekommenen, alten Queen Anne, wo Roberts seine nächtlichen Beratungen mit der Flasche und dem Allmächtigen abhielt. Kein Prophet erschien; kein Wunder stiftete Verwirrung. Er fuhr weiter ins Zentrum, vorüber an den Decó-Geschäftsfronten, deren Design einen raschen Start in die Zukunft signalisieren sollte. Dann ließ er die Stadt hinter sich, fuhr an der Abzweigung zu Connie Duvauchelle vorüber und am Tomahawk schwingenden Indianer bei Geronimo und der Rakete der Atom Lounge. Links von ihm dehnten sich die flachen UFO-Felder, und der Zaun, der rundherum verlief, wirkte unmotiviert und unnatürlich. Loren wurde langsamer.

Unkraut überwucherte das Feld, und das Pentagramm, in dem sich die geduldig wartende Gemeinde der Untertassengläubigen versammelt hatte, war nicht mehr zu sehen. Den großen Arbeitsschuppen aus Wellblech, wo sie geschlafen und ihre Werkzeuge aufbewahrt hatten, hatte der Rost zerfressen. Loren fuhr auf das Feld hinaus, holperte durch die alten Fahrrinnen und hielt neben dem Arbeitsschuppen.

Wieder einmal war der Beginn des neuen Zeitalters verschoben worden. Joseph Smith und Samuel Catton hatten das augenblickliche Ende der Welt verkündet, sobald der Ruf von Gideons Trompete erschallte. Der Ruf blieb aus, und die Welt war dem Gericht und dem Ende entronnen. Eine neue Apokalypse sollte in Form eines thermonuklearen Feuerregens hereinbrechen; sie wurde auf unbestimmte Zeit verschoben. Die Jahrtausendwende sollte die Untertassen bringen, glühende Vic-Formationen, die geräuschlos über den mitternächtlichen Himmel rollen und den traurigen, hoffnungsvollen, hoffentlich traurigen Andächtigen Erlösung und Erleuchtung verkünden.

Jetzt hatte die Welt einen neuen Alptraum: Treibhauseffekt, kalbende Gletscher, steigende Meeresspiegel, Ernten, die in den Furchen braun wurden, wie Waffeln auf dem Rost. Menschen wie die Öko-Terroristen verstrickten sich in Rückzugsgefechte gegen diese Zukunft, eine Zukunft, die in der Hitze und der Dürre bereits deutlich zu erkennen war, und die im ausgebleichten alkalischen Boden des Bezirks bereits erste Ergebnisse zeigte.

Auch das wird nicht das Ende bedeuten, auch wenn es schlimm genug sein wird. Es werden genügend Menschen überleben, die sich ein neues, noch verhängnisvolleres Ende ihrer Existenz ausdenken und es vielleicht auch verwirklichen werden.

Loren stieg aus dem Auto und ging durch eine Lücke im Maschendrahtzaun. Der war seinerzeit errichtet worden, um das Mutterschiff vor den ekstatischen Bekehrten der letzten Stunde zu schützen. Die heiße Brise brannte Loren im Nacken. Für das Diagramm war damals eine messerscharfe Furche gegraben und mit Beton ausgegossen worden; der Beton zerbröckelte im Lauf der Zeit, und Staub bedeckte die alten Furchen. Loren suchte sich eine Betonlinie aus und wanderte über das Feld.

Trotz des Heulens des Windes hätte er den Lärm der Atocha-Mine hören sollen, das Dröhnen der schweren Lastwagen, die mit Tonnen von Erz aus der Grube kamen. Es war still.

Seine Welt, die Welt, in der Loren fast sein ganzes Leben verbracht hatte, war zu Ende. Ein neues Zeitalter hatte begonnen, er hatte es erst jetzt bemerkt.

Wildhühner stoben vor seinen Füßen auf; sie waren in einem jungen Wacholdergehölz gesessen, das seit der Vertagung der Untertassen-Apokalypse dort gewachsen war. Er hätte eine Flinte mitnehmen sollen! Dann fiel ihm ein, daß er eine im Fury hatte. Er mochte die Remington nicht für die Jagd – sie war zu schwer und zu unhandlich, zum Unterschied zur doppelläufigen Heym, die aus der Zeit um die Jahrhundertwende stammte, und die er normalerweise verwendete. Aber die Remington hatte er nun einmal hier.

Er ging zum Auto, holte die Waffe, nahm den groben Schrot heraus, mit dem er am Nachmittag den Wilderern gedroht hatte, und lud Vogelschrot. Er pirschte sich leise und vorsichtig über den zerbröckelnden Beton näher und schoß sieben Vögel. Bewegung und Schüsse waren sauber und exakt. Nichts ging daneben. Der Pulvergeruch war eine angenehme Abwechslung im heißen Wind. Er hob die abgefeuerten Patronenhülsen auf, um keine Spuren seiner Anwesenheit zu hinterlassen. Zumindest hier behielt er die Kontrolle über die Situation.

Loren warf die toten Vögel in den Kofferraum des Autos, lud die Waffe wieder mit grobem Schrot und ging hinüber zum Wellblechschuppen. Die Hütte war mit einem alten Master-Vorhängeschloß versperrt, das seit langem unbenutzt war. Er stieg ins Auto und verließ das Gelände.

Die Kopfschmerzen waren verschwunden.

Später in der Stadt kam er am Pfarrhaus vorüber. Als er einen Parkplatz entdeckte, steuerte er rasch hinein. Reifen quietschten, als das Auto hinter ihm plötzlich bremste. Säße er nicht in einem Polizeifahrzeug, dann hätte er böse Blicke, obszöne Gesten und Gehupe dafür geerntet, das wußte Loren.

Loren klopfte, und es blieb eine Weile still. Schließlich öffnete Rickey und stand mit bloßem Oberkörper und ohne Brille in der Tür. Er blinzelte kurzsichtig und kratzte sich die hellen Haare auf der eingefallenen Brust.

»Sie haben geschlafen, ich komme später wieder«, entschuldigte sich Loren.

»Es ist ohnehin an der Zeit, daß ich aufstehe.« Rickey

drehte sich um und ging durch die Diele voran. »Sie kennen den Weg ins Arbeitszimmer.«

Loren nahm dem ausgeschalteten Computer gegenüber Platz und studierte die auffallende Ornamentik des Raums, die Decó-Blitze auf der Stuhllehne des Pfarrers und das Gipsauge auf der Spitze einer Pyramide. Rickey stolperte irgendwo im Haus herum und tauchte schließlich mit wehenden Hemdschößen auf. Er nahm hinter dem Schreibtisch Platz und setzte die Metallbrille auf, schob sie zuerst auf die Nase und zog dann erst die Bügel hinter die Ohren, wie ein Buchhalter aus einer Geschichte von Dickens.

»Ich habe gehört, was geschehen ist«, begann Rickey. »Die Geschichte tut mir leid.«

Loren sah ihn finster an. »Welche Geschichte tut Ihnen leid?«

»Daß Sie gekündigt wurden.«

»Ach das.« Loren tat es mit einer Handbewegung ab. »Das ist unwichtig. Ich bin bei vollem Gehalt beurlaubt. Politische Taktik.«

Rickey kämpfte mit dem Schlaf. »Ach so.«

»Ich bin mit dem Grund nicht einverstanden, aber ...« Er verstummte; sein Schuldgefühl schnürte ihm den Hals zu.

Rickeys Blick wurde wach. »Was war der Grund? Wenn Sie mir die Frage gestatten.«

»Weil«, begann Loren und verstummte wieder. Er ließ Rickey nicht aus den Augen. »Beamte sind mit der Politik nicht immer einverstanden.«

Rickey grinste. »Ebensowenig wie Priester mit der Kirchendoktrin.«

Loren war überrascht. »Tatsächlich?«

»Natürlich. Denken Sie an den armen Papst. Jedesmal wenn er den Mund aufmacht, muß er veraltete Offenbarungen, Auslegungen und Doktrine aus zweitausend Jahren berücksichtigen.« Rickey lehnte sich zurück; der alte Stuhl knarrte. »Sogar eine auf neuen Wurzeln beruhende amerikanische Religionsgemeinschaft, die sich auf direkte Offenbarung im neunzehnten Jahrhundert beruft, schleppt eine Menge unnötiger doktrinärer Lasten mit sich. Ich würde ein Gutteil davon am liebsten loswerden.«

»Das kann ich mir vorstellen.«

»Daher gefällt mir unsere Kirchenlehre der fortdauernden Offenbarung. Wir können die Kirche erneuern und ändern, wann immer es notwendig erscheint. Das hält den Glauben jung.«

»Gut.«

Loren hatte wieder eine von Rickeys unvorhersehbaren Schwärmereien ausgelöst und machte sich auf eine ausgedehnte Erklärung gefaßt, aber der Priester hielt sich mit sichtbarer Willensanstrengung zurück. Er legte den Kopf schief und fragte: »Sie haben von Beamten im öffentlichen Dienst gesprochen?«

»Ja. Stellen Sie sich vor, Sie sind Polizist und sind nicht verantwortlich für Politik. Sie müssen sich in das System einfügen, doch das System ist unvollkommen. Sie haben aber das System nicht *gemacht*, sie haben es übernommen.«

»Ich verstehe.«

»Und ...« Loren wäre am liebsten aufgestanden und auf und ab gegangen, um seinen Ausführungen durch Bewegung Nachdruck zu verhelfen. »Ich will nur eines«, fuhr Loren mit resignierter Handbewegung fort, »ich will, daß meine Stadt eine anständige Stadt ist. Eine *sichere* Stadt, verstehen Sie?«

»Ich war während der Sigatoka-Hungersnot in Uganda«, erzählte Rickey.

»Das schloß ich aus Ihren früheren Erzählungen.«

»Die Gegend war schwer in Mitleidenschaft gezogen worden, zuerst Amin, dann Krieg und Revolution und schließlich AIDS. Gerade als es allmählich besser wurde, schlug der Bananenmehltau zu. Die Bananen gehören zu den Grundnahrungsmitteln der armen

Leute – auf einem kleinen Grundstück kann man genügend Bananen ziehen, um eine Familie zu ernähren. Der schwarze Sigatoka-Schimmelpilz befiel die Bananenstauden schneller, als pilzresistente Pflanzen nachwachsen konnten. Nun …« Er zuckte die Achseln. »Sie kennen aus dem Fernsehen, was dann passierte. Flüchtlinge, Unruhen, Revolten. Hungersnot. Ich sollte den Bauern helfen, die Produktion auf Weizen umzustellen, aber der amerikanische Weizen, den ich hatte, war für Afrika nicht geeignet. Eine Bananenpflanzung von siebentausend Quadratmetern ernährte eine Familie. Um die gleiche Familie von Weizen zu ernähren, brauchte man wesentlich mehr Land, und dieses Land war nicht verfügbar. Es gäbe genügend Regen für den Weizen, wenn der Regen gleichmäßig fiele, aber in Uganda kommt er nicht regelmäßig. Er kommt in sturzbachartigen Wolkenbrüchen, auf die wochenlange tropische Hitze folgt.«

Rickey schüttelte den Kopf. »Das wußte ich bereits wenige Wochen nach meiner Ankunft. Aber meine Vorgesetzten in Washington bestanden darauf, daß ich das Programm durchzog. Gegenteilige Vorschläge wurden entweder verworfen oder ignoriert. Was sollte ich machen? Ich hätte dasitzen und den Ugandern beim Verhungern zusehen können, oder ich hätte ihnen zeigen können, wie man Weizen pflanzt und damit ein paar gerettet.« Er seufzte.

»Nach einer Weile fragte ich mich, ob Washington wirklich jemanden retten wollte. Meiner Meinung nach waren sie nur auf eine gute Presse aus. Die Leute sollten *glauben*, daß sie halfen, was wirklich geschah, war Washington im Grunde gleichgültig.«

»Eine gute Presse. Ich weiß, was Sie meinen.«

»Die neuen Weizenfelder erodierten zu Wüsten. Das war schlimmer, als hätten wir nichts getan. Die Leute machten uns, die Amerikaner, für ihre Probleme verantwortlich. Sie setzten uns mit der korrupten Regierung gleich, die durch das Hilfsprogramm reich wurde. Aus den diversen Kämpfen waren überall moderne Waffen zurückgeblieben. Ich wurde in die Staaten ausgeflogen, nachdem einige Leute vom Friedenscorps erschossen oder mit Buschmessern zerhackt worden waren.«

Er beugte sich vor und blickte Loren in die Augen. »Ich wollte nichts anderes, Chief, als aus Uganda ein *anständiges Land* machen. Aber es war mir nicht vergönnt. Verstehen Sie?«

Loren nickte, wollte Rickey für seine kleine Ansprache danken und gehen. Aber sein Herz war immer noch voll von Schuldgefühl, und er sprach unwillkürlich weiter.

»Es verhält sich etwas anders. Stellen Sie sich vor, Sie sind in Uganda, haben Nahrungsmittel für die Menschen, und ihre Vorgesetzten befehlen ihnen, sie nicht zu verteilen.«

»Sie müssen den Menschen geben, was sie brauchen, Loren.«

»Der angebliche Grund dafür ist, daß später mehr Nahrungsmittel zur Verfügung stehen werden. In der Zwischenzeit herrscht Hungersnot.«

»Sie wissen nicht, was die Zukunft bringt. Sie müssen den Menschen helfen, so lang Sie können.«

»Ich weiß, wer damals den Mann erschossen hat«, platzte Loren heraus, »und ich weiß, wer gestern das Zugsunglück verursachte.«

Rickey war überrascht. »Sie können es nicht beweisen, nicht wahr?«

»Ich erhielt Anweisung, es nicht zu versuchen. Ich wurde beurlaubt, damit ich nichts unternehme.«

Rickey war aufrichtig überrascht. Er kämpfte lange mit seinen Gedanken. »Ihre ... Vorgesetzten ... decken demnach einige Morde?«

»Ich würde es so sagen, sie wollen nicht *wissen,* wer die Morde begangen hat. Es ist ihnen gleichgültig. Sie zerbrechen sich über andere Dinge den Kopf.«

»Worüber, um Himmels willen?«

»Wie sie die Stadt retten können. Ein paar Fremde wurden ermordet, okay. Sie hatten nichts damit zu tun, sie kannten die Leute nicht, die starben, es bedeutet ihnen nichts.« Er dachte an Sondra Jernigan, wie sie im Auto weinte, an Jernigans Kopf mit dem wütenden Gesichtsausdruck. »Es bedeutet ihnen nichts«, wiederholte er. »Aber sie glauben, daß sie mit … also mit Leuten, die mit den Verbrechern zu tun haben, ein Geschäft machen können. Sie wollen für die Stadt Geld und Arbeitsplätze herausholen.«

»Blutgeld.« Rickey war entsetzt.

»Bisher war ich loyal. Ich habe Dinge getan, wie sie es von mir erwarteten, auch wenn es mir nicht gefiel. Es ist meine Stadt! Ich mußte sie so nehmen, wie sie war.«

»Ich habe natürlich gehört …« Rickey wählte seine Worte vorsichtig. »Mir sind Geschichten von Korruption zu Ohren gekommen. Schmiergeld, solche Sachen.«

»Manches daran stimmt wahrscheinlich.«

Rickey sah ihn nur schweigend an.

»Aber das ist nicht … das ist nicht wirklich böse.« Lorens Kopf war schweißnaß. »So laufen die Dinge eben im Leben. Es spielte sich auf einer gutnachbarlichen Basis ab, und das bereits seit mehr als hundert Jahren.«

»Es ist dennoch falsch.«

»Das gebe ich zu.« Loren konnte nur mit Mühe weitersprechen. »Ich lebe damit. Ich bin nicht stolz darauf. Aber es ändern? Da müßte ich alles ändern.«

»Irgendwann wird es aufhören müssen.«

»Ich war bestimmten Leuten treu ergeben«, beharrte Loren. »Ich war loyal und erwartete ebenfalls Loyalität.«

»Mit gutem Grund.«

»Genau!« Loren ballte die Fäuste. »Und sie haben mich … ich wurde verraten. Mein Vertrauen. Ich weiß nicht …« Er konnte nicht mehr klar denken.

»Ergib dich Caesar, wenn du mußt«, zitierte Rickey.

»Aber ein großes Verbrechen dürfen Sie nicht verheimlichen. Sie müssen die Mörder verhaften. Sie müssen sie verhaften und einsperren.«

»Für eine Verhaftung brauche ich Beweise«, betonte Loren. »Ich muß den Staatsanwalt davon überzeugen, daß ich ausreichend Beweise für einen Schuldspruch besitze, und diese Beweise fehlen mir. Wenn ich sie hätte, könnte ich die Verbrecher verhaften und sie so lange unter Druck setzen, bis sich einer von ihnen bereit erklärt, gegen die anderen auszusagen. So läuft es. Das funktioniert. Aber wenn der Staatsanwalt sie nicht festhalten kann, sind mir die Hände gebunden. Wenn ich aber dem Staatsanwalt sage, was ich weiß, würde er mich für verrückt halten.«

»Aber Sie müssen trotzdem ...« Der Pastor zögerte. »Der Beweis, den Sie haben – ist er ... äh ... übernatürlich?«

Loren lachte. »Sie denken an mein Wunder. Nein, er ist nicht einmal übernatürlich. Mein Beweis baut auf dem auf, was ich von den Leuten weiß, die damit zu tun haben, von ihren Schachzügen und so fort.«

»Ich bin erleichtert.« Rickey atmete tief auf. »Wie man sich fühlen muß, wenn man ein Leben auf dem Gewissen hat?«

»Darüber habe ich auch schon nachgedacht. Aber ich mußte noch nie meine Waffe gebrauchen. Ich fand immer andere Möglichkeiten, mit meinen Nachbarn fertigzuwerden. Darauf bin ich stolz.« Herausfordernd fügte er hinzu. »Unter uns gesagt, das ist die beste Methode, egal, wie die Anwälte das sehen.«

Rickey schien nicht zugehört zu haben. »Der Mann, der damals das Asyl niederbrannte«, sinnierte er, »der Brandstifter. Er wußte vermutlich, daß im Haus ein Rauchwarn- und Alarmsystem installiert war. Wie konnte er annehmen, daß zwölf Leute sterben würden? Daß er Kinder töten würde? Das war bestimmt nicht sein Plan.«

»Soweit ich Verbrecher kenne, kümmern sie sich verdammt wenig um den Schaden, den sie anrichten. Das paßt nicht in ihre Pläne.« Loren zuckte die Achseln. »Daher erwischen wir sie meistens. Weil sie mit all dem nicht rechnen.«

»Ich bin überzeugt, wer das damals getan hat, leidet«, beharrte Rickey. Der Pastor hatte nicht ein Wort von dem, was Loren gesagt hatte, begriffen. Er war in seinen eigenen Alptraum eingesponnen, seine Augen waren in die Ferne gerichtet, wo Kinder nach Luft rangen und Flammen in den Nachthimmel loderten. »Wie kann ein solcher Mann Buße tun?« fragte Rickey. »Was kann er der Gesellschaft oder Gott als Gegenleistung anbieten?«

»Ein Leben in den Steinbrüchen von Leavenworth wäre nicht ganz abwegig.«

»Ein Leben würde nicht ausreichen, bestimmt nicht.« Rickeys Augen zuckten. »Mörder müssen bestraft werden. Es muß Recht gesprochen werden. Wenn Sie wissen, wer ...«

Loren war frustriert und entlud seine Enttäuschung in einem zornigen Ausbruch. »Es ist ein gottverdammtes Spiel. Recht und Unrecht haben nichts damit zu tun. Man muß einfach mittanzen, mit den verdammten Rechtsanwälten und Richtern, jeden I-Punkt und jeden T-Strich richtig setzen!«

»Dann setzen Sie die Punkte, durchkreuzen Sie die T's!«

»Wenn wir in den alten Zeiten vor hundert Jahren wären, würde ich einfach die Mannschaft antreten lassen und die Ganoven verhaften. Ich könnte vielleicht sogar damit rechnen, daß sie den Job des Richters auch gleich erledigen und die Bande bei der Festnahme mit Blei durchsieben oder sie nach der Festnahme aufhängen.« Er zuckte die Achseln. »Aber wir leben im einundzwanzigsten Jahrhundert. Heute sieht man die Dinge anders, auch in Atocha. Vieles hier läuft nach alten Schablonen ab, aber nicht nach so alten. Wir haben keine Lynchjustiz.«

»Sie haben ein Wunder gesehen.«

Loren machte Rickeys Gedankensprung mit. Er sah den Pastor überrascht an. »Ja, das habe ich, ich glaube es zumindest.«

»Was habe ich Ihnen unlängst über Wunder gesagt? Sie kehren das Unterste zuoberst, sie verändern alles.«

»Ja.«

»Ich möchte, daß Sie nachdenken, ob das Wunder deshalb für Sie geschah, weil Sie alles verändern sollen.«

Loren sah Rickey trostlos an. »Schwert und Arm des Herrn«, sagte er.

»Ja.«

»Gott drängt mich in eine Ecke. Er will, daß etwas geschieht und er läßt mir keine Wahl.«

»In gewisser Weise ja. Sie stehen im öffentlichen Dienst. Sie kennen das weltliche Leben und die Sünde, aber Sie sind auch ein Mann des Glaubens, weil Sie spüren, daß es eine bessere Welt gibt. Vielleicht ist es Ihr Auftrag, Atocha zu einer lebenswerten Stadt zu machen, so wie Sie es gesagt haben.«

Loren blickte den Priester lange an, dann stand er langsam auf. Der Besuch hatte ihn keineswegs aufgemuntert, sondern nur mit schlimmen Vorahnungen erfüllt. Seine Kopfschmerzen meldeten sich wieder.

»Ich werde tun, was ich kann«, sagte er.

»Mehr erwartet niemand.«

Es war bereits dunkel. Er fuhr unter den überhängenden Ulmen der Estes Street nach Hause. Plötzlich scherte hinter ihm ein Auto vom Bordstein aus; die Scheinwerfer blendeten ihn im Rückspiegel. Die Lichter wurden abgeblendet, dann wieder auf- und noch einmal abgeblendet. Jemand gab ihm ein Zeichen.

Loren befand sich sofort in Hochspannung. Plötzlich erinnerte er sich, daß er keine Waffe trug.

Er zog die Handbremse und holte die Flinte aus der Halterung. Das andere Auto, ein Saab, fuhr vor und parkte vor ihm im Licht seiner Scheinwerfer. Nur eine Person saß im Auto.

Ein Mann stieg aus. Es war ein junger Mann mit einem sauber gestutzten blonden Schnurrbart; er trug eine blaue Nylonjacke und Arbeitsschuhe. Loren schaltete den seitlichen Suchscheinwerfer ein und richtete ihn mit Hilfe des Kontrollhebels im Auto auf den Mann. Der Mann beschattete die Augen mit den Händen – beiden Händen. Loren wollte beide Hände des Mannes sehen. Er ließ das Fenster hinunter.

»Chief Hawn?«

»Ja.«

»Ich bin Paul Rivers. Wir haben gestern abend miteinander gesprochen.«

»Ja, richtig.«

»Ich habe die Information, die Sie wollten. Es ist irgendwie seltsam.«

Der Mann griff in die Jackentasche. Lorens Spannung stieg, und er umklammerte den Schaft der Flinte.

Rivers zog ein Stück Papier hervor. »Das ganze Wochenende hatten die selben vier Leute Dienst. Von Samstag früh an war außer ihnen und den Wachen am Tor niemand aus unserer Abteilung im Gelände.«

Loren griff nach dem Papier und las die Namen. Patience, Nazzarett, McLerie, Denardis.

»Das ist ungewöhnlich, nicht wahr?«

»Das war noch nie der Fall. Und keiner von ihnen hat seit der ersten Montagschicht Dienst gemacht. Sie stehen nicht auf dem Dienstplan, und ich habe keinen von ihnen gesehen.«

Freitag nacht war irgend etwas geschehen. Es war so ungewöhnlich gewesen, daß Patience dieselben Leute während des ganzen Wochenendes Dienst machen ließ, um die Zahl der Augenzeugen so klein wie möglich zu halten; bis er den gelben Thunderbird am Montag früh loswurde und damit das letzte Beweisstück zerstörte.

»Ich habe Nazzarett am Dienstag nachmittag verhaftet«, erzählte Loren. »Er hat mich in einem Blazer beschattet.«

Rivers zuckte die Achseln. »Er war nicht im Dienst. Ich habe nicht nachgeprüft, wer ein Auto genommen hatte.«

»In Ordnung. Vielen Dank.«

»Ich wollte Sie nicht anrufen. Patience kann von seiner Zentrale alle ein- und ausgehenden Anrufe aufzeichnen und ...«

»Augenblick! Wissen die Angestellten das?«

»Einige schon, andere nicht. Es ist kein großes Geheimnis, wenn Sie das meinen.«

Deshalb also mußte Jernigan sterben. Patience hatte am Dienstag morgen sein Gespräch mit dem Rechtsanwalt mitgehört.

»Patience hat noch andere Einrichtungen zur Überwachung. Er zapft Telefone an und so weiter.«

»Das ist ungesetzlich.«

Rivers machte eine gleichgültige Geste. »Die Lage ist ziemlich gespannt. Er zieht Alarmübungen ab mit der Vorgabe, daß Fremde auf dem Gelände sind, und macht Blitzinspektionen. Er kehrt den harten Kerl noch mehr hervor als sonst. Er muß irgendwie unter Druck stehen. Vielleicht zapft er Ihre Leitung an, vielleicht nicht; vielleicht auch meine. Ich bin lieber vorsichtig.«

»Gut.« Loren warf noch einen Blick auf die Liste. »Danke.« Da kam ihm ein Gedanke, und er lächelte. »Wenn sie meine Leitung angezapft haben, erfahren sie nicht viel; sie hören nur lange Gespräche zwischen Teenager. Da tun sie mir leid!«

»Mehr wollen Sie nicht von mir wissen?«

»Nein, will ich nicht.«

Rivers traute dieser Versicherung nicht ganz, und es kam auch keine Erleichterung auf. Er drehte sich um und ging zu seinem Auto.

Loren studierte das Papier und legte es auf den Beifahrersitz. Noch vor wenigen Stunden hätte es ihm etwas bedeutet.

Er fuhr nach Hause.

Debra wartete auf der Couch auf ihn. Aus der Röhre dröhnte die Kennmelodie einer Seifenoper. Es ging darin um ein paar Rechtsanwälte – strahlend, schick, modisch und klug –, die unter synthetischem Disco-Beat in ihren dunklen Ferraris auf den pulsierenden nächtlichen Highways von Los Angeles fuhren. So wie Loren sie einschätzte, bestand ihre Kundschaft aus Drogendealern, von denen die Helden ihr Geld bezogen und deren Stil sie sich angeeignet hatten; im Film kamen die Ganoven natürlich nie vor …

Debra erhob sich. Loren konnte ihren Blick nicht deuten.

»Es tut mir leid«, begann sie.

Loren ging in die Küche. »Was tut dir leid?«

»Wegen des Jobs. Cipriano rief an und fragte, wie es dir gehe. Ich hatte keine Ahnung, wovon er sprach, und er erzählte es mir.«

»Nun ja. Es wird schon gehen.« Loren nahm ein Glas aus dem Schrank und füllte es mit kaltem Wasser aus dem Kühlbehälter.

»Du siehst schrecklich aus. Ist alles in Ordnung?«

»Ich war jagen.«

Debra beobachtete ihn, wie er den Kopf zurücklegte und das Glas in großen Zügen leerte. Er stellte es in die Spüle und wischte sich mit dem staubigen Handrücken über den Mund.

»Ein paar Leute haben angerufen. Etwas wegen *Katzen?*«

»Ich werde jetzt duschen«, verkündete Loren. Debra sah ihm nach.

Er stand unter dem heißen Wasser; die Kopfschmerzen hämmerten rhythmisch gegen die Schädeldecke. Er wollte nicht mehr denken, er wollte sich einfach umdrehen und die Augen schließen und wieder der fröhliche Landpolizist sein, für den ihn William Patience hielt.

Loren drehte das Wasser ab, trocknete sich ab und warf die Wäsche in den Schmutzwäschekorb. Er zog einen Bademantel an und trat in die Diele. Sofort ging Kellys Tür auf, und sie und Katrina erschienen. Kelly war schon zum Schlafengehen angezogen, Katrina trug wie gewöhnlich ein loses Hemd und Jeans.

»Es tut uns leid, Daddy«, begann Katrina. »Wirklich leid.«

»Was können wir tun?« fragte Kelly. »Können wir dir irgendwie helfen?«

Loren wußte nicht gleich, wovon sie sprachen.

»Macht euch keine Sorgen«, antwortete er schließlich. »Es ist eine politische Sache. Sobald das Manöver durchgezogen ist, bin ich wieder zurück in meinem Job.«

»Ach so.«

»Dann ist es gut.«

Die beiden schienen ein wenig enttäuscht zu sein – sie hatten sich auf eine große Krise vorbereitet, und jetzt löste sie sich in nichts auf.

»Ihr seid liebe Kinder«, hörte sich Loren sagen. »Wir dürfen nur in keine dummen Sachen schlittern, dann wird alles wieder gut.«

Sie umarmten ihn beide und gingen in Kellys Zimmer. In der Tür drehte sich Katrina noch einmal um.

»Daddy?« Sie zögerte. »Hast du etwas über Skywalker herausgefunden?«

»Ich habe angerufen, aber es war noch zu früh. Morgen werde ich wieder fragen.«

Sie lächelte traurig und schloß die Tür. »Legalitäten sind mir gleichgültig«, schrie jemand im Fernsehen. »Das ist eine Frage von Recht und Unrecht.«

Loren wollte dieses Gespräch nicht mitanhören, sondern ging in sein Zimmer und legte sich ins Bett. Er hörte die Mädchen in Kellys Zimmer reden und lachen.

Der Schmerz hinter seinen Augen blieb heute sein ständiger Begleiter.

Die Katzenbesitzer wollte er morgen anrufen. Vielleicht würde er sogar in der Freitagausgabe der Zeitung eine Anzeige drucken lassen. Außerdem mußte er mit dem Richter reden, ob es möglich war, Dunlops und Bonniwells bedingte Haftentlassung zu widerrufen.

Die Tür ging auf und Debra tappte an sein Bett. »Darf ich mich setzen?« fragte sie zögernd.

»Natürlich.«

Er rückte, um ihr Platz zu machen. Sie setzte sich auf das Bett und sah auf ihn hinunter. Blonde Stirnfransen hingen ihr über die Brauen; die Brille saß auf dem Nasenrücken. »Ich habe nachgedacht«, begann sie.

»Ja?«

»Wir hatten schon mehrere Krisen hier. Wie ernst ist es?«

»Mit meinem Job?« Er wich aus. »Vermutlich nicht sehr ernst. Ich habe mich entschlossen …« Er prüfte seine Gefühle. »Ich habe mich entschlossen, zu tun, was ich tun muß. Dann werde ich vermutlich rasch wieder im Sattel sein.«

»Dann ist es wirklich nicht sehr ernst?«

»Ich glaube nicht.«

»Gut.« Ihre Augen wanderten unruhig umher. Sie wußte nicht, wie sie fortfahren sollte und holte tief Luft. »Ich wollte dich fragen …« Sie sprach rasch weiter, um es hinter sich zu bringen. »Ob du mein Gespräch mit Madeleine heute nachmittag mitangehört hast.«

Er reagierte kühl und reserviert und spürte wieder einen Anflug jener schrecklichen Objektivität, mit der er am Nachmittag auf der Couch Debras Worten gelauscht hatte. Seine Augen wurden schmal, und er beschloß, Debra noch etwas zappeln zu lassen.

»Nicht alles«, antwortete er.

Debra wandte den Blick ab. »Wir haben über Dinge gesprochen, die du hoffentlich nicht gehört hast.«

»Worüber?« Er benahm sich schon wieder wie ein Polizist und folgte den Grundsätzen bei einer Befragung: Laß dir nie anmerken, wieviel du weißt. Er war bestürzt; später würde er sich deswegen ewig schuldig fühlen.

Aber jetzt empfand er kein Schuldgefühl.

»Über … Familienangelegenheiten«, lautete Debras Antwort.

»Wichtige Dinge?«

»Ja.« Sie warf ihm einen versteckten Blick zu.

»Wenn es etwas gibt, das ich wissen muß, dann vergiß nicht, ich gehöre auch zur Familie.«

Debra holte tief Luft und atmete wieder aus. »Worüber wir sprachen, gehörte der Vergangenheit an. Aber du hast recht. Ich hätte es dir damals sagen sollen.«

»Ich möchte wissen, wenn etwas geschieht.«

»Ja.« Sie griff nach seiner Hand und drückte sie. »Du wirst es erfahren.«

Ich bin das Schwert und der Arm des Herrn, dachte er. Rickey hatte ihm, zu allem, was er tat, seinen Segen gegeben.

Wenn er nur wüßte, was er tun sollte!

19. KAPITEL

Kurz nach zwei Uhr wachte Loren auf. Seine Kopfschmerzen waren verschwunden. Er starrte an die dunkle Decke und dachte nach. Sein Gehirn funktionierte mit äußerster Präzision, die Gedanken überschlugen sich nicht, sondern entwickelten sich ruhig und gleichmäßig. Er fühlte sich entspannt, war wach und zu allem bereit, bereit, wenn notwendig mit einem schwergewichtigen Knastbruder aus Santa Fé über sechs Runden zu kämpfen. Er hatte das Gefühl, in den nächsten hundert Jahren keinen Schlaf mehr zu benötigen.

Er stand auf, zog sich an, steckte den kleineren Revolver ein und verließ das Haus. Er wußte nicht, ob Debra aufgewacht war oder nicht; sie atmete unverändert weiter. Vielleicht belauschte sie ihn genauso, wie er sie belauscht hatte.

Er fuhr den Taurus auf dem Highway 81 zum Circle K, westlich der Stadt. Es war bereits seit Stunden geschlossen. Die Eismaschine war mit einem Schloß versperrt. Eine Leuchtstoffröhre über den Zapfsäulen summte, wie zur Warnung der Insektenschwärme, die sinnlos gegen den Glasmantel schlugen.

Loren glaubte nicht, daß ihm jemand gefolgt war. Er fuhr rückwärts auf den Parkplatz in der Nähe der zwei Telefonzellen des Ladens, für den Fall, daß er schnell losfahren mußte. Dann stieg er aus und steckte die Wertkarte der Telefongesellschaft in den Automaten. Er suchte sich aus einem Notizbuch eine Nummer und wählte.

Das Telefon läutete viereinhalb mal, dann hob jemand ab. Jetzt, da er verschlafen war, klang der Physiker viel mehr nach einem Inder als im wachen Zustand.

»Armadas Singh.«

»Doktor Singh, ich benötige ein paar Antworten.«

Vierundzwanzig Stunden später fuhr der Taurus auf einer Bergstraße im hellen, harten Licht der Sterne durch die Nacht. Loren hatte den Abend in Socorro verbracht und sich mit Singh unterhalten. Jetzt nahm er eine Abkürzung über das Hochland des Bundesforstes nach Hause. Der Weg wand sich in Haarnadelkurven dahin und auf beiden Seiten ragten vulkanische Felsspitzen auf. Die kurvige Straße paßte zu seiner Stimmung. Auch seine Gedanken wanden sich über dunkle, verschlungene Pfade. Sein Kopf brummte, vollgestopft mit neuen Worten, und er hatte noch keine Ahnung, wie er sie in eine Anklageschrift einbauen sollte.

Er hatte nicht geschlafen. Unter dem beruhigenden Licht der Milchstraße hatte er das Gefühl, das Universum in Händen zu halten.

Rund um ihn brannte der Wald, die Wände des Canyons reflektierten den Schein der Flammen, der Himmel glühte. Hubschrauber dröhnten; ihre Suchscheinwerfer erweckten in der nächtlichen Szene die Vorstellung, daß die Untertassen doch noch gekommen waren.

Als er vom Circle K zurückgekommen war, fand er den weißen Notizblock, auf dem er den Fall John Doe skizziert hatte. Fast bis in die Morgendämmerung saß er unter der Kuppellampe im Wohnzimmer und zeichnete mit verschiedenfarbigen Stiften Diagramme. Dann fiel sein Kopf auf die Rückenlehne des Sofas, und er schlief ein. Das Knurren kämpfender Hunde vor dem Haus weckte ihn. Wie der Blitz sprang Loren zur Tür: Auf der

Auffahrt stand ein rotgelber Dobermann über einem schwarzen Labrador und bedrohte dessen Kehle.

Loren fuhr auf die Hunde los und verjagte sie. Sie rannten in entgegengesetzte Richtungen davon, und keiner schien ernsthaft verletzt zu sein.

Er hatte die toten Vögel im Kofferraum des Furys vergessen. Die Hunde hatten um etwas gekämpft, das sie nur riechen konnten.

Vierzehn Stunden hatten den Vögeln sicher nicht geschadet; manche Leute ließen Vögel eine Woche lang hängen. Er trug die Wildhühner in den Garten nach hinten, setzte sich auf die alte, verwitterte Bank, nahm sie aus und rupfte sie. Der mexikanische Wind, der ihm heiß ins unrasierte Gesicht blies, wehte die Daunen davon. Eingeweide und Federn steckte er in einen Sack und warf sie in den Müll. Danach verpackte Loren die geputzten Vögel einzeln in Tiefkühlbeutel und legte sie in den großen Tiefkühlschrank auf der Hintertreppe. Mittlerweile war Debra aufgewacht und machte das Frühstück, und es war an der Zeit, daß Loren Jerry vom Wohnwagen abholte.

Jerrys Gesprächsthema des Tages waren außersinnliche Wahrnehmungen. Er redete über Vorahnungen und wie die Quantensphysik bewies, daß kleine atomare Dingelchen – so bezeichnete er sie wörtlich – miteinander schneller als Lichtgeschwindigkeit kommunizierten. Das war die Erklärung für die Telepathie, obwohl Jerry diese Verbindung nicht ganz klar zum Ausdruck brachte. Loren hörte nur oberflächlich zu; seine Gedanken waren anderweitig beschäftigt.

Die Sünde, die am Donnerstag besprochen wurde, war der Neid. Rickey ging in seiner Predigt ausführlich und mit großer Hingabe auf das Thema ein, aber auch jetzt hörte Loren nur halb zu, genauso wie bei Jerrys Ausführungen über die Telepathie. Mit dem Neid hatte er nie Probleme gehabt. Seine Probleme lagen woanders.

Singh war bis vier Uhr am Nachmittag entweder im Unterricht oder in Besprechungen. Die Fahrt nach Socorro dauerte drei Stunden. Bis nach dem Mittagessen hatte Loren daher nichts vor.

Er verabredete sich mit Jerry für den nächsten Tag zur Entenjagd, dann fuhr er die Familie nach Hause und die Mädchen zur Schule; auf dem Parkplatz der High School ließ er sie aussteigen. Danach fuhr er zum Amtsgebäude und parkte wie gewohnt auf seinem reservierten Parkplatz. Vincent Nazzarett saß in einem dunkelgrünen Mustang auf der anderen Straßenseite; Loren reagierte sofort mit erhöhter Spannung. Der Bastard war ein Mörder, und er, Loren würde es beweisen.

Er plauderte kurz mit Eloy in der Anmeldung, dann ging er zu Ciprianos Büro und klopfte an die Tür. Cipriano saß zurückgelehnt am Schreibtisch, hatte die Füße auf dem Tisch und las in einem zerlesenen Taschenbuch von James Michener.

»Qué paso, ése?« fragte Loren.

»Ich entspanne mich.«

Loren setzte sich. »War etwas los?«

Cipriano hob die Schultern. »Trunkenbolde. Jungvolk, das auf Schilder schoß. Das Übliche.«

»Irgend etwas in der John-Doe-Geschichte?«

Cipriano runzelte die Stirn, legte den gelben Durchschlag eines Strafzettels für Falschparken als Lesezeichen in sein Buch und schob es auf den Schreibtisch.

»Nichts.«

»Das überrascht mich nicht.«

Cipriano war gereizt. »Ich weiß, was zu tun ist, falls etwas passiert.«

Mit einem Blick auf das Michener-Buch meinte Loren: »Ich habe den Eindruck, daß du meinen Job mit der Auflage bekommen hast, in der John-Doe-Angelegenheit nur das Allernotwendigste zu tun.«

Cipriano brauste auf. »Ich habe nicht um den Job gebeten!«

»Ich weiß.«

»Wenn jemand mit einer Information über den verdammten John Doe kommt, werde ich ihr nachgehen.«

»Das bezweifle ich nicht.«

»Aber wenn diese Macker die Leiche und die inneren Organe aus der Gerichtsmedizin stehlen *und* die Kleider und Stiefel aus dem Labor holen ...«

»Augenblick mal ...«

»... dann sind die Leute für uns einfach viel zu gut. Du verstehst, was ich meine?«

»So warte doch!« brüllte Loren. »Does Kleider sind auch verschwunden?«

»Ja. Aus einer versperrten Schublade in einem versperrten Gebäude, in dem die Polizei von Albuquerque die ganze Nacht ein- und ausgeht. Nur die Plastiksäcke, in denen alles verpackt war, blieben zurück.«

Loren bemerkte niedergeschmettert. »Wie das Namensschild.«

»Die Kriminalisten bemerkten es erst heute früh und haben uns sofort angerufen. Deshalb weiß ich es und du nicht. Was ist mit dem Namensschild?«

Loren erklärte es ihm. Cipriano hörte zu und klopfte dabei mit den Fingern auf die Armlehnen. Schließlich zuckte er die Achseln.

»Das ist zu verrückt für mich, Jefe.«

»Ich werde weiter daran arbeiten«, versicherte ihm Loren.

Ciprianos Kopf schnellte hoch. »Du wirst was?«

»Heute früh wurde mir klar, daß ich jetzt größere Freiheit habe, mich um den Doe-Mord zu kümmern als früher.« Loren lachte. »Solang ich noch im Büro gearbeitet habe, mußte ich mich um die Schreibarbeit kümmern und hatte aufreibende Auseinandersetzungen mit dem Bürgermeister, dem Personal und Gott weiß mit wem noch. Jetzt hast du das alles am Hals, und ich kann mich ganz auf die Morde konzentrieren.«

Ciprianos Augen wurden schmal. »Sie werden sich Probleme einkaufen.«

»Nicht wenn ich gegen die vier Drecksäcke, die John Doe umgebracht haben, Klage einreiche.«

»Jefe!« Ciprianos Stimme war scharf geworden. »Über wen sprechen Sie?«

»William Patience. Vincent Nazzarett. Jim McLerie. Carl Denardis.«

»Welche Beweise haben Sie?«

Loren berichtete ihm vom geänderten Dienstplan der vier, und daß seit dem Wochenende keiner von ihnen auf dem Dienstplan gestanden hatte, obwohl Nazzarett wegen Besitzes einer automatischen Waffe in seinem ATL-Blazer verhaftet wurde.

»Wer hat dir das erzählt.«

»Jemand.«

Cipriano warf die Hände hoch. »Du mußt es mir sagen, Loren! Wie soll ich diesen Unsinn beurteilen, wenn ich nicht weiß, woher er kommt?«

»Ich schütze meine Informanten.«

Cipriano lehnte sich zurück, sah finster vor sich hin und klopfte wieder mit den Fingern auf die Armlehne. »Also gut«, meinte er, »aber ich muß über deine Fortschritte Bescheid wissen. Ich kann nicht zulassen, daß du wie ein Elefant im Porzellanladen herumläufst.«

»Ich werde geschickt vorgehen, du wirst sehen!«

Cipriano nahm diese Behauptung mit Mißtrauen auf. Loren überlegte, ob er ihm vom Abschleppunternehmen in El Paso erzählen sollte, unterließ es aber letztlich. Es war leicht möglich, daß in Ciprianos Büro eine Wanze angebracht war.

»Ich wollte im Grunde nur das Telefon in meinem Büro benutzen, deshalb bin ich gekommen. Ist das okay?«

»Ich möchte auf dem laufenden bleiben, Jefe.«

Die Anrede ›*Jefe*‹ hob Lorens Laune. Er stand auf und lächelte. »Wird gemacht, Pachuco.«

Von seinem Büro aus rief er Howard Morton im Büro der Staatsanwaltschaft an. »Ich habe deinen Anruf erwartet, Hoss«, verkündete ihm Howard.

»Wie steht es mit meinen Nachbarn?«

»Fein säuberlich und sicher im Knast untergebracht. Da sie Terroristen sind, hat der Richter eine Kaution abgelehnt.«

»Auch für Skywalker?«

»He!« Er lachte trocken. »Skywalker Fortune. Welche Eltern geben ihrem Kind einen solchen Namen?«

»Ich glaube wir wissen, was das für Leute sind.«

»Du hast vermutlich recht. Aber mach dir keine Sorgen – Skywalker ist in der Bezirksjugendstrafanstalt. Wenn man eine Pflegefamilie innerhalb der Gerichtsbarkeit findet, läßt man sie vielleicht gehen. Ihr Anwalt macht furchtbaren Stunk, weil eine Minderjährige wegen Terrorismus festgenommen wurde.«

»Wer ist ihr Anwalt.«

Diesmal kicherte Morton gleich zweimal. »L. Roy Friedman.«

Loren pfiff. L. Roy Friedmann war ein angesehener, geschätzter Klasseanwalt, der die Knochen der von ihm zur Strecke gebrachten Staatsanwälte als Trophäen sammelte. Seine blonde Frau war früher einmal Mannequin gewesen; sie stand ihm an Klasse um nichts nach. Neben Friedmann sahen die mit Goldketten behangenen Rechtsverdreher der Syndikate, wie Axelrod einer war, wie einfältige Kautionsjäger aus.

»Friedman wartete vor dem Gericht, als der Konvoi hier eintraf«, erzählte Morton. »Jemand muß ihn angerufen haben. Er ist der Anwalt der Öko-Allianz und kam in seinem Privatjet aus San Franzisco angeflogen.«

»Die Verhandlung wird ein Zirkus werden.«

»Da ist alles drinnen. Mein Boss macht sich bereits in die Hose. Ich bin nur froh, daß mein Terminkalender ausgebucht ist und ich nichts damit zu tun habe. Aber ich werde es mir ansehen. Friedman wird nur für die Auswahl der Juroren drei Monate brauchen.«

Loren lachte. »Ich möchte nicht in Killeens Haut stecken.«

»Da hast du recht, Hoss! Eine übereilte Verhaftung wie das, mehr braucht Friedmann nicht, und er holt die Hälfte seiner Klienten aus rein formalen Gründen raus. Die restlichen Anklageschriften wird er so hinstellen, als stammten sie von Larry, Moe und Curly.«

»Was vielleicht auch der Fall ist.«

»Psst«, zischte Morton belustigt. »Über diese Leute *reden* wir hier nicht.«

Loren und Morton unterhielten sich noch über die Jagd und über die Miners, ein Footballteam, das seit 1962 nicht in den Ausscheidungsspielen war und diesen Trend auch beizubehalten schien. Dann legte Loren auf. Er rief Debra an. Jerry hob ab. Loren gab die Information weiter und nannte ihm die Nummer der Jugendstrafanstalt in Albuquerque. Sobald Katrina und Kelly von der Schule nach Hause kamen, konnten sie ihre Freundin anrufen.

Lorens Denkprozesse liefen weiterhin äußerst rationell ab. Als nächstes rief er die Katzenbesitzer an. Jedes Klicken, jedes Nebengeräusch im Telefonnetz kam ihm so laut wie ein Kanonenschuß vor und erhärtete den Verdacht auf eine womöglich angezapfte Leitung. Die Katzengeschichte schien ihm mittlerweile völlig unwichtig. Er stellte sich vor, wie Patience und seine Leute eine Diskette abhörten und schallend über das Gehörte lachten. Aber die Idee selbst schien aufzugehen. Mehrere Tierliebhaber stimmten im Prinzip Lorens Vorschlag bezüglich einer Zivilklage zu. Das war ein hübsches Damoklesschwert, das er über den Köpfen von Bonniwell, Dunlop & Co schwingen konnte.

Er stand auf und öffnete den großen Safe. Gestohlenes und wieder aufgetauchtes Eigentum und jede Menge Schmuggelware lagen neben den in Plastik verpackten UZIs aus den ATL-Jeeps. Loren betrachtete die halbautomatischen Waffen und fragte sich, wie schlimm es noch werden würde.

So schlimm, wie es mir beliebt, beschloß er.

»Ich weiß jetzt über die Bettdecke Bescheid«, verkündete Amardas Singh.

Nach drei Stunden Fahrt im Taurus war Lorens Rücken schweißnaß und hätte als Rorschach-Test interpretiert werden können. Außerdem schmerzten Hüfte und Rücken unangenehm. Die weiße Mittellinie der Straße hatte sich wie mit Laser auf seiner Retina festgebrannt. Mit einer eiskalten Dose Cola in der Hand folgte er dem Physiker ins Wohnzimmer.

»Die Bettdecke«, wiederholte er. Er war mit den Gedanken woanders.

»Die Bettdecke im Motel, erinnern Sie sich? Sie sagten, daß sie von den Navajos stammte, aber ich glaubte, sie kam aus Pakistan.«

»Ach ja!« Singh deutete auf die blau gemusterte Couch, und Loren ließ sich dankbar darauf nieder.

»Im neunzehnten Jahrhundert versuchten die Anglos, den Indianern klarzumachen, daß sie sich ihren Lebensunterhalt mit Weben verdienen könnten.« Singh setzte sich in einen mit roten und blauen Mohnblumen gemusterten Lehnstuhl. Lebhafte Blumenmuster waren anscheinend ein Teil seines orientalischen Erbes, das er nicht abgelegt hatte.

Auf der Fahrt nach Socorro hatte Loren bei einer Shell-Tankstelle angehalten und nach dem Weg gefragt. Der Mechaniker hatte nach der Remington geschielt, die Loren für alle Fälle auf den Beifahrersitz gelegt hatte, zeigte ihm aber trotzdem den richtigen Weg nach Faculty Hill. Faculty Hill lag auf einer Anhöhe oberhalb des Campusgeländes der Technischen Universität von New Mexico und bestand durchwegs aus Mittelklassehäusern. Eine lächelnde blonde Frau Anfang Zwanzig hatte ihm die Tür geöffnet. Es war Singhs Frau, und Loren vermutete sofort – ohne einen Anhaltspunkt dafür zu haben –, daß sie einmal seine Studentin war. Die Frau warf die dünnen Zöpfe zurück, bot Loren ein Cola an und rief Singh aus dem Arbeitszimmer. Danach zog sie sich gelassen zurück.

»Die Navajos«, fuhr Singh fort, »fragten die Weißen, welche Decken und Teppiche sie kaufen würden, und die Händler gaben ihnen indische Decken und Teppiche als Muster. Diese waren damals im Westen modern, und es existierte ein Markt dafür. Die Navajos kopierten die Muster. Was wir also jetzt für traditionelle Navajo-Muster halten, hatte seinen Ursprung Tausende Kilometer vom Land der Navajos entfernt.«

»Tatsächlich«, kommentierte Loren.

Singh sah ihn an und grinste. Er mußte soeben vom Unterricht gekommen sein. Er trug eine Cordsamthose, und die Ärmel seines Flanellhemds mit Schottenkaro waren aufgerollt. Der Kontrast zu Turban und geflochtenem Bart war überdeutlich.

»Aber deshalb sind Sie nicht gekommen«, stellte Singh fest.

»Nein, ich kam, um ein anderes Rätsel zu lösen.«

»Es geht um Ihren Mr. Doe.«

»Sie sagen es.«

»Ich stehe zu Ihrer Verfügung.«

Loren trank einen Schluck Cola und holte tief Luft. »Es ist eine lange Geschichte. Haben Sie etwas Zeit, um mir zuzuhören?«

»Wenn Sie wollen, den ganzen Abend.«

»Gut. Den brauchen wir. Denn ich möchte etwas über die Löcher erfahren, die Elektronen zurücklassen, wenn sie sich verschieben und wie andere Dinge diese Löcher füllen, und so weiter.«

Singh sah ihn befremdet an. Vielleicht hatte Jerry hier etwas durcheinandergebracht.

Loren holte die Fotokopien von Jernigans Wandtafeln

aus der Brusttasche und begann mit seiner Darstellung. Er hatte sich alles im voraus in der richtigen Reihenfolge zurechtgelegt.

Singh mußte ihn nicht ein einziges Mal unterbrechen.

Loren aß zwei Stück Brot und den Rest vom Hackbraten – das Abendessen des Vortages, das er versäumt hatte. Dann packte er die Kühltasche für die heiße Fahrt nach Socorro. Traubensoda – ›vollkommen natürlich‹, stand auf der Dose – zwei Sandwiches, zwei kleine Packungen Chips, alles zwischen Eisbeutel geschlichtet. Debra blieb in seiner Nähe und machte Konversation. Er bemerkte, wie sie ihn von Zeit zu Zeit von der Seite ansah; sie wollte wohl wissen, was in seinem Kopf vorging.

Es klopfte an der Hintertür, und Loren war plötzlich beruhigt über die Waffe an seiner Hüfte. Er schob den gelben Vorhang neben der Eßecke zur Seite. Es war Paul Rivers. Er beugte sich leicht vor und schien sich hinter der Ray-Ban-Brille wie hinter einer Mauer verbergen zu wollen. Loren ließ ihn ein.

»Ich kam durch den Garten Ihres Nachbarn«, begann Rivers. Er nahm die goldgeränderte Brille ab und steckte den Bügel in die vordere Jackentasche. »Hoffentlich ruft niemand die Polizei.«

»Wo liegt das Problem?«

»Bei Patience, er ist das Problem.« Rivers wirkte gehetzt. »Der Mann dreht durch.«

Loren setzte sich hinter den gesprenkelten Resopaltisch. »Setzen Sie sich und erzählen Sie!« Er warf Debra einen bedeutungsvollen Blick zu, und sie zog sich zurück.

»Ich kam nicht zur Vordertür, denn er beobachtet Sie, da bin ich ziemlich sicher.«

»Was ist geschehen?«

»Um elf Uhr dreißig ließ er alle antreten. Also vor einer Stunde.« Rivers seufzte und schüttelte den Kopf. »Er macht das von Zeit zu Zeit. Wir müssen auf dem

Parkplatz wie die GIs Aufstellung nehmen, und er macht Truppeninspektion. Er hielt diese Ansprache ...« Er warf einen Blick über die Schulter, als hätte er Angst, daß jemand zur Hintertür hereinkäme.

»Eine Ansprache«, half ihm Loren, den Faden wiederzufinden.

»Genau. Er sagte, daß sich die Dinge zuspitzten. Die Situation sei kritisch, und er warnte uns vor den Feds, die angeblich überall wären, in der Stadt und auf unserem Gelände.«

»Feds?« Loren war überrascht. »Er steht doch gut mit den Feds, zumindest mit Killeen.«

»Er behauptete, daß Informationen durchgesickert seien, und daß es ein Leck in der Abteilung geben müsse.«

»Nachrichten, die den Feds zugespielt werden?«

Rivers wischte sich den Schweiß von der Stirn. »Ich bin das einzige Leck, von dem ich weiß. Und Sie sind der einzige, mit dem ich gesprochen habe.«

»Ich habe es niemandem erzählt.« Das stimmte nicht ganz; er hatte es niemandem erzählt, der Patience informiert hätte. Es sei denn – er litt wirklich an Verfolgungswahn – Ciprianos Büro wurde wirklich abgehört.

»Er sagte, für ihn sei der Informant ein Verräter. Er wollte wissen, wie viele von uns bereit seien, ihm zu folgen und zu tun, was notwendig sei. Er holte ein Stück Kreide aus der Tasche und zog eine Linie quer über den Asphalt. Wer Treue und Bereitschaft mitbrachte, – ich schwöre Ihnen, das waren seine Worte: ›Treue und Bereitschaft‹ – der sollte über die Linie treten.«

Loren versuchte sich das vorzustellen: Wie einst die Texaner in Alamo, so formierte sich Patiences geschniegelte Truppe auf dem Parkplatz. Und dann sahen sich die Leute überraschend mit dem Ansinnen konfrontiert, sich nicht der Sache zu unterstellen, sondern den phantastisch-verrückten Befehlen ihres Kommandanten.

»Was haben Sie gemacht?« wollte Loren wissen.

»Was glauben Sie, was ich gemacht habe? Ich bin über die Linie getreten, wie alle anderen auch.«

»Was war Ihrer Meinung nach der Auslöser dafür?«

»Alles war ziemlich normal. Zwischen dem Beginn meiner Schicht um acht Uhr und elf Uhr dreißig muß irgend etwas geschehen sein. Um elf Uhr dreißig kam der Befehl zum mittäglichen Rapport.« Rivers sah sich wieder gehetzt um. »Er gab Anweisung, nach Feds und Männern in Schwarz Ausschau zu halten. Das waren seine Worte.«

Männer in Schwarz. Die Worte erinnerten Loren an etwas, und dann fiel ihm ein, daß ihm beim Verschwinden von John Does Leiche der Gedanke an den alten UFO-Mythos durch den Kopf gegangen war ...

Angenommen, Patience war über Does Verschwinden ebenso überrascht wie Loren selbst. Vielleicht hatte er erst ein paar Tage später davon erfahren, und dann war er ausgerastet.

»Ich habe heute Stadtpatrouille. Mein Partner ißt bei Doc Holliday ein Sandwich, ich kann also nicht bleiben.« Rivers stand auf und griff nach der Ray-Ban. »Ich bin nur gekommen, damit Sie wissen, was passiert ist, wenn meine Leiche in einem Flußbett auftaucht.«

»Ich danke Ihnen.«

»Ich tue das nicht Ihnen zuliebe, ich versuche nur, zu retten, was zu retten ist.«

Rivers war zur Tür draußen und ging gebückt davon. Dabei sah er sich nach links und rechts um, als erwartete er, hinter dem Gartentisch der Nachbarn die Männer in Schwarz zu entdecken ...

Loren sah Rivers nach; unwillkürlich wuchs auch sein Mißtrauen. Wahnvorstellungen begannen wirre Blüten zu treiben.

Er fuhr mit dem Taurus, denn falls man an einem seiner Autos tatsächlich einen Sender angebracht hatte, war das am ehesten am Fury. In der nächsten Stadt kam das Auto in einer Werkstätte auf eine Hebebühne, und die Bodenplatte wurde Zentimeter für Zentimeter nach Sendern untersucht.

Es wurde nichts gefunden, aber es war dennoch eine vernünftige Entscheidung gewesen.

»Ich kann nur theoretisieren.« Singh hob hilflos die Hände mit den Kopien. »Ich werde Ihnen eine Geschichte erzählen. Sie paßt zu den Fakten, aber das heißt nicht, daß sie wahr ist.«

Loren nahm den Diskettenrecorder vom Gürtel. »Kann ich das aufnehmen?«

Singh erhob sich von seinem geblümten Stuhl und fixierte stirnrunzelnd die gegenüberliegende Wand.

»Gehen wir in mein Arbeitszimmer. Dort habe ich eine Wandtafel, auf der wir herumzeichnen können.«

Singhs Arbeitszimmer ähnelte dem von Jernigan: stoßweise *Physical Review Letters*, Aktenschränke, Hochleistungscomputer, Filzstiftkritzeleien auf der Wandtafel. Statt Einstein auf dem Fahrrad gab es hier ein Foto von einem Mann mit spitzem Sikh-Turban mit einer AKM. Singh drückte auf einen Knopf, und die Wandtafel rollte summend weiter, bis die Fläche leer war. Loren drückte auf den Aufnahmeknopf des Diskettenrecorders.

»Lassen Sie mich vorerst Tims Denkweise rekonstruieren. Was hat er am Telefon gesagt?« Er nahm einen grünen Filzstift zur Hand. »Die *t*-Achse war in der Gleichung symmetrisch« Er schrieb griechische Buchstaben aus den Fotokopien auf die Tafel.

»*t* steht für Zeit, nicht wahr?« fragte Loren. »Daher kam ich auf die Idee der Zeitreisen.«

»Ich glaube nicht an Ihre Zeitreise-Theorie.« Der grüne Stift kritzelte weiter. »Sie steht in Widerspruch zu allem, was wir wissen.« Lorens Herz sank.

»Aber Jernigan hatte vollkommen recht, was die *t*-Achse betraf. Sie *ist* symmetrisch. Zeit kann entweder positiv oder negativ sein. Nichts kann das verhindern, nichts in der Physik und nichts in der Mathematik. Die Weltlinie erstreckt sich auf beiden Enden in die Zeit. Sie können ein Feynmann-Diagramm vor oder zurück lesen. Es ist symmetrisch.«

»Das ermöglicht doch Zeitreisen?«

»Nicht wirklich. Es kommt nur darauf an, wie man die Dinge sieht, okay? Selbst wenn es durch breit ausgelegte Streuung gelingt, ein Teilchen in der Zeit zurückzuversetzen, heißt das noch nicht, daß man das gleiche mit einem Menschen samt dem Auto, in dem er fährt, machen kann.« Er starrte angestrengt auf die Fotokopien. »Als Alternative für die Kopenhagener Interpretation kam Hugh Everett mit einer wortreichen Hypothese heraus. Damit die Wellenfunktion nicht während jeder Quantenreaktion zusammenbricht, wird eine andere Realität geschaffen. Wenn man also tatsächlich in die Zeit zurückreisen *könnte,* wäre es wohl möglich, die Vergangenheit zu ändern, aber nur in einer parallelen Welt, nicht in der eigenen.«

»Und das bedeutet was?«

Singh sah ihn belustigt an. »Das bedeutet, daß Ihre Theorie ... äh ... steht, falls Ihr Doe nicht aus einer Parallelwelt kam, in der er nicht in einem Verkehrsunfall starb und es schaffte, in den vergangenen zwanzig Jahren jung zu bleiben.«

»Großartig.«

Singh kehrte sich zur Tafel um. »Delta E mal Delta *t* ist größer oder gleich Schrägstrich h. Das hatte der arme Tim auf seiner Tafel eingekreist. Das ist die Unschärferelation. Das und einige andere Dinge zeigen auf, wie ein Teilchen über eine Barriere im Potential springen kann. Quanten-Tunneleffekt.«

»Es hat also nichts mit Zeitreise zu tun?«

»Nicht wirklich. Lassen Sie mich kurz nachdenken.« Singh klopfte mit dem Ende des Markers gegen die Schneidezähne. Er studierte die Kopien noch einmal und schrieb weitere Gleichungen an die Tafel. »Ich glaube, ich weiß, worauf Tim hinauswollte. Diese anderen Gleichungen haben mit der Kaluza-Klein-Theorie zu tun.«

»Den Namen kenne ich«, warf Loren dazwischen. »Jemand in den Labors ...«

»*Die* Namen. Kaluza und Klein waren zwei.«

»Ach so.«

Singh machte einen Finger naß und wischte einen grünen griechischen Buchstaben aus und ersetzte ihn durch einen anderen. »Übertragungsfehler«, erklärte er. »Tims, nicht meiner.« Wieder betrachtete er stirnrunzelnd die Tafel. »In den Jahren um 1920 wies Kaluza darauf hin, daß allgemeine Relativität viel effizienter erklärt werden kann, wenn man fünf Dimensionen an Stelle unserer drei annimmt, weil man dann Schwerkraft und Elektromagnetismus vereinen kann.« Er drehte sich zu Loren um. »Ich sollte mich klarer ausdrücken, entschuldigen Sie. Höhe, Breite, Länge sind die drei räumlichen Dimensionen, die wir kennen, okay?«

»Und Zeit ist die vierte, richtig?« fügte Loren hinzu. »Das ließ ich mir erst kürzlich erklären. Außerdem habe ich diesen alten Film gesehen mit – wie war doch der Name – mit Rod Taylor.«

»Zeit ist eine andere Dimension, ja. Aber um unseren Standort mit Sicherheit zu bestimmen, müssen wir uns in der Zeit *und* im Raum definieren.«

»Wie heißt also die fünfte Dimension?«

Singh lachte. »Sie hat noch keinen Namen, weil wir sie nirgends finden, außer in der Mathematik. Aber die Sache ist die: Offensichtlich gibt es mehr als fünf Dimensionen, denn seit Kaluzas erster Veröffentlichung wurden weitere Kräfte in der Natur entdeckt, wie zum Beispiel die starke und die schwache Wechselwirkung, und wenn man alle diese Kräfte in die Gleichung miteinbezieht, kommt man auf insgesamt elf Dimensionen. Neun räumliche und zwei Zeitdimensionen.«

»Zwei Zeitdimensionen. Diese zwei Männer im Labor haben darüber gesprochen. Ich wußte nicht so recht, ob sie mich auf den Arm nehmen wollten …«

»Sie sind nicht der einzige – die *Mathematik* führt uns vielleicht *alle* an der Nase herum. Aber es stimmt, es gibt anscheinend zwei Zeitdimensionen. Wir wissen aber nicht genau, was die andere bewirkt.« Singh setzte die Kappe auf den Marker, überlegte es sich wieder anders und nahm sie wieder ab, um noch etwas an die Tafel zu schreiben. »Aber hier ist der Haken: Weil wir die anderen sieben Dimensionen nicht *sehen,* nehmen wir an, daß sie in die anderen vier kollabiert sind, daß das Universum, in dem wir leben, unkomplett ist. Die eleganteste Version dieser Theorie wäre, es so zu sehen, daß die elf Dimensionen während der Schöpfung des Universums existierten, aber daß sieben davon nur unter Hochenergiebedingungen bestehen können, und daß sie kollabierten, nachdem der Urknall verebbte.«

Loren starrte auf die zielgerichtete Markerspitze, als erwartete er, daß sie einen Punkt unter das Universum setzte. Er dachte an das Hologramm der sich entfaltenden Energien im Labor bei ATL, die kleinen Kreise, die aus dem strahlenden, aufblitzenden Chaos brodelten, die Imitation des Urknalls, die Zahlen, die die Sekundenbruchteile zählten, die seit dem Beginn der Schöpfung vergangen waren.

»Unter Hochenergiebedingungen kommen die anderen Dimensionen also wieder zur Wirkung.« Loren stellte sich vor, wie Randal Dudenhof in seinem Thunderbird über die Sandstraße zur Ranch raste.

Singhs Stift setzte wieder an und skizzierte, zu Lorens Überraschung, ein lachendes Gesicht.

Ein Kreis, zwei Punkte und ein Lächeln.

Links und rechts der Straße glühten rote Feuer unter kupferfarbenem Rauch. Hubschrauber dröhnten durch die Nacht. Die Szene ließ Bilder von Militäraktionen lebendig werden: Napalm, Flugzeuge, helle Lichter am Himmel. Der Taurus kletterte höher, den Sternen entgegen.

Auch Randal war auf dem Weg nach Hause gewesen, dachte Loren. Er überquerte den Rio Seco und bog von der Hauptstraße in die Sandstraße zu seiner Ranch ein; er hatte noch etwas mehr als drei Kilometer bis nach Hause. Das nächste, was er – Randal 2 – wußte, fand zwanzig Jahre später statt, die Ranch war verschwunden, die Straße war verschwunden, er fuhr über holprigen Wüstenboden. Währenddessen setzte der andere Randal, Randal 1, etwa 20 Jahre auf der *t*-Achse abwärts, seinen Weg nach Hause fort, den Bauch voll Bourbon, die Wange voll Tabak, und brachte seiner ewig treuen Mormonenfrau seine jüngsten Tripper mit; sein Rendezvous mit dem spitzen Ende der Lenkradsäule konnte er nicht ahnen. Aber Randal 2 wußte nichts von Randal 1, er sprang in eine neue, ein wenig ältere Welt, als hätte ein kosmisches Studio einen Film fehlerhaft geschnitten. Der T-Bird pflügte über etwas hinweg, vielleicht war es ein kleiner Strauch oder der über Randals verwitterter Auffahrt aufgeschüttete Sand oder ein Felsen, der beim Bau der LINAC aus dem Weg geräumt worden war.

Patiences Leute fanden ihn, oder er fand sie, als er Hilfe holen wollte, da die Achse gebrochen war. Er stoppte Nazzarett und Denardis, die mit dem Blazer den Zaun patrouillierten. Sie telefonierten, daß sie im Gelände auf einen Fremden gestoßen waren. Patience gab Alarm, die Stadtpatrouille mit Rivers wurde damit beauftragt, den Zaun nach Lücken abzusuchen. Die Wachen, die bei Randal geblieben waren, tauschten ihre 9-mm-Tanfoglios gegen Pistolen mit 0.41-Läufen und -Munition. Wahrscheinlich wollten sie damit nur die Sachlage verwirren und für Außenseiter weniger transparent machen. Patience hatte alles geplant – er hatte Randals Mord im Geist durchexerziert. Patience hatte nicht auf Randal gewartet, aber er hatte auf *jemanden* gewartet, ein unvorhergesehenes Ereignis, das ihm Gelegenheit geben würde, seine Phantasien von Macht und Kontrolle in die Tat umzusetzen. Randal wurde ins Hauptquartier der Werkspolizei überstellt, wo Patience und McLerie warteten. Randal wurde in den Raum für Untersuchungshäftlinge gesperrt, während Patience wahrscheinlich Führerschein und Autozulassung überprüfte – und feststellte, daß beide bereits vor Jahrzehnten abgelaufen waren …

Das überzeugte William Patience nicht.

Er brannte darauf, seine Macht als Sicherheits-Prokonsul auszuüben und die Fähigkeiten, die ihm seine diversen Diplome bescheinigten, auszuprobieren. Patience wollte beweisen, was er hinsichtlich Verhaftung und Befragungstechnik gelernt hatte … und mußte feststellen, daß er einen zornigen, betrunkenen, dickköpfigen Kerl vor sich hatte, der behauptete, daß er, Patience, sich unrechtmäßig auf seinem, Randal 2s, Grund und Boden aufhielte.

Als es Morgen wurde, hatte Randal Patience vermutlich überzeugt. Die zwei leitenden Wissenschaftler, Jernigan und Dielh, wurden beigezogen, um zu erklären, wie es zu all dem kommen konnte. Randal wurde festgehalten, er bekam Sandwiches und Kaffee aus dem Automaten in der Cafeteria. Vielleicht wurde er Jernigan und Dielh zum Beweis vorgeführt, damit sie etwas zum Grübeln hatten; dieser Beweis war mit Sicherheit handfester und streitsüchtiger als die spiraligen Spuren auf den graphischen Darstellungen oder die Regenbogenprojektile, die durch holographische Simulationen wirbelten. Jernigan und Dielh sagten den zweiten Durchgang und ihr Zusammentreffen mit Singh ab. Patience stellte den Dienstplan der Wachen um, damit niemand außer den ursprünglichen vier Männern – Patience, McLerie, Nazzarett und Denardis – mit dem Gefangenen in Kontakt kam.

Hier waren sie auf etwas gestoßen, das offenbar nur mit Zeitreisen zu erklären war, und dieses Phänomen verlangte im Interesse der nationalen Sicherheit strengste Sicherheitsvorkehrungen. Das war höchstwahrscheinlich Patiences großspurige Erklärung gewesen.

»Das ist alles so phantastisch, daß es schon verrückt erscheint.« Loren war verwirrt.

Singh betrachtete ihn. »Wurden Sie religiös erzogen?« fragte er dann.

»Ich bin ein Apostel.«

»Das ist eine christliche Religion, nicht wahr?«

»Ja.«

»Also gut. Als Christ glauben Sie vermutlich an die Jungfrau, die jungfräulich empfangen und geboren hat, deren Sohn die Kranken heilte und die Toten auferstehen ließ, und der von den Römern hingerichtet wurde, aber nach drei Tagen auferstand. Er hatte brave Leute, die unerklärlicherweise in die Hölle geraten waren, gerettet, und jetzt ist er im Himmel, aber er wird wieder zur Erde kommen und als König regieren.« Singh sah Loren mit schiefgelegtem Kopf an. »Das ist die verrückteste Geschichte, die ich je gehört habe. Wissen Sie, was ich meine?«

Loren reagierte unwillig. »Ich weiß nicht«, antwortete er.

»Ich will damit nur folgendes sagen: Ihr Glaube klingt mir zwar nicht gerade vernünftig, aber Sie kommen mir ziemlich vernünftig vor und für andere Gläubige ist Ihr Glaube durchaus vernünftig. Sie sind nicht verrückt.«

»Danke.«

»Physik ist auch nicht verrückt. Der gesunde Menschenverstand mag sie für verwirrend halten, aber sie ist folgerichtig und beweisbar. Das bedeutet daher, daß der gesunde Menschenverstand fehlerhaft ist und nicht die Wissenschaft.«

»Also gut.« Loren betrachtete die griechischen Buchstaben, die die Wandtafel füllten. »Aber ein Mann ist körperlich von den Toten ...«

»Ihre Religion hat das bereits als Tatsache akzeptiert.«

»Als ein Wunder.«

»Auch in der Wissenschaft kommen von Zeit zu Zeit immer wieder Wunder vor.«

Die griechischen Buchstaben tanzten vor Lorens Augen. »Es war nicht nur Randal«, erzählte Singh. »Es ist früher auch schon passiert. Da war die Geschichte mit den Kühen.«

»Ja, Tim hat mir über die Kühe erzählt. Wir haben darüber gelacht.«

»Vielleicht ist es auch mit anderen Dingen geschehen. Aber niemand bemerkt einen Kaktus oder einen neuen Cholla oder einen Felsen. Die Kühe waren peinlich, daher wurden sie von der Werkspolizei erschossen.«

Mit Randal haben sie das gleiche gemacht, dachte Loren plötzlich und war entsetzt über die unausgesprochenen Worte.

»Virtuelle Kühe. Virtuelle Chollas. Ein virtueller Thunderbird-Oldtimer.« Singh blickte immer noch zerstreut vor sich hin; er fand diese Vorstellungen nicht lustig.

»Löcher in Transistoren«, meinte Loren.

»Ihr Bruder hat ein paar Dinge durcheinander gebracht«, bemerkte Singh.

»Mehr als nur ein paar, glauben Sie mir.«

»Ich glaube, er hat virtuelle Materie mit Diracs Vorstellung von einem Universum verwechselt, das mit nicht erkennbaren Elektronen gefüllt ist. Aber er hatte mehr oder weniger recht.«

»Gut.«

»Virtuelle Materie ist Materie, die aus dem Nichts geschaffen wird – oder aus der Unschärferelation.«

»Heisenberg. Das war seine Theorie, stimmt's?«

Singh war überrascht. »Ja.«

»Ich habe die Leute über den Aufkleber auf Ihrer Stoßstange gefragt.«

»Die Sache ist die: Reguläre Materie – ein Elektron zum Beispiel, kann von der Unschärferelation Energie abzweigen, um, sagen wir, ein Photon zu bilden. Aber sie muß das Photon augenblicklich wieder reabsorbieren, innerhalb eines Sekundenbruchteils, bevor das Universum bemerkt, daß die Erhaltung der Energie gestört wurde. Die Protonen in einem Atomkern müssen ständig Pione schaffen und austauschen, um die starke Wechselwirkung weiterzuleiten, die den Kern zusammenhält. Aber auch das stört die Erhaltung der Energie, und die Pione sind daher nicht von Dauer. Zum Glück ist das auch nicht notwendig.« Er setzte einen Punkt auf die Wandtafel und umrandete ihn mit kleineren Punkten. »Ein Teilchen ist umgeben von einer Wolke virtueller Materie, die wir nicht bestimmen können, die aber plötzlich in Existenz tritt, nur um wieder zu verschwinden. Das alles geschieht jede Sekunde skadzillionenmal.«

»Entschuldigen Sie bitte.« Loren beschloß die *Skadzillionen* zu ignorieren. »Das Universum *bemerkt* es?«

Singh hielt inne. Als hätte Loren auf einem inneren Recorder den Stop-Knopf gedrückt, spulte er seine Gedanken zurück und begann von neuem. Loren erinnerte sich, daß Steffen das gleiche tat, wenn er auf eine Frage antwortete; er lächelte. »Die Unschärferelation gilt nur für sehr kleine Dinge und für sehr kurze Zeit. Man kann etwas aus dem Nichts schaffen, einen gratis Lunch, zum Beispiel, aber es ist ein *sehr kleiner* Lunch und man würde eine Reihe hochspezialisierter Apparate benötigen, um ihn überhaupt *wahrzunehmen,* und er ist sehr kurzlebig. Wenn Sie es in der kurzen Zeit schaffen, ihn zu essen, verschwindet er aus Ihrem Magen, noch ehe er verdaut ist. Und das ist das Faszinierende bei Mr. Doe.« Singh zupfte an seinem geflochtenen Bart. »Es ist wie die Fluktuation um eine Nullpunktenergie. Die Art und

Weise seines vollständigen Verschwindens, der Zeitpunkt ...«

Als hätte es ihn nie gegeben. Die Worte des Gerichtsmediziners.

»Ein virtueller Mensch?« fragte sich Singh. »Ein virtuelles Duplikat von jemandem, der an einem anderen Ort auf der *t*-Achse existierte. So seltsam ...«

»Aber das Universum hat die Duplizierung bemerkt – und ich habe sie bemerkt, als ich den Sarg öffnete«, schlußfolgerte Loren.

»Das virtuelle Wesen verschwand. Zusammen mit seinen Organen, seinem Blut und sogar mit seinen Kleidern, die anderswo aufbewahrt waren. Als in Ihrem Wahrnehmungsvermögen das Original und das Duplikat präsent waren, mußte das Duplikat verschwinden.«

Loren sah die Dinge allmählich klarer. »Ich wette, daß alle seine Sachen verschwunden sind; seine Brieftasche, seine Ausweise, alles. Patience hatte ihm vermutlich alles abgenommen und aufgehoben.« Er stellte sich vor, wie Patience an jenem Morgen das Beweismaterial durchging und den Führerschein, die Brieftasche und die Kreditkarten, die er Randal abgenommen hatte, suchte. Er hatte sie verwahrt, und sie waren verschwunden, zusammen mit den anderen Dingen, samt der Schnupftabakdose aus Randals hinterer Hosentasche. Für ihn war klar, daß hier noch jemand die Hand im Spiel hatte, allmächtige Agenten, die durch Wände gehen und Dinge verschwinden lassen konnten. Kein Wunder, daß Patience seinen Leuten gegenüber von Männern in Schwarz und Verrätern phantasierte.

»Es gibt viele Quantenreaktionen, die sich auf diese Weise abspielen«, fuhr Singh fort. »Materie agiert sowohl als Teilchen als auch als Welle – sie besteht aus Teilchen, wenn das Experiment so angelegt ist, daß Sie nach Teilchen suchen, und sie besteht aus Wellen, wenn Sie nach Wellen suchen. Aber woraus besteht sie, wenn Sie *nicht* suchen? Nach der Kopenhagener Interpretation ist sie beides gleichzeitig – oder vielleicht auch etwas anderes, und nur wenn wir hinsehen, kollabiert die Wellenform und die Teilchen scheinen auf – aber sobald wir nicht mehr hinsehen, was wird aus den Teilchen?« Singh hob die Hand mit der Handfläche nach unten und ließ sie vibrieren und beschrieb mit dieser Geste die Bandbreite der Unschärfe. »Vielleicht ein Metapher? Niemand weiß es. Damit einige dieser Vorgänge funktionieren, muß man sie beobachten. Wenn man sie nicht sieht, geschieht nichts. Und wenn Sie den Sarg nicht geöffnet hätten, würde John Doe vielleicht noch in seinem Fach liegen.«

Es klopfte leise am Türrahmen. Singhs Frau sah Loren mit ihren hübschen blauen Augen an.

»Werden Sie mit uns essen?« fragte sie.

»Ich habe ein Sandwich mitgenommen.«

»Wenn Sie nichts gegen gegrillte Rippchen haben? Es gibt genug.«

Loren lächelte. »Ich habe nicht das geringste dagegen. Danke vielmals.« Er hatte irgendein entsetzliches pakistanisches Gericht erwartet, Ziegenaugen, gekocht in ranziger Butter, oder so etwas Ähnliches. Rippchen würde er schon hinunterkriegen.

»Aber ich weiß nicht einmal, wie Sie heißen!«

»Cynthia.«

»Hallo, Cynthia.«

»Hi.« Sie lächelte. »Dann lege ich noch ein Gedeck auf.«

Cynthia ging, und Loren wandte sich wieder Singh zu. Der starrte immer noch konzentriert auf die Gleichungen; wahrscheinlich hatte er auch darüber nachgedacht, als Cynthia hier war. Er strich sich rhythmisch über das bärtige Kinn.

»Virtuelle Materie überdauert einen winzigen Sekundenbruchteil, dann verschwindet sie. Es ist mir ein Rätsel, wieso John Doe mehrere Tage währte.« Er schüttelte den Kopf. »Die zweite Zeitdimension.«

Loren wußte nichts hinzuzufügen. Singh fuhr fort, seinen Bart zu streicheln und daran herumzuzupfen. Schließlich zog er eine lange Haarsträhne aus dem Zopf. »Verrückt«, schloß er. »Diese zweite Zeitdimension könnte die Erklärung sein. Die Kollisionsenergie ist soeben verschwunden. Tim nannte das den Energiesumpf. Angenommen, sie fällt in die zweite Zeitdimension, rekonstituiert sich dort als virtuelle Materie, die sich weiter unten auf der *t*-Achse dupliziert. Vielleicht besteht virtuelle Materie in der zweiten Zeitdimension länger.«

Singhs Augen strahlten. »Tim wußte nichts von Does Verschwinden. Gerade dieses Verschwinden deutet für mich auf virtuelle Materie hin. Für Tim muß es wirklich wie eine Zeitreise ausgesehen haben und nicht wie eine virtuelle Rekreation eines früheren Augenblicks.« Er bemerkte, daß er in seinem Bart herumbohrte, besah verwirrt seine Hand und ließ sie sinken. Er seufzte. »Ich muß noch daran arbeiten und Berechnungen anstellen. Ich werde Sie anrufen, okay?«

»Besser nicht. Ich glaube, mein Telefon wird abgehört. Ich werde *Sie* anrufen.«

»Schön.«

»Das Essen ist fertig!« rief Cynthia aus dem Eßzimmer.

Singh ging zur Tür.

Loren legte ihm die Hand auf den Arm. »Hören Sie! Tim Jernigan ist deshalb *gestorben.*«

Singhs Gesichtsausdruck verdüsterte sich. »Das haben Sie mir erzählt.«

»Seien Sie bitte vorsichtig. Patience ist verrückt und ein Mörder. Wenn er von meinem Besuch bei Ihnen erfährt, sind Sie und Ihre Frau in Gefahr.«

Singh zuckte die Achseln. »Je mehr Leute davon wissen, desto besser. Ich an Ihrer Stelle würde es überall erzählen. Je mehr Leute wissen, was passierte, desto schwieriger wird es, die Sache zu vertuschen.«

»Aber ... aber ...«, Loren zögerte. »Gibt es für diese Geschichte ein Anwendungsgebiet? Ich meine, wenn

Zeitreisen, selbst als virtueller Mensch, wirklich möglich werden, würden sie dann nicht unter die nationalen Geheimhaltungs- und Sicherheitsbestimmungen fallen, um die Patience so besorgt ist? Dielh ist in Washington, um Instruktionen einzuholen, nicht wahr?«

Singh bedachte Loren mit einem nachsichtigen Blick. »Das war nur ein Unglücksfall. Eine unvorhergesehene Konsequenz der Hochenergiephysik. Vielleicht lag die Ursache in einem nicht korrekt ausgerichteten oder einem fehlerhaft kristallisierten Supraleiter. Es ist nicht einmal wiederholbar – der Energiesumpf ergibt sich nur bei einem Bruchteil der Versuchsreihen. Wir haben keines dieser Phänomene im Griff, und ich sehe keinen Weg, wie wir sie in den Griff bekommen können.«

»Sind Sie sicher?«

»Nein.« Singh lachte. »Ich werde es herausfinden, sobald ich etwas darüber veröffentliche. Vielleicht sollte ich es zuerst bei *Nature* versuchen. Bei einer Publikation, die nicht im Land erscheint, hat es die Regierung nicht so leicht, die Veröffentlichung zu verhindern. Oder ich schicke über Modem Kopien aus, bevor ich etwas anderes mache. Sobald Ideen einmal im Umlauf sind, kann man sie nicht mehr aufhalten.«

Loren wußte nicht, ob er Ideen in Umlauf bringen wollte oder nicht. Er wollte nur Patience und seine Bande zu Fall bringen. Er konnte sich nicht vorstellen, seine Version der Wahrheit landauf landab zu verkünden, wie Roberts der Prophet oder die UFO-Jünger in ihren weißen Roben. Sollte er vielleicht auf einen Barhocker im Sunshine steigen und Leuten wie Len Armistead oder Shorty Lazoya Vorträge halten? *Seht her, Leute, man nennt das die virtuelle Materie.* Bob Sandoval und Mark Byrne gaben dann vielleicht aus dem Hintergrund ihre Kommentare ab. Damit konnte er nur die bekehren, die er gar nicht bekehren wollte, nämlich jene, die nicht begriffen, wie verrückt das alles war.

Wie betäubt folgte er Singh ins Eßzimmer, wo Cynthia den Salat anmachte. Singh blieb wie angewurzelt stehen, dann lachte er.

»Der arme Dielh!« sagte er. »Er wollte unbedingt einen Nobelpreis, und jetzt werden seine Ergebnisse zum Staatsgeheimnis!« Er warf Loren einen amüsierten Blick zu. »Auch eine Art der Rache, nicht wahr?«

»Es gibt bessere«, kommentierte Loren.

Die Rippchen waren ausgezeichnet.

Loren trat auf die Bremse, als vor ihm im Licht der Scheinwerfer blasse Schatten auftauchten. Die Reifen blockierten quietschend, und die Hupe schrillte durch die Nacht. Loren kämpfte, um das Auto unter Kontrolle zu bekommen; die Vorderreifen rutschten über den Sand. Ein erschrockener Hirsch sprang an den Straßenrand und glitt wie ein braun-silberner Wasserfall den Hang hinunter.

Der Taurus kam in einer Staubwolke zum Stehen. Lorens Puls dröhnte ihm in den Ohren, lauter als das Geräusch der Hubschrauber über ihm. Er holte tief Luft und legte den ersten Gang ein. Allmählich beruhigten sich seine aufgescheuchten Gedanken wieder.

Loren hatte sich folgende Geschichte zusammengereimt. Etwa eine Stunde nachdem Randal 2 gegessen hatte, reichte es ihm. Die Wachen mit ihrem überlegenen, verächtlichen Gehabe waren schlimm genug, aber die beiden kühlen Physiker, die ihn wie eine Urinprobe in einer Flasche untersuchten, waren ihm unheimlich gewesen. Der Mann, der das leere Tablett abholte, war vermutlich unvorsichtig gewesen und Randal verpaßte ihm eine, wobei er sich die Fingerknöchel aufschlug. Er entkam durch den Notausgang an der Rückseite. Der Mann am Eingang mußte es auf den Kameras gesehen haben und gab Alarm. Vielleicht stieg Timothy Jernigan nach der Besprechung mit Patience gerade in sein Auto, oder er war soeben erst gekommen, um sich mit Randal zu unterhalten. Randal hatte Jernigan vermutlich aus dem Auto gezerrt, sprang hinein und stieg auf das Gaspedal; im selben Augenblick stürzten zwei Leute von der Werkspolizei mit Waffen in den Händen hinter ihm aus der Tür. Schüsse drückten die Fenster des BMWs ein, durchbohrten die Tür, prallten von Randals Rippen ab und knickten die Aorta.

Nazzarett war einer der Schützen, dachte Loren. Seine Hand reagierte beim Shibano-Test positiv.

Randal war mit dem gestohlenen Auto durch das Tor gefahren ... Doch nein. Hier gab es ein Problem. Am Tor mußten zwei uniformierte Wachposten gestanden haben; ihnen wäre das zerschossene Auto aufgefallen, das mit hundertfünfzig Sachen an ihnen vorüberraste. Entweder es waren noch zwei ATL-Leute in die Sache verwickelt, oder der Hergang war ein ganz anderer gewesen.

Randal war gar nicht durch das Tor gefahren, vermutete Loren, sondern durch den Zaun. Der BMW beschleunigte wesentlich besser als die Blazer der Wachen, und Randal war es verdammt gleichgültig, wie viele Schrammen die Ölwanne auf der Fahrt über die Mesa abbekam.

Loren mußte Rivers fragen, ob der Zaun in den letzten Tagen irgendwo repariert worden war ...

Der Taurus brauste durch eine Senke und schwenkte in eine ansteigende Haarnadelkurve ein. Die Scheinwerfer tanzten über Wacholdergebüsch, als plötzlich rote und blaue Lichter auftauchten und ein gleißend heller Halogenscheinwerfer aufleuchtete ... Loren verlangsamte das Tempo und schirmte gleichzeitig die Augen mit einer Hand gegen das schmerzende Licht ab. Ein schwarzer Streifenwagen stand quer über die schmale Straße; die seitlichen Reflektoren leuchteten golden.

Loren hielt an, ließ aber den Motor weiterlaufen. Die bunten Lichter auf dem Dach des schwarzen Autos rotierten lautlos und schickten blaue und rote Lichtblitze über das Wacholdergebüsch am Straßenrand. In der Ferne dröhnten die Hubschrauber. Gegen das Scheinwerferlicht konnte Loren nichts erkennen. Er ließ das Fenster hinunter und hörte Schritte über den Sand knirschen.

»Keine Bewegung, Sir.« Die strenge, gespannte Stimme schien aus dem Nichts zu kommen. Loren kannte den Ton, und sein Herz machte einen Satz. Er warf einen Blick auf die Flinte auf dem Nebensitz.

»Lassen Sie die Hände auf dem Lenkrad.«

Loren tat, wie ihm geheißen, und der Schweiß lief ihm über den Nacken. Links von ihm bewegte sich etwas. Gerade als er den Kopf danach umwandte, schob sich der glatte Lauf einer Waffe mit silbriger Mündung durch das Fenster.

Das kühle Metall berührte Lorens Stirn. Loren gab sich Mühe, nicht zusammenzuzucken und dem Mann dadurch einen Vorwand zu geben, abzudrücken. Es war eine Thompson, eine altehrwürdige Maschinenpistole, wie sie Al Capone so geliebt hatte ... ein schweres Ding, das sehr einschüchternd wirkte; eine Waffe, die man wirklich ernstnahm, besonders wenn man sie mit den Mini-UZIs und Mac-11s verglich, die dagegen aussahen wie aus dem Spielzeugladen.

Der Mann hinter der Waffe war Spanier, dunkelhäutig mit hellen Augen, in der schwarz-silbernen Uniform der bundesstaatlichen Highwaypatrouille. Er schien noch sehr jung zu sein. Auf dem Kinn saß ein eitriger Pickel. Er hielt den Griff der Waffe so krampfhaft fest, daß die Fingerknöchel weiß hervortraten. Loren dachte an lateinamerikanische Todesschwadronen, an Patience, der an ehemalige Kumpel aus dem Sondereinsatzkommando, die heute in Salvador lebten, Mordaufträge vergab.

»Hören Sie«, begann Loren. Sein Mund war trocken.

»Steigen Sie bitte aus, Sir, und legen Sie die Hände auf das Autodach.«

Der Pistolenlauf verschwand aus dem Fenster. Loren kam der Gedanke, einen Gang einzulegen und abzuhauen oder die Tür so vehement zu öffnen, daß der Pistolenlauf sekundenlang abgewendet wurde.

Ein Blick in die Augen des jungen Mannes überzeugte ihn jedoch, daß das keine guten Ideen waren.

Loren öffnete langsam und vorsichtig die Tür und stieg aus. Warmer Wind blies ihm ins Gesicht. Er legte die Hände auf das kühle Autodach. Hubschrauber dröhnten über den Himmel. Loren war sich noch nicht sicher, ob er dem Mann seinen Namen nennen sollte oder nicht – es könnte ja sein, daß er ausgeschickt worden war, ihn zu finden. Wenn er Loren eindeutig identifiziert hatte, würde er nicht mehr länger zögern, sondern ihn töten.

»Ist das Ihre Flinte, Sir?«

»Ja«, erklärte er hoffnungslos.

»Knien Sie sich nieder und verschränken Sie die Hände hinter dem Nacken.«

Loren tat wie befohlen.

»Legen Sie einen Knöchel über den anderen.«

Verdammt, dachte Loren. Der Bursche geht streng nach Vorschrift vor.

Er kreuzte die Knöchel. Der Polizist trat hinter ihn, kniete sich vorsichtig mit einem Unterschenkel über Lorens Knöchel und kontrollierte ihn. Um jemandem Handschellen anzulegen, mußte man die Waffe aus der Hand legen, und der Junge ließ sich auf kein Risiko ein. Die Thompson drückte sich in Lorens rechte Niere und Loren zuckte. Die Handschellen klirrten, und Loren spürte, wie sich das kühle Metall der Spange um das rechte Handgelenk legte. Der Junge zog die rechte Hand hinunter zu den Hüften, danach die linke Hand. Dann schnappte die Handschelle schnarrend über dem anderen Handgelenk zu.

Der Polizist atmete auf. Er stellte Loren auf die Füße,

klopfte ihn ab, nahm ihn an den Schultern und drehte ihn um.

»Was machen Sie mit der Waffe, Sir?«

»Ich besitze sie von Rechts wegen. Ich bin ...«

»Sie besitzen sie von Rechts wegen?«

»Ich bin Chef der Polizei von Atocha.«

Die Augen des anderen zuckten. Er runzelte die Stirn und legte den Kopf schief. »Haben Sie einen Ausweis?«

Loren fiel ein Stein vom Herzen. Der Mann hatte ihn nicht gesucht.

»In der hinteren Tasche.«

Der Polizist drehte ihn um, griff in die Tasche und zog das kleine Etui heraus, das Loren normalerweise in der Brusttasche der Uniform trug. Der junge Mann nahm die Karte aus der Plastikhülle und besah sie im Licht des Scheinwerfers.

»Wo ist Ihre Dienstmarke?«

»An meiner Uniform.«

»Lassen Sie mich die Handschellen abnehmen.«

Loren war sehr erleichtert, als die Hände wieder frei waren. Er rieb die Handgelenke und sah den Polizisten an.

»Für wen haben Sie mich gehalten?«

»Aus dem Gefängnis sind zwei Männer ausgebrochen. Der eine ist ein Doppelmörder. Sie fahren angeblich in einem silbernen Taurus auf dieser Straße nach Süden. Das Auto ist voll mit Waffen, so wie Ihres.«

Loren lehnte sich gegen das Auto. »Du lieber Himmel«, sagte er.

Der Polizist lachte nervös. »Ich habe wirklich befürchtet, daß es jetzt eine Schießerei gibt.«

»Da hätten Sie genau die richtige Waffe dafür gehabt. Wie kommen Sie überhaupt zu einer Thompson?«

»Das ist meine private Waffe. Ich patrouilliere mehr als tausend Kilometer Straße allein, da habe ich gern einen Freund dabei.«

»Ich muß Ihnen zu Ihrer Beherrschung gratulieren.«

»Sie haben auch nicht wie ein Mörder ausgesehen.«

Loren schüttelte den Kopf. »So ein Zufall, was?«

»Ich bin der einzige Polizist im Umkreis von fünfzig Kilometern. Jetzt ist alles im Eimer, habe ich gedacht.«

Beide redeten furchtbar schnell, weil jeder glücklich war, am Leben zu sein.

Erst viel später, als das Auto auf der Asphaltstraße durch abgebrannte Pinienwälder nach Süden fuhr, stellte sich Loren die Frage, wer der Polizei diese Beschreibung gegeben haben mochte, die so genau auf ihn paßte. Vielleicht ein Anrufer mit Patiences Stimme, der über Satellit die Zentrale einer Polizeistation in Santa Fé benachrichtigte? Konnte es sein, daß er mit der Möglichkeit rechnete, ein schießwütiger Neuling patrouillierte die zweispurige Landstraße und stieß auf Loren, der sich auf dem Heimweg befand?

Zu verrückt, zu riskant, dachte Loren. Mit seinen Spekulationen in diese Richtung würde er sich noch selbst um den Verstand bringen.

Virtuelle Teilchen. Zeitdimensionen. Geister erhielten Gestalt, wurden zur Nicht-Gestalt... Die Wirklichkeit war verrückt genug und widersprach der Logik.

Loren dachte über seine Familie nach, für deren Mittelpunkt er sich hielt. Bisher hatte er geglaubt, die Bahnen zu kennen, auf denen sie sich bewegten. Nach seinen jüngsten Beobachtungen bezweifelte er das mit Recht. Was waren sie, wenn er nicht hinsah?

Der starke Wind wirbelte Staub und Asche gegen die Windschutzscheibe. Schwarze, tote Bäume zeichneten sich gegen den Himmel ab. Außer dem Taurus befand sich nichts auf dem abgebrannten Plateau, er bewegte sich in seiner eigenen Wolke der Ungewißheit, zusammen mit einer fluktuierenden Gefolgschaft von Geistern und virtuellen Geschöpfen, die durch die Nacht spukten, ihre insubstantielle Gegenwart dem Wind anvertrauten... Randal Dudenhof wurde aus dem Reich der Toten zurückgeholt, wurde wieder getötet und existierte plötzlich nicht mehr; Jernigan und Vlasic starben, als wären sie Teilchen in einem ihrer Experimente, beschleunigt und mit dem Kopf voraus gegen ein Ziel geschleudert; Patience und seine Mannschaft bewaffneter Schurken, finster wie eine Bande von Bankräubern aus dem Wilden Westen; verlorene Seelen wie Roberts, der Prophet, oder Jerry. Durch das unerklärliche Fehlen der richtigen Energien schaffen sie es nicht, sich zu dem zu entwickeln, was ihnen vorschwebt; Unmengen von noch weit subtileren, abstrusen Teilchen, Teilchen von weit unten auf der *t*-Achse, die Vergangenheit von Atocha – die Hohokam und die Apachen, die Bergleute, die nach Silber und Kupfer schürften, die unsichtbaren Anaconda, die Mormonen Polygamisten und die spanischen Herren, die aufrechten Apostel, die Psalmen singend dem Zug aus Pennsylvania entstiegen; Religionen des Glaubens und der Wunder, die von einem Gott kündeten, der näher war als ein Nachbar, unsichtbar allesumfassend und bedrohlich wie Diracs Meer der Elektronen …

20. KAPITEL

Loren ging ins Haus und fand Jerry schnarchend auf der aufgeklappten Couch im Wohnzimmer. Tarnjacke und -hose für die Entenjagd hatte er über Lorens Lehnstuhl geworfen. Seine Iver-Johnson-Schrotflinte lag obenauf. Eine Lampe brannte, und es roch nach Gin. Jerry fand immer irgendwelche Freunde, die mit ihm auf die Line fuhren. Sie sahen zu, wie er sich betrank und ließen ihn dann nach Hause gehen. Diesmal hatte er es offenbar nur bis zu Lorens Haus geschafft.

Als Loren die Vordertür schloß, stieß Jerry einen gequält gurgelnden Laut aus, dann öffnete er die Augen und setzte sich auf. Er war vollkommen wach, nur etwas überdreht. Das war bei ihm eine Nebenwirkung, wenn er getrunken hatte. Er war wach, gesellig und gesprächig. Dann fiel er um.

»Hallo«, grüßte er. »Wie spät ist es?«

»Ungefähr drei.«

»Deb war so nett und ließ mich hier schlafen.«

»Das sehe ich.«

Loren lehnte die Flinte in die Ecke. Sein Rücken schmerzte. Jerry beugte sich interessiert vor. »Hast du Erfolg gehabt?«

»Wie es aussieht, habe ich drei Mordfälle gelöst.«

»Schön für dich! Gehen wir morgen auf Entenjagd? Ich meine heute?« fragte Jerry fröhlich.

Loren rieb sich den Rücken und dachte nach. Er wußte, wie Randal gestorben war, aber er konnte es nicht beweisen; außerdem war er nicht mehr Polizist.

»Können wir machen. In ein paar Stunden fahren wir los.«

»Gehen wir nicht in die Kirche?«

Loren dachte auch darüber nach. »Welche Sünde ist noch übrig?«

Jerry zählte stumm die Sünden an den Fingern ab.

»Der Zorn.«

Loren überlegte. Es hatte sich bestimmt herumgesprochen, daß er beurlaubt war; er hatte wenig Lust, einer Menschenmenge gegenüberzutreten, die davon wußte.

»Ich glaube, ich weiß genug über den Zorn.«

»Soll mir recht sein.« Jerry holte vom Tisch ein Stück Papier, das er unter Uhr und Ring gelegt hatte. »Ich habe eine Nachricht für dich. Cipriano hat angerufen. Er möchte, daß du ihn zurückrufst, ganz gleich, wie spät es ist.«

Loren griff zum Telefon, hielt inne und drehte sich seufzend um.

»Wohin gehst du?«

»Ich erkläre es dir später.«

Loren fuhr zur Port Royal, wo Cipriano wohnte. Das Haus war im Stil des Südwestens gebaut. Es hatte ein Flachdach, und die Betonziegel waren verputzt und braun gestrichen, so daß es wie Adobe aussah. Die Mauer rund um das Grundstück sah ebenso aus und hatte über dem Gartentor einen hübschen Torbogen. Loren öffnete die Gartentür und ging über die nackte Erde des Vorgartens zur Seite des Hauses, an der Ciprianos Fenster war. Auf dem Sims unter dem Fenster stand eine verrostete alte Klimaanlage, aus der das Wasser auf das dichte Unkraut darunter tropfte. Loren klopfte oberhalb des Aggregats an das Fenster.

Nach ein paar Sekunden bewegte sich der Vorhang und Ciprianos erschrockenes Gesicht tauchte auf. Er sah Loren für einen Augenblick böse an, dann deutete er auf die Vordertür und verschwand. Loren ging zur Tür und wartete. Drinnen wurde Licht gemacht, dann ging die

Tür auf, und Cipriano stand barfuß in einem abgetragenen Frotteebademantel vor Loren.

»Hallo, Freund!« Loren grinste.

»Verdammt, Jefe! Bist du nie müde?«

»Ich bin eben ein Nachtmensch.«

Cipriano bat Loren einzutreten und tappte voraus. Loren ging über einen alten indianischen Teppich und setzte sich auf das Sofa aus brauner Lederimitation. Cipriano fuhr sich durch die zerzausten Haare und setzte sich vorsichtig in einen zierlichen Schaukelstuhl, den er vermutlich von seinem Urgroßvater geerbt hatte.

»Was, zum Teufel, machst du hier? Warum hast du nicht angerufen?«

»Patience hört vermutlich unsere Telefone ab.«

Cipriano verdrehte die Augen. »Du lieber Himmel.«

»Das ist kein Problem für ihn. Ich bin nur vorsichtig.«

»Du lieber Himmel«, wiederholte Cipriano. Er räusperte sich. »Wo warst du? Ich versuche seit Stunden, dich zu erreichen.«

»Ich habe Erkundigungen eingezogen und herausgefunden, was mit unserem John Doe geschehen ist. Wer er war, was er gemacht hat, wer ihn umgebracht hat und warum.«

Es herrschte langes Schweigen. »Hör zu, Jefe«, begann Cipriano und verfiel wieder in Schweigen.

»Ich höre.«

Ciprianos Gesicht war ausdruckslos. »Der Bericht vom Kriminallabor kam heute. Die beiden Waffen, die im Wrack des Zuges gefunden wurden, waren jene, mit denen Doe ermordet worden war. Die Räumer wurden ausgetauscht, aber nicht die Läufe.«

»So. Kennen wir die Seriennummern?«

»Noch nicht. Wir arbeiten daran. Aber, Jefe, ich werde den Fall jetzt schließen, okay? Jernigan muß der Schütze gewesen sein. Alle Beweise deuten darauf hin.«

Loren wurde ganz heiß bei diesen Worten. »Der Doppelschütze Tim? Meinst du das im Ernst?« Loren schüttelte den Kopf. »Auf keinen Fall. Hör mir zu. Die Sache mit den Räumern macht Sinn. Die beiden Mörder wechselten nach der Schießerei Läufe und Räumer, versteckten die Läufe und vernichteten die Räumer. Als sie sich entschlossen, Jernigan den Mord anzuhängen, holten sie die Läufe wieder hervor, aber sie mußten neue Räumer einsetzen, weil sie die alten vernichtet hatten.«

»Jefe!« rief Cipriano schmerzlich. »Der verdammte Fall ist geschlossen! Verstehst du denn nicht?«

Loren machte eine beruhigende Handbewegung. »Reden wir morgen nachmittag weiter, wenn ich von der Entenjagd zurück bin. Ich werde auch mit Luis sprechen und alles erklären. Dann kannst du entscheiden.« Loren beugte sich vor. »Möchtest du wirklich den Rest deines Lebens mit Mördern in der Nachbarschaft verbringen?«

Cipriano blieb unbeeindruckt. »Ich tue, was ich tun muß, Jefe. Aber ich höre mir an, was du zu sagen hast, okay?«

»Gut.« Loren stand auf. »Ich lasse dich wieder zu Bett gehen.«

Cipriano erhob sich ebenfalls, ohne dabei Loren aus den Augen zu lassen. »Loren? Seit wann hast du nicht geschlafen?«

»Seit etwa zwei Tagen.«

»Ruh dich aus, ja? Ich mache mir allmählich Sorgen.«

»Werde ich machen. Wenn diese Scheiße vorbei ist.«

»Sie ist vorbei, Jefe!«

»Ich habe den Vogel noch nicht singen gehört, Pachuco.«

Loren öffnete die Tür und trat in den frühen Morgen hinaus. Cipriano seufzte hinter ihm und ließ die Tür mit dumpfem Schlag ins Schloß fallen.

Als Loren nach Hause kam, schnarchte Jerry wieder auf der Couch. Diesmal wachte er nicht auf, und Loren schlich leise an ihm vorüber ins Schlafzimmer. Er schloß die Tür hinter sich, um das Schnarchen nicht zu hören. Er zog sich aus und kroch vorsichtig ins Bett.

»Loren?« fragte Debra neben ihm. Sie klang überhaupt nicht schläfrig.

»Ich bin zurück.«

»Hast du erreicht, was du wolltest?«

»Ja. Ich weiß, was geschehen ist.«

Sie faßte nach seiner Hand. »Kannst du es mir erzählen?«

Loren holte tief Luft und atmete wieder aus. Ein eisiger Groll hinderte ihn am Sprechen und stellte sich wie eine stählerne Tür trennend vor die frühere Vertrautheit.

Aber es gab keinen Grund dafür, es Debra nicht zu erzählen.

»Ich werde dir berichten, aber laß mich zuerst schlafen.«

Sie schwiegen. Loren starrte blicklos an die Decke; seine Gedanken rasten. Er konnte nicht sagen, ob Debra schlief oder nicht.

Er glaubte nicht, daß er einschlafen würde. Die Dunkelheit und Stille erhöhten seine Konzentrationsfähigkeit, und er ging die lange Kette von Gedanken und Bildern nochmals durch.

Er hatte nicht einmal genügend Beweise, um Patience und seine Leute zu einer Befragung vorzuladen, von einer Verurteilung gar nicht zu reden. Er mußte das geschickt umgehen.

Zuerst wollte er mit Luis reden und ihn überzeugen. Luis war interessiert, das Gleichgewicht im Bezirk zu erhalten. Er verfügte offenbar über Kontakte innerhalb der ATL-Struktur; die konnte er benutzen. Luis könnte Patiences Vorgesetzten darauf hinweisen, daß einer der Leute gefährlich instabil war. Patience hatte ein Multimillionen-Dollar-Projekt von ATL sabotiert und zwei der besten Leute der Gesellschaft getötet. ATL konnte selbst Nachforschungen anstellen. Sobald sich herausstellte, daß die nationale Sicherheit nicht auf dem Spiel stand, und daß ATL keine Möglichkeit gefunden hatte, Kommandos in die Zeit zurückzuschicken, um Fehler der Geschichte zu korrigieren, konnten Gerechtigkeit und Gerichte ihren Lauf nehmen. Man mußte Patience von seinen Getreuen und die Männer untereinander trennen, und früher oder später würde einer von ihnen reden.

Sie hatten einen Fremden eingesperrt, ihn getötet und versucht, es zu vertuschen, indem sie zwei weitere Menschen umbrachten. Diese Behauptungen mußten bewiesen werden – Spekulationen bezüglich der Herkunft des Fremden waren für die Verbrechen nicht relevant. Wenn die Beweise stichhaltig vorgebracht wurden, wenn einer der Wachen als Kronzeuge aussagte und der Richter Beweise aus der spekulativen Physik nicht zuließ ...

Loren könnte eine Verurteilung erreichen. Er könnte es schaffen!

Danach mußte er noch einmal mit Luis reden. Mit dem Postlauf müßte es ein Ende haben, und Luis müßte das verstehen. Solche Dinge waren heutzutage peinlich und absolut unnötig.

»Loren«, mahnte Debra, »du knirschst mit den Zähnen.«

»Entschuldige.«

Er sah auf die Uhr; es war fast sechs. Er glitt aus dem Bett und tastete nach seinen Kleidern.

»Ich wollte dich nicht aus dem Bett jagen«, bedauerte Debra.

»Hast du nicht gemacht. Ich habe ohnehin nicht geschlafen.«

Er zog sich an und ging zum Gewehrschrank. Er sperrte ihn mit einem der Schlüssel an seinem Gürtel auf, nahm die doppelläufige Heym heraus, eine Schachtel Munition sowie das Putzzubehör und ging aus dem Zimmer. Jerry hatte zum Glück aufgehört zu schnarchen. Loren nahm Jerrys Iver Johnson von den aufgetürmten Kleidungsstücken und ging auf die hintere Veranda.

Die Luft war staubig; die Stadt mußte sich noch einen Tag mit dem heißen Wind aus Mexiko abquälen. Loren wollte nicht, daß der Staub an den Waffen klebte, und ging wieder ins Haus. Er setzte sich in die Frühstücksecke und schaltete das Licht ein. Er putzte und ölte die Gewehre mit gleichmäßigen, methodischen Bewegungen, und hing dabei weiter seinen Gedanken nach.

In der Stille des Hauses ertönte ein Wecker. Loren stand auf und lief durchs Haus. Debra klopfte an Kellys Tür, und kam Loren entgegen.

»Jerry und ich wollen zeitig auf die Jagd«, erklärte Loren. »Ich wollte dir gerade sagen, daß heute jeder für sich entscheiden kann, ob er in die Kirche geht oder nicht.«

Debra hatte noch keine Brille auf und blinzelte ihn an. »Das ist doch nicht dein Ernst?«

»Du kannst gehen, wenn du willst. Die Mädchen auch.«

»Du bist doch so religiös, nicht ich.«

Loren sah sie überrascht an. »Ich habe dich nie gezwungen.«

»Du hast mich nie gebunden und ins Auto gezerrt, das nicht.«

Loren war verärgert. »Geh wieder ins Bett. Ich mache das Frühstück für mich und Jerry.«

Debra schob die glatten blonden Haare aus dem Gesicht. »Ich kann es auch machen. Ich bin wach.«

Loren ging an Debra vorbei zu Kellys Tür, klopfte und ging hinein. Kelly trug noch ihr Nachthemd und staubige weiße Socken und starrte verschlafen in den Spiegel über den unzähligen Kosmetiktuben, Dosen und Flaschen. Loren hörte im Bad das Wasser laufen; Katrina war also ebenfalls bereits wach.

»Jerry und ich gehen auf die Jagd«, sagte Loren. »Ihr müßt nicht in die Kirche gehen, wenn ihr nicht wollt.«

Kelly sah auf die Bürste in ihrer Hand und seufzte. »Danke, Daddy.« Sie legte die Bürste beiseite und kroch zurück ins Bett.

Loren klopfte an die Badetür. »Hast du gehört?«

»Ich bin wach!« ließ sich Katrina vernehmen. »Ich werde aufbleiben; dann kann ich in der Schule in den Fitnessraum gehen.«

Demnach würde sie nur ein Scheibchen trockenen Toast zum Frühstück essen, sich einen richtigen Appetit holen und sich dafür zu Mittag mit ungesunden Fertigprodukten vollstopfen. Loren wußte, daß er nichts dagegen tun konnte, daher drehte er sich um und ging ins Wohnzimmer.

Jerry schlief tief. Die Kaffeemaschine verbreitete den Duft von heißem Kaffee. Loren rüttelte seinen Bruder wach und sah ihm nach, wie er verkatert ins Bad stolperte. Loren räumte die Gewehre vom Tisch.

Jerry trank zwei Tassen Kaffee, dann ging es ihm wieder gut. Während des Frühstücks erzählte er von Tunnels unter dem Mount Shasta. Die hatten ebenfalls jene Außerirdischen gegraben, die in der Atmosphäre mit ihren UFOS herumschwirrten.

»Hat jemand diese Tunnels gesehen?« fragte Loren.

»Klar, viele Leute kennen sie.«

»Haben sie Videos gemacht?«

»Das ging nicht gut, denn sie waren mittels Astralprojektion unterwegs«, antwortete Jerry unbehaglich.

»Ach so.« Loren griff nach der Kaffeetasse und nahm einen Schluck. »Das habe ich mir gedacht.«

»Wären sie als physische Person dort gewesen, wären sie verschwunden. Die Regierung will nicht, daß Informationen darüber hinausgelangen.«

»Aha.«

»Jer, wieso hast du dich anläßlich der Jahrtausendfeier nicht den UFO-Leuten hier in Atocha angeschlossen?« fragte Katrina. Wie Loren erwartet hatte, knabberte sie an einer dünnen Toastscheibe.

»Weil Jerry kein Geld hatte, das er ihnen geben konnte«, antwortete Loren.

»Nein.« Lorens Zweifel kränkten ihn. »Weil sie *Kontaktierte* waren. Leute, die behaupten, daß sie als physische Personen von Untertassen kontaktiert wurden, sind entweder verrückt oder sie lügen.«

Loren kam dieser Beweis von gesundem Menschenverstand an Jerry verdächtig vor. »Wirklich? Wie kommt das?«

»Weil man nur durch Telepathie mit UFOs wirklich in Kontakt treten kann.«

»Aha.« Loren dachte nach und grinste. »Wahrscheinlich hast du vollkommen recht.«

Jerry war mit sich zufrieden und nahm sich noch eine Waffel. Debra trat mit einer Waffel in der Hand zum Tisch und goß sich Kaffee ein.

»Ich werde dir heute von meinem John Doe erzählen und wer er war. Ich glaube, du hast die richtige Denkungsart, und es wird dir gefallen.«

»Danke.«

»Daddy, kannst du es uns nicht *jetzt* erzählen? Ich möchte es wissen!« bat Katrina.

»Später. Heute abend, wenn alle zu Hause sind.«

»Ich habe heute abend eine *Verabredung*. Heute ist Freitag.«

»Dann eben beim Essen.« Und zu Jerry: »Wo wollen wir wegen Enten schauen?«

Jerry hatte den Mund mit Waffeln vollgestopft. »Wir haben keine Hunde mit, und ich will auch nicht schwimmen gehen.«

»Dann eben in la Ciénega.«

»Gut.«

La Ciénega war ein flacher Talboden, wo sich der Rio Frio auf seinem schnellen Lauf von den Bergen zur Mündung in den Rio Seco ausbreitete und ein kleines Stück Sumpfland bildete. Im dichten Gestrüpp von Pappeln, Weiden und Unterholz fand man gute Deckung, und das Wasser war nicht sehr tief. Das Wasser war für Menschen nicht genießbar, da es mit Schwermetallen aus der Zeit des Gold- und Silberbergbaus im neunzehnten Jahrhundert verunreinigt war. Aber es gab viele Enten hier.

»Wir nehmen Wasserflaschen mit«, schlug Loren vor.

»Ich muß meine auswaschen. Ich glaube, es ist immer noch Cola vom Vorjahr drinnen.«

»Wir sollten los.«

»Ja.«

Loren stand vom Tisch auf und zog die Jagdsachen an: Jacke, Mütze und Hose in Tarnfarbe. Als er die Jalousien im Schlafzimmer öffnete, war am östlichen Himmel der erste Lichtschimmer zu sehen. Es war Zeit, nach La Ciénega zu kommen, bevor die Enten aufflogen. Als Loren ins Wohnzimmer zurückkam, ging Jerry, ebenfalls bereits für die Jagd angezogen, mit den beiden Schrotflinten zur Tür hinaus. Debra rumorte in der Küche. Katrina kam mit einem Energiegetränk mit Orangengeschmack in der Hand ins Zimmer; das trank sie immer, bevor sie zum Fitnesstraining ging.

Zu seiner eigenen Überraschung genoß Loren die häusliche Szene. Vielleicht wird alles gut.

Die äußere Tür schloß sich hinter Jerry. Loren hörte Jerrys Schritte auf der Auffahrt und gleichzeitig den Motor eines davonrasenden Autos.

Das Wohnzimmerfenster zersprang und kippte nach innen, der weiße Vorhang flatterte zu Boden. Katrina stieß einen kleinen Schrei aus und verschüttete ihr Orangengetränk. Ein Surren erfüllte die Luft. Gegenstände schlugen gegen die gegenüberliegende Wand.

Loren warf sich schützend über seine Tochter, drückte sie zu Boden und suchte mit ihr hinter der Couch Deckung. Er schützte ihren Körper mit seinem. Ein Bild fiel von der Wand, und das Glas zersplitterte.

Gewehrfeuer zerriß die nächtliche Stille. Geschosse

sausten wie Hornissen durch den Raum. Familienfotos fielen vom Bücherregal und zerbrachen.

Die Schüsse verklangen. Glas rutschte vom Bücherregal.

»Was ist los?« rief Kellys Stimme. Loren rollte zur Seite: Sie stand im Nachthemd und in den Socken in der Diele.

»Leg dich hin!« brüllte Loren. Halb auf dem Boden machte er einen Satz auf sie zu. Der Teppich schob sich unter ihm zusammen, Glassplitter fielen ihm auf den Kopf. Er erwischte Kelly am Bein und zog sie daran zu Boden, so daß sie auf dem Steißbein landete und aufschrie.

Draußen quietschten Reifen. Loren kam etwas hoch und bewegte sich wie ein Krabbe auf Händen und Knien über den Fußboden in die Ecke, in der die Schrotflinte lehnte. Er schnappte sie, spähte durch das zerfetzte Insektengitter der Vordertür hinaus und richtete sich langsam auf. Dann stürzte er nach draußen. Er trat auf die abgebrochenen Zweige des Ocotillos im Vorgarten.

An der Ecke waren gerade noch die Rücklichter eines Autos zu sehen, das um die Kurve raste.

Aus einem zerschossenen Reifen des Taurus strömte die Luft mit leisem Zischen aus. Jerry war mindestens zwanzigmal getroffen worden; wie ein blutiger Sack lag er auf der Auffahrt vor dem zerschossenen hinteren Ende des Autos.

Loren starrte in die Richtung, in der das Auto verschwunden war; der Puls dröhnte ihm in den Ohren. Tierische Wut überfiel ihn. Er warf die Waffe beiseite und brüllte, brüllte dem heißen Morgenwind ins Gesicht, bis seine Lungen schmerzten und ihn aus Sauerstoffmangel schwindelte.

Viel, viel zu spät hörte er die Sirene.

21. KAPITEL

»Wir fanden die Waffen im Auto«, berichtete Cipriano. »Zwei UZIs. Eloy überprüft die Nummern über LAWSAT. Das Auto war gestohlen – Keith Sands Mercury –, wir fanden es hinter der Kirche des Auferstandenen Erlösers draußen auf der Penny Avenue. Keine Fingerabdrücke, aber jede Menge Patronenhülsen. Alle neun Millimeter.«

»So steht es im Handbuch: Für einen Mord benutzt man ein gestohlenes Auto.« Loren schüttelte den Kopf.

Cipriano war wütend. »Welches Handbuch? Was redest du da?« Er mußte das laute Hämmern überschreien. Lorens Nachbarn nagelten Sperrholzplatten vor das zerbrochene Wohnzimmerfenster.

»Das Buch, das Patience las. *Handbuch für den plötzlichen Tod*. Drei Bände. Es stand auf seinem Bücherregal.«

Die Haut über Ciprianos Backenknochen war straff gespannt. »Laß doch den Scheißer endlich zufrieden!« brauste er auf. »Du hast nicht den geringsten Beweis, der auf Patience hindeutet!«

Loren sah ihn erstaunt an. »Es ist seine Handschrift. Er hat einen Lastwagen gestohlen und den Maglev sabotiert, erinnerst du dich? Und wer, zum Teufel, geht in der Stadt mit zwei UZIs spazieren?«

Cipriano wollte etwas sagen, warf dann einen raschen Blick auf die anderen Polizisten, Buchinsky und Esposito, die damit beschäftigt waren, die Kugeln aus Lorens Wohnzimmerwand zu kratzen. Beide hörten mit unverhohlener Neugierde zu. Cipriano zog es vor zu schweigen.

»Ich weiß nicht, Jefe«, meinte er schließlich.

»Diese Untersuchung war abgeschlossen«, stellte Loren fest, »aber sie wurde soeben wieder neu eröffnet. *Du* weißt, daß es Patience war, *ich* weiß, daß es Patience war, wir wissen *beide*, daß Jerry mit mir verwechselt wurde, als er in der Dunkelheit mit zwei Gewehren im Arm …«

»Wir wissen nichts dergleichen!« schrie Cipriano und schwenkte wütend die Arme. »Es könnte einer von den verdammten Drogenhändlern gewesen sein, der sich rächen wollte. Die haben alle möglichen Waffen!«

»Glaubst du das?«

»Es geht nur um Beweise. Beginnen wir damit, wo Jerry in den letzten vierundzwanzig Stunden gewesen ist.«

»Erkundige dich, wo Patience war. Dann hast du die Antwort.«

Das Telefon läutete. Loren ging an den hämmernden Nachbarn vorüber zum Telefon und hob ab.

»Hawn.«

»Chief! Hier ist Eloy.« Er sprach zögernd.

»Was hast du herausgefunden?«

»Ich wollte Ihnen nur sagen, wie leid es mir wegen Jerry tut.«

»Danke.«

»Wir mochten ihn alle gern. Es war so sinnlos.«

»Danke.« Loren holte Luft. »Hast du die Seriennummern überprüft?«

Eloy seufzte. »Es sind ATL-Pistolen.«

»Gut.« Loren verzog den Mund zu einem schiefen, triumphierenden Grinsen. »Das wollte ich hören.«

»Aber zuletzt waren sie bei uns«, fügte Eloy hinzu.

Lorens Herzschlag setzte fast aus. »Sag das noch einmal!«

»Die vier UZIs, die wir diesen ATL-Leuten Anfang der Woche abgenommen haben – mit zwei davon wurde auf Jerry geschossen.«

Die Kräfte verließen Loren. Er sank gegen die Wand. »Fehlen die anderen beiden?«

»Ich habe nicht nachgesehen. Ich kenne die Safekombination nicht.«

Loren legte auf. Er starrte auf den Hörer und seine Gedanken rasten; dann sah er Cipriano an. »Jerry wurde mit zwei von den UZIs getötet, die wir von ATL Anfang der Woche konfiszierten. Du hast sie nicht den Eigentümern zurückgegeben, oder?«

Loren beobachtete das entsetzte Mienenspiel auf Ciprianos Gesicht. »Meines Wissens liegen sie noch im Safe.«

»Wer kennt die Kombination?«

»Du und ich, Jefe. Und Al Sanchez als Sergeant.«

Loren richtete sich auf. »*Ich* habe die Kombination an niemanden weitergegeben. Du vielleicht? Oder Al?«

Cipriano dachte nach. »Ja. Ich gab sie einem unserer Leute. Er rief spät abends an und wollte etwas in den Safe legen.«

»Wer?«

»Ich weiß es nicht mehr. Es ist Jahre her.« Er sah die beiden Polizisten an. »War es einer von euch, Leute?«

Buchinsky und Esposito schüttelten beide den Kopf. Cipriano wandte sich wieder an Loren.

»Wie lange ist es her, Jefe, daß wir die Kombination geändert haben? Zillionen Leute können sie mittlerweile wissen. Außerdem ist der Safe uralt. Zumindest hundert Jahre. Mit Brechstangen könnte ...«

Loren holte tief Luft, dann noch einmal. Er mußte das alles verarbeiten. »Niemand hat Brechstangen verwendet. Er wurde mit der Kombination geöffnet. Warum schaust du es dir nicht an. Vielleicht fehlt noch etwas.«

»Okay. Ich bin hier sofort fertig.«

»Und denk darüber nach, was hier geschieht, okay?«

»Klar, Jefe!«

»Ich werde mit Al reden.«

Loren sah Cipriano nach, wie er durch die weit geöffnete Vordertür ging.

Er folgte seinem eigenen Ratschlag und dachte intensiv nach.

Am Vormittag herrschte wildes Durcheinander. Hektische Aktivität wurde abgelöst von quälenden Augenblicken tiefster Sorge. Befragungen durch die Polizei, Kelly und Katrina hysterisch und in Tränen aufgelöst, Nachbarn, die ihre Hilfe und Essen anboten, Debra, die versuchte, alles zu koordinieren, während Loren die Reaktion der Polizei organisierte ... Er zwang sich dabeizusein, als Jerry fotografiert, der Reißverschluß an der weißen Plastikhülle zugezogen und die Leiche fortgetragen wurde. Er wollte es für sich festhalten, einbrennen in seine Erinnerung. Schaulustige standen schweigend auf der Straße oder fuhren langsam in Autos vorüber. Der Vorfall würde der Stadt in Erinnerung bleiben. Noch ehe der Tag vorüber war, würde die Stadt ihn zur Legende gemacht haben.

Sie haben einen Schlag gegen meine Familie geführt. Der Gedanke füllte die Leere in Lorens Kopf und setzte sich dort fest. Er ging ins Schlafzimmer und legte den Pistolengürtel an. Das vertraute Gewicht machte die Sache auch nicht besser.

Rickey traf unmittelbar nach dem Morgengottesdienst ein. Er riß die Augen auf, als er die Verwüstung und den roten Fleck auf der Auffahrt sah, den noch niemand weggewaschen hatte. Er steckte im hinteren Teil des Hauses mit Debra und den Mädchen die Köpfe zusammen und tat, was Priester unter solchen Umständen tun.

Nachdem Cipriano gegangen war, stand Loren lange vor den Glasscherben im Wohnzimmer und überlegte seinen nächsten Schritt. Danach unterhielt er sich mit Al Sanchez, der sich nicht daran erinnerte, die Safe-Kombination an jemanden weitergegeben zu haben. Doch für den Fall, daß er die Kombination vergaß, hatte er die Ziffern auf ein Kreppband geschrieben und dieses auf die Türinnenseite seines Spindes geklebt. Wer Zugang zu den Umkleideräumen hatte, sah die Kombination, sobald Als Spind offen stand. »Kleinigkeiten«, sagte Loren angewidert. »Lauter verdammte Kleinigkeiten.«

Das Telefon läutete: Cipriano. Alle vier UZIs waren verschwunden, zusammen mit dem Stoff, den sie Robbie Cisneros und seinen Freunden abgenommen hatten. »Diese Dealer! Was habe ich dir gesagt!«

»Du lieber Himmel!« rief Loren verächtlich. Es stand nicht dafür, mit ihm deshalb zu streiten. Ohne ein weiteres Wort ließ er den Hörer fallen.

Zwei Nachbarn kamen mit Hämmern zur Vordertür herein. Einer von ihnen war Archie Gribbin, der Mann von Madeleine, Debras Vertrauten.

»Wir sind mit dem Fenster fertig. Können wir noch etwas tun?« fragte er.

»Ja.« Loren warf einen kurzen Blick auf die zwei Polizisten, die immer noch Kugeln aus der Wand puhlten. »Ich möchte draußen ein paar Worte mit euch reden.«

Gribbin war Vorarbeiter im Elektrizitätswerk von Riga Brothers, ein muskulöser Typ, der zulangen konnte; er hatte Loren beim Anbau für Katrinas Zimmer geholfen. Loren ging mit ihm nach hinten in den Garten, beugte sich zu ihm und flüsterte.

»Meine Familie muß von hier fort. Ich kann mich nicht auf die Sache konzentrieren, so lang ich sie nicht in Sicherheit weiß.«

Gribbins Antwort war einfach: »Was brauchst du?«

»Kannst du mir für eine Weile deinen Jeep leihen? Ein paar Tage vielleicht?«

»Klar. Ich bringe ihn gleich.«

Loren schüttelte den Kopf. »Wir werden vermutlich beobachtet. Wir kommen zu euch hinüber, dann können die Frauen in der Garage in den Jeep steigen, ohne daß sie jemand sieht.«

Gribbin nahm das problemlos zur Kenntnis. Vielleicht sah er viele Krimis im Fernsehen und nahm an, daß Polizeiarbeit eben so ablief. »Ich mache das Auto fertig«, sagte er.

Loren fand seine Familie in Kellys Zimmer, umgeben von Kellys duftendem Chaos aus Schularbeiten, Körperpflege-Accessoires und Schmutzwäsche. Rickey saß verkehrt auf einem Stuhl; die Hände auf der Stuhllehne verschränkt, als stünde er auf der Kanzel. Kelly lag mit dem Gesicht nach unten auf dem Bett und umklammerte ein Kissen; ihre Schwester lehnte sich, halb liegend, an die am Bettende aufgetürmten Kissen. Debra saß auf einem Stuhl und starrte hoffnungslos durch das Fenster in den Himmel. Überall lagen zerknüllte Papiertaschentücher.

»Entschuldigt«, begann Loren. Alle Köpfe wandten sich ihm zu. »Ich habe beschlossen, daß es sicherer ist, wenn ihr so lange die Stadt verlaßt, bis das alles vorbei ist.«

Debra stellte nur eine praktische Frage: »Wohin fahren wir?«

Loren zögerte. »Ich sage es dir später. Jetzt möchte ich, daß ihr für ein paar Tage packt, Kleider, Schulsachen, Bücher. Vielleicht ein paar Spiele. Was ihr braucht, um euch die Zeit zu vertreiben.«

»Soll ich Essen auch einpacken?« fragte Debra.

»Essen müßte vorhanden sein.«

Lorens Familie erhob sich; die Frauen waren froh, daß sie etwas zu tun hatten. Rickey stand auf. »Chief, kann ich Sie einen Augenblick sprechen?« bat er.

»Natürlich.«

Rickey folgte Loren in die Diele und weiter in Lorens Zimmer. Rickey schloß sorgfältig die Tür. Loren ging zum Gewehrständer, sperrte ihn auf und nahm die Dragunov und zwei Magazine heraus. Er lud sie mit 7.62-mm-Munition.

»Chief«, begann Rickey und beobachtete Loren durch

die dicke Brille. »Sie wissen, der Prozeß der Trauer ist langwierig und kompliziert.«

»Ja, ich weiß.«

»Bei Ihrem Beruf setzte ich das voraus. Ich möchte Sie um eines ersuchen: Ich würde Ihre Familie gern bald wiedersehen, so oft wie möglich in den nächsten Tagen. Ich möchte ihre Trauer in eine konstruktive Richtung lenken.«

»Wenn das alles vorüber ist.«

»Bei allem Respekt ...«

Loren wurde ungeduldig. Er warf das Gewehr auf das Bett. »Bei allem Respekt, Pastor, meine Familie ist hier nicht sicher!« Seine Stimme war lauter geworden als beabsichtigt; Loren holte tief Luft und versuchte, den Stimmumfang zu reduzieren. »Ich muß sie verstecken, bis das hier vorüber ist.«

»Verstecken Sie sie, natürlich. Aber ich möchte sie besuchen oder Vorkehrungen treffen, daß ein erfahrener Ratgeber ...«

»Später.«

»Ich ...«

»Man würde Ihnen folgen. Dann ist meine Familie tot, oder man nimmt sie als Geiseln, und Sie dazu.«

Rickey starrte ihn wütend an. Dann richtete er sich auf. »Ich verstehe.«

»Wenn ich mit den Mördern fertig bin, bringe ich meine Familie zurück. Dann können Sie sie sehen, so oft Sie wollen.«

»Ich würde Sie auch gern sehen, Chief.«

»Wenn alles vorüber ist.«

»Nein.« Rickey schüttelte den Kopf. »Früher. Ich möchte mein Gewissen beruhigen.« Er trat einen Schritt näher. »Sobald Sie Ihre Familie in Sicherheit gebracht haben, muß ich es wissen. Ich bitte Sie darum.«

Loren wäre bei dieser melodramatischen Vorstellung fast in Gelächter ausgebrochen, aber ein Klopfen an der Tür unterbrach das Gespräch. Buchinsky kam herein, noch ehe Loren reagierte. »Mr. Figueracion ist hier, Chief«, sagte er.

»Er soll hereinkommen«, antwortete Loren, und zu Rickey: »Ich sehe Sie dann also später.«

»Gut«, nickte Rickey. »Gut. Ich danke Ihnen.«

Luis trug einen blauen Anzug und eine rote Krawatte mit goldenen Zia-Symbolen. Jemand hatte ihm die Haare gekämmt. Er trat ins Zimmer und griff mit beiden Händen nach Lorens Hand.

»Es tut mir verdammt leid, Loren.«

Loren zog seine Hand zurück. »Das sollte es auch.« Er ging um Luis herum und schloß die Tür, dann kehrte er sich wieder dem alten Mann zu. »Das war dein Fehler.«

Luis wurde förmlich und erwiderte würdevoll: »Du kannst von Glück reden, daß du eine Entschuldigung für deine Ausdrucksweise hast.«

Loren trat einen Schritt näher. »Jerry wurde umgebracht, weil man ihn mit mir verwechselt hat. Mich wollten sie umbringen, weil ich drei Morde geklärt habe, verstehst du?«

»Ich bin hergekommen, um dir zu sagen, wie leid es mir wegen Jerry tut. Wenn du zu aufgeregt bist, das zu verstehen ...«

»Verdammt, Luis, du ziehst mir den Boden unter den Füßen weg.« Luis stieg die Zornesröte ins Gesicht. »Niemand redet so mit mir!«

»Du hast dich mit ATL arrangiert!« brüllte Loren, daß seine Spucke Luis' Brille traf. »Wir bekommen ein Museum, dafür werden die Erhebungen beendet!«

»Ich muß mir das nicht ...«

Loren verlor die Beherrschung. Er stieß Luis mit der flachen Hand gegen die Brust, daß der alte Mann rückwärts taumelte und mit den Armen nach Halt suchte. Als er mit der Kniekehle gegen die Bettkante stieß, wäre er sicher umgefallen, hätte Loren ihn nicht an der Krawatte gepackt und nach vorn gerissen. Wie von selbst lag die Pistole plötzlich in Lorens Hand; er hielt den Lauf Luis ans Kinn.

»Und wenn es dein Bruder gewesen wäre, was dann?«

Luis' Brille saß schief und die Haare waren zerrauft; sein Gesicht war knallrot. Die Krawatte zog sich um seinen Hals zu, und es gelang ihm gerade noch, ein paar Worte zu röcheln.

»Laß mich los!«

»Wenn es dein Bruder gewesen wäre! Was würdest du sagen, wenn ein verdammter Nichtsnutz von Politiker dir deinen Job wegnimmt und einem Haufen Mörder zu verstehen gibt, daß es *ihm* nichts ausmacht, wenn sie dich um die Ecke bringen!« Er zog den Spanner zurück und berauschte sich am Gefühl der Macht, das ihn dabei überkam. »Ich warte auf eine Antwort! Und zwar gleich!«

Luis' Augen quollen hervor, und er hielt Lorens Handgelenk mit beiden Händen umklammert. »Was willst du?« stammelte er.

»Ich möchte meinen Job zurück. Heute mittag, okay?« Er beutelte Luis wie einen Hund. »Es ist mir vollkommen egal, wie viele Schuldscheine du einlösen oder mit wem du dich anlegen mußt. Ich möchte, daß du deinen Kontaktmann bei ATL anrufst und ihm sagst, daß dein treuer Polizeichef, auf den du dich verlassen kannst, herausgefunden hat, daß fünf Leute ihrer eigenen Werkspolizei zwei ATL-Angestellte und einen Mann aus der Stadt ermordet haben, und daß er diese Banditen am besten sofort abzieht.«

Luis nickte bei jedem Satz.

»Ich bin noch nicht fertig! Ich erwarte deine Unterstützung. Ich möchte die Unterstützung der ganzen Stadt. Denn ich bin das Schwert und der Arm Gottes, verstanden?«

Luis nickte wie wild. Loren hob die Pistole über Luis Kopf, in der Absicht, sie dem alten Mannes ins Gesicht sausen zu lassen. Luis zuckte und schloß die Augen.

Loren genoß das Machtgefühl. Er zögerte einen Augenblick, dann ließ er die rote Krawatte los. Luis fiel schwer auf die Dragunov, die auf dem Bett lag. Loren sah eine Weile zu, wie der alte Mann nach Atem rang. Dann ließ er den Hahn los und steckte die Pistole in den Halfter.

Luis riß sich die Krawatte herunter und öffnete den Hemdkragen. »Enyerbado«, flüsterte er zittrig.

»Ja, ja, du hast recht, ich bin verrückt. Vergiß das besser nicht.«

»El mismo diablo.«

»Noch schlimmer als das, Luis.«

Luis setzte die Brille gerade und sah Loren an. »Der letzte, der das mit mir versucht hat, wurde mit einer Flinte weggepustet.«

Loren warf einen Blick auf das Gewehr, das neben Luis auf dem Bett lag. »Ich rate dir, nichts dergleichen zu versuchen.« Die Dragunov war ohnehin nicht geladen.

»Ich mache mir mit so etwas nicht die Hände schmutzig. Aber ich kenne Leute.« Er zeigte mit dem Finger an die Decke. »*Ich* habe in diesem Bezirk das Sagen. Ich lasse mich von niemandem so behandeln.«

»Du frißt den ATL-Leuten die Scheiße aus der Hand, Luis.«

»Quatsch.« Luis machte eine großartige Geste. »Figueracion hat das Sagen. Figueracion hat *immer* das Sagen!«

»Du wirst so lange nichts zu sagen haben, so lang sich William Patience und seine Schlägertypen in der Stadt herumtreiben und Leute umbringen. *Sie* führen das Kommando und tun, was *sie* wollen.«

Luis Brust hob und senkte sich, aber er wurde nachdenklich. Er räusperte sich und erhob sich, drehte sich um, hob die Krawatte vom Bett auf und stopfte sie in die Tasche.

»Ich werde ein paar Leute anrufen.«

»Tu das, Luis.« Loren öffnete die Tür.

»Sag Deb, daß ich hier war.«

»Das kannst du ihr selbst sagen. Sie ist im Zimmer am Ende des Korridors.«

Luis zögerte, dann nickte er. »Mach ich. Danke.«

Er ging durch den Korridor und klopfte an Kellys Tür.

Loren war berauscht von Macht und Ruhm.

Ein Plan nach dem anderen kam ihm in den Sinn.

Es war ihm, als flüsterte Gott ihm etwas zu.

Loren trug für die Fahrt die Tarnkleidung für die Jagd und unter der Jacke die kugelsichere Weste. Er setzte sich das John-Deere-Käppi auf, hängte sich die Dragunov über eine Schulter und die Remington-Flinte über die andere. Sie schlichen alle tief gebückt durch Gribbins Garten, um hinter dem meterhohen Heckenzaun, der das Grundstück umgab, nicht gesehen zu werden. Loren hatte ein paar Zaunlatten entfernt, so daß der Spalt breit genug wurde, um durchzuschlüpfen. Über ihnen flog ein Hubschrauber der Feuerwehr, was der Aktion den Anschein einer militärischen Evakuierung gab: Der Botschafter und seine Familie verließen das Land, bevor die Rebellen die Macht übernahmen.

Debra und die Mädchen waren dunkel gekleidet, trugen dunkle Brillen und Kopftücher, in der Hoffnung, nicht erkannt zu werden. Aber für Loren waren sie einfach eine Familie in Trauer. Dagegen war nichts zu wollen. Sie verstauten Gepäck und Bücher hinten in Archie Gribbins sandbraunem Jeep und stiegen ein. Auf den beiden Aufklebern auf den Stoßstangen stand VERTRAUE AUF GOTT und WIR SIND FÜR SCHUSSWAFFEN; beide Mottos deckten sich mit Lorens Auffassung. Loren legte Gewehr und Flinte zwischen die beiden vorderen Sitz und wies die Familie an, sich niederzukauern und die Köpfe nicht sehen zu lassen.

Er verließ die Stadt auf Nebenstraßen, aber schließlich mußte er doch auf den Highway 82. Dort brachte er den Jeep richtig auf Touren, aber mehr als neunzig machte er nicht, dabei kreischte die Antriebswelle lauter als der Hubschrauber. Das Stoffdach hatte einen kleinen Riß, durch den der Wind pfiff, was den Geräuschpegel noch zusätzlich erhöhte. Loren bog auf den Highway 103 ein, der am ATL-Gelände vorüberführte, und erinnerte alle noch einmal mit Nachdruck, den Kopf unten zu behalten.

Er kontrollierte fortwährend den Rückspiegel; niemand folgte ihnen. Er drehte sich um. Die Mädchen lagen nebeneinander auf dem Rücksitz, bleich und mit fest aufeinander gepreßten Lippen. Sie standen vermutlich Todesängste aus; sie mußten sich vor unbekannten Attentätern verstecken, ihr Vater trug die kugelsichere Weste und vor ihnen lehnten die schußbereiten Gewehre. Man mußte mit ihnen reden.

»Ich möchte die Gelegenheit benutzen, und euch erklären, was los ist. Alles hängt mit diesem John Doe zusammen, der am Samstag gestorben ist.« Loren brüllte, um das Kreischen der Antriebswelle zu übertönen.

Und als links von ihnen der vier Meter hohe ATL-Zaun auftauchte, erzählte ihnen Loren seine Geschichte. Der zeitliche Ablauf geriet zwar etwas durcheinander, und er schwatzte wahrscheinlich eine Menge Zeug über Physik, das er selbst nicht verstand, aber er hoffte, die wichtigsten Dinge klar und deutlich darzustellen. Randal Dudenhof war dupliziert worden, durch die gewaltigen Superleitungskräfte des LINAC aus einer unbekannten Dimension geholt. Randal 1 war an der Rio-Seco-Brücke gestorben und Randal 2 war erschossen worden. Die Schützen waren die Wachen von ATL gewesen.

»Deshalb wurde euer Onkel Jerry ermordet. Sie haben ihn mit mir verwechselt.«

Er drehte sich um. Katrina und Kelly sahen einander an. Dann blickten sie entsetzt auf ihren Vater.

»Sie haben auf *dich* geschossen?« Auf diesen Gedanken war Kelly noch nicht gekommen.

»Natürlich«, antwortete Katrina. »Wer würde denn Jerry erschießen?«

»Es klingt wie eine von Jerrys Geschichten«, warf Debra kaum hörbar ein. Sie saß zusammengekauert auf dem Beifahrersitz und starrte durch die Sonnenbrille auf den Himmel. Ihr Gesichtsausdruck war undurchdringlich.

»Ich weiß«, sagte Loren. Sie näherten sich jetzt der Querstraße nach El Pinto. Loren bremste und kuppelte aus; das Heulen der Antriebswelle hörte auf. »Mit einem Unterschied, wäre es eine von Jerrys Geschichten, dann wäre niemand erschossen worden.«

»Vermutlich.«

Auf der Kreuzung beschleunigte Loren wieder, und der ganze Jeep zitterte, als Loren die Gänge wechselte. Ein Fahrzeug für Masochisten, dachte Loren.

»Ich glaube nicht, daß ihr wirklich in Gefahr seid«, fuhr Loren fort. »Nicht so lang ihr den Kopf unten laßt. Ich möchte nur, daß ihr in Sicherheit seid und ich mir um euch keine Sorgen machen muß.«

Er bog bei Joaquín Fernandez' Fischereiladen ab – auf einem Straßenschild stand JÄGER WILLKOMMEN – und fuhr den Jeep sicherheitshalber hinter das Haus, wo er von der Straße her nicht zu sehen war. Loren parkte hinter Joaquíns altem Ford-Laster, der neben dem Benzin-Vorratstank vor sich hin rostete. Loren fand den alten Mann schlafend vor dem Fernsehapparat.

Joaquín versteckte Lorens Familie liebend gern in einer seiner Hütten. Loren vermutete, daß Joaquín enttäuscht gewesen war, daß er damals die Räuber und Drogenhändler nicht mit seiner Flinte niederknallen konnte. Da es an anderer Unterhaltung fehlte, war er jetzt froh darüber, über die Sicherheit der Frauen zu wachen, die bei ihm wie in einer Festung Zuflucht gesucht hatten.

Überglücklich lud Joaquín seine Flinte, während Loren mit Debra und den Kindern am Forellenteich vorüberfuhr. Sie passierten die vulkanischen Felsen und sterbenden Weiden und kamen zu dem rosafarbenen Holzhaus, in dem sich Robbie Cisneros und seine Freunde mit ihrer Beute versteckt gehalten hatten; auf der Veranda lehnte noch die neue Tür. Bei der letzten Hütte im Canyon hielten sie: ein braun verputztes Häuschen, links und rechts von Pappeln umgeben. Ein Versteck wie für John Dillinger.

Loren half der Familie, ihre Habseligkeiten in die zwei Räume der Hütte zu bringen. Hier hatte offensichtlich seit Monaten niemand gewohnt, vielleicht sogar seit Jahren. Die heikle Katrina suchte sofort nach Besen und Schaufel und entdeckte sie in einem Abstellraum, zusammen mit Kartons voll mit Zeitschriften, die alle über Joe McCarthy und den Koreakrieg berichteten.

Loren beobachtete seine Familie: Katrina kehrte zusammen, Debra suchte Putzlappen oder Papiertücher, um die Möbel abzuwischen, Kelly spähte unsicher durch die Badtür und beäugte die Installationen ... Er liebte sie, und dennoch war er verwirrt. Wer und wie war seine Familie, wenn er nicht bei ihr war?

Er wußte es nicht. Er kannte ihre Geheimnisse genausowenig wie sie die seinen. Sie wußte nichts von Ehebruch und Gewalttätigkeit, nichts von Schmiergeldzahlungen, wußte nichts von den Geheimnissen, die er von anderen Leuten erfahren hatte, kannte und verstand nicht die seltsame, bedingungslose Verbundenheit der Polizisten untereinander ... Er wußte von diesen Menschen wenig mehr, als er von Amardas Singhs Teilchen wußte, den kleinen subatomaren Teilchen und Wellen, die sich den größten Teil ihrer Existenz über in anderen Dimensionen verbargen und die dann, wenn niemand hinsah, etwas ganz anderes waren ...

Der Sache war nicht auf den Grund zu kommen,

Loren gab es auf. Er liebte sie einfach, sie war alles, was er besaß.

»Ich gehe«, rief er. Debra ließ den grauen Putzlappen, den sie gefunden hatte, fallen und trat zu ihm. Sie umarmte ihn, konnte ihn in der unförmigen kugelsicheren Weste aber kaum umfassen.

Er ging von einem zum anderen und freute sich über jede Berührung. Sie umarmten ihn wortlos – sie waren eine Polizistenfamilie; es war nicht das erste Mal, das sie so etwas erlebten.

Dann drehte er sich um und ging.

Loren parkte den Jeep in der kleinen Gasse hinter dem Pfarrhaus und betrat den Garten durch das Tor im altersschwachen Drahtzaun. Die Mülltonnen, an denen er vorüberkam, waren übervoll; neben vielen anderen Dingen war auch die Müllabfuhr von den Budgetkürzungen betroffen.

Loren klopfte an der Hintertür. Rickey öffnete und war keineswegs überrascht, daß sich Loren hinten hereinschlich. Er führte Loren wortlos in sein Arbeitszimmer mit den mystischen Symbolen und setzte sich auf den gewohnten Platz vor dem ausgeschalteten Computerbildschirm. Er trug ein Flanellhemd und Blue Jeans. Loren setzte sich ebenfalls auf den vertrauten Stuhl mit dem Blitzsymbol auf der Lehne.

»Ich hoffe, es dauert nicht zu lang«, begann Loren.

Rickey schüttelte langsam den Kopf. Aus Lorens Blickwinkel gesehen, balancierte auf dem Kopf des Priesters eine Pyramide mit einem Auge.

»Ich hoffte, sie werden mir sagen …, begann Rickey und verfiel wieder in Schweigen. Er schüttelte wieder den Kopf. »Nein«, verbesserte er sich. »Ich wollte, daß Sie mir *versichern*, daß der Tod Ihres Bruders nichts damit zu tun hatte, daß ich mich kürzlich einmischte.«

»Eingemischt.« Loren wiederholte das Wort nachdenklich.

»Ich drängte Sie, etwas zu unternehmen«, fuhr Rickey fort. »Ich habe Ihnen die moralische Rechtfertigung dafür vor Augen geführt. Und jetzt – jetzt bin ich bestürzt. So etwas habe ich nicht vorhergesehen.«

»Das hat niemand.«

»Ein unschuldiger Mann. Ein Zuseher. Absichtlich und geplant niedergeschossen. Er wurde mit Ihnen verwechselt, ja? So nehme ich es zumindest an.«

»Auch ich nehme es an.«

»Ich verstehe es nicht.« Rickey fuhr sich mit der Zunge über die Lippen. »Man faßt einen Entschluß. Einen kriminellen Entschluß, plant eine schreckliche Sache. Aber es ergeben sich daraus vollkommen andere Konsequenzen, als vorhergesehen.« Er sah Loren an. Das allwissende Auge an der Wand fixierte Rickeys kahle Stelle am Kopf. »Wie werden die Mörder damit fertig? Wie können ...« Es fehlten ihm die Worte. *»Ist es meine Schuld?«* fragte Rickey schließlich. »Das möchte ich wissen. Bin ich Teil dieser Kettenreaktion?«

»An Jerrys Tod trägt derjenige Schuld, der auf den Abzug gedrückt hat, niemand sonst.«

»Vermutlich ist es so.« Rickey war nicht befriedigt.

»Jetzt werde ich mich mit der Sache beschäftigen.«

»Besitzen Sie ausreichend Beweise für eine Verurteilung?«

Loren schüttelte den Kopf. »Noch nicht. Aber das spielt keine Rolle. So lange diese Leute nicht gefaßt sind, sind sie für jeden in der Stadt eine Gefahr. Daher werde ich mich der Sache annehmen.«

»Wie?«

»Ich werde tun, was notwendig ist.«

Rickey sah unglücklich aus. Arabische Musik dröhnte von draußen durch das offene Fenster, als ein Auto auf dem Central Boulevard vorüberfuhr.

»Ich war der Auslöser«, beharrte Rickey. »Ich habe Ihnen den Kopf vollgeredet mit Rechtschaffenheit und Sie dazu gedrängt, die Fehler der Stadt wiedergutzumachen. *Ich* kann diesen Job nicht erledigen, niemand kann es. Und wenn Sie es jetzt versuchen, können sich daraus Konsequenzen ohne Ende ergeben.«

»Sie raten mir, nichts zu unternehmen? Meine Familie nicht zu schützen?«

»Ich will nicht, daß noch mehr Unschuldige sterben.« Rickeys Augen waren eiskalt. »Jerrys Mörder erwischten den falschen Mann. Wenn sich daraus eine Vendetta entwickelt, wissen Sie nicht, was ...«

»Ich ...«

»Loren.« Er sprach jetzt sehr bestimmt. »Ich habe schon zu viel gesehen. Die Toten in Uganda, die Kinder, die im Feuer umkamen ...« Seine Stimme war leise geworden. »Derjenige, der das Feuer gelegt hat, ahnte es nicht. Er ahnte nicht, daß die Kinder sterben würden. Er hat es nicht geplant.« Er fuhr sich wieder mit der Zunge über die Lippen. »Wenn dieser Mann Buße tut, wenn er Gnade findet, dann ...« Er schüttelte den Kopf.

Lorens Blick verlor sich für eine Weile in der Pyramide mit dem Auge, seine Gedanken kreisten um eine Erkenntnis ... Unvermittelt stand er auf, packte Rickey am Kragen und zog ihn hoch. Der alte Stuhl kippte um und schlug klappernd auf dem Holzboden auf. In sprachlosem Entsetzen vergaß der Pastor den Mund zu schließen. Loren drückte Rickey gegen den Schreibtisch; der Bildschirm des Computers schwankte einen Augenblick lang gefährlich. Lorens durchdringender Blick bohrte sich in die unbestimmte Tiefe von Rickeys Brille.

»Sie haben das Feuer gelegt, nicht wahr?« Loren schleuderte ihm die Worte hitzig entgegen.

»Ich ...« Rickey bewegte lautlos die Lippen. Loren sah den gelben Zahnbelag zwischen den langen Pferdezähnen des Pastors. Endlich brachte der Mann heraus:

»Wie sind Sie darauf gekommen?«

»Sie gestehen es mir bereits die ganze Woche. In den Ansprachen, die Sie mir hielten, in Ihren Predigten, ich habe es nur nicht begriffen.« Er umklammerte den Kragen des Mannes noch fester, so daß die Venen seitlich am Hals über dem karierten Flanellstoff hervortraten. Heute war offensichtlich Lorens Tag, Leute zu würgen. Rickey tastete mit einer unkontrollierten Armbewegung, die den Bildschirm wieder gefährlich zum Wanken brachte, nach hinten, und suchte an der Schreibtischkante Halt.

»Ich versichere Ihnen, ich habe geglaubt, daß der Feueralarm funktioniert«, krächzte Rickey gepreßt. »Ich habe nie angenommen, daß jemand verletzt wird.« Seine trüben Augen zuckten unruhig hinter den verschobenen Brillengläsern. »Ich konnte es nicht mehr länger ertragen. Das Elend, das endlose Elend – ich hatte genug. Aber ich wurde gebraucht, ich konnte nicht einfach fortgehen.«

»Ich *versichere* Ihnen!« spottete Loren und bohrte seine rechte Faust tief in Rickeys Magengrube. Rickey knickte vornüber und rang mit bleichem Gesicht nach Luft. »Ich mußte es selbst herausfinden, was?« Lorens Stimme dröhnte laut wie eine Trompete in dem kleinen Zimmer. »Sie hatten nicht den Mut, es zu gestehen, machten eine Andeutung hier und eine da, bis ich begriff.« Er landete seine eiserne Faust auf Rickeys Schläfe und ließ ihn zu Boden fallen. »Mit wie vielen anderen haben Sie dieses Spiel bereits getrieben?« wollte er wissen.

Rickey rang nach Luft. »Ich … niemand erriet es.«

»Sie spielten jedem das gleiche Theater vor, nicht wahr? War wohl aufregend für Sie, was? Sie hielten sich für viel klüger als die anderen.«

Loren trat Rickey in die Rippen, hob ihn hoch und ließ ihn wieder gegen den Schreibtisch fallen. Der schwere Schreibtisch rutschte weg und der Bildschirm schwankte aufs neue – mit einer wilden Armbewegung fegte Loren den Monitor vom Tisch. Glas splitterte; die Bildröhre explodierte. Feurige Freude loderte in Lorens Herz und fand ein Echo im Brüllen seiner Stimme.

»Ich sollte Sie das verdammte Glas fressen lassen!«

»Ich würde es tun!« Tränen strömten Rickey über das Gesicht. »Ich würde es tun, wenn es etwas brächte!«

Loren ergriff den Pastor am Hemd und zog ihn auf die Füße. Rickey stöhnte schmerzvoll auf und griff sich an die Rippen.

»Hier lang!« Loren dirigierte Rickey zur Tür.

»Ich habe versucht, Buße zu tun!« weinte Rickey. »Ich habe mein Leben Gott gewidmet.«

Loren schrie auf. »Sie wollten, daß ich diese verdammte Welt für Sie wieder in Ordnung bringe!« Er schob Rickey zur Tür. »Sie wollten, daß ich die Mörder fing, damit *Sie* sich gut fühlen!«

»Ja.« Rickey griff an den Türrahmen und schob sich durch. Seine Arme zitterten wie die eines alten Mannes.

»Mörder«, sagte Loren voll Abscheu. »Sie haben Kinder umgebracht, und ich holte mir Rat bei Ihnen.«

»Ich habe kein Recht. Ich habe kein Recht.«

»Halten Sie den Mund, verdammt noch mal!«

Loren packte Rickey hinten am Kragen und schob ihn vor sich her. Sie gingen durch das Pfarrhaus, den Central Boulevard hinunter, über die Plaza, an den Decó-Greifvögeln vorüber ins Polizeihauptquartier.

Eloy saß hinter dem Schreibtisch in der Anmeldung. Verwirrung spiegelte sich in seinem Gesicht, als Loren den Pastor gegen den Schreibtisch stieß. Eloy blickte über seinen Schaumstoffkragen auf den Pastor hinunter. »Mr. Rickey hat ein Geständnis zu machen«, erklärte Loren.

»Ja.« Der Pastor rang nach Luft. »Ich habe Menschen umgebracht.«

Eloy sah Rickey ausdruckslos an, dann wandte er sich an Loren. »Hält er uns zum Narren?«

»Ich habe Menschen umgebracht«, wiederholte Rickey.

Eloy riß die Augen auf. »Doch nicht Jerry ...?«

»Niemanden, den du kennst«, erklärte ihm Loren.

»Kläre ihn über seine Rechte auf, hole einen Diskettenrecorder, geh mit ihm in ein Büro und laß ihn reden.«

»In Ordnung, Chief.«

»Ich werde tun, was Sie wollen«, plapperte Rickey. Er setzte die Brille zurecht. »Ich muß Buße tun.«

»Sagen Sie zuerst die Wahrheit«, belehrte ihn Loren. »Die Buße kommt später.«

Er drehte sich um. Ihm war übel vor Verachtung, und er ging durch den Korridor zurück zum Eingang.

»Chief?« rief ihm Eloy nach. »Wollen Sie nicht dabei sein?«

»Noch bin ich kein Polizist«, antwortete Loren. »Außerdem habe ich schon genug gehört.«

Er trat ins Freie und stand zwischen den beiden Greifen. Die Plaza vor ihm lag in der hellen mittäglichen Wüstensonne. Die Flagge auf dem Dach des Amtsgebäudes knatterte im Wind wie Gewehrsalven.

Loren empfand die Konfrontation mit Rickey als verrückte Ablenkung, die seinen Tag wie eine Halluzination unterbrochen hatte. Er ging über die Plaza zum Jeep.

»Hallo, Loren!«

Es war Sheila, die vom Joggen kam. Sie trug ein altes graues T-Shirt, hellrote Satinshorts und eines der modisch geflochtenen Schweißbänder, die wahrscheinlich für alles mögliche geeignet waren, nur nicht zum Aufsaugen von Schweiß.

Sie lief neben ihm her und blinzelte ihn kurzsichtig an, weil sie keine Brille aufhatte. »Es tut mir leid, wegen Ihres Bruders«, sagte sie.

Loren verlangsamte seinen Schritt nicht. »Danke«, antwortete er.

»Es hat ganz schön Staub aufgewirbelt im Büro. Die Polizei benimmt sich wie ein Haufen Idioten. Oh – nichts für ungut. Was, zum Kuckuck, haben Sie mit Luis Figueracion gemacht?«

Loren sah sie an. »Was meinen Sie?«

»Luis bearbeitet den Bürgermeister, daß er Ihre Amtsenthebung rückgängig macht. Maldonado hat er bereits überredet, dann ging er in Castrejons Büro, um ihn ebenfalls umzustimmen. Die drei reden jetzt mit Trujillo. Aber Luis nennt Sie pausenlos Hurensohn und schwört, daß er Sie umbringen läßt.«

Loren lachte böse auf. »Das klingt nach Luis!«

»Also was haben Sie mit ihm *gemacht?*« Sie kam ein wenig näher. »Oder besser gesagt, was *wissen* Sie von ihm?«

Loren schüttelte den Kopf.

»Erzählen Sie, Loren! So kommen Sie doch schon!«

»Luis wird mich benutzen, eines seiner kleinen Probleme zu lösen, und nachdem ich das für ihn erledigt habe, wird er mir vorwerfen, daß ich es gelöst habe und versuchen, mich loszuwerden.«

»Kann er das machen? Ich meine, wird es ihm gelingen?«

Loren zuckte die Achseln. »Jeder, der etwas ist in dieser Stadt, hat gegen die anderen etwas in der Hand. Es ist, als hätten wir alle geladene Waffen in der Hand und zielten aufeinander. Der erste, der abdrückt – wer weiß, wohin das alles führt?« Er grinste. »Luis wird sich voraussichtlich beruhigen, bevor er etwas wirklich Drastisches unternimmt. Wenn nicht…« – er zuckte wieder die Achseln –, »dann gibt es Blut auf dem Mond. Es berührt mich nicht mehr besonders. Mit meiner Loyalität für Luis hatte es an dem Tag ein Ende, an dem er mich verkauft hat.«

Loren überquerte die Church Street. Sheila lief schweigend neben ihm her, dann begann sie aufs neue. »Wissen Sie, wer Ihren Bruder umgebracht hat?«

»Ja, ich weiß es.«

»Können Sie es beweisen?«

»Nein. Aber das ist nicht wichtig.«

»Was werden Sie also unternehmen, sobald Sie Ihren Job wieder zurückhaben?«

Er sah sie an. »Was jeder Sicherheitsbeamte von Atocha vor mir auch getan hätte.«

»Ach Gott!« Ihr Gesicht verzog sich verächtlich. »Erzählen Sie mir nicht diesen Polizeischeiß. Wir sind nicht mehr im alten Wilden Westen!«

Loren blieb unvermittelt stehen und sah sie aufrichtig überrascht an. »Wie kommen Sie denn darauf?«

Sie schnaubte verärgert. Loren ging weiter und bog in die Seitengasse ein, wo der Jeep stand. »Den alten Wilden Westen gibt es immer noch. Nur ein Stück weiter unten auf der *t*-Achse. Die Vergangenheit ist nicht vergangen. Sie ist …« – er suchte nach einem Wort, das die Prediger verwenden –, »sie ist einfach *immanent.*«

»Halten Sie keine Vorträge über Metaphysik, Loren.«

»Okay.« Er wurde zornig. »Dann zurück zur Realität: Ein Mitglied meiner Familie wurde erschossen, Sheila. Was in Gottes Namen, erwarten Sie, daß ich tue?«

»Gehen Sie zur Polizei. Sie sind der Boss der Abteilung. Oder werden es zumindest in einer Stunde wieder sein.«

»Ich kann nicht. Einer von meinen Leuten arbeitet für die andere Seite.«

»Dann eben zum FBI.«

»Das FBI arbeitet auch für die andere Seite. Und soviel ich weiß auch die Polizei des Bundesstaats und die Grenzpolizei, jeder in der Stadt, Demokraten und Republikaner.«

»Das ist verrückt! Das ist paranoid!« Sheilas Armbewegungen waren durch die Brille, die sie in der Hand trug, etwas beeinträchtigt.

Loren öffnete die Tür des Jeeps. »Wunder kehren das unterste zu oberst«, sagte er. »Dazu gibt es sie. Auch wenn die Wissenschaft eine Erklärung für dieses Wunder hat, es ist immer noch ein Mensch gewesen, der getötet wurde, und es muß einen Grund dafür geben, warum dieser Mensch hier war. Gott *wollte,* daß er hier war.«

»Ich verstehe kein Wort.«

Er stieg in das Auto und starrte auf das Lenkrad. Er fühlte sich seltsam beschwingt. »Vielleicht verstehe ich es selbst nicht.« Er lächelte unwillkürlich. »Ich werde in der Stadt aufräumen. Ich werde tun, was Gott von mir verlangt. Er hat mich in eine Ecke gestellt – ich kann niemandem vertrauen. Nicht meiner Familie, nicht der Kirche, nicht der Regierung oder den Leuten, die diese Stadt regieren ...« Er sah Sheila an. »Ist das klar genug?«

»Nein.«

»Sind Sie glücklich, daß Sie nichts wissen, Sheila.« Er startete den Jeep, ließ den Motor aufheulen und legte einen Gang ein.

Er stellte sich vor, er befände sich im LINAC: Immer schneller raste er durch den Tunnel, sammelte Energie, sammelte Kraft.

Er bereitete sich auf den Zusammenprall vor.

Die Sonne näherte sich allmählich dem Horizont; der Tag ging zu Ende. Der Staub und Ruß in der Luft hatte den ganzen westlichen Himmel rot verfärbt, und der weiße Klotz des Amtsgebäudes hatte die Farbe einer Wassermelone angenommen.

Loren benutzte den Schlüssel und betrat das Gebäude von hinten über die eiserne Feuerleiter. Er ging direkt in sein Büro und öffnete den großen begehbaren Safe.

Dem Stahlschrank entströmte der Geruch von Marihuana. Loren fand die Ingram Mac-11, die er den beiden Mexikanern abgenommen hatte, und ließ sie in die Tasche fallen, die er soeben im Hi-Lo-Laden auf der Central Avenue gekauft hatte. Auch die fünf geladenen Magazine nahm er mit. Sein Blick wanderte über die Regale, auf der Suche nach anderen nützlichen Dingen, aber das war alles. Er verließ den Safe und schloß ihn ab.

Er nahm einen Feldstecher vom Regal und steckte ihn ebenfalls in die Tasche.

Er ging zum Telefon, drückte den Intercom Knopf und wählte Ciprianos Nummer.

»Könntest du kurz in mein Büro kommen?«

»Ich habe dich nicht gesehen.«

»Es muß dir entgangen sein.«

Cipriano wirkte nervös, als er Lorens Büro betrat. Loren empfing ihn an der Tür. Er legte einen Finger an die Lippen, führte Cipriano die Eisentreppe hinunter, und sie verließen das Gebäude beim Hinterausgang. Dort verlor Cipriano endgültig die Geduld.

»Was, zum Teufel, ist los, Jefe?«

»Ich glaube, daß unsere Büros abgehört werden, okay?«

Cipriano hob die Hand an die Augen, um sie vor der roten, untergehenden Sonne zu schützen. »Also gut. Nachdem du wieder mein Boss bist, muß ich es vermutlich ernst nehmen.« Er griff in die Brusttasche, holte Lorens Stern heraus und gab ihn zurück. »Der Bürgermeister hat deine Suspendierung aufgehoben. Aber das weißt du vermutlich bereits.«

»Nein, wußte ich nicht. Ich war nicht zu erreichen.«

Loren nahm den Dienstausweis aus der hinteren Hosentasche und steckte den siebenzackigen Stern wieder an seinen Platz.

»Wo warst du den ganzen Nachmittag?«

»Fahren wir ein wenig spazieren. Mit deinem Auto, meines ist voll von Kugeln.«

Sie gingen um das Gebäude herum zur West Plaza und stiegen in Ciprianos Fury. Loren legte die Tasche auf seinen Schoß. Er bat Cipriano auf dem Highway 82 nach Osten zu fahren, Richtung Line.

»Ich wurde zu Rickeys Geständnis zugezogen«, erzählte Cipriano. »Das war vielleicht eine Geschichte!«

»Stimmt! Dieser Bastard!«

»Was hat er gemacht? Ist er einfach gekommen und hat gestanden?«

»Er hat seit Wochen Theater gespielt. Machte hier eine

Andeutung und da, tat sehr selbstgefällig und glaubte, ich würde es nie erraten. Aber als ich ihn durchschaute und ihn konfrontierte, kippte er um.«

»Du lieber Himmel! Gut gemacht, Mann!« Cipriano schüttelte den Kopf, dann lachte er Loren nervös an. »Ich weiß nicht, wie du das machst.«

Die Sonne tanzte rot im Rückspiegel. Loren zuckte zusammen und zog den Kopf ein. Dann griff er in die Tasche und zog die Mac-11 heraus. Die kleine Waffe lag wie ein Spielzeug in seinen großen Händen. Cipriano erschrak.

»Wo hast du die her?«

»Aus dem Safe. Nachdem bei uns die Maschinenpistolen verschwinden, hielt ich es für besser, für diese einen anderen Platz zu suchen.«

»Warum ändern wir nicht die Kombination?«

»Solang, bis wir die Kombination ändern, meine ich natürlich. Bieg hier links ab.«

»Hast du heute geschlafen?«

»Nein.«

»Du siehst ziemlich fertig aus. Vielleicht solltest du ein paar Tabletten nehmen, die dir zu ein paar Stunden Ruhe verhelfen.«

»Ich bin nicht müde.«

»Dieser Wind macht alle verrückt. Weißt du, wie viele Verhaftungen wir letzte Nacht hatten?«

Die Fury holperte geräuschvoll über das Viehgitter und schwankte über den überwachsenen Fahrweg zum UFO-Landeplatz. Trockene Disteln trieben über die flache Mesa und türmten sich am zerrissenen Maschenzaun. Die Vertiefungen im Boden schimmerten dunkelviolett und kontrastiert in der untergehenden Sonne zu den kräftigen Rosatönen der Sandhügel.

»Bleib hier stehen.« Loren deutete auf den Blechschuppen.

Cipriano parkte im Schatten des Schuppens und schaltete den Motor ab. Loren legte ein Magazin in die

Mac-11 und schloß den Bolzen. Cipriano reagierte verärgert.

»Hör auf, mit dem verdammten Ding zu spielen, ja?«

»Zuerst möchte ich mich unterhalten.«

»Worüber?«

Loren richtete die Waffe auf Cipriano. Seine Nerven waren gespannt wie Violinsaiten. »Wie du mir in den Rücken gefallen bist und mich in eine Falle gelockt hast, du Arsch.«

Cipriano erschrak zu Tode, seine Kiefer zitterten, und die Pupillen wurden groß. Dann faßte er sich.

»Unsinn.« Er ballte die rechte Hand zur Faust.

»Leg beide Hände auf das Lenkrad.« Cipriano blieb halsstarrig. Loren spürte eine traurige Müdigkeit. »Muß ich hier ein Spielchen mit dir spielen? Nach all den Jahren?«

Cipriano legte die Hände auf das Lenkrad. »Was für ein Unfug! Mit der Waffe auf mich zu zielen!«

»Du warst der einzige, der wußte, daß ich einen Informanten unter Patiences Leuten habe. Nur zwei Stunden, nachdem ich dir davon erzählt habe, trommelte Patience seine Männer zusammen und beginnt eine Hexenjagd nach einem Verräter. Du kanntest die Kombination zum Safe und konntest im Gebäude ein- und ausgehen, den Safe öffnen und die Waffen herausnehmen. Und du erzählst mir diese dämliche Lüge, daß du die Kombination an jemanden weitergegeben hast, dich aber nicht erinnerst, an wen …«

»Verdammt, Loren!« Die Adern an Ciprianos Stirn traten hervor. »Jeder hätte den Safe öffnen können!«

Rasender Zorn überfiel Loren. Die Waffe in seiner Hand zitterte; er stabilisierte sie mit der zweiten Hand und zwang sich, seine Gedanken zu ordnen, sie in Worte zu fassen und auszusprechen.

»Ich habe dir heute früh erzählt, daß ich den Mord an John Doe gelöst habe und nannte dir die fünf Verschwörer. Ich habe dir auch gesagt, daß ich nach der

Entenjagd alles ans Licht der Öffentlichkeit bringen wollte. Was, zum Teufel, suchten die Mörder heute früh noch vor Tagesanbruch vor meinem Haus? Mit gezogenen Waffen lauerten sie auf den ersten Entenjäger, der aus meiner Tür kommt.«

»Verdammte Scheiße!« Cipriano hämmerte mit den Fäusten auf das Lenkrad ein. Lorens Nerven waren zum Zerreißen gespannt. Cipriano stieß einen langen Seufzer aus und sank hinter dem Lenkrad zusammen.

»Ich habe nicht angenommen, daß sie jemanden umbringen würden. Ich habe nicht geglaubt, daß sie Jerry töten würden.«

Loren brüllte auf. Glühend heißer Zorn erfaßte ihn. Er mußte sofort etwas tun, sonst drückte er womöglich noch auf den Abzug und leerte das Magazin. Also hämmerte er mit der linken Hand auf den Sitz, wieder und wieder und brüllte. Bei jedem Schlag wackelte das Auto. Cipriano saß vornübergebeugt und umklammerte mit weißen Händen das Lenkrad.

Die Wut legte sich allmählich. Loren rang nach Atem und ballte die taube Hand zur Faust. »Was hatten sie denn deiner Meinung nach geplant, als sie dich baten, die Gewehre aus dem Safe zu holen?«

»Vielleicht wollten sie sie vergraben.« Cipriano zuckte nervös die Achseln. »Ich habe nicht gedacht, daß sie so verrückt sind und jemanden umbringen.« Er knurrte wütend. »Die Hurensöhne wußten, was sie taten. Sie machten mich der Beihilfe mitschuldig.«

»Hast du das jetzt erst bemerkt, du Schwachkopf?«

»Verdammt«, schimpfte Cipriano angewidert.

»Wer wußte noch davon? Hat dich Luis beauftragt, mit Patience zusammenzuarbeiten?«

Cipriano schüttelte den Kopf. »Nein. Patience rief vor ein paar Tagen an. Es war nach Ihrer Suspendierung. Er schlug eine Zusammenarbeit vor.«

»*Zusammenarbeit*«, wiederholte Loren bitter.

»Er meinte, daß du dich nicht unter Kontrolle hättest

und bat mich nur, ihn über deine Pläne zu informieren. Und ...« – Cipriano suchte nach Worten – »Verdammt! Luis hat es klar genug gesagt, daß er sich nicht mit ATL anlegen wollte. Ich war außerdem der Meinung, daß du gegen die Leute ohnehin nicht genug in der Hand hast. Verdammt, Jefe!« Er hämmerte wieder auf das Lenkrad ein und sah Loren verzweifelt an. »Du *hast* dich wirklich nicht unter Kontrolle gehabt. Du hast dich auch jetzt nicht unter Kontrolle. Was du mit Robbie Cisneros aufgeführt hast!« Er schüttelte den Kopf. »Du warst knapp daran, vollkommen durchzudrehen. Damit wollte ich nichts zu tun haben. Ich mußte an mich denken.«

Loren entgegnete eisig: »Du hast mich wegen *Robbie Cisneros* an eine Bande von Mördern verkauft?«

»Ich habe nicht geglaubt, daß sie wirklich jemanden umgebracht haben und hielt alles nur für eine verrückte Idee von dir. Ich wollte dem ein Ende setzen, damit du nicht noch mehr anonyme Anrufe tätigst und bei ATL-Türen eintrittst. Ich stellte mir vor, wie du Jernigan in die Badewanne wirfst, wie du es mit Robbie gemacht hast. Damit wollte ich nichts zu tun haben, Jefe. Auf keinen Fall.«

»Außerdem hat es dir Spaß gemacht, Polizeichef zu spielen, was? Du hast ausprobiert, wie dir meine Schuhe passen, nicht wahr?«

»Du warst am Umkippen, Loren!« Cipriano sah Loren flehentlich an. »Ich wollte dich ja bremsen, aber es ist mir nicht gelungen. Die Geschichte mit dem Haftbefehl war zu offensichtlich, das war einfach zu viel. Sobald Robbie einen guten Anwalt hatte, war mir klar, daß die Tage des Wilden Westens gezählt sind.«

»Das höre ich heute bereits zum zweiten Mal. Aber es ist nicht wahr!«

Cipriano starrte ihn an.

»Fremde mit einer Menge Geld und viel politischem Einfluß ließen sich hier nieder und versuchten das

Ruder zu übernehmen. Das war nicht das erste Mal, daß so etwas in unserem Staat passiert. Nur daß es diesmal nicht um Wasser- oder Schürfrechte geht, oder um Weideland. Es geht um Menschenleben, richtig?«

»Es ist immer um Menschenleben gegangen!« schrie Cipriano. Wieder hämmerte er mit den Händen gegen das Lenkrad. »Wir sind immer auf den Handel eingegangen!« Er sah Loren mit wilden Augen an. Auf seiner Stirn standen Schweißperlen. »Die Menschen in diesem Staat konnten nie widerstehen. Nie! Sie sind *glücklich*, wenn sie ihr Wasser oder ihr Holz oder was es sein mag, verkaufen können – sie verkaufen ihren Lebensunterhalt! Sie verkaufen ihre Gemeinden, ihre Nachbarn... Und wenn sie sich widersetzen, werden sie einfach aus dem Weg geräumt. Lesen Sie doch Ihre verdammte Geschichte. Wie viele Menschen sind wegen Landübereignungen gestorben? Wie viele Menschen sind wegen der Wasserrechte gestorben. Es gab einmal *Farmen* hier, vor hundert Jahren. Mein Urgroßvater wurde hier geboren – ich kenne die alten Fotografien. Aber die Farmer haben ihren Lebensunterhalt verloren, weil die Minen das Wasser brauchten und die Bezirksverwaltung es ihnen willig gab. Heute trinkt jeder Wasser, das von außerhalb des Bezirks kommt, weil die Mine den Wasserspiegel gesenkt hat. Aber wen kümmert das?«

Cipriano beugte sich vor; Loren nahm seinen Geruch wahr. »Riga Brothers hatte hundert Jahre lang das Sagen über Atocha, Loren – es ist schon so lange her, und du hast vergessen, daß man dich verkauft hatte, noch ehe du geboren wurdest. Der einzige Grund, warum niemand in Atocha an ATL verkaufte, war, daß ATL nicht kaufte. Aber *jetzt*...« – er hob einen warnenden Finger –, »*jetzt* sehen sie etwas, das sie wollen, und sie legen wie alle anderen auch ihr Geld auf den Tisch. Jetzt kommt es nur darauf an, wer etwas zu verkaufen hat!«

Loren stürzte sich auf Cipriano, drängte ihn mit dem

Arm gegen die Tür und drückte ihm den Lauf der Ingram in den Bauch.

»Es ist mir gleich, ob du dich verkaufst«, zischte er. »Das ist deine eigene jämmerliche Angelegenheit. Aber du hast *Jerry* verkauft, und das ist meine Angelegenheit.«

»Castrejon soll mir Immunität gewähren, und ich sage aus, zu allem, was du willst«, sagte er.

»Ich habe eine bessere Idee.« Loren setzte sich wieder auf seinen Platz. Er deutete mit der Mac-11 auf das Funktelefon.

»Du nimmst den Hörer, rufst Patience an und richtest ihm etwas aus.«

Cipriano fuhr sich mit der Zunge über die Lippen. »Worauf willst du hinaus?«

»Sage Patience, die Männer in Schwarz hätten dich kontaktiert. Sag ihm, daß du Angst hast. Sag ihm, das Telefon, von dem aus du anrufst, könne nicht abgehört werden, und bitte ihn, dich hier zu treffen.«

Cipriano starrte ihn an. »Die *Männer in Schwarz?* Meinst du das ernst?«

»Tu, was ich sage.«

Cipriano hatte seine Zweifel, dann zuckte er die Achseln. »Du hast die Hand am Drücker, Jefe.«

Er griff nach dem Mikrophon, schaltete von Funk auf Telefon und stellte die Verbindung her.

Es fiel Loren auf, daß er die Nummer wußte. Er hatte in letzter Zeit oft angerufen.

»Büro Mr. Patience.« Die Stimme von Annette, Patiences Sekretärin, tönte aus dem Lautsprecher.

»Mr. Patience, bitte. Hier ist Chief Dominguez.«

»Ich muß ihn suchen. Warten Sie bitte einen Augenblick.«

»In Ordnung.«

Aus dem Lautsprecher tönte Musik vom Band. Cipriano hielt das Mikrophon abwartend in der Hand.

»Patience.«

»Bill. Ich …«

»Wo ist Hawn?«

Cipriano befeuchtete die Lippen. Loren formte lautlos die Worte ›Ich weiß es nicht‹ mit den Lippen.

»Ich weiß es nicht.«

»Wen kontaktiert er?«

»Bill, hören Sie mir zu. Ich hatte Besuch von den Männern in Schwarz und …«

»Wie viele?«

Cipriano starrte ungläubig auf den Lautsprecher. Loren hielt drei Finger hoch.

»Drei.«

»Was wollten sie?«

»Wir sollten uns darüber unterhalten.«

»Rufen Sie von einem garantiert sicheren Telefon an.«

»Klar. Aus einer Telefonzelle.«

»Gut.«

»Ich weiß, wo wir uns treffen können. Highway 82 nach Westen. Sie kennen den UFO-Landeplatz?«

»Natürlich.«

»Unmittelbar daneben steht ein Schuppen. Dort kommt niemand hin.«

»In Ordnung. In einer halben Stunde bin ich dort.«

»Bis gleich.«

»Geben Sie nur acht. Fahren Sie nicht viel herum und geben Sie Ihre Deckung nicht auf.«

»Keine Sorge«, murmelte Cipriano mit einem haßerfüllten Blick auf die Mac-11 und legte das Mikrophon zurück.

»Sie kommen, Jefe. Wirst du sie mit unseren Leuten hier erwarten?«

Loren empfand nur Verachtung. »Hast du es noch nicht begriffen? Sie werden dich umlegen.«

Cipriano erschrak. Seine Zunge zuckte über die trockenen Lippen. »Was meinst du?«

»Die Männer in Schwarz haben John Does Leiche gestohlen, und Patience ist vor ihnen auf der Flucht. Du bist ihre verwundbare Stelle – du stehst außerhalb des Kreises und könntest zusammenbrechen. Wahrscheinlich war von vornherein geplant, dich aus dem Weg zu schaffen. Vielleicht wollten sie dir die Drogen unterschieben, die sie aus dem Safe genommen haben, und dich als Dealer hinstellen.«

Cipriano starrte zum Fenster hinaus, dann preßte er die Hand auf den Magen. »Mir ist schlecht«, stöhnte er.

»Steig aus«, befahl Loren. »Nein, warte, gib mir zuerst deine Waffe. Nimm sie mit zwei Fingern und schieb sie mir herüber.«

Cipriano tat wie ihm geheißen. Loren legte die Waffe auf den Boden des Autos. »Steig aus«, wiederholte er. Cipriano öffnete die Tür und stieg steif aus dem Auto. Loren stieg auf seiner Seite aus und kam um das Auto herum.

Cipriano blickte über die rötliche Landschaft. Der heiße Südwind zerzauste ihm die glatten schwarzen Haare; das Blechdach des Schuppens klapperte. »Ich verstehe das nicht«, begann Cipriano. »Willst du nicht Unterstützung anfordern?«

»Nein. Ich erledige das allein.«

Loren beobachtete Cipriano, während dieser über die Antwort nachdachte. »Wirst du sie verhaften?« fragte er.

Loren sah ihn nur an.

Dann begriff Cipriano. »Du lieber Himmel! Du bist verrückt!«

»Wenn ich sie verhafte, wird wieder nur etwas ausgehandelt. Wir kennen das doch beide. Luis wird sehr vorsichtig vorgehen, und bevor du es noch weißt, werden sie behaupten, daß Jerry sie mit einem der Gewehre bedroht hat und sie in Notwehr geschossen haben. Vielleicht wird einer von ihnen sitzen, aber nur ATL und Luis werden gewinnen.«

Cipriano war entsetzt. »Du machst mich zum Komplizen!«

»Du bist es für sie gewesen, warum nicht für mich?«

Er grinste Cipriano an und fletschte dabei die Zähne. Er war bereit, mit Leib und Seele. »Es sei denn, ich habe falsch verstanden – bist du bereit, Castrejon gegenüber deine Rolle in diesem Spiel einzugestehen?«

»Das kannst du mit mir nicht machen!«

»Ich lege dir Handschellen an und werfe dich in das trockene Flußbett.« Loren fühlte sich jedem Kampf gewachsen, auch über zwölf Runden gegen einen Champion. »Du mußt nur die Augen schließen, bald ist alles vorüber. Wir beide führen dann die Erhebungen nach unserem Ermessen, okay?«

»Chief! Nein!«

Loren lächelte wieder. »Doch. Ich bin das Schwert und der Arm des Herrn, und die Stadt ist mir anvertraut.«

»Nein! Das ist verrückt!«

»Es ist der Tag des Zorns, Pachuco. Das war vermutlich Rickeys heutige Predigt.«

Cipriano schrie auf und hob den rechten Arm.

Die Zeit schien plötzlich einen kleinen Sprung zu machen und von einem Punkt auf der *t*-Achse zu einem anderen zu hüpfen. Plötzlich dröhnten in Lorens Ohren Schüsse, und er starrte erschüttert auf Cipriano, der neben dem Auto lag, von mehreren Kugeln getroffen.

Lorens Hand war taub vom Rückstoß der Mac-11. Er blickte überrascht auf die Waffe und erinnerte sich nicht daran, abgedrückt zu haben.

Er wollte Cipriano überhaupt nicht erschießen. Zuerst ja, aber nicht jetzt. Er glaubte nicht, daß Cipriano …

Sein Herz klopfte wild, wie ein Echo auf die Schüsse, die ihm noch in den Ohren dröhnten. Er versuchte das Vorgefallene zu rekonstruieren. Cipriano mußte eine Bewegung gemacht und sich mit erhobenem Arm auf ihn gestürzt haben. Die Schüsse waren nur ein Reflex, ein defensiver Reflex.

Er kniete neben Cipriano nieder und sah, wie das Licht in den überraschten Augen des Mannes erstarb. Loren verließ die Kraft, und er sank neben dem Auto zusammen.

Er wußte, die Sühne hatte noch nicht einmal begonnen.

22. KAPITEL

Loren kauerte neben Ciprianos Leiche; endlich stand er auf und ging zum Schuppen. Die harte Erde knirschte unter seinen Füßen. Über den westlichen Horizont zog sich ein blutroter Streifen. In Lorens Ohren hallten noch immer die Schüsse.

Zu seinen Füßen lag das alte Vorhängeschloß, das er vor Stunden aufgebrochen hatte. An seiner Stelle hing ein neues, glänzendes Schloß. Loren öffnete mit einem neuen Schlüssel und betrat den Raum.

Das Wellblechdach knatterte im Wind. Loren schmeckte den Staub in der Luft. Der Lichtschalter funktionierte nicht; der Strom war schon vor langer Zeit abgeschaltet worden.

Im dämmrigen Licht erkannte Loren die gewölbten Planen, unter denen der Sprengstoff und die Brandsätze lagen, die Loren aus der Wahoo-Mine hierhergebracht hatte. Er schlichtete die Sprengkörper um, so daß eine Plane frei wurde, nahm sie nach draußen und breitete sie neben Cipriano aus. Er rollte die Leiche auf die Plane und schleppte sie in den Schuppen. Ganz hinten, wo es ziemlich dunkel war, verbarg er den Toten unter der Plane, aber nicht vollständig.

Auf Ciprianos Gesicht lag immer noch der Ausdruck erschrockener Überraschung. Loren konnte eine Weile den Blick nicht abwenden.

Er hatte noch nie die Waffe auf einen Nachbarn gerichtet. Darauf war er stolz gewesen. Er hatte noch nie jemanden erschossen und auch nie auf jemanden geschossen.

Und mit wem hatte er begonnen?

Sein Herz raste, versuchte einen Rhythmus zu finden, einen Rhythmus, der Sinn ergab.

Der Zorn, der in ihm hochstieg, kam wie eine Erlösung. *Sie* hatten ihn dazu gebracht. *Sie* hatten bewirkt, daß sich Nachbar gegen Nachbarn wandte.

Er wollte nur eine anständige Stadt haben.

Mit automatischen Bewegungen ging er zur Tür und sah sich noch einmal um, ob der Sprengstoff zugedeckt war. Er schloß die Tür und legte die Schließe vor, ließ aber das Schloß offen am Bügel hängen. Danach hob er die Ingram auf, verscharrte das Blut unter dem Staub, holte die Tasche aus dem Auto und ging zu Fuß in Richtung Stadt.

In seinem Körper tobte der Zorn und schlug den Rhythmus für Lorens Schritte.

Hundert Meter vom Schuppen entfernt versperrte ein schmaler, trockener Wasserlauf seinen Weg. Es war einer der vielen erodierten Wasserläufe, die sich einen Weg zum Rio Seco bahnten, in diesem Fall nach Norden. Der Boden des Flußlaufs war übersät von trockenem Distelgestrüpp. Loren glitt das steile Ufer hinunter und ging durch das Flußbett weiter. Schließlich kam er an eine Stelle, wo die Erde am Ufer abgerutscht war und zerbröckelte, so daß sich eine Schräge gebildet hatte. Hier hatte er seine Sachen in die Tarnweste gewickelt und verstaut. Lauf und Schaft der Dragunov ragten an beiden Enden des Bündels heraus. Die Mündung der Waffe war durch einen Kindersocken vor Staub geschützt; den Socken hatte er vor ein paar Stunden in Fernandos Hi-Lo-Laden gekauft, genauso wie das Vorhängeschloß. Der Anblick der Waffe bereitete Loren wilde Freude; er folgte dem Ruf wahrer Rechtschaffenheit.

Loren wickelte das Bündel aus und lehnte die Dragunov an die Uferböschung; den Socken ließ er über den Lauf gezogen. Er streifte Handschuhe über, zog die kugelsichere Weste an und die Jagdweste darüber. Aus der Jackentasche holte er eine enganliegende Strickmütze, setzte sie auf und zog sie über die Ohren. Er hängte sich den Feldstecher um den Hals, sicherte die Mac-11 und steckte sie in eine der großen Jackentaschen, wo sie leicht hineinpaßte.

Er wollte bereit sein. Er beneidete die Apachen um Schwitzhütten und Kriegsbemalung. Sie konnten sich vom alten Selbst reinigen und schufen sich mit geraden Strichen natürlicher Farbpigmente eine neue, kriegerische Identität. Hätte er die Mittel dazu gehabt, er hätte sich das Gesicht bemalt.

Der Sprengzünder für den Sprengstoff war dort, wo er ihn plaziert hatte; er bestand nur aus einer kleinen Schachtel aus Kunststoff, gerade groß genug für eine Batterie. Ein Draht war noch nicht mit der Klemme verbunden. Loren holte aus der Jackentasche die Anleitung für den Sprengzünder heraus. Er studierte sie sorgfältig und wand den letzten Kupferfaden um die Klemme, nahm die Schutzkappe ab, die das System erdete, für den Fall daß sich Drähte aufluden, wenn sie vom Wind bewegt wurden. Er vergewisserte sich, daß der Schalter auf AUS stand und stellte den Sprengzünder an den Rand der Böschung.

Er zog den Socken vom Lauf der Dragunov ab und verstaute ihn in einer Jackentasche. Er kletterte auf die erodierte Böschung, legte sich flach auf die braune Erde und beobachtete die Umgebung durch den Feldstecher.

Riesiges, trockenes Distelgestrüpp hüpfte und kollerte über die Ebene. Der Schuppen und der Zaun dahinter glühten rot in der untergehenden Sonne. Yucca und Ocotillo schwankten im böigen Wind. Auf der anderen Seite der Kupfermine, die nicht zu sehen war, türmten sich Erzabfälle zu Bergen auf, hinter denen sich die echten Berge verbargen.

Es sah genau so aus, wie man sich einen UFO-Landeplatz vorstellte.

Die untergehende Sonne brannte im Nacken, und Loren klappte den Jackenkragen hoch.

Cipriano war ein Verräter. Er prahlte offen damit.

Er hatte ihnen geholfen, Jerry umzubringen.

An seinem geistigen Auge zogen die Toten vorüber, wie in einem Film: Jernigans finsteres Gesicht, Vlasics abgetrennte Gliedmaßen, Randal 1, wie er Blut spuckte, Randal 2, der Lorens Namen rief.

Jerry, der zusammengekrümmt neben dem Taurus lag, übersät mit den roten Glassplittern des zerschossenen Rücklichts. Jerry, wie sie ihn in den weißen Plastiksack steckten.

Lorens Blut schrie nach Rache. Er tat Gottes Willen.

Schatten senkte sich über die Mesa, die Erzhügel glühten rot und standen wolkengleich über dem dämmrigen Land. Ein paar vereinzelte Autos fuhren auf dem Highway 82 vorüber; sie hatten die Scheinwerfer bereits an. Loren spuckte den Staub aus und wünschte sich, er hätte eine Wasserflasche mitgebracht.

Eine Gangschaltung krachte, dann heulte ein Motor auf. Das Geräusch kam von links über die Mesa. Loren blickte in die Richtung, konnte aber aus der Nische in der Uferböschung nichts entdecken. Er hob den Kopf, um mehr zu sehen.

Weiter unten im Flußbett leuchtete etwas rot und silbern. Loren sah scharf hin und erkannte schließlich eine lange Antenne, die langsam in das Flußbett hinunterholperte.

Loren erschrak. Patience hatte sich Rückendeckung mitgebracht: Ein Blazer kam durch das trockene Flußbett direkt auf Loren zu; nur die Antenne ragte heraus. Der Fahrer des Blazers mußte ihn im Vorüberfahren unvermeidlich entdecken.

Loren ließ die Dragunov fallen und tastete nach der Mac-11, während er die Böschung hinunterglitt. Er riß die Pistole aus der Tasche, sie rutschte ihm aus der Hand, und er sah sie fallen. Mit einem verzweifelten

Sprung fing er die Waffe mit beiden Händen in der Luft, balancierte sie einen Augenblick und bekam schließlich den Griff mit den Fingern zu fassen, entsicherte die Waffe und zog den Bolzen zurück. Messing blitzte auf und die Kugel, die sich bereits im Lauf befand, ging ziellos los…

Der Motor des Blazers heulte auf, dann verstummte er. Loren war zu Tode erschrocken. Eine Tür schlug zu.

Loren richtete die Maschinenpistole auf das Flußtal. Er spitzte die Ohren, ob er außer dem Dröhnen seines Herzschlags auch Schritte vernahm. Aber nichts als der Wind war zu hören.

Zwei Fahrzeuge fuhren auf dem Highway, eins, zwei, der Wind trug ihm deutlich das Rollgeräusch der Reifen zu. Kurz nachdem sie auf seiner Höhe vorbeigefahren waren, legte einer nach dem anderen einen niedrigeren Gang ein. Danach änderte sich das Motorengeräusch. Loren vermutete, daß sie vom Highway abgebogen waren und zum Schuppen fuhren.

Lorens Mund war trocken und voll Sand, und er schwitzte unter der Wollmütze. Er wußte nicht, wie viele Leute im ersten Blazer gesessen hatten. Aber er wußte eines: Das Auto stand nur wenige Meter von ihm entfernt, und wer damit gekommen war, verfolgte vermutlich das gleiche Ziel wie er.

Er senkte langsam die Pistole und drehte sich zur Böschung um. Kleine, braune Staubgerinne lösten sich unter seinen Füßen und Knien, als er das erdige Ufer hochkletterte. Vorsichtig schob er den Kopf über den Rand und sah zwei schokoladenbraune Blazer in Richtung Schuppen fahren. Die Sonne war längst hinter dem Horizont verschwunden; die Schlackenhügel wurden allmählich dunkel. Loren drehte den Kopf nach links und entdeckte keine zehn Meter entfernt die Mündung eines Gewehrs hinter dem knorrigen Strunk eines verdorrten Eichengebüsches hervorlugen. Wer sich dahinter verbarg, war nicht zu erkennen, da sich rund um den Stamm unzählige Disteln verfangen hatten und den Schützen verdeckten.

Loren wandte sich wieder den beiden Autos vor sich zu. Er legte die Mac-11 langsam auf den Boden und griff nach der Dragunov. Die Hände in den Handschuhen waren schweißnaß.

Ungefähr zwanzig Meter vom Schuppen entfernt hielten die beiden ATL-Fahrzeuge hintereinander an. Die Türen gingen auf, und Leute stiegen aus. Loren legte das Gewehr an und schaute durch das 4x-Fujinon-Zielfernrohr.

Es war zu dunkel, um durch das Fernrohr eine Person von der anderen unterscheiden zu können. Loren bedauerte, daß er sich beim Kauf für die präzisere japanische Optik entschieden hatte, statt den russischen Militärsucher zu nehmen, der zur Standardausrüstung des Gewehrs gehörte und mit einer Infrarot-Einrichtung ausgerüstet war.

Aber es spielte keine Rolle. In Kürze würde es hell genug sein.

Er beobachtete die ATL-Leute jetzt wieder ohne Fernrohr. Es waren vier. Zwei waren hinter die offenen Türen des hinteren Autos in Deckung gesprungen, zwei Silhouetten – dunkel und nicht voneinander zu unterscheiden – gingen auf den Schuppen zu. Waffen waren nicht zu sehen, aber Loren war überzeugt, daß sie welche bei sich trugen. Vermutlich die beiden anderen UZIs aus dem Safe in seinem Büro und Tanfoglios, die mit neuen 0.41kalibrigen Läufen ausgestattet waren.

Vier, dachte Loren. Patience, Nazzarett, McLerie, Denardis.

Wer war der Kerl links von ihm? Es war zumindest ein Mann mehr. Die Identität aller Männer blieb ungewiß.

Ziele, dachte er. Und das Gewehr war wie der LINAC, es beschleunigte die Kugeln bis zur Grenzgeschwindigkeit.

Zwei waren am Schuppen angelangt, einer von ihnen wartete an der Tür, der andere verschwand hinter dem Schuppen, vermutlich um sich Ciprianos Auto näher anzusehen. Loren hoffte, daß in der Dunkelheit niemand das Blut auf dem Boden bemerkte. Bei dem Wind konnte Loren nicht hören, ob sie riefen oder an die Tür klopften.

Von ihrem augenblicklichen Standpunkt aus war es unmöglich, daß einer von ihnen den Draht des Sprengzünders sah.

Warum mußte Patience so verdammt überheblich sein? Warum konnte er ihm nicht einfach erzählen, daß er den unbekannten Mann festgenommen hatte! Der Mann hatte versucht, mit dem gestohlenen Auto zu entkommen und sie hatten ihn erschossen. Mehr hätte er nicht erzählen müssen. Loren hätte es zu Protokoll genommen und die Akte abgelegt. Der Staatsanwalt hätte keine Anklage erhoben, und die Sache wäre erledigt gewesen.

Verdammt, dachte Loren. *Zum Teufel mit ihm,* daß er mich jetzt dazu zwingt.

Seine linke Hand tastete nach dem Sprengzünder und legte den Schalter um, so daß er auf EIN stand. Die LED-Anzeige leuchtete rot auf. Seine Hände zitterten vor Wut. Seine rechte Hand umklammerte das Gewehr noch fester und drückte es gegen die Schulter; der linke Daumen schwebte über dem Knopf des Sprengzünders.

Einer der Typen öffnete die Tür und warf einen vorsichtigen Blick ins Innere; der Türrahmen verdeckte ihn fast ganz. Sein Freund kam nach, und beide betraten den Schuppen.

Findet die Leiche, dachte Loren. Findet die Leiche und ruft eure Kumpel!

Statt dessen stieß der Mann neben der Tür auf der Fahrerseite des zweiten Blazers einen Schrei aus, den Loren trotz des Windes hörte. Der Mann richtete sich auf und gab seinen Kameraden mit lebhaften Armbewegungen zu verstehen, den Schuppen zu verlassen und zu den Autos zu laufen.

Engelschöre dröhnten in Lorens Hirn. Tag der Sühne, dachte er, und drückte auf den Knopf.

Die Explosion war so heftig, daß die Schockwelle Loren den Atem raubte. Er hatte keine Ahnung von der tatsächlichen Sprengkraft des verwendeten Sprengstoffs; die komplizierte Mathematik in den Handbüchern hatte er auch nicht verstanden, sondern einfach ein paar Blöcke um den Sprengzünder aufgestellt. Schwarze Blechteile flogen wie Karton durch die Luft. Die Brandgeschosse, die Loren rund um den Plastiksprengstoff verstreut hatte, schleuderten in hohem Bogen flüssiges Feuer in die Luft. Die beiden Männer neben dem zweiten Blazer wurden zu Boden geschleudert. Die Fenster der Fahrzeuge zersplitterten.

Es war taghell. Loren legte die Dragunov an und drückte das Auge an den Sucher. Der Unsicherheitsfaktor mußte so klein wie möglich gehalten werden.

Der Mann, der sich vor dem Auto hochmühte, war Vincent Nazzarett. Loren kochte vor Haß. Einer von Randals Mördern, wahrscheinlich auch Jerrys Mörder. Nazzarett zerrte die Pistole unter dem Arm hervor. Sein weißes Hemd leuchtete im Licht des Feuers.

Loren legte das Fadenkreuz auf Nazzaretts Brust an und drückte ab. Das Gewehr schlug gegen Lorens Schulter, und seine Ohren schmerzten. Durch das Fernrohr konnte er den Treffer deutlich beobachten. Durch die Wucht des aufprallenden Geschosses stieg eine Wolke aus Staub oder Blut von dem Mann hoch; das beschleunigte Teilchen war auf sein Ziel getroffen. Es überraschte Loren, wie der Mann fiel. Es war, als hätte er keine Knochen mehr, als bestünden seine Gliedmaßen plötzlich nur aus Flüssigkeit. Der Mann fiel nicht rücklings zu Boden, wie man es im Kino sah, sondern sackte in sich zusammen.

Der Anblick überraschte Loren, dann fuhr ihm heiße

Freude durch die Glieder. Am liebsten hätte er triumphierend aufgeschrien und den heulenden Schrei der Apachen ausgestoßen. Er nahm den zweiten Mann auf der anderen Seite des Blazers ins Visier. Seine Hände zitterten vor Erregung und er bemühte sich, sie ruhig zu halten.

Große Blechstücke wurden hochgeschleudert und fielen zu Boden. Wo sie auftrafen, schlugen Flammen hoch. Der Mann, auf den er zielte, lief um das Auto herum, um nach Nazzarett zu sehen, der zusammengekrümmt auf dem Boden lag. Loren sah, daß er eine UZI in der Hand hielt.

Wilder Haß durchzuckte Loren, als er Patience erkannte. Er schoß im Reflex, und das Geschoß traf den Rückspiegel neben Patiences Hand. Patience duckte sich und lief wieder um den Blazer herum. Loren verfolgte ihn mit Kugeln, ohne nachzudenken. Vermutlich traf er nichts.

Neben Loren spritzte Erde auf – einmal, zweimal, Lorens Ohren dröhnten von der Explosion – dann warf er sich entsetzt in Deckung. Er hatte den Mann zu seiner Linken vergessen.

Er zog sich zurück, glitt in das Flußbett hinunter und griff nach der Mac-11. Er tastete nach dem Sicherheitsbolzen und zog ihn ab. Sein Gegner feuerte währenddessen weiter, daß ein Staubregen auf Loren niederging. Vermutlich war es ihm von seinem Standplatz hinter dem knorrigen Stamm der Eiche und durch das Distelgestrüpp hindurch nicht möglich, genau zu erkennen, wo sich Loren befand, und er feuerte blind in die Richtung, aus der Lorens Schüsse gekommen waren.

Aus Nervosität betätigte Loren den Sicherheitsbolzen der kleinen Waffe ein zweites Mal, und vergeudete eine weitere Kugel. Das Herz klopfte Loren bis zum Hals. Gesicht und Körper waren schweißgebadet. Er streckte die Hand mit der Waffe vor und ging durch das Flußbett weiter.

Die Schüsse hörten auf. Die Grasbüschel am Rand der Böschung schimmerten rot und silbern – die Brandbomben hatten die ganze Mesa in Brand gesteckt. Lorens Ohren summten immer noch von den Gewehrschüssen; er hörte nicht einmal seine eigenen Schritte. Er hatte den Überblick verloren und wußte nicht, wo sich was befand; sein Spiel mit Teilchen und Zielen hatte sich in Unschärfe aufgelöst.

Das Flußbett machte eine Biegung, und Loren drückte sich an die erdige Böschung. Patiences Heckenschütze wartete höchstwahrscheinlich auf der anderen Seite auf ihn.

Loren fuhr erschrocken hoch, als wieder ein Schuß ertönte. Vor seinen Füßen fiel etwas Glitzerndes zu Boden. Wieder krachten zwei Schüsse, und wieder rollte etwas vor seine Füße. Es waren Patronenhülsen aus Messing, und panisches Entsetzen durchjagte Loren: Der Schütze stand genau über ihm und gab Sperrfeuer auf Lorens alte Position ab.

Loren sprang in die Mitte des Flußbetts, drehte sich um und hob die Waffe: Er starrte in die weit aufgerissenen Augen eines Fremden, der am Rand der Böschung kauerte. Beide waren einen Augenblick erschrocken, als sie einander erblickten. Während Loren noch unbeweglich auf dieses unerwartet aufgetauchte menschliche Wesen starrte, fixierte ihn der andere mit schmalen Augen und schwang das Gewehr in Lorens Richtung. Loren drückte ab – das menschliche Wesen war zu einem toten Ding geworden, ein Klumpen Fleisch, darunter das Gewehr, eine Hand baumelte über die Böschung... Loren hielt den Finger am Abzug, bis der Bolzen zurückfiel und das Magazin leer war. Danach mußte er sich zurückhalten, um nicht loszustürzen und mit der leeren Waffe auf den Toten einzuprügeln.

Scheißkerl, dachte Loren. Er hatte den Ausdruck in den Augen des Gegners gesehen. Als Loren noch wie gelähmt war, weil er in seinem Gegner einen Fremden erkannte, wollte dieser den Augenblick nützen und ihn töten. Scheißkerl!

Jetzt fiel Loren wieder Patience ein. Er ließ die Mac-11 fallen und rannte dorthin, wo er die Dragunov fallen gelassen hatte. Er hob sie auf, kletterte den kleinen Abhang hinauf und warf sich auf den Bauch.

Der Benzintank von Ciprianos Fury explodierte. Der Wind fuhr in die züngelnden Flammen und eine lange, graue Rauchfahne stieg auf. Loren war es geglückt, ein ordentliches Buschfeuer zu entfachen.

Loren blinzelte den Schweiß aus den Augen. Die Lichter des zweiten Blazers gingen an, und das Auto fuhr los. Patience floh. Loren legte die Dragunov an, zielte auf das Wageninnere und drückte ab. Der Blazer machte einen Schwenk von der Straße und fuhr hinter dem anderen Fahrzeug vorbei. Loren feuerte noch dreimal auf das hintere Ende seines Ziels. Funken stoben auf, als seine Kugeln auf ihr Ziel auftrafen. Dann war das Magazin leer, und der Blazer fuhr mit unverminderter Geschwindigkeit weiter.

Loren stieß einen enttäuschten Schrei aus und suchte verzweifelt ein Ersatzmagazin. Der Blazer verschwand hinter dem zertrümmerten Schuppen in der Rauchwolke des Buschfeuers. Loren ließ das leere Magazin fallen und legte das nächste ein, aber die Gelegenheit war vorüber.

Patience war auf dem Gelände der Figueracion Ranch untergetaucht, verborgen von Dunkelheit und Rauch, verschwunden in einer Wolke der Ungewißheit. Für den Blazer stellte die Fahrt durch das Gelände kein Problem dar. Loren konnte nur hoffen, daß Patience vielleicht ein Trockenflußbett übersah und darin landete, aber darauf konnte er sich nicht verlassen. Höchstwahrscheinlich würde Patience auf den Fahrweg einer Ranch stoßen, darauf weiterfahren, bis er irgendwann eine Landstraße erreichte.

Loren erhob sich. Er atmete schwer und versuchte

sich daran zu erinnern, was er als nächstes geplant hatte. Da entdeckte er auf dem Boden die im Feuerschein glitzernden Patronenhülsen. Rasch kniete er nieder und sammelte sie mit den behandschuhten Händen ein.

Ein Schuß ließ ihn zusammenzucken. Er sah sich gehetzt um. Ein zweiter Schuß folgte.

Munition, die im Feuer explodierte, also ungefährlich.

In der Dragunov hatte er Geschosse mit Führungsringen benutzt, weil die Führungsringe davonflogen, sobald die Kugel den Lauf verließ, so daß es unmöglich war, die Kugel mit einer bestimmten Waffe in Zusammenhang zu bringen. Aber der Auswurfmechanismus konnte auch nachweisbare Spuren am Messing zurücklassen, und Loren wollte alles einsammeln.

Er stopfte das Messing in die Taschen, bis er schließlich glaubte, alles gefunden zu haben. Vermutlich lagen noch mehr Patronenhülsen herum, aber in der Dunkelheit konnte er nicht mehr tun. Er richtete sich auf und hielt nach Patience und dem Blazer Ausschau. Aber auf der Mesa war weit und breit nichts zu sehen, nur Feuer und Zerstörung.

Der Wind trug den Klang einer Sirene an Lorens Ohr. Es war Zeit zu gehen. Loren sprang in das Flußbett hinunter und machte sich auf den Weg. Er keuchte und schwitzte unter dem Gewicht der kugelsicheren Weste. Er hob die Ingram auf, die er fallen gelassen hatte, lud sie und steckte sie in die Tasche zu den klimpernden Messingstücken. Dann stieß er auf den Blazer, den der Fremde hier geparkt hatte. Als er durch das Flußbett geholpert war, hatten sich an der Bodenplatte trockene Disteln verfangen. Loren öffnete die Tür; der Schlüssel steckte im Zündschloß.

Loren hatte Archie Gribbins Jeep im Tal des Rio Seco etwas weiter nördlich geparkt. Sein Plan war gewesen, zu Fuß dorthin zurückzukehren und durch das Flußbett in die Stadt zu fahren. Jetzt ersparte er sich den Fußmarsch.

Er stieg in den Blazer und startete. Der Vierradantrieb war eingeschaltet. Während er den Motor auf Touren brachte, warf er einen Blick auf die Metallkiste, in der die Maschinenpistolen aufbewahrt waren. Er zog den Schnapper hoch. Zwei UZIs lagen unter dem versperrten Sicherheitsbügel. Er drückte 571, die gleiche Kombination wie kürzlich, und das grüne Licht leuchtete auf. Loren triumphierte. Er zog den Bügel zurück und riß eine Maschinenpistole heraus.

Patience war nicht der einzige, der nicht dazu gekommen war, die Kombination zu ändern.

Auf dem Highway heulte eine Sirene. Entweder der Sheriff oder Lorens eigene Leute; die freiwillige Feuerwehr war es noch nicht. Die Feuerwehrsirenen klangen anders.

Er zog die Mac-11 aus der Tasche und warf sie zum Fenster hinaus – er brauchte sie nicht mehr. Danach legte er den Retourgang ein und rumpelte vorsichtig durch das Flußbett. Distelgestrüpp kratzte über die Bodenplatte.

»Cosmo, Cosmo.« Loren erschrak, als Patiences Stimme aus dem Funkgerät tönte. »Geben Sie Ihre Position bekannt. Over.«

Loren kuppelte aus und hielt an. Seine Gedanken arbeiteten wie eine Maschine. Schweiß tropfte ihm von der Nase auf die Jacke.

Cosmo. Das mußte Cosmo Vann sein. Er hatte ebenfalls in der Nacht, in der Randal Dudenhof auftauchte, Dienst gehabt. Mit den anderen Vorkommnissen hatte er nichts zu tun gehabt – Rivers hatte nichts davon erwähnt, daß Cosmos Dienstplan wie der der anderen geändert worden war. Aber offensichtlich war er von Anfang an mit von der Partie gewesen.

Vielleicht war er aber auch ein Spätbekehrter, den die Begeisterung erst übermannte, als Patience seinen Strich auf dem Asphalt zog und Alamo wiederholte.

»Cosmo. Geben Sie Ihren Standort durch. Over.«

Loren versuchte, wie ein Apache zu denken.

Er nahm das Mikrophon in die Hand, schaltete es ein und sprach mit leiser, schmerzverzerrter Stimme.

»Ich bin verletzt. Ich brauche Hilfe.«

Egal wie die Sache ausging, es war den Versuch wert.

Er wartete. Der Funkempfänger zischte lange Zeit nur, dann sagte Patiences Stimme:

»Bastard. Du bist ein toter Mann, du Bastard.«

Loren fletschte die Zähne, als er das hörte. Er schaltete auf Senden. »Du bist abgehauen, du Schleimer«, sagte er. »In Panik davongelaufen, als es darauf ankam.«

»Ich schneide dir deinen verdammten Hals durch!«

»Feigling, das traust du dich nie!«

»Ich reiße dir die Eier ab!«

»Hör dich nur an, du großer Anführer! Du bist ein Versager, eine Schande. Warum jagst du dir nicht eine Kugel durch deinen verdammten Kopf?«

»Komm und hol mich!« Patience begann zu lachen; es war ein hohes, hysterisches Gelächter, aus dem seine maßlose Erregung zu erkennen war. Dann war die Leitung unterbrochen.

Wieder jaulten Sirenen auf dem Highway. Loren horchte, dann legte er das Mikrophon beiseite.

Komm und hol mich! Genau das wollte er tun.

»Hallo.« Diesmal kam eine weibliche Stimme aus dem Kanal. »Waren das Sie, Boss?« fragte die Frau am anderen Ende ungläubig.

Loren lachte – Patience hatte ihm über einen öffentlichen Kanal mit Mord gedroht.

Es kam keine Antwort. Loren kuppelte ein und setzte seine Fahrt durch das Flußbett im Rückwärtsgang fort.

»Mr. Patience, hören Sie mich? Waren das Sie auf diesem Kanal?«

Die Uferböschung verflachte sich und der Blazer holperte in das trockene, steinige Bett des Rio Seco. Loren legte den ersten Gang ein und drehte um.

»Mr. Patience, hören Sie mich? Ist die Übung zu Ende? Over.«

Es war immer noch hell genug, und man sah recht gut auf dem Flußbett zwischen den steilen Ufern. Loren schaltete keine Scheinwerfer ein. Die vier Räder des Blazers mühten sich über den unebenen Boden, das Fahrzeug torkelte vorwärts und Kies polterte gegen die Bodenplatte.

»Mr. Vann? Haben Sie Hilfe angefordert? Over.«

Gribbins Jeep tauchte am Nordufer auf. Vann mußte auf der Hinfahrt daran vorübergekommen sein. Vielleicht hatte er ihn sogar untersucht. Loren stellte den Blazer neben dem Jeep ab, stieg aus und öffnete die hintere Tür des Blazers. Dann öffnete er auch die hintere Tür des Jeeps und lud den restlichen Sprengstoff und die Brandbomben aus der Wahoo-Mine vom Jeep in den Blazer. Schweiß rann ihm über das verstaubte Gesicht und zog schmutzige Furchen.

»Dieser Kanal ist nur für offizielle Kommunikation bestimmt«, ertönte die Stimme belehrend. »Unautorisierte Benutzung ist verboten. Falsche Notrufe werden geahndet.«

Du lieber Himmel, dachte Loren, Patience führte ein strenges Regiment.

Er stellte die letzte Kiste mit den Weinflaschen-Brandbomben auf den Beifahrersitz und warf eine Plane über die Fracht im Heck. Er wollte den Jeep noch vor der Morgendämmerung holen. Vor Tagesanbruch würde keine Polizeistreife so weit herausfahren. Das Beweismaterial rund um den brennenden Schuppen hatten die Feuerwehrleute mit Sicherheit zertrampelt.

Loren stieg in den Blazer und fuhr wieder den Fluß hinauf. Die Venus stand hell am Horizont, wie ein UFO. Lorens Gedanken kreisten wie aufgescheuchte Krähen um die Gesetzesübertretungen. Jeder in diesem Szenarium hatte Schuld auf sich geladen.

Patience konnte keine Hilfe anfordern, nicht ohne zuzugeben, was er getan hatte. Loren befand sich in der gleichen Situation. Die Fortunes und auch die anderen Öko-Aktivisten konnten niemandem erzählen, woher der Sprengstoff kam, ohne gleichzeitig zuzugeben, daß die gegen sie vorgebrachten Anschuldigungen zu Recht bestanden.

Aber Patience hatte die Grenzen überschritten. Vier seiner Männer lagen tot am Rand des UFO-Landeplatzes. Wenn er Fragen umgehen wollte, dann mußte er sich für das, was geschehen war, eine Erklärung ausdenken, die ihm ein Alibi verschaffte und gleichzeitig darüber Aufschluß gab, was den Leuten unter seinem Kommando zugestoßen war.

Es sei denn, Patience rollte die Hosenbeine hinauf und watete durch den Rio Grande nach Mexiko. Das wäre das Vernünftigste, aber eben deshalb nahm Loren nicht an, daß Patience es tun würde. Patience hatte noch nie etwas Vernünftiges getan, nicht ein einziges Mal.

Loren mußte also nur seine eigene Unschuld behaupten. Er hatte nichts zurückgelassen, das ihn belasten könnte. Den ersten Teil der Untersuchung würde er selbst durchführen oder die Arbeit mit Shorty teilen. Wenn dann die Feds hinzugezogen wurden, hatte er bereits einen Vorsprung und konnte Beweismaterial, das auf ihn wies, verschwinden lassen und jenes, das Patience belastete, entsprechend hervorheben.

Wo waren Sie an jenem Nachmittag und Abend, Chief Hawn? Ich war auf der Jagd, um wieder klar denken zu können. Danach fuhr ich eine Weile spazieren. Ich fuhr nach Hause und ging zu Bett, ohne den Telefonbeantworter abzuhören. Das Telefon schaltete ich ebenfalls ab. Wenn Sie Beweise brauchen, in meinem Tiefkühlschrank liegen ein paar Vögel, die ich geschossen habe; das bestätigt wohl meine Geschichte.

Loren lachte. Das war wunderbar!

Die Ufer des Rio Seco wurden flacher, und allmählich kamen hinter den Uferböschungen auf beiden Seiten des Flußbetts die Lichter von Atocha in Sicht. Loren fuhr unter der Brücke durch und kam zu der Stelle, wo die Estes Street sich dem Fluß näherte. Er schaltete die Lichter ein und bog in die Estes Street Richtung Süden ein. Der Motor heulte auf, als der Blazer aus dem Flußbett kletterte. Dann fuhr er auf der Railroad Avenue nach Osten. Durch das offene Fenster strömte frische Luft und kühlte den Schweiß auf seinem Gesicht. Er schaltete den Vierradantrieb aus.

Er fuhr zu ATL. Loren und Patience waren beide, vom Standpunkt des anderen aus gesehen, in ihrer eigenen Unschärferelation untergetaucht, Momentum und Standort waren unbekannt. Loren mußte die Parameter des Experiments einengen.

»Mr. Patience, bitte melden Sie sich«, sagte die weibliche Stimme über Funk. Die Nachricht wurde wiederholt. »Das Büro des Sheriffs teilte uns mit, daß eines unserer Fahrzeuge in eine Explosion und ein Feuer verwickelt war. Es gibt Tote. Mr. Patience, bitte melden Sie sich. Over. Haben Sie mich verstanden?«

Der Funkspruch wurde mehrmals wiederholt. Dann befahl die Stimme einem Mr. Shrum, zum Brandplatz zu fahren und sich umzusehen. Shrum meldete sich, daß er bereits an Ort und Stelle sei und dabei mit den Leuten von den lokalen Behörden Kontakt aufzunehmen.

Die Lichter von ATL leuchteten hell am Horizont. Der Zaun war im kalten Licht der Neonleuchten deutlich zu sehen. Loren bog von der Straße ab, fuhr bis zum Gelände und auf der Sandstraße außerhalb des Zauns weiter.

Tagelang hatte der Wind geblasen und Tausende trockene Distelbüsche an der Südseite des Zauns angeweht. Die Kameras auf den Aluminiummasten bewegten sich langsam vor und zurück, die Masten schwankten im warmen, böigen Wind. Loren sah zweifellos wie eine echte ATL-Patrouille aus.

Er fuhr drei Kilometer auf der Straße, dann kehrte er um und fuhr den Zaun entlang zurück. Er schaltete die Armaturenbeleuchtung ein. Als die Kameras in eine andere Richtung sahen, zündete er eine der Brandbomben und warf sie zum Fenster hinaus. Das trockene Unkraut fing sofort Feuer. Loren fuhr langsam weiter und warf eine Brandbombe nach der anderen zum Fenster hinaus. Bei jeder Flasche, die zum Fenster hinausflog, brach er in Gelächter aus. Silberhelles, gallertartiges Benzin floß unter dem Zaun durch, und orangerote Flammen loderten hoch. Der Wind trieb die Funken über den Zaun, und sie landeten im trockenen Gras auf der anderen Seite.

Die Apachen hatten es 1824 mit Atocha genauso gemacht, aber ein Fremder würde das nicht wissen. ATL hatte sich nie für die Lokalgeschichte interessiert; und jetzt kam die Rache der Geschichte.

Kommen Sie nach Hause, Mr. Patience, dachte Loren. Ihr Haus brennt nieder.

Stellen Sie sich der Apokalypse, Mr. Patience. Die Tage der Sühne sind gekommen.

Als Loren den Highway erreichte, war das Land hinter ihm in Bewegung geraten. Ein schwarz-orangefarbener Feuerteppich wälzte sich über das ATL-Land. Loren lachte dröhnend. Die Frau in der Funkzentrale rief alle verfügbaren Wagen an den Einsatzort und gab bekannt, daß sie die freiwillige Feuerwehr eingeschaltet habe. Das Feuer auf der Figueracion-Ranch hatte jedoch Priorität für die Männer der freiwilligen Feuerwehr, und es würde daher eine Weile dauern, bis sie hier eintrafen. Loren fuhr nach Norden, an der Eisenbahnbrücke und am Haupttor vorüber, bis an die Nordgrenze des Geländes. Jetzt schaltete er den Vierradantrieb zu und fuhr neben dem Zaun weiter, stets darauf bedacht, den Überwachungskameras auszuweichen.

Shrums Stimme meldete über den Lautsprecher, daß der Blazer No. 6 auf dem UFO-Platz unmittelbar neben dem Ort der Explosion gefunden worden war. Daneben lag Nazzaretts Leiche. Vinnie war anscheinend erschossen worden. Zwei Tote waren noch nicht identifiziert. Die Frau in der Funkzentrale berichtete, daß Nazzarett und Mr. Patience eine Spezialübung geplant hatten und daß sich Mr. Patience nicht meldete. Sie wollte Mr. Patton in Vista Linda kontaktieren, damit er das Kommando übernähme.

Die Frau hatte mittlerweile alle Hände voll zu tun und konnte nicht auch noch die Außengrenzen überwachen. Loren schlug das Lenkrad ein und stieg auf das Gaspedal. Der Blazer sauste quer über die Straße entlang dem Zaun und auf den Zaun zu.

Der Maschendrahtzaun erzitterte, bog sich und gab nach. Aluminiumstangen wurden aus dem Boden gerissen, und Disteln sprangen wie aufgescheuchte Hasen über den Boden. Der scharfe Draht kratzte mit so ohrenbetäubendem Kreischen über das Dach, daß sich Lorens Nackenhaare aufstellten.

Loren mußte auf seiner Fahrt quer über das Land Chollos, Yuccas und Ocotillos ausweichen. Vor ihm war es dunkel, und er sah immer nur bis zum nächsten Gebüsch. Weder beleuchtete Gebäude noch das von ihm entfachte Feuer erhellten das Gelände. Dann war in der Ferne eine schwarze Linie zu erkennen, die sich etwas oberhalb der Horizontlinie hinzog. Loren verlangsamte das Tempo und hielt an.

Quer vor ihm verlief ein langgezogener, etwa drei Meter hoher Erdhügel, dessen Ende weder links noch rechts zu sehen war. Auf dem Hügel waren die Silhouetten von Stangen mit Scheiben zu erkennen, die aussahen wie Verkehrszeichen.

Loren ließ den Blazer im Leerlauf stehen, nahm die

Dragunov und erklomm den Hügel. Atemlos kam er oben an.

Der Hügel war etwa sieben Meter breit. Ungefähr drei Kilometer entfernt blinkten Lichter. Dahinter war ein orangeroter Flammenkranz zu sehen, dessen wahres Ausmaß durch den Rauch nicht zu erraten war. Loren lachte bei dem Anblick. Zum ersten Mal roch er das Feuer. Hinter ihm tönte die Stimme der Frau in der Funkzentrale durch die Nacht; sie kommandierte Einsatzfahrzeuge und ersuchte immer wieder Patience, sich doch zu melden.

Loren besah sich die zunächst stehende Stange. Es war tatsächlich ein Verkehrszeichen oder etwas Ähnliches. Eine drei Meter hohe Aluminiumstange steckte in einem Ding, das aussah wie ein Christbaumständer und mit Drähten gegen den Wind abgespannt war. Oben war ein rundes Schild angebracht, auf dem nur die Zahl 33 stand.

Loren sah nach links und nach rechts. Die Schilder nebenan trugen vermutlich die Zahlen 32 und 34.

Er wußte nicht, was das war, aber es ging ihn auch nichts an. Er konnte den Blazer problemlos über den Hügel fahren, mehr wollte er nicht wissen.

Vom Norden her kam ein Hubschrauber. Er flog sehr niedrig und sehr schnell. Vermutlich ein Hubschrauber der Forstbehörde, der sich einen Überblick über das Buschfeuer verschaffen sollte.

Oben auf der Anhöhe wurde Loren klar, daß er sich auf dem LINAC befand. Das waren die im Boden vergrabenen Geschütze, ein Lauf neben dem anderen.

Vielleicht mußte noch etwas in die Luft fliegen, damit Patience auftauchte. Vielleicht reichte ihm das Buschfeuer noch nicht.

Je mehr zerstört wurde, desto gründlicher würde man die Untersuchung durchführen. Und Loren würde dafür sorgen, daß sich die Untersuchung auf Patience und seine Aktivitäten konzentrierte.

Vielleicht würde Cipriano am Ende als Held dastehen. Loren sah bereits die Schlagzeilen vor sich: Vizepolizeichef Dominguez bei der Verhaftung von Verbrechern erschossen. Die Mörder wollten die Spuren des Verbrechens durch eine Explosion verwischen und sprengten sich dabei selbst in die Luft.

Möglich, daß die Öffentlichkeit dumm genug war und die Geschichte glaubte. Die Erhebungsbeamten würden sie kaum schlucken, es sei denn, ihre Vorgesetzten legten ihnen nahe, die Nachforschungen einzustellen.

Das ließe sich arrangieren.

Er traf auf eine asphaltierte Straße und fuhr auf ihr weiter. Den Vierradantrieb konnte er jetzt ausschalten. Vor ihm leuchteten die Lichter des Hauptgebäudes. Loren legte einen niedrigeren Gang ein und orientierte sich, während der Blazer ausrollte. Wieder dröhnte über ihm ein Hubschrauber.

Der Wachposten saß vermutlich in der Halle auf der anderen Seite des Gebäudes. Loren stieg auf das Gaspedal, schaltete und zog sich die Mütze über das Gesicht. Je schneller er war und je schwerer zu erkennen, desto besser.

Vor dem Bürogebäude parkten nur wenige Autos – sonst war der Platz, den die Angestellten Rummelplatz nannten, leer. Rechts von Loren stand das abstrakte Gebilde der *Entdeckten Symmetrien*. Er raste zwischen zwei Gebäuden durch, direkt auf den Parkplatz der Werkspolizei zu.

Sechs Blazer standen nebeneinander auf dem Parkplatz, alle bereit, sofort nach vorn loszufahren. Außerdem standen noch ungefähr ein Dutzend Zivilfahrzeuge herum. Sie erinnerten Loren an Kavalleriepferde im Pferch. Der Parkplatz war hell beleuchtet, aber niemand war zu sehen. Loren fuhr auf den Parkplatz und stellte das Auto am Ende der Blazer- Reihe ab.

Die Frau in der Funkzentrale bemühte sich verzweifelt, Mr. Patton oder einen anderen der beurlaubten Leute zu erreichen. Es war Freitag abend, und die meisten waren ausgegangen.

Loren stieg aus, zertrümmerte mit dem Griff der UZI das Fenster des Blazers neben ihm und öffnete die Tür. Er öffnete das Versteck der Gewehre, drückte mit behandschuhten Fingern 571 und zog zwei weitere Maschinenpistolen samt Magazinen heraus. Wieder dröhnten Hubschrauber. Es roch intensiv nach Rauch. Loren verstaute zwei der drei Maschinenpistolen in seinem Auto, kniete sich danach vor den geparkten Autos hin, stellte die dritte Pistole auf Automatik und feuerte.

Loren freute sich richtig, als die Kugeln von den Kühlergrills abprallten. Scheinwerfer zerbarsten. Die Blazer schienen sich zu ergeben und in die Knie zu gehen, als die Luft aus den durchschossenen Reifen strömte.

Das Magazin war leer, und plötzlich herrschte Stille. Lorens Ohren dröhnten, aber dennoch nahm er ein liebliches Geräusch wahr, das ihn an Sommerregen erinnerte: das Wasser rieselte aus den durchlöcherten Radiatoren auf den Asphalt. Loren stieß ein langes Kriegsgeheul aus, ließ das leere Magazin zu Boden fallen, legte ein neues ein und feuerte wieder. Diesmal konzentrierte er sich auf die Fahrzeuge, die beim ersten Mal nicht genügend abgekriegt hatten.

Als auch dieses Magazin leer war, lud er aufs neue. Machen wir die Apokalypse komplett, dachte er. Berauscht von der Macht zu zerstören, drehte er sich um und feuerte auf die Zivilfahrzeuge. Er wollte von diesen Leuten in *keinem* Fahrzeug verfolgt werden – und alles, was Patience in Mißkredit bringen konnte, kam ihm gelegen. Er ließ die UZI zu Boden fallen, stieg in seinen Blazer und verließ den Parkplatz im Rückwärtsgang.

»Es wird geschossen! Es wird geschossen! In der Nähe des Hauptquartiers der Werkspolizei!«

Die Frau am Funkgerät war in Panik geraten. Loren

war überrascht, daß sie die Schüsse überhaupt gehört hatte, trotz der Interferenz, die sich durch den Hubschrauberlärm im Büro mit den Stahlwänden ergeben mußte. Vielleicht hatte eine Kugel die Wand durchschlagen. Er gab Gas, und als er durch das Tor raste, stieß er ein neues Kriegsgeheul aus. Er verschwand wieder in einer Wolke der Ungewißheit.

Wenn Patience jetzt noch immer nicht auftauchte, dann mußte Loren etwas in die Luft sprengen.

Er verließ den Rummelplatz am Nordende. POLIZIST LÄUFT AMOK. FORSCHUNGSLABOR ZERSTÖRT. Die Vorstellung einer solchen Schlagzeile war sehr befriedigend.

Für den Fall, daß man ihn erwischte, würde er auf vorübergehende Unzurechnungsfähigkeit plädieren. Daraus ließ sich bestimmt ein guter Fall konstruieren.

Er schaltete den Vierradantrieb zu und verließ die Asphaltstraße. Holpernd ging es über unwegsames Gelände weiter, bis er sich in sicherer Entfernung von den Gebäuden wähnte. Er schaltete die Scheinwerfer aus und ließ den Motor im Leerlauf tuckern, als er ausstieg, um sich umzusehen.

Am liebsten hätte er triumphierend losgebrüllt und wäre vor Freude herumgetanzt, als er auf das ATL-Gelände hinunterblickte. Durch die dicken Rauchschwaden waren die Lichter nur undeutlich zu erkennen. Zwei Hubschrauber schwirrten in der Ferne; ihre Unterseiten reflektierten das Feuer.

Loren empfand beschwingte Heiterkeit. Er zog die Wollmütze vom Kopf und ließ den kühlenden Wind durch die verschwitzten Haare blasen, die ihm am Kopf klebten. Die ersten elf Runden des Kampfes hatte er seiner Meinung nach schon gewonnen. Jetzt konnte ihn sein Gegner nur noch durch ein überraschendes k.o. besiegen. Aber er bezweifelte, daß es dazu kam. Patience war praktisch am Ende.

Loren war überzeugt von seiner Rechtschaffenheit.

Eine männliche Stimme hatte jetzt die Frau am Funkgerät abgelöst. Der Mann sprach zwar mit etwas mehr Autorität, aber auch ihm fehlte der Überblick. Vermutlich war Mr. Patton oder jemand in seiner Position endlich eingetroffen.

Der Wind trug Loren Sirenengeheul zu, Lichter flammten auf. Loren nahm die Schutzkappen vom Feldstecher und suchte den Horizont ab. Ein Bronco des Sheriffs war zu erkennen, der auf das Haupttor zuraste.

Loren grinste bei der Vorstellung, wie hart es Patience in seinem Stolz treffen würde, wenn er erfuhr, daß ein Außenseiter zu Hilfe gerufen wurde, damit seine ins Wanken geratene Truppe wieder auf die Beine kam. Seine kleine, sorgfältig ausgebildete Kommandoeinheit war von einem einsamen Apachen außer Gefecht gesetzt worden.

Aber jetzt, da Verstärkung eingetroffen war, mußte Loren vorsichtiger sein. Er sah auf die Uhr.

Noch zumindest neun Stunden bis zum Morgen. Es blieb ihm also noch genügend Zeit, bis er sich zurückziehen mußte. Er konnte natürlich immer zurückkommen.

Wie lange würde er das durchstehen? Cochise, Geronimo und Mangas Coloradas hatten Jahre durchgehalten.

Loren suchte das Gelände noch einmal mit dem Feldstecher ab. Auf der Hauptstraße näherte sich jetzt ein zweiter Bronco. Der arme Shorty hatte noch eine lange Nacht vor sich. Ein paar Autos von Angestellten fuhren ungeachtet des Alarms zum Ausgang; vermutlich Arbeiter auf dem Weg nach Hause.

Auf der Rollbahn neben dem Hangar stand ein schlanker Jet. Loren überlegte, welche Genugtuung es für ihn wäre, ihn zu sprengen.

Vor einem niedrigen, fensterlosen Gebäude östlich des Hauptgebäudes standen ein paar Autos auf dem Parkplatz. Das mußte das LINAC-Labor sein.

Dann erkannte Loren durch die starke Vergrößerung

des Feldstechers deutlich den ATL-Blazer mit der zerbrochenen Windschutzscheibe und nur einem Scheinwerfer.

Ein unbeschreibliches Gefühl von Macht und Triumph nahm ihm fast den Atem. Patience war wieder aufgetaucht. Seine Position war bekannt, das Teilchen war in Reichweite der Detektoren gekommen.

Zwölfte Runde! Er setzte die Mütze wieder auf und zog sie über das Gesicht. Dann lief er zum Blazer und suchte hinten auf der Ladefläche bei den Sprengkörpern herum. Er fand eine Benzinbombe und hielt sie hoch.

Genau richtig, dachte er.

Loren sprang in das Auto und fuhr querfeldein; ein Teilchen, das beschleunigte und sich auf sein Ziel zubewegte. Er bog auf den LINAC-Parkplatz ein und stellte das Auto zwei Parkplätze von Patiences Blazer entfernt ab.

Er ließ seine Umgebung einen Augenblick lang auf sich wirken. Du Luft roch nach Rauch; der südliche Horizont leuchtete rot. Hubschrauber jagten rastlos durch die Nacht.

Niemand sah ihn. Er hängte sich eine UZI um den Hals, nahm die Brandbombe, stieg aus und näherte sich Patiences Blazer. Silbrig umrandete Löcher zeugten von den Einschüssen an der Hecktür. Durch das zerbrochene Seitenfenster bemerkte er zu seiner übergroßen Freude, daß eine UZI und eine Tanfoglio fein säuberlich auf dem Beifahrersitz lagen. Die beiden Waffen, die Patience zum Morden verwenden wollte; der Mann wollte offensichtlich vermeiden, daß ihn jemand mit den Waffen sah. Er hatte sich selbst entwaffnet.

Voll innerer Freude griff Loren durch das offene Fenster und drückte den Zigarettenanzünder hinein. Er wartete, bis er wieder heraussprang und aktivierte damit den Zünder an der Brandbombe. Er entfernte sich paar Schritte und hob die Hand, bereit zum Wurf.

Eine der Doppeltüren des LINAC-Gebäudes wurde aufgerissen, und Patience kam heraus. Ein zweiter Mann begleitete ihn, und rein gefühlsmäßig hätte Loren darauf gewettet, daß es Joseph Dielh war. Patience wirkte ernst, Dielh abgespannt und gehetzt. Patience hatte Dielh vermutlich lang und breit erklärt, wieso es nicht seine Schuld war, und daß er wirklich nichts versaut hatte. Dielh suchte anscheinend nach einem Ausweg aus dieser peinlichen Affäre, ohne daß ihn der hoffnungslos verzweifelte Patience mit Kugeln durchlöcherte.

Loren brüllte wütend auf und warf die Brandbombe nach den beiden. Er warf zu kurz, die Bombe zerplatzte auf dem Asphalt und ein hell loderndes Feuer breitete sich aus. Patience und sein Begleiter waren bereits davongelaufen.

Loren tastete nach der UZI, entsicherte sie und drückte ab. Die Kugeln schlugen Stücke aus den Betonwänden, während Patience seinem Freund folgte und hinter den Stahltoren verschwand.

Jemand, der sicher außerhalb der Schußlinie stand, zog beide Türen zu. Loren drückte die UZI an die Brust und stürzte auf das Tor los, wobei er einen Bogen um den Flammensee machen mußte. Das Gewehr in der rechten Hand riß Loren mit der linken an den Türgriffen. Beide waren versperrt. Er machte einen Schritt zurück und schoß. Die Schüsse bohrten mit beeindruckendem Klirren viele saubere, silberumrandete Löcher in beide Tore.

Der Bolzen fiel zurück, und Loren holte das nächste Magazin aus der Tasche. Das Atmen durch die Wollmaske der Mütze fiel Loren schwer. Er schüttelte den Schweiß aus den Augen und suchte mit unbeholfenen behandschuhten Fingern in der Tasche zwischen den Messinghülsen nach einem Magazin.

Das Tor wurde aufgerissen und Patience stürzte heraus. Loren sah nur das Weiß seiner Augen und die entbloßten Zähne, hörte einen Schrei, und dann traf ihn Patiences beschuhte Ferse in der Magengrube.

Der Tritt sollte Loren vermutlich mehrere Rippen brechen, aber die kugelsichere Weste fing den Stoß größtenteils ab, und Loren taumelte nur zurück. Er war überrascht. Patience stürzte wieder vor und wollte noch einen Tritt anbringen, aber Loren sprang wie bei seinem letzten Boxkampf instinktiv zur Seite und setzte zu einem Schlag mit der Rechten gegen die Deckung an, just als Patience durch den Tritt aus dem Gleichgewicht geraten war.

Patience war schneller als der Sträfling damals gewesen war, oder Loren war langsamer geworden. Patience drehte den Kopf und Lorens Fingerknöchel streiften nur die Seite seines Kopfs. Patience wollte einen Schlag mit dem Handrücken anbringen, doch Loren zog das Kinn an die Brust und Patiences Fingerknöchel prallten an Lorens Stirn ab. Lorens zweiter Schlag mit der Rechten war besser als der erste. Er setzte ihn tief an und zielte auf Patiences linke Niere. Der Mann stöhnte und wurde blaß. Er drehte sich weg, versuchte aber dabei im Drehen mit den Armen ungezielte Schläge anzubringen. Aber Loren duckte sich halb verrückt vor Freude, ballte die Fäuste und wollte losschlagen.

Ein rasender Schmerz im rechten Knie zwang Loren stillzustehen. Das Gelenk gab nach. Der Asphalt riß ein Wunde am Knie, als er zu Boden ging. Vor Schmerz traten ihm Tränen in die Augen. Patience hatte einen messerscharfen Kick gegen Lorens Knie angesetzt und zielte jetzt auf dessen Gesicht.

Bevor man seinem Gegner einen hoch angesetzten Kick verpaßt, muß er zuerst bewegungsunfähig gemacht werden. Das hatte ihm Patience sogar *erklärt*.

Loren hob den rechten Arm, und es gelang ihm, den Kick über die Schulter abzuwenden. Seine Linke zielte nach Patiences Lenden und er wollte sich die Tatsache zunutze machen, daß der Mann mit breit gespreizten

Beinen dastand, aber er streifte statt dessen den Oberschenkel.

Patience versuchte noch einmal, einen Kick gegen Lorens Kopf anzubringen. Loren wehrte ihn mit beiden Unterarmen ab, packte Patience am Bein und zog daran. Patience suchte im Fallen bei Loren Halt und kratzte mit den Nägeln Lorens Wangen blutig. Loren stieß ihm im Fallen den hochgezogenen Ellbogen ins Gesicht.

Patience gelang es, sich wegzudrehen und hinter Loren zu landen. Plötzlich war Loren gezwungen innezuhalten, weil ihm etwas die Luftröhre abschnürte. Er tastete mit der Hand nach seinem Hals und bemerkte, daß ihm der Riemen der UZI die Luft nahm. Patience hielt hinter ihm die Waffe fest und versuchte, Loren mit dem Riemen zu erdrosseln. Loren schlug wild entsetzt um sich, verzweifelt bemüht, Patience das Gewehr zu entreißen. Es platzte ihm fast der Schädel vor Schmerz, als ihn der Riemen unter dem Kinn zu Boden riß.

Patience war wieder auf die Beine gekommen. Er kehrte sich von Loren ab, den Riemen der UZI über die Schulter gezogen, sein Rücken unter Lorens Rücken. Lorens gesamtes Gewicht hing an dem einen Riemen. Seine Beine traten ins Leere.

Die Würgeschraube war nicht voll wirksam – der Winkel stimmte nicht und Lorens hochgestellter Kragen wirkte als Puffer. Es gelang Loren, etwas Luft zu schnappen. Er warf sein Gewicht nach links und nach rechts und versuchte, dadurch Patiences Griff zu lockern. Er erreichte damit nur, daß sich der Riemen noch fester um seinen Hals legte. Er spürte, daß er sich übergeben mußte und versuchte, Patience die Beine wegzuschlagen. Aber seine Tritte waren kraftlos. Sein rechtes Bein funktionierte nicht richtig. Allmählich wurde ihm schwarz vor den Augen.

Er warf beide Hände über den Kopf zurück und hämmerte mit den Fäusten seitlich auf Patiences Kopf ein. Patience schwankte, fand aber sein Gleichgewicht wieder. Er grub das Kinn tiefer in die Brust und wich dadurch Lorens nächstem Schlag aus. Loren versuchte wieder, mit den Handballen die Schläfen zu treffen und Patience die Augen zu zerkratzen. Die Handschuhe erschwerten das Kratzen, aber Patience stöhnte, als ihm die Nähte der Handschuhe Lider und Augäpfel verletzten. Loren griff noch einmal nach hinten und kratzte ihn wieder. Irgendwie bekam er die Ohren zu fassen, drehte sie und zog fest daran …

Patience stieß einen heiseren Schrei aus und ließ Loren fallen. Lorens Knie schmerzte höllisch. Die Luft war rauchig, aber Loren atmete so tief ein, daß seine Brust wie Feuer brannte.

Er sah überhaupt nichts, aber eine Eingebung, die er noch aus seiner Boxzeit kannte, sagte ihm, wo und wie Patience stand. Er verlagerte das Gewicht auf das unversehrte Bein, schnellte hoch und setzte einen Aufwärtshaken präzise in Patiences Lenden, gefolgt von einer Rechten seitlich auf den Kopf. Ein dritter Schlag ging in die Luft, brachte ihn aus dem Gleichgewicht und das verletzte Knie gab wieder nach. Der Arm schlug hart auf den Asphalt auf. Er versuchte aufzustehen und fiel wieder hin. Heiße Asche flog durch die Luft. Die kugelsichere Weste wog eine Tonne.

Allmählich konnte Loren wieder etwas sehen. Nur wenige Meter vor ihm kam Patience gerade wieder auf die Beine. Loren stürzte sich auf den linken Fuß und stand auf, aber Patience taumelte davon, die Schultern vornüber gebeugt, um die Leisten zu schützen. Über die eine Seite seines Gesichts rann Blut. Er taumelte auf das Tor zu.

Loren torkelte ihm nach. Plötzlich bemerkte er, daß er Patiences linkes Ohr in der geballten Faust hielt. Er öffnete die Hand und ließ es fallen.

Patience erreichte die Tür vor Loren und versuchte, sie vor ihm zuzuknallen. Loren packte den Türgriff und die beiden Männer zogen und zerrten daran, bis Loren

Patience schließlich die Tür aus der Hand riß, nach hinten fiel und atemlos gegen die Betonmauer taumelte, jedoch ohne die Tür loszulassen. Patience drehte sich um und rannte, aber er war nicht sehr schnell, taumelte immer wieder an die Korkwände und riß dabei Notizzettel und Zeitungsartikel herunter. Wissenschaftliche Artikel flatterten zu Boden.

Loren sog tief die ungesunde, rauchige Luft ein, bevor er nach der UZI tastete, die ihm am Rücken hing. Er zog sie nach vorn und suchte ein Magazin. Seine Bewegungen waren langsam und gezielt und paßten im Tempo zu seinen wirren Gedanken. Er legte das Magazin ein und der Bolzen drückte automatisch die erste Kugel in die Kammer. Loren blinzelte den Schweiß aus den Augen, bevor er die Waffe auf den Korridor richtete.

Patience war nirgends zu sehen. Er war entkommen. Loren tat ein paar Atemzüge und versuchte, einen klaren Gedanken zu fassen, dann schleppte er sich weiter. Sein rechtes Knie schmerzte höllisch bei jedem Schritt.

Loren folgte den Papieren, die Patience von den Wänden gerissen hatte, bis die Spur auf dem Boden aufhörte. Er packte die UZI fester, machte einen großen Schritt und riß die nächste Tür auf.

Elektronik surrte. Er befand sich auf der Galerie des LINAC-Kontrollraums. Der holographische Projektor war mitten in einer Explosion erstarrt, kleine rote, blaue und grüne Teilchen schwebten unbeweglich im Raum. Auf den hoch spezifisierten Bildschirmen schimmerten Computerbilder, Daten, Graphiken und silberne Säulen von Grunddaten.

Ein halbes Dutzend Leute starrte ihn an. Offenbar wurden sie mitten in einem Experiment unterbrochen. Loren erkannte Kurita und Steffens und den Mann, den er für Joseph Dielh hielt.

»Bill Patience!« brüllte Loren. »Haben Sie ihn gesehen?« Seine Stimme kam ihm seltsam fremd vor, rauh und schwach.

Er bezweifelte, daß sie ihn erkannten. Die kugelsichere Weste ließ ihn massiger erscheinen, als er war, und die Wollmütze bedeckte fast sein ganzes Gesicht. Durch die Strangulierung hatte sich seine Stimme verändert.

Es war verrückt, aber er hoffte immer noch, daß er mit seinen Aktionen durchkam.

»Bill Patience!« wiederholte er. »Er braucht Hilfe. Ich muß zu ihm.«

Die Leute unten im Saal starrten einander an und wandten die Köpfe wieder zu Loren hinauf. Loren zog die Waffe und feuerte blind drauflos. Monitoren explodierten. Es regnete Glas. Die Leute unten krochen in Deckung. Hinter Konsolen und unter Computertischen schauten Beine und Hinterteile hervor.

»Legt euch nicht mit den Cybercops an, ihr Dummköpfe!« In der plötzlichen Stille klang Lorens Stimme laut. »Dielh, kommen Sie her!«

Keine Antwort; falls es wirklich Dielh war, wie Loren vermutete, so kauerte er mit hoch in die Luft gestrecktem Hinterteil unter einem Tisch und hielt die Hände schützend über den Kopf. »Dielh!« rief Loren. »Ich sehe ihren jämmerlichen Hintern!« Rein zum Vergnügen feuerte Loren noch einmal. Es regnete Glas. Beine suchten zappelnd nach besserer Deckung.

»Virtuelle Materie! Kaluza-Klein! Sie haben es ganz falsch interpretiert, Sie verdammter Dummkopf!«

Er schoß das Magazin leer. Funken sprühten und Feuer züngelte. Blitze zuckten aus den zerstörten Konsolen. »Denken Sie nach!« brüllte er. Loren ließ das Magazin herausfallen und suchte nach dem nächsten. Das brachte ihn aus dem Gleichgewicht und das verletzte Knie gab nach. Er landete auf dem Steißbein, und ein schmerzhafter Stich schoß ihm durch die Wirbelsäule. Er knallte das nächste Magazin in die Pistole und zog sich hoch.

Plätschernd und zischend regnete es plötzlich Löschschaum aus der in der Decke eingebauten Sprinkleranlage. Ein Alarm ertönte. Loren lachte und taumelte aus dem Raum. Weißer Schaum troff von seinen Schultern.

Sein Blick wanderte durch den Korridor, da bemerkte er an den nackten Betonwänden blutige Streifen. Auch auf dem Fußboden war Blut. Patience war in diese Richtung gegangen.

Loren folgte den Bluttropfen auf dem Boden, Tropfen für Tropfen, bis sie vor einer schweren Stahltür aufhörten. Die Tür führte in den Raum, wo Cray sich befand – und angeblich auch Heisenberg. An der Tür war ein blutiger Handabdruck zu sehen. Lorens Herz machte einen Freudensprung.

Er stieß die Tür mit der Schulter auf und taumelte in den angrenzenden Raum. Zwei Fremde, ein Mann und eine Frau, starrten ihm, unter Computerkonsolen versteckt, entgegen. Jemand mußte ihnen gesagt haben, in Deckung zu bleiben. »Wo ist Mr. Patience?« fragte Loren. Er suchte den beigen Teppich nach Blutspuren ab. »Ich habe ihm etwas zu bestellen.«

Keine Antwort, nur der Alarm läutete. Auch keine Blutspuren. Loren machte ein paar Schritte und blickte suchend nach links und rechts.

Der schwarze Cray stand links von ihm unter dem transparenten Tetrahedron und summte fröhlich. Das Schild von Heisenberg war verschwunden. Vermutlich war er klug genug gewesen, in seine eigene Ungewißheit zu verschwinden, bevor die Probleme hier begannen. An der gegenüberliegenden Seite funkelten Konsolen und Bildschirme. Rechts standen mehrere Reihen hoher Vitrinen mit Diskettentreibern, die aussahen wie High-Tech-Bücherregale.

»Ich warte auf Ihre Antwort«, mahnte Loren. »Wo ist Bill Patience?« Er humpelte auf die beiden Fremden zu.

»Du lieber Himmel«, stöhnte der Mann.

Loren feuerte einen Schuß auf den Cray ab. Verdampfendes Kühlwasser schoß aus dem Tetrahedron gegen die Decke, wie aus einem Hochdruck-Dampfgebläse. Die Luft wurde augenblicklich feucht. Alarme schrillten. Daneben setzte ein polterndes Geräusch ein, als die Notpumpen anliefen. Kühlflüssigkeit kreiste durch die durchsichtigen Röhren oberhalb der Maschine. Loren war begeistert von dem Schauspiel.

»Ach Gott«, stöhnte der Mann wieder. Das erinnerte Loren wieder an die Pflicht.

Er richtete die UZI auf den Fremden. »Wo ist Patience? Ich habe nicht viel Zeit.«

»Sir«, begann der Mann. »Sir.«

»Sagen Sie es mir!«

»Sir, die Anlage im Cray ist mit Galliumarsenid gefüllt. Wenn es schmilzt, entweicht giftiges Gas.«

»Tatsächlich?« Loren überlegte, ob das stimmte. Falls es wirklich so war, dann entwickelte sich die Apokalypse besser als erwartet. Großmütig entschied er sich, das Flugzeug der Gesellschaft nicht zu zerstören.

Er deutete mit der Waffe auf die Tür. »Dann nichts wie hinaus!«

Der Mann sah ihn einen Augenblick dämlich an, dann stand er auf und rannte. Die Luft war erfüllt vom Dampf der Kühlflüssigkeit, und die Frau hustete. Sie wartete, ob Loren den ersten Flüchtling niederschoß, sah, daß nichts passierte und folgte ihrem Kollegen.

Der Dampfstrahl wurde schwächer. Ein feiner Niederschlag machte sich im ganzen Raum bemerkbar, und es stank entsetzlich. Loren konnte durch die wollene Gesichtsmaske recht gut atmen. Die Pumpen arbeiteten auf Hochtouren.

Loren taumelte zur Tür. »Bill«, rief er. »Wenn wir hier nicht verschwinden, sind wir tot.«

Der Dampfstrahl erstarb. Der Cray schien sich aufzulösen und schleuderte brennende Teilchen in die Luft, das transparente Tetrahedron zerbrach. Eines der Trümmer schoß in die erste Reihe der Vitrine mit den Diskettentreibern und zertrümmerte die Kunststoffscheibe. Die Notpumpen ächzten.

William Patience stürzte einen Besen schwingend hinter einer hohen Vitrine hervor. Er hatte offenbar der Putzkammer des Hausmeisters einen Besuch abgestattet.

Loren duckte sich und streckte einen Arm in die Luft. Der Besenstiel krachte mit solcher Wucht gegen seinen Unterarm, daß er den Schmerz bis in die Zehen spürte. Loren trat einen Schritt zurück und versuchte vergeblich, den Besenstiel zu fassen.

Seine Ohren dröhnten. Nach der Besenattacke war der linke Arm wie gelähmt. Erst jetzt wurde ihm bewußt, daß er – ohne es zu beabsichtigen – mehrere Schüsse auf seinen Gegner abgefeuert hatte.

Patience starrte ihn mit offenem Mund an. Der Mann sah nicht gut aus. Das linke Ohr war abgerissen, das Gesicht mit eingetrocknetem Blut verschmiert, die Augen waren zu schmalen Schlitzen zugeschwollen. Das Gesicht war außerdem übersät von kleinen Schnitten, die von Glassplittern stammten. Seiner Kehle entwichen seltsame Pfeiftöne. Auf den beigen Teppich tropfte Blut.

Patience stürzte vor und schwang noch einmal den Besen. Loren wich aus – die alten Reflexe kehrten zurück – und schoß mehrmals. Alle Kugeln trafen. Zumindest eine bohrte sich in den Schrank hinter Patience, nachdem sie seinen Körper passiert hatte.

Ein Stück des Cray zertrümmerte eine Monitorkonsole. Aus dem zertrümmerten Tetrahedron stieg weißer Rauch. Jetzt erst bemerkte Loren, die Ursache für das pfeifende Geräusch, das Patience machte: Durch die Wunde in seiner Brust strömte die Luft ein und aus.

Es war unglaublich, aber Patience schwang den Besen

noch einmal. Es war jetzt einfach auszuweichen, und Loren feuerte noch ein paarmal. Patience ging endlich zu Boden.

Patience hob den Besenstiel hoch und schlug damit auf den Teppich vor ihm ein, wie ein Roboter, der durchdrehte. Als er den Besen nach hinten schwang, rutschte er ihm aus der Hand und fiel zu Boden, aber das änderte nichts an Patiences Bewegungen. Er schwang die Arme immer noch auf und ab.

Lorens Lungen brannten von der schlechten Luft. Er hatte endgültig genug und feuerte auf Patience, bis das Magazin leer war.

Danach taumelte er hinaus in den Korridor und schloß hinter sich die Tür. Die Alarmsirenen im Korridor schrillten unerträglich laut. In der Luft hing übel riechender Rauch. Loren ließ das leere Magazin aus der UZI zu Boden fallen und suchte in seinen Taschen nach einem neuen. Er fand keines. Er hatte keine Munition mehr.

Er schleppte sich, das verletzte Bein nachziehend, durch den Korridor. Sein Körper war schweißgebadet. Durch das offene Tor sah er den Schein des Buschfeuers. Triumph kam auf. Der Champion hatte ihm zwölf Runden geliefert, und Loren hatte den Kampf durch k.o. für sich entschieden. Hätte er noch die Kraft dazu gehabt, Loren wäre in Kriegsgeheul ausgebrochen.

Von der Tür kam ein Geräusch, und ein Mann stürzte herein. Er umklammerte krampfhaft eine UZI. Überrascht und entsetzt starrte er auf die seltsam unförmige, maskierte Gestalt, die plötzlich blutbespritzt vor ihm stand.

Paul Rivers. Loren erkannte ihn. Es war an der Zeit, sich zu ergeben und auf Unzurechnungsfähigkeit zu plädieren.

Zeit zur Sühne, dachte er erschöpft.

Wenn er nicht da war, um die Sache zu erklären, würden sie nie erfahren, was dahinter steckte.

Er wollte gerade die Hände hochheben. In der einen hatte er noch die leere Maschinenpistole.

Rivers machte eine Bewegung und eröffnete das Feuer. Für einen solchen Kugelregen war die kugelsichere Weste nicht gedacht.

Loren war tot, bevor er noch auf dem Boden landete.

23. KAPITEL

Loren fiel in einem Regen aus brauner Erde vom Himmel. Seine Knochen schlugen hart auf dem Boden auf. Ein Knöchel schmerzte höllisch. Noch etwas kam vom Himmel gefallen, und Loren krümmte sich abwehrend zusammen. Irgend etwas prallte an seinen gepanzerten Schultern ab.

Er lag wie betäubt zusammengerollt auf seinem Gewehr. Das Licht schmerzte in den Augen. Er blinzelte und holte tief Luft.

Er kochte vor Wut. Er wußte genau, was mit ihm geschehen war und daß man ihn betrogen hatte. Er sprang auf und schrie und stampfte wütend auf den Boden. Der linke Knöchel schmerzte, aber er beachtete es nicht. Er schwenkte die Dragunov gegen den blauen Himmel und die heiße, weiße Sonne und schimpfte sinnlos drauflos.

Sein Wut verebbte. Loren wurde still; seine Brust hob und senkte sich, und er starrte auf die Welt rund um sich.

Es war ein strahlender Nachmittag in New Mexico. Silberne Kumuluswolken standen am Himmel. Im Norden das vertraute Bild der Berge, grün, braun und grau. Er befand sich immer noch auf ATL-Land.

Er stand auf der mit weichem, grünem Gras bewachsenen Ebene. Hier und dort reckte sich eine Yucca in den Himmel oder ein verkümmerter Baum.

Zu seinen Füßen lag eine Aluminiumstange mit einem runden Schild. Auf dem Schild stand in großen Ziffern 33.

Idioten, dachte er. Sie würden nachsehen, ob ein Schild verschwunden war, sich auf der *t*-Achse aufgelöst hatte, und würden entdecken, daß keines fehlte. Das Schild mit der Nummer 33 stand nach wie vor oben auf dem LINAC-Hügel.

Niemand kam auf die Idee, daß es dupliziert worden war, zusammen mit Loren, in eine andere Zeit versetzt.

Loren war verschwitzt, und die Sonne schien heiß. Er riß sich die Wollmütze vom Kopf, öffnete den Reißverschluß der Jagdjacke und zog sie aus. Er löste die Verschlüsse an der kugelsicheren Weste und ließ sie ebenfalls zu Boden gleiten. Die Haare klebten ihm verschwitzt am Kopf.

In welcher Zeit befand er sich?

ATL gab es nicht, so viel war klar. Sie hatten eine Versuchsreihe im LINAC laufen und wollten offenbar die Ergebnisse von Freitag nacht wiederholen. Loren hatte in der Finsternis auf das Schild mit der Nummer 33 gestarrt, als der Beschleuniger aktiviert worden war und sich die Dimensionen verschoben und …

Er war hier aus virtueller Materie entstanden. In der Luft, meterhoch vom Boden entfernt, auf einem Hügel, der in dieser Zeit nicht existierte. Die Erde jenes Hügels, der hier einst gewesen war, und die zusammen mit ihm neu geschaffen worden war, regnete mit ihm zu Boden.

Er betrachtete den Pflanzenwuchs rund um sich. Der Sommerregen hatte das Gras grün wachsen lassen; es war anders als früher, aber Loren wußte nicht genau, inwiefern anders. Es war dicker – üppig für New Mexico, wenngleich ziemlich mager für Wisconsin. Vielleicht war es ein sehr feuchter Sommer gewesen; vielleicht war es auch ein ganz anderes Gras.

Hatte es früher einmal hier anderes Gras gegeben? Bevor die Weißen kamen und ihr Vieh hier weideten? Er dachte scharf nach, aber er wußte keine Antwort.

Vielleicht befand er sich auch in der Zukunft, nach

der Klimaänderung, von der die Menschen immer reden. Vielleicht war es feuchter geworden.

Er hob den Feldstecher an die Augen und betrachtete die Landschaft. Er konnte nicht erkennen, welche Bäume an den Berghängen im Norden wuchsen, ob es die gleichen Bäume waren, wie er sie von früher kannte. Im Süden dehnte sich die Ebene, sonst nichts. Falls Atoche noch existierte, war es zu weit entfernt, und man konnte es nicht sehen.

Falls er sich in der Zukunft befand, war es interessant, wie jede Spur von ATL sorgfältig entfernt worden war. Er war sich nicht sicher, ob ihm das gefiel oder nicht.

In der Ferne tauchte eine Antilopenherde im Blickfeld des Feldstechers auf. Sie zogen langsam äsend durch das weiche Gras. Vielleicht war Jagdsaison.

Ob es ihm irgendwo auf der *t*-Achse gelungen war, Patience zu erwischen? Er konnte es nur hoffen.

Zumindest seine vier Verbündeten hatte er erwischt. Daran erinnerte er sich.

Er dachte an seine Familie und bekam ein schlechtes Gewissen. Er hatte ihr ein sicheres Leben erwirkt. So dachte er.

Aber er hatte sie verlassen. Nicht freiwillig, aber dennoch. Er konnte ihr nicht mehr helfen.

Er fuhr sich mit der Zunge über die trockenen Lippen; sie schmeckten salzig. Er war durstig.

Sein linker Knöchel schmerzte scheußlich.

Etwas blitzte am Himmel, und Lorens Herz machte einen freudigen Satz. Verzweifelt suchte er zu erkennen, was es war. Ein Flugzeug? Ein Sonnenreflex auf einer weißen Vogelschwinge?

Er sah es nicht mehr.

Loren bückte sich und besah sich seine Habseligkeiten. Er hob die Jacke auf, verstaute die Wollmütze in einer Tasche und band sich die Jacke mit den Ärmeln um die Taille. Die kugelsichere Weste war zu schwer, um sie längere Zeit mitzuschleppen; er ließ sie liegen.

Das Schild mit der Nummer 33 hob er auf und steckte es zurück auf seinen Platz, neben der auf dem Boden liegenden Weste, für den Fall, daß er sie doch noch holen wollte.

Er hob die Dragunov auf und humpelte los Richtung Südosten. Hier würde er auf den Rio Seco stoßen und ihm folgen. Sein Knöchel war heiß und geschwollen, aber er getraute sich nicht, den Schuh auszuziehen, um den Fuß zu untersuchen. Womöglich brachte er dann den Schuh nicht mehr über den Fuß.

Wenn der Fluß kein Wasser führte, dann würde es schwierig werden.

Er war müde. Wie viele Jahre hatte er verschlafen. Er lachte bei dem Gedanken.

Vergangenheit oder Zukunft?

Er versuchte sich daran zu erinnern, was ihm Singh über Reisen in die Vergangenheit erzählt hatte. Singh hielt es für unmöglich, die Vergangenheit zu verändern, weil... weil, warum eigentlich?

Und wenn man sie veränderte, erinnerte sich Loren jetzt, dann schuf man ein vollkommen anderes Universum. Das hatte auch Kurita gewollt, ein neues Universum schaffen.

Vielleicht hatte Loren das soeben getan. Vielleicht war er Gott geworden. Vielleicht war deshalb die Vegetation anders.

Er fühlte sich seltsam benommen. Er konnte das alles nicht glauben. Für solche Phantastereien gingen seine Füße über viel zu festen Boden.

Er hoffte, daß er sich in der Vergangenheit befand, ob in einem anderen Universum oder nicht. In der Vergangenheit konnte er überleben. Er hatte ein halbautomatisches Gewehr nach neuestem Stand der Technik mit einem 4x-Suchfernrohr und ausreichend Munition. Er wußte um die Silberader in den Hängen über Wahoo Wash. Falls es hier in der Gegend Weiße gab, konnte er es schaffen. Vielleicht konnte er beim Bau eines Atocha mithelfen, in dem die freundliche, kultivierte Art-Déco-Zukunft nicht nur ein Phantasiegebilde war, sondern das sich tatsächlich freundlich und kultiviert entwickelte ...

Wenn es noch zu früh war, wenn die Weißen noch nicht hier waren ... nun er würde sich mit allen vertragen, die hier wohnten, wer sie auch sein mochten. Er könnte sie etwas lehren. Er wußte nicht was, aber es würde schon etwas geben.

Und wenn er in der Zukunft war? Randal war in der Zukunft gelandet, und Singh hatte gesagt, man konnte nicht in die Vergangenheit.

Ob er auch der Zukunft etwas lehren konnte?

Vielleicht hatte er gar nicht so viel Zeit. Virtuelle Materie war angeblich kurzlebig. Randal hatte nur ein paar Tage überdauert. Vielleicht würde Loren nur ein paar Tage hier sein und sich dann wieder in dem Nichts auflösen, aus dem er gekommen war.

Aber Randal 2 war verschwunden, weil ihn das Universum eingeholt hatte, weil Loren den Sarg von Randal 1 geöffnet und damit ein Bindeglied zwischen seiner Gegenwart und seiner Zukunft geschaffen hatte. Vielleicht blieben Loren Jahre, vielleicht Jahrzehnte.

Er dachte an seine Frau und seine Töchter. Sorge übermannte ihn, und Tränen trübten seinen Blick.

Es war heiß; Loren war sehr müde und sehr durstig. Er humpelte und kam nur langsam vorwärts. Er hatte vergessen, eine Wasserflasche mitzunehmen. Er verdurstete vielleicht, bevor ihn das Universum einholte und ihn zurück ins Nichts schleuderte.

Hoffentlich führte der Fluß Wasser.

Früher gab es unterhalb der Atocha Plaza eine Quelle; die Apachen sagten, daß hier wieder eine Quelle sein würde.

Er mußte darauf vertrauen.